KB242521

나의 친구들

Fredrik Backman

프레드릭 배크만 장편소설

이은선 옮김

나의 친구들

My Friends

다산책방

엇을 희생하는지, 그리고 타인이 그 안에서 안식처를 찾을 때 우리가 얻는 것은 무엇인지를 다룬 소설이다. 배크만의 공감과 공명이 절정에 달한 작품으로, 반항적인 기쁨, 맹렬한 헌신, 잔혹한 무관심을 포착하는 배크만다운 방식에 감탄하며 자주 책을 내려놓을 수밖에 없었다. 조각조각 갈라진 마음은 인간이라는 작은 기적을 믿을 때 비로소 치유될 거라는 확신을 준다."_NPR

"배크만은 전작『오베라는 남자』에서 까다로운 노인에게 해낸 일을 말썽꾸러기 10대들에게도 해낸다. 이성적으로 설명할 수 없을 만큼 사랑스럽게 그려낸 것이다. 그들의 기발함, 두려움, 허세와 취약함 모두가 불타오르듯 드러나며, 솔직하고도 고통스러운 방어적 순간으로 폭발한다. 억누를 수 없는 유머, 끝없는 슬픔, 영원한 충성심이 그의 작품 안에서 젊은 시절의 상상력과 예술이 가져다주는 치유, 흔들림 없는 무한한 믿음에 바치는 헌사로 어우러진다."_북리스트

"우정의 힘에 대한 애틋한 이야기. 배크만은 이 책에서 최고의 경지에 이르렀다."
_퍼블리셔스 위클리

"우정과 예술의 변혁적인 힘에 바치는 감동적인 러브레터."_워터스톤스

"이웃과 세대 간의 관계, 슬픔, 학대, 트라우마, 궁극적으로는 희망과 사랑하는 친구들의 승리를 다룬 이야기. 이 책에서 우리는 진정한 우정은 공통된 관심사나 경험, 미래에 이루고 싶은 비슷한 꿈, 어둠을 피하는 것에 관한 것이 아님을 깊이 깨닫게 된다. 오히려 우정, 혹은 사랑이란, 어둠의 한가운데에서 동행하는 것, 함께 존재하는 것임을 알게 된다."_잉글우드 리뷰 오브 북스

"저항할 수 없다. 배크만은 목숨을 걸고 글을 쓴다."_쉬드스벤스칸

"삶을 살아가기 위해 반드시 필요한 우정을 정교하게 엮어낸 이야기. 감정이 북받쳐 올라서 조금씩 나누어 읽어야만 했다."_쿨투르뉘트

"연결과 사랑, 그리고 우리를 이끌고 형성하는 깨지지 않는 유대감에 관한 놀랍고도 장엄하며 특별한 이야기. 유머와 감동으로 가득한 소설."
_크리스 휘타커, 『나의 작은 무법자』 작가

★★★★★ 이 책을 다 읽고 배크만의 천재성에 감탄하는 데 그치지 말 것. 먼저 눈물을 닦을 준비를 하고, 이 책처럼 당신에게도 소중한 사람들이 있다면, 그들에게 전화해서 "사랑해, 널 믿어"라고 말하라. 가능하다면 그들을 찾아가 가장 따뜻하게 포옹하라.

★★★★★ 이렇게 진솔하고, 진심 어린 동시에 서툴고, 똑똑하고, 감정적이고, 충격적이면서 깊은 울림을 주는 우정 이야기는 오랜만이다.

★★★★★ 배크만은 절대 실수하지 않는 작가다. 내 인생에서 가장 마법 같은 순간은 그가 만들어냈다.

★★★★★ 눈물이 나도 걱정하지 말 것. 배크만은 당신의 마음을 다시 온전하게 돌려줄 테니까.

★★★★★ 마지막 페이지까지 넘긴다면, 프레드릭 배크만도 '우리와 같은 과'라고 자신 있게 말할 수 있다. 그가 우리 중에서 최고다.

★★★★★ 당신을 때리고, 간지럽히고, 아프게 하고, 따뜻하게 보듬어 변화시킬 단 하나의 이야기.

★★★★★ 배크만은 인간 본성에 대한 깊은 통찰력을 가지고 있다. 이 책은 우정에 대한 찬가로, 한때의 우정이 우리의 삶에 얼마나 큰 영향을 미치는지 보여준다.

★★★★★ 우정과 예술, 치유에 대한 감동적인 이야기.

★★★★★ 어떤 말로도 이 책의 진가를 제대로 표현할 수 없다.

★★★★★ 우리가 에밀리 브론테, 제인 오스틴, 그리고 다른 고전 작품을 읽듯, 미래

세대는 배크만의 책으로 수업 시간에 토론하고 그의 말의 의미에 대해 깊이 있게 이야기할 것이다.

★★★★★ 무언가를 느끼고 싶다면 확실한 방법이 하나 있다. 바로『나의 친구들』을 읽는 것.

★★★★★ 그림 한 장이 천 마디 말보다 낫다는 말이 있다. 때로는 한평생보다 나을 수도 있고, 때로는 그 평생이 한여름일 수도 있다.

★★★★★ 배크만의 책이 더 있어서 다행이다. 그의 이야기에는 특별한 힘이 있다.

★★★★★ 삶의 혼란스러움과 아름다움을 그대로 드러내는 작가. 읽을 때마다 내 마음을 울린다.『나의 친구들』도 실망시키지 않았다.

★★★★★ 배크만은 유머, 슬픔, 그리고 성찰 사이에서 절묘한 균형을 유지하며 일상 속 인간을 묘사하는 보기 드문 재능을 지닌 작가다.

★★★★★ 그의 등장인물들이 그토록 생생하게 느껴지는 이유는 작가 자신이 등장인물에 깊이 몰입하기 때문일 것이다. 그의 작품에는 날것 그대로의 솔직함과 취약함이 모두 드러나고, 그렇기에 더욱 의미가 있다.

★★★★★ 이 책은 거울처럼 내 안의 가장 부드럽고 연약하고 솔직한 부분을 비춰준다.

★★★★★ 몇 번이나 울었는지 셀 수도 없다.

★★★★★ 이 책 속의 등장인물들과 함께한 모든 순간이 따뜻한 포옹처럼 느껴졌다. 다 읽고 나서 누군가를 꼭 껴안고 싶어진다.

★★★★★ 마지막 장을 덮고 나니 내가 아는 모든 사람에게 전화해서 내가 얼마나 그들을 사랑하는지 알리고 싶다.

★★★★★ 내 마음을 갈기갈기 찢어놓았다가 사랑스럽게 다시 꿰매주고는 "잠깐, 아직 안 끝났어!" 하고 또 찢어놓고, 다시 머리 쓰다듬어주면서 붙여주고……. 그의 소설은 언제나 롤러코스터 같다.

★★★★★ 장담컨대 올해 최고의 책!

★★★★★ 이 책을 읽고 나니 친구들과 함께 보냈던 여름이 영원처럼 느껴지고, 웃음이 끊이지 않았던 열네 살 시절로 돌아가고 싶다. 깊은 감정과 유머를 이야기 속에 절묘하게 녹여내는 그의 능력은 정말 대단하다.

★★★★★ 마지막 반전이 정말 놀라웠다! 우정의 힘에 초점을 맞춘 책이자, 감동적이면서도 유쾌한 이야기.

★★★★★ 완독하자마자 그들의 세상으로 돌아갈 수 없다는 생각에 슬퍼졌다. 모두 그리울 것 같다. 정말 특별한 경험이었다.

일러두기
주석은 모두 옮긴이 주입니다.

무엇이든 창조하고 싶은 모든 젊은이들에게.
일단 저질러보길.

세상은 새로운 재능, 새로운 작품을 냉랭하게 대할 때가 많다.
새로운 것에는 친구가 필요하다.

안톤 에고[※]

※ 애니메이션 「라따뚜이」에 등장하는 냉혹한 요리 평론가

1

　루이사는 10대고, 모든 인간을 통틀어 가장 멋지다. 근거는 매우 간단하다. 꼬맹이들은 10대가 가장 멋지다고 생각하고, 10대들도 10대가 가장 멋지다고 생각하기 때문이다. 10대를 가장 멋지다고 생각하지 않는 유일한 계층은 어른이다. 어른들이 그렇게 생각하는 이유는 당연히 그들이 모든 인간을 통틀어 최악이기 때문이다.

　때는 부활절을 앞둔 어느 날. 얼마 지나지 않아 루이사는 귀한 그림을 훼손한 죄로 미술품 경매장에서 쫓겨날 것이다. 노파가 비명을 지르고 경찰이 출동할 테지만, 그건 계획에서 벗어난 일이었다. 그냥 하는 말이 아니고 루이사의 계획은 완벽했다. 그대로 실행되지 않은 것이 계획 탓은 아니었다. 왜냐하면 루이사가 천재일 때도 있지만 천재가 아닐 때도 있기 때문인데, 문제는 천재와 안 천재가 하나의 뇌를 공유한다는 것이다. 하지만 계획 자체는? 완벽했다.

경매는 어마어마하게 돈이 많은 사람들이 어처구니없을 만큼 비싼 예술 작품을 사는 곳이니 10대, 특히 스프레이 페인트가 가득 든 배낭을 짊어진 10대는 불청객이다. 돈 많은 어른들은 '활동가'들이 무단으로 침입해 유명한 그림을 훼손했다는 뉴스를 워낙 많이 접하다 보니 몸무게는 150킬로그램에 육박할지언정 유머 감각은 1그램도 없는 경비원들에게 입구를 지키게 한다. 이런 경비원들은 근육이 어찌나 많은지, 어떤 근육에는 심지어 라틴어 이름조차 붙어 있지 않다. 사람들이 라틴어를 쓰던 시절에는 이런 바보 떡대들이 아예 존재하지 않았던 것이다. 하지만 그게 문제가 될 리 없었다. 루이사는 경비원들 모르게 감쪽같이 안으로 들어갈 계획이었다. 그 계획의 유일한 구멍이 있다면 그걸 실행할 사람이 루이사라는 것이었다. 하지만 시작은 괜찮았다고 말할 수밖에 없다. 왜냐하면 경매가 열리는 곳이 교회다. 그걸 알 수 있는 이유는 경매에 참석한 돈 많은 사람들이 하나같이 "여기가 교회인 거 알아요?"라고 계속 서로에게 묻고 있기 때문이다. 돈 많은 사람들은 자기들이 어마어마하게 돈이 많아서 심지어 신神에게 뭘 살 수 있을 정도라고 서로 일깨워 주는 것을 좋아한다.

며칠이 지나 부활절이 시작되면 이 자리의 어느 누구도 신을 떠올리지 않을 것이다. 그때가 되면 신에게 살 만한 흥미진진한 물건이 하나도 없을 테니까. 하지만 신은 신이기에 놀랍게도 인간들의 욕구를 이해하고, 그래서 교회에는 항상 화장실이 있으므로 루이사는 철저하게 계획에 따라 화장실 창문으로 몰래 들어갔다. 친구 피스켄✛

✛ Fisken. 스웨덴어로 물고기를 뜻한다.

에게 배운 것이었다. 피스켄은 뭐든 잘한다. 이를테면 뭘 잃어버리는 것도 잘하고 뭘 망가뜨리는 것도 잘하지만, 제일 잘하는 주특기는 어딘가로 몰래 들어가는 것이다. 루이사? 루이사로 말할 것 같으면 뭐든 젬병이지만 화내는 건 잘한다. 허풍이 아니라 세계 챔피언급이다. 그리고 그녀는 특히 돈 많은 사람들이 예술 작품을 사들이는 것에 분노한다. 돈 많은 사람들은 모든 인간을 통틀어 최악이고, 예술을 훼손하는 최악의 방법은 거기에 빌어먹을 가격을 매기는 것이기 때문이다. 돈 많은 어른들이 루이사가 건물 담벼락에 그리는, 그런 유형의 그림을 싫어하는 이유가 그 때문이다. 담벼락을 사랑해서가 아니라 아름다운 것이 공짜로 존재한다는 사실이 싫기 때문이다.

그래서 루이사는 스프레이 페인트가 가득 든 배낭을 짊어지고 완벽한 계획에 맞게 창문으로 몰래 들어갔다. 화장실 바닥 위로 몸을 던진 뒤, 잠깐 숨을 돌리며 벽에 경비원들을 아주 사실적으로 그렸다. 좀 더 얄팍한 화가였다면 그들을 목이 하도 굵어서 어디부터 머리가 시작되는지 알 수 없을 황소로 묘사했겠지만, 루이사는 절대 그렇게 그리지 않는다. 그녀는 사람들의 내면을 볼 수 있기에 경비원들을 해파리로 묘사했다. 해파리도 경비원들처럼 물렁하고 뇌가 없지 않은가.

그런 다음 그녀는 흰색 드레스 셔츠를 입고 사람들 사이로 슬그머니 섞여 들어갔다.

이쯤에서 밝히자면 루이사는 자신의 많은 것을 싫어하지만 키와 체중을 가장 싫어한다. 그녀는 어린 시절 내내 많은 걸 바랐지만 아마 체구가 작아지기를 가장 열심히 바랐을 것이다. 그녀는 너무 많은 공간을 차지하는 자기 몸이 싫고, 너무 저음인 자기 목소리도 싫고, 불안하면 항상 말을 하게 하는 자기 머리도 싫다. 무엇보다 항상 불안에 떠는 자기 심장이 싫다. 바보 같고 바보 같은 심장이다.

이 모든 걸 감안하면 그녀가 오래된 교회로 들어갔을 때 알아차린 사람이 있어야 하지 않을까 싶지만, 맨 먼저 알아야 할 사실이 있다면 돈 많은 어른들은 거울 속에 비친 자기 모습 말고는 거의 아무것에도 관심이 없다는 것이다. 벽마다 비싼 그림이 걸려 있고 한 걸작을 지나치면 그보다 더 웅장한 걸작이 등장하는데도, 다들 샴페인 잔에 비친 자기 헤어스타일을 살피느라 여념이 없다. 어떤 여자들은 시끄럽게 떠들며 작품이 아니라 서로의 사진을 찍고 있다. 어떤 남자들은 심각한 표정으로 작품이 아니라 투자의 관점에서, 액자에 담긴 지폐라도 되는 듯 자기들이 좋아하는 그림 이야기를 하고 있다. 그러다 잠시 후 남자들은 그림 대신 골프 이야기를 시작하고 여자들은 뭔지 모를 근사한 것을 향해 깔깔대고 웃는다. 그도 그럴 것이 그들의 인생은 모든 면에서 완벽하고, 모두가 훌륭하며, 여기가 오래된 교회 건물이라는 것도 멋지지 않은가! 벽에 걸린 그림 이야기는 아무도 감히 꺼내지 않는다. 다들 실수로 엉뚱한 생각을 하게 될까 봐 불안해서 다른 사람이 먼저 뭔가를 생각해 주길 기다리고 있다. 그래야 그들이 뭘 좋아해도 되는지 알 수 있으니 말이다. 화장실에 갔던 여자가 경악한 표정으로 돌아온다. 누가 화장실 벽에 '낙서'를 해놓았기 때문인데, 페인트 냄새가 진동해서 여자는 이제 편두통이 생겼다.

"낙서요? 끔찍해라! 반달리즘이잖아요!" 한 여자가 외치지만 다른 여자는 이렇게 속삭인다.

"그런데…… 낙서도 전시회의 일부분일 수 있을까요? 그것도……

작품일 수 있을까요?"

공포가 텐트 안에 싼 오줌처럼 그들 사이로 번진다. 그들 생각이 틀렸으면 어쩐단 말인가. 여자들은 골프 이야기를 하는 남자들에게 달려가 그게 작품일 것 같으냐고 묻는다. 한 남자가 묻는다. "가격표가 달려 있어요?"

그러자 여자들은 고개를 젓고 웃음을 터뜨린다. 가격표가 없으니 작품이 아니다. 아, 얼마나 다행인가! 남자들은 벽을 가리키며 다시 투자 이야기로 돌아간다. 그들은 이 교회 안에서 가장 훌륭한 투자상품을 운운하며 한 작품을 지목한다. 「바다의 초상」. 마치 그게 전부인 양, 파랗고 비싼 그림이라고 한다.

화가 나느냐고? 루이사는 어떻게 화가 나지 않을 수 있는지 모르겠다.

흰색 셔츠를 입은 웨이터들이 오르되브르+가 담긴 쟁반을 들고 남자들과 여자들 사이를 돌아다닌다. 돈 많은 사람들은 앙증맞은 음식을 좋아한다. 다른 모든 건 큼지막해야 하지만 세금과 샌드위치는 예외다. 그들은 웨이터와 눈을 맞추지 않는다. 돈 많은 어른들에게는 시중드는 직원들이 워낙 아무 의미 없는 존재라 그중 한 명이 배낭을 메고 있다는 사실조차 신경 쓰지 않는다.

루이사는 사람들 사이로 살금살금 움직인다. 자기 덩치를 항상 의식하는 사람은 거치적거리지 않도록 다니는 데 도가 트기 때문에 그

+ 식욕을 돋우기 위해 식사 전에 나오는 간단한 요리.

녀는 찾던 그림을 발견한 다음에야 갑자기 당황하기 시작한다. 너무 행복해서 바보 같고 바보 같은 심장이 두근대는 소리가 다른 모두의 귀에 들릴 것 같다. 하지만 아무도 반응하지 않는다. 별로 이상한 일은 아니다. 당연히 어른이 되면 그 소리를 잊어버리니까.

「바다의 초상」은 세계적으로 유명한 화가 'C. 야트'의 작품이다. 이번 경매를 통틀어 가장 비싼 작품이고 다들 작품 그 자체가 아니라 거기에 얽힌 사연 때문에 사고 싶어 한다. C. 야트가 열네 살의 신동이었을 때 완성한 첫 회화 작품이라고 하니 말이다. 그의 화가 인생이 그렇게 시작됐다. 하지만 골프 이야기를 하는 남자들은 그런 데에는 관심이 없고, 샴페인을 마시는 여자들에게 무엇보다 다른 소문들을 감안할 때 그 작품이 '대단히 훌륭한 투자상품'이라고 열띤 목소리로 설명한다. 신문기사에 따르면 그 화가가 약물 중독자라고 하고, 몸 상태가 워낙 안 좋아서 더는 외출하지 못할 정도라고 하니 운이 좋으면 그가 죽을지 모른다! 그럼 그 작품의 가격이 얼마가 될지 상상해 보라!

다들 폭소를 터뜨린다. 루이사는 주먹을 불끈 쥔다.

그 작품은 이미 비싸다. 사실 어마어마하게 비싸서 그 앞에 벨벳 줄이 쳐져 있을 정도다. 워낙 특별해서 가난한 사람이 어쩌다 바로 앞에 대고 숨이라도 쉬면 그 작품이 기분 나빠 할지도 모른다. 다이아몬드로 온몸을 휘감은 작달막한 노파가 벨벳 줄 바로 옆에 서 있는데, 표정이 아주 뚱해 보인다. 노파의 입장에서 변명하자면 성형수술을 하도 많이 해서 줄을 너무 세게 묶은 운동화 같으니 그런 표정밖에 짓지 못하는 것일 수도 있다.

"이게 「바다의 초상」이야!" 그녀가 남편에게 뚱한 목소리로 날카롭게 속삭인다. 생각보다 작품이 작기 때문이다. 그 딱한 여자는 바다가 이보다 더 클 거라 생각했나 보다.

노파의 남편은 다 자란 거북이만 한 시계를 차고 엉덩이가 너무 꽉 끼어서 제2의 피부처럼 보이는 바지를 입은 노인이다. 그는 작품은 아예 보지도 않고 옆에 달린 예상 낙찰가만 확인하고는 기쁜 표정을 짓는다. 보아하니 아무나 이런 작품을 살 수 없겠고, 그렇다면 그가 아무나가 아니라는 뜻이기 때문이다. 부인은 올해 여름 별장에 주황색 가구를 많이 들였기에 이 그림이 주황색이 아니라 아쉽다고 한다. 아이스크림이 피클과 비슷하지 않아서, 아니면 저 문손잡이가 오페라와 비슷하지 않아서 짜증이 난다는 식이다. 그녀의 모든 욕심을 왜 노상 채워주지 않느냐고 세상을 나무라는 식이다.

"아니면 액자를 주황색으로 바꾸면 어떨까, 찰스?" 그녀는 묻지만, 노인은 조그만 샌드위치를 입안에 욱여넣은 터라 대답하지 않는다.

루이사는 그들 모두를 혐오한다. 투자밖에 모르는 남자들, 사진밖에 모르는 여자들, 인테리어밖에 모르는 노파, 먹는 것밖에 모르는 노인. 아, 그녀는 그들을 정말 죽도록 혐오한다. 우리는 그걸 알아야 한다. 그러지 않으면 그림이 인간에게 어떤 영향을 미칠 수 있는지 이해할 수 없다.

루이사의 배낭에는 스프레이 페인트 말고도 여권과 아주 비뚤배뚤한 글씨로 이렇게 적힌 오래된 엽서도 있다. 여기 참 예쁘다. 날마다 눈부신 햇살이 비쳐. 보고 싶어. 조만간 만나자. 엄마가. 우리는 그 걸 알아야 슬금슬금 사람들을 헤치고 마침내 모두가 바다인 줄 아는 그림 앞 벨벳 줄 옆에 섰을 때, 루이사가 오래된 교회가 아닌 다른 곳으로 이동했다는 사실을 이해할 수 있다. 그녀는 혼자가 아니다. 심지어 이제는 화가 나지도 않고, 어디 몰래 들어가는 건 잘했어도 거기서 다시 빠져나오는 데에는 젬병이었던 친구 피스켄에게도 화가 나지 않는다.

한번은 피스켄과 루이사가 한밤중에 문신숍에 몰래 들어가 서로 문신을 그려준 적이 있었다. 루이사는 피스켄의 위 팔뚝에 하트를 그려주었다. 피스켄은 그렇게 예쁜 하트는 처음이라며 이번에는 그녀가 루이사의 아래 팔뚝에 문신을 그려주었는데, 정말이지 어마어마하게 조잡하고 이해의 범주를 넘어설 만큼 흉측했다. 피스켄은 거의 모든 걸 엄청 잘했지만 그림에는 젬병이었기 때문이다. 팔이 하나뿐인 남자가 나무에 있는 문신. 루이사가 그보다 더 사랑한 그림은 없었다. 어느 누구도 감히 편하게 잠을 잘 수 없었던 단체 위탁 시설에서 처음 만났을 때, 피스켄은 그녀에게 밤새 소곤소곤 재밌는 이야기를 들려주었다. 그중에서 가장 재밌었던 이야기가 이거였다. "팔이 하나뿐인 남자를 어떻게 나무에서 떨어뜨릴 수 있는지 알아? 보면서 손을 흔들면 돼!"

자기가 한 농담에 피스켄처럼 웃을 수 있는 사람은 이 세상에 없었다. 루이사는 그보다 더 좋은 소리를 들어본 적도, 그보다 더 대단한 사람을 만나본 적도 없었다. 피스켄은 아이스크림보다 더 좋아하는 것이 별로 없었기에 한밤중에 가끔 아이스크림 가게에 몰래 숨어들곤 했지만, 루이사에게는 스프레이 페인트가 필요했기에 페인트

가게에 몰래 들어갈 때가 그보다 더 많았다. 스크루드라이버가 필요해서 철물점에 몰래 들어간 적은 한 번이었어도 영화관 뒷문으로 몰래 들어간 적은 100번이었다. 루이사가 영화보다 더 좋아하는 것이 별로 없었기에 둘이서 심야 영화를 몰래 보기 위해서였다.

열일곱 살 때까지 그들은 위탁 시설에서 거의 매일 밤 아이스크림이 묻은 옷을 입고, 서로의 웃음소리로 허파를 가득 채우고, 서랍장으로 문을 막아놓고, 들어오려는 사람이 있을 경우를 대비해 각자 스크루드라이버를 손에 쥐고 나란히 누워서 잠을 청했다. 고아로 지내다 보면 온갖 이상한 것들에 익숙해지고, 딱 한 명을 사랑하는 데 금세 익숙해져서 그 습관을 고칠 수가 없게 된다.

루이사에게도 아픔이 있었지만 피스켄의 아픔은 그보다 더 심했고, 루이사는 현실을 증오했지만 피스켄은 현실을 견딜 수 없어 했다. 루이사는 약을 몇 번 하고 말았지만 피스켄은 약을 끊지 못했다. 루이사가 아직 열일곱 살이었을 때 피스켄은 열여덟 살이 되어서 위탁 시설에서 나가야 했다. 피스켄은 루이사에게 별일 없을 거라고 했지만, 피스켄이 아는 좋은 사람은 루이사밖에 없었다. 많은 밤을 떨어져 지낸 뒤 피스켄은 다른 부류의 사람들을 찾았다. 그녀는 현실을 등지고 술병 속으로, 안개 속으로 도망쳤다. 어른들은 위험한 데 가지 못하게 하면 아이들을 보호할 수 있다고 생각하지만 10대라면 그게 얼마나 무의미한 시도인지 안다. 세상에서 가장 위험한 곳은 우리 안에 있다. 여린 심성은 궁전에서든 어두컴컴한 골목에서든 똑같이 무너진다.

루이사는 이 세상에 홀로 남겨진 지 이제 3주째다. 3주 전, 모든 어른들이 말하길 피스켄이 스스로 목숨을 끊었다고 했다. 거짓말이었다. 피스켄이 죽었을 때 안타까워한 어른은 아무도 없었다. 위탁 시설을 열 군데나 전전한 고아의 죽음은 그럴 수밖에 없고, 약물을 과다 복용한 탓으로 돌리기가 워낙 쉽다. 하지만 루이사는 진실을 안다. 피스켄은 현실에 살해당했다. 그녀는 이 행성에 갇혀 있다는 폐소공포증으로 숨 막혀 했고 끊일 줄 모르는 슬픔을 이기지 못하고 죽었다.

우리는 루이사에 얽힌 이 모든 사실을 알고 있어야 그 그림이 어떤 의미인지 이해할 수 있다. 나이를 먹으면 기억하지 못하는 심장의 두근거림이 있다는 것을. 어느 10대의 심장을 몸이 감당할 수 없을 만큼 부풀어 오르게 할 정도로 아름다운 작품이 있다는 것을. 영혼이 뼈를 뚫고 나올 것처럼 감당할 수 없게 벅차오르는 행복이 있다는 것을. 우리는 어떤 그림을 보고 평생 단 한 순간, 정말이지 숨을 딱 한 번 쉬는 동안 두려움을 잊을 수도 있다. 경험해 본 사람은 그게 어떤 느낌인지 안다. 경험하지 못한 경우라면 설명할 도리가 없을지 모르지만.

왜냐하면 그건 바다를 그린 작품이 아니다. 빌어먹을 어른들이나 그렇게 생각할 것이다.

2

노파는 루이사의 존재를 아직 알아차리지 못했고 여기까지는 계획대로 진행되고 있다. 루이사는 어마어마하게 키가 큰 사람치고 눈에 띄지 않는 것을 어마어마하게 잘한다. 자신이 어느 누구에게도 의미 없는 존재라는 것을 알기에 그렇다. 아무 쓸모 없는 존재라는 것을 말이다.

스스로 아주 중요한 존재라고 생각하기에 아주 눈에 잘 띄는 그 부인은 마침 딴 데 정신이 팔려 있다. 투자상품을 운운하는 남자들과 여자들을 방금 보았기에 콧방귀를 뀌며 이렇게 말한다. "아니, 찰스! 요즘은 아무나 여기 들어올 수 있는 모양이야. 저런 천박한 벼락부자들까지도. 저 인간들 좀 봐! 취향도 없고 스타일도 없어!"

그녀는 끔찍한 바이러스라도 되는 것처럼 '벼락부자'를 운운한다. 그녀 같은 사람들은 오래된 걸 좋아해서 고가구, 빈티지 와인, '금수저'를 선호하기 때문이다. 새것이라야 하는 건 스포츠카와 고관절뿐이다. 그녀 같은 사람들은 돈이 많아질수록 좋아하는 게 줄어서 결국에는 다른 부자들마저 혐오할 지경에 이르는데, 루이사가 그들에게서 마음에 든다고 할 수 있는 딱 한 가지 부분이 그거다.

부인은 짜증 난 표정으로 남편을 쳐다보며 묻는다. "내 말 듣고 있는 거야, 찰스?"

남자가 대답한다. "응, 응, 응, 듣고 있어, 여보. 저 「바다의 초상」 사자. 작가 이름이 뭐랬지? C. 야트? 무슨 이름이 그래? 이 샌드위치 어디 가면 좀 더 있을까?"

루이사가 스프레이 페인트가 가득 든 배낭을 열어도 아무도 모른다. 그녀가 벨벳 줄 아래로 들어가 그림 앞으로 다가가도 아무도 모른다. 그녀는 그 그림을 보면 어떤 느낌인지 절대 설명할 방법이 없을 것이다. 어쩌면 부모가 된다는 것이 이런 느낌일지 모른다는 생각이 든다. 표현할 말이 없다는 점에서. *보고 싶어. 조만간 만나자. 엄마가.* 배낭에 담긴 엽서에는 이렇게 적혀 있다. 루이사는 배낭 안으로 손을 집어넣어 바닥을 더듬는다.

"거기, 너! 지금 뭐하는 거니? 그림에 그렇게 가까이 가면 안 돼!" 뒤에서 누군가가 갑자기 외친다.

그 노파다. 엄청 화가 난 것 같지만, 얼굴을 하도 당겨서 뺨이 귀 바로 뒤에서 시작하는 것처럼 보이는 사람의 표정을 파악하기는 쉽지 않다. 저 부인이 표현할 수 있는 감정의 반경은 전등갓 수준이다.

바로 그때 루이사는 계획에서 벗어난다. 계획 탓이 아니라 그녀의 머릿속에 천재와 안 천재가 같이 살다 보니 가끔 좀 복잡해질 때가 있어서 그런 거다. 그래서 루이사는 눈물이 그렁그렁 맺힌 눈으로 고개를 돌려서 여자에게 쏘아붙인다. "이건 바다를 그린 게 아니에요!"

부인은 냉큼 뒤로 두 발짝 물러나고 가구로부터 습격을 당하기라도 한 것처럼 루이사를 빤히 쳐다본다. 저게 지금 말을 했단 말인가?

"저게 지금…… 완전히 미치지 않고서야…… 당장 거기서 나와!" 그녀는 명령한다. 이 모든 파렴치한 사태에 기절하기 직전이다.

하지만 루이사는 계속 벨벳 줄 안쪽에 가만히 서서 눈물을 참느라 눈을 깜빡인다. 그녀는 조그맣게 속삭인다.

"이건 바다를 그린 게 아니야. 천박한 벼락부자 주제에."

부인은 너무 화가 나서 숨이 막힐 지경이기에 남편을 으스러져라 부여잡는데, 그러자 앙증맞은 샌드위치를 먹던 남편도 하마터면 숨이 막힐 뻔한다.

"차아아알스!" 부인이 울부짖자 노인은 캑캑대며 그녀의 다이아몬드 위 사방으로 빵을 튀긴다. 그러고는 집게손가락에서 불이 뿜어져 나와 주변에 있는 모든 사람에게 당장이라도 공포를 심어줄 수 있다고 생각하는 듯이 루이사의 흰색 셔츠를 향해 격하게 손가락질한다.

"너! 거기 꼼짝 마라. 네 윗사람이랑 얘기 좀 해야겠다!" 그가 명령조로 외친다.

그로서는 놀라운 일이겠지만, 루이사는 엘리베이터 버튼이 아니기에 집게손가락을 무서워하지 않는다. 그래서 조용히 대꾸하고는 그만이다. "저는 여기 직원이 아니에요."

루이사는 배낭을 계속 뒤져서 원하던 것을 찾는다. 가는 빨간색 펜이다.

"그럼 너희 **부모님**과 얘기 좀 해야겠다!" 노인은 명령조로 외치고는 피임 홍보 책자를 거꾸로 들고 있는 침팬지 두 마리라도 찾는 사람처럼 살짝 혐오스러워하는 표정으로 좌우를 두리번거린다.

그제야 부인은 루이사의 배낭을 발견하고, 젊은이와 배낭의 조합이 무얼 의미하는지 너무나도 잘 알기에 모든 걸 알아차린다.

"찰스! 저 가방 안에 스프레이 페인트 있어! 쟤, 활동가야! 경비원 불러, 찰스. 쟤가 작품을 망가뜨리려고 한다고!"

"흉측한 여름 별장에 이 그림을 걸려는 여자가 그런 말을 하다니……." 루이사는 중얼거린다.

그런 다음 몸을 돌려서 가는 펜으로 그림 옆 벽에 빨간색 물고기를 조그맣게 그린다.

계획에 없던 일이다. 루이사는 사실 그림만 볼 작정이었고 그거면 충분하다고 생각했다. 그녀가 왔다 갔다는 걸, 그녀와 피스켄이 왔다 갔다는 걸 그림에게 알리고 싶어진 이유가 머리 때문은 아니다. 바보 같고 바보 같은 심장 때문이다.

부인은 공포의 비명을 지르고 노인은 경비원을 호출하러 허둥지둥 달려간다. 그래도 루이사는 그와 그가 한 말을 고맙게 여기기로 한다. 그녀에게 부모가 있으리라고 생각해 준 것을 말이다.

조만간 만나자. 엄마가. 배낭에 담긴 엽서에는 이렇게 적혀 있다. 엽서 앞면은 C. 야트가 그린 유명한 그림이다. 루이사는 기억이 닿는 아주 먼 옛날부터 그 그림을 실제로 보고 싶었고, 피스켄을 붙잡고 늘 그 얘기를 하며 나중에 같이 보러 가자고 했었다. 하지만 막상 보

고 나니? 느낌을 말로 설명조차 하지 못하겠다. 가끔 피스켄과 함께 몰래 극장에 들어가서 영화를 봤을 때, 엄마가 된 기분을 설명하려는 여자들이 그냥 감정에 북받친 표정으로 아무 말도 못 하는 장면을 본 적이 있었다. 부모가 된다는 건? 누군가의 표현에 따르면 보이지 않는 엄청난 파도에 강타당해 숨이 턱 막힌 상태에서 영원히 벗어나지 못하는 느낌이라고 했다. 또 다른 사람은 평생 숨을 헐떡이며 사는 느낌이라고 했다. 어마어마한 사랑 때문에 숨을 쉴 수가 없다는 것이다. 또 다른 이의 증언에 따르면 다른 사람들 눈에는 달라진 게 없어 보인다는데 당사자는 전과 후가 분명히 달라서, 어떻게 그럴 수 있는지 이해하지 못한다고 한다. 전혀 다른 사람이 됐다는 것이다.

루이사에게는 그 그림이 딱 그런 느낌이다. 그녀는 그래도 노파가 자기를 보고 그 작품을 훼손할 작정인가 보다고 생각한 건 기특한 발상이었다고 결론을 내린다. 어떻게든 그녀를 막을 수 있다고 생각하다니.

할머니. 루이사는 생각한다. 내가 이 그림을 망가뜨리기로 마음먹었다면 지금쯤 이 건물은 아예 잿더미로 변했을 거예요. 난 뭘 망가뜨리는 거 하나는 기가 막히게 잘하거든요, 할머니. 내가 사랑하는 사람은 다 죽어요.

이제 경비원이 황급히, 하지만 느리게 다가온다. 150킬로그램짜리 몸 위에 얹힌 조그만 머리로 성난 표정을 짓고 있다. 루이사는 빨간색 펜을 으스러져라 움켜쥔다.

루이사는 어른들이 자기 몸에 손을 대면 질색한다. 믿을 수 있는 어른을 만난 적 없는 사람에게 나타나는 현상이다. 아빠는 그녀가 태어나기도 전에 사라졌다. 그는 아빠가 되고 싶은 마음이 없었을지 몰라도, 엄마라면 적어도 잠깐은 엄마가 되고 싶은 마음이 있었을까 궁금하다. 루이사가 태어났을 때 그 파도를 느꼈다면 말이다. 보고 싶어. 엽서에는 지독한 악필로 이렇게 적혀 있다. 루이사가 엄마에 대해 기억하는 딱 한 가지는 자장가를 부르던 목소리다. 그들은 다른 나라에서 건너왔고 루이사는 그 나라에 대해 아무것도 기억하지 못했다. 어떤 나라인지조차 알아보지 않았다. 거기를 떠나 여기로 왔으니 좋은 곳은 아니었을 것이다. 엄마는 다섯 살 난 루이사를 이웃집에 맡기고 문을 나서고는 그 길로 영영 돌아오지 않았다. 경찰이 몇 달 동안 찾았지만 엄마는 몸을 숨기는 데 도사였다. 어쩌면 딸에게 물려준 유산이 그거 하나였을지 모른다. 버림받은 사람에게 시간이란 묘한 개념이다. 다섯 살 때 부모가 떠나면 그건 어떤 하루에 벌어진 일이 아니라 날마다 벌어지는 일이 된다. 계속 반복된다. 루이사는 위탁 시설에 맡겨졌다. 그녀는 엄마가 쓰던 말밖에 할 줄 몰랐고, 위탁 시설에서 만난 다른 아이들이 쓰는 말을 흉내 내려고 했다가 비웃음을 사거나 더 심한 놀림을 당했다. 이후로 한참 동안 그녀는 입을 닫고 지냈다. 그런 시설에서는 잠을 이루기 힘들었던 기억이 난다. 뭔가가 벽에 계속 부딪히기 때문인데, 그 뭔가는 접시일 때도 있었고 유리잔일 때도 있었고 사람일 때도 있었다. 어떤 때는 다른 사람이었고 어떤 때는 그녀였다. 루이사는 어느 위탁 시설에도 오래 있지 못하고 여러 번 옮겨 다녀야 했는데, 어떤 곳은 섬뜩했고 어떤 곳은 무서웠고 어떤 곳은 위험했다. 딱 한 군데만 훌륭했다.

그때 그녀는 여섯 살인가 일곱 살이었고 당연히 그 집도 소리를 질러대는 사람과 무언의 공포로 가득했지만, 주방 한쪽 구석에는 유명한 작가들의 그림엽서로 뒤덮인 냉장고가 있었다. 거기가 그녀의 천국이었다. 누가 엽서를 사다가 거기 붙였는지 몰라도 그녀 같은 사람이었을 것이다. 그 집을 거쳐 갔고 이후에 오는 아이들에게 밖에는 다른 세상이 있다는 걸 알려주고 싶었던 사람. 예술은 공감이다.

그중 한 엽서가 바다 그림이 아닌 바다 그림이었다. 루이사가 생전 처음으로 훔친 것, 생전 처음으로 만져본 정말 예쁜 것이 그 엽서였다. 그로부터 몇 년 뒤 어느 위탁 시설로 옮겼을 때 누군가가 웃어주었고 그 사람이 피스켄이었다. 그들은 당장 하나가 되었다. 밤마다 스크루드라이버를 쥐고 어찌나 바짝 붙어 잤는지, 루이사가 한밤중에 일어나 심장이 뛰는 걸 느끼면 자기 심장인지 피스켄의 심장인지 알 수 없을 정도였다. 피스켄은 그룹홈의 다른 아이들이 쓰는 온갖 나라의 말을 가르쳐주었는데, 당연히 대부분 욕이었다. 피스켄으로 말할 것 같으면 욕에 관한 한 진정한 세계 시민이었다. 하지만 루이사는 피스켄을 따라 몰래 영화관을 드나들면서 미국의 영화배우처럼 영어를 할 줄 알게 됐다. 밤이 되면 그녀는 피스켄 옆에 누워서 위대한 사랑 영화의 모든 장면을 조그맣게 들려주었다. 그래도 어느 나라 말이 됐건 이해하지 못하는 단어들이 많았다. 그러고 얼마 지나지 않은 어느 날 경찰이 그 집으로 찾아와 루이사의 엄마를 찾았다고 했다.

어린아이의 뇌는 독특해서 모든 걸 자기만의 방식으로 해석한다. 루이사는 항상 이 순간을 꿈꿨지만 경찰이 하는 말을 알아들을 수가 없었다. 그래서 피스켄이 설명해 주었다. "친인척에게 고지한다"라는 건 관계 있는 사람들에게 알린다는 뜻이었다. 그러니까 루이사가 친인척이라는 거였다. "사망"은 죽었다는 뜻이었다. "약물 과다복용"은 죽을 때까지 술을 마셨다는 뜻이었다. 술독에 빠져서 죽은 거였다. 어린아이의 뇌는 상상력이 풍부해서 루이사는 이 말을 듣고 나중에 술이 아니라 물을 무서워하게 됐다.

그 소식을 들은 뒤 영화관에 갔을 때 그들은 유명한 가수가 주인공인 정말 옛날 영화를 보았다. 루이사가 그런 영화를 제일 좋아한다는 걸 피스켄이 알았기 때문이다. 한 장면에서 주인공이 아이에게 자장가를 불러주었을 때 루이사는 불현듯 알아차렸다. 그녀가 엄마의 음성이라고 기억하고 있던 것은 이 장면에서 나온 소리였다. 엄마가 다섯 살짜리 아이를 혼자 텔레비전 앞에 하도 방치하는 바람에, 루이사는 자신의 기억 속 목소리가 엄마의 음성인지 옛날 영화에서 흘러나온 음성인지 구분하지 못하는 지경에 이른 것이었다. 그녀가 자신이 아무 추억도 없는 사람이라는 사실을 깨닫고 울음을 터뜨렸을 때, 옆에 앉아 있던 피스켄이 말했다. "그러거나 말거나 뭐 상관이야? 무슨 일이 있었고 없었는지를 어째서 바보 같은 네 머리가 결정해야 하는데? 그 추억은 계속 간직할 수 있잖아, 네 거니까!"

그래서 루이사는 그 추억을 간직했다. 어린아이의 유일한 무기가 상상력이다. 그래서 루이사는 그 그림엽서 뒷면에 듣고 싶은 메시지를 적었다. 그녀를 보고 싶어 하고 사랑했던 사람이 있었던 것처럼. 조만간 만나자. 엄마가.

그녀는 엽서를 배낭 안에 넣었고 나중에 피스켄이랑 같이 그 그림을 실제로 볼 수 있을 거라고 생각했다. 그러면 슈퍼히어로에게 자기 능력을 알아차리는 순간이 찾아오듯, 자신에게도 같은 일이 벌어질지도 몰랐다. 그러면 바닷가에 가더라도 물을 무서워하지 않을지도

몰랐다. 동화에서처럼 모든 게 마법 같은 해피엔드를 맞이할지도 몰
랐다.

그런 일은 없을 것이다.

하지만 그녀의 모험은 여기서부터 시작된다.

3

그리하여 루이사는 내동댕이쳐진다. 사실 그건 자주 벌어지는 일이 아니다. 대부분은 안내받으며 나오거나 끌려 나온다. 하지만 루이사는 남들과 다르기에 허공을 가르며 교회에서 쫓겨난다.

이렇게 내동댕이쳐지기 직전에 그녀는 경비원을 그린다. 벽 위에 경비원을 그린 게 아니고 실제로 경비원의 몸 위에 그림을 그린다. 두말하면 잔소리지만 안타깝게도 경비원은 그런 식의 상징주의를 모를 것 같은 인상을 풍기고 매운 고추로 똥침을 맞은 멧돼지처럼 씩씩대며 달려와 그녀를 세게 붙잡는다. 그녀는 비명을 지른다. 잠시 후에 그도 비명을 지른다.

루이사는 어른이 자신을 건드리는 것을 정말, 정말 싫어하기에 겁에 질려서 이성이 마비되고, 그래서 경비원의 몸 위에 그림을 그린다. 일종의 방어, 자기방어다. 손에 쥔 것이 벽에 글을 남길 때 쓰곤 했던 펜밖에 없기에 그걸로 경비원의 아래 팔뚝을 찌른다. 그는 그네에서 떨어진 다섯 살짜리와 차 안에서 뱀을 본 오페라 가수를 반씩 섞은 듯한 음성으로 우렁차게 비명을 지른다. 펜은 빨간색이고, 그쪽 팔은 경비원들이 사랑하는 멋진 단어들을 새긴 문신으로 뒤덮여 있어서 화가 난 교사가 그중 한 단어의 철자가 틀렸다는 사실을 알게 된 것처럼 보인다는 데서 오는 아이러니는 전혀 모르는 눈치다. 몸무게는 150킬로그램에 육박할지언정 유머 감각이라고는 1그램도 없는 경비원이 루이사를 다시 잡으려 하자 그녀는 펄쩍 뛰어서 피하며 배낭 안에서 맨 처음 잡힌 것을 꺼낸다. 스프레이 페인트다. 어쩌다 보니 페인트는 흰색이고, 어쩌다 보니 경비원은 검은색 옷을 입고 있어서 그녀가 머리끝에서 발끝까지 색칠을 마치자 그는 화가 머리끝까지 난 고속도로처럼 보인다.

마침내 그의 손이 루이사의 팔을 움켜쥐고 그녀와 배낭을 위로 들어 올리자 너무 거칠고 갑작스러워서 쇄골이 성냥개비처럼 부러지는 느낌이지만 그녀를 겁에 질리게 한 건 그게 아니다. 그가 다른 경비원에게 **"경찰 불러!"**라고 외친 것이 그녀를 공포에 빠뜨린다. 루이사는 폭력보다 경찰을 훨씬 무서워하기에 경비원이 그녀를 출입구 쪽으로 들어서 옮기자 이성적인 사람이라면 누구나 그런 상황에서 할 법한 행동을 한다. 그의 귀를 깨문다.

출입문 바로 옆에서 벌어진 일이라 경비원이 150킬로그램짜리 엄살쟁이처럼 울부짖으며 루이사와 배낭을 내동댕이치는데, 힘이 어찌나 센지 건물이 수박씨를 뱉기라도 한 것처럼 그녀는 그야말로 인도 위로 날아간다.

루이사가 마지막으로 들은 건 안에서 노파가 외친 소리다. "봤어?

개가 그림을 훼손하려고 했던 거? 배낭 보자마자 내가 그랬잖아. 개 활동가라고! 그런 애들은 뭐든 망가뜨리려는 생각뿐이야! 콩알만 하고 더러운 바퀴벌레처럼!”

그 말을 듣고 루이사가 마지막으로 외친 말은 이거다. “그건 바다 그림이 아니야, 이 멍청한…….”

그녀는 정말 제대로 된 욕을 줄줄이 엮어서 얼마든지 그 문장의 마지막을 장식할 수 있지만 안타깝게도 인도 위로 떨어지면서 숨이 턱 막혀버린다. 눈물 나게 아프지만 150킬로그램에서 귀 반쪽이 덜 나가게 된 경비원이 벌써 뒤쫓아 오고 있기에 얼마나 아픈지 느낄 겨를이 없다.

“경찰 불러!” 그가 다른 경비원에게 다시 외치기에 루이사는 바닥에 떨어진 배낭을 낚아채고는 달리기 시작한다. 그가 뒤에서 달려오지만, 어른이라 달리는 법을 전혀 모르니 상대가 될 턱이 없다. 남자 어른들은 세상에서 무서운 게 그렇게 많지 않으니 달리기를 잘할 수가 없다.

그녀는 그 블록의 끝까지 질주해 오른쪽으로 모퉁이를 돌며 바다를 생각한다. 겁이 날 때마다 하는 습관이니 거의 온종일 바다 생각을 한다고 보면 된다. 수영할 줄 모르고 이 도시를 사실상 떠나본 적 없는 열일곱 살짜리의 습관치고는 희한하게 느껴질 수도 있다. 게다가 이 도시는 바다보다는 우주에 더 가깝게 느껴지는 그런 곳이다. 그녀는 심지어 바다를 한 번도 본 적이 없다. 하지만 그 그림의 파란색은 모조리 외우고 있다. 그곳은 그녀에게 가장 행복한 공간이다.

배낭 안에 엽서가 있지만 이제 더는 필요가 없다. 그 그림을 실제로 보았을 때 느낀 감정은 절대 잊지 못할 테니까. 바보 같은 어른들은 모두 그 작품이 바다를 그린 것인 줄 알지만 실은 바닷가 잔교를 그린 것이다. 콘크리트로 된 혀를 하늘 아래로 내민 것처럼 잔교가 그림의 한쪽 귀퉁이에서부터 길게 이어지는데, 반대편 끝에 10대 소년 셋이 앉아 있다. 하도 작아서 어른들은 거의 알아차리지도 못할 정도다. 작가가 제목을 「바다의 초상」이라고 붙여놓아서 다들 그것만 찾는다. 정중앙의 소년들은 보이되 보이지 않는다. 어느 누가 이런 그림을 그릴 수 있을까? 어느 누가 방파제 위에 대롱대롱 앉아 있는 세 명의 아이를 보는 것만으로 숨이 턱 막히게 할 수 있을까? 어느 누가 짠 내를 맡게 하고 다른 사람의 어린 시절 앞에서 눈물을 흘리게 할 수 있을까?

만난 적 없어도, 루이사에게 그들이야말로 지구상에 남겨진 유일한 그녀의 사람들이다. 그림상으로는 아마도 열네 살 아니면 열다섯 살에 가까워 보인다. 더는 어린애가 아니지만 아직은 어른도 아니다. 작가가 그들을 워낙 뚫어져라 보았고 워낙 아름답게 꿈을 꾸어서 색으로 속삭일 줄 알게 된 것처럼 그려져 있다. 안이 산산이 부서진 사람이 그린 그림이다. 그렇지 않고서야 붓을 저렇게 조심스럽게 쥘 수 없고, 어렸을 때 완벽한 고독을 먼저 경험해 본 사람이 아니고서야 우정을 이런 식으로 그릴 수 없다. 완벽한 여름의 어느 날이고 셋이 어찌나 바짝 붙어 앉아 있는지 정말 자세히 들여다보면 움직이는 것처럼 느껴질 정도다. 그중 하나가 방금 정말, 정말 시원하게 방귀를 뀌기라도 한 듯 온몸을 들썩이며 웃고 있다.

그들은, 저 오래된 교회 안에 있는 무식하고 천하에 쓸모없는 부자들은 그런 걸 전혀 모른다. 아픔을 덜 겪어서 그렇다. 세상 돌아가는 꼴에 흡족해하며 행복하고 즐겁게 저 안에서 돌아다니고 있으니 그걸 바다 그림이라고 생각한다. 하지만 아무 바보라도 바다는 그릴 수 있다. 심지어 행복한 바보라도 바다는 그릴 수 있다! 이건 웃음을 그린 작품이고 온몸에 구멍이 뚫린 사람만 그걸 알 수 있다. 그런 사람에게나 웃음이 조그만 보물일 테니. 어른들은 방귀 소리에 웃지 않으니 그걸 절대 알 수 없다. 그런 사람이 예술과 같은 중요한 문제에 대해 내린 판단을 도대체 무슨 수로 신뢰할 수 있을까? 그들은 죽기 전에 딱 한 번만 볼 수 있다면 경비원에게 두들겨 맞는 것까지 감수할 만큼 뭔가를 사랑해 본 적도 없지 않은가.

달리는 루이사의 얼굴은 눈물로 차갑지만 온몸의 다른 부분은 이글거린다. 그림 하단에 작가의 서명이 있었는데 그가 그 옆에 아주, 아주 조그맣게 해골을 그려놓았다. 그녀 인생에 딱 한 번 그 앞에 바짝 다가가지 못했다면 그녀도 절대 몰랐을 것이다. 그 기억은 어떤 경비원도 때려서 지워버릴 수 없을 것이다. 이제 그녀의 마음속은 온통 해골로 가득하다.

그녀는 다음 모퉁이에서 또 오른쪽으로 돌아 방금 쫓겨난 오래된 교회 뒤편으로 간다. 그녀를 뒤쫓던 경비원은 그곳을 들여다볼 생각조차 하지 못할 만큼 멍청하기 때문이다. 사실상 완벽한 계획이다. 그녀는 진짜 천재다. 다만 한 가지 사소한 문제가 있다면 쓰레기통 옆에 서 있는 노숙자를 보지 못해서 전속력으로 그를 들이받고 머리로 넘어져 정신을 잃었다는 것이다.

그러니까 좋다. 아무래도 어쩌면 백 퍼센트 완벽한 계획은 아니었을 수도 있다.

4

25년 전, 180도 다른 누군가의 어린 시절에 넓은 바다가 있었다. 태양은 눈이 부셨고, 여름은 끝날 줄 몰랐고, 끝이 보이지 않는 새파란 물속으로 잔교가 이어졌고, 그 끝에 최고로 멋진 인간들이 앉아 있었다. 그들은 거의 열다섯 살이 되어가는 열네 살이었고, 자랑할 건 아니지만 루이사의 짐작이 맞았다. 그건 정말이지 그보다 더 훌륭할 수 없는 방귀였다. 그중 한 명이 그런 방귀를 뀌었고, 친구들은 웃다가 하마터면 바다로 굴러떨어질 뻔했다.

그런 식으로 누군가를 웃길 수 있는 사람이 곁에 있으면 그 사실을 절대 잊을 수 없다. 그런 사람이 없으면 모든 말이 무용지물이다. 어마어마한 방귀 냄새를 맡든지, 아니면 25년 뒤에 어느 경매장에 서서 단지 제목이 「바다의 초상」이라는 이유로 그걸 바다를 그린 그림이겠거니 생각하는 어른이 되든지 둘 중 하나다. 어른들은 정말이지 제정신이 아니다.

그 10대 아이들은 어땠느냐고? 그들은 그림에 등장하기 전에는 오로지 서로를 위해 존재했다. 그들은 25년 전의 어느 끝나지 않을 것 같은 여름날 그 잔교에 앉아 있었다. 열다섯 살이 되기까지 얼마 남지 않은 시점에서는 모든 여름이 그렇게 느껴지고, 친구 관계는 마피아 조직과 비슷해진다. 아는 게 너무 많아서 빠져나올 수가 없다는 점에서 그렇다. 열네 살 때는 가장 연약하고 상처를 입기 쉬운 부분까지 서로를 속속들이 아는데, 두말하면 잔소리지만 그 모든 것을 아는 채로 어른이 될 수는 없다. 어른은 그런 비밀을 절대 지킬 수 없지 않은가.

10대 아이 중 한 명이 방귀를 뀌자 다들 미친 사람처럼 웃었다. 그런 여름날을 며칠이라도 보내 본 사람은 억세게 운이 좋은 사람이고, 그런 친구를 한 명이라도 두고 있는 사람은 어마어마하게 복이 많은 사람이다. 잔교가 너무 뜨거워서 열네 살짜리 아이들은 엉덩이가 익지 않도록 배낭을 깔고 앉아야 했고, 바람이 불었다 한들 시원하기가 화장터의 헤어드라이어와 비슷한 수준이었다. 땀을 너무 많이 흘려서 그들이 수영을 하면 바다가 더 짭짤해졌고, 몸이 너무 뜨거워서 담뱃불에 데면 담배가 비명을 질렀다. 그리고 그들은 웃었다. 아, 얼마나 웃었는지 모른다. 왜냐하면 그때가 그런 여름이었다. 그들이 마지막으로 함께 보낸 여름이었다.

두말하면 잔소리지만 그건 작정하고 그린 그림이 아니었다. 해골과 함께 적힌 'C. 야트'라는 서명은 아무에게도 공개될 계획이 없었다. 그 방귀가 세계적으로 유명한 방귀가 될 거라고, 수십 년 뒤에는 돈 많은 노파들조차 얼굴을 움직일 수만 있다면 경매장에서 눈썹을 치켜올릴 정도로 엄청난 가격에 팔릴 거라고 생각한 사람은 아무도 없었다. 잔교의 아이들은 아무것도 되지 않을 예정이었다. 세상이 그렇게 만들어져 있으니 가난하게 태어나서 가난하게 죽을 예정이었다. 그들은 학교에서는 싸움에 휘말렸고 집에서는 두들겨 맞았다. 위험한 수준으로 취해서 귀가한 아버지가 구멍에 열쇠를 넣고 돌리면 어떤 소리가 나는지 알았고, 어린 시절 내내 자신들이 얼마나 멍청하고 쓸모없는 존재인지 들으며 자랐기에 스스로도 그렇다는 걸 정확히 알았다.

그럼 25년 전 여름에는 어땠을까? 그들은 그 몇 주 동안 죽음을 목격했고, 쫓기고, 폭행을 당했다. 25년 뒤 그 경매장에 모인 사람들이 평생 경험한 것보다 더 많은 폭력을 경험했다. 그런 식으로 성장한 사람에게는 어떤 미래도 없어야 하고, 세계적으로 유명한 화가가 될 일은 절대 없어야 하는데, 그 10대 아이들 가운데 한 명이 훗날 그렇게 됐다. 주변 환경은 추악했지만 타고난 내면이 어찌나 아름다웠던지 마치 반항이라도 하는 것 같았다. 대형 해머로 가득한 세상에서 그의 그림은 전쟁 선포였다.

어느 날 그 10대 아이들 중 한 명인 요아르라는 남자아이가 화가의 스케치북 위로 허리를 숙이고서 마치 마술을 대하듯 이렇게 속삭였다. "야. 이게 사진이냐? 아니면 그림이냐? 너 외계인이지?"

최대한 가깝게 표현하기는 했지만 요아르가 진짜로 하고 싶었던 말은 이거였다. 사랑해. 내 맘을 알아주면 좋겠다. 그래서 화가는 이렇게 대답했다.

"고마워."

최대한 가깝게 표현하기는 했지만 화가가 진짜로 하고 싶었던 말은 이거였다. *나도 사랑해. 너 없이는 못 살아.*

모든 것의 출발점이 된 그 대회 정보를 알아낸 사람이 요아르였다. 그의 어머니는 자신이 일하는 요양원의 직원용 휴게실에서 신문이 보이면 집으로 들고 오곤 했다. 월말에 요아르의 아버지가 술과 화장지 둘 중 하나를 선택해야 하는 경우가 더러 생겼기에 신문이 있으면 요긴하게 쓰였다. 여름방학 첫날, 요아르가 뒤를 닦으려 들고 있던 신문에 실린 광고를 우연히 보았고 그로써 모든 게 달라졌다. 다음 날 아침에 그는 잔교에 서서 대회 규정을 설명했는데, 안타깝게도 바보들에게 에워싸여 있다 보니 쉽지 않았다.

"아, 씨. 그냥 애들 그림 대회라니까. 아무나 자기 그림 보낼 수 있다고. 그중에서 1등 한다? 그러면 그거 갖다가 박물관에 존나 크게 걸어준다잖아!" 그는 일곱 번째, 어쩌면 여덟 번째로 같은 설명을 반복했다. "이제는 좀 다들 알아들어 봐라."

당연히 친구들은 완벽하게 알아들었지만 가끔은 못 알아들은 척했다. 요아르가 화를 내면 그렇게 재미있을 수가 없었다.

"근데…… 그럼 뭘 그려야 되는데?" 누군가가 바로 그런 이유에서 이렇게 물었다.

"아, 아무거나 그리라니까? 저 배라도 처그리든가." 요아르는 짜증을 섞어서 툴툴댔다.

"근데…… 우리는 배가 없잖아." 대답이 돌아왔다.

"아니, 바보야? 언제 배에다 그림을 그리라 했냐고! 배를 그리랬지! 그 뭐야…… 캔버스? 씨발, 맞냐? 캔버스인지 뭔지 모르겠지만 어쨌든!" 요아르는 쏘아붙였다.

그러자 그 친구는 알아들은 척하고는 이렇게 외쳤다.

"근데 요아르, 나 배 잘 못 그리는데."

"내가 너한테 그리라고 하겠냐고……." 요아르는 한숨을 쉬었다가 잠시 후 친구들이 웃고 있는 걸 드디어 알아차리고는 이렇게 중얼거렸다. "바보 맞네. 너넨 다 바보 멍청이들이야."

제일 먼저 웃음을 멈춘 사람은 당연히 화가였다. 그의 즐거움은 절대 오래 가지 않았고 그의 피부는 현실을 밀어내기에 너무 얇았다. 그는 긴장이 되면 늘 그러듯 온몸을 긁다가 조그맣게 말했다.

"그냥 없던 일로 하자, 요아르. 나는 그런 대회에서 원하는 스타일로 그림 못 그려. 그런 건 으리으리하게 돈 많은 사람들이나 하는 거지, 내가 뭘 잘났다고……."

요아르가 짜증을 내며 말허리를 잘랐다.

"야, 또 뭔 소리야. 그만 좀 해. 너 잘났어. 그 부잣집 새끼들보다 100만 배는 더 잘났어. 그냥 보여주기만 하면 돼! 일단 아무거나 그려. 저 거지 같은 바다라도 그려!"

요아르는 좋은 뜻에서 한 말이었다. 다만 그 마음을 말로 표현하는 법을 배우지 못했을 뿐이었다. 그는 화가가 얼마나 훌륭한지 세상에 알리고 싶은 게 아니라, 화가 자신에게 알리고 싶었다. 요아르는 기계를 잘 고쳤다. 들여다보면 어디가 고장 났는지 항상 알 수 있었다. 하지만 인간은 눈에 보이지 않는 허튼 것들로 가득 차 있고, 눈에 보이지 않는 부분들이 고장 난다. 그래서 요아르는 화가를 사랑한다고 말하는 법을 알지 못했기에 대신 이렇게 으르렁거렸다.

"그냥 닥치고 그려! 존나 그려서 1등 하면 되잖아!"

"그런 식으로 되는 게 아니야." 화가는 조그맣게 속삭였다. 그는 자신이 숨을 쉴 수 없는 이유를 설명할 도리가 없었고, 그해 여름에 자신이 그토록 슬퍼했던 이유를 말로 표현할 방법이 없었다.

그가 온몸을 긁으며 눈동자를 이리저리 굴리자 다른 아이가 그걸 보고 친구들의 주의를 돌리려고 나름대로 머리를 썼다.

"에이, 바다 그리는 게 얼마나 어려운데." 그가 말했다. 이번에는 바보인 척하는 건지, 정말로 바보인 건지 가늠이 되지 않았다.

"어렵기는 뭐가 어려워? 한 가지 색깔로 존나 칠하면 되는데?" 요아르가 짚고 넘어갔다.

"아니…… 너무 넓잖아. 그렇게 큰 종이를 어디서 구하냐?" 친구의 대답이었다.

한참 정적이 흐르다 한 친구가 키득거리기 시작했고 그러자 얼마 안 있어 모두 폭소를 터뜨렸다. 결국에는 화가마저 웃음을 터뜨렸고 그가 웃으면 요아르도 화를 낼 수가 없었다. 최고로 좋은 일들이 모두 그렇게 시작됐다.

그들은 서로에게 돌을 던지고, 한심한 농담을 주고받고, 수영하며 그날의 남은 시간을 보냈다. 화가가 평생 그린 소재 중에서 요아르가 가장 어려웠다. 그가 그의 친구에 대해 느끼는 감정은 화폭에 담는 것이 절대로 불가능했기 때문이었다. 그해 여름의 그 날, 해가 지기 시작하자 요아르가 짜증 섞인 투로 말했다.

"너는 이 좆같은 마을에서 좀 떠나야 해."

"그런 말 하지 마." 화가가 애원하자 요아르는 화를 냈다.

"아니, 넌 떠나야 돼. 우린 이미 망해서 상관없는데 넌 아니거든?

씨발, 넌 존나 대단해서 전 세계가 인정하는 화가인데 아직 아무도 모르는 것뿐이라고. 다른 새끼들이 너 대단한 거 알아봐도 그전에 우리가 먼저 알아챘으니까 그것만 까먹지 마.”

허풍이 아니라 그의 말이 맞았다.

이후에 그들은 잔교에 드러누워 싸구려 탄산음료를 마시며 해가 지는 풍경을 공짜로 구경했다. 여름은 여전히 끝날 줄 몰랐고 아직 세계적으로 인정받지 못한 세계적인 화가는 마지막 햇빛이 남은 하늘 위로 천천히 손을 움직여 허공에 해골을 그렸다.
잠시 후에 그가 다른 열네 살짜리 친구 중 한 명에게 물었다. “우리, 어른이 돼서도 절친으로 지낼 수 있을까?”
요아르는 침착하게 대답했다. “그때까지 살아 있을 수나 있을까.”

허풍이 아니라 이것도 그의 말이 맞았다.

5

루이사는 바닥에 머리를 하도 세게 부딪쳐서 눈앞이 캄캄해진다. 순간 이렇게 죽는 건가 싶다. 잠깐 정신을 잃었는지 죽은 피스켄의 목소리가 들린다. 행복해져야 할 텐데 오히려 화가 난다. 그들이 빌어먹을 어린 시절을 무사히 버티고 살아남으면 이후로는 모든 게 아무 문제 없을 거라고 장담한 사람이 피스켄이었기 때문이다. "하지만 살아남았어야 하는 사람은 내가 아니라 너잖아, 혼자 지내는 걸 잘했던 사람은 너였으니까!" 루이사는 속으로 소리를 지르다가 경악하며 눈을 뜨고, 그 말을 큰 소리로 내뱉었을지 모른다는 사실을 깨닫는다.

어디서 쉿 하는 소리가 들린다. 착각일까? 그녀는 혀로 이를 누른다. 아무 생각이 없었다면 고양이 털이 입안에 들어갔다고 말했을 것이다. 잠시 후 다시 쉿 하는 소리가 들리기에 하늘을 올려다보며 눈을 깜빡이자, 쓰레기통 저편에서 한 손가락을 입술에 갖다 댄 노숙자가 보인다. 루이사는 조용히 하라는 말을 잘 듣는 편이 아니지만, 정말 아니지만, 잠자코 숨을 참는다. 잠시 후 바로 옆에서 경비원이 외치는 소리가 들린다. "영어 할 줄 알아요? 그 아이 봤어요?"

루이사는 노숙자가 얼른 고개를 끄덕이고 반대편을 가리키는 것을 지켜본다. 경비원은 숨을 헐떡이며 한숨을 쉬고 몸을 돌려서 달려간다. '달려가는' 정도는 아닐지 몰라도 아무튼 걷는 것보다는 살짝 빠른 속도로 멀어진다. 몸무게는 150킬로그램에 육박할지언정 추리력은 1그램도 없는 경비원이 시야에서 사라질 때까지, 노숙자는 그 자리에 서 있다가 쓰레기통 뒤편에 쓰러진 루이사 위로 허리를 숙이고 조심스럽게 미소를 짓는다. 얼굴에 루이사 모양으로 시뻘겋게 커다란 자국이 남았다. 둘의 머리가 부딪친 듯하다. 루이사는 허리를 숙이고 달렸던 기억이 나는데, 그걸 보면 남자의 키가 엄청 작은가보다. 이제 보니 그의 옆에 누런 고양이가 앉아 있다. 노숙자의 옷은 지저분하지만, 고양이는 길고양이치고는 무척 깨끗하고 관리가 잘되어 있다. 남자는 놀란 표정이지만, 고양이는 루이사가 모아놓은 우표 위로 우유를 쏟기라도 한 듯 잔뜩 짜증 난 분위기다.

"죄송해요." 루이사는 영화에서 배운 영어로 조그맣게 속삭이고 일어서려다 휘청하며 노숙자 위로 쓰러진다.

서로 몸이 닿자 두 사람은 감전이라도 된 것처럼 움찔하다가 남자는 쓰레기통에 부딪치며 쓰러지고 루이사는 고양이에 발이 걸려서 넘어진다. 고양이는 이제 정말이지 못마땅한 표정을 짓는다.

"죄송해요. 아, 진짜 죄송해요. 죄송합니다." 루이사는 거듭 사과하며 다시 엉덩방아를 찧는다.

남자는 끙끙대며 일어난다. 손을 심하게 떨고 있고 아파 보이지만 괜찮다고 말하려는 듯 미소를 짓는다. 고양이는 절대 동의하지 않는 눈치다. 루이사는 쓰레기통 뒤편에 찌그러진 상자와 지저분한 담요가 있는 것을 보고 그녀가 이 남자와 고양이의 주거 공간을 그대로 덮쳤다는 사실을 깨닫고 당황스러워서 얼굴을 붉힌다.

남자는 루이사를 일으켜 세워주고 싶지만 그녀를 향해 손을 내미는 것을 꺼리는 듯 그녀도 아는 몸짓을 보인다.

"아저씨한테 누가 닿는 거 싫어요?" 루이사는 조그맣게 묻는다.

남자는 미안해하며 고개를 끄덕인다.

"어, 저도 그래요." 그녀는 말한다.

남자는 조심스럽게 미소를 짓고, 루이사도 미소를 짓는다. 짧은 정적이 이어지자 안타깝게도 루이사는 침묵을 정말 못 견디는 성격이라 횡설수설하기 시작한다. 왜냐하면 약간 못돼먹은 기질이 있는 그녀의 머리가, 만약 주변 사람 모두가 침묵을 지키고 있다면 네가 너무 이상해 보이기 때문일지 모르니 당장 아무 말이라도 늘어놓으라고 명령을 내리기 때문이다! 그래서 루이사는 고양이를 돌아보며 이렇게 말한다.

"저 고양이 좋아해요! 사실 개보다 고양이를 더 좋아해요. 잘 안 죽잖아요?"

그러자 루이사의 머리가 도대체 그런 말을 한 이유가 뭐냐고 묻는데, 루이사가 생각하기에는 머리가 시켰기 때문이다! 그러자 그녀의 머리가 이렇게 대꾸한다. 사람들이 너를 이상하게 여기는 이유가 바로 이런 것 때문이야, 루이사! 그러자 루이사는 두 뺨으로 드러날 수밖에 없을 만큼 당황스러워진다. 그녀의 머리는 정말이지 못됐다.

"아니, 그러니까 제 말은……." 그녀는 미안해하며 남자와 고양이를 향해 중얼거린다. "그, 왜, 영화 같은 거 보면 깡패들이 '개죽음' 당했다고 하지 '고양이죽음' 당했다고 하지 않잖아요? 고양이들은 가만히 안 있으니까……."

노숙자는 미소를 짓고 고양이는 절대 웃지 않지만 아까보다는 루이사를 눈곱만큼 덜 싫어하게 된 것 같기도 하다. 루이사의 머리가 당장 이야기를 더 해보라고 부추기길래 그녀는 이렇게 말한다.

"아, 그리고 개들은 하도 위험한 걸 주워 먹으니까, 개 키우는 사람들은 개들 목구멍 안에 막 손 집어넣어서 꺼내고 그러지 않아요? 개들은 어떻게 용케도 살아남은 거지? 그러니까, 전 고양이 입에 손 집어넣는 사람은 못 봤는데……."

루이사가 이 말을 끝으로 입을 다물자 그녀의 머리는 절망스럽다는 듯 한숨을 쉰다. 고양이는 고개를 모로 기울이고 헤어 볼[+]을 떠올리는 듯한 표정을 짓는다. 남자는 자기 손을 어떻게 하면 좋을지 모르겠는지, 심하게 떨고 있다는 데 부끄러워하는 듯한 표정을 짓다가 손을 주머니에 넣는다. 안타깝게도 이후로 주머니가 떨리기 시작하자 아까보다 더 부끄러워하는 듯한 표정을 짓는다.

다행히 루이사는 눈치채지 못한 듯하다. 넘어질 때 배낭 지퍼가 망가졌는지 그녀의 모든 인생이 길바닥에 펼쳐져 있는 것을 방금 알아챘기 때문이다. 여권, 스프레이 페인트, 스케치북, 담배 한 갑, 스크루드라이버 두 개. 그리고 가방 안에 최대한 쑤셔 넣은 옷가지. 이게 그녀가 가진 전부라는 사실, 이 행성에서 지낸 17년을 가방 하나에 담

[+] 소, 양, 고양이 따위가 삼킨 털이 위에서 뭉쳐 생긴 덩어리.

을 수 있는 현실이 너무나 갑작스럽고 너무나 잔인하게 그녀를 강타하자 허리가 절로 접힌다. 그녀는 절망하며 털썩 주저앉아 눈물 맺힌 눈으로 소지품을 줍기 시작하는데, 그녀를 도우러 나선 남자의 눈에도 똑같이 눈물이 맺혀 있다. 남의 소지품을 보고 그런 감정을 느끼다니 특별한 심성의 소유자인가 보다.

"감사합니다." 루이사는 조그맣게 속삭이고, 민망함에 온 뺨을 붉혀가며 스프레이 페인트 통을 배낭에 다시 넣은 다음 소심하게 덧붙인다. "혹시나 해서 말씀드리면요…… 저, 저 안에서 아무것도 안 훔쳤어요. 경비원이 그래서 쫓아온 거 아니에요. 저, 도둑 아니에요."

남자는 그 말을 믿는 눈치지만 고양이는 의심을 완전히 내려놓지 않는 것 같기에 루이사는 말을 잇는다. "그리고 그림도 전혀 건드리지 않았어요! 아까 그 할망구가 그렇게 소리 질렀을지는 몰라도 안 그랬어요! 절대…… 절대 그럴 일도 없고요. 그냥 그 그림을 워낙 좋아해서 안에 들어갔던 거예요. 죽기 전에 딱 한 번만 실제로 보고 싶어서요. 원래는 절친이랑 같이 보기로 했는데 걔가 죽어가지고, 그래서……."

루이사는 입술을 깨무는데, 그녀의 머리가 루이사를 다시 다그치기 시작한다. 그래서 땅바닥을 내려다보며 노숙자가 한 번도 들어본 적 없을 만큼 심한 욕을 연거푸 중얼거린다. 의미심장한 업적이다. 그는 술에 떡이 된 뱃사람도 만나보았고, 술꾼들과 함께 배를 탄 적도 있었고, 한 번은 임산부가 주차 단속원에게 뭐라고 소리 지르는지 들은 적도 있었으니 지금까지 접한 욕이 제법 많다고 볼 수 있다. 따라서 이 아가씨는 특출난 재능의 소유자라는 결론을 내릴 수가 있다. 루이사는 욕을 하고 하고 또 하다가 갑자기 온몸이 떨릴 정도로 격하게 울음을 터뜨린다. 오늘 아침까지만 해도 완벽한 계획을 세워놨었는데, 거기에 길고양이 털 위로 콧물을 흘려가며 교회 뒷골목에 서서 울기는 없었기 때문이다.

"죄송해요, 진짜 죄송해요." 그녀는 코를 훌쩍인다.

고양이는 이제 그루밍을 하고 싶으면 혀로 자기 털을 핥아야 한다는 걸 조금 비위 상해 하는 눈치다. 어설프게 일어난 남자의 바지 무릎 부분이 전보다 더 지저분해져 있다. 그는 루이사의 여권을 내민다. 그녀의 사진이 실린 면이 펼쳐져 있어서 이름과 생년월일이 보인다. 그가 입을 열지만 거기서 흘러나온 소리가 어찌나 작은지 말이 아니라 나뭇잎 사이로 바스락거리는 바람 소리에 가깝다.

"루이사. 예쁜 이름이로구나. 생일 축하한다."

루이사는 심장이 뛰는 생명체라도 되는 듯 조심스럽게 여권을 건네받는다. 여권을 발급받자는 건 피스켄의 아이디어였다. 둘 다 어디로든 떠날 가능성이 없다는 건 알았지만 피스켄의 주장에 따르면 여권이란 이 세상에 존재한다는 증거가 된다고 했다. 이제 피스켄도 떠나고 없으니 루이사에게 남은 증거는 여권 하나뿐인 것만 같다.

"어…… 제 생일은 내일인데요." 그녀는 말한다.

"내일은 너를 못 만날 수도 있잖아." 남자는 다정한 눈빛과 부드러운 미소를 지으며 이렇게 속삭인다. 그녀는 그의 목소리가 그렇게 작은 이유가 낯을 가려서가 아니라 병에 걸려서, 말을 하면 아프기 때문이라는 사실을 알아차린다. 그러자 무슨 말을 해야 할지 알 수가 없어지는데, 그녀의 머리를 감안하면 명백히 시작부터 좋지 않은 상황이다. 루이사 입장에서 변명하자면 지금까지 그녀는 피스켄 말고는 아무에게도 생일 축하를 받아본 적이 없었다. 처음 보는 사람에게 갑자기 생일 축하를 받으면 복잡한 감정을 정리하기가 쉽지 않은 법이다. 그럴듯한 말을 해봐! 그녀의 머리는 이렇게 외치지만 루이사가 가까스로 꺼낸 말은 이거다.

"경비원이 경찰을 부르겠다고 했어요. 그래서 도망쳤어요. 무슨 잘못을 저질러서가 아니고요!"

그녀의 머리는 그러거나 말거나 노숙자는 관심도 없을 거라고 지적하지만, 루이사는 갑자기 그가 어떻게 받아들일지 몹시 신경이 쓰이기 시작한다. 온 세상을 통틀어 딱 한 명의 인간과 딱 한 마리의 고양이만이라도 그녀를 나쁘게 보지 않으면 위안이라도 될 것처럼 말이다. 그래서 온갖 말들이 루이사의 입에서 쏟아져 나온다.

"저요…… 저는 도망쳐 나왔어요. 그러니까, 저는 집이 없어요. 하지만 아저씨 같은 노숙자는 아니고, 가엾게 볼 만한 그런 노숙자도 아니고요……. 일부러 노숙자가 됐어요. 살던 집에서 도망쳐 나와가지고, 아마 실종 신고가 됐을 거예요. 하지만 어쩔 수 없었어요. 왜냐하면…… 혼자서 잘 수 있는 곳이 아니었거든요. 무슨 말인지 아시겠죠? 그리고…… 어른들이 제 절친 피스켄이 죽었다면서 차라리 잘됐다고 하는 걸 들었어요. 위험한 또라이였으니까 떠나주는 게 이 세상을 가장 위하는 길이라나. 그래서 도망쳐 나오는 수밖에 없었어요. 거기 계속 있었다가는 그런 말을 한 바보들을 죽이고 말았을 테니까요. 피스켄이 또라이겠냐고요! 걔는 거의 모든 걸 잘하는 내 사람이었어요. 내 사람, 내 **사람**이었다고요. 그런 친구가 죽었는데, 누구 하나 신경도 안 쓰고 기억조차 하지 않아요! 그래서 도망쳤어요. 경찰에 잡히면 실종 신고된 미성년자라 위탁 시설로 돌려보내지겠지만, 내일 열여덟 번째 생일이 지나면 전 실종된 게 아니라 그냥…… 떠난 사람이 될 거예요.”

그녀의 머리는 지금 너무 횡설수설하고 있다고 계속 경고하지만 루이사는 심정적으로 너무 지쳐서 위에서 하는 말은 들리지 않는다. 부활절 며칠 전이라 겨울과 봄이 약이 오른 언니와 동생처럼 싸우고 있어서 방금까지 해가 쨍쨍 비쳤다가도 살을 에는 찬바람이 금세 골목길을 뚫고 루이사의 티셔츠 아래로 들어온다. 그래서 루이사는 담요와 상자를 턱으로 가리키며 이렇게 말한다.

“전 차 안에서 자요, 거기가 좀 더 따뜻해서요. 그리고 안에서 문을 잠글 때 나는 소리도 좋아요.”

루이사는 이 말을 하자마자 민망해진다. 그 노숙자는 손이 떨려서 차 문을 딸 수 없는 데다 따는 법을 알려주는 피스켄 같은 친구도 없었을 것이다. 루이사는 그가 가엾어진다. 피스켄이 없는 모든 사람이 가엾어진다.

노숙자는 그녀 앞에 한참 동안 말없이 서 있다가 다시 그 부스럭거리는 소리를 내가며 루이사가 들어본 적 없을 만큼 부드러운 목소리로 말한다. “안타깝구나.”

그래서 루이사도 슬픈 목소리로 마주 속삭인다. “저도 안타까워요. 아저씨한테…… 무슨 일이 있었는지는 모르지만 전부 다요.”

그의 눈가가 촉촉해진다. 그가 코를 훌쩍이자 고양이는 자기 털에 콧물이 더는 떨어지지 않게 조심스럽게 옆으로 이동한다. 루이사도 그녀의 머리도 이어지는 침묵을 어찌하면 좋을지 알 수 없기에 그녀는 숨을 크게 들이마시고 그에게 뭔가를 내민다. 남자는 놀란 얼굴로 그걸 받는다. 엽서다.

“거기 엽서에 실린 그림이요, 그거 보려고 교회 안에 몰래 들어갔던 거예요."

뺨을 타고 눈물이 쏟아지지만 루이사는 거의 평온해 보인다. 적어도 고양이 위로 눈물을 흘리고 있었던 사람치고는 평온해 보인다.

"저요, 가끔은요." 그녀는 엽서에 대고 속삭인다. "이걸 다 그린 화가는 엄청난 고통 속에 있었겠지만, 또 한편으로는 분명 세상에서 가장 행복한 사람이었겠다고 생각해요. 자기 안에 있는 모든 감정을 하나도 남김없이 동시에 느끼고 있었을 테고, 그래서 감당할 수 없는 지경이었을 거예요. 그렇지 않고서야 그런 그림을 그릴 수가 없을 테니까요. 그죠?"

그녀의 머리가 이제 진짜 이상해 보이겠다고 고함을 지르지만 이미 엎질러진 물이라 그녀는 하던 이야기를 계속한다. "여기 잔교에 아이들이 앉아 있잖아요? 사람들은 이게 바다를 그린 그림인 줄 알지만 사실은 그 아이들을 그린 거예요. 그리고 그 아이들은…… 그 화가의 모든 작품에 나오거든요? 화가가 다시는 그 아이들을 그린 적 없지만 그들이 있다는 걸…… 느낌으로 알 수 있어요. 저랑 피스켄이랑 나중에 거기 찾아가자고 진짜 맨날 얘기했거든요. 그 잔교에서 뛰어내리자고. 거기서 수영을 배울 생각이었는데!"

그녀가 마지막으로 한 말은 흐느껴 우는 소리에 묻혀서 거의 들리지 않는다. 노숙자는 사람들을 끌어안는 건 어려우니 그 대신 그 엽서를 끌어안고 싶어 하는 듯한 표정을 짓는다. 그가 조심스럽게 엽서를 돌려주지만 루이사는 고개를 젓는다.

"아저씨 가져도 돼요." 그녀는 말한다.

왜냐하면 이제 그녀는 실제 작품을 보았기 때문이다. 그것이 머리와 가슴속에 영원히 간직될 테고 아무도 빼앗아 갈 수 없다.

"늘 그 아이들이 저처럼 가난할 거라고 생각했어요. 그런데 이제 화가의 작품이 수백만 크로나에 팔리고 있으니, 그 화가는 세계적으로 인정받는 진짜 부자가 돼서 더는 아무것도 무서워할 필요가 없겠어요." 루이사는 부러운 마음을 감추려는 듯 중얼거린다.

남자도 그 엽서를 붙들고 아주 부러워하는 표정을 짓는다. 루이사는 담배를 꺼낸다. 담배를 피웠던 쪽은 피스켄이었지만 그래도 그녀는 담배를 한 대 문다. 그녀가 담뱃갑을 내밀자 남자는 엄청나게 머뭇거리며 한 개비를 꺼낸다. 루이사는 오로지 예의를 지키기 위해 폐암에 걸릴 위험을 감수하다니, 남자가 참 정이 많은 사람이라고 생각한다.

"담배 피우세요?" 그녀는 묻는다.

그는 상냥하게 고개를 젓는다.

"다행이네요." 루이사는 말한다. "왜냐하면 라이터가 없거든요."

그녀는 피스켄이 죽은 뒤로 그냥 담배를 들고 있거나 가끔 입에 물고 그 느낌을 음미하고 있다. 그녀는 그렇다는 걸 남자에게 설명하려는 찰나, 그가 담배를 거의 들고 있지도 못할 정도로 심하게 손을 떨고 있는 것을 본다. 그래서 그녀는 연민이 호기심만큼 가득 묻어나는 목소리로 묻는다.

"아저씨, 알코올중독자예요? 그래서 손 떨어요?"

남자는 한참 동안 아무 말도 하지 않는다. 그래서 그녀가 사과하려는 찰나, 그가 머리를 좌우로 천천히 흔들고 대답한다.

"아니, 아니, 술은 안 마셔. 왜냐하면…… 거의 다 쏟거든."

루이사는 한참 뒤에야 이게 농담이라는 걸 알아차리고 평소보다 두 배 더 크게 웃음을 터뜨린다. 피스켄이 죽은 뒤로 그렇게 웃은 게 처음이다. 남자는 그런 근사한 소리를 유발했다는 데 몹시 뿌듯해하며 두 번째 농담을 거의 거침없이 잇는다.

"그렇게…… 그렇게 웃을 일이 아니야. 내가 이것…… 이것 때문에 일을 못 하게 됐는걸."

"무슨 일을 하셨었는데요?" 루이사는 놀란 얼굴로 묻는다.

"탬버린 훔치는 일." 남자는 미소를 짓는다.

아, 그녀가 얼마나 키득거렸는지 모른다. 아, 얼마나 키득거렸는지 모른다. 세상에서 그보다 듣기 좋은 소리는 없다. 그녀는 허공에 대고 손을 흔들며 외친다.

"그래서 담배 안 피워요? 실수로 자꾸 담뱃불을 꺼트려서요? 아저씨 진짜 집 없어요? 아니면 그냥 계속 열쇠 잃어버리는 거예요?"

아, 그가 이 말을 듣고 얼마나 빙그레 웃었는지 모른다. 루이사는 그만큼 재미있는 다른 농담을 하고 싶지만 그녀의 머리가 워낙 할 줄 아는 게 없기에 대신 이렇게 말한다.

"어디 아파요?"

그는 고개를 끄덕이지만 슬퍼하는 기색은 보이지 않는다.

"응."

"혹시…… 죽을병이에요?" 그녀는 이렇게 묻는다. 그가 바람이 방향을 바꾸면 그는 당장이라도 산산이 분해될 사람처럼 보이기 때문이다.

그는 고개를 끄덕이지만 슬픈 표정을 짓는 이유는 오로지 루이사가 슬퍼하기 때문이다. 남자는 위로가 가득 담긴 목소리로 뜬금없이 이렇게 말한다.

"인생은 길단다, 루이사. 다들 짧다고 얘기할 테지만 그건 거짓말이야. 길고 긴 게 인생이지."

루이사는 그 말을 듣고 간신히 휘청거리지 않고 버틴다. 처음 보는 사람에게 이 많은 이야기를 한꺼번에 듣다니 솔직히 감당하기 쉽지 않다. 아주 오랫동안 아무하고도 대화를 나눠본 적 없는 경우라면 특히 그렇다. 그녀는 끈이라도 붙잡을 수 있게, 그래서 갈 곳 잃은 손을 처리할 수 있게 배낭을 메고 땅바닥을 내려다보며 웅얼거린다.

"제 친구 피스켄은 살아 있는 걸 견디지 못했어요. 상처를 너무 많이 받았거든요. 하지만 저는 살아 있으려고 노력해 보고 싶어요."

노숙자는 뿌듯해하며 고개를 끄덕이고, 루이사가 상상한 것일지 몰라도, 상상이라 한들 이번이 처음도 아니지만, 그래도 고양이도 조금 뿌듯해하는 것 같다고 생각하지 않을 도리가 없다.

그녀는 작별 인사를 잘하지 못하는 성격이라 작별 인사 대신 그냥 손을 든다. 그러자 아래팔에 그려진 팔 하나짜리 남자가 나무에서 손을 흔드는 것처럼 보인다. 하지만 그녀가 막 몸을 돌리려는 순간 노숙자가 묻는다.

"혹시…… 혹시 그림 그릴래?"

그녀가 놀라서 어깨 너머를 돌아보자 남자는 자기 집 거실이라도 되는 것처럼 다정하면서도 요란한 몸짓으로 교회 뒷벽을 가리킨다. 루이사는 어쩌면 좋을지 알 길이 없다. 피스켄 말고는 아무도 그림을 그려달라고 한 적이 없었다. 그 말에 무슨 수로 싫다고 할 수 있을까?

그래서 루이사는 가던 걸음을 멈추고 그림을 그린다. 배낭을 내려놓고 그 안에 있던 온갖 스프레이 페인트를 거의 다 쓴다. 조그만 하트와 아픔을 느끼지 못하는 물고기를 그린다. 바퀴벌레도 그린다. 교회에서 만난 그 바보 같은 할망구가 그녀를 가리켜 바퀴벌레라고 했지만 그걸 예쁘게 그린다. 보복 행위가 될 만큼 예쁘게. 그런 다음 경비원 유니폼을 입은 해파리를 그린다. 노숙자는 그걸 보고 웃다가 하마터면 넘어질 뻔한다.

그녀가 들고 있는 스프레이 페인트 쪽으로 그가 조심스럽게 손을 내밀더니 그녀의 손을 건드리지 않고 가만히 빼내어 가는 것을 보고 루이사는 화들짝 놀란다. 잠시 후에 그가 떨리는 손으로 그림을 그리는데, 완성된 그림을 보고 루이사가 쓰러지지 않은 게 기적이다. 그 무렵 그녀의 심장은 이미 몸에서 떠난 뒤였기 때문인데.

그가 해골을 그린 것이다.

6

25년 전, 열다섯 살이 되던 그해 여름에 화가는 온 사방에 해골을 그리고 다녔다. 처음에는 손끝으로 허공에, 그다음에는 연필로 스케치북에, 그러다 결국 세계적으로 유명해질 그림에 적은 자기 이름 옆에. 그 그림이 유명해진 것이 아니라 완성됐다는 것이 얼마나 기적 같은 일인지는 그의 친구들만 알 수 있을 것이었다. 자신을 너무나 하찮게 여겼던 소년에게서 그렇게 엄청난 것이 나왔다는 사실이.

왜냐하면 소년은 그 모든 발상이 얼토당토않다고 생각했다. 그는 그림을 못 그렸다. 그렇다는 걸 알았다. 그가 잘하는 거라고는 달리기뿐이었다. 위험을 피하느라 아이들 머리가 올빼미처럼 돌아가는 동네에서 자랐고, 눈 깜빡할 새 싸움박질이 벌어지고 쉬는 시간마다 숨어야 하며 쓸 수 있는 무기는 전부 복도와 교실 바닥에 고정된 학교에 다닌 덕분이었다. 몸이 항상 긴장 상태였으니 날마다 연습하는 달리기를 잘할 수밖에 없었다.

하지만 예술은? 그가 예술에 대해 도대체 뭘 알기는 했을까?

그가 달리면 요아르가 항상 옆에서 같이 달렸다. 하지만 상대방에게 잡히더라도 자기가 표적이 되게끔 항상 한쪽 어깨 너머를 흘끗거리며 달렸다. 화가와 다르게 요아르는 싸움을 잘했다. 하도 얻어맞다 보면 그렇게 되는데, 요아르는 집에서 아버지에게 어찌나 얻어맞았는지 아직 뼈가 남아 있는 게 기적일 정도였다. 요아르가 학교에서 키가 작다고 놀림을 당할 때마다 화가는 그 못된 인간에게 얼마나 짓밟혔는지 친구들이 알면 요아르의 키가 이만큼이라도 자란 것 자체가 얼마나 엄청난 기적인지 알게 될 거라는 생각을 했다.

그렇다면 화가는 어땠을까? 그는 모든 것에서 아름다운 부분을 찾아내는 것을 잘했다. 자기한테서 그런 부분을 잘 찾아내지 못하는 사람은 그렇게 된다. 그는 학교와도, 이 마을과도, 자기 몸과도 겉돌았다. 열네 살이던 그해 봄에는 하도 울어서 속이 텅 빈 느낌이었다. 다들 너무 말이 없다고 그를 걱정했지만 그건 문제가 된 적이 없었다. 문제는 그가 절대적으로 확신하는 것들이었다. 그는 쓸모없는 존재라는 확신. 그에 대한 친구들의 평가는 잘못됐다는 확신. 그는 모두를 실망시키게 될 거라는 확신.

하지만 그의 친구들은 어땠을까? 그들이 원하는 것은 그를 웃기는 것뿐이었다. 어이없는 농담으로 목적을 달성하기도 했고 기발하다 싶은 농담으로 목적을 달성하기도 했지만 대부분은 마을을 가로질러 잔교까지, 너무 숨이 차서 정신이 하나도 없을 때까지 그와 함께 달리는 것으로 충분했다. 도착하면 누가 가장 먼저 바닷속으로 뛰어

드는지 시합했다. 달리면서 옷을 벗어젖힌 화가가 잔교 가장자리에
서 막 뛰어내리려는 순간, 뒤에서 외치는 소리가 들렸다. "조심해!"

그는 발을 내밀다 말고 뒤를 돌아보았다.

"바다가 아니라 엉뚱한 데로 뛰어내리지 않게 조심하라고, 바보들
아!" 요아르는 외치며 친구들을 쌩하니 지나 맨 먼저 바닷속으로 뛰
어들었다.

변명하자면 그는 꼼수를 써야 이길 수 있었다. 놀리려는 게 아니라
요아르는 친구들 사이에서 키가 가장 작았고 달리기가 가장 빠르지
도 않았다. 전에 누군가가 그의 키를 두고 "사과 두 개만 하다"고 표
현한 적이 있었다. 그것도 크지 않은 사과 두 개였다. 그래도 친구들
사이에서 가장 용감하고 힘이 셌고, 손은 가장 작을지 몰라도 주먹은
가장 컸다. 요아르가 한 방에 있다가 나가면 스무 명이 나간 것처럼
느껴졌다. 보고 있다가 잠깐 눈을 떼면 그는 어느새 쌩하니 달려가
덩치가 자기의 두 배만 한 사람과 싸움을 벌이거나 의기양양하게 고
함을 지르며 어느 누구도 감히 시도한 적 없는 절벽에서 뛰어내리곤
했다.

그때는 몰랐지만 화가는 나중에 요아르를 그런 식으로 그리게 될
것이었다. 금방이라도 사라질 듯 흐릿하게. 충분한 시간이 지나면 화
가는 웃음을 그릴 방법을, 모든 걸 아름답게 포장할 방법을 찾을 것
이다. 열네 살의 그날을 그렇게 기억하고 싶었기에. 그날들은 아름다
웠기에.

어른이 되면 화가는 그해 여름이 온통 폭력으로 가득했다는 것을
알게 될 것이다. 장례식으로 가득했다는 것을 알아차릴 것이다. 8월
이 되면 친구들은 다른 사람이 될 것이었다. 그때가 되면 요아르는

어머니가 얻어맞는 것을 더는 보지 않기로 하고 아버지를 죽이기로 마음먹을 것이다. 여름이 죽음과 함께 시작되고 죽음과 함께 끝났다.

하지만 그 중간은?

그 중간은 다른 많은 것들로 어찌어찌 채워졌다. 사랑과 우정, 경이로울 만큼 요란한 웃음소리와 어마어마하게 바보 같은 판단들로. 그들은 우편함에 폭죽을 넣었고, 쇼핑카트를 타고 마을에서 가장 가파른 내리막길을 질주했고, 젖은 양말을 토스터에 넣어서 말리려고 했다. 이런 게 아니면 달리 무슨 일로 열네 살을 보내야 할까? 심심해서 죽어야 할까?

그해 여름은 무엇보다 그 그림이 되었고, 훗날 'C. 야트'라는 화가가 된 소년의 모험이 그렇게 시작됐다. 그는 나중에 어쩌면 그럴 수밖에 없었을지 모른다고 생각하려고 종종 애쓰게 될 것이다. 우리의 10대는 가장 밝은 빛인 동시에 가장 짙은 어둠일 수밖에 없다고, 우리가 그런 식으로 자신의 지평선을 파악하게 되는 거라고.

화가는 열네 살을 항상 향수병에 시달리는 듯한 기분이었던 시절로 기억할 것이다. 어른이 됐을 때 그가 깨달은 가슴 속 공허함의 정체가 그것이었다. 우리 가운데 일부는 엉뚱한 곳에서 태어나 무인도에 난파당한 것 같은 어린 시절을 보내고, 고향이 뭔지 아직 모르면서 가슴 절절한 향수병을 앓는다. 어린 시절 친구가 바로 그런 존재다. 같은 섬에 유배당한 사람이다. 그런 사람을 한 명이라도 만나면 거의 모든 난관을 헤쳐나갈 수 있다.

그래서 6월의 어느 날, 화가는 이렇게 속삭였다. "바다를…… 그려볼 수는 있어.”

“좋았어!” 요아르는 뭐라고 이실직고하면 좋을지 몰랐기에, 화가의 배낭 안에 든 약과 손목에 난 칼자국을 보았다고 어떤 식으로 말하면 좋을지 몰랐기에 명랑하게 외쳤다.

요아르는 이렇게 속삭이면 되는 줄 몰랐다. *젠장, 아무거나 그리기만 하면 돼. 안 그러면 널 잃을까 봐 겁이 나서 그래.* 화가도 할 말이 없었다. 불안해서 물에 빠져 죽어가는 심정이라는 걸 어떤 식으로 설명하면 좋을까. 친구들의 손을 잡으면 어둠 속으로 같이 끌고 들어가게 될까 봐 너무 무섭다는 걸 어떤 식으로 설명하면 좋을까.

그들은 아무런 말을 하지 않아도 서로를 이해했고 가끔 그래서 견딜 수가 없었다. 그 10대 소년들은 훗날 그림 속에 앉아 있겠지만 그날은 그들이 기억하는 한 가장 긴 침묵 속에서 잔교 가장자리에 앉아 있었다. 그중 한 명이 갑자기 방귀를 뀌었을 때 그토록 속이 뻥 뚫렸던 이유가 그 때문이었다.

어떤 식으로 웃었느냐고? 모두 갈비뼈가 부러지지 않은 게 기적이었다. 그들은 모두 동시에 “나 아니야!”라고 외쳤고, 이내 다 같이 서로를 손가락질했고, 이내 한 명씩 차례대로 물속으로 뛰어내렸다. 바다가 어떻게 그들의 마음을 모두 담을 만큼 넓을 수 있었을까? 이해가 안 되는 일이었다.

마침내 수면에 몸을 맡기고 나란히 누웠을 때 화가는 요아르를 돌아보며 물었다.

“아까 그 말 진심이야? 어른이 될 때까지 우리가 전부 살아 있을 것 같지는 않다고 한 거?”

구름 한 점, 바람 한 줄기도 없는 날이었고, 바다가 그들을 감쌌고, 요아르는 슬픈 미소를 지어 보였다.

"너는 살아 있을 거야. 우리 전부는 아닐지 몰라도 너는 살아 있을 거야. 너는 영원히 죽지 않을 테니까."

비난하려는 건 아니지만 그의 말은 틀렸다.

7

25년 뒤에 세계적으로 유명한 화가 C. 야트는 떨리는 손으로 스프레이 페인트를 감싸 쥐고 교회 뒤편 골목길에 서 있다. 그는 죽을 날이 얼마 남지 않았다. 엄청난 상상력을 동원하지 않는 한 다르게 생각할 방법이 없다. 물론 인간은 누구나, 한 명도 예외 없이 죽지만 자기가 죽을 날이 머지 않았다는 사실을 실감하게 되는 사람은 거의 없다. 화가가 자신의 죽음을 세간에 비밀로 하고 숨은 이유가 그래서다. 죽음이라는 문제에 직면하면 살아 있는 사람들의 이성이 마비되기 때문이다. 그들은 아픈 사람을 피하고 싶어 하고, 심지어 병에 대해 생각하고 싶어 하지도 않는다. 그럴 수밖에 없는 상황에 맞닥뜨리면 한숨을 쉬며 이 비슷한 말을 한다. "아, 당연한 듯 살면 안 된다는 걸 다시금 깨닫게 된다니까?"

비난하려는 건 아니지만, 화가가 생각하기에 건강한 사람들은 정신 상태가 정상이 아니다. 당연한 듯 사는 것이 이생의 핵심이다. 우리가 하는 것이 그것 말고 또 뭐가 있을까? 우리는 우주의 어느 돌덩이 위에서 살아가는 유인원이고, 우리의 호흡은 80퍼센트의 질소와 20퍼센트의 산소, 그리고 100퍼센트의 불안으로 이루어져 있다. 우리가 당연하게 여길 수 있는 *단 한 가지*가 있다면 우리가 만나온 모든 사람, 알고 있는 모든 사람, 사랑했던 모든 사람이 언젠가는 죽는다는 사실이다. 그러니 매일 아침 침대에서 벌떡 몸을 일으키려면 얼마나 엄청난 상상력이 필요하겠는가? 말하자면 입만 아프다! 우리가 매 순간 죽음을 생각하지 않을 수 있는 유일한 원동력이 상상력이다. 그리고 죽음을 생각하지 않을 때가 바로 최고의 순간이다. 인생을 낭비하는 때야말로. 의미 없는 일을 하고, 시간을 낭비하고, 물놀이를 하고 탄산음료를 마시고 늦잠을 자는 것은 엄청난 반항의 표현이다. 실없이 까불대는 것, 한심한 농담에 웃고 한심한 농담을 늘어놓는 것도 마찬가지다. 또는 감당할 수 있는 한도 안에서 가장 큰 그림을 그리고, 색으로 속삭이는 법을 배우려고 시도해 보는 것도. 이것이 나였고, 이들이 내 사람들이었고, 이것이 우리의 방귀였다고 다른 사람들에게 보여줄 방법을 찾는 것도. 이것이 우리의 몸이었고, 작아도 너무 작아서 우리의 사랑을 모두 담을 수 없었다고 보여줄 방법을 찾는 것도.

삶은 그게 전부다. 우리가 바랄 수 있는 건 그게 전부다. 그 삶이 끝날지 모른다는 사실에 대해서는 생각하지 말아야 한다. 그걸 의식하면 너무 많이 사랑하지도 않고 너무 우렁차게 노래를 부르지도 않으며 겁쟁이처럼 살게 된다. 화가는 그 모든 걸 당연하게 여겨야 한다고 생각한다. 아침노을과 여유로운 일요일 아침과 물풍선과 내 목에 닿는 타인의 숨결. 인간이 할 수 있는 딱 한 가지 용감한 행동이 그것이다.

"어…… 어…… 어……." 교회 뒤편 골목길에서 그의 앞에 서 있는 열일곱 살짜리 여자아이가 더듬거린다.

화가는 그 아이에게 죽을병에 걸렸다고 고백한 것을 후회한다. 그 아이가 자신을 안쓰럽게 여기는 걸 보고 그 아이가 안쓰러워진다. 그럴 이유가 전혀 없기 때문이다. 그는 마흔 살이 거의 다 됐고 오래, 그것도 엄청나게 오래 살았다. 그렇지 않다고 하는 사람은 거짓말을 하는 거다. 그는 세상을 구경했고, 하얀 모래사장에서 사랑에 빠졌고, 따뜻한 밤에 요란한 음악에 맞춰 춤을 추었고, 보드라운 이불 아래에서 느긋하게 아침을 흘려보냈다. 그림을 그렸고, 웃었고, 노래했다. 손목에는 칼자국이 있고 배낭 안에는 약이 들어 있던 열네 살 때는 감히 상상하지도 못했던 일이었다. 그는 삶을 살았다. 아, 정말이지 열심히 살았다.

"그림 잘 그리네, 특히 바퀴벌레." 그래서 그는 방금 일어난 사람처럼 벽을 보고 행복하게 눈을 깜빡이며, 앞에 서 있는 여자아이에게 이렇게 말한다.

방금 그의 정체를 알아차린 루이사는 코를 훌쩍이며 대꾸한다.

"아저씨도…… 아저씨도 그림 잘 그려요! 제가…… 제가 그림을 그리는 이유는 오로지 아저씨 때문이에요!"

솔직히 그녀는 한꺼번에 너무 많은 감정을 느끼고 있다. 안 그래도 상당히 정신없는 하루를 보냈으니 우상을 만나기에 알맞은 상태일 수 없다. 고양이가 갑자기 그녀의 다리에 몸을 비빈다. 아주 따뜻한 애정의 표현일 수도 있겠지만 그녀의 바지에 대고 자기 털에 묻은 콧물을 닦으려는 건 아닌가 하는 의심이 든다.

"나는 네 이유가 될 수 없어, 어느 누구도 네 이유가 될 수 없어. 네 그림은 너만의 것이야." 화가는 부드럽게 반박한다.

루이사는 숨을 헐떡인다. 묻고 싶은 질문이 백만 개라 언제 다 물어볼까 싶다. 어쩌면 의미 없는 고민일지 모른다. 어른들은 항상 10대들이 기대하는 것보다 한참 더 쓸모가 없으니 화가에게는 어차피 훌륭한 해답이 없을 것이다. 하지만 안타깝게도 화가는 루이사를 실망시킬 기회조차 누리지 못한다. 바로 그때 사이렌 소리와 함께 경비원이 외치는 소리가 들린 것이다. "저기 저 골목길 안에 있어요!" 밑창이 딱딱한 흉측한 신발들이 덜거덕거리는 소리가 어찌나 크게 골목길에 울려 퍼지는지, 쿵쾅거리는 그들의 심장 소리가 제대로 들리지 않을 정도다. 이번에는 경찰들이 외치는 소리가 들리고 잠시 후 화가가 갑자기 웃음을 터뜨린다. 두말하면 잔소리지만 이 모든 걸 당연하게 여기는 것 말고는 대안이 없기 때문이다.

"도망쳐." 그는 조금도 동요하는 기미 없이 그녀에게 말한다.

"네?" 루이사는 겁에 질려서 숨을 헉 토한다.

화가는 그녀를 보고 고마워하며 행복한 미소를 짓는다.

"도망쳐, 루이사! 앞으로 네가 수영을 배우면 좋겠다. 여기에서부터 바다까지 모든 벽에 그림을 그리면 좋겠고. 이제 가!"

그는 손끝에서부터 발끝까지 벌벌 떨며 그녀에게 빌린 스프레이 페인트 통을 내민다.

"하지만…… 아저씨는 어쩌고요?" 그녀는 더듬더듬 묻지만, 그가 어찌나 활짝 웃고 있는지 귀를 조심해야겠다 싶을 정도다.

"나는 이제 더는 빨리 달릴 수가 없을 것 같아서." 그는 조그맣게 속삭이고는 덧붙인다. "하지만 걱정 마. 경찰이 날 어쩔 수 있겠어. 세계적으로 유명한 사람인걸, 안 그래?"

그녀는 숨을 가쁘게 몰아쉰다. 인생 최고의 순간이 가장 당황스러운 순간이기도 할 때 나오는 반응이다.

"죄송해요…… 몰라봐서 죄송해요." 그녀는 그의 손에 들린 통을 보며 이렇게 말하고, 잠시 후 흐느끼며 애원한다. "그거 들고 가시면 안 돼요? 다음번에 만나면 돌려주세요. 제가 이 자리로 다시 와서 아저씨를 찾을게요!"

세계적으로 유명한 화가는 고개를 끄덕인다.

"다치지 마라!" 그는 그녀에게 약속을 받아낸다. 여태껏 어떤 어른도 이렇게 다정한 말을 해준 적은 없었다.

경찰이 모퉁이를 돌아 나오자 그녀는 셔츠 칼라 위로 눈물을 뚝뚝 흘려가며 잠깐 머뭇거리다 몸을 돌려서 도망친다. 화가는 스프레이 페인트를 돌려주지 못할 테고, 그녀는 그가 그녀에게 어떤 의미였는지 말할 기회를 누리지 못할 것이다. 하지만 이제 어딜 가든 모든 벽 위에 그가 함께 있으니 상관없다.

인생? 길다.

루이사의 배낭이 모퉁이를 지나서 사라지자 화가는 그 자리에 서서 구름 한 점 없는 하늘 아래로 이어지던 잔교를 떠올린다. 바다에 똑바로 누워있다가 폭소가 빵 터져서 몸이 뒤집히는 바람에 하마터면 물에 빠져 죽을 뻔했던 열네 살 때를 떠올린다. 루이사는 화가가 세계적으로 유명한 부자가 됐으니 이제는 뭐든 무서워할 이유가 없는 줄 알았다고 했다. 세 개 중에 두 개를 맞혔으니 괜찮은 성적이다. 하지만 그는 예나 지금이나 모든 걸 무서워한다.

젊었을 때 그의 작품은 아무 가치가 없고, 그는 아무것도 되지 못할 거라고 했던 평론가들을 종종 떠올린다. 유명해지자 그는 그 말대로 됐더라면 얼마나 좋았을까 생각한 적이 많았다. 그는 성공하면 자신을 둘러싼 세상 모든 것의 모든 속도가 빨라져서 심장이 그 속도를 맞추지 못하는 것에 대해 생각한다. 엄청난 명성과 믿기지 않을 만큼 많은 돈과 사라질 줄 모르는 공황발작에 대해 생각한다. 얼마나 감사해야 하는지 끊임없이 상기시키는 사람들의 부탁을 거절할 길이 없어서 모든 사람을 실망시키는 데 있어 세계 챔피언이 되는 것에 대해 생각한다. 그의 모든 숨결을 불어넣은 작품들, 노인들에게 엄청난 가격에 팔려 이제는 그 집 벽에 걸리지도 않고 은행 금고에 보관된 그 작품들에 대해 생각한다. 전시회에서 모두의 사랑을 한 몸에 받았던 것에 대해 생각한다. 전시회를 열면 그런 기분을 느낄 수밖에 없는데, 그것이 함정이다. 돈만 밝히는 눈으로 그의 작품을 쳐다보며 "1년이면 저런 걸 얼마나 더 우려낼 수 있나요?"라고 물었던 남자들에 대해 생각한다. "당신 작품은 정말이지 *마음을 건드려요!*"라고 해놓고 여름 별장 인테리어를 운운하던 여자들에 대해 생각한다. 이 모든 사람들이 필연적으로 묻던 질문에 대해 생각한다. "영감은 어디에서 얻으시나요?"

화가는 이 질문을 들으면 상대방의 눈을 감히 똑바로 쳐다볼 엄두를 못 낸다. 그의 그림은 모두 자신이 사실 그 정도로 아름답길 바라는 마음의 표현이라고 말한 적이 한 번도 없다. 그는 이렇게 말할 수 있는 순간을 꿈꾸어 왔다. "인간으로 산다는 건 상심을 끊임없이 달래는 일이죠." 그가 진심으로 궁금한 건 이거다. "여러분은 도대체 어떻게 견디고 계신가요?"

　가끔은 그의 모든 작품의 주제가 그의 소중한 사람들 가운데 죽은 한 명이라고, 다들 그걸 모르겠느냐고 소리를 지르고 싶어진다. 그의 가장 소중한 사람이 죽어서 슬픔을 멈출 수가 없으며 항상 슬프고 어디서든 슬프다고 말이다. 거금을 주고 그의 작품을 사 간 노인들에게, 어렸을 때 험한 광경을 너무 많이 봐서 존재하는 것만으로도 타박상이 생기기라도 하는 듯 지금도 그때를 피부로 느낀다고 말하고 싶다. 가끔 그는 손톱과 눈썹과 머리카락이 너무 아파서 피가 날 때까지 온몸을 긁는다. 그는 시끄러운 소리를 혐오한다. 남이 그의 몸에 손대는 것을 좋아하지 않는다. 자려고 약을 먹고, 자지 않으려고 또 약을 먹고, 술을 너무 많이 마신다. 어떨 때는 토할 정도로 심하게 운다. 그는 자신에게 아주 심각한 문제가 있다고, 그림을 그릴 때만 유일하게 자신을 혐오하지 않는다고 고백하고 싶다. 그림을 그릴 때만 유일하게 본연의 모습으로 돌아간 것처럼 느껴진다고 고백하고 싶다. 사람들이 어디에서 영감을 얻느냐고 물으면 그렇게 설명하고 싶지만 당연히 그건 안 된다. 심금을 울리는 그림을 좋아한다는 여자들도 여름 별장에 그런 그림은 두고 싶지 않을 것이다. 특히 그렇게 거액의 그림이 그러면 정말이지 예의가 없는 거다. 그래서 화가는 항상 조그맣게 속삭인다. "저도 잘 모르겠어요."

　해가 가고 또 가도록. "저도 잘 모르겠어요." 그는 몸값이 점점 비싸졌고 점점 더 예민해졌다. 결국에는 심장이 종이로 변해 매일 아침 눈을 뜰 때마다 가장자리가 조금씩 찢어졌다. 그는 사람들을 만날 때마다 자신이 화가라면 누구나 꿈꾸는 인생을 살고 있으니 고마워해야 한다는 걸 알지만, 보관되어 있던 남의 외투를 집은 것처럼 남의 꿈을 걸치고 있는 느낌이라 부끄럽다고 말했다. 왜냐하면 그의 꿈은 길거리에서 그를 알아보는 사람이 없는 것, 어른이 되지 않는 것, 가장 소중한 친구들과 함께 잔교에 누워 햇볕에 미지근해진 탄산음료를 마시며 슈퍼히어로 만화를 읽는 것뿐이었다. 가장 소중하게 여기는 평범한 사람들 옆에서 평범한 사람으로 지내는 것뿐이었다.

이걸 모른다면 지금 그에게 벌어지고 있는 일을 절대 이해할 수가 없다. 교회 벽에 그린 그림이 어떤 영향을 미칠 수 있는지도 마찬가지로 이해할 수가 없다. 청춘을 지나쳐버린 뒤에는 기억하지 못하는 속도로 뛰는 심장, 감당하기 힘들 만큼 압도적인 기쁨을 주는 예술. 화가는 생각한다. 이걸 경험하지 못한 사람은 얼마나 슬플까, 얼마나 엄청난 상실일까.

때는 부활절 며칠 전이고, 겨울과 봄이 살아 있는 모든 것을 두고 싸우는 중이며, 화가는 39세고 죽을 날이 얼마 남지 않았다. 그걸 아는 사람은 루이사와 다른 한 명뿐이다. 아, 루이사와 다른 한 명과 고양이 한 마리뿐이다. 뒤에서 경찰이 오는 소리가 들리지만 화가는 무서워하지 않고 벽에 그려진 그림만 바라보며 생각한다.

"날이 참 좋네."

첫 번째 경찰관이 그의 어깨를 잡는다. 화가는 경찰관의 몸에 색칠할 생각은 없었는데, 워낙 기운이 없다 보니 휘청하다가 의도치 않게 스프레이 페인트를 위로 치켜든다. 어쩌다 보니 페인트는 분홍색이고 어쩌다 보니 경찰 제복은 파란색이라 마침내 페인트 통이 바닥으로 떨어진 뒤에 보니 경찰관이 마치 기린 헛바닥에 놓인 색종이 조각 같다. 화가는 땅바닥으로 쓰러뜨려져 머리를 부딪치고 심하게 긁혀서 피가 나지만 그런 줄도 모른다. 경찰관들의 눈에 비친 그는 세계적으로 유명한 화가가 아니라 교회를 훼손한 노숙자일 뿐이다. 물론 그에게는 집이 없었으니 반은 맞는 말이긴 하다. 얼마 전까지만 해도 아름다운 물건들로 가득한 널찍한 아파트가 있었지만 전 재산을 팔아서 다른 걸 샀다. 루이사가 쓰레기통 뒤에서 본 상자 안에 그 물건이 담겨 있었다. 하지만 루이사의 짐작과 다르게 그는 노숙을 하다 보니 행색이 지저분해진 것이 아니었다. 정상이 아닌 어떤 여자아이에게 들이받혀서 넘어진 곳이 하필이면 흙바닥이라 그렇게 된 것이었다. 쓰레기통 옆에 놓인 담요는 그의 것이 아니었고 고양이도 마찬가지였다.

심지어 그 녀석도 길고양이가 아니라 잘사는 동네의 나무랄 데 없는 집에서 호사를 누리며 사는, 전형적인 중산층 고양이다. 다만 몰래 빠져나와 예술가들과 함께 밤새 여기저기 돌아다니며 재미있는 일을 찾고 털을 더럽히는 다른 삶을 즐길 따름이다. 그런 고양이도 더러 있기 마련이다.

경찰관들이 남자를 일으켜 세우자 그는 그들의 팔에 걸쳐진 걸레처럼 축 늘어진다. 경찰관들이 뭐라고 외치지만 갑자기 다른 남자가 지른 비명에 묻힌다. 그는 호리호리하고 차림새가 번듯하며 안경을 썼고 점점 벗어져 가는 머리는 단정하게 빗어 넘겼는데, 미술 경매가 열린 교회에서 방금 뛰쳐나온 참이다. 그가 모퉁이를 돈 순간 어떤 여자아이가 골목길 반대편 끝으로 사라진다. 화가의 몸이 경찰관들의 팔에서 미끄러지자 차림새가 번듯한 남자가 쏜살같이 달려가 붙잡는다.

"지금 뭐 하는 거예요? 이 사람이 누군지 몰라요?" 남자가 분노와 흥분이 정확히 반씩 섞인 목소리로 쏘아붙인다.

그들은 미술에 관심이 많기로 세계에서 으뜸가는 경찰관이 아니라 살짝 기분이 상한 표정을 지으며 어깨를 으쓱한다. 솔직히 요즘은 유명한 사람이 워낙 많다 보니 유명하지 않은 사람이 거의 없는 것처럼 느껴질 정도다.

"벽에 낙서하고 있었는데." 경찰관 하나가 중얼거린다.

"지금 제정신이에요? 이 사람은 환자예요. 벽에 낙서하고 있었을 리가……." 차림새가 번듯한 남자는 자신만만하게 고함을 지르다 벽에 그려진 해골을 보고 중간에 멈추더니 깊은 한숨을 내쉬고 웅얼거린다. "그래요, 어디 보자. 이 사람이 그린 게…… 맞네요."

그는 이내 자기 품에 안긴 사람을 내려다본다. 병 때문에 화가의 살이 얼마나 빠졌는지 가볍게 안아 올릴 수 있을 정도다. 남자는 슬픈 목소리로 속삭인다. "어떻게 된 거야? 고작 한 시간 혼자 내버려 뒀는데 그새 경찰한테 두들겨 맞은 거야?"

화가는 눈을 감고 있지만 남자의 목소리를 알아듣고 그의 가슴 속으로 고개를 숙이고 숨을 헐떡인다. "걔 경찰에 잡히면 안 돼, 테드! 우리랑 같은 과야!"

8

고양이는 어찌 됐을까? 두말하면 잔소리지만 경찰이 들이닥치자 녀석은 도망친다. 대부분의 고양이가 철창에 대해 아는 게 별로 없을지 몰라도 이 녀석은 잘 안다. 녀석은 집 밖의 고양이일 뿐 철창에 갇힌 고양이가 될 생각은 없다. 게다가 사람들은 그 남자가 세계적으로 유명한 화가라는 걸 알게 되면 그를 더 좋아할 테지만, 길고양이가 아니라는 걸 알게 되면 고양이는 덜 좋아할 것이다. 우리는 인간의 경우에는 우러러볼 수 있길 바라지만 고양이의 경우에는 가엾어하는 쪽을 더 선호한다. 세상이 원래 그런 식이다. 그래서 고양이는 이제 그만 집으로 돌아가 저녁을 먹는 편이 나을지 모르겠다는 결론을 내리고 골목길 반대편 끝으로 어슬렁어슬렁 걸어가다가 그때 마지막으로 화가를 본다. 동물들은 새벽에 전화벨이 울릴 일이 없으니 얼마나 다행인지 모른다. 누군가를 떠나보냈다는 사실을 알 길이 없지 않은가. 하지만 그 고양이는 골목길 끝에서 아주 잠깐 걸음을 멈추더니 몸을 돌려서 아직 마르지 않은 벽의 페인트를 꼬리로 쓸고 지나간다. 잘 모르는 사람이 봤다면 녀석의 눈에 눈물이 고였다고 했을 것이다.

루이사는 어떻게 됐을까? 그녀는 숨이 차고 행복해서 목구멍이 찢어질 것처럼 느껴질 때까지 달린다. 딱 한 번 자신의 우상과 함께 벽에 그림을 그렸는데, 그녀의 모든 존재를 동원해 그림을 그렸는데도 건물이 무너지지 않았다니, 쿵쾅거리는 그녀의 심장에도 모든 벽돌이 부서지지 않았다니 신기할 따름이었다. 그녀는 그날 저녁 어찌나 멀리까지 달렸던지 마침내 주차된 차에 몰래 들어가 문을 잠그자마자 뒷자리에서 기절한다. 나란히 누워서 자던 잠동무 피스켄과 헤어진 이후로 이렇게 깊은 잠은 처음이다.

그럼 화가는 어떻게 됐을까? 그도 어느 여름과 한 소년의 꿈을 꾸며 잠을 잔다. 그날 밤 병원에서 깨어난 그는 밝은 불빛 때문에 눈을 깜빡이느라 옆에 앉아 있는 말쑥한 남자의 윤곽선만 겨우 확인한다. 화가는 희망이 섞인 투로 조그맣게 묻는다.

"너…… 왔어?"

테드라는 이름의 말쑥한 남자는 다정하게 그의 손을 잡고 허리를 숙여 화가가 그를 알아볼 때까지 차분하게 기다린다. 잠시 후에 화가가 조그맣게 속삭인다.

"미안…… 순간 네가 요아르인 줄 알았어……."

"알아." 이름이 테드인 남자는 서글픈 투로 말한다. 화가는 매일 밤 잠결에 요아르의 이름을 중얼거린다.

두 남자는 거의 평생 알고 지낸 사이다. 테드가 화가를 사랑하듯,

친구의 얼굴이 단 몇 초 동안만이라도 환해지는 걸 보고 싶어서 다른 사람으로 오인되는 것을 감수할 만큼 누군가를 사랑해 본 사람이라면 지금 그의 심정을 이해할 것이다. 그래본 적 없는 사람에게는 설명할 방법이 없을지 모른다.

"여기 병원이야?" 화가는 어리둥절한 표정으로 좌우를 두리번거리며 궁금해한다.

"응." 테드는 고개를 끄덕인다.

"경찰서가 아니고?"

그 말을 듣고 테드는 짜증을 감추려 하지만 완전히 성공하지는 못한다.

"경찰은 네가 노숙자거나 낙서범인 줄 알았대! 무슨 생각으로 그랬어? 내가 골목에서 고함을 들었기에 망정이지……."

화가는 숨을 헐떡이는 수준의 힘없는 목소리로 그의 말을 가로막는다. "걔 도망쳤어?"

테드는 좌절하며 두 팔을 위로 번쩍 든다.

"골목길에 있던 여자애? 응, 경찰이 온통 너한테 정신을 팔고 있는 틈을 타서 도망치는 거 봤어."

"아, 다행이다, 다행이야." 화가는 미소를 짓고, 기운이 하나도 없으면서 자기는 절대로, 정말 손톱만큼도 피곤하지 않다고 우기는 어린아이처럼 천천히 눈을 깜빡인다.

"바닥에 이게 떨어져 있던데. 그 아이 거야?" 테드는 주머니에서 엽서를 꺼내며 묻는다.

"응, 응." 화가는 손끝으로 엽서를 쓰다듬으며 우울하게 속삭인다.

테드는 야윈 친구의 모습을 더는 보고 있을 수가 없다. 화가의 얼굴은 움푹 꺼지고 피부는 죽음을 얇게 덮은 얼음처럼 거의 투명에 가까울 정도다. 그의 예전 흔적이 남은 곳은 눈뿐이다. 병 때문에 몸은 노인처럼 늙었어도 눈빛만큼은 장난기 많은 어린아이 그대로다. 장난스럽고, 다정하고, 눈부시고, 사랑에 빠지지 않을 도리가 없는 눈빛이다.

"어떻게 된 거야? 그 골목길에서 뭐 하고 있었어?" 테드는 화가에게 이불을 다시 잘 덮어주며 다정하게 묻는다.

화가는 손끝으로 이마에 난 혹을 더듬으며 잠시 생각하다가 조그맣게 속삭인다. "아직도 바다로 뛰어들었는데 물이 아닌 곳으로 떨어질 수 있는지 확인하고 싶었어."

그는 깔깔대고 웃다가 기침을 하기 시작하지만, 테드는 재미있어하는 표정이 전혀 아니다. 어쩌면 그 말을 듣고 요아르는 얼마나 웃을지 알기 때문일 수도 있다.

"아니, 기차역 카페에서 기다리기로 했잖아! 내가 딱 한 시간 동안 곁을 비운 새 경찰관들에게 두들겨 맞아?" 테드가 툴툴댄다.

화가는 얼굴을 환히 빛내며 외친다.

"응! 멋지지 않아? 옛날로 돌아간 것 같잖아!"

그는 다시 기침을 터뜨린다.

"재미없어." 테드는 심각한 투로 말한다.

"재미있어." 기침하는 남자는 우긴다.

"전부 *네가* 하자는 대로 했잖아! 내가 경매에 참석하는 동안 네가 할 일은 단 하나였어. 네게 이목이 쏠리지 않도록 기차역에 있기. 그런데 어떻게 됐을까?"

화가는 코로 깊이 숨을 들이마시고 처음으로 살짝 민망한 기색을 내비친다.

"알겠어, 알겠어. 그냥 그 그림이 새하얗고 커다란 벽에 걸려 있는 걸 마지막으로 한 번 보고 싶다는 생각이 들지 뭐야. 경매장에 슬쩍 들어갔다 나오려고 했는데 경비원이 못 들어가게 하더라고. 내가 누군지 전혀 몰랐던 거지!"

그는 마지막 말을 하며 행복하게 씩 웃는다. 테드는 척추가 삐걱거릴 정도로 크게 한숨을 쉰다. 화가는 병 때문에 예전 모습을 잃어버렸는데, 유명세를 질색했던 환자에게는 그것이 그나마 조그만 위안이다.

"그래서 그 골목길에서는 뭘 하고 있었던 거야?" 테드는 다시 묻는다.

"창문만 있으면 우리가 열네 살 때 그랬던 것처럼 기어들어 가려고 교회 뒤편으로 돌아갔지."

"너는 이제 열네 살이 아니야."

"그게 무슨 소리야? 나는 당연히 열네 살이지! 너도 마찬가지고!" 화가는 웃음을 터뜨리고 잠시 후에 묻는다. "그나저나 그 고양이는 어떻게 됐어?"

"고양이는 또 뭔데?" 테드는 지긋지긋해하며 외친다. 한 사람이 한 시간 동안 혼자 있게 됐을 때 저지를 수 있는 일이 이렇게나 많단 말인가.

"어떤 고양이랑 친구가 됐거든." 화가는 으스대며 조그맣게 속삭인다.

"미치겠네." 테드는 끙끙댄다.

"죽어가는 환자한테 화를 내면 쓰나." 화가는 친구를 놀렸다가 기침 발작이라는 벌을 받는다.

"네가 이 문제를 진지하게 받아들이질 않으니 화가 날 수밖에." 테드는 의도했던 것보다 더 화가 난 투로 쏘아붙인다.

"아냐, 나 진지하게 받아들이고 있어, 테드. 다만 두려워하지 않을 뿐이지. 긴 인생이었거든."

"그렇지 않아." 테드는 눈시울을 붉히며 속삭인다.

왜냐하면 그건 고통스럽도록 짧은 인생, 눈 깜빡할 새, 한여름날이었다. 숨도 못 쉬고 울 때처럼 테드의 가슴이 아프다. 상심은 인간에게 아주 여러 가지 희한한 영향을 미치는데, 그중 하나는 숨 쉬는 법을 잊게 하는 것이다. 슬퍼하다 죽는 것이 육신의 첫 번째 본능이라도 되는 듯이 그렇다. 머잖아 테드는 자리에서 일어나다가 걷는 법도 잊어버렸다는 사실을 깨닫게 될 것이다. 평생 사랑한 사람이 영면에 들면 누구든 그렇게 된다. 영혼이 육신을 떠날 때 맨 마지막으로 하는 일이 남은 사람의 신발 끈을 한데 묶는 것이라 그렇다. 상을 당하고 몇 주 동안 우리는 허공에 발이 걸려 휘청거린다. 영혼이 저지른 짓 때문에 그렇다.

"긴 인생이었어." 화가는 우긴다. "그건……."

그는 다른 말을 하려고 하지만 야윈 뼈대가 흔들릴 정도로 격한 기침 발작 때문에 말을 잇지 못한다. 테드는 사랑하는 마음이 앞서 우왕좌왕하며 어떻게든 도우려고 한다.

"물 좀 마셔! 저기 간호사가 먹을 걸 두고 갔으니까, 채소도 좀 챙겨 먹고!"

화가는 콜록대며 폭소를 터뜨리고 쌕쌕거린다.

"채소? 이 마당에 그게 소용이 있을 거라고 생각해, 진심으로?"

농담이지만 별로 도움이 되지 않는다. 이제는 테드의 온 가슴이 떨리고 있다. 화가는 지난 25년 동안 그가 이렇게 절망하는 모습을 본 적이 없다. 화가는 그를 달래주고 싶지만 의미가 없다. 테드는 열다섯 살이 되던 해에 그 잔교에 누워 있었을 때부터 자기가 사랑하는 사람은 모두 죽을 거라는 두려움에 시달리고 있다. 조만간 그의 두려움이 옳았던 것으로 밝혀질 것이다.

"슬퍼할 것 없어." 화가는 미소를 짓는다.

그는 사실 테드의 잘못이라고, 테드처럼 건강한 사람은 마지막까지 남을 수밖에 없으니 누굴 탓하겠느냐고 말할까 고민한다. 하지만 지금은 그런 말을 할 때가 아닌 것 같다.

"내가 어떤 기분을 느끼든 상관하지 마!" 테드는 쏘아붙인다.

그가 병상을 지킨 것이 이번이 처음은 아니다. 화가는 오래전부터 죽음을 향해 다가가고 있었다. 다만 전에는 속도가 아주 느렸지만 이제는 잔인하리만치 빠르게 진행되고 있다. 그는 더는 도움이 되지 않고 먹을 만큼 먹었다며 약도 끊었다. 그러면서 전혀 두려워하지 않으니 테드로서는 화를 내지 않을 수가 없다. "너무 오래 살았어." 화가는 같은 말을 반복하지만 누가 봐도 그건 아니다. 테드는 여든 살까지 그 없이 여생을 보내게 될 수도 있지 않은가! "죽으면 안 돼, 나를 봐서라도." 하고 싶은 말이 이것 하나뿐이면 자기 자신에게 화를 참기가 힘들다, 아니 화를 참을 수가 없다.

"내 묘비에 이렇게 적어줘. '다른 쪽으로 들어오시오.'" 화가는 이런 농담을 들으면 테드가 미치려고 한다는 걸 알기에 조그맣게 속삭인다.

"아무 말도 하지 마." 테드는 중얼거린다.

"아니면 이거 어때. '채소를 먹었지만 그래도 죽은 남자, 여기 잠들다.'" 화가가 의견을 낸다.

그가 격하게 기침을 터뜨리자 임종하려는 줄 알고 간호사들이 달려온다. 테드는 지친 목소리로 툴툴댄다.

"걱정들 놓으세요. 자기가 한 말에 자기가 웃겨서 저러지. 저 녀석 폐에는 아무 문제 없어요, 머리라면 모를까……."

그러자 간호사 하나가 덩달아 웃음을 터뜨린다. 그녀는 이불을 잘 덮어주고 화가의 한쪽 뺨을 토닥이고는 문 쪽으로 걸어간다. 그러다 생각을 바꾸는 듯하더니 다시 바꿨는지, 가만히 몸을 돌려서 나지막이 말한다.

"제 남편이 선생님의 작품을 좋아했어요. 전에 어느 미술관에서 선생님 작품을 봤거든요. 그이가 선생님의 작품을 보고 지은 표정을 잊을 수가 없네요."

"고맙습니다." 화가는 조그맣게 속삭인다.

"저희가 고맙죠." 그녀는 대답한다.

그녀는 화가에게 사인을 청할 수도 있었다. 그러면 그의 생애 마지막 사인이 될 테니 거금에 팔 수 있었을 것이다. 하지만 그런 일이 벌어질 일은 없다.

그녀가 나가서 등 뒤로 가만히 문을 닫자 화가는 테드에게 조그맣게 속삭인다.

"이렇게 재미없게 죽어서 미안해. 좀 더 극적인 상황을 연출했더라면 내 작품값이 뛰었을 텐데. 약물 과다복용은 너무 심한가? 아니면 살해당하는 건 어때?"

테드가 너무 화가 나서 대꾸를 하지 않자 화가는 그에게 베개를 건네며 마지막 아이디어를 실행에 옮기기에 아직 늦지 않았다고 한다. 테드는 눈을 굴린다. 잠시 후에 그가 병실 구석에 놓인 상자를 턱으로 가리키며 화가가 조금이나마 민망해하길 기대하는 투로 이렇게 말한다.

"네가 부탁한 대로 했느냐고 묻지도 않네? 답을 하자면 했어. 그거 샀는데, 황당하게 비싸더라. 네 전 재산이 들었어."

화가는 고마워하며 고개를 끄덕인다. 후회하는 기색은 전혀 없다.

"잘됐네. 모름지기 예술가는 가난하게 죽어야지."

테드는 엄숙한 표정으로 그를 한참 쳐다보다가 중얼거린다.

"너야 아무렇지 않게 그렇게 말할 수 있겠지. 네 화장 비용은 내가 댈 테니까."

테드가 농담하는 일은 거의 없기에 이번에는 화가도 전혀 대비하지 못하고 웃음을 터뜨리고 만다. 간호사가 다시 달려오자 테드는 이번에는 자기가 실없는 농담을 했다고 자백한다. 그 간호사는 그의 말을 믿지 못하는 듯 미심쩍어하는 표정을 짓고는 문을 살짝 열어놓고 나간다.

"그걸 볼 수 있을까?" 다시 단둘이 남자 화가가 조그맣게 묻는다.

테드는 체념한 표정으로 고개를 끄덕이고 자리에서 일어나 세계적으로 유명한 그림을 상자에서 조심스럽게 꺼낸다. 병원 벽에 비상구와 대피로를 그려놓은 작은 액자가 걸려 있다. 더는 필요 없는 물건이기에 테드는 액자를 내리고 그 자리에 그림을 건다. 그러고는 몸을 돌려보니 화가가 침대에 누워서 자기 작품을 보며 한도 끝도 없이 눈물을 줄줄 흘리고 있다.

테드는 가만히 그의 손을 잡고 약속한다. "나는 네 묘비에 이렇게 쓸 거야. '사랑해. 그리고 널 믿어.'"

"나도 사랑해. 그리고 널 믿어." 화가는 웃으며 테드의 팔 위에 자기 머리를 무겁게 얹는다.

테드는 그림을 본다. 어린 시절의 마지막 해 여름에 가장 친한 친구들과 잔교에 나란히 앉아 있었던 자기 자신을 본다. 그런 다음 화가가 아래쪽 모서리에 자기 이름과 함께 항상 서명처럼 그려놓았던 해골을 본다.

"오늘 벽에 해골 그린 거 봤어. 그걸 그린 게…… 몇 년 만이지?"

"미처 몰랐는데, 내가 그걸 엄청 그리워하고 있었더라고." 화가는 새 친구와 긴 하루를 보낸 다섯 살짜리 아이처럼 피곤하지만 행복한 얼굴로 대답한다.

"골목길에 있었던 그 여자애는 누구야?" 테드는 궁금해한다.

화가는 들뜬 미소를 짓는다.

"이름이 루이사야! 피스켄이라는 절친이 있었고, 살던 곳에서 도망쳐서 지금은 실종 상태긴 한데 내일이면 열여덟 살이 되니까 그러면 그냥 떠난 게 된대. 잠은 차 안에서 자. 그리고 그림을 그리는데 어떤 식이냐면…… 어떤 식이냐면…… 그 담벼락 봤어, 테드? 그림을 그리는데 어떤 식이냐면…… 건물 지붕을 날릴 기세야."

테드는 입가를 떨며 솔직히 털어놓는다. "네가 그린 해골을 다시 볼 수 있길 얼마나 간절히 바랐는지 몰라."

화가는 차분하게 눈을 깜빡인다. "부활절이고, 쫓기던 여자아이가 등장했고, 그 아이는 골목길에서 만난 노숙자를 살갑게 대하더니…… 교회에 그림을 그렸어. 테드, 이쯤 되면 신을 믿을 수도 있지 않을까?"

"그렇네." 그의 친구는 마지못해 동의한다.

"나 때문에 울 것 없어, 테드. 나는 모든 걸 경험할 수 있었으니까. 정말이지 길고 긴 인생이었고 그 끝에 믿기지 않을 만큼 아름다운 것을 볼 수 있었어."

테드는 우울하게 고개를 끄덕인다. "그 아이의 그림 말이야?"

"아니, 너. 너를 볼 수 있었잖아."

테드는 울리는 귀를 달래며 화가의 침대 모서리에 이마를 얹는다. 나중에는 이런 상태가 며칠 동안 계속됐던 것처럼 느껴질 것이다. 죽음의 소리가 원래 그렇다. 옛날에는 누가 세상을 떠나면 교회에서 종을 울렸는데 요즘은 전화벨이 그 역할을 한다. 중요한 사람일수록 벨이 많이 울린다. 세계적으로 유명한 화가가 세상을 떠나자 모든 대륙에서 전화벨이 울리고, 뉴스 기사로 다루어지고, 그를 만난 적 없는 사람들이 눈물을 흘린다. 예술이라는 것이 워낙 거대하고 헤아릴 수 없어서 우리는 그걸 통해 모르는 사람을 애도하는 법을 배운다.

가장 만만찮은 평론가들조차, 그 화가의 작품에 대해 좋은 말이라고는 한 마디도 한 적 없는 평론가들조차 내일 아침 일찍 소식을 들으면 전화기에 대고 "아, 이럴 수가"라고 중얼거릴 것이다. 그리고 테드는 그들을 용서할 수밖에 없을 것이다. 애도할 일이 생기면 우리는 우리가 인간이라는 사실을 다시금 깨닫게 된다. 살아가는 동안에는 적으로 지낼지라도 죽음에 직면하면 진실을 깨닫는다. 우리는 한 종족이고, 우리에게 있는 것이라고는 서로뿐이며, 네가 가는 곳에 나도 따라갈 거라는 사실을 말이다.

모르는 사람들의 전화벨이 전 세계에서 울릴 테지만, 무엇보다 그 화가의 전화벨이 어둠 속에서 끝없이 울릴 것이다. 테드가 그 번호로 몇 번이고 전화할 테니 말이다. 그것이 죽음의 가장 이해하기 어려운 측면이다. 아무것도 남지 않는 것. 세상은 그 없이 오므라들고 그가 있던 자리는 그저 공백이라는 것. 그가 웃을 때마다 느껴지던 떨림, 그의 살냄새, 그의 전화번호……. 테드의 모든 것이었던 사람이 어떻게 전혀 아무것도 아닌 존재가 될 수 있을까? 우리는 죽음을 이해할 수 없기에 미쳐버린다. 숨 쉬는 법과 걷는 법을 잊고 밤새 어두컴컴한 방안에서 휘청거리며 전화를 걸고 또 걸고, 어떻게 더는 누구의 것도 아닌 번호가 있을 수 있는지 이해하려고 애를 쓰게 된다.

병상 위에서 화가는 눈을 감는데, 목소리에 어찌나 기운이 없는지 테드는 그의 입술을 읽어야 한다. "묘비에 이렇게 적어줘. '여기 관 속에 누우니까 뚱뚱해 보여?'"

길고 긴 인생이었고 그 끝에 화가는 사랑하는 이의 웃음보를 터뜨려 모든 벽이 쩌렁쩌렁 울리게 하는 데 성공한다. 이 정도면 신을 믿기에 충분하지 않을까?

복도를 지나가다 이후 테드의 행동을 목격한 간호사가 있다고 한들 고맙게도 못 본 체한다. 마흔을 목전에 둔 남자가 조심스럽게 병상으로 올라간다. 네 개의 손이 서로 깍지를 끼고 몸을 바짝 붙여 한 남자가 다른 남자의 눈물을 입술에 머금고 잠이 든다. 그렇게 테드는 평생을 바쳐 사랑한 사람 옆에 눕고, 그가 평생을 바쳐 사랑한 사람은 두려워하지도 화를 내지도 않고 심지어 이제는 병상에 누워 있지도 않는다. 살갗에는 짠물을, 속눈썹에는 테드의 입맞춤을 머금고, 햇볕이 내리쬐는 잔교에 누워 있다.

세계적으로 유명한 화가가 이렇게 잠이 들자 잠시 후 온 사방에
서 전화벨이 울리고, 뉴스에서 그의 이야기가 다루어지고, 날이 밝으
면 그의 죽음이 모든 사람과 모든 것의 소유가 될 것이다. 하지만 그
날 밤 그 병실 안에서는, 아주 잠깐, 오로지 테드의 것이다. 까칠까칠
하게 자란 그의 수염 사이로 부드럽고 조그만 숨결이 스쳐 지나간다.
그의 심장이 마지막으로 한 번 조그맣게 두근거리고, 잠시 후 세상은
전보다 작아진다.

화가가 가장, 가장 마지막에 속삭인 말은 이거다. "루이사를 찾아
줘. 그걸 개한테 줘."

9

　루이사는 생일날에 이보다 더 이상할 수 없는 방식으로 잠에서 깬다. 침대가 움직이는 것을 느끼며 일어난 것이다. 그녀는 혼란스러워서 눈을 깜빡이며 천장과 벽을 쳐다보다가 이내 상당히 논리적인 결론에 도달한다. 여기가 침대가 아니라 자동차 뒷좌석이기에 가능한 일이다. 순간 그녀는 납치당한 줄 알고 순도 100퍼센트의 공포에 휩싸인다. 하지만 그녀가 일어나 앉자 납치범이, 그러니까 라디오에서 흘러나오는 음악을 즐겁게 따라 부르던 연령 미상의 여성이 백미러로 그녀를 보고 비명을 지른다. 그제야 루이사는 전날 밤에 그녀가 차 문을 따고 들어와서 잠을 청했고, 납치범이 실은 납치범이 아니라 차 주인이며, 그 여자는 오히려 그녀를 납치범으로 오인하게 됐다는 사실을 깨닫는다.

　여자가 브레이크를 세게 밟자 차가 급정거한다. 루이사는 앞 좌석에 코를 부딪치자 짜증 섞인 투로 외친다. "저기요! 좀 조심할 수는 없나요?"

안타깝게도 여자는 그녀의 말을 듣지 않고 계속 비명만 지른다. 루이사는 아침 6시 반에 강제 기상한 건 이쪽인데, 왜 저 여자가 저렇게 화를 내는지 모르겠다고 생각한다. 게다가 이렇게 이른 시각에 출근하다니 미친 게 분명하다고 생각한다.

"아르와우아르와르." 여자는 이 비슷하게 외치지만 솔직히 뭐라는지 파악할 길이 없다. 루이사가 어느 순간부터 그녀의 말이 아니라 라디오에 귀를 기울이고 있기 때문인데, 너무 열심히 집중하느라 처음에는 귀로 들은 말을 심장으로 받아들이지 못한다.

"잠깐…… 조용히 해봐요!" 그녀는 아직 잠이 덜 깬 상태로 여자에게 말하고 스피커 쪽으로 귀를 더 바짝 갖다 댄다.

하지만 여자는 절대 잠깐 기다릴 생각이 없고 자기 차 안에서 루이사에게 조용히 하라는 말을 듣고 달가워하지 않는다. 결국 루이사는 몸을 앞으로 내밀어 여자의 입을 손으로 막는다. 이를테면 납치범이 할 법한 행동이다.

"……방금 들으셨다시피 세계적으로 유명한 화가 C. 야트가……." 라디오에서 이런 멘트가 흘러나온다.

하지만 잠시 후 오늘은 전문가 특유의 일정한 톤을 유지하지 못하고 눈물을 삼키려고 애를 쓰는 듯 뉴스 앵커의 목소리가 갈라진다. 짧고 떨리는 숨소리에 이어 멘트가 이어진다. "……어젯밤에 사망했다는 소식이 들어왔습니다. 향년 39세입니다."

아마도 뉴스 앵커는 미술관에서 그 화가의 작품을 보았을 것이다. 아마도 대저택에 놓인 아름다운 책이나 대기실에 놓인 싸구려 잡지에서 보았을 것이다. 아마도 엽서나 냉장고 문이나 보육원에서 보았을 것이다. 그를 직접 만난 적은 없겠지만 상관없다. 예술은 우리에게 모르는 사람을 위해 애도하는 법을 가르친다.

차를 몰고 가던 여자는 안 그래도 정신 사나운 아침을 맞이하고 있었는데, 어린 납치범이 뒤에서 갑자기 대성통곡을 하기 시작하자 상황이 더욱 이상해진다. 납치범이 일반적으로 보일 만한 행동이 아니기에, 절대 아니기에 결국 그 여자는 소녀에게 손수건을 건넨다. 루이사가 "죄송해요, 어제 제가 이 안에서 잤어요"라고 조그맣게 속삭이자 여자는 머뭇머뭇 대꾸한다. "미안…… 나 때문에 깼지?"

루이사가 차에서 내리자 여자가 자기를 통해 "연락하고 싶은" 사람이 있느냐고 묻는다. 루이사에게 그럴 만한 사람이 있을 거라고 생각해 주다니 고맙다.

자동차 라디오와 사방의 모든 뉴스 방송에서 기자들이 진지한 표정으로 유명한 남자의 죽음을 이야기한다. 그의 죽음은 이제 온 세상의 것이 되었다. 루이사는 그런 세상을 절대 용서하지 못할 것이다.

살다 보면 대부분의 일이 그렇듯 이후에 황당한 동시에 필연적인 일이 벌어진다. 루이사는 생일인 그 첫날, 그 엄청난 상심을 끌어안고 온종일 정처 없이 그 도시를 방황한다. 그다음 날도 기억이 나지 않지만, 그다음 날이 되자 발이 진두지휘하기로 작정한 듯 그녀의 의사와 상관없이 걸음을 옮기기 시작한다. 그녀는 장례식이 어디에서 열리고 어떻게 하면 작별 인사를 전할 수 있는지 알지 못하기에 발길이 이끄는 대로 그의 존재를 느낄 수 있는 유일한 공간을 다시 찾아간다. 머잖아 그 동네의 돈 많은 사람들이 안절부절못하는 정치인에게 불만을 토로하고 골목길로 파견된 아주 진지한 전문가들이 교회 벽을 다시 하얗게 칠할 테지만, 오늘 저녁에는 모든 것이 아직 그 자리를 지키고 있다. 바퀴벌레, 물고기, 심장 그리고 해골까지. 그래서 루이사는 페인트를 꺼내 밤새도록 시간 가는 줄 모르고 가로등 불빛 아래에서 눈물을 흘리며 그녀와 화가가 하다 만 작업을 이어나간다. 다음 날 새벽이 되자 그녀도 모르는 사이 해가 뜬다. 그녀는 발소리를 듣지 못하고, 검은 옷을 입은 낯선 사람이 뒤에서 어찌나 빠르게 다가오는지 그녀가 알아차렸을 즈음에는 이미 늦은 뒤다. 그래서 저음의 목소리가 들리자 그녀는 몸을 홱 돌리고 딱 하나뿐인 합당한 선택을 한다. 그의 얼굴을 향해 있는 힘껏 스프레이 페인트 깡통을 던진다.

그녀와 테드가 이렇게 만난다.

10

이것이 가장 훌륭한 첫인상을 남기는 방법은 아니다. 정말 아니다. 스프레이 페인트 깡통은 저항을 만날 때까지 공기를 가르며 날아가고 저항을 만나자 요란한 소리를 내는데, 어쩌다 보니 그 저항이 테드의 안경과 눈이다. 그 소리에 이어 평범한 욕을 거부하는 고귀한 분들이 쓰는 복잡한 단어들이 연거푸 쏟아져 나온다.

뒤에서 다가오는 발소리를 듣고 당연히 누가 자기를 죽이러 오는 줄 알았던 루이사는 사과를 해야 하는지 다시 뭔가를 던져야 하는지 알 수 없어진다. 그녀의 앞에 서 있는 남자는 그 화가처럼 키가 작고 호리호리하지만 아침에 갈아입은 것처럼 보이는 말쑥한 블레이저와 바지 차림이고, 화가와 다르게 수염을 깨끗하게 깎았고, 어린애처럼 호기심으로 터질 것 같던 화가와 다르게 눈빛이 어른스럽고 진지하다. 남자는 바닥에 떨어진 안경을 한 손으로 집고 다른 손으로는 눈을 가리며 한숨을 쉰다.

“네가…… 루이사니?”

그녀는 필요한 경우 도망칠 수 있는지 확인하려는 듯 눈을 굴려 골목길을 이 끝에서 저 끝까지 훑는다.

“아저씨, 경찰이에요?” 그녀는 의심하는 투로 묻는다.

“경찰이면 진작 너를 폭행범으로 끌고 갔겠지.” 그가 구사하는 언어는 완벽하지만 억양은 희한하다.

루이사는 중얼중얼 맞받아친다.

“폭행이요? 내 뒤로 슬금슬금 다가온 쪽은 아저씨였잖아요! 나는 아저씨가 살인범인 줄 알았고, 아저씨를 *겨냥해서* 뭘 던진 게 아니라 그냥…… 대충…… 그쪽으로 던진 거예요!”

테드는 엄청나게 깊은 한숨을 쉰다.

“그래, 내 얼굴이 어쩌다 보니 네가 던진 물건의 앞길을 막았다면 미안하다.” 그는 이제 조금 비뚤어진 안경을 다시 쓰며 쏘아붙인다.

“사과 받아드릴게요!” 루이사는 전혀 장난기 없는 목소리로 툴툴 거린다.

“어휴, 그 친구가 너를 왜 마음에 들어 했는지 알겠다…….” 테드는 전혀 칭찬처럼 들리지 않는 투로 끙끙댄다.

“누구요?” 루이사는 큰 소리로 외친다.

“저 친구.” 테드는 온종일 울음을 참으려고 애를 쓰던 어른이 지음 직한 진지한 표정으로 대답하고 벽에 그려진 해골을 가리킨다.

루이사는 혼란스러워서 눈을 깜빡이며 숨 쉬는 법을 기억해 내려고 필사적으로 애쓴다.

“아저씨가…… 아저씨가 저분을 알아요? C. 야트를? 저는…….” 그녀는 말문을 열지만 더는 아무 말도 하지 못한다. 그녀가 화가에게 선물한 엽서를 테드가 내밀고 있기에 허파와 심장이 조그만 덩어리처럼 뭉쳐서 가슴 밑바닥으로 철렁 내려앉았다.

"나더러 이 엽서를 네게 다시 돌려주라고 했어. 그리고 자기가 빌린 스프레이 페인트도. 하지만 던지지 않겠다고 약속해야 돌려줄 수 있어!" 테드는 뚱한 목소리로 말한다.

루이사는 떨리는 손끝으로 엽서를 받아든다. 충격으로 얼어붙은 성대가 풀릴 줄 몰라서 대답 대신 고개만 끄덕일 따름이다. 그러자 테드의 눈빛이, 적어도 스프레이 페인트 깡통에 얻어맞지 않은 쪽만큼은 살짝 호의적으로 바뀌고 그는 아까보다 조금 더 서글서글하게 말한다.

"그 친구는 너와 같이 그림을 그려서 정말, 정말 재미있었다고 알려주고 싶어 했어. 네가 여기서 다시 만나자고 했던 모양이더구나. 그 친구는 오지 못해서 미안하다고 사과하고 싶어 했지만 얼마 전에……."

테드는 목이 잠겨서 '죽었다'는 단어를 뱉지 못하기에 루이사가 속삭임으로 돕는다.

"알아요. 저도…… 저도 뉴스에서 들었어요."

그들은 잠깐 서로를 바라보지만 둘 다 눈 맞춤을 견디지 못한다.

"그 친구가 네게 선물을 남겼어." 테드는 땅바닥을 내려다보며 이를 악문 채 말한다.

그의 뒤에 여행 가방과 상자 두 개가 놓여 있는데, 하나는 크고 하나는 작다. 루이사는 작은 상자를 보고 자기도 모르게 묻고 만다.

"저게 그분의 유골인가요?"

테드는 삐딱해진 안경 뒤에서 무겁게 눈을 깜빡인다.

"그걸 어떻게 알았니?"

"제 절친이었던 피스켄도 죽었거든요. 그 친구 유골은 제가 보관하지는 못했지만 그런 상자에 담겨 있었고 교회에서 누가 잠깐 들수 있게 해줬어요. 제가 그 친구의 단 하나뿐인 소중한 사람이었거든요. 목사님은 훌륭했고 나무를 좋아했던 그 친구가 나무 아래에 묻힐수 있게 손써주셨어요. 나중에 제가 어마어마하게 돈을 많이 벌면 그친구에게 정말 근사한 묘비를 사줄 거예요. 아니…… 그 친구를 위해서요. 그러니까 무슨 말인가 하면…….

그때 그녀의 머리가 이 정도 지껄였으면 되지 않았니, 루이사? 하고 지적하는 속삭임이 들린다. 애초에 이 많은 말을 지껄이게 한 장본인이 말이다! 루이사는 짜증이 나서 주먹으로 머리를 살짝 때린다. 한편 테드는 무슨 말을 하면 좋을지 모르겠는지, 아무 말도 하지않는다. 그걸 보고 루이사는 몹시 질투가 난다. 그녀의 머릿속에는폭주하는 돌덩어리가 들어 있는데 그의 머리는 훨씬 질서가 잘 잡혀있는 모양이다.

테드는 심호흡을 하고 큼지막한 상자를 집어 든다. 루이사는 당황스러우리만치 오랜 시간이 지난 다음에야 그것이 그녀에게 건네는선물임을 알아차린다. 그가 안에 아주 깨지기 쉬운 물건이 들어 있기라도 한 듯 상자를 하도 조심스럽게 건네기에 루이사도 당연히 어정쩡하게 건네받고 결국에는 상자를 품에 안은 채 엉덩방아를 찧는다.테드가 앞으로 튀어나와 상자가 바닥으로 떨어지는 걸 막는데, 극도로 당황한 눈빛을 보니 실은 그도 상자와 헤어지기 싫은 마음이라는것을 알겠다. 마침내 그는 손을 놓고 이렇게 속삭이지만 온 가슴으로저항하는 느낌이다.

"그 친구는…… 이걸 다시 사들이느라 전 재산을 처분했어. 평생 번 돈을 모두 쏟아부었어도 경매에서 *간신히* 낙찰받을 수 있었지. 나는 바보 같은 짓이라고 했지만 그 친구는 예술가란 모름지기 가난하게 죽어야 한다고 하더구나. 그 친구가 원했던 건 죽기 전에 그걸 자기가 원하는 사람에게 선물하는 것뿐이었어. 그리고 그 사람이…… 네가 됐으면 했고."

루이사는 무슨 말인지 이해할 수가 없어서 처음에는 상자를, 그다음에는 자기 앞에 서 있는 남자를 빤히 쳐다본다.

"아저씨 뭐예요? 그분의 변호사라든가 뭐 그런 거예요?"

테드는 방금 불이 켜진 화장실 안에서 도망치는 좀벌레처럼 그녀의 시선을 피한다.

"아니, 아니, 나는 그냥 친구야."

"위로해 드릴게요." 그녀는 당장 말한다.

"그럴 것 없다." 그는 대수롭지 않은 투로 말한다.

"아니에요." 그녀는 고집을 꺾지 않는다. "아저씨가 그분 친구였다면 위로를 전하고 싶어요. 세상 사람들은 화가 한 명을 잃었을지 몰라도 아저씨는 아저씨의 소중한 사람을 잃은 거니까요. 그리고 그걸 다른 사람들과 공유해야 했던 것에 대해서도 위로를 전할게요. 조용히 상심을 달랠 수 있어야 하는 건데."

테드는 마흔이 목전이지만 그 말에 마치 열네 살짜리처럼 충격을 받는다. 그래서 화가 난다. 오늘은 차마 열네 살로 돌아갈 수가, 온 세상의 모든 것을 느낄 수가 없는 날이기 때문이다. 그래서 그는 겨우 마음을 추스르고 퉁명스럽게 한 마디를 내뱉는다.

"고맙다."

그리고 나서 그는 몸을 돌린다. 어느 누구와도 비교할 수 없을 만큼 거대한 친구의 유골이 담긴 상자를 집어 들고, 여행 가방을 챙기고, 도로 저편에 있는 기차역으로 걸음을 옮기기 시작한다. 그는 임무를 완수했다. 하지만 당연한 듯 루이사는 그녀의 머리가 뭐라고 말을 하라고 부추기자 머리가 시키는 대로 한다.

"저는 그분 같은 어른을 만난 적이 없어요!"

테드는 돌아보지 않고 힘없이 시인한다.

"나도 마찬가지야."

골목길 끝에 거의 다다른 순간 그는 교회에서 뻗어 나가 온 세상에 메아리치는 루이사의 울음소리를 듣고, 그녀가 상자를 열고 그림을 보았다는 것을 알아차린다.

11

루이사를 변호하자면 이건 정말이지 어떻게 반응해야 맞는 건지 정답이 없는 특이한 상황이다 보니 유일하게 합당한 방식으로 반응한다. 그러니까 요란하게 말이다.

"이게 뭐야! 말도 안 돼!!!" 먼저 그녀는 이렇게 외친다.

그리고 2, 3초 동안 아무 말도 하지 않는다.

"말도 안 돼! 안 돼! 이건 아니야! 아니야, 아니야, 아니야!" 이후 그녀는 이렇게 외친다.

또다시 정적이 이어진다. 그녀의 머리에서 지금 느껴지는 감정을 제대로 표현할 단어를 찾다가 결국 내린 결론은 이거다.

"아니라고오오오오오!"

이후에 그녀는 화상이라도 입은 것처럼 세계적으로 유명한 작품을 내려놓았다가 바닥에 닿아서 흙이라도 묻으면 어쩌나 싶어 겁이 나자 당장 다시 집는다. 안타깝게도 이제 어쩌면 좋을지 쓸 만한 아이디어가 떠오르지 않기에 얼른 그림을 다시 상자에 넣어서 품에 끌어안고 테드를 쫓아 달려가며 외친다. "아저씨 바보예요? 이걸 왜 나한테 줘요? 도로 가져가세요!"

테드가 고개를 돌리는데, 주스 잔을 두고 벌레와 오랜 전투를 벌인 사람 같은 표정을 짓고 있다.

"내가 주는 거 아니야. 그 친구가 준 거지."

"이게 얼마나 비싼 작품인지 알아요?"

다른 사람 같으면 눈을 굴렸겠지만, 테드는 상당히 성숙하고 진지한 성격이기에 그냥 이렇게 중얼거린다.

"그게 얼마짜리인지 정확히 알아. 경매장에서 그 친구를 대신해서 낙찰받은 사람이 나였으니까."

"아니 근데 이걸 나한테 왜 주는데요?"

테드는 연민을 담아서 루이사를 바라보지만 안타깝게도 그 감정은 자기 연민에 묻혀버린다. 인생은 길다고, 그의 친구는 병상에서 그렇게 말했지만 그걸 혼자 살아내야 하는 사람에게는 거의 매 순간이 고통일 수밖에 없다는 사실은 언급하지 않았다.

"그 친구는 네게 그걸 선물하고 싶어 했어. 왜냐하면…… 왜냐하면 자기랑 똑같은 시선으로 벽을 대하는 사람을 만나길 평생 기다렸거든."

루이사는 품에 안은 상자를 떨어뜨리지 않으려고 안간힘을 쓴다.

"하지만 어떻게 내가, 내가 이걸 어떻게…… 말도 안 돼! 이건 아니야! 아니야!"

그녀는 정신을 차리려고 하지만 그 정신은 그녀의 머릿속을 떠나 문을 쾅 닫아버린 게 분명하다.

"팔아버려." 테드는 최대한 다정하게 말한다.

"팔라고요?"

"싫으면 가지고 있든지. 너희 집 벽에 걸든지. 네 마음대로 해." 그는 한숨을 쉰다.

"저는 집이 없단 말이에요!" 그녀는 이렇게 대꾸한다.

테드는 침을 삼키고, 공감과 짜증 사이에서 애써 균형을 찾는다.

"좋아. 그럼 그 그림을 팔아서 집을 사면 되겠네. 열 채를. 너는 이제 부자야. 진짜로."

경악한 루이사의 눈이 동그래진다.

"아니야…… 아니, 잠깐만…… 왜요? 아저씨는 그분 친구였잖아요! 그러니까 아저씨가 가져야죠!"

"그건 안 돼."

"왜요?"

"그 친구가 네게 선물했으니까."

루이사는 한참 동안 생각에 잠긴다. 그걸 보고 테드는 이제 가방을 들고 떠나서 그녀와는 영영 작별할 수 있지 않을까 하는 희망을 잠깐 품지만, 당연히 어림도 없는 말씀이다. 갑자기 그녀가 천재라도 된 것처럼 의기양양하게 소리를 지른다.

"좋은 수가 생각났어요! 아저씨가 저한테서 이걸 사면 되죠!"

그 말을 듣고 테드는 자기도 모르게 미소를 짓는다.

"아가, 나는 그럴 만한 형편이 못 된단다."

"아저씨 부자 아니에요?" 그녀는 외치고, 깨끗한 바지를 입은 사람은 누구든 경제적으로 여유가 있는 것 아니냐는 듯 그의 옷차림을 흘끗 쳐다본다.

"나는 고등학교 선생이야." 테드는 그녀에게 알려준다.

고등학교 교사가 얼마를 버는지 잘 모르는 루이사에게 이건 아무 의미 없는 정보다. 그래서 그녀는 이렇게 중얼거린다.

"아, 제발…… 이거 저한테 주지 마세요…… 너무 부담스러워요. 저는 아직 애새끼고 심지어 어디 지낼 곳도 없어요. 위탁 가정에서 도망쳐 나와서 차에서 잔다고요. 안 돼요……."

그녀의 품에 안긴 그 그림의 무게가 이제는 1000톤은 되는 것처럼 보이지만 테드는 그것이 새털처럼 가볍다는 것을 알기에 어떤 감정으로 인해 그녀의 무릎이 후들거리는지 이해한다. 이 세상에 자신을 향한 누군가의 믿음보다 더 무거운 건 없다. 그는 이런 말로 그녀를 위로할 수도 있었겠지만 안타깝게도 아쉬움과 상실감으로 머릿속이 너무 복잡하다. 그렇기에 그는 질투심을 있는 그대로 드러내며 이렇게 쏘아붙인다.

"그게 엄청난 부담으로 느껴지는 건 나도 이해한다. 하지만 그 친구는 너를 선택했어. 그 친구가…… 너를 선택했다고. 그럼 더는 차에서 잘 필요가 없도록 그림을 팔면 되겠다."

"누구한테요? 다들 내가 훔친 줄 알 거라고요!" 그녀가 좌절하며 외치자 그제야 테드는 그 말에도 일리가 있다는 사실을 알아차린다. 그는 머뭇머뭇 침을 삼키고 삐뚤어진 안경을 고쳐 쓴다.

"좋아. 그럼…… 나한테 그 그림을 판 저기 저 사람들에게 다시 팔지 그러니." 그는 교회 쪽을 손짓하며 자신만만한 표정으로 이렇게 말하지만 불현듯 자신이 없어진다.

이제 그는 조금 짜증이 난다. 화가는 이런 것까지 치밀하게 생각해 놓지 않고 항상 생각은 테드에게 맡겼다.

"거기는 문 닫았죠! 부활절이니까! 아니, 여기저기 다 문 닫았다고 요!" 루이사는 테드를 일종의 바보로 간주하는 듯한 투로 이렇게 쏘 아붙인다.

"그럼 부활절이 지나면 부자가 되겠네!" 테드는 정말로 바보가 된 것 같이 느껴지기 시작하는 듯한 투로 이렇게 대꾸한다.

"그럼 그때까지는요?"

"그게 무슨 소리니?"

루이사는 이제 온몸을 떨며 흐느낀다.

"집도 없는 저한테 방금 엄청 엄청 **비싼** 그림을 주셨잖아요! 그것 도 이 도시에서! 이걸 들고 다니면 저는 부활절이 지날 때까지 목숨 을 부지하지 못할 거예요!"

테드는 잠깐 머뭇거린다.

"왜 그렇게 생각하니?"

"경험으로 아니까요!"

그는 그 말에 그럴듯하게 답할 방법이 없다고 시인할 수밖에 없다.

"도움을 줄 만한 분께 연락하면 어떨까? 너희 엄마라든지."

"돌아가셨어요." 루이사는 전혀 슬퍼하는 기미 없이 덤덤하게 말 한다.

테드는 멍하니 머리를 긁는다. 이제는 헤어스타일이 그리 단정해 보이지 않는다.

"미안하다. 나는 엽서를 보고서……." 그는 조용히 말한다.

"제 엽서를 읽었다고요? 남의 **편지**를 함부로 읽으면 어떡해요!" 루이사는 당장 쏘아붙인다.

테드는 놀란 눈빛으로 그녀를 빤히 쳐다본다.

"그건…… 편지가 아니라 엽서였잖니. 그러니까 어떤 사람의 티셔츠에 적힌 문구를 우연히 읽게 된 것과 비슷하다고 볼 수 있지."

그녀가 눈알을 굴리자 테드는 매우 유치해 보인다고 생각한다.

"그럼 아저씨가 다른 사람에게 연락하면 어때요? 그림을 가져갈 수 있는 사람한테요!" 그녀는 의견을 내놓는다.

"나는 이곳에 아는 사람이 아무도 없어. 여기 출신이 아니라서."

그는 화가와, 그가 막판에 약을 끊기로 마음 먹었던 것과, 여기까지 오겠다는 그를 건강상의 이유로 끈질기게 말렸던 것에 대해 생각한다. 그러고는 잠시 후에 조그맣게 속삭인다.

"그 친구도 여기 살지 않았어. 그림이 여기서 경매에 부쳐질 예정이라 찾아온 거야. 그 친구가 아무도 모르게 그걸 사고 싶어 했거든. 자기가 죽을 날이 얼마 남지 않았다는 걸 누군가 알게 될까 봐 걱정했지. 그러면 그림값이 뛰어서 살 수 없을 테니까. 그래서 나를 경매에 보냈고 우리 둘 다 아무한테도 알리지 않았지. 이제 생각해 보니 바보 같은 짓이었구나. 그 친구가 그걸 네게 주고 싶어 했다는 걸 입증할 만한 서류가 전혀 없으니 말이다. 미안하다…… 진심으로. 하지만 나는 이제 그만…… 가야 해."

그는 다시 몸을 돌리는데, 지옥 같은 어른의 삶의 무게 때문에 발이 바닥에 끌린다. 상심은 이기적인 세균이라 우리의 전적인 관심을 요구한다. 테드는 이 여자아이를 함부로 대하려는 것이 아니라 그저 혼자 있고 싶을 따름이다. 정적 속에 있어야 머릿속에서 맴도는 화가의 음성을 다시 듣고, 살갗에 닿는 그의 숨결을 느낄 수 있다. 평생 사랑했던 이를 떠나보낸 사람은 행복을 바라지 않는다. 행복을 다시 느낄 수 있을 거라는 상상조차 할 수 없기에 그저 평화와 고요와 단

잠만을 바란다. 우리를 나이 먹게 하는, 절친들과 잔교 위에 머물 수 없게 하는, 여름을 끝나게 하는 시간의 흐름을 용서할 수 있는 날만을 꿈꾼다.

"어디 가시는데요?" 루이사는 그의 등에 대고 외친다.

"집."

"집이요? 그분이 그린 거기요? 아저씨 거기 살아요?" 그녀는 이렇게 묻고, 액자로 상자를 긁어가며 그림을 다시 집는다.

"응." 그는 그 잔교를 구석구석 아는 사람답게 뒤를 돌아보지도 않고 대답한다.

"그분 유골을 거기 묻으려고요?"

"응."

"여기서 멀어요?"

테드는 걸음을 멈추고 짜증을 섞어서 엄청 씩씩대며 코로 숨을 쉰다. 루이사는 그가 그래도 콧물이 나오지 않는 걸 보고, 늙은이치고는 부비동이 무척 건강한가 보다며 속으로 감탄한다.

내일모레 마흔이 되는 테드는 한숨을 쉰다.

"응. 기차로 며칠 걸릴 거야."

"왜 비행기를 안 타요?"

"나는 기차를 좋아하거든." 그는 기차를 사랑하는 사람답지 않은 투로 이렇게 말한다.

"비행기를 무서워하나 보네요?" 그녀는 넌지시 묻는다.

테드는 바짓단이 펄럭거릴 정도로 크게 숨을 토한다.

"인간이라면 누구나 비행기를 무서워해야 해! 너 비행기 *타봤니?*"

"아뇨, 저는 심지어 기차를 타본 적도 없어요." 그녀는 평온하게 대답한다.

이 말을 듣고 그가 민망해하자 그런 의도로 한 말이 아니었기에 그녀도 조금 민망해진다. 하지만 기차를 탄다는 건 갈 곳이나 찾아갈 사람이 있다는 뜻이고, 그녀는 그런 삶을 누려본 적이 없다.

테드는 그녀에게로 몸을 돌리지만 시선을 피한 채 땅바닥에 대고 중얼거린다.

"미안하다, 정말 미안해. 앞으로 네가 하는 일이 모두…… 잘되면 좋겠다."

"그럼 저도 따라가도 돼요? 아저씨가 가려는 거기까지?" 루이사가 불쑥 꺼낸 이 말에 솔직히 그만큼이나 그녀 자신도 놀란다.

누가 들어도 믿기지 않을 만큼 한심한 발상이지만 그녀가 뭘 어쩔 수 있겠는가? 그 순간에 그녀의 머리는 눈곱만큼도 도움이 되지 않는다.

"절대 안 되지, 절대!" 테드는 경악하며 외친다.

그는 돌연히 몸을 돌려 여행 가방과 친구의 유골을 들고 걸음을 옮기기 시작하는데, 너무 빨리 걷다가 발을 헛디디자 당황하고, 더욱 씩씩대며 비틀비틀 골목길에서 빠져나와 도로를 건너려다 하마터면 차에 치일 뻔한다. 어떤 차가 경적을 울리고 테드는 주목받는 것을 질색하는 성격이기에 얼굴이 벌게진다. 어찌나 벌게지는지 살갗이 벗겨지지 않은 게 신기할 정도다. 그가 계속 비틀비틀 걸음을 옮겨 도로 맞은편에 있는 기차역 입구에 거의 다다른 순간, 머리의 설득에 넘어간 루이사는 그를 얼른 뒤쫓아 가서 온 동네에서 들릴 만큼 큰 소리로 외친다.

"방귀 뀐 사람이 아저씨였어요?"

지나가던 사람들이 혐오스러워하는 눈빛으로 테드를 쳐다보고 그의 얼굴은 이제 짙은 자주색인데, 루이사는 사실 주목받는 것을 질색하는 사람에게 완벽하게 어울리는 동행은 아니다. 테드는 지나가던 사람들에게 미안해하며 신경질적으로 웃어 보이고는 루이사를 돌아보며 나지막이 쏘아붙인다.

"너 도대체 왜 그러니?"

소지품을 모두 챙겨 들고 배낭을 짊어진 루이사는 그림이 든 상자를 품에 안은 채 땀을 흘리고 숨을 헐떡이며 그에게 요란하게 다가간다.

"아저씨도 그중 한 명이에요? 그 남자애들 중에 한 명이냐고요?" 그녀는 다급하게 그림을 가리키며 큰 소리로 묻는다.

테드는 병원을 나선 이래 처음으로 그 그림을 똑바로 쳐다보는데, 휘청거리지 않은 것이 솔직히 기적이다. 그의 신발은 정말이지 열네 살짜리가 신기에는 너무 크다. 길거리는 춥지만 그는 갑자기 열기를 느끼고, 잠깐 그의 발은 잔교에 걸쳐져 대롱거리고, 때는 여름이고, 끔찍한 일은 아직 벌어지지 않았다. 그는 눈을 깜빡이며 현실로 돌아와 루이사를 흘끗 쳐다보며 화가가 그녀를 가리켜 뭐라고 했는지 떠올린다. 우리랑 같은 과. 그래서 그는 한숨을 쉬고 잔교에 앉아 있는 자기 자신을 마지못해 가리킨다.

"저게 나야."

루이사는 갑자기 고마워서 어쩔 줄 몰라 하는 투로 조그맣게 속삭인다.

"저는 여태껏 이 그림으로 만든 엽서를 볼 때마다 다들 웃고 있는 것 같다고 생각했어요. 황당하죠? 웃음을 그릴 수 있다는 게? 그리고 여기 중에 한 명이 방금…… 방귀를 뀐 것 같다고도 생각했어요. 정말…… 바보 같지만. 죄송해요…… 제가…… 죄송해요! 저는 머리에 문제가 있나 봐요! 긴장할 때마다 매번 항상 이렇게 쉴 새 없이 떠들게 되거든요. 그래서…….”

테드는 이제 가슴을 들썩이고 뺨을 실룩이며 아까보다 빠르게 숨을 몰아쉰다. 그걸 보고 루이사는 울 줄 모르는 사람, 눈물이 뭔지 방금 책으로 배웠는데 핵심을 잘못 짚은 사람 같다고 생각한다. 잠시 후에 테드가 그림 속의 한 아이를 가리키며 천천히 말한다.

“저 아이가 요아르거든. 걔가 방귀를 뀌었어. 걔 방귀가…… 엄청났지. 온몸이 달걀로 만들어지기라도 한 것처럼.”

그러자 루이사가 온 기차역에 쩌렁쩌렁 울릴 만큼 큰 소리로 웃음을 터뜨리고 그러자 테드도 거의 웃음을 터뜨릴 뻔한다. 화가가 그의 옆에서 영면에 든 이래 웃음과 가장 가까워진 순간이다.

“경찰이 들이닥쳐서 아저씨 친구를 체포하다니 속상해요. 그게 그분께 마지막으로 벌어진 일 중 하나였다니.” 루이사는 간신히 말하고 그림을 어설프게 다시 상자에 넣기 시작한다.

테드는 서글픈 미소를 짓는다.

“그럴 것 없어. 그렇게 신이 난 녀석의 모습은 오랜만이었으니까. 젊고 무모했던 시절로 돌아간 느낌이었지. 그 녀석은…… 그 녀석은 정말 바보였어. 너도 그걸 알아야 해.”

“그분이랑 알고 지낸 지 얼마나 됐어요?” 그녀는 묻는다.

테드는 천천히 눈을 깜빡이고 안경을 고쳐 쓴다.

“어렸을 때부터 알고 지냈지. 그러니까…… 항상 아는 사이였어.” 그들과 같은 친구 사이에서는 ‘이전’이라는 단어가 성립하지 않기에 그는 이렇게 대답한다.

루이사는 그림 위로 몸을 숙여서 상자에 대고 말한다.

"저는 어렸을 때 이 아이들을 생각하면서 잠을 청하곤 했어요. 잠이 들었다가 눈을 떠보면 얘네들과 함께 그 바닷가에 있을 거라고, 그리고 얘네들이 저한테 수영을 가르쳐줄 거라고 상상하면서."

이때 루이사의 머릿속에서 문이 쾅 닫힌다. 이제 정신을 차린 그녀의 머리가 그런 식으로 말하면 이상한 스토커처럼 들릴 거라고 알려주고 싶어 하기 때문이다!

아니나 다를까, 테드는 불편해 보이기 개인 기록을 경신한다. 그는 손목시계를 흘끗 확인한다.

"이제 그만 가야겠다." 그는 초조하게 웅얼거리고는 표를 꺼내 개찰구를 통과한다.

"그러니까 저도 같이 가도 돼요?" 루이사는 쑥스러워하는 동시에 뻔뻔하게 아까처럼 다시 묻는 신기한 재주를 부리며 잽싸게 그를 따라서 개찰구를 통과한다.

두말하면 잔소리지만 그건 아주 좋은 생각이 못 된다. 왜냐하면 테드와 테드의 여행 가방, 루이사와 그녀의 배낭과 상자는 개찰구를 설계한 기술자가 염두에 둔 조합이 아니다. 그들은 욕심이 하늘을 찌르는 골든리트리버의 입속에 들어간 두 개의 테니스공처럼 서로 맞물려 버린다. 테드는 가방을 타고 넘어가며 개찰구에서 빠져나오고, 잠시 후 루이사도 몸을 빼내며 그를 건드리지 않으려고 무진장 애를 쓰지만 잘되지 않는다.

"나 좀 건드리지 마라!" 테드가 쏘아붙이지만, 그녀에게 들이받혀 앞으로 넘어지며 그림이 담긴 상자에 뒤통수를 부딪친다.

그의 안경이 아까보다 더 심하게 구부러진다. 그는 일어나 여행 가방과 유골함을 집어 들고 달리기 시작한다. 루이사의 다리가 훨씬 긴데 그러면 도움이라도 된다는 걸까. 그는 승강장 끝까지 휘청휘청 달려가다가 포기한다.

"이유가 뭐예요?" 그의 뒤에서 루이사가 외친다.

그에게 달리는 이유를 묻는 건지 아니면 그보다 좀 더 범위를 넓혀서 그렇게 짜증 나게 구는 이유를 묻는 건지 조금 알쏭달쏭하다. 테드는 대답하지 않고, 자신의 체력을 심각하게 과대평가한 중년 남자답게 여행 가방 위로 그냥 고꾸라진다.

"이유가 뭐냐고요……." 루이사가 그의 뒤에서 다시 묻는다. "그 그림을 저한테 주신 이유가 뭐예요? 아저씨가 그냥 가질 수도 있었잖아요! 아니면 직접 팔아버리든지! 어째서…….".

테드는 무릎 위에 손을 얹고 분노와 피로를 달래며 그 자리에 서서 헉헉대며 대답한다.

"그 친구는 나를 사랑했고 나를 믿었으니까! 그리고 이게 그 친구의 유언이었으니까!"

그는 말을 끊고 떨리는 아랫입술을 깨문다. 루이사는 열차가 승강장으로 다가오는 것을 본다. 뭔가 기발한 말을 해보라고 그녀의 뇌가 고함을 지르고 있다.

"아저씨가 사는 곳에 이 그림을 팔도록 도와줄 사람이 있어요?" 그녀는 귀청을 찢는 열차의 브레이크 소리를 뚫고 어찌어찌 들릴 만큼 큰 소리로 묻는다.

그건 정말이지 기발한 질문이었다고 그녀의 머리도 인정하는 수밖에 없다. 그 말을 듣고 테드가 곧 엄청 후회하게 될 짓을 저지르기 때문인데, 그가 툴툴대며 이렇게 대답한 것이다.

"응. 아마도. 하지만……."

"됐네요, 그럼! 제가 같이 가서 그분을 통해 그림을 팔고 돈을 나눠 가지기로 해요!" 루이사는 이로써 문제가 해결됐다는 듯이 잽싸게 고개를 끄덕인다.

"안 돼!"

"왜요?"

테드는 좌절하며 두 팔을 위로 치켜든다.

"아니, 모르는 사람을 붙잡고 같이 가도 되느냐고 물으면……."

"그게 왜요? 아저씨, 저 납치할 생각이에요?" 루이사는 말허리를 자른다.

"뭐라고? 당연히 그럴 리 없……."

"저기요, 이런 말 하기 뭣 하지만 아저씨는 체구가 상당히 작잖아요." 그녀는 짚고 넘어간다. "제가 아저씨를 끌고 갈 수도 있겠어요."

"아니 도대체…… 그게 무슨 소리냐?" 테드는 대화가 상당히 불쾌한 방향으로 향해가고 있음을 깨닫고 반문한다.

"납치요!" 그녀는 가르치듯 설명하고는 자기를 예컨대 상자에 넣거나 지하실에 가두려면 얼마나 힘든지 보여주려는 듯 허리를 똑바로 펴고 선다.

"널 납치할 생각은 없다……. 하지만 내가 만약 널 납치할 작정이라면 그럴 생각은 없다고 하지 않겠니?" 테드는 반론을 제기한다.

루이사는 생각에 잠긴 눈빛으로 그를 한참 쳐다본다. 그러다 이렇게 말한다.

"어째 납치에 대해 아는 게 이상하게 많으신 것 같네요."

“뭐?”

“제 말은, 납치할 생각이 없다는 사람치고 납치에 대해 아는 게 이상하게─”

“그래, 그럼 나는 이제 간다!” 그는 선언하고 방금 승강장에 멈춰 선 열차 쪽으로 빠르게 걸음을 옮긴다.

“좋아요, 열차에서 좀 더 이야기를 나눠보기로 해요.” 루이사는 열심히 고개를 끄덕인다.

“안 돼!”

“왜요?”

“너는 어린애잖니! 어린애를 그냥 데리고…….”

“어린애를 납치하는 데 거부감이 있어요? 그게 아저씨가 세운 기준이에요?”

“아니! 그러니까, 맞아!”

“저는 이제 막 열여덟 살이 됐어요. 그래서 성인이에요. 아무 데나 갈 수 있어요.”

“축하한다.”

“감사합니다. 그러니까 아저씨랑 같이 가도 된다는 거죠?”

“아! 그건 정말, 정말 아니지!”

“도대체 **왜요?**” 그녀가 소리를 지르자 테드는 평정심을 잃고 같이 소리를 지른다.

“**왜냐하면 너까지 책임질 수는 없으니까!**”

그리고 이때가, 그가 우는 모습을 그녀가 처음 보는 순간이다.

12

25년 전에 테드와 친구들은 여름방학 내내 날마다 집 밖에서 해가 떨어질 때까지 붙어 지냈다. 열네 살을 함께 보낸 가장 소중한 인간들에 대한 그리움은 특별하다. 집 앞에서 뿔뿔이 흩어지는 순간, 등을 돌리는 친구들을 보며 자기 몸이 차가워지는 것을 느낄 때만 경험할 수 있는 그리움이기에 그렇다.

"내일 보자!" 그들 중 한 명이 항상 이렇게 외쳤다.

"내일 보자!" 그러면 다른 친구들도 항상 이렇게 같이 다짐하고 어둠 속으로 흩어졌다.

밤에는 그 10대 청소년들이 각기 다른 현실 속에서 지냈지만 날이 밝으면 집과 집 사이 교차로에서 다시 하나가 되었다. 매일 아침 요아르는 일찌감치 나와 네거리에서 기다렸는데, 매일 아침 테드는 이미 잔디밭에 앉아서 요아르를 기다리고 있었다.

요아르는 테드가 왜 그랬는지 알지 못했다. 그 둘은 한 번도 단짝으로 지낸 적이 없었고 둘의 유일한 접점은 화가였다. 테드가 거의 말이 없다면 요아르는 거의 온종일 떠들었고, 테드가 화를 낸 적이 없는 반면 요아르는 항상 화가 나 있었다. 요아르는 날마다 아침 일찍, 어머니가 살금살금 출근길에 오를 때, 아버지가 숙취로 으르렁대며 일어나기 전에 집에서 나왔다. 테드는? 원하면 온종일 잠을 잘 수도 있었고 그래도 아무도 알아차리지 못했을 것이다.

"너는 뭐, 맨날 이렇게 일찍 나오고 난리냐?" 6월의 어느 날 아침에 요아르가 물었다.

테드는 잔디밭을 내려다보며 그저 소심하게 어깨만 으쓱했다. 아직 여름방학 초입이었고, 요아르는 화가의 작품을 출품하려는 대회에 대해 이제 막 알게 됐고, 그 그림은 아직 그려지지 않았다. 가장 좋은 모든 일과 가장 나쁜 모든 일이 아직 벌어지지 않았다.

"내가 너희 집에 살면 점심때까지 잘 텐데." 요아르는 중얼거리고 잔디밭에 드러누웠다.

그의 숨소리를 들어보면 그 말을 해놓고 곧바로 후회했다는 것을 알 수 있었다. 테드의 집이 조용한 데에는 이유가 있었고 요아르도 그걸 알았다. 세상은 어마어마하게 창의적이라 아이를 무너뜨리는 무수히 많은 방법을 보유하고 있다.

"먹을 거 가져온 거 있어?" 그래서 요아르는 좀 더 다정한 목소리로 이렇게 물었다.

테드는 고개를 끄덕이고 배낭에서 쿠키를 꺼냈다. 요아르는 쿠키를 받아 들었지만 먹지는 않았다.

"좋아, 걔가 좋아하는 거네." 그는 나지막이 중얼거리더니 목소리에서 느껴지는 나약함을 감추려고 어색하게 헛기침을 하고는 얼른 화제를 바꿨다. "세상에서 가장 위대한 발명품이 뭐라고 생각해?"

테드는 다시 어깨를 으쓱했다.

"엄마한테 물었더니 뭐랬는지 알아?" 요아르는 갑자기 씩 웃었다. 어머니처럼 그를 웃게 만드는 사람은 없었다. "호주머니래, **호주머니**! 정말 바보 같지 않냐?"

그 말을 듣고 테드는 미소를 지었다. 요아르처럼 모든 모음에 무한한 사랑을 담아서 '바아아보오오'라고 말할 수 있는 사람은, 자기 어머니를 그런 식으로 지킬 수 있는 10대 소년은 없었다. 그의 어머니는 다정하지만 늘 똑똑하지는 않았고 요아르는 똑똑하지만 늘 다정하지는 않았다. 하지만 이 순간만큼은 테드도 요아르의 어머니에게 전적으로 동의했다. 물론 말로 표현하지는 않았지만. 호주머니는 사실 엄청난 발명품이었다.

"호주머니라니?!" 요아르는 그의 생각을 읽기라도 한 듯 비난조로 같은 말을 반복했다. "비행기도 아니고, 약이나 불도 아니고. 너도 동의한다고? 그렇다면 둘 다 바보 멍청이야! 우리 엄마가 불을 두고 뭐라고 했는지 알아? 그건 발명품이 아니라 동굴 인간들이 그냥 발견한 거래. 아니…… 저기요? 그래서 내가 뭐라고 했게? 불이 발견된 거면 호주머니도 발견된 거다, 호주머니는 바지 엉덩이 골이랑 비슷한 거다, 어떤 동굴 인간이 자기 엉덩이 사이에 손을 넣었다가 '우와! 여기다 열쇠 넣어도 되겠어! 이걸 옷에 달아야겠는데?' 이렇게 결론을 내린 거라고 했지."

그 말을 듣고 테드는 폭소를 터뜨렸다. 요아르가 그런 걸 잘했다. 그는 싸움도 잘하고 축구도 잘했지만 무엇보다 웃겼다. 그의 가장 반짝이는 아이디어는 모두 유머 감각을 통해 빚어졌다. 요아르가 별로 잘하지 못하는 딱 한 가지가 혼자 있는 것이었다. 정적이 찾아오면 온갖 끔찍한 생각들이 떠오르기 때문이었다. 테드가 매일 아침 그보다 먼저 네거리로 나가는 이유도 그 때문이었다.

화가가 마침내 자기 집에서 나오면 요아르는 온 동네에 깨어 있는 아이가 없을 만큼 이른 시각임에도 "좋은 오후!"라고 외쳤다. 적어도 행복하고 안전하게 지내는 아이들, 학교에 있어야 하는 매 순간을 끔찍이 싫어하지 않는 아이들에게는 아직 한밤중이었다. 그들은 요아르처럼 여름방학을 손꼽아 기다리지 않았고, 온종일 절대 아무 일도 하지 않을 수 있는 세상 밖으로 나가고 싶어서 안달하지도 않았다.

"아침 먹었어? 이거 먹어! 네가 좋아하는 쿠키야!" 그는 화가에게 명령조로 말하고 숨 돌릴 틈도 없이 다음 말을 이었다. "바다 그림 아직 시작 안 했다고? 하, 그 대회에서 1등 먹으려면 이미 시작하고도 남았어야지!"

화가는 밤새 잠을 설친 얼굴로 새 모이만큼 조금씩 오물오물 쿠키를 먹었다. 그는 바다를 그리겠다고 약속한 걸 벌써 후회하고 있다고 설명할 방법을 알지 못하기에 아무 대꾸도 하지 않았다. 그는 누가 봐도 그런 그림을 그릴 수 없었다. 그럴 깜냥이 못됐다. 요아르는 그가 완성해 주기만을 기다리고 있는데, 문제는 요아르는 일단 시작해야 완성할 수 있다고 생각하지만 그게 그런 식이 아니라는 거였다. 예술은 시간 순서대로 이루어지지 않는다. 화가의 그림은 모두 그가 찾지 않을 때만 다다를 수 있는 머릿속 어느 공간에서 탄생했다. 외부의 권유로 그림을 그리는 건 꿈에서 깨어나 그 꿈을 다시 꾸려고 하는 것과 같았다. 자신감 부족은 치명적인 바이러스다. 약도 없다.

테드는 아무 말 없이 그들 옆에 앉아서 웃음은 모든 상처를 치유할 수 있으니 자기도 재밌는 사람이면 좋겠다고 생각하며 재미없게 가만히 앉아 있기만 했다. 요아르는 땅바닥을 내려다보며 다른 말을 하려고 진심으로 애를 썼지만, 사랑의 궁극적인 표현은 잔소리다. 우리가 사랑하는 이에게 하는 잔소리는 여느 잔소리와 다르다. 모든 부모가 그걸 알고 모든 단짝 친구들도 그걸 안다.

"아니, 그냥 그림을 시작하기만 하면 되는데 그게 존나 어렵다고?" 그래서 그는 바다로 가는 동안 같은 말을 최소 다섯 번 반복했지만 돌아오는 건 침묵뿐이었다.

잔교에 도착하자 그는 수영을 시작하기 전에 쿠키를 전부 먹어야 한다고 화가에게 계속 잔소리를 퍼부었고 화가는 워낙 익숙해진 터라 토를 달지 않았다. 하지만 요아르가 옷을 벗었을 때 모든 멍 자국이 드러나자 테드는 화가의 눈빛을 통해 그의 심장이 무너졌다는 것을 알 수 있었다. 그건 몇 번을 보아도 절대 익숙해질 수 없었다.

요아르는 축구를 아주 잘했고 태클을 할 때마다 몸을 사리지 않았기에 학교에서 다들 그를 자기 팀원으로 데려가고 싶어 했다. 그는 축구를 그런 식으로 하면 어쩌다 그렇게 멍이 많이 들었느냐고 묻는 사람이 사라진다는 걸 경험으로 터득했다. 오랜 세월이 지난 뒤에 테드는 가끔 화가가 바닷가의 그들을 그리느라 그렇게 한참이 걸린 이유가 그 때문이었을까 생각한 적이 있었다. 요아르의 몸을 표현할 색이 부족했던 건 아니었을까 하고 말이다.

아버지가 집에 들어오는 소리가 들리면 문 앞으로 달려가는 아이들이 많겠지만 요아르만큼 빠르게 달려가는 아이는 없었다. 그는 밤이면 침대에 누워서 아버지가 열쇠로 잠금장치를 몇 번이나 긁다가 열쇠구멍에 넣는지 숫자를 세곤 했다. 긁는 소리가 더 많이 들릴수록 아버지가 술에 더 많이 취했다는 뜻이었고, 가장 위험한 경우는 아버지가 그냥 포기하고 초인종을 누를 때였다. 그러면 요아르는 어머니가 첫 방을 피할 수 있게 문 앞으로 달려 나갔다. 아버지는 그들을 팰 때 인간 취급하지 않았다.

다음 날이 되면 아버지가 후회하며, 그런 남자들이 늘 그러듯 다시는 그러지 않겠다고 약속할 때도 있었다. 하지만 간밤에 무슨 일이 있었는지 기억조차 하지 못해서 누구를 죽도록 팼는지도 전혀 모르는 채로 손에 피를 묻히고 부엌에 나와 앉아 있을 때도 있었다.

이런 일을 겪은 요아르가 누군가를 사랑할 수 있었다는 사실 자체가 믿을 수 없는 일이었다. 화가를 사랑한 것처럼 누군가를 사랑할 수 있었다니 기적 같은 일이었다.

그들은 그해 여름에 열다섯 살이 될 예정이었고 테드를 만난 사람이라면 누구나 그가 원래부터 그 친구들과 함께 지낸 줄 알았을 것이다. 그들은 마치 개의 꼬리처럼 누가 봐도 하나로 연결되어 있었다. 우리는 다시는 그 나이로 돌아가지 못한다. 모든 친구가 어린 시절 친구고, 살아가며 맞닥뜨리는 모든 설렘의 기준이 되는 때로. 하지만 사실 테드는 화가와 요아르와 함께 지낸 지 몇 년밖에 되지 않았던 반면, 그 둘은 언제나 함께였다. 테드는 그걸 질투하는 자신이 몹시 부끄러웠다. 25년 뒤에도 그는 여전히 부끄러워할 것이다.

6월의 그날 다 같이 수영을 하고 나왔을 때, 테드는 화가의 배낭에서 스케치북을 하나 조심스럽게 꺼내 그 위에 뭔가를 적었다. 잠시 후에 요아르가 잔교에 등을 대고 누워 마른 몸을 햇볕에 말리며 아니나 다를까, 이렇게 물었다. "너는 이 세상에서 가장 훌륭한 발명품이 뭐라고 생각해?" 화가는 자기 스케치북을 흘끗 쳐다보더니 큰 소리로 읽었다. "호주머니!"

"아니 그걸 어떻게……?" 요아르는 눈을 휘둥그레 뜨고 테드와 스케치북을 흘끗 쳐다보았다. 그러고는 다시 화가를 쳐다보며 중얼거렸다. "바보! 너희는 둘 다 존나 바보야!"

요아르가 화가의 웃음소리를 그토록 사랑하지 않았다면 테드에게 불같이 화를 냈을지 모르지만 아, 화가의 웃음소리란. 테드와 요아르에게 필요한 연결고리가 있다면 그것뿐이었다. 함께 웃음을 터뜨리자 그들은 하나가 되었다.

테드는 태어나서 그렇게 남을 웃겨본 적이 없었다.

화가에게도 그들의 웃음소리가 필요했다. 어쩌면 아무도 이해할 수 없을 만큼 그랬다. 그해 봄에 그는 점점 덜 웃었고 그림을 거의 그리지 않았다. 하지만 그날에는 그림을 그려보려고 했다. 요아르를 실망시키고 싶지 않았기에 정말로 열심히 노력했다. 화가는 긴장하면 때로는 몸이 근질거렸고, 때로는 한쪽 어깨가 티셔츠 밑에서 위아래로 통통 튀듯이 실룩거리기 시작했고, 그게 부끄러워서 울음이 터질 때가 많았다. 그도 알다시피 그에게는 문제가 있었다. 그의 머리는 정보를 뒤죽박죽으로 흡수했다. 그는 어렸을 때 다른 아이들과 놀아보고 싶은 적이 없었고, 한쪽 구석에 혼자 앉아서 그냥 그림만 그리고 싶어 했고, 부모님은 아이가 정상적이지 않다는 이야기를 자주 들었다. 안타깝게도 그들은 그 말을 믿었다. 그래서 특별한 아이를 두었다는 엄청난 기쁨을 누리지 못했다.

어른들은 아이들이 자신감을 배워야 한다고 생각하지만, 아이들은 천하무적으로 태어난다. 그들이 배워야 하는 건 자기 회의다. 아, 이 세상은 남들과 다른 아이의 숨통에 구멍을 내는 기술을 수천 년 동안 연마했으니 화가는 그걸 얼마나 철저하게 배웠던가. 유치원 시절에 어른들은 화가가 신체적인 접촉을 싫어한다는 사실을 한참이 지난 다음에야 깨달았지만 다른 아이들은 한눈에 알아차리고 살금살금 다가와 그가 비명을 지를 때까지 손가락으로 찔러댔다. 가끔 겁에 질린 그가 팔다리를 버둥거리며 진정하지 못하면 그날 오후에 부모님을 호출해 선생과 상담을 진행했다. 그는 다섯 살 때 이미 그들이 자신을 창피하게 여기는 눈빛을 알아차렸다.

그가 폐쇄된 공간을 무서워한다는 사실을 금세 눈치챈 다른 아이들이 어느 날 그를 운동장에 놓인 물품 보관함에 억지로 넣고 위에 앉아서 뚜껑을 누른 적이 있었다. 그는 그 안에 웅크리고 누워서 이러다 죽는 게 아닌가 싶을 정도로 한참 동안 울었다. 나중에는 아이들이 뚜껑을 더는 누르지 않았는데도 그는 열어보려는 시도조차 하지 못했다.

잠시 후 길게 울부짖는 소리가 한 번, 또 한 번 들리더니 갑자기 눈부신 햇빛이 비쳤다. 코와 입술에서 피가 난 다른 아이들이 울며 교사에게 달려가는 동안 똑같이 다섯 살이었던 요아르가 보관함 뚜껑을 연 것이었다. 그날은 요아르가 유치원에 등원한 첫날이었고, 보관함에 갇혔던 아이의 외로움이 끝난 날이었다. 그런 일이 벌어지고 나면 친구를 실망시키지 않으려고 무슨 일이든 할 수 있게 된다.

그들이 테드를 만난 건 열두 살 때, 잘하는 일이 많았지만 제동에는 서툴렀던 요아르가 자전거로 그를 들이받으면서였다. '만났다'는 건 잘못된 표현일 수도 있겠다. 자연재해는 만나는 게 아니라 당하는 것이니 요아르를 만나는 사람은 없었다. 그날 화가와 둘이서 심심해하던 요아르가 자전거를 타고 그 마을에서 가장 가파른 언덕 꼭대기에서 내려와서는 방치된 예전 부둣가를 에워싼 울타리 사이 구멍을 지나 잔교까지 전속력으로 달려 바닷속으로 뛰어들자고 했다. 그 잔교는 세상에서 잊혔고 아무도 그 존재를 모르는, 둘만의 비밀 공간이었다. 그런데 그날은 그 끝에 처음 보는 조그만 남자아이가 서 있었다. "조심해!" 요아르가 고함을 질렀지만 너무 늦었다. 자전거가 테드를 들이받아서 둘은 물속에 빠지고 말았다. 요아르는 당장 수면 위로 떠오른 반면 다른 남자아이는 보이지 않았고, 잔교에 서 있던 화가는 거의 1분 동안 그들이 사람을 죽인 줄 알았다. 그러다 요아르가 갑자기 "저기다!"라고 외치자 화가는 망설임 없이 물속으로 뛰어들었다. 그들은 테드를 잔교 위로 끌어올렸다. 테드는 작은 말 한 마리는 빠뜨려 죽일 수 있을 만큼 되는 물을 토해냈다. 그가 무서워서 눈을 깜빡이며 화가를 쳐다보자 화가는 미소를 지어 보이며 첫 마디를 내뱉었다. "오, 조심 잘하는데!"

그러자 테드도 미소를 지었다. 단짝 친구가 되는 데 걸리는 시간은 그 정도다. 한평생이자 한순간. 하지만 잠시 후에 그가 갑자기 화들짝 놀란 표정을 지었다.

"네 자전거!" 테드는 요아르에게 훌쩍이며 말하고는 그렇게 된 것이 자기 잘못이라도 되는 것처럼 자전거가 가라앉은 지점을 쳐다보았다.

“걱정 마, 일회용 자전거였어.” 요아르는 어깨를 으쓱하며 말했다.

테드가 그게 훔친 자전거라는 뜻을 알아차리기까지는 어느 정도 시간이 걸렸다. 요아르는 이 좆같은 마을에서는 절대 자기 자전거를 타고 다니면 안 된다고 아주 천천히 그리고 참을성 있게 설명해 주었다. 알아들었지? 누가 훔쳐 갈 수 있거든!

며칠 뒤에 요아르와 화가는 학교 수업이 끝난 뒤 테드와 함께 그의 집에 갔다. 그들은 단독주택에 사는 사람을 만난 것이 처음이었다. 솔직히 온 마을을 통틀어 가장 저렴하고 허름한 집이었을지 모르지만 그래도 상관없었다. 왜냐하면 지하에 테드가 혼자 쓰는 방이 있었기 때문이다.

“이 자식은 정체가 뭐야?” 요아르는 중얼거렸다. “뭐, 왕자나 그런 건가?”

방은 추웠고 눅눅한 냄새가 났지만 열두 살짜리 아이들이 보기에 자기만의 공간이 있다는 건 호사의 극치였고, 어른들의 세계와 그들을 분리하는 계단은 성을 두른 해자와 같았다. 요아르는 방을 한 바퀴 돌며 모든 가구에 대고 절하고 엄숙하게 말했다. “옷장 폐하, 만나뵙게 되어 영광입니다! 벽지 전하, 송구합니다!” 그는 벽지가 발려 있다니 상류층답다고 생각했고 방을 가로지르며 너무 넓어서 길을 잃은 척했다. “안녕!” 그는 책꽂이 앞에서 외쳤다. 책꽂이에 술병이 아니라 책이 꽂혀 있다니 그것 역시 상류층다웠던 것이다. “안녕! 내 말 들려? 나 지금 서재야!” 그가 외치자 화가는 깔깔대고 웃었다. 그들에게 한눈에 반한 테드의 마음은 태양을 향해 뻗어나가는 식물처럼 그 둘을 향해 뻗어나갔다.

그날 해가 지자 그들은 저녁을 먹으러 자기 집으로 갔다. 화가는 남의 가족과 저녁을 먹을 엄두가 나지 않았고 요아르는 어머니를 아버지와 단둘이 두고 싶지 않아서였다. 아버지가 외출하고 없는 날 저녁에도 요아르는 집을 지켰다. 그러면 연예인들이 나오는 방송 프로그램을 어머니와 함께 볼 수 있기 때문이었다. 그의 어머니는 연예인들은 늘 행복해 보인다며 이런 프로그램을 좋아했다. 하지만 그 첫날에 화가는 저녁을 먹은 뒤 다시 테드의 집을 찾아갔고, 이후로도 거의 매일 유리를 밟는 도마뱀 발소리를 내가며 지하실 창문을 조심스럽게 두드렸다. 1층에 달린 초인종은 절대 누르지 않았고 테드의 부모님도 피해 다녔다. 그는 어른들이 자기를 보면 불편해한다는 것을 알았기에 모든 어른을 피해 다녔다. 화가는 평생 자신이 무엇이고 무엇이 아닌지 들으며 살았다. 그는 이상한 아이, 남들과 다른 아이, 아이라고 보기에 부족한 아이였다. 하지만 테드의 지하실에서는 바닥에 앉아 다른 데서는 엄두도 내지 못했던 온갖 것들을 그릴 수 있었다. 처음에는 테드가 좋아하는 슈퍼히어로와 끔찍한 괴물을 그렸다. 그러다 밤이 깊어지면 사람 몸을 그렸다. 처음에는 옷을 입은 몸을, 그다음에는 벗은 몸을. 가끔 너무 슬플 때는 알몸인 남자들에게 천사의 날개를 달아주었다.

테드는 연필 사각거리는 소리와 친구의 숨소리를 들으며 잠이 들었고, 그러다 일어나 보면 항상 방에 아무도 없고 열린 창문 너머로 산들바람만 불었다. 그러면 테드는 부모님이 쓰는 화장실로 살금살금 올라가 수납장에 있는 약의 개수를 세곤 했다. 테드의 아버지는 암 환자였다. 집 안이 고요한 이유가, 테드에게 지하실에서 살아도 좋다는 허락이 내려진 이유가 그 때문이었다. 그래야 아버지가 편히 쉴 수 있기 때문이었다. 화장실 수납장에는 진통제가 가득 들었고 화가는 한 번에 몇 알씩만 슬쩍했기에 테드가 알아차린 건 순전히 우연이었다. 화가는 폭탄을 만들기라도 하는 듯 약을 상자에 넣어서 배낭에 들고 다녔다. 테드는 아는 티를 내지 않았지만, 열다섯 살을 앞둔 여름방학이 시작되기 몇 주 전에 화가가 그림을 끊고 얼마 후에 곡기마저 끊자 요아르에게 알렸다. 요아르가 화가의 작품을 그 대회에 출품하기로 결심한 이유가, 테드가 매일 아침 쿠키를 들고 와주길 바란 이유가 그 때문이었다.

열네 살 때는 사랑한다는 말을 잘할 수가 없다. 그리고 이런 말을 속삭일 용기를 내는 건 절대 불가능하다. *너무 아파하지 마. 나까지 아프니까.*

화가의 부모님은 이혼했다. 그의 아버지는 성격이 냉랭했다. 폭력을 휘두른 적은 없었지만 따뜻하게 대할 줄을 몰랐다. 그가 부성애를 표현해 봐야 아들에게 이런 말을 나지막이 중얼거리는 수준이었다. "너도 노력해 봐라…… 좀…… 정상적으로 살아보라고." 화가는 그게 무슨 뜻인지 알 길이 없었고 자기가 항상 그러지 못하고 있다는 것만 알았다. 그의 아버지는 부두에서 일했고 가끔 직장 동료들이 집으로 찾아와 식탁에 둘러앉을 때가 있었다. 그들은 대개 술에 취한 상태였고 항상 상사와 정치인과 경제 상황에 대해 화를 냈다. 그런데 어느 늦은 밤 술기운에 말문이 열렸을 때 그의 아버지가 혀 꼬부라진 소리로 이렇게 말한 적이 있었다. "아니, 가끔 내가 뭘 잘못했나 싶을 때가 있어. 그 아이가 이렇게 된 게 내 탓이라면 말이지." 다른 남자들이 일제히 그의 탓이 아니라고 했다. 그 아이에게 문제가 있다는 건 당연히 모두 동의하는 바였다. 그들이 이의를 제기한 건 누구의 책임인가 하는 부분이었다.

벽이 얇은 조그만 아파트에서 그 벽의 반대편에 앉아 있던 화가는 자신이 차라리 존재하지 않았다면 더 좋았을 거라는 생각을 했다.

테드는 큰 소리를 질색했다. 원래부터 그랬다. 금속으로 만들어진 식사 도구가 접시에 부딪히는 소리나 스티로폼이나 판지가 구겨지는 소리가 들리면 어쩔 줄 몰라 했다.

25년 전 잔교에서의 그날, 요아르가 오줌을 싸러 갔을 때 화가는 테드를 돌아보더니 촉촉해진 눈으로 이렇게 속삭였다. "나는 못 해, 테드. 나는 요아르가 생각하는 것처럼 그림 못 그려! 그리고 그 대회에서 원하는 건 스케치도 아니고 *수채화*야. 나는 물감도 없고 심지어 붓도 없고…… 그런 그림을 어떻게 그리는지도 몰라. 나는 못 해, 절대 못 해……."

그는 어깨를 씰룩였고 온몸 여기저기를 긁더니 종이 한 장을 똘똘 뭉쳤고 테드는 그 소리를 절대 잊지 못할 것이다. 화가가 그 종이를 물속으로 던지자 바다가 그림을 삼켰고 테드는 그 뒤로 25년 동안 그때 아무 말 없이 앉아만 있었던 것을 후회할 것이다.

요아르가 돌아오자 화가는 일어나며 오줌을 싸고 오겠다고 중얼거렸지만, 자기가 얼마나 심하게 울고 있었는지 보여주고 싶지 않은 이유가 가장 컸을 것이다.

요아르는 테드 옆에 털썩 주저앉았고 한참 동안 잠잠히 앉아 있다가 수평선에 시선을 고정한 채 진지한 투로 말했다. "쟤한테 그 그림 그리게 해야 해. 알지, 테드? 이 빌어먹을 동네에 남아 있다가는 쟤는 죽고 말 거야. 하지만 그 대회에서 1등을 하면 유명해지고 돈도 많이 벌고…… 행복해지겠지. 텔레비전에 나오는 유명한 사람들처럼. 알겠지? 그러니까 우리가……."

요아르는 땅바닥에서 주운 라이터를 만지작거렸다. 그의 팔은 멍과 흉터로 가득했다. 테드는 아무 말도 하지 않고 고개만 끄덕였고, 요아르도 같이 고개를 끄덕였다. 그것이 그들의 맹세였다.

그날 저녁에 집으로 돌아가는 길에 그림이 될 10대 소년들은 바짝 붙어서 걸었지만, 화가가 요아르와 가장 가까이서 걸었다. 테드는 질투하지 않으려고 있는 대로 애를 썼지만 처참하게 실패했다. 열네 살 때는 우정과 설렘이 같은 감정이자 같은 별에서 온 빛이라 어쩌면 그걸 표현할 더 나은 단어가 있어야 할 수도 있겠다. 하지만 상대가 나를 보아주지 않으면 내가 얼어 죽어가고 있다는 걸 무슨 수로 설명할 수 있을까?

10대 소년들은 집과 집 사이 교차로에서 각자의 길로 헤어지며 서로에게 "내일 보자!"라고 외쳤고 어둠 속에 대고 각자 약속했다. "내일 보자!"

테드는 어깨 너머를 돌아보며 한기를 느꼈다. 10대 소년들은 무슨 일이 벌어지고 있는지 아무도 설명하지 못하고 침묵 속에서 그저 서로를 떠받쳤다. 화가를 세계적인 인물로 만드는 것이 요아르가 책임지기로 마음먹은 일이었고, 요아르를 실망시키지 않는 것이 화가가 책임지기로 마음먹은 일이었다. 테드는? 사랑하는 사람이 죽지 않게 지키는 것이 그가 책임지기로 마음먹은 일이었다. 그건 한 인간에게 엄청난 부담이다. 어깨가 삐걱대고 뼈대가 오그라들고 결국에는 거의 걷지도 못하게 된다.

13

"책임질 수 없으니까⋯⋯." 25년 뒤, 테드는 기차역에서 속삭인다.

그는 떨리는 한쪽 손에 여행 가방을, 다른 쪽 손에는 절친의 유골을 들고 있다. 그가 뒷걸음질 치자 루이사는 그가 다리를 전다는 사실을 처음으로 알아차린다.

"좋아요." 그녀는 조용히 말한다.

"좋다고?" 테드는 놀라서 반문하고, 눈물을 지독하게 부끄러워하며 삐딱한 안경 뒤로 눈을 훔친다.

"네. 좋아요. 더는 아저씨 괴롭히지 않을게요." 그녀는 말하고 몸을 돌린다.

"좋아⋯⋯." 그는 어리둥절해하며 고개를 끄덕인다. 말싸움을 벌이던 중년의 남자에게 벌어질 수 있는 가장 희한한 일이 있다면 갑자기 그의 승리로 싸움이 끝나는 것이다.

그녀는 마지막으로 그를 흘끗 쳐다보고 말한다. "너무 아파하지는 마세요."

테드는 그녀의 말투에서 화가가 느껴지자 무시하려고 애를 쓴다. 정말이지 무진장 애를 쓴다. 그는 마음을 다잡고 무뚝뚝하게 중얼거린다.

"미안…… 내가 언성을 높였네."

그는 그러면 좀 더 어른스러워 보일 것 같은지 목을 길게 빼서 그녀와 키를 맞추려고 애써본다. 그걸 보고 루이사는 작은 기린 같다고 생각하고 천사를 떠올린다. 세상에서 가장 자연스러운 연상 작용은 아닌 것처럼 보일지 몰라도 그녀는 천사를 믿지 않고 피스켄은 천사라면 환장했다. 둘이 처음 만났을 때 루이사는 사람은 절대 그리지 않고 동물, 그중에서도 특히 기린을 가장 자주 그렸다. 기린의 몸이 루이사가 느끼는 자신의 몸과 비슷하기 때문이었다. 정말 길고 정말 넓은데 전부 엉뚱한 부분에서 그렇다는 점에서 그랬다. 피스켄은 나중에 죽으면 천사가 돼서 루이사가 알아볼 수 있게 기린으로 환생하겠다고 입버릇처럼 말했고, 그러면 루이사는 당연히 배꼽을 잡고 웃었다. 도시 한복판에 기린이라니. 피스켄은 천사가 돼서도 얌전할 수 없었다. 그녀는 평생 바보로 지낼 운명이었다.

루이사는 혼자 쓸쓸히 미소를 지으며 그림이 담긴 상자를 집는다. 그녀는 승강장 반대편으로 몸을 돌린다. 그곳에서는 검은 옷을 입은 젊은 남자들이 떼로 모여 손으로 대충 만 담배를 피우고, 종이봉투로 감싼 술병을 들고 병나발을 불고 있다. 이윽고 그녀가 말한다.

"걱정 말고 가세요. 저는 그냥 저기 저 멀끔한 남자들한테 가서 그림을 팔고 싶은데 도와줄 수 있느냐고 물어볼게요. 제법 믿음직해 보이니까요……"

테드가 어찌나 깊은 한숨을 쉬는지 카드로 집을 만들고 있는 사람이라면 그를 곁에 두고 싶지 않을 정도다.

"하지만…… 안 돼! 어쩌려고 그래? 그러지 말고…….”

그가 그녀 쪽으로 두 발짝 다가가자 루이사는 호들갑스럽게 몸을 돌린다.

"어라? 지금 얼른 **열차** 타셔야 하는 거 아니에요?”

테드는 숨을 가쁘게 몰아쉬며 치밀어오르는 짜증을 애써 가라앉힌다.

"지금 제정신이니? 이렇게 비싼 그림을 들고 모르는 남자들한테 접근하겠다니 말이 돼?” 그는 나지막이 쏘아붙인다.

"왜요? 제가 저 사람들한테 납치라도 당할까 봐서요?” 그녀는 콧방귀를 뀐다.

테드는 뭐라고 되받아치면 좋을지 알 수 없기에 전 세계의 모든 중년 남자가 신경을 긁는 10대 청소년에게 할 법한 말을 한다.

"너, 지금…… 학교에 있어야 하는 거 아니니? 아니면 다른 어디라도?”

그녀는 코를 찡그린다.

"부활절이잖아요.”

"그래, 그래. 하지만 너는 미성년자잖니. 너를 찾는 사람이 있지 않을까?”

"저 열여덟 살이에요. 아무도 저를 찾지 않아요.”

"나는 너를 돕고 싶어서 이러는 거야!” 테드는 끝까지 물러나지 않고, 관자놀이를 문지를 수 있게 여행 가방과 유골함을 내려놓는다.

그녀는 얼른 고개를 끄덕인다.

"그래요? 그럼 저를 도와주세요! 집으로 돌아갈 건데, 거기에 이 그림을 팔 수 있게 도와줄 사람이 있다면서요! 저를 데려가 주면 둘이서 그림을 팔고 부활절을 보낸 뒤에 여기로 돌아올게요! 제가 어디 다녀왔다는 걸 아무도 알아차리지 못할 거예요!"

테드는 체념한 듯 두 팔을 쳐들다 실수로 자기 뒤통수를 때린다. 자기 손에 자기가 죽을 수 있을 만큼 어설픈 것도 엄청난 재능이다.

"그럼 위탁 가정은? 위탁 가정이 있다고 했잖아? 거기 가면 되지 않니?" 그는 설득을 시도한다.

루이사의 눈빛이 어두워진다. "그냥 그림만 팔 수 있게 도와주면 아저씨의 인생에서 사라져 드릴게요, 약속해요! 아저씨가 하라는 대로 할게요! 하지만 절대 그 미친 곳으로는 돌아가지 않을 거예요!"

테드는 이제 눈꺼풀을 문지르다가 의도치 않게 속으로 하던 생각을 말로 내뱉어 버린다.

"그 그림을 팔면 그 집을 통째 살 수 있어."

그녀가 어찌나 곧바로 대답을 하는지 한 마디, 한 마디가 뺨을 때리는 것처럼 느껴질 정도다.

"제가 그 집을 산다면 오로지 불을 질러서 없애버리기 위해서일 거예요."

테드는 라이터를 들고 잔교에 앉아 있던 요아르를 떠올리지 않을 도리가 없다.

"하지만 센터에 연락할 사회복지사나 뭐 그런 사람이 있지 않니? 그 시스템이 어떤 식인지는 잘 모르겠지만." 그는 또다시 설득을 시도하지만 루이사는 어깨를 으쓱한다.

"그분들은 지금 센터에 없을 거예요."

"왜?"

"부활절이니까요!"

"부활절이니까." 테드는 그녀의 말을 반복하며 이제는 좌절감에 온 얼굴을 문지른다.

"아저씨 혹시 조금 덜떨어졌어요? 그게 무슨 문제라기보다 그냥 궁금해서요." 루이사는 아주 조심스럽게 묻는다.

안타깝게도 테드는 그 말을 어떤 식으로 맞받아치면 좋을지 고민할 겨를이 없다. 뒤에서 누군가가 갑자기 이렇게 따져 물은 것이다.

"거기 두 사람! 표 있어요?"

테드가 고개를 돌려보니 얇은 넥타이를 맨 남자가 성난 표정으로 서서, 옛날 서부영화에 등장하는 보안관의 배지라도 되는 것처럼 가슴에 달린 이름표를 만지작거리고 있다.

"표요?" 테드는 어리둥절해하며 반문한다.

"저 여자아이가 선생님과 같이 개찰구를 통과하는 거 봤어요! 저 아이 표 있나요?" 보안관은 툴툴대며 있지도 않은 권총을 뽑기라도 하려는 듯 엄지손가락을 허리띠 안쪽으로 집어넣는다.

"푯값 대신 이거 드릴게요! 이게 얼마짜리인가 하면—" 루이사는 당장 대답하며 그림이 담긴 상자를 보안관에게 내민다.

"안 돼!" 테드는 말린다.

루이사는 누가 봐도 가짜로 놀란 표정을 지으며 그를 돌아본다.

"아직 여기 계셨어요? 열차 타러 가신 줄 알았는데?"

테드가 주머니에 넣은 주먹을 어찌나 불끈 쥐고 속으로 어찌나 우렁차게 비명을 질렀던지 모든 내장이 최소 열 살은 늙어버렸을 것이다. 보안관은 이걸 어떤 식으로 해석하면 좋을지 모르겠다는 표정을 짓더니 루이사의 손목을 잡아 상황을 정리하기로 마음먹는다.

"표 있니, 없니?"

루이사는 승강장에 있는 사람 절반이 돌아볼 만큼 요란하게 비명을 지르고 그가 불덩이라도 되는 듯이 손을 잡아 뺀다. 이 와중에 소매가 올라가자 테드는 그녀의 팔이 공기만 닿아도 아프겠다 싶을 만큼 멍과 흉터로 뒤덮인 것을 본다.

"건드리지 마세요!" 그녀는 쏘아붙이고는 배낭 안에 있는 스크루드라이버를 더듬더듬 찾으며 뒷걸음질한다.

테드는 그녀의 눈빛에 담긴 의미를 알아차리고 그 안에서 화가를 본다. 그것이 어찌나 무겁게 그를 짓누르는지 콘크리트 승강장에 그의 발자국이 남지 않은 것이 기적이다. 지금 테드가 원하는 건 혼자 있는 시간뿐인데, 친구를 실망시키고 싶지 않은 사람에게 문제가 있다면 친구들이 천국에 있는 경우 그 나쁜 놈들이 그의 모든 행동을 지켜볼 수 있다는 것이다. 그래서 보안관이 루이사에게 한 발 다가가자 테드는 두 손을 들고 눈을 질끈 감은 채 극도로 싫은 티를 내며 그 사이로 끼어든다.

"좋아요. 좋아요, 좋아요. 제가 이 아이 푯값을 낼게요!"

보안관이 놀란 눈빛으로 그를 빤히 쳐다보자 테드는 한 대 얻어맞을 각오라도 하는 듯 몸을 웅크리고, 그러자 보안관은 어떤 식으로 반응하면 좋을지 모르는 눈치를 보인다.

"그래요? 뭐, 그렇다면……." 보안관은 중얼거린다. 자신의 권위를 공개적으로 과시할 기회를 기대하기라도 했던 듯 살짝 실망한 표정을 짓는다.

"그래요?" 루이사는 명랑하게 묻는다.

"그래!" 테드는 전혀 명랑하지 않은 투로 똑같이 말하고 지갑을 찾는다.

풋값을 받자 보안관은 느릿느릿 사라지고, 테드는 1킬로미터 떨어진 카드 집도 무너뜨릴 수 있을 만큼 크게 한숨을 내쉰다. 그러고는 여행 가방과 유골함을 집어 들고 절뚝절뚝 열차에 올라타지만 루이사는 그를 따라가지 않는다. 그는 출입문 앞에서 돌아보며 끙하는 소리를 낸다.

"왜, 안 가?"

루이사는 의심스러워하는 표정을 짓는다.

"그럼 아저씨랑 같이 갈 수 있는 거예요? 그냥 이렇게요?" 그녀는 궁금해한다.

"네가 원했던 게 바로 이거잖아!" 테드는 쏘아붙인다.

루이사는 눈을 굴린다.

"오, 그럼 이제 갑자기 아저씨를 **믿으라는** 거죠? 아저씨가 나를 죽이면 어쩌라고요?"

"죽이긴 뭘 죽여. 안 죽여." 테드는 앓는 소리를 낸다.

"살인자들이 바로 그렇게 얘기하잖아요! 저는 심지어 아저씨 이름도 몰라요!" 루이사가 짚고 넘어간다.

"테드."

"저는 루이사예요."

"알아."

"좋아요."

"좋다고?"

"좋아요! 이제 우리 서로 아는 사이가 됐잖아요. 그러니까 이상하게 굴지 좀 마세요!" 그녀는 짜증을 섞어서 고개를 끄덕인다.

"여기서 이상하게 굴고 있는 사람이 나란 말이지……." 그는 중얼거린다.

루이사는 먼저 상자를 열차에 올려놓은 다음 객차 안으로 올라 타 주변을 두리번거리다 곧바로 불쑥 외친다. "우와! 이 의자 진짜 폭신하다! 피스켄한테 자동차가 아니라 기차 문을 따고 들어오는 법을 배웠어야 했네!"

테드는 얼굴을 붉히며 다른 승객들의 시선을 외면한다. 루이사는 곰곰이 생각하는 눈치를 보이다 이렇게 덧붙인다. "여자들은 아는 사람에게 살해당할 가능성이 제일 큰 거 알아요, 테드 아저씨? 그러니까 누가 지금 나를 죽인다면 아저씨일 가능성이 제일 크죠!"

테드는 눈을 감고 10까지 최소 열 번을 센 다음 빈자리 두 개를 찾는다. 따라가는 루이사의 배낭에 머리를 맞은 승객들이 "아야"를 합창한다. 테드는 머리 위 선반에 여행 가방을 넣으려 하지만 손이 닿지 않는다. 그래서 루이사는 그에게 도움이 필요하냐고 묻지만 당연히 절대 아니다. 그는 성인 남자이지 않은가. 그는 가방에 머리를 세 번 맞은 다음에야 포기하고 자기 몸과 여행 가방과 유골함을 창가 쪽 좌석에 욱여넣는다.

"짐을 정말 저 위에 올리지 않아도 되겠어요?" 팔을 길게 뻗지 않아도 선반에 손이 닿는 루이사가 도와주고 싶어 하며 묻는다.

"괜찮다!" 테드는 가방을 무릎 위에 올려놓은 채 쏘아붙인다.

"엄청 편해 보이긴 하네요." 루이사는 자기 생각을 밝힌다.

테드는 기분이 상한 듯 끙 소리를 내고 그만이라 그녀는 배낭을 들어 선반에 넣고 그림이 담긴 상자는 발치에 둔다. 그런 다음 둘이 나란히 앉는데, 루이사를 변호하자면, 심심해져서 이렇게 묻기까지 최소 20초를 기다린다.

"수수께끼 좋아해요, 테드 아저씨? 팔이 하나뿐인 남자를 나무에서 떨어뜨리려면 어떻게 하면 되는지 알아요?"

테드는 눈을 감고 지금 당장 나무에서 떨어져도 여한이 없을 듯한 표정을 짓는다. 길고 긴 여행이 되겠다고 생각한다.

그러자 하늘에서 웃는 소리가 들린다. 깔깔 웃는 소리가 들린다.

테드는 여행 가방에서 조그만 테이프를 꺼내 뒤틀린 안경을 고친다. 루이사는 수수께끼와 우스갯소리를 계속 늘어놓다가 열차가 움직이기 시작하자 갑자기 뜻밖의 반응을 보인다. 잠잠해진 것이다. 그녀는 가만히 앉아 감탄하는 눈빛으로 창밖의 고향 마을을 내다본다. 이곳을 떠나다니 난생처음 있는 일이다. 그녀는 열심히 눈을 깜빡이며 심호흡을 하다가 열차가 승강장 끝에 다다른 순간 녀석을 본다. 하도 순식간에 지나간 광경이라 처음에는 착각인가 싶지만, 녀석이 벤치에 평온하게 앉아 거들먹거리는 눈빛으로 그녀를 쳐다보고 있다. 골목길에서 만난 뒤로 목욕을 했는지 털에 윤기가 흐르지만 오만한 분위기는 씻기지 않는다. 둘의 시선이 잠깐 만나고 루이사가 이런 말을 한들 아무도 믿어주지 않겠지만 그녀는 녀석이 오른쪽 앞발을 들어서 흔들었다고 맹세할 수 있다.

고양이로 환생하다니 피스켄답다.

14

예술은 맥락이다.

왜냐하면 솔직히 그 그림이 아주 훌륭한 작품은 아니기 때문이다.

두말하면 잔소리지만 그 그림을 그렸을 때 훗날 C. 야트로 알려진 화가가 겨우 열네 살밖에 되지 않았으니 아주 뛰어났다면 이상한 일이었을 것이다. 무슨 일에든 뛰어나지 않는 것이 열네 살짜리들이 할 일이다. 그들에게 기대되는 역할은 멍텅구리로 사는 것뿐이고, 그들이 이 세상에 태어난 이유는 그들의 엄마, 아빠를 통해 두통약 산업을 유지하기 위해서다. 천재가 되는 것이 열네 살짜리들이 해야 할 일은 절대, 절대 아니다.

따라서 그 그림은 절대로 특별하지 않았다. 특별했던 건 그 화가였다. 몰락한 항구도시에서 이혼한 부모와 살며, 예전에 어떤 교사가

"들짐승처럼 몰려다닌다"라고 표현했던 친구들과 함께 지냈던, 가난하고 아무것도 아닌 존재. 화가는 어린 시절 내내 더러는 폭력이나 침묵으로, 때로는 주먹으로, 항상 빈 술병으로 주변을 파괴하는 어른들을 보았다. 아이들에게는 주어진 세상과 꿈꾸는 세상, 이렇게 두 개의 세상이 있지만 화가조차 그림으로 그 세상에서 벗어날 수 있을 거라고 상상한 적은 없었다. 정말, 정말 어마어마한 바보라야 그렇게 엄청난 꿈을 꿀 수 있다. 다행히 그의 곁에는 그런 바보가 있었다.

요아르는 멍청하다는 얘기를 종종 들었고 그래도 상관하지 않았지만 화가는 진심으로 분노했다. 요아르는 멍청한 게 아니라 한 번에 하나밖에 생각할 줄 모르는 아이일 뿐이었다. 그가 엔진을 그렇게 잘 고칠 수 있었던 이유가 그 때문이었다. 반면에 화가는 모든 걸 한꺼번에 생각해서 그림을 잘 그렸지만 항상 순서가 잘못됐다. 가운데가 아니라 가장자리에서부터, 하늘을 먼저, 사람을 나중에 그렸다. 그래서 그 세계적인 작품도 처음에는 수채화가 아니고 스케치였다. 그는 물감을 살 돈이 없었다. 그리고 처음에는 심지어 바다 그림도 아니고 구름 그림이었다. 구름은 아무것도 아니고, 그가 생각하는 자기 자신이 아무것도 아니었기에. 다른 모든 건? 요아르가 그에게서 본 것들이었다. 어른이 되면 화가는 남다른 예술성은 그 사람에게서 밖으로 흘러나오는 것이라는 말을 들을 테지만 그의 입장에서는 안으로 흘러들어 와야 하는 것이었다. 왜냐하면 그에게 예술은 사랑이었다. 슬픔이었다. 이야기였다.

맥락이었다.

만약 길거리 노숙자가 잔교에 앉아 있는 아이들 그림을 팔려고 했다면 그냥 종잇조각으로 간주됐을 테지만, 근사한 미술관의 새하얀 벽에 걸리자 엄청나게 비싼 그림이 되었다. 재산이 충분한 사람들이 뭔가를 간절히 원하면 그건 값을 매길 수 없게 된다. 그러면 예술은 눈이 아니라 귀로 경험하는 것이 되고, 그들은 어떤 그림이 아니라 그 이름과 이야기에 돈을 지불하는 것이 된다. 오로지 값이 매겨진 물건에만 가치가 부여되니 그들의 세상에서 떠받들려야 하는 사람은 화가가 아니라 소장하는 사람이다. 그렇기에 그림 속 아이들은 경비원들이 지키고 서야 할 만큼 중요하게 여겨지지만 현실의 아이들은 모두의 무관심 속에서 죽을 수도 있다.

「바다의 초상」이라고 불린 그 작품은 엄청난 걸작이라 세계적으로 유명해지거나 천재의 작품이라 모두가 탐냈던 것이 아니라 화가의 이후 모든 행적 때문이었다. 나중에 그가 'C. 야트'라는 이름을 쓰며 모든 이의 숨을 멎게 만드는 그림을 그렸을 때 창조한 예술 때문이기도 하지만 그라는 존재의 특성 때문이기도 했다. 그는 내성적이고 깨어진 사람이었고 구매자들은 그걸 사랑했다. 깨어지면 깨어질수록 더 좋았다. 좀 더 부서져. 그들은 속으로 빌었다. 우리 앞에서 산산이 무너져 버려!

외출을 중단하자 C. 야트는 신비로운 인물이 됐고 인터뷰를 중단하자 사람들이 따라다녔다. 그에게 내놓을 것이 없을수록 다들 더 많은 것을 원했다. 어느 날 그는 그의 세대를 대표하는 위대한 예술가 중 한 명으로 꼽힐 것이다. 사람들은 항상 위대한 예술가들의 다음 행보를 궁금해하지만, 그 반대인 경우도 있다. 워낙 많은 사랑을 받다 보니 결국에는 모두가 그들이 맨 처음에 어떤 작품을 창작했는지 궁금해하게 되는 것이다. 「바다의 초상」은 이런 이유에서 세계적인 작품이 되었다. 그 모든 것의 시작이었으니까. 그래서 그 작품은 수없이 사고팔렸고 나중에는 화가가 전 재산을 바쳐야 되살 수 있었을 만큼 값이 어마어마하게 뛰었다.

무엇 때문이었느냐고? 특별한 건 없었다. 붓놀림은 10대의 것이었고 서사는 어린아이의 것이었다. 그럼에도 그 작품을 본 수많은 사람이 이후에도 끊임없이 그 이야기를 했다. 처음에는 모두의 눈에 새파란 바다만 보였다. 그 앞에 서서 정말 한참 동안 들여다보아야 잔교 맨 끝에 앉아 있는 세 명의 아이를 포착할 수 있었다. 많은 사람이 사실 옆에서 누가 가르쳐주지 않으면 아무것도 보지 못했고, 세 아이가 있다고 가르쳐준 사람들은 보물이 감춰진 곳을 알려주기라도 한 듯 의기양양했다. 신문에서 그를 천재라 칭하기 시작한 이유가 그 때문이었다. 바다를 충분히 사랑하고 예술을 충분히 이해하는 사람만 작품을 충분히 오랫동안 들여다보고 아이들을 포착할 수 있도록, 열네 살짜리가 신비로운 분위기를 계획한 것처럼 느껴졌던 것이다.

하지만 진실을 공개하자면 그건 의도한 바가 아니었다. 요아르가 그 대회를 알아냈지만 화가는 물감을 살 돈이 없었다. 요아르는 자기가 이해하지 못하는 말을 들으면 노발대발하는데 '수채화'는 그가 선뜻 흡수하기 어려운 개념이었기에 그걸 요아르에게 설명할 수조차 없었다. 유화는 그보다 더 어려운 단어라 요아르는 그 말을 들었을 때 이렇게 외쳤다. "그게 무슨 말이야, 기름이라니? 그럼 젠장, 전부 다 시커메지는 거 아니야?"

그러니까 이 모든 건 결코 의도된 것이 아니었다. 화가는 사랑하는 친구의 행복을 위해 그림을 그려보겠다고 약속했을 뿐이다. 그는 바다를 그릴 생각이 없었고, 잔교 끝에 앉아 있는 세 명의 아이를 누구라도 봐줄 거라고 생각한 적이 없었다. 누가 그에게 예술이 뭐냐고 물었다면 그는 다른 아이들, 돈이 많고 똑똑한 아이들, 재능 있는 아이들을 위한 거 아니겠느냐고 조그맣게 속삭였을 것이다. 그는 예술에 대해 아는 것이 눈곱만큼도 없었고, 그의 손은 어떤 발이 춤을 추는 것과 같은 이유에서, 멈추는 법을 모르기에 그냥 그림을 그렸다.

그 그림이 거의 존재하지 않을 뻔했던 게 그 때문이었다. 그해 첫 번째 장례가 치러진 직후, 두 번째 장례를 치르기 직전에 그의 손이 그림을 접은 적이 있었던 것이다. 요아르가 옆에서 계속 쪼지 않았다면 그의 손은 그 길로 연필을 아예 놓았을 수도 있었다.

솔직히 그건 훌륭한 작품이다. 화가를 천재라고 부르던 사람들이 생각했던 것과는 전혀 다른 방식으로 훌륭했을 뿐이다.

25년 전 6월의 그날 저녁, 10대 소년들이 잔교에서 집으로 돌아가던 길에 화가는 요아르와 전까지 어느 누구와도 그런 적 없을 만큼 바짝 붙어서 걸었다. 요아르가 조용히 말했다.

"상관없다고 말해주지 못해서 미안."

"응?" 남들이 원하는 모든 것이 되어줄 수 없다는 데 항상 가슴 아파하던 화가는 우울한 목소리로 반문했다.

요아르가 숨을 깊이 들이마시자 그의 아버지가 온몸에 남긴 손자국이 가로등 불빛을 받고 파란색과 자주색으로 뚜렷이 보였다. 잠시 후에 그가 딱 부러지게 말했다.

“대회는 어떻게 되든 상관없다고 말해주길 바란다는 거 알아. 1등 안 해도 된다고. 하지만 나는 그렇게 말할 수 없어. 너 1등 해야 해. 이 지랄 맞은 도시에서 도망쳐야 해!”

화가는 땅바닥에 시선을 고정한 채 계속 걸으며 우울한 목소리로 대답했다. “너는 항상 내가 너희들보다 더 나은 삶을 살 자격이 있는 것처럼 말하는데…….”

“그건 아니야!” 요아르가 당장 대꾸했다.

화가는 너무 놀라서 하마터면 웃음을 터뜨릴 뻔했지만 요아르는 천천히 고개를 저으며 충격적이리만치 진지한 태도로 말을 이었다. “네가 우리보다 더 나은 삶을 살 자격이 있는 건 아니야. 다만 너는 우리처럼 사는 걸 절대 감당하지 못할 거야. 평범한 삶? 그런 삶을 살기엔 너는 너무 물러터졌어. 여기 남아서 우리 아빠들처럼 이 부두에서 지랄 맞게 일하라고? 아침마다 좆같다고 생각하면서 눈뜨라고? 매 순간을 화가 존나 난 상태로 지내라고? 50년 동안 날이면 날마다? 그건 힘든 일이야. 단단한 사람만 버틸 수 있어. 너는 안 그렇잖아. 다르게 살아야 해.”

화가는 한참 아무 말 없이 걷다가 용기를 내서 물었다. “그럼 넌?”

요아르는 꿈을 꾸듯 미소를 지으며 말했다. “나는 평범한 삶을 살 거야. 부두에서 일할 거고. 아침마다 좆같다고 생각하면서 눈뜰 거고. 매 순간을 화가 존나 난 상태로 지낼 거야. 하지만 뭐, 일요일이면 가끔 어딘가에 있는 미술관을 찾아가겠지. 그 건물 깊숙한 곳에 세계적인 화가의 그림이 걸려 있을 테고, 그 그림은 나에게 한 주 더 살아갈 힘을 줄 만큼 근사할 거야.”

화가는 그 말을 듣고, 잠깐은 눈앞이 빙글빙글 돌 만큼 정말 기뻤다. 왜냐하면 요아르는 자기 미래에 대해 말하는 경우가 거의 없었다. 항상 현재를 살기에 급급했다. 여름방학의 초반과 중반인 6월과 7월을 사랑하기에 급급했다. 그때가 1년을 통틀어 가장 행복한 시기였다. 8월은 그의 아버지가 휴가를 받는 때라 최악이었다. 악마에게 줄 수 있는 가장 위험한 것이 할 일 없는 시간이다. 그 시간은 더 짙어진 질투와 더 깊어진 피해망상과 더 많이 쌓이는 빈 병 무더기를 의미했다. 그의 어머니는 또 한 번의 8월을 견뎌내지 못할 거라고 요아르는 장담할 수 있었지만, 그도 알다시피 그의 몸은 아직 어머니를 보호할 수 있을 만큼 힘이 세지 않았다. 그는 항상 키가 제일 작았다. 하지만 친구들은 그를 항상 가장 크고 가장 용감했던 아이로 기억할 것이었다. 그의 아버지는 정반대였다. 몸무게는 90킬로그램이었지만 작디작았다.

한번은 학교 선생이 요아르에게 "무책임하다"라고 한 적이 있었는데, 화가가 듣기에 그렇게 황당한 말은 처음이었다. 물론 요아르가 수업 시간에 가만히 앉아 있거나 조용히 듣지는 못했지만 그건 마음이 급하기 때문이었다. 자기가 급한 줄도 모르고 지내는 대부분의 아이는 운이 좋은 거다. 교사들은 요아르가 말을 듣지 않는다고 했지만 그건 사실 고분고분하지 않다는 뜻이었다. 그들은 그가 폭력적이라고 했지만 그는 단지 남들보다 싸움을 잘했을 뿐이었다. 그는 한 번도 먼저 시비를 건 적이 없었지만 이기고 나면 항상 그가 시비를 건 것처럼 보였다. 그들은 그를 위험한 학생이라고 했지만, 요아르가 보호하려는 사람은 항상 화가였으니 사실 정말 위험한 학생은 그였다.

문제는 요아르가 어떤 생각에 꽂히면 뇌의 모든 세포가 설탕 샌드위치를 만난 개미 떼처럼 그 주변으로 몰려드는데, 안타깝게도 항상 가장 똑똑한 세포가 제일 먼저 도착하지는 않는다는 것이었다. 그래서 그는 이상한 것에 어마어마하게 화를 내곤 했다. 만약 사랑하는 친구가 문에 끼면 그 문을 때렸다. 요아르의 세상에 무생물은 없고 모든 것에 의식이 있으며 그들의 모든 행동이 의도된 것이었다. 그는 고수를 먹지 않았는데, 어떤 사람들은 엄청 좋아하고 또 어떤 사람들은 비누 맛이 난다고 생각하기 때문이었다. 요아르가 그걸 거부한 이유는 비누 맛이 나서가 아니라 그렇게 불공평한 건 먹을 수 없기 때문이었다. 한번은 그가 텔레비전에서 '유기농 육류'라는 단어를 듣고 그게 무슨 뜻이냐고 묻기에 화가가 더 좋은 사료를 먹이고 놓아 기른, 어쩌면 더 행복하게 자란 돼지라는 뜻이 아닐까, 라고 대답한 적이 있었다. "그러니까 행복한 돼지만 죽인다는 거야? 미친, 그게 더 나쁜 거 아니야?" 요아르는 으르렁댔다. 화가는 할 말이 없었다. 비록 구멍이 있긴 해도 요아르의 논리에 반박하기는 쉽지 않았다.

4학년 때, 한번은 교사가 요아르를 붙잡아 두는 바람에 화가 혼자 교실 밖으로 나갔다가 6학년생 몇 명이 달려들어 그에게서 스케치북을 채간 적이 있었다. 처음에 그들은 그냥 웃었다가 화가가 그린 알몸 그림을 보고 구역질 나는 새끼라고 소리를 질렀다. 화가가 자기들이 바라던 만큼 괴로워하지 않자 그를 때리고 사물함에 거꾸로 쑤셔 넣었지만 여전히 그는 충분히 괴로워하지 않는 것처럼 보였다. 하지만 그들이 스케치북을 찢자 화가는 그때까지 겪어본 적 없는 고통을 느꼈기에 비명을 질렀다. 요아르가 교실 밖으로 뛰쳐나왔고 그보다 나이 많은 아이가 다섯 명이었지만 요아르는 일당백이었다. 그들이 덩치가 더 크고 힘이 더 세서 다행이었다. 그렇지 않았다면 그의 손에 죽을 수도 있었다. 요아르를 떼어내느라 수위 한 명과 교사 세 명이 동원됐다. 학교 측에서는 그를 교장실에 앉혀놓고 부모님에게 연락했고, 하필이면 그의 아버지가 숙취가 너무 심해서 출근하지 못한 날이라 그 전화를 받았다.

요아르는 교장에게 야단맞고 집으로 가는 길에 싸움이 벌어졌던 복도에서 걸음을 멈추었다. 허리를 숙여서, 6학년생 한 명을 쓰레기통에 쑤셔 넣느라 쏟아진 쓰레기를 모두 주웠다. 학교의 어른들은 그가 차갑고 냉정하며 감정이 없는 줄 알았다. 그런데 정반대라는 것이 빌어먹을 문제였다. 그는 동물과 고수에 관심을 기울이고 싸움박질을 싫어하는 아이였다. 그는 오로지 사랑하는 사람들을 위해서만 싸웠다. 그래서 화가는 요아르가 누군가를 끔찍이 사랑해서 철창신세를 지는 날이 오는 건 아닌가 하는 공포에 계속 시달리며 살았다.

그날 저녁 집에 들어간 요아르는 아버지에게 죽을 만큼 맞았다. 학교에서 싸웠다고 아이를 때리다니 잔인하기도 하지만 앞뒤가 안 맞는 일이기도 했다. 아버지는 산사태처럼 그를 덮쳤고 심지어 훈육이 목적도 아니었다. 교장에게 불려 가 제대로 된 부모, 아버지다운 아버지인 척 앉아 있어야 했던 것에 대한 복수였다. 그 인간은 덕분에 자신이 어떤 존재인지 상기하게 되었다. 아무것도 아닌 존재라는 것을. 그래서 아들을 여느 때보다 더 심하게 두들겨 팼다.

요아르는 다시 등교했을 때 온몸이 시커멓고 시퍼레진 이유를 만들어내기 위해 쉬는 시간마다 축구를 했고 모든 태클마다 몸을 던졌다. 그날 이후로 화가는 6학년생들에게 빼앗기지 않게 스케치북을 감추는 데 만전을 기했다. 그 자신을 보호하거나 그들을 보호하기 위해서가 아니라 요아르를 보호하기 위해서였다. 요아르도 위험했지만 세상이 항상 더 위험했다. 세상은 무적이었다.

책임감? 요아르보다 더 책임감을 느끼는 사람은 없었다.

그래서 25년 전 6월의 그날, 잔교에서 집으로 걸어가던 길에 화가는 딱 하나밖에 없는 소원을 조그맣게 속삭였다.

"너도 같이 갈 수 있어? 여기서 도망치면?"

"나중에 놀러 갈게!" 요아르는 그럴 일은 절대 없다는 것을 알기에 거짓말을 했다. 그는 자신의 미래가 아무것도 아니라는 것을, 뜬구름처럼 텅 비었다는 것을 알았다. 그래서 이런 약속을 했다. "내 걱정은 하지 마! 너는 텔레비전에 나오는 사람들처럼 유명해지고 행복하게 살 거야. 사람들이 좋아하는 그림을 그리게 될 거야. 그럼 나한테 돌아오는 건 뭐게? 나는 가장 좋은 걸 받지. 네가 그런 사람이 되는 데 내가 도움이 됐다는 걸 아니까."

지평선 위로 그들이 사는 집의 윤곽선이 보이자 요아르는 자기 방 창밖의 조그만 양철 상자에 심은 꽃이 보일 때까지 거기서 시선을 떼지 않았다. 그의 어머니가 키우는 식물은 증오와 폭력으로 포위된 아파트에서 날마다 벌어지는 작은 혁명이고 다정한 무력시위였다. 요아르는 점점 천천히, 점점 말없이 걷다가 손끝에 뭔가가 닿는 것을 느꼈다. 그는 몇 초가 지난 다음에야 화가가 그의 손을 잡고 있다는 사실을 알아차렸다.

화가는 열네 살이었고 예술에 대해서는 아무것도 몰랐지만 나중에 나이를 먹으면 세계적으로 유명한 사람이 될 테고, 그래도 자기는 그 시절처럼 단순한 것밖에 모른다는 사실을 깨달을 것이다. 예술은 순간이라는 것. 예술은 존재 이유가 된다는 것. 예술은 다시 한 주 살아 있음을 버티는 거라는 것.

그날 저녁 네거리에서 "내일 보자"라고 외친 사람은 테드였고, 다른 아이들이 "내일 보자!"라고 외쳤을 때 그중 한 명이 방귀를 곁들였다. 어휴, 그들은 속이 뻥 뚫리도록 얼마나 웃었는지 모른다. 제대로 감상할 줄 아는 사람에게 방귀보다 더 훌륭한 소화제는 없다.

그날 저녁에 요아르는 집 창문을 모두 열고 어머니가 양철 화분 상자에 키우던 라벤더와 제라늄 등 모든 식물에 물을 주었다. 어머니는 요아르의 머리칼에 입을 맞추고 이렇게 말했다. "그건 네가 책임질 일이 아니야." 요아르가 청소기를 돌리고 라디에이터에 빨래를 널자 그녀는 이렇게 속삭였다. "아들, 그건 네가 책임질 일이 아니야." 그러고 나서 둘은 세상에서 가장 기발한 발명품이 뭔지 대화를 나누었고, "병뚜껑"이라는 어머니의 말에 그가 짜증을 내자 그녀는 "그럼 병따개인가?"라고 대꾸했고, 요아르는 어느 정도 시간이 지난 다음에야 그녀의 장난에 당했다는 걸 알아차렸다. "내가 멍청하긴 하지만 그 정도로 멍청하지는 않아." 그녀는 키득거렸다. 그는 그녀에게 전혀 멍청하지 않다고 말하고 싶었지만 대신 이렇게 말했다. "엄마 남대문 열렸다." 그녀는 아래를 내려다보았다가 아들의 장난에 당했다는 것을 알아차리고 이렇게 외쳤다. "이 바지는 심지어 지퍼도 없는데!" 그녀는 그 말에 요아르가 터뜨린 웃음소리를 듣고, 온 세상을 통틀어 자기보다 더 운이 좋은 어머니는 없을 거라는 생각을 했다.

그녀는 피자를 사 왔다. 축하할 일이 있을 때만 사 오는 거였지만, 가끔 잊을 수 있게 요아르를 도와주어야만 할 때도 있었다. 그녀가 그런 걸 잘했다. 그녀가 웃긴 이야기를 하면 그는 웃음을 터뜨렸다. 그 이야기 때문이 아니라 자기가 말해놓고 자기가 웃는 그녀 때문이었다. 그녀가 한쪽 팔을 들 수 없을 정도로 심하게 다쳤기에 그가 피자 자르는 것을 거들어야 했다. 직장 동료들에게는 젖은 잔디를 밟고 넘어졌다고 했고, 그들은 어쩜 그렇게 덤벙대냐며 웃었다. 요아르도 웃어넘기려고 했지만 더는 그럴 수가 없어서 눈빛이 점점 어두워질 때면 어머니는 그냥 나지막이 말했다. "아들, 아들, 그건 네가 책임질 일이 아니야."

세상에 그의 책임이 아닌 일이 있기라도 한 듯, 그녀의 아들이 그런 사람이라도 되는 듯. 슈퍼히어로가 되는 꿈을 꾼 사람은 요아르였지만 초능력을 가진 쪽은 그녀였다. 그녀는 팔이 부러졌고 요아르 아버지의 손에 내동댕이쳐진 그녀와 부딪친 라디에이터는 찌그러졌다. 어찌나 세게 부딪쳤던지 쇠가 여기저기 움푹 들어갔다.

"괜찮아요, 엄마. 이제 식기 전에 피자 먹어요." 요아르는 움푹 들어간 자국 위로 빨래를 널며 고개를 끄덕였다. 그녀는 한쪽 팔로 그를 안아주었다. 그런 다음 두 사람은 행복한 유명 인사들이 나오는 텔레비전을 보았고 요아르는 자기 할 일을 했다. 다 잊은 척 그녀를 속였다. 그가 그런 걸 워낙 잘했다. 어머니가 잠들자 요아르는 화분 상자의 흙을 손에 묻히고서 침대에 누워 뜬눈으로 지새웠다. 열쇠 돌아가는 소리가 들리는지 귀를 기울이며 술에 취한 아버지가 귀가하길 기다렸다. 창밖 라벤더와 제라늄이 자라는 아래에 요아르가 칼을 숨겨놓았다.

예술? 그건 맥락이다.

잠시 후에 요아르의 아버지가 문 앞에 설 것이다. 앞으로 며칠 지나면 그가 가장 사랑하는 친구가 세계적으로 유명해질 작품을 그리기 시작할 것이다. 25년 뒤에 누군가가 그 그림을 정말, 정말 유심히 들여다보다가 화가가 잔교 위, 10대 아이들 옆에 그려놓은 무언가를 발견할 것이다.

꽃을 말이다.

15

메리 올리버가 쓴 시 「여름날」의 마지막 구절은 다음과 같다.

말해보라, 그대의 한 번뿐인 무모하고 소중한 인생을
어떻게 살 생각인가?

테드는 그해 여름 장례식장에서 화가가 중얼거리는 혼잣말을 듣고 또 들었다. 그때 그들은 열네 살이었다. 테드는 사랑하는 사람을 처음으로 떠나보냈고, 어른이 되면 깨닫다시피 열네 살이라는 상당히 늦은 나이까지 떠나보낸 사람이 없었다니 순전히 운이 좋았다. 테드는 신도석에 앉아서 목이 아프고 가슴이 욱신거릴 때까지 하염없이 격하게 흐느꼈던 기억을 떠올린다. 그전까지는 상심이 육체적인 것인 줄, 살아 있는 사람에게 가해지는 학대인 줄 미처 몰랐다.

25년 뒤에 그는 화가의 유골함과 함께 열차에 앉아 있다. 바닥에 놓인 그보다 더 큰 상자에는 황당하리만치 비싼 그림이 담겼고, 그의 옆에는 정말이지 이상하고 사람 신경을 미치도록 건드리는 10대 여자아이가 앉아 있다. 끔찍한 선택이라고? 테드는 젖은 양말을 토스터에 넣어서 말리려 한 적도 있고, 한번은 아이스크림이 너무 딱딱해서 떠먹을 수가 없자 '숟가락을 전자레인지에 돌려서 데워야겠다!'라고 생각한 적도 있는 요아르와 어린 시절을 함께 보냈다. 그랬으니 진짜 끔찍한 선택을 여러 번 보았지만 이보다 더 끔찍한 경우는 없었다.

그는 유골함에 대고 이런 책임을 떠맡을 자신은 없다고 소리 지르고 싶은 심정이다. 그로 말할 것 같으면 관리하기 부담스러워서 스웨이드 부츠를 포기한 사람이라고 화가의 기억을 환기하고 싶다. 심지어 신발 관리도 못 하는 사람에게 인간을 맡기다니. 그는 씩씩대며 생각한다. 그 자신에게, 화가에게, 그리고 무엇보다 사람 볼 줄 아는 죽음을 향해 씩씩댄다. 항상 가장 훌륭한 사람을 가장 먼저 데려가는 죽음을 향해서 말이다.

불과 몇 주 전에 테드는 화가의 널찍하고 으리으리한 아파트에 앉아 있었다. 발코니에서 계절의 변화를 감상하며 아침 식사를 마친 참이었다. 봄은 더디지만 가차 없이 다가오고 있었고 겨울은 1센티미터씩 죽어가고 있었다. 화가의 한심한 우스갯소리와 반짝이는 웃음소리 이면에서 병도 그와 비슷하게 점점 기세등등해지고 있었다. 그는 손이 떨려서 차를 쏟았지만 상관하지 않았다. 테드는 그래서 너무 부러웠고, 자기도 죽음을 그렇게 태연하게 직면할 수 있으면 좋겠다고 생각했다.

"값이 얼마나 될까?" 화가는 감자 한 봉지쯤 되는 물건을 말하듯 대수롭지 않은 투로 물었다.

그들은 화가의 첫 작품이 경매에 부쳐질 예정이라는 기사를 신문에서 본 참이었다. 처음에 테드는 그가 농담하는 줄 알았다가 침을 튀겨가며 물었다.

"지금 *진심이야?* 네 전 재산을 털어 넣어야 할걸?"

"좋아. 화가라면 모름지기 가난하게 죽어야 하니까." 화가는 씩 웃었다.

"그런 말 하지 마."

"내가 가난뱅이가 될 거라는 말?"

"무슨 말인지 알잖아."

화가는 명랑하게 어깨를 들썩였다.

"그 돈을 너한테 주려고 했는데. 네가 받지 않았지."

"나는 그렇게 많은 돈을 감당할 자신이 없어." 테디는 조그맣게 속삭였다.

"뭐, 좋아. 그렇다면 그 돈으로 내가 사고 싶은 딱 한 가지를 살 거야." 화가는 웃음을 터뜨렸다.

그러다 심한 기침 발작이 시작되자 테드는 도와주려고 자리에서 벌떡 일어났다.

"괜찮아? 의사 부를까?"

"아냐, 아냐. 나 기침할 때마다 이러다 죽는 건 아닐까 하고 걱정하지 좀 마."

테드는 마음 상해 대답했다.

"네가 죽을까 봐 걱정하지는 않아. 네가 죽은 뒤를 걱정하지. 너 없이 나만 살아야 하니까."

화가의 미소는 묵직한 커튼 사이로 비치는 햇살 같았다.

"말해봐, 테드. 너의 한 번뿐인 무모하고 소중한 인생을 어떻게 살 생각인지?"

"그만해." 테드는 중얼거렸다.

"그만해애애." 화가는 애정을 담아서 짓궂게 놀렸다.

"딱 한 번만이라도 어른스럽게 행동하면 안 될까?"

"절대 안 되지! 어떤 상황에서도 우리는 어른이 되면 안 돼, 테드. 그러면 끝장이야! 어른이 되면 결국에는 죽어, 몰랐어?"

"가만히 앉아 있어. 바닥에 차 쏟아진 거 닦을 거니까……."

화가는 기침하느라 쉰 목소리로 다시 물었다.

"부탁이야, 테드, 말해봐. 어떻게 살 생각이야? 내 아파트에 숨어 지낸 지 이제 2년이 됐잖아. 너는 지금 인생을 땡땡이치고 있어."

"너를 보살피고 있잖아!"

"알아. 그래서 사랑해. 하지만 내가 떠나도 너는 살아야 하잖아."

테드는 그 말에 대답할 방법이 없었다. 아침을 먹고 나서 속이 불편해진 화가가 구역질하는 동안 테드는 옆에 앉아서 그의 야윈 몸을 끌어안고 몇 가닥 남지 않은 머리칼을 쓰다듬어주었다.

"아무 말도 하지 마……." 테드는 애원했지만 고집불통인 그의 친구는 자꾸 말을 하려고 했다.

"이래라저래라 하지 마, 죽어가는 사람한테!" 화가는 차가운 도기에 뺨을 대고 지친 미소를 지었다.

테드는 한숨을 쉬었다.

"솔직히 말해줘? 평화롭게 조용히 지내면 좋을 것 같기도 해!"

화가의 웃음소리가 온 집에 쩌렁쩌렁 울렸다. 생애 마지막 몇 주 동안의 화가처럼 수없이 깔깔대고 웃고, 죽음이 삶에서 훔쳐 간 순간보다 죽음으로부터 삶을 훔친 순간이 많다고 느끼는 축복을 누리는 사람은 많지 않다. 매일 아침에는 발코니에서 식사를, 매일 저녁에는 팝콘과 옛날 영화를, 곁에는 그의 손을 잡아주는 가장 소중한 사람. 이걸 모두 누리는 사람이 몇이나 될까? 거의 없다. 그가 값이 얼마나 나가든 자신의 첫 작품을 다시 사들이기로 마음먹은 이유가 그 때문이었다. 사람들은 항상 그에게 평범하지 않다고 했지만, 그도 남들과 다르지 않아서 말년에 이르자 거의 모든 사람과 같은 소원이 생겼다. 어린 시절의 여름을 되찾는 것.

"내가 떠난 뒤에도 너는 행복하게 지내면 좋겠어." 그는 어느 날 밤 잠들기 직전에 테드에게 이렇게 속삭였다.

당연히 그건 무리한 부탁이었다. 인정이 많다는 건 어떤 이에게는 너무 무거운 짐이다. 하지만 테드는 노력해 보겠다고 약속했다.

"요아르? 요아르…… 너야?" 화가는 잠에서 깼을 때 기대하는 목소리로 이렇게 중얼거렸다.

"아니, 테드야. 요아르는 여기 없어." 의자에 앉아 있던 테드는 역시 조그맣게 대답하고, 친구의 실망한 눈빛을 받아들이려 했다.

이 모든 것이 어떤 이에게는 너무나 무거운 짐이지만 그래도 우리는 계속 짊어지고 간다. 두 남자는 여러 날 동안 그 넓은 아파트에서 아침을 먹고 옛날 영화를 보고, 손바닥 위에 손끝을 얹었다. 그리고 웃고, 웃고, 또 웃었다. 시시한 농담, 영혼이 통하는 친구 간의 실없는 장난, 그 밖의 다른 모든 것들은 삶의 의미 없는 빈틈일 뿐이다. 가끔 화가는 어른스러워지지 말라고 테드를 설득하는 데 성공한 적도 있었다. 한번은 그가 실내에서 물풍선을 던지자 화가 머리끝까지 난 테드가 하나를 받아서 마주 던진 적이 있었다. 안타깝게도 화가가 고개를 숙이는 바람에 물풍선이 열어놓은 발코니 문밖으로 날아가 도로로 떨어졌고, 퍽 하는 소리와 함께 누군가가 외국어로 고함을 지르는 소리가 들렸다. 이후로 그들은 사흘 동안 집 안에서 아침을 먹었다. 매일 아침 최소 한 번씩 화가가 그때의 기억을 떠올리며 깔깔대고 웃으면 먹고 있던 달걀이 벽지 위로 튀었고, 두 남자의 시선이 만나면 그 순간이 테드에게는 여름 같았다.

화가가 환자라는 사실을 아는 사람은 거의 없었고 병세가 얼마나 심한지 아는 사람은 테드와 의사들뿐이었다. "죽음은 공적인 일이지만 죽는 과정은 사적인 일이지. 가장 마지막에 치르는 사적인 일." 화가는 이렇게 말했다. 그의 말투에서는 어떤 두려움도 어떤 씁쓸함도 느껴지지 않았다. 긴 인생이었다. 무모하고 소중한 인생이었다.

그가 잔교에 앉아 있는 친구들을 그린 것은 그들이 열다섯 살이 되던 해 여름, 테드와 알고 지낸 지 2년째 되던 때였다. 그해 가을에 장례식을 치른 뒤에 그들은 서로 다른 길로 갔지만 연락이 끊기지는 않았다. 요아르가 화가를 위해 꿈꾸었던 모든 것이 실제로 이루어졌다. 그는 영향력 있는 인물들에게 발굴돼 권위 있는 예술학교에 진학했고 머나먼 대도시로 거처를 옮겼다. 거기에서 그는 조그만 방의 바닥에 누워서 겁에 질린 목소리로 테드와 밤새 전화하며 울곤 했다. 다른 누구도 그들의 상심을 이해할 수 없었다. 세상은 너무 위협적이고 거칠고 폭력적이었고 두 소년은 너무 예민해서 감정을 가지고 살아갈 수 없었다. 가끔 화가는 몸을 웅크리고 창가에 앉아 저 아래 길거리에서 펼쳐지는 삶을 바라보며 전화기에 대고 속삭였다. "다들 어떻게 견디는 걸까, 테드?"

"우리도 나중에 알게 되지 않을까?" 테드는 애써 기대하는 투로 반문했다.

그들도 잠시나마 잘 견뎠을지 모르지만, 남을 속이는 재주가 발전한 것일 수도 있었다. 화가는 열여덟 살이 됐을 때 교사들에게 '천재' 소리를 들었고, 스무 살이 됐을 때는 세계적으로 유명해질 거라는 얘기를 들었고, 스물여덟 살이 됐을 때는 그들의 짐작이 틀렸으면 얼마나 좋았을까 하고 생각했다.

하지만 그사이의 세월에는? 놀라운 사건이 그에게 벌어졌다. 그가 자기 목소리를 찾은 것이었다. 예술학교를 졸업했을 때 여행을 다니며 세상 구경을 하라고 권한 사람은 테드였다. 화가는 부모님이 돌아가시자 장례를 치르러 고향으로 내려왔고, 테드는 친구가 곧바로 다시 떠나지 않으면 그곳에 영영 주저앉을까 봐 걱정이 됐다.

"너는 좀 더 넓은 세상을 봐야 해." 테드는 그에게 말했다.

"너도 같이 가자." 화가는 말했지만 당연히 테드가 안 된다고 할 줄 알고서 한 얘기였다.

테드는 자신의 평범한 침대에서 자고 일어나는 평범한 삶을 원했다. 세상을 경험하고 싶은 마음은 절대 없었다. 세상을 구경하고 집으로 돌아온 친구의 눈빛을 보고 싶을 따름이었다. 그래서 화가 혼자 길을 나섰다. 스물두 살 때 그는 이 나라에서 저 나라로 돌아다니며 그림을 쫓아다니고 화랑과 미술관을 탐닉했다. 히치하이킹을 하고 완행열차를 탔고 곧 망가질 듯한 오토바이를 타고 산맥을 넘었다.

스물네 살 때는 설거지와 청소를 하며 쿵쿵거리는 댄스플로어 위에서 처음 보는 사람들과 사랑에 빠졌고, 끝없이 펼쳐진 바닷가에서 달빛을 맞으며 춤을 추었다. 이후에 만난 나이 많은 여자들에게 초상화를 그려서 돈을 버는 법을 배웠고, 그 이후에 만난 젊은 남자들에게는 스프레이 페인트로 건물 벽에 그림을 그리고 경찰을 피해 도망치는 법을 배웠다. 스물여섯 살이 되었을 때 이런 식으로 모든 대륙을 섭렵하자 그는 테드에게 전화해 집으로 돌아가겠다고 했다. 서로를 삼킨 웃음소리로 수화기가 쩌렁쩌렁 울렸지만 일은 화가가 예상한 대로 흘러가지 않았다. 그는 새로 그린 여러 작품을 먼저 예전 예술학교 교사들에게 보냈고, 놀란 교사들은 그것들을 다시 영향력 있는 인사들에게 보냈다. 그리고 모든 게 달라졌다. 온 세상의 미술을 감상한 화가가 이제는 온 세상이 본 적 없는 예술을 만들어냈고, 그것으로 그는 유명해졌다. 그는 이후로 다시는 고향에 내려오지 않았다. 다시는 잔교에 앉아 그림을 그리지 않았다.

명성은 순식간에 가차 없이 찾아왔고 예민한 소년에게는 절대 맞지 않았다. 화가는 세상을 손에 넣었지만 이제는 세상이 그를 삼켜버렸다. 스물여덟 살 때 그는 다시 여행을 떠났지만 이번에는 달랐다. 큼지막하고 시커먼 차에 몸을 싣고 사람 많은 공항으로 이동했다. 만나는 사람마다 그를 사랑한다는데, 그걸 감당할 수 있는 사람이 얼마나 될까. 그는 잡지 표지에 실릴 사진을 찍었고, 비싼 호텔 스위트룸 바닥에 누워 밤새 숨을 쉴 때마다 공포를 느끼며 테드와 통화했다. 화가는 관찰자였기에 관찰당하는 것은 견딜 수가 없었다. 하지만 세상은 항상 그 둘을 뒤섞어 버린다.

서른 살이 되자 그는 날마다 약을 먹었다. 이제는 그를 사랑하는 마음에 배낭을 들여다보는 사람이 옆에 없었다. 한동안 그는 황홀하리만치 행복하거나 불행했다. 항상 둘 중 하나였지만 나중에는 그 둘의 차이를 알 수 없게 됐다. 그래서 수많은 사람이 그의 인생에 개입해 어떤 그림을 그려야 하고 어떤 식으로 작품을 팔아야 하는지 가르쳤다. 처음에는 그들이 화가를 위해 일했지만 이내 그가 그들을 위해 일하게 됐다. 이내 그가 그림을 너무 천천히, 너무 이상하게, 너무 조금 그린다며 모두가 실망스러워했다. 서른두 살이 되었을 때 그는 공황발작이 하도 잦아서 그전에는 몸이 어떤 느낌이었는지 잊어버렸다. 그는 운동장만 한 아파트를 사서 예쁜 물건들로 그 안을 가득 채웠지만 복도에 매트리스를 깔고 그 위에서 고양이처럼 웅크리고 잤다. 재산의 절반은 사기당했고, 나머지 절반은 제 손으로 내주었고, 엉뚱한 데서 사랑을 찾으려다 가능한 모든 방식으로 마음을 짓밟혔다. 그는 더 이상 집 밖으로 나가지 않았다. 그의 피부는 명성을 견디기에 너무 얇았고 그의 허파는 세상 꼭대기에 오르기에 너무 작았다. 모르는 사람들이 길에서 그를 알아보면 그는 겁에 질린 동물처럼 도망쳤다. 그가 서른다섯 살이었을 때 부자 하나가 작업실로 찾아와 완성되지도 않은 그림을 사 가고 1주일이 지나자 똑같이 하려는 부자들이 작업실 앞에 줄을 섰다. 그는 이제 완성되지 않은 그림이 가장 값이 나갈 정도로 유명한 화가가 되었다. 이후로 그는 두 번 다시 작업실로 출근하지 않고 난파당한 사람처럼 아파트에 틀어박혀 전화기에 대고 테드에게 속삭였다. "다들 내가 그림을 계속 그리길 바라지만 자기들이 하나 살 수 있을 때까지고 이후에는 내가 창작을 중단하길 바라. 내 작품은 이제 투자 수단일 뿐이고 내 작품을 소장한 사람들은 하나같이 내가 죽기를 바라. 경매장에서 미완의 삶보다 더 귀한 건 없으니까."

그는 서른일곱 살 때 바닥을 쳤다. 어느 날 밤에 너무 취해서 예쁘고 고요한 것들로 둘러싸인 채 혼자 아파트 욕조 안에 있다가 하마터면 익사할 뻔했다. 그때 테드가 그와 살러 왔다. 여행을 싫어하고 대도시를 무서워하는데도 그랬다. 그는 비행기는 너무 비싸다며 열차를 탔고 왔지만 아파트 문지방을 넘었을 때 화가가 그의 귀에 대고 속삭인 첫 마디가 이거였다. "겁쟁이!"

테드는 이렇게 맞받아쳤다. "사람들이 호박벌을 두고 뭐라는지 알아? 원래는 날지 못하는 게 맞대! 인간도 마찬가지야!"

화가는 웃음을 터뜨렸다. 테드도 웃음을 터뜨렸다. 둘 다 한참 만에 터뜨린 웃음이었다. 테드는 원래 잠깐만 있다 갈 생각이었는데, 그것이 화가의 남은 생을 함께하는 것으로 바뀌었다. 처음에는 둘 다 테드를 위한 선택인 척, 그에게 휴식이 필요했던 척했다. 하지만 사실 집이 필요했던 사람은 화가였고 그에게 집은 지하실 방에서 보낸 어린 시절처럼 어둠 속에서 코를 고는 테드였다.

그날부터 마지막 날까지 화가는 불행하지도 너무 행복하지도 않고 모든 게 그 중간인 상태로 평온하고 안전하고 만족스럽게 지냈다. 모든 소원을 이루었다. 그들은 웃고 춤을 추고 음식을 만들고 서로에게 시를 읽어주었다. 그런 시간이 몇 개월, 몇 번의 찰나, 영원토록 이어졌다. 그러다 화가가 병에 걸렸고 테드는 곁에 남았다. 25년을 친구로 지내는 동안 그들이 함께 지낸 시간은 딱 4년뿐이었다. 10대 시절에 2년, 마지막에 2년. 하지만 소년들의 영혼이 머나먼 거리를 뛰어넘어 연결될 수도 있다는 사실을 믿지 않는 사람은 그들에 대해 아무것도 모르는 셈이다.

투병 생활이 막바지로 접어들수록 화가는 잠이 늘었고 테드는 그
의 침대 옆에 앉아 책을 읽곤 했다. 다들 무슨 수로 견디는지 궁금해
하던 사람답게 화가의 책꽂이는 시집으로 가득했다.

테드는 보딜 말름스텐의 시를 읽었다. "죽음은 없다, 죽은 사람들
만 많을 뿐." 그런 다음 남편을 떠나보내고 병원에서 귀가했을 때의
기억을 이야기한 조앤 디디온의 글을 읽었다. "그의 휴대전화를 책
상 위 충전기에 꽂은 기억이 난다." 그런 다음 보딜 말름스텐의 시를
다시 읽었다. "그것이 죽음이다, 그대가 다시는 대답하지 않는 것."

그런 다음 마이아 앤절로의 「거목이 쓰러질 때」를 읽는다.

갑자기 선명해진 우리의 기억은
살피고
곱씹는다
내뱉어지지 않은 다정한 말을
약속해 놓고 가지 않은 산책을.

그런 다음 보딜 말름스텐의 시를 읽고 또 읽었다. "마음은 항상 무
방비 상태다." 의자에서 깜빡 잠이 들었다 깨어보니 화가가 그의 손
가락을 가만히 잡고 있었다.

마지막 해 봄, 부활절 직전에 화가의 주치의가 앞으로는 절대 어
디든 멀리 가면 안 된다고 했다. 그다음 날 테드의 도움 아래 화가는
모든 재산을 정리했고, 둘은 경매장까지 찾아갔고, 테드는 그 그림을
샀고, 화가는 교회 뒤편에서 루이사를 만났다.

이제 테드는 유골함과 유명한 그림과 누가 봐도 제정신이 아닌 10대 소녀와 열차에 앉아 있다. 이 모든 게 정말이지 어마어마하게 끔찍한 선택이다. 양말을 토스터에 넣은 것보다 더 끔찍한 선택이다.

16

테드는 자기도 모르게 깜빡 잠이 들고, 그래서 화들짝 깼을 때 얼마나 잤는지 감이 없다. 그냥 몇 초였을까? 아니면 몇 분? 지금 몇 시일까? 멍하니 눈을 깜빡이며 열차 천장에 달린 조명을 올려다본 순간 그는 자신이 얼마나 피곤한 상태인지 알아차린다. 그의 잠을 깨운 건 북소리였다. 그는 주변을 잠시 두리번거린 다음에야 북소리의 정체를 알아차린다. 루이사가 유리병 안에 갇힌 말벌처럼 손끝으로 팔걸이를 계속 두드리고 있다.

"열차 또 언제 서요? 오줌 마려운데!" 루이사는 나지막이 쏘아붙인다.

그는 농담이겠거니 생각하며 그녀를 빤히 쳐다보지만 암만 봐도 농담이 아니다.

"열차 안에…… 열차 안에 화장실이 있어." 그는 그녀가 민망해지지 않게 최대한 부드럽게 알려준다.

"진짜요? 영화에서나 열차 안에 화장실이 있는 줄 알았더니!" 루이사는 전혀 민망하지 않은지 큰 소리로 이렇게 외치니, 테드는 조금은 민망해하는 것이 맞지 않나 하고 생각할 수밖에 없다. 하지만 그가 '화장실'이라고 적힌 문 쪽을 가리키자 그녀는 누가 "마시멜로 공짜요!"라고 외치기라도 한 것처럼 튀어간다.

루이사가 사라지자 테드는 혼자 자리에 앉아 열여덟 살짜리는 끙끙대거나 허리 삐걱대는 소리 한 번 없이 그토록 조용히 일어날 수 있다는 데 감탄한다. 어른이 돼서 10대의 자연스러운 움직임을 보고 나면 석기시대 사람들은 스물일곱 살에 시름시름 앓은 이유를 깨닫게 된다. 그때부터 인체는 수단과 방법을 가리지 않고 죽음을 향해 간다. 인간은 천년만년 젊을 줄 알다가 어느 날 문득 의자에서 일어나는 것조차 당연하기는커녕 사전 계획이 필요한 나이에 다다르는데, 테드가 바로 그 나이가 되었다. 얼마 전에도 그는 재채기를 했다가 목에 담이 온 적이 있었다. "나이 먹어서 그래." 화가가 씩 웃으며 말하자 테드는 너무 기분이 나빠서 이렇게 쏘아붙이고 말았다. "죽을 날이 얼마 남지 않은 사람이 그런 말을 하다니!"

그는 이 말을 내뱉자마자 너무 무안해서 두 손으로 입을 가렸고 화가는 배를 잡고 웃다가 기침을 터뜨렸다.

테드는 유골함을 팔꿈치로 슬쩍 찌르고 갈라진 목소리로 말한다.

"네가 저 아이한테서 뭘 봤는지 알겠다. 저 아이를 보고 누가 생각났는지 알겠다."

열차는 속도를 높이고 창밖으로는 세상이 스쳐 지나간다. 처음에는 집과 도로, 그다음에는 농가와 벌판, 그리고 이내 나무와 어둠이다. 여기에서부터 바다까지는 멀다. 믿기지 않을 만큼 멀다.

화장실 문이 벌컥 열리고 루이사가 돌아온다. 테드는 뺨을 훔치고 창밖을 내다보며 애써 눈물을 감춘다. 그녀는 올림픽에 출전한 멀리뛰기 선수라도 되는 듯 그의 옆자리에 착지한다.

"왜 그렇게 슬픈 표정을 짓고 있어요? 울었어요?" 그녀는 묻는다.

그는 손목으로 눈을 세게 문지르고 짜증 섞인 목소리로 중얼거린다. "아니."

"머리숱 때문에요?" 그녀는 무척 딱하게 여기는 투로 묻는다.

처음에 그는 무슨 말인지 전혀 알아듣지 못하지만, 그녀가 그의 정수리를 조금 길다 싶게 쳐다보자 우물우물 말한다. "아니. 아니! 아니? 왜…… 왜 그런 말을 하는 거지?"

그녀는 무심하게 어깨를 으쓱한다.

"그냥 제 짐작이에요. 거기 앉아서 유리창에 비친 아저씨 모습을 보고 있길래 머리숱 때문인가 했죠."

"내 모습 안 보고 있었어!" 테드는 딱 잘라 말한다.

그런 다음 그는 유리창에 비친 자기 얼굴을 최대한 보지 않는 척하면서 이제 머리가 어디까지 벗어졌는지 확인한다. 요아르가 했던 말을 생각한다. 머리는 비누로, 궁둥이는 샴푸로 씻어야 하는 때가 오면 늙은 거야.

루이사가 그보다 훨씬 중요한 질문으로 상냥하게 그의 상념을 방해한다.

"똥은 어디로 가요?"

"뭐라고?"

"사람들이 열차에서 싼 똥이요, 그 똥 어디로 가느냐고요."

테드는 지구상에서 가장 마음이 불편한 남자가 헛기침하듯 헛기침을 한다.

"아마…… 열차 아래에 통이 있을걸?"

"그게 다 차면요? 선로 위에 똥을 그냥 부어요?"

그는 이 말에 거의 충격을 받은 듯한 표정을 짓는다.

"글쎄다. 아마 그러겠지?"

그녀는 한참 고민하다가 아주 심각한 표정으로 묻는다.

"밖에 바람이 진짜 많이 불면요? 그래서 선로 옆을 걷던 사람의 얼굴 위로 똥 폭탄이 쏟아지면요?"

"거기까지는 생각해 본 적이 없네." 그는 솔직히 시인한다.

"어떻게 그걸 생각해 본 적이 없을 수가 있어요? 저는 지금 그 생각밖에 못 하겠는데!"

그가 어찌나 깊은 한숨을 쉬는지 차창 밖으로 보이는 밀밭이 눕지 않은 게 신기할 지경이다.

"우리…… 잠깐 서로 아무 말도 하지 않으면 어떨까?"

루이사는 어깨를 으쓱하고 중얼거린다.

"그래요. 좋아요."

그녀는 배낭에서 스케치북을 꺼내 편안하게 자리를 잡고 앞좌석 등받이에 발을 얹는다. 테드는 그러면 안 된다고 정말, 정말 지적하고 싶지 않지만 얼마 못 가 창밖으로 보이는 모든 들판이 지평선까지 누울 만큼 크게 한숨을 쉰다.

"등받이에서 발 좀 내릴래?"

"왜요?" 루이사는 영문을 몰라 하며 묻는다.

"거기 더러워지잖아." 그는 말한다.

그녀는 그를 쳐다보다가 의자 등받이를 쳐다보다가 다시 그에게로 시선을 옮긴다.

"그럼 신발을 벗으면요?"

"중요한 건 그게 아니야."

"그럼 중요한 건 뭔데요?"

"앞좌석 등받이에 발을 올려놓고 앉지 않는 거!"

"그게 어때서요?"

"못된 애들이나 그러는 거야!"

그녀는 의자 등받이와 그를 차례대로 쳐다본다.

"알았어요. 등받이 경찰관 아저씨."

열차가 제동을 걸고 끼이익하는 소리와 함께 덜컹거리며 역으로 들어선다. 루이사는 테드가 계속 시간을 확인하는 것을 알아차린다.

"왜 계속 시계를 보세요?" 그녀는 묻는다.

"열차가 시간표대로 가는지 확인하느라." 그는 그녀가 생각하기에 과하다 싶을 만큼 짜증을 내며 대답한다.

"바쁜 일이 있으세요?"

"아니."

"그럼 왜 시간표대로 가는지 신경 쓰세요?"

"뭐든 정해진 시간대로 진행되고 있는지 신경 쓰는 성격이라서."

그녀는 미친 사람 대하듯 그를 쳐다본다. 그로서는 영 못마땅한 반응이다. 그는 화장실에 다녀올까 고민하다가 자리에서 일어나려면 얼마나 귀찮을까 하는 생각이 들자 그냥 포기하기로 한다. 루이사는 배낭에서 담배를 한 대 꺼내 가로로 물고 그림을 그린다.

"정신 나갔니? 여기서 담배 피우면 안 돼!" 테드가 당장 외친다.

"저기요, 조용히 있고 싶다고 하신 분치고 상당히 시끄러우시네요." 루이사는 짚고 넘어간다.

"이 안에서는 담배 피우면 안 된다는 거 알고는 있지?" 테드가 나지막이 쏘아붙이자 루이사도 같이 쏘아붙인다.

"불도 안 붙였잖아요! 저는 심지어 라이터도 없어요! 담배도 안 피우고요!"

"그런데 왜 담배를 들고 다니는 거야?"

"제 담배 아닌데요? 제 친구 피스켄 거예요!"

서른아홉 살짜리와 열여덟 살짜리는 각자의 눈에 장례식을 담고 서로 노려본다. 다른 사람에게서 자신의 모습이 보이면 감당하기가 쉽지 않다.

"그래." 그는 중얼거린다.

"그래요." 그녀도 중얼거린다.

"담배 피우면 안 돼. 나이도 이렇게 어린데." 그는 창밖을 내다보며 뚱한 목소리로 집요하게 물고 늘어진다.

"왜요?" 그녀는 자기 그림을 내려다보며 묻는다.

"담배 피우면 일찍 죽으니까."

"담배 피워도 될 만한 나이가 될 때까지 기다리면 담배 안 피워도 죽을걸요?" 그녀의 말은 반론을 제기하기가 짜증이 날 정도로 쉽지 않다.

그래도 루이사는 등받이에서 발을 내리고 입에 물고 있던 담배를 치운다.

"고맙다." 테드는 조용히 말한다.

"아저씨 결혼했어요?" 그녀는 그림에 시선을 고정한 채 묻는다.

“아니.”

“아이는 있어요?”

“아니.”

“아까워라.”

“뭐라고?”

“아깝다고요. 이렇게 짜증 잘 내는 성격인 걸 보니까 아이를 낳았으면 짜증 잘 내는 아빠가 될 수 있었을 텐데.”

테드는 한숨을 쉬고, 그녀도 따라 해주길 바라는 헛된 희망을 품으며 눈을 감는다.

루이사는 버틸 수 있는 한도 내에서 최대한 버티다가, 그러니까 한 1분 30초쯤 버티다 이렇게 묻는다. “그거 무슨 꽃이에요?”

테드가 눈을 뜨고 놀라서 콧잔등을 찡그리자 안경이 미끄러져 내려온다.

“꽃?”

루이사는 그런 질문을 해서 부끄러운 듯 쏟아져 내린 머리칼로 얼굴을 가리고 계속 그림을 그린다.

“그…… 그림 속에 그려진 꽃이요. 잔교 위에 앉은 아저씨네 옆에 놓인. 그거 무슨 꽃이에요?”

그녀가 자기 짐작이 틀려서 바보 같아 보일까 봐 불안한 듯 자신 없어 하는 말투를 쓰다니 처음 있는 일이다. 다른 사람의 말투에서 자기 목소리가 들린다는 건 무거운 짐이라 테드의 어깨가 처진다.

“그 꽃을 본 사람은 거의 없는데.” 그는 부드럽게 인정한다.

“그림을 실제로 보기 전에는 저도 몰랐어요. 엽서에서는 안 보이거든요, 그림 바로 앞까지 다가가야 해요.” 그녀는 조용히 말한다.

테드는 생각에 잠긴 표정으로 고개를 끄덕이다가 몸을 앞으로 숙여 그림을 상자에서 조심스럽게 꺼내 잔교에 앉은 10대 소년들 옆에 조그맣게 그려진 분홍색과 보라색 점을 쳐다본다.

"제라늄하고 라벤더. 요아르 엄마가……."

루이사는 당황스러워했던 것을 순식간에 잊고 다시 광분한 아이로 돌아가 큰 소리로 외친다.

"요아르? 그 방귀 뀐 친구요?"

테드의 이성은 어른의 이성답게 절대 그러면 안 된다고 말하지만, 입가가 실룩이는 것을 어쩔 도리가 없다.

"응…… 맞아, 요아르가 엄청난 방귀를 뀌곤 했지. 청바지에 구멍을 뚫을 수도 있었을 거야. 이제 생각해 보니 그 친구 어머니가 꽃을 그렇게 많이 기른 이유가 그 때문이었을 수도 있겠네. 화학 무기 같은 아들 옆에서 살아남으려면 그게 유일한 방법이었을지도."

그는 웃음을 터뜨리고 루이사도 마찬가지다.

"좋은 어머니였나 봐요." 그녀는 말한다.

테드는 고개를 끄덕이지만 이제는 슬픈 표정이다. 그의 얼굴 근육은 웃는 표정을 유지하는 데 익숙하지 않다. 나이를 먹으면 중력으로 인해 입가가 늘어지고 미소로 가는 길이 길어진다.

"맞아, 뭘 키우는 데 탁월한 재주가 있었고 주변에서 항상 좋은 향기가 풍겼어. 그 아주머니 덕분에 모든 게…… 살아남을 수 있었지."

말을 마친 순간 그의 입가가 주름살로 덮인다.

"그분이 키운 꽃이 그림에 그려진 걸 보면 다들 그분을 엄청 좋아했나 봐요." 루이사는 딱 잘라 말한다.

테드는 구부러진 안경을 닦으며 그 틈에 천천히 눈을 깜빡인다.

"응. 다들 그분을 좋아했지. 어떻게 그렇게 좋은 냄새를 풍기고 그렇게 사랑스러운 것이 존재하는 그 집에 그렇게 끔찍한 인간이 살 수 있는지 이해할 수가 없었어. 왜냐하면 요아르의 아버지가…… 덩치가 크고 힘은 셌지만 쩨쩨한 인간이었거든. 요아르와 그 어머니를 인간 취급하지 않는 듯 때리곤 했지……."

테드는 다시 말을 멈춘다. 그런 인간을 어떤 식으로 설명하면 좋을지 몰라서인데, 그러다 루이사는 그런 인간들에 대해 이미 다 알고 있을 거라는 사실을 깨닫는다.

"어떤 사람인지 알겠어요." 그녀는 조그맣게 속삭인다.

"그걸 안다니 속상하네." 그도 마주 속삭인다.

그녀는 그의 말을 듣고 신기하게도 미소를 짓는다. 그녀는 아직 젊기에 쉽게 미소를 지을 수 있다. 몸이 축나거나 그런 것도 아니지 않은가.

"제라늄하고 라벤더." 그녀가 머리칼로 얼굴을 가린 채 꿈을 꾸듯 중얼거리자 스케치북 위로 그 단어들이 쏟아진다. 잠시 후에 그녀가 상당히 뜻밖의 말을 한다.

"고마워요."

"뭐가?" 테드는 궁금해한다.

그녀는 어깨를 으쓱한다.

"이런저런 얘기를 해주시는 거요. 그리고 아저씨를 따라갈 수 있게 허락해 준 것도요."

테드는 한참 동안 아무 말도 하지 않고, 그녀는 그가 숨을 쉬는지 확인하느라 하마터면 그의 콧잔등을 두드릴 뻔한다. 결국 그가 눈을 깜빡이고 중얼거린다.

"사실 요아르가 친구 중에서 제일 키가 작았는데, 그림 속에서는 제일 커 보이지."

루이사는 고개를 들고 눈을 덮었던 머리칼을 귀 뒤로 넘긴다.

"아저씨보다도 작았다고요? 진짜요? 아저씨들 뭐예요, 호빗인가?"

"나는⋯⋯." 테드는 조금 기분 나빠 하며 말문을 열지만, 그녀가 얼른 설명하고 나선다.

"호빗이 뭐냐면요, 「반지의 제왕」에 나오는 종족이에요. 키가 진짜 작거든요!"

"고맙다, 나도 호빗이 뭔지는 알아." 테드는 한숨을 쉰다.

루이사는 눈을 굴린다.

"뭐, 그럼 설명하려고 했던 거 사과할게요! 아저씨 같은 늙은이가 무슨 영화를 봤는지 제가 무슨 수로 알 수 있겠어요?"

그녀는 다시 머리칼로 얼굴을 덮고 얼른 덧붙인다.

"요아르가 그림 속에서 실제보다 더 컸던 건 친구들이 보기엔 그랬기 때문이겠죠. 피스켄도 저한테는 크게 느껴졌거든요, 제 키가 훨씬 컸지만. 다들 자기를 작게 느껴지게 하는 사람이 나쁘다고 생각하지만 실은 그렇지 않아요."

테드는 아무 대꾸도 하지 않는다. 그저 유골함을 내려다보며 짜증이 나긴 하지만 화가의 말이 맞았다고 결론을 내린다. 이 아이는 우리랑 같은 과다.

17

어린 시절의 기억은 희한하지만, 이제는 기억나지 않는 그때의 일들은 더 희한할지 모른다. 어린 시절의 여름을 떠올리면 항상 태양이 환하게 비쳤던 것처럼 느껴진다. 그 시절의 추억 속에는 바람도 비도 없다.

화가는 생의 말미에 다다랐을 때, 서른아홉 살을 끝으로 마흔 살이 될 일 없다는 것을 알았을 때 요아르의 이름을 속삭이며 잠에서 깨어나곤 했다. 잠결에는 새와 칠리소스, 훔친 자전거와 가파른 내리막 길을 전속력으로 달리던 쇼핑카트를 중얼거렸다. 그의 머리가 이런 것들을 붙들고 있었다. 하지만 테드는 가끔 그의 친구가 잠결에 바닷속에서 뭘 찾는 사람처럼 헤엄치는 것을 본 적 있었고, 화가는 어둠에 대고 가끔 고함을 질렀다. "알리, 어디야? 어디 있어? 알리!"

기억은 참으로 희한하게 우리를 속인다. 테드는 열두 살, 그러니까 거의 사춘기로 접어들었을 때가 되어서야 요아르와 화가를 만났지만, 그 이전의 삶은 거의 기억하지 못했다. 1년이 넘도록 그들은 셋이서 똘똘 뭉쳐 다녔지만, 그럼에도 테드는 그 시절을 그렇게 기억하지 않는다. 그의 기억 속에서 그들은 항상 네 명이었다.

25년 전에 친구들은 수면 위로 고개를 내밀면 항상 "여기야!"라고 외쳤다. 그들은 함께 잔교를 달음박질해 각기 다른 방향에서 바닷속으로, 어둠 속으로 뛰어내렸다. 점점 가라앉는 동안 각자 물살에 맞서 미친 듯이 발버둥 쳐도 그들의 마른 몸은 보이지 않는 발톱이 저 깊은 데서 잡아당기기라도 하는 듯 점점 무거워졌다. 그러다 매번 그 발톱에서 왜인지 모르게 힘이 풀리면 그들은 수면을 향해 솟구쳤다. 하늘을 향해 눈을 뜨고 허파에 공기를 담자마자 첫 번째 친구가 "여기야!"라고 외쳤다. 그러면 그다음 친구가 "여기야!"라고 외쳤다. 일제히 "여기야! 여기야! 여기야! 여기야!"라고 외쳤다. 겨울이라 등교하러 나섰을 때까지 아직 어두컴컴한 날에도 그들은 네거리에서 똑같이 했다. "여기야!" 어둠 속에서 건물 사이로 서로의 모습이 보이면 이렇게 외쳤다. "여기야! 여기야! 여기야! 여기야!"
　네 명의 목소리. 요아르, 그다음은 화가, 그다음은 테드. 하지만 가장 먼저, 그녀.

그들이 열다섯 살이 되던 해 여름, 요아르가 꽃 화분 속에 칼을 숨기고 뜬눈으로 누워 아버지가 현관문 열쇠를 돌리는 소리가 들리길 기다리던 다음 날 아침에 친구들은 해가 중천에 들 때까지 네거리에서 그를 기다렸다. 하지만 그는 나타나지 않았다. 그의 아버지는 밤새 들어오지 않았고 평소보다 더 취해서 무방비 상태였다. 아파트 현관문이 잠겨 있지 않았더라도 그 인간은 문을 열고 들어오지 못했을 것이다. 요아르는 침대에 누워서 손에 쥔 칼의 무게와 가슴에 품은 증오를 느끼며 몇 시간 동안 기다렸다.

다음 날 아침에 친구들은 네거리 옆 잔디밭에 앉아서 끝까지 기다리다가 그의 집 쪽으로 걸음을 옮겼다. 멀리서 그의 방 창밖에 놓인 양철 화분 상자가 보였고, 창문이 열려 있었고, 제라늄과 라벤더가 바람에 흔들렸다. 친구들은 도로에서 걸음을 멈추고 그의 방 창문을 올려다보았지만, 용감하게 그의 이름을 부르지는 못했다. 10대 시절의 우정은 특별한 것이라 낌새가 이상하면 피부로 느낄 수 있다.

"여기야." 출입문 앞에서 느닷없이 속삭임이 들렸다.

친구들의 놀란 시선이 창문에서 출입문 쪽으로 홱 옮겨졌다. 손에 흙이 묻은 요아르가 쭈글쭈글한 티셔츠를 입고 거기에 서 있었다. 그의 아버지는 간밤에 평소보다 더 취해서 집에 오지도 못하고 부두에서 같이 일하는 동료의 집 소파 신세를 졌다. 그날 아침에 요아르의 어머니는 아들의 방을 들여다보았다가 그가 뜬눈으로 누워 있는 것을 보았다. 아버지가 간밤에 외박했다는 소식을 전했을 때 그녀는 요아르의 눈에서 안도가 아니라 그보다 훨씬 무시무시한 것을 보았다. 실망을 보았다. 그녀는 요아르의 험악한 눈빛과 굳게 쥔 주먹을 보았고, 창문이 열려 있는 것을 알아차렸다. 칼은 보지 못했지만 볼 필요가 없었다. 왜냐하면 어머니라는 위치도 특별한 것이라 낌새가 이상하면 피부로 느낄 수 있다.

"엄마가 오늘 아침에 갑자기 화분을 전부 분갈이해야겠다고 해서 도와드렸어." 그가 설명 차원에서 말했다.

친구들은 그에게 숨기는 것이 있음을 한눈에 알아차렸지만 열네 살 때는 적당한 말을 찾기 어렵기에 자기들이 아는 딱 한 마디를 했다.

"여기야."

"여기야." 요아르는 미소를 지었다.

그날 잔교로 출발했을 때 그는 손마디가 하얘질 정도로 세게 배낭 끈을 쥐고 있었다. 이제는 거기에 칼을 숨겼기 때문이었다. 어머니가 집에 있을 때는 아버지를 죽일 수 없다는 것을, 어머니는 눈치가 너무 빠르다는 것을 알아차렸기에 계획을 다시 세워야 했다. 테드는 친구의 아픔이 느껴지지만 아무것도 해줄 수가 없었기에 그의 옆에서 우울하게 걷다가 전혀 뜻밖의 짓을 저질렀다. 웃긴 말을 한 것이다. 다람쥐 한 마리가 그들 옆을 쌩하니 지나 나무 위로 달려 올라가자 테드가 외쳤다.

"아티초크⁺다!"

그날 그의 친구들의 웃음소리를 들은 사람이 있다 한들 뭣 때문에 그렇게 웃었는지 절대 짐작조차 하지 못했겠지만, 그 길 위로 그보다 더 시원한 폭소가 터진 적은 없었다. 열두 살에 요아르와 화가를 처음 만났을 때 테드는 발음을 이상하게 할까 봐 겁이 나서 거의 아무 말도 하지 못했다. 그는 떠나온 나라를 거의 기억하지 못하는 이민자 였고 모국어를 유창하게 할 수 없을 만큼 어렸지만, 새로 배운 나라 말을 쓸 때 억양에서 티가 나지 않을 만큼 어리지는 않았다. 그래서 다른 아이들이 비웃는 소리가 들리면 대개 그를 향한 비웃음이라는 데 익숙해져 있었다. 하지만 요아르와 화가는 다르게, 전혀 악의 없

⁺ 국화과의 여러해살이풀. 지중해 연안이 원산지로, 주로 요리의 재료로 쓰인다.

이 웃었기에 테드는 그들 앞에서 처음으로 수다쟁이가 될 수 있었다. 어린아이에게 그보다 더 위안이 되는 것은 없었다.

어느 날 친구들에게 고백한 바에 따르면 그는 새 나라의 말이 너무 어려워서 열 살이 돼서야 글을 읽을 수 있었고, 그전까지는 모든 단어가 뒤죽박죽으로 섞인 자음으로 느껴졌고, 형에게 속아서 '다람쥐'를 지칭하는 단어가 '아티초크'인 줄 알고 지냈다. 그래서 이후로 몇 년 동안 공원을 달려가는 조그만 털북숭이 동물이 보일 때마다 아티초크네, 하고 생각했다. 글을 배우고 처음 어머니와 슈퍼에 갔을 때 그는 깡통에 '껍질 벗긴 아티초크'라고 적혀 있는 것을 보고 차마 아무 말도 하지 못했다. 집으로 가는 동안 이 나라 사람들은 어쩌면 그렇게 잔인할 수 있을까, 하는 생각만 했다.

열두 살에 그에게 이 이야기를 들었을 때 친구들은 쓰러질 정도로 웃었고, 열네 살인 지금은 그때보다 더 큰 소리로 웃었다.

"나는 어렸을 때 털 알레르기가 있는 사람은 키위를 못 먹는다고 엄마를 속였는데." 요아르는 킬킬거렸고, 다른 친구들이 숨을 쉬지 못해 괴로워하는 것을 보면서 이렇게 덧붙였다. "엄마는 아직도 그런 줄 알아!"

그의 웃음소리는 집까지 닿아 열린 창문을 넘어 집 안으로 흘러들어갔다. 그의 어머니는 흙 묻은 손을 하고서는 거기 서서 입이 귀에 걸리도록 미소를 지었다. 부모가 된다는 것은 정말이지 이상한 일이라 아이들의 모든 아픔이 부모의 것이 되고 모든 기쁨도 부모의 것이 된다.

친구들이 그날 바다와 잔교를 향해 걸어가면서 보니 그해 여름을 통틀어 가장 화창한 오후였다. 기억상으로는 평생을 통틀어 가장 화창한 오후였을 수도 있다. 앞으로 이보다 훨씬 어두컴컴한 날도 찾아오겠지만 이날은 전혀 그렇지 않았다. 화가는 배낭을 움켜쥐고 있었다. 테드의 집 화장실 수납장에서 슬쩍한 약이 그 안에 들어 있었다. 요아르는 자기 배낭을 그보다 더 세게 움켜쥐고 있었다. 칼이 그 안에 들어 있었다. 하지만 테드가 배낭에 들고 온 쿠키를 모두 꺼내자 화가는 요아르에게도 억지로 하나 먹였다. 그렇게 퍽퍽한 쿠키는 다들 처음이었다.

"쿠키가 하도 퍽퍽해서 얘네가 나를 먹는 느낌이야." 요아르는 침이 다 말라버리기라도 한 사람처럼 우물거렸다.

그들이 피식 웃음을 터뜨리자 부스러기가 눈송이처럼 뿜어져 나왔고 그 순간만큼은 모든 게 괜찮아질 것처럼 느껴졌다. 그들은 집과 반대편으로 걸었고 요아르 아버지의 차가 주차되어 있는 넓은 주차장을 가로질렀다. 그해 여름이 끝나기 전에 그들은 반대편에서 달려오다가 그 자리에 경찰차가 대신 주차되어 있는 것을 볼 것이다. 부두에서 요아르의 아버지와 같이 일하던 동료들이 어느 날 가슴 가득 수치심을 안고 텅 빈 눈빛으로 요아르의 창문 아래에 서 있을 것이다. 아파트에서는 제라늄과 라벤더 향이 풍길 테고 바닥에는 누군가가 누워 있을 것이다.

하지만 아직은 아니다, 오늘은 아니다. 이제 겨우 6월이다. 태양은 바다 위에서 여전히 빛나고, 잔교에서는 여전히 방귀 냄새가 나고, 아티초크는 여전히 서로 쫓고 쫓기며 나무 사이를 뛰어다니고 있다.

요아르는 좌우를 두리번거리다 화가와 테드를 돌아보며 물었다.

"알리는 어디 있어?"

어린 시절의 기억 중에서 남은 걸 따져보면 희한하고, 어떤 것들은 나중에 돌이켜 보면 너무 빤해서 신기하게 느껴진다. 예를 들면 처음부터 그들이 셋이 아니라 넷이었던 듯이 느껴지는 것. 세계적으로 유명한 그림의 제목이 애초부터 「바다의 초상」이었던 듯이 느껴지는 것. 당연히 처음에는 그렇지 않았다. 그 그림의 제목은 사실 「소년들과 한 소녀」가 되었어야 했다.

"여기야!" 그해 여름의 그날, 소년들 뒤편 어딘가에서 우렁찬 목소리가 들렸다.

그리고 잠시 후 알리가 모퉁이 너머에서 날아왔다.

18

　인간이라면 누구나 열네 살로 지내는 기간이 1년보다 훨씬 길어야 한다. 그 대신 건너뛰어도 되는 나이가 많다. 테드의 경우 예를 들어 서른아홉 살은 생략해도 전혀 아쉽지 않았을 것이다. 그는 이제 전보다 자주 갑작스럽게 소변이 마렵고 몸이 한밤중에 그를 자꾸 깨우기 시작했다. 여태 살고 있다는 데 짜증이 나서 복수를 감행하는 모양이다. 한번은 화가가 인간의 수명이 머잖아 150살이 될 수도 있다는 기사를 읽어준 적이 있었는데, 테드로서는 견딜 수 없는 일이었다. 지금 같은 속도라면 그때쯤에는 오줌 싸는 것 말고는 아무것도 할 수 없을 테니 말이다.

　열차가 열차인 자기 처지를 혐오하기라도 하는 듯 몸을 흔들고 떨고 끙끙댄다. 그런 움직임이 소변이 마려운 사람에게는 전혀 도움이 되지 않기에 테드는 결국 포기하고 화장실에 가기로 한다. 이건 가볍게 내린 결정이 아니다. 그가 접었던 몸을 펴고 루이사 앞을 지나는 동안 뼈마디 여기저기서 각설탕 밟히는 소리가 난다. 젊은 사람에게는 아무렇지 않을 테지만 화장실은 너무 작고 변기는 너무 좁다. 그는 모든 표면을 닦은 뒤 이런저런 비품에 머리를 네 번 부딪쳐 가며 앉고, 볼일을 마치자 조심스럽게 뚜껑을 닫고 물을 내린다. 그러자 테드의 세균 공포증을 항상 재미있어했던 화가의 웃음소리가 머릿속에서 들렸다. 화가는 변기 뚜껑을 닫지 않고 물을 내리면 세균이 사방으로 튄다는 것을 믿지 않았고 그래서 테드를 미치게 했다. 화가와 함께 지낸 지 2주가 됐을 때 테드를 미치게 한 또 다른 사건이 있다면 그가 침대보를 빨려고 하자 화가가 이렇게 외친 것이었다. "그거 빨면서 써야 하는 거야?" 몇 년 동안 빨지도 않고 썼던 것이다. 테드가 상상만으로 토악질을 하려는 기미를 보이자 그는 약속했다. "내일 내가 빨게!" 하지만 테드는 가볍게 그의 제안을 거부했다. "됐어. 오늘 저녁에 태워서 버릴 거야."

그 안에 들러붙어 떨어질 줄 모르는 것들을 보면 인간의 머리는 이보다 더 희한할 수가 없다.

그는 화장실에서 나와 통로를 헤치며 그의 자리로 돌아간다. 루이사는 그가 자기 앞을 지나 창가 자리에 다시 앉을 수 있게 일어난다. 그는 잠든 척할 수 있길 바라며 순진한 희망을 품지만 어림도 없는 말씀, 그가 눈을 감을 겨를도 없이 그녀가 묻는다.

"평소에 부활절 챙기세요?"

"아니." 그는 한숨을 쉰다.

그녀는 알 만하다는 듯이 고개를 끄덕인다.

"예수님을 좋아하지 않아서 그러죠? 예수님을 좋아하지 않는 사람들이 부활절을 좋아하지 않던데. 하지만 누가 또 부활절을 좋아하지 않았게요? 바로 예수님이에요."

"나는 부활절을 싫어하지 않아. 예수님도 그렇고." 테드는 한숨을 쉰다.

그녀는 잠깐 고민하다가 다시 묻는다.

"그럼 달걀 안 좋아해요? 달걀을 좋아하지 않는 사람도 있던데. 저는 달걀을 엄청 좋아하지는 않지만 어렸을 때 학교에서 달걀에 그림 그렸던 거는 재미있었어요. 언제는 선생님한테 제 달걀을 닌자처럼 꾸며도 되냐고 했거든요? 그랬더니 된다길래 아예 그냥 새하얗게 칠한 적도 있어요. 선생님이 제 개그를 못 알아들은 거죠."

테드가 아무 대꾸도 하지 않자 그녀는 그걸 재미있으니 좀 더 듣고 싶다는 신호로 해석한다.

"피스켄은 달걀을 좋아하지 않았어요. 태어나지 않은 병아리를 먹다니 끔찍하다면서요. 근데, 뭐는 먹었는지 아세요? 닭고기요! 그런 애가 *저더러* 특이하다고 했다니까요. 저는 어렸을 때 산타랑 예수님이 같은 사람인 줄 알았거든요. 예수님이 십자가에 못 박힌 얘기를 맨 처음 들었을 때 어어얼마나 어리둥절했는지 몰라요."

"그렇구나." 테드는 딱딱하게 고개를 끄덕이며 이로써 대화를 끝낼 수 있길 바라지만 절대 그럴 리 없다.

"왜 다리를 절뚝거리세요?" 그녀가 묻는다.

"절뚝거리는 거 아니야." 그는 말한다. 거기에 대해서 이야기하고 싶지 않다는 은근한 신호다.

"아니, 절뚝거리던데요! 아까 아저씨가 승강장 뛰어갈 때 봤어요!"

그녀는 그 미묘한 신호를 코앞에 들이밀더라도 알아차리지 못할 사람처럼 이렇게 대답한다.

"몇 년 전에 사건이 있었어." 그는 한숨을 쉰다.

"그게 뭔 뜻이에요?"

"사고를 당했다고."

"저기요, 복잡한 아저씨. 하고 싶은 말이 있으면 그냥 하면 안 돼요? 무슨 사고였는데요?"

그는 눈꺼풀을 문지른다.

"쓰러졌어."

그녀는 뒷말이 이어지길 기다리다가 정적이 흐르자 조그맣게 중얼거린다.

"하하하! 이렇게 재미있을 수가!"

그는 처음에는 윗입술을, 다음에는 아랫입술을 차례대로 깨문다.

"얘기하자면 길어서……."

"오, 싫어요. 긴 얘기는 안 돼요! 해야 할 일이 지금처럼 산더미일 때는!" 그녀는 객차 안을 호들갑스럽게 손짓하며 대꾸한다.

그는 이 모든 사태가 유골함 때문이기라도 한 듯 유골함을 째려본다. 그는 피곤하다. 상심으로 가슴이 아프다. 그런데 뭐에 홀렸는지 자기도 모르게 진실을 실토하고 만다.

"칼에 찔렸거든."

루이사의 눈이 비싼 손목시계만큼 커진다.

"농담이죠?"

그러자 테드는 고개를 들고 아주, 아주 낯선 행동을 한다. 농담을 한다.

"내가 농담을 하고 싶었으면, 팔 한 쪽짜리 남자를 나무에서 떨어
뜨리려면 어떻게 해야 하는지 아느냐고 물었겠지."

이 말을 듣고 루이사는 너무 놀라서 처음에는 아무 말도 하지 못
하다가 테드의 재킷에 침을 튀겨가며 웃는다. 그가 질색하며 소매로
침을 닦으려 하자 그녀는 더욱 깔깔대며 웃는다.

"아, 하지 마세요! 지금 문대고 있잖아요! 더 심해진다고요!"

그는 웃음기 하나 없는 투로 묻는다.

"그냥 좀, 평범하게 웃을 수는 없니?"

루이사는 눈을 굴린다.

"아저씨는 계속 이렇게 투덜거려요? 그래서 칼 맞았죠?"

"아니!" 그는 쏘아붙인다.

그녀는 미안하다는 듯이 어깨를 으쓱한다.

"알겠어요. 그럼 뭐 때문이었는데요?"

그는 계속 재킷을 문지르고, 입을 열었다가 곧바로 내뱉은 모든 말
을 후회한다.

"내가…… 내가 근무하던 학교 학생이었어. 다른 아이를 칼로 찌
르려고 하길래 내가 가로막았지."

"별로 영리하지 못한 선택이었네요." 그녀는 사실 조금 감동받았
지만 애써 우스꽝스럽게 포장한다.

"맞아, 별로 영리하지 못한 선택이었지." 그는 맞장구치고 눈을 감
는다.

요아르가 화분 상자에 칼을 숨기고 20여 년이 지난 뒤에 다른 10대
소년이 테드를 찌르다니 어쩌면 조금 얄궂은 일이었다. 그는 이전에
도 이미 여렸지만 이후에는 바람조차 뾰족하게 느껴졌다. 그는 요즘

도 그 두 개의 칼이 등장하는 악몽을 꾼다.

"하마터면 죽을 뻔했어요?" 루이사가 묻는다.

"아니." 그는 거짓말을 한다.

루이사는 의심스러워하는 눈빛으로 그를 유심히 쳐다본다.

"칼에 맞았는데 죽을 뻔하지 않았다고요?"

"말하자면…… 얘기가 길어지는데…… 피를 많이 흘렸지." 그는 툴툴댄다.

"하지만 죽지는 않았고요." 그녀는 결론을 내린다.

"너는 형사가 되어야겠다. 뭐 하나 놓치는 게 없네." 그는 이런 결론으로 맞받아친다.

그녀는 그의 빈정거림을 듣고도 기분 나빠 하지 않는 눈치다. 그는 조금은 기분 나빠 해야 하지 않나 하고 생각하지 않을 도리가 없다. 요즘 10대답다. 그들은 별의별 것에 발끈하면서 모욕에는 거의 반응하지 않는다.

"아저씨가 그 학생의 목숨을 구했어요?" 그녀는 묻는다.

"그건 답을 하기가 어려운 질문이다." 그는 한숨을 쉰다.

"왜요?"

"가설 속의 질문이니까."

그녀는 '가설 속의 질문'이 뭔지 딱히 신경쓰지 않는 눈치다.

"무서웠어요?" 그녀는 묻는다.

"그것도 대답할 수가 없네." 그는 말한다.

"그것도 가소로운 질문이라서요?"

테드는 결국 재킷을 문지르던 손길을 멈추고 가슴을 들썩이며 체념의 한숨을 내쉰다. 머리가 빠지기 시작한 사람이라야 그의 심정을 이해할 수 있을 것이다.

"아니. 내가 이제는 무서워하지 않는다는 전제가 있을 때 하는 질문이니까."

루이사는 그 말을 듣고 무려 3분 동안 아무 말도 하지 않는다. 아마 개인 최고 기록일 것이다.

"그게 언제 벌어진 사건이에요?"

"2년 좀 더 됐어."

그녀는 유골함을 쳐다본다.

"그때부터 그분의 집으로 들어가서 같이 산 거예요?"

테드는 안경을 닦으며 1000번쯤 눈을 깜빡일 시간을 번다. 잠시 후 그의 예상보다 훨씬 더 많은 단어가 그의 입에서 쏟아져 나온다.

"응. 그 친구가…… 그 친구가 몇 년 전부터 와서 같이 살자고 했는데, 나는 번듯한 직업도 있고 너처럼 조그만 피터 팬의 세상에서 살지 않는다고 계속 거절했거든. 그런데 병원에서 퇴원하고 보니 뭘 어찌해야 할지도 모르겠고, 무서워서 학교로 돌아갈 수도 없더라. 그때가…… 그때가 내게 피터 팬의 세상이 필요한 시점이었던 거야. 그래서 갔어. 그리고 그 집에서 평생 처음으로 한 번도 깨지 않고 밤새 푹 잘 수 있었지."

그는 떨리는 손으로 안경을 다시 쓴다. 테이프가 풀리기 시작해서 안경이 다시 비뚤어진다. 수술을 받고 깨어났을 때 그가 맨 처음 연락한 상대가 화가였고, 그로부터 한참이 지난 뒤에 화가가 고백하길 그 전날 밤에 술을 너무 많이 마셔서 하마터면 욕조에 빠져 죽을 뻔했다고 했다.

"그 뒤로 무슨 일이 있었어요?" 무려 12초쯤 얌전히 기다리다가 루이사가 묻는다.

"그 친구와 함께 지내는 동안 몇 주가 몇 달이 됐고 그러다 그 친구가 병에 걸렸고……."

그는 윗입술과 아랫입술과 혀를 차례대로 깨문다.

"그럼 집에는 아예 돌아가지 않은 거예요?" 루이사가 묻는다.

"그 친구가 내 집이었어." 테드는 조그맣게 속삭인다.

루이사는 한참 동안, 그러니까 거의 1분 동안 아무 말도 하지 않다가 이렇게 묻는다.

"아저씨 혼자 그분을 보살폈어요?"

"아니, 아니, 병원에 의사도 있었고 간호사도 있었고 또……."

그녀는 고개를 젓는다.

"아뇨, 그게 아니라 친구 중에 아저씨 혼자였느냐고요. 저는……그분처럼 유명한 분은 돌봐주는 사람이 많을 줄 알았거든요."

"사람들은 그 친구의 작품을 떠받들었지. 그 친구는 수백만 명의 사랑을 받았고. 하지만 사랑을 받는 것과 사랑을 받아들이는 건 다르니까." 테드는 이렇게 말해놓고, 이번에는 그의 머리가 문을 쾅 닫으며 개인적인 정보 누설은 이 정도면 충분하지 않으냐고 지적하고 나서기라도 한 것처럼 얼른 입단속을 한다.

루이사는 그 표정을 안다.

"요즘은 밤에 푹 자요?" 그녀는 궁금해하며 묻는다.

"아니." 그는 솔직히 털어놓는다.

"저도 그래요. 피스켄이랑 한방에 있었을 때처럼 그렇게는 못 자요. 개 숨소리를 듣는 데 익숙해져서."

테드는 유골함을 내려다본다. 그런 다음 루이사를 흘끗 쳐다보고 희미하게 미소를 지으며 말한다.

"그 친구는 코를 골았는데."

"피스켄도요! 아니, 진짜 심하게 골았어요! 누가 공룡의 목을 조르기라도 하는 것 같은 소리가 났다니까요!"

테드는 요란하게 폭소를 터뜨린다. 그의 몸은 제대로 폭소를 터뜨리는 법을 잊고 있기라도 했던 듯 목이 아프다.

"왜 지금은 그분의 집에서 안 살아요?" 그녀는 묻는다.

"그 집을 팔았거든. 그 친구는 전 재산을 팔아서 저 그림을 샀어. 그게 그 친구 유산의 전부야." 테드는 가만히 말한다.

그녀는 아까보다 진지한 투로 대답한다.

"그런 걸 저한테 주면 어떡해요. 저는 미술에 대해서 아무것도 모르는데."

테드는 그녀의 스케치북을 흘끗 쳐다본다. 그녀는 바퀴벌레를 그리고 있다.

"그 그림이 그려진 엽서를 언제부터 가지고 있었니?"

"거의 평생이요."

"지금까지 살았던 위탁 가정은 몇 군데야?"

그녀의 얼굴이 머리칼 뒤로 다시 사라진다.

"모르겠어요. 많아요. 상관없어요."

"그런데도 엽서는 잃어버린 적 없단 말이지?"

"절대요!" 그녀는 그런 생각을 하는 것 자체가 정신 나간 짓이라도 되는 듯 경악하며 크게 외친다.

테드는 천천히 고개를 끄덕인다.

"그럼 너는 미술에 대해 모든 걸 아는 거야. 내가 지금까지 만난 그 어떤 사람보다 더 많이 아는 거야.”

앉아 있었기 망정이지 그렇지 않았다면 그녀는 쓰러졌을 것이다.

“다른 사람한테 주셨어야죠. 거창한 미술학교를 나왔거나 그림을 잘 그리거나 그런 사람한테…….” 그녀는 조그맣게 속삭인다.

“그 친구는 잘 그리는 사람이 아니라 너한테 그 그림을 주고 싶어 했어.” 테드는 대답한다.

루이사는 어느 정도 시간이 지난 다음에야 그것이 웃자고 한 얘기라는 것을 깨닫는다. 그녀가 그의 재킷에 다시 침을 튀겨가며 폭소를 터뜨리자 테드는 농담한 것을 후회한다.

“죄송해요.” 그녀는 키득거리며 말한다.

그는 하마터면 뒷자리로 넘어갈 만큼 숨을 크게 들이마신 뒤에 이렇게 대답한다.

“그 친구는 종종 그랬어. 그림을 그릴 때라야 자기 자신으로 돌아간 느낌이라고. 일상이니, 현실이니, 다른 건 모두 그냥 연극이라고. 그 친구에게는 오로지 예술만이 진짜였지. 그러다 너를 만났을 때…… 너에게서 자기 자신을 봤다나 봐. 그 친구가 골목길 담벼락에 그린 해골이 나도 몇 년 만에 본 해골 그림이었어. 그 친구가 병원에서 그러더구나. 네가 그린 바퀴벌레가 좋았다고. 벌레를 그렇게 예쁘게 그리는 사람은 처음이었다고.”

서른아홉 살짜리와 열여덟 살짜리는 이후 한참 동안 서로 시선을 피한다. 그녀는 무릎 위에 놓인 스케치북을 손끝으로 어루만진다.

“경매장에 돈 많고 재수 없는 할머니가 있었는데, 내쫓기는 제 뒤통수에 대고 바퀴벌레라고 소리 질렀어요. 하지만 바퀴벌레가 얼마나 끈질기다고요. 그 할머니는 역겨운 여름 별장에서 뒈지든지 말든지 해도, 바퀴벌레들은 끝까지 살아남을 거예요."

테드는 미소를 짓는다.

"너도 이제는 같은 처지인 거 알지?"

루이사는 미간을 찌푸린다.

"같은 처지라뇨?"

"너도 이제는 돈 많고 재수 없다고." 테드는 웃으며 그림을 턱으로 가리킨다.

루이사는 온 얼굴을 찡그린다. 그러더니 갑자기 훨씬 명랑한 표정으로 고개를 끄덕인다.

"그럼 저는 이제 노숙자가 아니네요! 부자들이 야외에서 자는 건 노숙이 아니라 캠핑이니까!"

루이사는 테드에게 웃으니까 정말 좋다고 말해주고 싶지만, 어떤 식으로 표현하면 좋을지 알지 못한다.

"캠핑이라." 테드는 따라 말하고 빙그레 웃는다.

테드는 화가가 루이사에게 그 그림을 선물한 이유가 그것이 그의 유산이기 때문이 아니라고 말해주고 싶다. 루이사가 화가의 유산임을 깨달았기 때문이라고 말해주고 싶다. 예술은 우리가 타인에게 남기는 흔적이지 않은가. 하지만 그는 어떤 식으로 표현하면 좋을지 알지 못한다.

열차는 덜커덩덜커덩 계속 달린다. 루이사는 약 4분 30초 동안 아무 말도 하지 않는다. 음, 솔직히 말하면 4분에 더 가까울 것이다.

"아저씨는 저한테 물어보고 싶은 거 없어요?" 그녀가 묻는다.

“아니, 지금 당장은 없는데.” 테드는 창문을 향해 한숨을 쉰다.

“너무하네요. 전 엄청 많이 물어봤는데.” 그녀는 따지고 든다.

누가 봐도 사실상 동의할 수밖에 없기에 테드는 시계를 보며 숨을 한번 크게 들이마시고 이렇게 묻는다.

“좋아. 네 친구 별명은 왜 피스켄이었니?”

기차에도 화장실이 있다는 걸 방금 안 사람처럼 루이사의 얼굴이 환해진다.

“그게, 눈하고 눈 사이가 진짜로 엄청 멀어가지고, 위탁 가정에서 어떤 바보들이 ‘귀상어’라고 불렀거든요? 걔는 그 별명을 질색했어요. 상어는 포식자니까요. 근데 피스켄은 포식자가 아니었단 말이죠? 그래서 우리끼리는 대신 물고기라고, 그러니까 피스켄이라고 부르자고 한 거예요!”

테드는 정말, 정말 안간힘을 쓰지만 안타깝게도 참지 못하고 이렇게 말해버린다.

“상어도 물고기인데.”

“아, 아니에요. 포유류예요.” 루이사는 상냥하게 바로잡는다.

“아니야. 돌고래하고 고래는 포유류지만 상어는 어류야.” 테드는 별로 상냥하지 않게 바로잡는다.

“아저씨, 자꾸 찬물 끼얹을 거예요?” 그녀가 따지고 든다.

“알았다.” 그는 한숨을 쉰다.

“그래요!” 그녀는 명랑하게 말을 잇는다. “아무튼 걔는 물고기가 되고 싶어 했어요. 새랑 비슷하잖아요. 사는 곳만 물속일 뿐 자유로우니까요. 무슨 말인지 알겠죠?”

그는 아까보다는 상냥하게 고개를 끄덕이지만 더는 아무것도 묻지 않는다. 그래서 그녀는 그가 마땅히 물어봤어야 하는 질문에 알아서 답을 한다.

"피스켄이 저한테는 무슨 별명을 붙여줬게요? '야텐'†이랬어요! 제가 그 집에 사는 여자애들 중에 제일 키가 컸거든요? 그래서 다들 '몬스트레트'✕라고 불러가지고 싫었는데, 개가 야텐이라고 하니까 어쩐지…… 힘이 넘치게 들렸어요."

열차가 요동치자 바닥에 놓인 유골함이 흔들린다. 테드는 허리를 숙여서 유골함을 잡고 차마 그 손을 놓지 못한다. 그의 이성은 하루 동안 그 정도로 물어봤으면 충분하다고 생각하지만, 그런데도, 그의 입술은 조심스럽게 이런 질문을 한다.

"너희 부모님은 어떻게 되셨니?"

루이사는 다시 물어봐 주길 바라는 듯한 표정으로 고개를 든다. 관심을 기울여 주다니 너무나 반가운 것이다.

"아빠는 제가 태어나기도 전에 떠났어요. 지금은 돌아가셨고요. 술집인가 어디서 싸움을 벌이다 죽었대요. 좋은 분이 아니었으니까 제 아빠가 되고 싶어 하지 않았던 게 다행일지 몰라요."

"그럼 너희 어머니는?" 테드는 묻는다.

루이사는 스케치북에 점점 더 열심히 선을 긋는다.

"뭐, 엄마가 나쁜 사람은 아니었을 거예요. 엄마가 노래를 자주 불렀던 기억이 나요. 적어도 제가 기억하기로는요. 그리고 우리 집에는 텔레비전도 있었어요! 그러니까 엄마가 완전 나쁜 사람은 아니었다는 뜻이겠죠. 나쁜 사람이었다면 텔레비전을 팔아버렸을 테니까요."

✢ Jätten. 스웨덴어로 거인을 뜻한다.
✕ Monstret. 스웨덴어로 괴물을 뜻한다.

"어머니는 어떻게 되셨는데?" 이렇게 묻는 테드의 목소리가 그의 귀에 들린다. 이제는 그의 이성이 이런 식의 대화를 중단해 보려는 시도를 포기한 것이 분명하다.

루이사는 손가락 사이에 끼운 연필을 점점 더 빠르게 돌린다.

"제가 다섯 살이었을 때 저를 옆집에 맡기고는 사라졌어요. 엄마가 나쁜 사람은 아니었을 거예요. 다만…… 망가졌을 뿐이지. 어딘가가 없어져서요. 무슨 말인지 알겠죠? 옆집 사람들은 친절했지만 아이를 원했던 건 아니었거든요. 그리고 문제가 생겼던 게, 그 부부가 경찰에 연락했더니 경찰에서 그들이 저를 납치한 줄 안 거예요. 그 부부는 결국 철창신세를 졌어요. 저 때문에 그런 건 아니에요! 남의 물건을 훔쳐서 그런 거지. 하지만 그 부부도 나쁜 사람들은 아니었을 거라고 생각해요. 우리 집에 텔레비전이 있었던 것도 그 부부가 훔쳐서 줬기 때문인 것 같거든요."

테드는 새를 안심시키려는 사람처럼 조심스럽게 묻는다.

"이걸 다 어떻게 아니?"

"사회복지사한테 들었어요. 그분이 말하길 인간은 누구나 자기 배경을 알 권리가 있다고 하더라고요."

"그때 네가 몇 살이었는데?"

"일곱 살이었을걸요."

그녀는 여전히 열차 좌석에 앉아 있지만 그녀가 잔교에 앉아 있던 모습이 쏜살같이 테드의 눈앞을 스치고 지나간다.

"너에 대한 모든 걸 듣기에는 너무 어린 나이였네." 그는 말한다.

그녀는 어깨를 으쓱한다.

"그 사회복지사는 술을 많이 마셨던 것 같아요. 엄마처럼."

“마음이 아프구나.” 테드는 솔직히 말한다.

루이사의 손안에서 연필이 돌고 또 돈다.

“그럴 것 없어요. 엄마는 저를 떼어놓고 술을 마시다 죽었잖아요. 엄마가 죽을 때까지 술을 마셨을 때 제가 같이 있었다면 아무도 저를 발견하지 못했을 거예요.”

“그래서 너는 결국 위탁 가정에 맡겨졌구나?”

“네.”

“거기는 어땠니?”

“괜찮았어요.” 루이사는 말한다. 온몸이 멍과 흉터로 뒤덮이면 결국에는 그게 비정상일지 모른다는 생각조차 하기 귀찮아진 사람과 비슷한 말투다.

“마음이…… 아프구나.” 테드는 했던 말을 반복한다.

만약 그가 스킨십을 부담스러워하지 않는 성격이었다면 그녀를 안아주었을 것이다. 만약 그녀가 스킨십을 부담스러워하지 않는 성격이었다면 그걸 좋아했을 것이다. 하지만 그들은 성격이 그렇다 보니 25센티미터의 거리를 두고 제자리에 가만히 앉아 있다.

이번에는 무려 7분이나 지난다. 그 정도면 루이사도 칭찬받을 자격이 있다. 하지만 잠시 후에 차장이 지나간다. 테드와 나이가 얼추 비슷하지만 수염은 훨씬 희끗희끗하다. 테드는 그를 쳐다보고 루이사는 테드가 쳐다보며 씩 웃는 것을 쳐다본다. 테드는 그녀의 시선을 알아차린 순간 얼굴을 붉힌다.

“아저씨는 어떤 타입의 남자를 좋아해요?”

“그건 네가 전혀 알 바 아니지!” 그가 버럭 고함을 지르자 다른 승객들이 돌아보고 차장도 어깨 너머로 흘끗 쳐다본다. 테드의 얼굴이 어찌나 시뻘게지는지 주름살 사이에 와플을 넣어서 구울 수 있을 정도다.

"아, 알겠어요, 알겠어요. 참나, 물어봐서 미안합니다." 루이사는 씩 웃고는 차장을 쳐다보며 딱 잘라 말한다. "아니, 알겠네요. 아저씨는 저런 남자를 절대 좋아할 리 없겠어요. 아저씨 타입 아니라서요."

테드는 기분 상한 표정으로 그녀를 노려보며 중얼거린다.

"내 타입일 수도 있지! 아무것도 모르면서 그러네!"

루이사는 생각에 잠긴 얼굴로 고개를 젓는다.

"아니에요, 세상에 저런 남자는 많으니까 아저씨가 저런 남자를 좋아하면 이미 찾고도 남았겠죠. 그럼 혼자일 리 없잖아요."

그녀를 쳐다보는 테드의 눈빛은 거미가 샌드위치 위를 기어가는 것을 보았을 때의 눈빛과 많이 다르지 않다. 잠시 후에 그는 그 안에 담긴 사람이 방금 빨지 않은 침대 시트를 두고 뭐라고 말을 하기라도 한 것처럼 유골함을 쳐다본다. 그런 다음 객차 벽에 칠한 페인트를 거의 벗길 수 있을 만큼 크게 숨을 들이마시고는 얼른 눈을 훔치고 조용히 시인한다.

"천재. 나는 천재만 좋아해."

루이사의 표정이 환해진다.

"피스켄도 그랬는데!"

테드는 천천히 고개를 끄덕이고 말한다.

"그래서 걔가 너를 좋아했구나."

하도 갑작스럽게 튀어나온 말이라 처음에 루이사는 그의 말뜻을 알아차리지 못한다.

"아니, 그러니까 피스켄은 그런 **남자**를 좋아했다는…….” 그녀는
반론을 제기하려고 한다.

"무슨 뜻이었는지 나도 알아. 그러니까 네 생각이 틀렸다고.” 그는
말한다.

그녀가 어른에게 들은 말 중에 이보다 더 다정한 말은 없었다. 신
기록이다.

차장은 다음 칸으로 건너간다. 테드를 멀어지는 그를 쳐다보지 않
으려고 갖은 애를 쓰지만 잘되지 않는다. 루이사는 더는 아무것도 묻
지 않으려고 갖은 애를 쓰지만 그것 역시 잘되지 않는다.

"그분 묘비에 뭐라고 쓸 거예요?” 그녀는 유골함을 턱으로 가리키
며 묻는다.

"몰라.” 테드는 거짓말을 한다.

그녀는 콧잔등을 찡그린다.

"어마어마하게 유명했던 분이니까 뭐라도 적어야죠! 뭔가 시적인
문구를!”

"그 친구는 바보이기도 했으니까 이렇게 적어달라고 했어. 채소를
먹었지만 그래도 죽은 남자, 여기 잠들다.” 테드는 한숨을 쉰다.

루이사는 폭소를 터뜨렸다가 조금 실망한 투로 말한다.

"절대 그렇게 안 쓸 거면서. 두 분 중에서 재미없는 쪽이 더 오래
살다니 안타깝네요.”

테드는 웃음이 나오려는 것을 애써 참는다.

"사랑해, 그리고 널 믿어.”

“뭐라고요?” 루이사는 살짝 움찔하며 묻는다.

“묘비에 그렇게 쓰려고. 사랑해, 그리고 널 믿어. 우리가 서로에게 항상 했던 말이거든.”

루이사는 너무 놀라서 이 말밖에 하지 못한다.

“멋져요.”

“고맙다.”

“아저씨는 무슨 과목을 가르쳤어요?” 그녀가 묻는다.

“역사.”

“진짜요?”

“그런 걸 두고 거짓말을 하는 건 아무래도 좀 이상하지 않을까?” 그는 지적한다.

“그럼 하나 들려주세요!”

“뭘?”

“역사요.”

“무슨…… 역사를?”

루이사는 몸을 앞으로 숙여서 상자에 담겨 있던 그림을 다시 조심스럽게 꺼낸다.

“그분에 대해서! 그림에 대해서! 그분이 어떻게 세계적으로 유명해졌는지 그리고 또…… 모두 다요! 제가 지금껏 아저씨들 생각을 얼마나 많이 했던지 피스켄이 저더러 사이코 같다고 했을 정도예요. 잔교에 앉아 있는 세 명의 모르는 남자아이들에 대해 이 정도로 상상하는 건 정상이 아니라고, 그들이 살인범이나 그럴 수도 있지 않느냐고 했어요!”

“아니면 납치범일 수도 있고.” 테드가 짚고 넘어간다.

그녀가 웃음을 터뜨리자 그는 재킷을 더럽히지 않으려고 창문에 필사적으로 몸을 갖다 댄다. 잠시 후에 그녀가 그림 속의 잔교를 가리킨다.

"이 아이가 아저씨죠? 그리고 저 아이가 요아르고요? 그리고 저 아이가…… 그분이고."

테드는 슬픈 얼굴로 고개를 젓는다.

"아니. 그 아이는 알리야." 그는 바로 알려준다.

"네?"

테드는 한숨 속에 또 다른 한숨이 담겨 있을 정도로 크게 한숨을 쉰다.

"그림에 얽힌 사연을 듣고 싶으면, 진심으로 그러고 싶으면, 맨 먼저 네 생각이 틀렸다는 것부터 짚고 넘어가야 해. 그 그림을 보는 사람들은 모두 착각을 하지. 잔교 위에 앉아 있는 게 남자아이 세 명이 아니거든."

루이사는 그림을 쳐다보다가 테드를 쳐다보다가 그림을 쳐다본다. 그리고 잠시 후 테드는 다시는 하지 않을 거라고 생각했던 일을 한다. 그 모든 이야기를 맨 처음부터 들려주기 시작한다.

"우리는 그런 여자애를 본 적이 없었어."

테드는 유리창에 시선을 고정한 채 이런 말로 이야기를 시작한다. 그는 사람들이 이야기를 시작하는 방식을 보면 정말이지 희한하다고 생각한다. 처음부터 시작하는 법이 거의 없지 않은가. 화가가 그 그림을 그린 해 여름, 잔교 위에는 네 명의 단짝이 있었다. 알리는 맨 마지막에 합류했지만, 그래서 가장 덜 중요한 친구인가 보다고 생각하는 사람이 있다면 뭣도 모르는 거다. 다른 사람에게 중독된 적이 없는 거다. 테드는 열두 살 때 요아르와 화가를 알게 됐고, 요아르와 화가는 거의 평생을 함께했지만, 그들 모두 알리가 없는 어린 시절은 기억하지 못했다. 그녀가 그들의 삶 속으로 요란하게 들어온 건 그들이 이제 막 열네 살이 되던 해 가을이었지만, 그녀의 어이없고 어이없는 웃음소리가 들리기 전의 시간이 존재했을 수도 있을까? 말도 안 된다.

"그 친구의 웃음소리는 벌레 떼가 날아다니는 소리 같았지." 그는 루이사에게 말한다. 정말 그랬다. 정신 사납게 윙윙대는 소리가 배에서 입술로 전해졌던 그 친구는, 빗지 않는 머리에서부터 말을 듣지 않는 심장에 이르기까지 온통 난리였다. 그녀가 그들의 두 번째 삶이었다.

"그 친구는 기분이 좋으면 프랑스어로 노래를 부르곤 했는데 황홀하면서도 끔찍했지. 왜냐하면 프랑스어는 잘했지만 노래는 젬병이었거든. 요아르는 그 친구의 노래를 들으면 팬 벨트[+]를 교체할 때가 된 것 같다고 했어. 어쩌면 진짜 그랬을지 몰라. 요아르가 노래에 대해서는 뭣도 몰라도 팬 벨트에 대해서는 박사였거든……." 테드가 추억을 소환하자 루이사의 입에서도 벌레 떼가 쏟아져 나온다.

"당연히 그 친구가 어떤 식으로 노래를 부르건 그건 상관이 없었어." 테드는 말을 잇는다. "왜냐하면 알리는 기분이 좋으면 잔교에 자국이 남을 정도로 신나게 춤을 추었거든. 그런 사람을 보면 거의 모든 걸 용서할 수 있지."

그는 그래서 다행이었다고, 그녀는 정말이지 믿을 수 없을 만큼 엄청나게 엉뚱했기에 용서가 필요한 때가 많았다고 설명을 잇는다. 알리는 무슨 생각이 떠오르면 누가 오소리의 몸에 불을 붙여서 그녀의 머릿속에 풀어놓기라도 한 것 같은 눈빛으로 변했다. 요아르도 어이없는 생각을 할 때가 많았다고 인정하는 수밖에 없지만 그때는 아마 추어 수준이었다. 알리와 두세 달을 보낸 뒤에 비로소 본격적인 멍

[+] 자동차의 엔진 룸에서 냉각 펌프 등을 작동시키는 벨트. 수명이 다하면 소음이 발생한다.

청이가 되었다. 요아르의 발음을 빌자면 "머어엉충이이이이"라고 해야 할 텐데, 이렇게 말해놓고 알리와 함께 어찌나 깔깔대고 웃었던지 25년이 지나 열차에 앉아 있는 지금도 테드의 귀에는 머릿속에서 메아리치는 그 웃음소리가 들린다.

"거기 그 새들 말이야." 테드는 그림을 가리키며 루이사에게 말한다. "알리를 위해서 그린 거야. 알리가 새를 좋아했거든. 그리고 저기, 하늘에 불그스름하게 안개가 낀 거 보이지?"

"흠." 루이사가 눈을 동그랗게 뜨고 코를 어찌나 바짝 들이대는지 거의 코로 그림을 뚫을 기세다.

"여러 전문가니 뭐니 하는 예술 평론가들이 진지한 신문에서 그런 붉은 색으로 빛을 표현하다니 천재적이라고 했던 게 기억나네. 하지만 그건 빛도 아니고 천재적인 발상도 아니고 그냥 알리였어."

"네? 알리한테서 나는 빛을 그렇게 표현한 거예요?"

"아니, 알리의 소행이었다고. 알리는 황당한 게임을 만들어내는 것을 좋아했거든. 우리가 열네 살이었던 그해 여름에 그녀가 생각해 낸 게임이 입안에 칠리소스를 머금고 고개를 뒤로 젖혀서 남을 웃기는 사람이 이기는 거였어. 요아르가 이겼고, 알리가 그림 위로 칠리소스를 뿜었지."

루이사는 한참 그림을 쳐다본다. 손가락을 내밀어 하늘을 찍어서 맛을 보고 싶은데, 온 힘을 다해 참는 듯한 표정을 짓는다.

"그러니까 그분이 자기는 말고 세 친구만 그린 거예요?" 그녀는 유골함을 쳐다보며 묻는다.

"응." 테드는 그림 위의 공기를 거의 어루만져 가며 대답한다. "그 친구가 말하길 자기는 그 나머지라고 했어. 우리를 둘러싼 모든 것, 물과 공기라고."

"그분이 빛이었네요." 루이사는 조그맣게 속삭인다.

테드는 화가의 말이 맞았다는 생각을 다시 한번 한다. 우리랑 같은 과. 그래서 그녀에게 말한다.

"우리 역사상 최고로 근사한 생각과 최고로 황당한 생각이 모두 알리의 머리에서 나왔어. 요아르를 부추겨서 바보 같은 짓을 얼마나 많이 저질렀는지 몰라. 한번은 둘이서 차를 훔친 적도 있었다니까? 또 한번은 요아르한테 젖은 양말을 토스터에 말리게 했는데, 덕분에 하마터면 우리 집이 홀라당 탈 뻔했다는 거 아니겠니. 하지만 그 그림이…… 우리를 그린 것이라야 한다는 것도 그녀의 생각이었어. 그게 그녀의 가장 훌륭한 발상이었지."

그는 말을 멈춘다. 인간이 무언가를 기억하는 방식은 참 이상하다고 생각한다. 기억하려고 애를 쓰는 것과 잊으려고 안간힘을 쓰는 것이. 열차가 그가 자란 바닷가 마을을 향해 달리는 동안 그는 루이사에게 친구들 이야기를 들려주지만 모두 다는 아니다. 그가 감당할 수 있을 만큼일 뿐, 실제로 벌어졌던 모든 일을 들려주지는 않는다. 그는 그녀에게 알리에 얽힌 가장 아름다운 추억과 화가에게 영감을 준 사람이 알리였다는 사실을 알려준다. 하지만 요아르에게 칼을 준 사람도 그녀였다는 사실은 언급하지 않는다.

"우리가 이제 막 열네 살이 됐을 때." 대신 그는 이렇게 말한다.

그는 9월이었고, 새 학기가 이제 막 시작됐을 때 그녀가 모퉁이를 돌아 나왔다고 이야기한다. 점심시간이 끝날 무렵이었는데, 테드와 요아르와 화가는 복도 저쪽 끝에 숨어 있었다. 그들이 다니는 학교는 포악한 녀석들이 득시글거리는 곳이라 툭하면 추격전이 벌어졌다. 그런 학교에 다니면 숨는 데 도사가 된다. 그런데 성난 비명과 쿵 하는 요란한 소리에 이어, 알리가 눈부신 빛처럼, 심장마비처럼 달려왔다. 그들은 그녀 같은 사람을 만난 적이 없었다. 그 정도 행운은 아무에게나 주어지지 않았다. 한쪽 눈에 시커멓게 멍이 들고 손마디에는 피가 묻은 채, 그녀가 요란하게 교장실 문을 닫았다. 어쩌다 테드가 눈을 마주치자 그녀가 맨 처음 외친 말은 이거였다. "뭘 보냐?"

그녀가 존재하기 이전의 시간이라는 게 있었을까? 그럴 리 없었다. 테드와 화가는 꿀 먹은 벙어리처럼 서 있었으니 용기를 내서 입을 연 사람은 요아르일 수밖에 없었다.

"안녕, 알리. 누가 이겼어?" 그는 피가 묻은 그녀의 손마디를 턱으로 가리키며 명랑하게 물었다.

그녀의 눈빛이 삽시간에 증오로 뒤덮이자 요아르는 정말 이례적으로 뒷걸음질 쳤다. 심지어 화가조차 그가 단 한 발짝이라도 뒤로 물러나는 것을 평생 본 적이 없었다. 그녀는 요아르보다 머리 반 개 정도밖에 크지 않았지만 몸을 앞으로 숙이고 으르렁거렸을 때는 키가 2.5미터는 되어 보였다. "너 지금 나한테 뭐라고 했냐?"

요아르는 두 팔을 밖으로 뻗어 충격과 모욕과 공포를 동시에 표현했다.

"알리! 무하마드 알리! 그 권투 선수! 그냥 누구랑 싸웠는지 궁금해서 물어본 건데, 왜 그래?" 그는 숨을 헐떡거리며 말했다.

그녀는 다가오려다 말고 멈추고는 놀란 투견처럼 고개를 갸우뚱했다. 그러더니 온 얼굴을 일그러뜨리며 어마어마한 폭소를 터뜨렸다.

"알리. 마음에 드네." 그녀는 미소를 지었다. "알리…… 알리…… 알리이이."

그녀는 그 이름을 중얼거리며 남자아이들을 한 명씩 바라보았다. 그들의 모습이 그녀의 눈동자 안에서 이리저리 흔들렸다. 남자아이들은 그녀가 열네 살이고 이 행성에서 외톨이라는 사실을 전혀 알지 못했다. 그녀 같은 존재가 그럴 수 있다니 이해할 수 없는 일이었다. 그들은 그녀가 몇 달 전에 옥상에서 뛰어내릴 뻔했다는 사실도 알지 못했다. 그녀의 어둠에 대해, 그녀가 느끼는 엄청난 고통에 대해, 그녀의 가녀린 몸속에서 이글거리는 화염에 대해 전혀 알지 못했다. 그녀가 얼마 전에 그들의 마을로 이사 왔고 바로 그날 아침에 죽든지 아니면 새로운 삶을 찾기로 결심한 것도 알지 못했다. 새로운 친구, 새로운 개그, 새로운…… 모든 것. 지어주는 사람이 있다면 새로운 이름까지.

알리? 딱 좋았다. 남자아이들? 그들은 이 모든 사실에 대해 전혀 모르는 채 세상 최고의 행운을 우연히 거머쥐었다.

알리는 멍이 든 눈을 손가락으로 문지르며 중얼거렸다. "체육 시간에 어떤 남자애가 나더러 계집애처럼 공을 던진다고 하길래 한판 떴어."

요아르는 그녀의 손마디를 흘끗 쳐다보고 말했다. "싸움은 계집애처럼 하지 않네. 걔가 그걸 알아차리긴 했대?"

"급똥보다 빨리 알아차렸지." 알리는 씩 웃었다.

요아르의 웃음소리가 천둥처럼 복도를 흔들었고 그 뒤로 그들은 하나가 되었다.

　25년 뒤에 테드는 열차에서 잠시 침묵 속으로 빠져든다. 그것이 그들이 이제 막 열네 살이 된 가을에 벌어진 일이었고, 이후에 겨울과 봄이 찾아왔고, 그리고 여름에 그들은 열다섯 살이 되었다. 어린이로 지내는 마지막 여름이었다. 알리는 실제로 요아르의 두 번째 삶이 되었다. 그 둘이 단짝으로 붙어 지낸 기간은 겨우 1년 남짓이었다. 그 짧은 시간 동안 누군가를 알게 된다는 것이, 정말로 알게 된다는 것이 가능할까? 그런 질문을 하는 사람은 그런 적이 없었던 거다. 그 정도로 미치도록 누군가를 사랑한 적이, 타인의 숨결에 중독된 적이 없었던 거다. 요아르와 알리의 사랑은 80년 동안 이어졌대도 전혀 달라지지 않았을 것이다. 그들의 사랑은 처음부터 이미 모든 것이었다. 눈부신 빛이었고 쾅 하는 소리였고 심장마비였다.

　테드는 루이사를 흘끗 쳐다보고 희미하게 웃으며 말한다.

　"우리가 그림 속에서 누가 방귀를 뀌기라도 한 것처럼 웃는 듯 보인다고 했지? 어떻게…… 웃음을 그릴 수 있는지 이해할 수가 없었다고. 그 친구가 그린 게 알리의 웃음이었기에 가능한 일이었어."

　"그리고 칠리소스 때문이고요?" 루이사는 씩 웃는다.

　"그리고 칠리소스 때문이고." 테드는 폭소를 터뜨린다.

　그들은 학교에서 서로 반이 달랐다. 요아르와 화가가 한 반, 테드가 다른 반, 알리가 또 다른 반이었다. 그들은 방과 후에 서로 찾아다니지 않았다. 서로에게 불가피한 존재라도 되는 듯 사람들 속에 있어도 한 덩어리로 움직였다. 그들은 알리에게 잔교에 같이 가자고 이야기한 적이 없었다. 그냥 자연스럽게 그렇게 됐다. 그들은 그해 여름의 마지막 날, 삼면이 바다로 에워싸인 그곳에서 배낭을 베고 누웠다. 다음 날이면 기운을 다한 여름의 손에서 9월을 뜯어내며 가을이 들이닥칠 것이었다. 알리가 그들의 담배를 피우며 감탄한 목소리로 물었다.

"이거 어디서 훔쳤어?"

솔직히 평생 거의 모든 것을 훔쳐 썼지만 담배만큼은 예외였던 요아르는 도넛 모양으로 연기를 뱉으며 명랑하게 대답했다.

"돈 주고 산 거야."

"너네 부자야, 뭐야?" 그녀는 물었다. 그녀는 전에도 부잣집 아이들을 만난 적이 있었고 이 셋이 부자라면 바다에 던져버릴까 고민 중이었다.

"아니, 테드 아버지가 모은 맥주 캔 들고 가서 보증금 받았어." 요아르가 알려주었다.

알리가 고개를 돌려 테드의 눈을 똑바로 쳐다보자 그는 얼굴을 붉혔다. 그들은 배낭에 뺨을 대고 세상을 90도로 바라보며 누워 있었는데, 얼굴을 워낙 바짝 붙이고 있었기에 그의 속눈썹에 닿는 그녀의 숨결이 느껴졌다.

"우리 아빠도 맥주 많이 마시는데." 그녀가 말했다.

테드가 늘 그렇듯 처음 몇 마디는 물속에 빠뜨려 가며 아주 소심하게 대답했다.

"우리 아빠는 이제는 맥주 못 마셔. 죽을병에 걸려서. 하지만 식료품 창고에 아직도 맥주가 잔뜩이라 형이 마셔."

맥주에 대해서도 그렇고 죽을병에 대해서도 그렇고 테드가 아무에게라도 속 시원하게 털어놓은 것은 그때가 처음이었다.

"슬프지만 잘됐기도 하다." 알리는 말했다.

테드는 그 말을 듣고, 형은 밤중에 부엌에서 혼자 아버지의 맥주를 마시고 그는 몰래 캔 보증금을 챙기는 것이 어쩌면 잘된 일일지 모른다는 생각이 들었다. 두 형제는 그렇게 말없이 슬픔을 함께 나누며 천천히, 천천히 식료품 창고를 비워갔다.

"고마워." 테드가 속삭이자 그녀는 그의 팔을 건드리지 않는 한도 안에서 그쪽으로 최대한 가까이 손가락을 뻗었다.

그는 25년이 지난 지금도 피부로 그녀를 느낄 수 있다. 그가 열차에서 갑자기 폭소를 터뜨리자 차창 위로 행복한 김이 서린다.

"알리는 완벽한 인간이라고 생각했던 기억이 나. 한동안 그랬지. 하지만 수영하는 걸 보고 그렇지도 않다는 걸 알게 됐어. 쥐가 난 문어 같았거든……."

그는 그녀가 속옷 바람으로 맨 처음 잔교에서 바다로 뛰어내렸을 때 빠져 죽는 줄 알고 요아르가 따라서 뛰어내렸던 이야기를 하며 웃는다. 그녀는 노발대발했고 그날 처음으로 요아르와 싸웠지만 절대 그 싸움이 마지막은 아니었다.

알리는 어린 시절 내내 이사를 다녔다. 아버지가 직장에서 잘릴 때마다 타지로 옮겼기 때문인데, 그녀의 아버지는 한 가지 일을 하는 기간보다 뜨거운 와플 팬을 붙들 수 있는 시간이 더 긴 사람이었다. 그래서 알리가 어떤 나이에 뭐는 하고 뭐는 못 하는지 챙기는 어른이 없었다. 이제 그녀는 황당한 지식과 이해할 수 없는 빈틈으로 가득했다. 돌고래 소리는 낼 수 있어도 구구단은 몰랐다. 텔레비전에서 외국 어린이 프로그램을 보고 배운 프랑스어는 유창하게 구사했지만 운동화 끈은 맬 줄 몰랐다. 그래서 자기만의 매듭을 만들었고 자기만의 영법을 개발했는데, 천재적인 멍청이라 그것이 어찌어찌 통했다. 그녀가 요아르와 그렇게 죽이 잘 맞았던 이유도 그는 멍청한 천재이기 때문이었다. 같이 어울리기 시작한 초기에 그녀가 아버지의 폭죽을 몰래 들고나와서 요아르에게 우편함을 폭파하는 재미를 가르쳐주었다. 화가 난 우편함 주인들을 피해 도망칠 일이 많았으니 그 전에 요아르가 그녀에게 운동화 끈 매는 법을 제대로 가르쳐준 것이 신의 한 수였다.

요아르는 그녀가 도화선에 불을 붙이는 것을 지켜보며 눈을 반짝였다. 그녀는 요아르가 겉으로는 터프한 척해도 사실은 폭죽 터지는 소리를 터무니없이 무서워한다는 깨닫고 눈을 반짝였다. 알리에게 있는 뜻밖의 수많은 재주 가운데 돌고래 소리 말고도 입술을 오므려 폭죽 타는 소리를 낼 줄 아는 것이 있었다. 잔교에 다다르면 그녀는 장난삼아 요아르의 배낭에 뭘 넣는 척했고 그는 그 소리가 들리면 허둥지둥 바다로 뛰어내렸다. 그는 잠시 후 바다에서 기어 나와 뱀을 쫓는 몽구스처럼 그녀와 추격전을 벌였고, 다시 싸웠다가 다시 단짝이 되었다. 그 둘은 너무 큰 엔진이 달린 조그만 기계 같았다. 그 정도로 통제 불능이었다. 우편함을 폭파하고 다니다 한번은 너무 급하게 도망치는 바람에 요아르가 폭죽 넣는 걸 깜빡하고 손에 쥐고 달리다 마지막 순간에서야 그걸 알아차린 적도 있었다.

"이 멍충아아아아아!" 터지는 폭죽을 피해 같이 몸을 날리며 알리가 외쳤다.

"나는 네가 들고 있는 줄 알았지!" 요아르는 외쳤다.

"그럼 네가 들고 있는 건 뭔 줄 알았는데?" 알리는 쏘아붙였다.

"모…… 몰라!" 요아르는 실토했다.

"너희들한테는 도무지 아무것도 맡길 수가 없는데, 남자들에게 고추를 달아주는 쪽으로 진화가 이루어지다니 어이가 없네." 알리는 중얼거렸다.

잔교에 다다르자 그들은 꼴사납게 달리기 시합을 벌였고 알리는 엉덩이에 마취총을 맞은 사람처럼 비틀거렸다. 요아르는 그걸 보고 턱이 아플 정도로 웃었다. 그녀를 만나기 전에는 자기가 그렇게 웃을 수 있는 줄도 몰랐는데, 정말이지 완벽한 바보를 만날 경우에 대비해 비축해 두기라도 한 듯 온몸을 아우르는 웃음이었다. 알리는 그 웃음소리를 들을 때마다 그만을 위해 그날까지 아껴두었던 한 쌍의 눈이 몸에 달려 있기라도 한 것 같은 반응을 보였다.

사랑이 그렇게 갑자기 시작됐다. 그들은 그런 줄도 모른 채 주춤주춤 가을 속으로 반쯤 들어섰다. 세 명의 소년이 처음 그 몇 달 동안 알리에 대해서 알았던 거라고는 집에 가기 싫어한다는 사실 하나뿐이었다.

"알리네 집이 요아르네 집과 비슷했어요?" 열차 안에서 테드의 말이 끊기자 루이사는 묻는다.

"아니, 아니, 걔네 집은…… 달랐어." 테드는 슬픈 목소리로 말하고 방금 생각났다는 듯 이렇게 덧붙인다. "걔는 원피스를 싫어했어."

"네?" 루이사는 말한다.

"원피스는 싫어했지만 합창단은 좋아했지." 테드는 중얼거린다.

“합창단이요?” 루이사는 그가 한 말을 따라 한다.

조그만 웃음소리가 테드의 입에서 새어 나온다.

“어우, 노래를 얼마나 못 불렀던지…….”

“아니, 좀 평범한 사람들처럼 이야기를 들려주면 안 돼요?” 루이사가 묻는다.

테드는 놀라서 그녀를 보며 눈을 깜빡인다. 그러다 얼굴을 붉힌다.

“미안하다. 내가…… 속으로 생각하던 걸 말로 내뱉어 버렸네.”

그래서 그는 네 명의 친구가 매일 저녁 네거리에서 뿔뿔이 흩어질 때면 항상 서로에게 “내일 보자!”라고 외쳤다고 이야기한다. 날씨가 너무 궂어서 잔교에 갈 수 없는 날이면 테드의 지하실 방에 모여서 테드는 만화책을 읽고 화가는 그림을 그리고 요아르와 알리는 슈퍼히어로가 나오는 영화를 보았다. 요아르는 늦지 않게 집으로 돌아가 어머니와 저녁을 먹어야 했기에 시계를 계속 확인했는데, 소년들이 몇 달 뒤에야 알아차린 바에 따르면 알리도 마찬가지였지만 이유는 정반대였다. 그녀가 몇 주 동안 테드의 집에 오지 않을 때도 있고 닷새 저녁 내내 연속으로 올 때도 있었지만, 정말 늦게까지 있는 날은 그녀의 집에 모인 사람들이 취하는 시점에서 잠이 드는 시점까지 시간을 계산하느라 그런 거였다. 중독자의 아이들은 항상 그게 몇 시쯤인지 안다.

그런 날이면 화가는 바닥에 앉아서 그녀를 위해 새를 그려주곤 했다. 그녀는 새를 부러워했다. 겨울이면 남쪽으로 날아가는 것이 아니라 봄이 오면 집으로 다시 돌아오는 것, 집이 어디인지 아주 확실하게 아는 것을 부러워했다. 가끔 그녀는 아버지의 입에서 다시 이사한다는 말이 나올 때까지 며칠이나 남았을지 숫자를 세는 것처럼 시계를 쳐다볼 때도 있었다. 그녀는 지구상의 어디에서도 1년 넘게 살아본 적이 없었다.

테드는 한방에서 그들의 숨소리를 들으며 잠이 들곤 했고 그보다 더 단잠을 잔 적은 없었다. 어느 날 밤에는 창밖으로 기어 나가는 화가에게 테드가 잠결에 중얼거린 적이 있었다. "사랑해." 작정하고 한 말이 아니라 그냥 흘러나온 거였다. 하지만 화가는 세상에 그보다 더 자연스러운 일은 없는 듯이 대답했다. "나도 사랑해." 알리가 옆을 살금살금 지나가자 테드는 그녀에게도 중얼거렸다. "사랑해." 알리는 지금까지 아무에게도 그런 말을 들어본 적이 없었기에 놀라서 우뚝 걸음을 멈추고 한참 동안 망설이다가 몸을 앞으로 숙이고 조그맣게 속삭였다. "나는…… 너를 믿어."

가을이 겨울로 바뀌었고 학교는 크리스마스 방학을 향해 다가갔다. 네 명의 친구는 학교 운동장의 낡은 창고 뒤편에서 쉬는 시간에 담배를 피울 만한 공간을 찾았다. 알리와 요아르는 서로 놀리며 거의 매일 싸움을 벌였고 심하게 치고받다 금세 화해했다. 요아르는 알리를 도발하고 싶으면 그녀를 "계집애"라고 불렀다. 알리가 그 단어를 질색한 이유는 여자애들보다 더 싫어하는 것이 사내놈들밖에 없었기 때문이었다. 그런가 하면 그녀는 요아르를 도발하고 싶으면 냄새가 난다고 말했다. 어느 날 아침에 요아르가 애프터셰이브를 새로 훔쳤다고 으스댔을 때 알리가 물은 첫 마디가 이거였다. "그거 원래 그런 냄새 나는 거 맞아? 땀 냄새?" 요아르는 버럭 쏘아붙였다. "땀 냄새 아니거든!" 알리는 킁킁대며 냄새를 맡았다. "글쎄, 땀 냄새 같은데." 요아르는 으르렁거렸다. "그럼 내 땀에서 땀 냄새 나나 보네. 애프터셰이브는 아니니까!" 알리는 놀라는 척을 했다. 그것도 알리가 잘하는 거였다. "이 똥 냄새는 뭐야? 애프터셰이브 냄새야? 너 똥 냄새 애프터셰이브 훔쳤어?" 이렇게 해서 둘은 또 싸웠지만 절대 어디 다칠 만큼 심하게 싸우지는 않았다.

대개는 알리가 요아르의 화를 돋우는 데 더 일가견이 있었고 그에게 약점이 더 많았지만, 어느 겨울날에 알리가 학기 말 행사에서 공연 예정인 학교 합창단에 지원했다고 말한 적이 있었다. 그러자 요아르는 그녀의 목소리가 "교향악단 속에 섞인 전기톱 소리" 같겠다고 맞받아쳤다. 알리는 평소처럼 "입 닥쳐라"라고 쏘아붙였지만 요아르는 제대로 주의를 기울이지 않았다. 그녀의 목소리가 평소보다 여려진 것을 알아차리지 못했다. 그래서 알리가 우울해하며, 합창단장이 남학생들은 흰색 셔츠, 여학생들은 원피스로 단복을 정했다는 소식을 전했을 때 요아르는 웃음을 터뜨리고 말았다. 그는 그녀가 주먹을 불끈 쥐기 전에 흘린 눈물을 미처 보지 못했고, 이번에는 그녀에게 요아르를 다치게 할 의도가 있었으니 둘이 벌인 싸움이 전과 달랐다. 그녀의 팔꿈치가 코를 찍자 그는 피를 쏟으며 뒤로 휘청거렸다. 그녀는 그 자리에 서서 온몸을 부들부들 떨며 소리를 질렀다. "너는 **쓰레기야, 요아르! 그거 알아? 너는 못돼 처먹은 쓰레기야!**" 그녀의 셔츠 칼라는 눈물로 시커멨다. 그녀는 뛰쳐나갔고 며칠 동안 잔교나 테드의 집에 모습을 보이지 않았다.

학기가 끝나는 날, 남자아이들은 그녀가 운동장 반대편 끝에 혼자 서 있는 것을 보았다. 그녀는 얇은 원피스 하나만 입고 추워서 오돌오돌 떨고 있었다. 남자아이들은 천에 못이 달려서 피부가 쓸리기라도 하는 것처럼 어떤 옷을 그 정도로 질색하는 사람을 본 적이 없었다. 그녀는 민망해하며 옷을 잡아당겨 무릎을 덮으려 했고 도망치려는 것처럼 2초에 한 번씩 교문 쪽을 흘끗거렸지만, 자기를 부르는 어른의 목소리가 들리자 다른 합창단원들과 함께 학교 안으로 들어갔다. 그제야 남자아이들은 원피스를 그 정도로 싫어하는 사람은 노래를 정말, 정말 좋아할 수밖에 없다는 사실을 깨달았다.

"가자." 요아르는 툴툴거렸다.

남자아이들은 시커먼 물속의 뱀장어처럼 교문을 슬그머니 빠져나와 집으로 달려갔다. 크리스마스 방학의 초입이라 수업이 없었고 그들이 사라지는 것을 아무도 보지 못했다. 그들은 그 빌어먹을 학교에서 알리와 다르게 눈에 띄지 않으려고 온갖 수단과 방법을 가리지 않았다. 관심은 치명적이었다. 관심은 괴롭힘과 구타로 이어졌다. 그들은 그녀처럼 무대 위에 서는 건 절대 꿈도 꾸지 않을 것이었다.

알리는 오전 내내 합창단과 함께 연습했고 이 행성을 통틀어 가장 외로운 사람이었다. 공연 시간이 다가오자 합창단이 커튼 뒤에 서서 객석으로 입장하는 청중들 소리를 듣는 동안 알리는 한쪽 구석에서 먹은 걸 게웠다. 도망칠까 고민하는 동안 커튼이 올라갔고 이제는 엎질러진 물이 되었다. 그녀는 그렇게 얇은 원피스 하나 입고 손마디가 하얘지도록 주먹을 쥐고 벌게진 얼굴로 눈부신 조명 아래에 서 있었다. 무서웠고 속수무책이었다. 이때 객석에서 키득대는 소리가 들렸다. 처음에는 다들 웃음을 참고 코로 뿜어내느라 소리가 희미했지만 이내 왁자지껄한 폭소로 바뀌었다. 알리는 그들이 자기를 보고 웃는 줄 알고 전전긍긍하며 무릎을 덮으려고 원피스 자락을 잡아서 당기고 또 당겼다. 하지만 잠시 후 다른 소리가 들렸다. 다른 합창단원들이 내는 소리였다. 이제는 그들까지 깔깔대며 웃고 있었다. 그제야 알리는 객석 첫 번째 줄을 내다보았다. 거기에 그녀의 친구들이 앉아 있었다. 요아르, 테드 그리고 화가. 모두 원피스를 입고 있었다.

그들은 집으로 달려가 요아르 어머니의 옷장을 털었다. 남자아이들이 셋 다 워낙 작아서 누가 봐도 원피스들이 전부 너무 컸고, 그들은 학교를 졸업할 때까지 날마다 그 일로 놀림을 당할 것이다. 봄이 되면 요아르는 원피스 문제로 하도 여러 번 싸움을 벌여서 그의 책상을 아예 교장실로 옮기는 편이 나을 정도가 될 것이다. 그래도 요아르는 상관하지 않았다. 그녀가 그렇게까지 뼈저리게 혼자가 아니라는 사실을, 적어도 영원히 그렇지는 않다는 사실을 알리가 깨달았다면 모든 주먹질을 견딜 가치가 있었다. 어느 누가 그런 친구를 만날 수 있을까? 거의 아무도 없다.

그날 집으로 돌아가는 길에 알리는 어머니가 어쩌다 돌아가셨는지 처음으로 친구들에게 공개했다. 어머니가 어떤 식으로 노래를 부르고 웃고 알리를 '내 심장'이라고 불렀는지를. 그녀는 텔레비전 프로그램에 대해 주관이 뚜렷했고 치즈를 사랑했다. 멀쩡했는데, 갑자기 멀쩡하지 않게 되었다. 자전거를 타고 가다가 차에 치여서 어느 날 집을 나섰다가 그 길로 돌아오지 못했고, 방금 전까지 살아 있다가 죽은 사람이 되었다.

"우리 엄마는 내가 어렸을 때 합창단에서 활동했던 걸 좋아했거든." 알리는 남자아이들에게 말했다. "엄마는 노래 부르는 걸 좋아했어. 그래서 노래를 하면 엄마가…… 나랑 같이 있는 것처럼 느껴져. 어이없는 말이라는 거 알아. 계집애 같은 생각이라는 것도―"

뒤에서 요아르가 짜증 섞인 투로 말허리를 잘랐다.

"아 씨, 좀 천천히 가자. 어?"

익숙하지 않은 원피스를 입고 빨리 걷기가 쉽지 않았다. 너무 크다 싶은 원피스라면 특히 그래서 요아르는 계속 원피스 자락을 밟았고, 테드는 엉덩이에 낀 옷을 계속 끄집어내야 했고, 화가는 어깨끈이 풀렸다. 알리는 고개를 돌려서 친구들을 한참 쳐다보다가 중얼거렸다. "하여간 너네 셋은 다 쓰레기야. 알고는 있지?"

그들은 고개를 끄덕였다. 그녀는 손등으로 눈을 훔쳤다. 잠시 후에 화가가 테드에게 중얼거렸다. "너 그 색 잘 받는다."

"고마워." 테드는 미소를 지었다.

"너도 그 색 잘 받는다!" 알리는 요아르를 보며 씩 웃었다.

"아, 지금 싸우자는 거야, 뭐야?" 요아르는 쏘아붙였다.

그녀는 배꼽을 잡고 웃다가 발이 걸려서 덤불 속으로 넘어졌다.

잔교까지 걸어가 보니 그곳은 눈으로 덮였고 해는 이미 저물고 있었다. 요아르가 조그맣게 불을 지폈고 그들은 땅거미가 질 때까지 거기 앉아 있었다. 원피스 위로 점퍼를 최대한 단단히 여미고 서로 살이 맞닿을 만큼 바짝 붙어 앉았다. 잠시 후 테드가 문득 용기를 내 어둠을 향해 속삭였다. "사랑해."

모닥불은 탁탁거렸고 파도는 철썩였고 바람은 원피스 아래로 스며들어 왔다. 잠시 후 알리가 속삭였다. "나는 너희들을 믿어."

"사랑해. 그리고 너네를 믿어!" 화가는 미소를 지었다.

"쓰레기." 요아르는 중얼거렸다.

그들은 행복하게 집으로 돌아갔다. 다음 날 부두에서 요아르의 아버지는 아들이 원피스를 입고 학기 말 행사에 참석했다는 이야기를 들었다. 다른 남자들이 웃으며 놀리자 그는 그날 저녁에 퇴근했을 때 요아르를 그 어느 때보다 심하게 때렸다. 그가 먼지라도 되는 듯이, 숨을 쉬지 않는 존재라도 되는 듯이 때렸다. 그해 크리스마스 방학이 시작되고 처음 며칠 동안 요아르는 테드의 지하실 방 침대에 누워 있기만 했다. 너무 아파서 잔교까지 걸어갈 수도 없었다. 그때 알리가 그에게 칼을 주었다.

20

테드는 루이사에게 그 마지막 부분은 이야기하지 않는다. 칼에 대해서는 함구한다.

요아르는 그해 겨울 옷장 바닥에 칼을 숨겼고 봄이 되자 방 창문 밖 화분 속에 숨겼다가 배낭으로 옮겼다. 그런 채로 여름까지, 8월이 다가오고 부두에서 일하는 아버지의 휴가가 곧 시작될 때까지 건드리지 않았다. 요아르는 다른 방법이 떠오르길, 테드의 슈퍼히어로 만화에서처럼 누군가가 찾아와 그와 어머니를 구해주길 계속 바랐다. 하지만 아무도 찾아오지 않았고 그들은 또 한 번의 여름을 버틸 가망이 없었다.

칙칙한 역에서 열차가 잠깐 멈춘다. 승강장 위에서 비닐봉지가 바람에 날려 춤을 춘다. 바닥에 놓인 그림 속 하늘에서는 새들이 날아다니고, 칠리소스는 햇빛을 받고 반짝이며, 잔교에 앉은 세 친구는 방귀 소리에 웃음을 터뜨리고, 화가는 그들을 에워싼 모든 곳에 있다. 모든 붓질 속에 있다. 테드는 창밖에서 비닐봉지가 펼치는 변덕스러운 비행을 지켜보며 입술을 깨문다. 그는 어느 누구에게도 어린 시절의 이야기를 털어놓은 적이 없다. 자기 자신과도 편하게 공유하지 못하는 감정을 타인과 공유하는 데에는 일종의 한계가 있기 마련이다. 이러니저러니 해도 테드는 음식이 어땠느냐고 웨이터가 물으면 조금 사적인 질문 같아서 잘 견디지 못하는 사람이다.

"저 알리 좋아요!" 그의 옆에서 루이사가 선포한다.

"오, 놀라운걸." 테드는 대꾸한다.

"그게 어째서 놀랄 일이에요?" 루이사는 진지하게 묻는다.

테드는 중년의 한숨을 쉰다. 그건 10대의 한숨보다 훨씬 더 힘이 드는, 특정한 종류의 한숨이다.

"너희 세대는 반어법이라는 걸 모르니?" 그는 묻는다.

"아저씨 세대는 반어법이라는 걸 알아요?" 그녀는 당장 되묻는데, 그로서는 그게 반어법인지 아닌지 알 도리가 없다.

그래서 그는 아무래도 그녀에게 진 것 같다는 결론을 내린다.

"너희 둘은 많이 닮았어. 너하고 요아르도 그렇고. 그 둘이 너를 만났으면 마음에 들어 했을 거야." 그는 시인한다.

"감사합니다!" 루이사는 외친다.

"그건 절대 칭찬이 아니야. 그 둘을 합쳐도 제대로 돌아가는 뇌세포는 다섯 개가 안 됐거든." 테드는 뚱하니 대꾸하지만 입꼬리는 거짓말에 소질이 없다. 그녀는 스쳐 지나간 미소를 놓치지 않는다.

"그래도 감사해요." 루이사는 씩 웃는다.

이윽고 그녀는 늘어뜨린 머리로 얼굴을 가린 채 계속 그림을 그리고 테드는 살짝 짜증 섞인 눈빛으로 시계를 확인한다. 열차가 이 역에 너무 오래 정차하는 바람에 지연되고 말았다. 그의 불안을 비웃기라도 하는 듯, 이렇게 말하려는 듯 비닐봉지가 승강장을 따라 춤을 춘다. 날 좀 봐! 스스로 행복해지기가 얼마나 쉬운지 보라고!

화가와 요아르와 알리가 이 자리에 있었다면 그걸 보며, 테드가 비닐봉지를 질투할 정도로 군걱정이 많다는 데 분명 웃음을 터뜨렸을 것이다.

그는 다시 화장실에 다녀온다. 마지막으로 다녀온 뒤로 아무것도 마시지 않아도 몸에서 스스로 수분을 만들어내기라도 하는 듯 화장실에 가야 하는 나이가 된 모양이다. 마흔이 가까워지면 몸속이 조금씩 녹기 시작하는 걸까? 화장실에서 나오는 그의 모습이 루이사의 눈에 들어오는데, 놀랍게도 그가 반대편으로 몸을 돌려 옆 칸으로 사라진다. 그녀는 순간 겁에 질린다. 그가 열차에서 내리는가 보다고 생각했기 때문인데, 그게 아니면 뭐겠는가? 잠시 후에 그가 신문과 콜라를 들고 돌아오자 그녀는 그가 방금 모자에서 토끼를 꺼내기라도 한 것처럼 빤히 쳐다본다.

"그거 어디서 났어요?" 어디에서도 빌어먹을 모자는 보이지 않기에 그녀는 이렇게 외친다.

"식당차에서." 그는 세상에 그보다 더 당연한 것은 없는 듯이 대답한다.

"그런 건 영화에서나 있는 건 줄 알았는데." 루이사는 놀라서 중얼거린다.

"아니야. 실제…… 열차에 있어." 그는 말한다.

"정말이지 자동차가 아니라 열차에 몰래 들어가는 법을 배웠어야 했어요." 그녀는 선언한다.

"콜라 좋아하는지 모르겠네?" 그는 평생 10대라고는 한 명도 만난 적 없는 사람처럼 묻는다.

"지금 장난하세요?" 그녀는 말하고 행복한 너구리처럼 그의 손에 들린 콜라를 낚아챈다.

그녀와 피스켄은 가끔 가게에서 콜라를 훔치곤 했지만, 예를 들면 정말 머저리 같은 놈이 위탁 가정에서 나갔다든지 하는 식으로 자축할 일이 있을 때만 그랬다. 아니, 따지고 보면 모든 남자에게 적용되는 원칙이었다. 얼음처럼 차가운 콜라가 이로 느껴지고 머리가 얼얼해지자 그녀는 웃음을 터뜨린다. 테드도 웃지만 소리를 내지는 않는다. 그녀의 옆자리에서 테드의 가슴이 들썩이는 것만 보일 따름이다.

"인터넷이라고 못 들어봤어요?" 그녀는 그의 손에 들린 신문을 빤히 쳐다보며 묻는다.

"나는 신문이 좋아." 그는 중얼거린다.

"아저씨가 너무 젊어서 그런가요? 기차 여행이 너무 힘들진 않고요? 말과 마차가 그립지는 않아요?" 그녀는 묻는다.

"하, 하, 하." 그는 말한다.

"이런 걸 야유라고 하는데. 아저씨 세대는 그런 거 없었어요?" 그녀는 씩 웃는다.

그는 예를 들면 신문이 더 낫다고, 인터넷은 돌돌 말아서 사람 얼굴을 때릴 수 없지 않으냐는 식으로 재치 있게 받아치려고 하지만 그럴 겨를이 없다. 차장이 새로 탑승한 승객의 표를 확인하러 들어왔기 때문이다. 루이사가 그를 올려다보며 조금 시끄럽게 속삭인다.

"말을 걸어봐요!"

"뭐라고?" 테드는 기분 나빠 하며 묻는다.

"차장이요! 아저씨 연락처를 줘요!" 루이사는 말한다.

"절대 그럴 일은 없다." 테드는 말한다.

루이사는 열심히 고개를 젓는다.

"아니에요, 아저씨는 천재가 아닌 남자를 만나야 해요! 아니면 제가 대신 말 걸어볼까요?"

"안 돼! 절대 그러지 마! 그리고 그게 무슨 말이니? 저 사람에 대해서 전혀 알지도 못하면서! 천재일 수도 있잖니!" 테드는 속삭이는데, 폭탄을 들고 가는 원숭이를 본 사람처럼 불안해하는 말투다. 루이사는 코웃음을 친다.

"손에 문신을 새겼잖아요. 제가 보기에는 천재일 리가…….."

"문신이 뭐가 어때서 그래." 테드는 툴툴댔다가 당장 후회한다.

"그러니까 저분 문신까지 이미 체크하셨다?"

"아니야! 그리고 내 연락처는 주지 않을 거야!" 테드는 나지막이 쏘아붙인다.

"왜요? 저분이 일생일대의 사랑이면 어쩌려고요?"

"그만하랬다."

"아저씨 타입이 아니에요? 아저씨가 저분 타입이 아닐까 봐 걱정돼요? 저분이 특이한 남자를 좋아하지 않을까 봐?"

"내가 언제…… 도대체 무슨 뜻으로 그런 말을…… 그만! 좀! 그만하라고!"

루이사는 생각에 잠긴 표정으로 처음에는 차장을, 그다음에는 테드를 유심히 들여다본다.

"보아하니 저분은 좀 위험한 남자들만 좋아하는 것 같은데, 아저씨는 별로 위험한 남자가 아니라서 불안한 모양이네요."

"바보 같은 짓 하지 마라, 제발 부탁—" 테드는 여기까지 말하지만, 그때쯤에는 당연히 이미 엎질러진 물이다. 차장이 지나가자 루이사가 콜라 캔을 들고 이렇게 말한 것이다.

"안녕하세요! 건배해요!"

차장은 놀라서 미소를 짓는다.

"그래, 건배하자."

"우리 지금 축하하는 중이에요!" 루이사는 의기양양하게 고개를 끄덕인다.

"그래?" 차장은 미소를 짓는다.

"테드가 방금 교도소에서 출소했거든요!" 루이사는 말한다.

차장의 눈썹이 앞머리에 닿을 만큼 위로 솟구친다. 그가 어찌나 오랫동안 헛기침을 하는지 목소리가 전혀 달라질 정도다.

"그렇…… 구나. 어, 그럼, 축하한다!"

루이사는 명랑하게 고개를 끄덕인다. 테드는 아무것도 하지 않는다. 두말하면 잔소리지만 이미 땅속으로 들어가 용암의 강 속에서 재가 됐기 때문이다. 차장은 초조하게 좌우를 두리번거리고 다른 승객들을 향해 "새로 탑승하신 분?"이라고 애원 조로 중얼거리며 황급히 자리를 옮긴다. 테드의 얼굴은 거죽이 벗겨졌대도 이보다 더 심할 수 없을 만큼 벌게진다.

"그런 말은 왜 해?" 그는 씩씩대며 나지막이 쏘아붙인다.

"이제 아저씨도 위험한 남자처럼 보일 거예요!" 루이사는 발 벗고 나서 설명한다.

"고맙다, 아주 고마워." 테드는 빈정거린다.

"별말씀을요." 루이사는 이렇게 대답하는데, 빈정거리는 기미라고는 눈곱만큼도 없다.

테드는 그나마 그녀가 그에게 납치당했다고 말하지는 않았다는 데 고마워해야 한다고 생각하려고 애를 쓴다.

"알리하고 요아르가 너를 만났더라면 정말 마음에 들어 했겠다." 테드는 그림을 보며 툴툴댄다.

"감사합니다." 루이사는 미소를 짓는다.

"이번에도 칭찬 아니야."

"그래도 이번에도 감사해요. 저 뭐 하나 물어봐도 돼요?" 그녀의 입에서 나오는 말들은 모두 진작부터 내리막길을 달리고 있기에 루이사는 대답을 기다리지 않고 냉큼 묻는다. "알리가 성폭행을 당했나요?"

테드가 고개를 돌려서 그녀를 빤히 쳐다보는데, 너무 충격받은 표정이라 루이사도 조금 놀란다.

"그걸 왜…… 왜 묻니?" 그는 더듬더듬 반문한다.

루이사는 머리칼로 얼굴을 가리고 어깨를 으쓱한다.

"그냥 궁금했어요. 아저씨의 이야기에 특이한 부분이 있었거든요. 아저씨가 '사랑해'라고 했을 때 그분은 '나는 너를 믿어'라고 했다는 거요. 제가 보기에는 성폭행을 당한 사람이 할 수 있는 가장 큰 일이 그거라서요. 누군가를 믿는 거요. 특히 남자를."

열차는 여전히 정차 중이다. 그래서 테드는 한참이 지난 다음에야 떨리고 있는 건 자기 몸이라는 사실을 깨닫는다.

"네가……?" 조그맣게 속삭이는 그의 말에 루이사는 얼른 고개를 젓는다.

"아뇨. 하지만 피스켄은 당한 적 있어요. 저를 만나기 전에 살았던 위탁 가정에서요. 우리가 항상 스크루드라이버를 쥐고 잤던 이유가 그 때문이에요."

테드는 침착하다고는 할 수 없는 목소리로 말을 잇는다.

"알리는…… 그 친구는…… 우리 엄마가 만든 라자냐를 좋아했어. 우리 엄마는 야간 근무라 음식을 만들어서 냉장고에 넣어놓고 출근하셨거든. 알리는 나랑 같이 부엌에 가서 내가 그걸 전자레인지에 데우는 동안 보고 있는 걸 좋아했지. 찬장을 열고 온갖 통조림이랑 스파게티 봉지를 무슨 요술이라도 되는 것처럼 구경하기도 했고. 걔네 집 찬장에는 술 말고는 아무것도 없었거든. 우리 집에서는 벽에 달린 스위치를 켜면 천장에 불이 들어오기는 했어. 그래도 모든 게 제대로 돌아갔으니까. 우리 엄마도 그 동네 다른 사람들처럼 돈이 없었지만 그래도…… 모든 걸 잘 유지하긴 했으니까 잘 돌아갔던 거지. 알리는 그런 집을 경험한 적이 없었던 거야. 나는 그때 처음으로 이상한 낌새를 알아차렸고. 언젠가는 우리가 같이 부엌에 있을 때 형이 현관문을 연 적이 있었는데, 알리가 바로 칼이 든 서랍을 향해 본능적으로 손을 내밀더구나. 요아르 말고 다른 사람이…… 무기를 찾는 것을 본 건 그때가 처음이었어. 나중에 알리가 설명해 줬어. 시간이 오래 걸렸지. 그 친구는 무슨 말을 해도 한 번에 몇 마디 하는 게 전부라 뭐 하나 이야기하려면 몇 주가 걸리기도 했거든. 알리네 아버지는 요아르의 아버지처럼 취하면 폭력을 휘두르는 사람이 아니었어. 그저 노는 걸 좋아했을 뿐. 그는 춤추고 와인 마시는 걸 잘했지만, 그보다 더 잘했던 게 청구서를 열어보지 않는 거였지. 그리고 알리가 자기를 '아빠'가 아니라 '친구'라고 불러주길 바랐어. 왜냐하면 어른이 되고 싶지 않았으니까. 그런 어른들은 어른이 어른이라야 어린이가 어린이가 될 수 있다는 걸 이해하지 못해. 그래서 그 집은 항상 시끌벅적했고, 모르는 사람들로 가득했고, 파티가 끝나면 다음 파티가 바로 시작되는 식이었지. 여자들은 부엌에 모여서 담배를 피우고, 남자들은 이 방에서 저 방으로 비틀비틀 옮겨 다니며 노래를 부르고. 알리가 일곱 살이었을 때는 불안했던 환경이 열 살이었을 때는 위협적이었고…… 사춘기가 되자 위험한 환경이 되었지. 어느 늦은 밤 우리만 있는 자리에서 알리가…… 알리가 얘기해 준 거야. 아버지의 친구가 있었는데, 탄산음료 맛이 이상했었고, 깨어보니 알몸이었고, 남자가 자기 위에 있었다고. 그녀는 심지어 무슨 일이 있었는지 기억조차 나지 않는다고 했어. 남자의 뺨에 할퀸 자국이 있고 피가 나는데, 처음에는 그 상처를 만든 사람이 자기라는 걸 알아차리지 못했다고. 그러다…… 그러다 그냥 폭발해 버렸어. 자기방어를 하느라 깨어난 괴물처럼. 남자는 취해서 몸이 둔했고, 알리는 자기가 엄청 버둥거렸는지 땀범벅이 됐고 어느 순간 그의 손아귀에서 빠져나올 수 있었다고 했어. 엎치락뒤치락하다가 있는 힘껏 발로 찼더니 그가 비명을 지르면서 고꾸라지더래. 알리는 이불을 뒤집어쓰고 2층에서 창밖으로 뛰어내렸고, 착지하는 순간 발목을 접질렸지만 그래도 숲속으로 도망쳤지. 그렇게 거의 24시간 동안 숨어 있었는데도 아버지는 알아차리지도 못했다는 거야. 집으로 돌아가 보니 그는 방금 일어나 숙취를 달래고 있었고 알리가 학교에 다녀온 줄로만 알고 있고. 그 친구는 아버지에게 끝까지 얘기하지 않았지. 그러다 어느 날 밤에

아파트 건물 옥상으로 올라가서 거의 뛰어내릴 뻔했어. 다음 날 밤에
는 가장자리 쪽으로 좀 더 다가갔고. 날마다 그렇게 조금씩 다가가다
가 어느 날 집으로 돌아가 보니 온 사방에 이삿짐 상자가 있더래. 아
버지가 갑자기 그 도시가 지긋지긋해졌다고, 더는 재미가 없다고, 자
기더러 돈을 갚으라는 사람들이 너무 많다고 하더래. 그래서 다음 날
그 집에는 청구서만 나뒹굴게 됐고 알리와 아버지는 사라져 버렸지.
그렇게 두 사람이 우리 도시로 오게 된 거였어. 그렇게 알리가 우리
를 찾게 된 거고."

테드는 입을 다문다. 그는 알리의 표정을 선명하게 기억한다. 모든
사연을 털어놓았을 때 그녀가 지하 방 그의 침대에 어떤 식으로 앉
아 있었는지도. 작고 모난 광대뼈 위에 커다란 눈물이 어떤 식으로
맺혀 있었고, 그녀가 슬픈 마술사처럼 두 손을 위로 던지며 어떤 식
으로 이렇게 속삭였는지도. "그래서 짜잔, 이제 내가 여기 있지."
그는 그녀가 항상 베개 밑에 칼을 두고 잔다고 했던 것을 기억한
다. 테드는 너무 순진해서 그러면 위험하지 않으냐고, 잠결에 베인
적은 없느냐고 물었다. 알리는 그저 웃으며 그렇게 깜찍한 소리는 처
음 듣는다고 했다.

"어쩌면 네 말이 맞을지 몰라." 테드는 열차 안에서 루이사에게 속
삭인다. "알리는 우리를 믿는다고 했지, 사랑한다고 한 적은 없었어.
왜냐하면 그 아이에게는 사랑보다 믿음이 더 큰 의미였으니까."
그는 여전히 칼에 대해서는 언급하지 않는다.
"그분과 피스켄이 만났으면 서로 마음에 들어 했을 거예요." 루이

사는 머리칼 뒤에 숨어 세상에서 가장 예쁜 바퀴벌레를 스케치북에 그리며 속삭인다.

"그래, 아마 그랬을 거야." 테드는 맞장구친다.

"뭐 하나 더 물어봐도 돼요?"

"응." 테드는 루이사 같은 사람을 상대로 선택의 여지가 있기라도 한 듯 이렇게 말한다.

그녀는 그림이 담긴 상자를 턱으로 가리킨다.

"그분은 왜 항상 자기 서명 옆에 해골을 그렸어요?"

"그거 훔친 거야."

"해골이요? 누구한테서요?"

"수위."

"네?"

테드는 안경을 고쳐 쓴다.

"그 친구는 예술은 우연의 소산이라는 말을 종종 했어. 아름다운 그림은 한 사람의 총합이라고. 그러니까 그 사람에게 벌어진 일, 좋았던 일과 나빴던 일이 모두 더해진 거라고. 우연의 소산이라고."

"그러니까 해골을 수위한테서 훔쳤다고요? 언제요?" 이 늙은이가 마치 포춘쿠키를 읽듯 이야기를 하고 있다는 생각이 들기 시작했기에 루이사는 살짝 짜증을 내며 묻는다.

"우리가 열네 살이었던 해 봄에. 여름에 요아르가 신문에서 그 대회 소식을 읽기 직전에."

"대회는 또 뭔데요? 그냥 처음부터 얘기해 주면 안 돼요?" 그녀는 짜증을 낸다.

테드는 희미하게 미소를 짓는다.

"젊은 화가를 위한 대회. 요아르가 애초에 그 기사를 보고 그 친구를 설득해서 그 그림을 그리게 한 거야. 하지만 그건 전혀 다른 얘기고 요아르는…….."

"잠깐! 잠깐만요! 제가 그 얘기를 듣고 싶은지 잘 모르겠어요!" 루이사가 갑자기 외친다.

"어째서?" 테드는 놀라서 묻는다.

루이사는 프라이팬 위의 버터처럼 그에게서 시선을 옮기고, 잠든 어린애라도 되는 듯 스케치북에 그린 바퀴벌레를 쓰다듬는다.

"피스켄이 동화를 좋아해서 수도 없이 들었거든요. 그래서 이 이야기의…… 결말을 듣고 싶은지 잘 모르겠어요. 이건 실제로 벌어진 일이잖아요. 그리고 저는 아저씨에게 벌어진 일도 알고, 아저씨가 죽지 않았다는 것도 알고요! 그래서 이제는…… 이제는 나머지 부분도 알겠어요."

"나머지 부분이라니?" 테드는 묻는다.

루이사는 해피엔드에 익숙해질 기회를 전혀 누리지 못한 사람처럼 슬픈 목소리로 조그맣게 속삭인다.

"아저씨가 얘기한 다른 사람들은 전부 죽었을지도 모른다는 걸 이제는 안다고요."

테드는 생각하지 못했던 부분이다. 그에게는 이야기 속의 모든 사건이 이미 벌어진 일이지만, 그녀에게는 전부 현재 진행형인 것이다.

"그럼 이제 그만……." 그는 운을 떼지만 그녀는 숨을 크게 들이마시고 눈을 질끈 감고 진지하게 대답한다.

"아, 아니, 아니에요. 들려주세요! 돌아가기에는 이미 늦었어요!"

21

그래서 테드는 그녀에게 이야기한다.

"요아르는 항상 화를 부르는 아이라는 소리를 들었지만 그건 절대 아니었어. 왜냐하면 종종 싸움에 휘말리기는 했어도 요아르가 나서서 싸움판을 찾아다닌 게 아니라 요아르에게 싸움을 건 사람이 화를 당하기 마련이었거든……." 그는 이렇게 이야기를 시작한다.

그러고는 학교의 모든 못된 놈들이 요아르에게 시비를 걸었다가 얼마나 된통 당했는지 이야기한다. 테드는 요아르의 눈빛이 험악해질 때마다 어떤 만화가 생각났다고 말한다. 교도소 신세를 지게 되었는데 그 안에서 다른 재소자들에게 협박당하는 남자가 등장하는 만화였다. 그를 협박하다니 그가 얼마나 위험한 인간인지 모르고서 저지른 실수였다. 그는 다른 재소자들에게 시선을 고정하고 이렇게 말했다. "너희가 모르는 게 있는데, 내가 여기에 너희들과 같이 갇힌 게 아니라 너희들이 나와 같이 여기 갇힌 거야."

그해 못된 놈들이 목숨을 부지한 딱 한 가지 이유가 있다면 싸움이 벌어지고 교장이 집으로 전화할 때마다 아버지가 요아르를 죽도록 팼고 요아르의 친구들이 그걸 견딜 수 없었기 때문이었다. 요아르는 사랑하는 사람들을 보호하려고 할 때마다 점점 더 심하게 다쳤고 그러다 결국 사랑 때문에 목숨을 잃을 수 있었다. 그래서 친구들은 그에게 제발 그만하라고 애원했다. 덕분에 요아르에게는 창의력이 생겼다.

"그 일이 없었더라면 그림은 전혀 다르게 그려졌을 거야. 예술은 우연의 소산이지." 테드는 말한다.

루이사는 자기가 그린 바퀴벌레를 쓰다듬으며, 그를 따라서 가만히 중얼거린다.

"예술은 우연의 소산이라. 피스켄이 들었으면 마음에 들어 했겠는데요."

그런 다음 그녀는 계속하라는 뜻에서 테드를 향해 고개를 끄덕인다. 그래서 그는 그해 봄, 여름이 찾아오고 그 그림이 완성되기 직전에 알리가 선배 여학생들에게 괴롭힘을 당하고 있다는 사실을 요아르가 알게 됐다고 설명한다. 그들은 그녀의 사물함 위에 너는 못생겼고 구역질 난다고, 자기들이 그래서 그녀를 싫어하는 것처럼 썼지만 사실은 그 반대였다. 그들이 싫어했던 건 그녀를 쳐다보는 자기들 남자친구의 눈빛이었다. 선배 여학생들은 남학생들의 관심을 끌려고 갖은 애를 썼지만, 그걸 피하려고 갖은 애를 썼던 알리는 그 관심을 거저 누렸다. 그들은 그런 그녀를 절대 용서할 수 없었다. 그래서 어느 날 그 무리 중에서 가장 못됐고 가장 인기가 많았던 여학생이 간단한 묘안을 생각해 냈다. 다정한 척 점심시간에 줄을 선 아이들을 모두 옆으로 비키게 한 다음 지나가는 알리의 뒤에 대고 이렇게 외쳤다. "애들아, 저 불쌍한 가난뱅이 지나가게 비켜. 집에 먹을 게 하나도 없대. 어머, 옷 좀 봐봐. 쟤네 가족은 쓰레기장에서 쇼핑하나 봐!" 구내식당 안의 모든 아이들이 웃음을 터뜨렸다. 그들은 식당을 박차고 나가는 알리에게 동전을 던졌다.

당연히 요아르는 그 아이의 얼굴 거죽으로 점퍼를 만들어야겠다고 했지만, 알리가 허락하지 않았다. 그래서 요아르는 더 좋은 방법을 생각해 냈다. 다음번에 복도에서 그 여학생이 보이자 그는 명랑하게 외쳤다. "안녕, 홍당무!" 그녀는 무슨 소리인지 전혀 이해하지 못했지만 다음 날에도 그는 똑같이 외쳤다. "안녕, 홍당무!" 1주일이 지나자 그녀의 친구들이 화를 내며 요아르를 따라와 소리를 질렀다. "쟤한테 왜 홍당무라고 하고 다니냐고!" 요아르는 놀란 표정으로 그들을 빤히 쳐다봤다. "몰라서 그래? 툭하면 얼굴이 빨개지니까 그러지. 뭐만 하면 별것 아닌데도 얼마나 얼굴이 빨개지는지 못 봤어?"

요아르는 어려운 단어에 별반 관심이 없었으니 자기충족적인 예언이라는 단어를 들어본 적이 없었을 테지만 그 말뜻을 그보다 더 잘 이해한 사람은 없었다. 그 여학생은 전에는 한 번도 얼굴을 붉힌 적이 없었지만 자기가 '홍당무'라 불리는 이유를 모든 친구에게 듣다 보니 그렇게 되고 말았다. 이내 그 여학생은 요아르를 보기만 해도 얼굴이 빨개졌고 얼마 후에는 등교한 순간부터 얼굴을 붉히기 시작했고 얼마 안 있어 친구들조차 뒤에서 그녀를 '홍당무'라고 불렀다. 그녀는 두 번 다시 알리를 불쌍한 가난뱅이라고 부르지 않았다.

그로부터 얼마 지나지 않은 어느 날 저녁에 요아르, 알리, 화가가 테드의 지하 방에서 전자레인지에 데운 라자냐를 먹으며 만화책을 읽고 있을 때였다. 그들 사이에서 어떤 초능력을 가지고 싶은지 토론이 벌어졌고 답은 불 보듯 뻔했다. 요아르는 어머니를 지킬 수 있게 힘이 아주 셌으면 좋겠다고 했다. 알리는 어머니와 얘기할 수 있게 죽은 사람들과 대화를 나눌 수 있으면 좋겠다고 했다. 화가는 변신 능력이 갖고 싶다고 했다. 그러면 어머니가 원하는 대로 모습을 바꿔서 다른 아이들과 같아질 수 있을지도 몰랐다.

테드는 어떤 능력을 가지고 싶은지 말하고 싶지 않아서 잠자코 있었다. 다행히 요아르가 "멋진 말"을 들려달라고 했다. 그러니까 슈퍼히어로들의 대사를 읊어달라는 뜻이었다. 그래서 테드는 오로지 꿈만 그 사이를 비집고 들어갈 수 있을 만큼 바짝 붙어서 누워 있는 친구들을 앞에 두고 좋아하는 구절 몇 개를 낭송했다. 스파이더맨의 "큰 힘에는 큰 책임이 따른다." 플래시의 "인생이 우리에게 목적을 부여하지는 않아. 우리가 인생에 목적을 부여하지." 원더우먼의 "어느 쪽이 너를 지배하는 힘이 더 클까? 두려움 아니면 호기심?" 그런 다음 잠깐 머리를 굴리며 기억을 더듬은 끝에 아이언 맨이 남긴 말을 끄집어냈다. "영웅은 그들이 선택하는 길에 의해 만들어진다."

열네 살짜리들은 서로의 호흡을 마시며 말없이 바닥에 누워 있었다. 한참 후에 요아르가 조심스럽게 말했다. "그거 들려줄 수 있어? 그…… 내가 좋아하는 거?"

그가 그렇게 수줍게 말하다니 흔치 않은 일이었다. 그래서 테드는 가만히 대답했다. 그는 요아르가 원하는 구절이 뭔지 정확히 알았다.

베타 레이 빌[+]이 한 말이었다. "우리가 만들어내는 것이 이 세상의 전부라면 형제들이여, 좋은 것을 만들어내자."

요아르는 그 문구를 열심히 외우려는 듯 눈을 감았다. 그는 오래 살 수 있을 거라는 기대가 없었기에 죽음을 두려워하지 않았다. 행복이 존재한다는 건 알았지만 그의 몫은 없다는 걸 알았다. 그는 천국도 믿었고 착한 사람은 영생을 누린다는 것도 믿었다. 다만 그가 그중 한 명은 아닐 뿐이었다. 그가 바라는 건 어머니의 안전과 화가의 성공뿐이었다.

그날 테드가 '안티히어로'가 뭔지 설명하려고 하자 요아르가 갑자기 화를 버럭 냈다. '안티'는 '반대'라는 뜻이지 않은가. 그러니까 '안티히어로'는 '악당'일 수밖에 없었다. 테드가 안티히어로는 착하지만 가끔 나쁜 짓을 저지르는 사람이라고 설명해도 요아르는 반대로 생각했다. 악당은 착한 일을 해도 악당이라고 했다.

"우리 집 늙은이는 나한테 낚시를 가르쳤어. 자동차 엔진을 수리하는 법도 가르쳤고. 그리고 옛날 옛적에는 엄마를 자기한테 반하게 했고 처음에는 엄마를 때리지도 않았어! 하지만 악당은 악당이야. 착한 일 몇 개 했다고 그걸 퉁칠 수는 없어. 아니, 씨발, 이게 무슨 축구 시합도 아니고!" 그는 고함을 질렀다.

그러자 테드는 어느 누구도 요아르에게 한 적 없는, 최고로 다정한 말을 건넸다.

"너는 너희 아빠랑 전혀 달라."

요아르는 고개를 젓고 조그맣게 속삭였다.

[+] Beta Ray Bill. 마블 코믹스에 등장하는 슈퍼히어로. 자신의 종족을 지키려고 생체실험에 자원해 영웅이 되었다.

"네가 몰라서 그래. 나는 사람을 쳐도 아무 느낌이 없어. 심지어 후회하지도 않아."

"너는 한 번도 먼저 싸움을 건 적 없고, 너보다 힘없는 사람을 때린 적도 없잖아……." 테드는 애써 위로했지만 당연히 그도 그게 거짓말이라는 걸 알았다. 세상에 요아르보다 힘이 센 사람은 거의 없었다.

"이제 그만 집에 가야겠다." 요아르는 시계를 보며 잽싸게 중얼거렸다.

"내일 만나!" 테드는 어둠 속에서 그의 등에 대고 외쳤지만 요아르는 대꾸가 없었다.

25년 뒤에 테드는 열차 안에서 말을 멈춘다. 자신이 의도했던 바 이상으로 말을 너무 많이 했을지 모르겠다는 생각이 든 것이다. 그는 유골함을 턱으로 가리키며 루이사에게 말한다.

"요아르는 자기가 사랑하는 사람들을 전부 구하려고 했어. 자기 안에 파멸을 향해 카운트다운에 들어간 시계가 있다는 걸 아는 사람처럼 얼른 모든 걸 고치려고 했지…… 우리 모두를 위해서."

"자기 아빠 때문에요?" 루이사는 우울한 표정으로 고개를 끄덕인다. 이건 질문이 아니라 단언이다.

테드도 고개를 끄덕인다. 숨을 크게 들이마신다.

"응. 하지만 그 친구는 그를 자기 아빠라고 부른 적이 없었어. 그냥 '늙은이'라고 했지. 우리하고는 다르게 자기 아빠를 표현할 단어가 필요했거든."

그는 폭력을 가까이서 접한 적 없고 폭군과 살아본 적 없는 사람들은 요아르에게 아버지를 경찰에 신고하지 않은 이유를 물을지도 모른다고 말을 잇는다. 이웃 주민들의 소음 신고로 경찰이 그 집에 이미 여러 번 다녀갔는데 말이다. 하지만 어느 누구도 감히 그 남자에게 불리한 증언을 하지 못했고, 요아르의 어머니는 감히 그를 떠나지 못했고, 요아르는 감히 어머니를 떠나지 못했다. 이런 상황에서 경찰이 뭘 어쩔 수 있었을까? 아버지를 죽을 때까지 감옥에 가둘 수 있었을까? 그러지 않는 이상 그가 출소했을 때 세상이 아무리 넓다 한들 요아르와 그의 어머니는 도망칠 방법이 없었다. 폭군은 이길 수 없으니 파괴하는 수밖에 없는데, 어디에도 도움의 손길은 없었다.

"현실은 만화책과 다르지." 테드는 거기 그 열차 안에서 면목 없는 사람처럼 이렇게 말한다.

"맞아요." 루이사는 스케치북을 내려다보며 이렇게 말한다. 두말하면 잔소리지만 그녀도 그렇다는 걸 너무나 잘 알기 때문이다.

그러자 테드는 그녀를 흘끗 쳐다본다. 요아르가 화가를 유명인사로 만드는 것 말고 또 무슨 결심을 했는지 얘기할 수 없기 때문이다. 8월이면 아버지의 휴가가 시작될 테니 요아르는 그 전에 그를 죽이거나 죽이려다 죽임을 당할 예정이었다. 그러면 그는 감옥이나 무덤 신세를 지게 될 것이었다. 그해 여름에 그가 조바심을 낸 이유가, 화가를 유명인사로 만드는 데 집착한 이유가 그 때문이었다. 그를 지킬 수 있는 시간이 얼마 남지 않았다는 것을 알기 때문이었다.

하지만 테드는 거기까지 차마 루이사에게 이야기할 수가 없기에, 아직은 루이사보다는 그 자신을 위해 그럴 수가 없기에 대신 이렇게 말한다.

"다음 날 등교했을 때 나는 어떤 초능력을 갖고 싶은지 밝히지 않왔다는 걸 알리가 알아차렸지. 그래서 그녀는 물었고 나는 빛의 속도로 움직일 수 있으면 좋겠다고 거짓말을 했어.”

“거짓말을 하신 이유가 뭔데요?” 루이사는 궁금해한다.

“사실대로 말하면 울음이 터질까 봐 겁이 났거든.”

“원래는 뭐라고 하고 싶었는데요?”

“나는 시간을 멈추는 능력을 갖고 싶었어. 그럼 우리 엄마는 아빠를 잃지 않을 테고, 요아르는 아버지에게 얻어맞지 않을 테고, 그러면…… 그러면 내 곁에는 사람들이 끊이지 않았을 테니까.”

25년 뒤에도 그의 바람은 달라지지 않아서 자신이 열네 살이길, 세상이 고장 난 시계로 가득하길 바란다. 그는 눈을 열심히 깜빡이며 안경을 벗는다. 안경이 축축하다. 눈앞이 흐릿해지자 민망함이 등골을 타고 스멀스멀 올라오는 것이 느껴진다. 마지막 부분은 끝까지 함구했어야 했다.

“괜찮으세요?” 루이사가 조심스럽게 묻는다.

“응.” 테드는 어찌어찌 대답하지만 턱이 떨리고 있다.

나이를 먹으면 더는 아름답게 울 수 없고 손톱만 한 감정의 동요에도 얼음물 속에 빠진 것처럼 보일 수 있는데 어릴 때는 이런 걸 가르쳐주는 사람이 없다.

“뇌졸중이라도 일으킨 건 아니죠? 아저씨 얼굴, 지금 난장판이에요.” 10대 소녀가 그에게 알려준다.

테드는 뺨을 닦고 이렇게 말하고 싶다. 사랑이 원래 난장판이지. 하지만 대신 이렇게 중얼거린다.

“미안, 오랜만에 그때 생각을 하다가…… 향수에 젖었네.”

그녀는 아주, 아주, 아주 나이가 많은 사람을 대할 때처럼 걱정하는 표정을 짓다가 미소를 짓는다.

"슈퍼히어로 대사들 좋았어요."

테드는 코로 숨을 쉬며 애써 마음을 가라앉히고 유골함을 턱으로 가리키며 따라서 희미하게 미소를 짓는다.

"이 친구는 배트맨 대사를 제일 좋아했어. '나는 가면을 쓰지. 내 정체를 숨기기 위해서가 아니라 내 정체를 만들어내기 위해서.'"

루이사는 그 말을 듣고 다시 머리칼로 얼굴을 가린다.

"피스켄하고 저는 배트맨을 좋아했어요. 배트맨도 고아였거든요."

테드는 그녀의 스케치북을 흘끗 내려다보다가 손으로 가리키며 불쑥 묻는다.

"저거 나비니, 바퀴벌레들 위에 그린 거?"

루이사는 테드의 손이 아슬아슬하게 놓인 우유 잔이라도 되는 듯 스케치북을 홱 치운다. 그는 민망해하며 고개를 돌린다.

"미안하다. 내가……."

"아직 다 안 그렸단 말이에요!" 그녀는 쏘아붙이며 그가 못 보도록 스케치북을 기울인다.

테드는 말없이 앉아 한동안 자신의 어설픔을 곱씹는다. 그러다 유골함을 향해 고개를 숙이고 조용히 속삭인다.

"미안. 그걸 보니까 이 친구의 그림이 생각났어. 이 친구가 해골을 그리기 전에 나비를 자주 그렸거든. 날개 달린 건 뭐든 좋아했지. 새, 용, 천사……."

그녀는 스케치북을 숨기며 중얼거린다.

"이야기 더 해주세요. 그…… 제가 뭘 그리든 쳐다보지 마시고요."

그래서 그는 창밖을 내다보며 봄에 있었던 일을 이야기한다.

그들은 여전히 열네 살이었다. 요아르는 대회 소식을 아직 접하지 못했고 화가는 아직 그림을 그리기 전이었지만 여러 면에서 작업은 이미 시작됐다. 눈이 이제 막 녹기 시작한 어느 날, 테드에게 문제가 생겼다. 그의 반에는 누가 봐도 빤한 이유로 ‘불도그’라고 불리는 남자아이가 있었다. 어느 날 오후 그가 테드를 사물함에 밀어 넣고 수업이 끝날 때까지 가둔 적이 있었다. 마침내 풀려났을 때 테드가 울고 있는 것을 보고 전교생 절반이 그 앞에 서서 웃었다.
그 소식을 들은 요아르의 눈빛이 빈 동굴처럼 시커메졌지만 테드는 필사적으로 속삭였다. “그 아이를 죽여도 너는 영웅이 되지 않아. 무기가 될 뿐이지.”
“누가 그래?” 요아르는 씩씩대며 물었다.
“슈퍼맨.” 테드는 뺨을 훔치며 말했다.
요아르는 현실에서 만난 여러 권위자를 존경하지 않았지만 아무리 그래도 슈퍼맨에게 반박할 수는 없었다. 그래서 그는 싸우는 대신 학교 운동장으로 조용히 불도그를 찾아가서 말했다. “네가 어떤 애를 사물함에 가뒀다고 떠벌리고 다니는 걸 들었는데. 거짓말 아냐?” 불도그는 생각을 하면 머리가 너무 무거워지는지, 고개를 한쪽으로 기울이더니 이렇게 쏘아붙였다. “그게 무슨 말이야, 거짓말이라니? 직접 보여줘?” 그래서 그는 요아르를 사물함 앞으로 데려갔지만 요아르는 씩 웃기만 했다. “나를 저 안에 넣으려고? 나는 8학년 중에서 제일 키가 작잖아. 너만큼 큰 애는 저기 못 넣을 테니까 거짓말이지 뭐야?” 답답해진 불도그는 사물함이 얼마나 넓은지 보여준답시고 자기 머리와 한쪽 다리를 그 안에 넣었다. 그로부터 2초 뒤에 그는 거짓말쟁이는 아닐지 몰라도 바보는 분명한 것으로 밝혀졌다. 요아르가 사물함에 맹꽁이자물쇠를 채우자 그는 안에서 문을 두드렸고 수위가 자물쇠를 자를 때까지 30분이 넘게 걸렸다. 불도그가 복도로 나오자 모여서 키득대던 아이들 뒤편에서 누군가가 외쳤다. “저것 좀 봐! 쟤 바지에다가 오줌 쌌어! 불도그가 배변훈련이 안 됐나 봐!”

열차 안에서 테드는 다시 안경을 닦는다. 한쪽만 젖었지만 양쪽 모두 닦는다.

“피스켄도 요아르 같았어요.” 옆에서 루이사가 갑자기 말한다.

“어떤 점에서?”

루이사의 연필이 날을 갈고 이제 막 정빙을 마친 빙상장을 가르는 스케이트 날처럼 슬프게 종이를 긁는다. 그림을 그리는 게 아니라 춤을 추고 있다.

“피스켄도 자기를 영웅이라고 생각하지 않았어요. 항상 우리 이야기의 주인공은 저라고 했어요.”

“글쎄, 그 친구 말이 맞았을지도 모르지?” 테드는 응원차 이렇게 말한다.

루이사의 턱이 슬프게 좌우로 움직인다.

“아니에요, 걔는…….” 그녀가 웅얼거리지만 그 순간 누군가가 객차 문을 여는 바람에 그 소리에 묻혀버린다.

“뭐라고?” 테드는 묻는다.

“됐어요. 아무것도 아니에요.” 루이사는 얼른 조그맣게 말하고 자기 스케치북을 내려다보더니 잽싸게 화제를 돌린다. "불도그는 어떻게 됐어요? 복수하려고 나섰어요?"

"왜 그렇게 생각하니?"

"못된 인간들이 간은 콩알만 하지만 기억력이 좋거든요." 그녀는 대답한다.

열차는 여전히 움직일 줄 모른다. 테드는 손목시계를 보며 평생 처음으로 시간이 빨리 흘러가면 좋겠다는 생각을 한다. 자기 편이 곁에 남은 사람만 시간이 멈추길 바란다. 기억이 얼어붙은 수도관을 통과하는 물처럼 띄엄띄엄 떠오르기에 그는 천천히 대답한다.

"나는 요아르한테 더는 나를 보호하지 말라고 했어. 진심으로. 불도그가 그 사물함 사건으로 보복하려 들 게 분명했거든. 요아르가 누굴 보호하다가 아버지에게 두들겨 맞더라도 그게 나 때문이면 안 된다고 했지. 그랬더니 그 친구가 뭐랬는지 아니?"

그들은 봄의 그날, 학교에서 집까지 천천히 걸어갔다. 테드와 요아르가 나란히 걷다니 좀처럼 없는 일이었다. 요아르는 앞에서 알리와 함께 걸어가는 화가를 턱으로 가리켰는데, 그들은 걷는 게 아니라 우스꽝스럽게 달리기 시합을 벌이고 있었다. 승리는 빙판 위의 아티초크를 흉내 냈다고 주장한 화가에게 돌아갔다.

"저 행복한 바보 좀 봐!" 요아르는 씩 웃었다. "쟤가 행복해하면 온 세상이…… 좋아. 쟤가 그림을 그리면 전부 다…… 아 씨, 전부 다 좋다고! 그래서 내가 너를 지켜야 해, 테드. 내가 할 줄 아는 건 싸움박질뿐이라 쟤가 어른이 되면 나는 필요 없게 될 거야. 하지만 너는 필요하지."

테드는 그보다 더 어이없는 말은 들어본 적이 없었다.

"쟤한테 내가 왜 필요하겠어?"

요아르는 그를 돌아보며 말했다.

"왜냐하면 의리도 초능력이거든."

움직일 줄 모르는 열차 안에서 테드의 안경은 계속 요동친다.

"그것도 어느 슈퍼히어로가 한 말이에요?" 루이사가 묻는다.

"어떻게 보면." 테드는 고개를 끄덕인다.

루이사는 한참 아무 말도 하지 않다가 이렇게 묻는다.

"요아르가 지어낸 말이죠?"

테드는 다시 고개를 끄덕인다.

"그럼 맞네요. 슈퍼히어로가 한 말이네요." 그녀는 말하고 다시 묻는다. "불도그는 어떻게 됐어요?"

"다음 날 요아르하고 학교 운동장에서 양쪽 다 피가 날 때까지 싸웠어." 테드는 말한다.

싸움은 불도그가 시작했고 요아르가 끝냈다. 불도그는 미친놈처럼 덤볐지만 요아르는 일개 부대처럼 싸웠다. 요아르가 집에 들어가자 아버지가 그를 던져 라디에이터를 박살 냈다. 요아르는 다음 주에 축구도 못할 만큼 심하게 다리를 절었지만 한순간도 후회하지 않았다.

왜냐하면 불도그가 사물함에 갇혀서 수위가 자물쇠를 잘라내야 했던 그날, 수위의 소매가 올라가며 문신이 드러나는 일이 있었기 때문이다. 해골 문신이었다. 요아르는 그날 처음으로 그 문신을 보았고 죽을 때까지 잊지 않았다. 수위가 없었다면 모든 게 달라졌을 것이었다. 열네 살에게는 한 사람이 나비의 날개를 받치는 바람과 같은 역할을 할 수도 있다.

"예술은 우연의 소산이고 사랑은 난장판이지." 테드는 말한다.

루이사는 피스켄이 그 말도 좋아했을 거라는 생각을 한다.

22

테드의 이야기는 재채기 때문에 끊긴다. 재채기의 장본인은 그다. 코가 간질간질해지기 시작하자 그는 마흔 살이 거의 다 된 남자들이 공공장소에서 그런 현상이 벌어지면 그러하듯 당황하기 시작한다. 왜냐하면 그 나이대 남자들의 재채기는 한 번으로 끝나지 않기 때문이다.

"이게 무슨 일이에요?" 그가 여섯 번 연속으로 재채기를 하자 루이사가 경악하며 묻는다.

"모르겠다." 테드는 다시 한번 재채기를 하고 코를 훌쩍인다.

"재채기를 연속으로 세 번 넘게 하는 사람은 여태 본 적이 없는데." 루이사는 감탄하며 말한다.

"나도 어렸을 때는 두 번 넘게 재채기한 적이 없었어." 테드는 시뻘게진 얼굴로 주장한다.

"아저씨가 칼에 찔린 뒤로 시작된 거 아닐까요? 니켈이나 뭐 그런 거에 알레르기가 생겨서?" 루이사가 묻는다.

그녀가 그를 놀리는 건지 아닌지 알 수가 없다. 정말이지 젊은것들이 제일 못됐다. 테드는 또다시 재채기를 한다.

"감기 조심하세요!" 문신을 새긴 차장이 말한다. 그가 하필이면 바로 그때 그들 옆을 지나가다니 정말이지 우주는 더 못됐다.

루이사는 진지한 표정으로 그를 돌아보며 설명한다.

"테드가 감옥에서 어느 날 밤에 감기에 걸렸대요! 철창 사이로 바람이 심하게 불어서!"

차장은 미소를 짓는다. 대화 상대가 농담을 하는 것일 가능성과 사이코패스일 가능성이 반반일 때 지음 직한 어정쩡한 미소다. 그가 옆 칸으로 사라지자 테드는 코를 훌쩍인다.

"나 감옥 다녀왔다는 얘기 좀 그만해라!"

"아니, 그래야 아저씨가 위험하고 매력적인 남자로 보인다니까요?" 루이사는 싹싹하게 설명한다.

"저 사람에게 내가 위험한 남자로 보이길 원하면 아주 차라리 칼에 찔린 적 있다고 하지 그러니?" 테드는 나지막이 쏘아붙인다.

루이사는 자전거용 헬멧을 쓰고 슈퍼에 들어가는 사람을 상대하듯 아주 참을성 있게 고개를 젓는다.

"칼에 찔렸다고 해서 아저씨가 위험한 남자로 느껴지지는 않아요. 친구로 두기에 위험한 사람으로 느껴진다면 모를까."

테드는 다시 재채기를 하지만 팔로 입을 가리지 못하고 앞좌석 등받이 사방으로 침을 튀긴다.

"아무 말도 하지 마." 그는 경악하며 애원한다.

하지만 한발 늦었다. 루이사는 이미 전화기인 척 한쪽 손을 귀에 대고 연극배우처럼 말을 하고 있다.

"네, 여보세요. 의자 등받이를 관리하는 경찰서죠? 사고 접수하려고요! 네, 맞아요, 저더러 등받이에 발을 올리면 안 된다던 분이―"

"비켜 봐, 나가서 코 풀고 오게." 테드는 얼굴 앞으로 신문을 들고 어느 정도 절박하게 느껴지는 투로 툴툴댄다.

그가 끙끙대며 자리에서 일어나는 동안 루이사가 자기 생각을 늘어놓는다.

"남자 연쇄살인범이 그래서 항상 잡히는 거 알죠? 온 사방에 DNA를 뿌리고 다녀서! 그 점에 대해서 생각해 보셨어요? 여자 연쇄살인범은 절대 안 잡히는 거? 그럼 이제 이런 생각을 하시겠죠. '잠깐, 애초에 여자 연쇄살인범은 그렇게 많지도 않잖아?' 아저씨가 아는 선에서는 그렇겠죠! 왜냐하면 그들은 절대 잡히지 않으니까……."

그녀의 말소리는 화장실에 도착하기 직전에 또다시 터진 테드의 재채기 소리에 묻힌다. 이번에는 이전보다 소리가 훨씬 커서 다른 승객들도 전부 돌아본다. 테드는 등 뒤로 화장실 문을 닫는데 너무 창피해서 사실상 숨이 찰 지경이고, 코를 얼마나 세게 풀었던지 이러다 뇌가 빠져나오는 건 아닌가 싶다. 그는 어쩌다 거울을 들여다보는 실수를 저지르는데, 그를 마주 보는 남자의 재킷은 온통 쭈글쭈글하고 얼굴은 윤락업소를 찾은 성직자처럼 벌겋다. 그는 당혹스럽다. 재채기도 그렇거니와 말을 너무 많이 했다. 루이사에게 그 이야기는 하는 게 아니었다. 어렸을 때 어머니에게 들은 말이 떠오른다. "할머니들처럼 주절거리지 좀 마라. 얼마나 우스워 보이는지 아니?"

테드의 어머니에게는 그와 형이 할머니들처럼 굴지 않는 것이 항상 중요했다. 그들은 남자가 되어야 했다. 울거나 히스테리를 부리거나 심지어 나약한 인상을 풍겨도 안 됐다. 아들들이 어떤 식으로 남자다워야 하는지 아주 분명한 기준이 있었다. 테드로서는 이 세상이 여자들을 어떤 식으로 대하는지 알았기에 그랬나 보다고 짐작할 따름이다. 남편이 암에 걸리자 그녀는 아들들에게 엄마 겸 아빠가 되어야 했다. 누가 봐도 최선을 다했지만, 그것이 바로 부모 노릇의 가장 큰 단점이다. 모두가 최선을 다하지만 그래도 거의 모두가 실패한다는 것이. 테드의 어머니는 그를 단단한 남자로 키우는 데 온 힘을 다했고 부드러움은 왕자나 공주만 누릴 수 있는 사치로 여겼다.

그는 신문을 계속 들고 있지만 아직 펼치지도 않았다. 화가에 관한 기사가 실려 있다는 걸 알기 때문이다. 친구 기사가 신문에 실리면 항상 샀기에 이번에도 습관적으로 산 거였다. 화가는 질색했지만 테드는 너무 뿌듯해서 친구 몰래 모든 감상평과 기사를 오려놓았다. 하지만 오늘은 한 글자도 읽을 수가 없다. 죽음 앞에서는 다 큰 어른도 어린애와 같아서 눈을 감으면 자기가 남들에게 보이지 않을 거라고 생각한다. 신문을 펼치지 않으면 끔찍한 사건은 아무것도 벌어지지 않았을지 모른다고 상상한다.

그는 신문을 쓰레기통에 던지고 거울을 흘끗 쳐다본다. 표정은 불안해서 어쩔 줄 몰라 하고, 피부는 상온에 둔 치즈처럼 말랑말랑한 남자가 그를 마주 본다. 그는 원래 자기 자신을 별로 좋아한 적 없었지만 오늘은 특히 심하다. 술에 취해서 한 이야기가 그렇듯 루이사에게 주절댄 것이 후회스럽지만 그의 경우 판단이 흐려진 건 상심 때문이었다. 애초에 그 아이를 데리고 오는 게 아니었다. 그는 자신이 남자로서 실패작이라는 것을 알기에 책임을 지는 것이 두렵게 느껴진다. 그가 사랑하는 사람들이 하나둘씩 계속 죽어간다. 이쯤에서 루이사를 버리면 어떨까 하는 생각이 머릿속을 스치고 지나간다. 지금은 식은 죽 먹기다. 화장실에서 몰래 빠져나가 승강장을 열심히 달리기만 하면 된다. 그녀는 혼자서도 잘 지낼 수 있지 않을까? 그와 함께인 것보다 훨씬 나을 것이다. 그는 재수 없는 인간이다. 장담할 수 있다.

안타깝게도 그는 시도조차 하지 못한다. 화장실 문을 열다가 그 문으로 바로 앞에 서 있는 루이사의 머리를 때린 것이다.

"아야!" 그녀는 문이 어떤 식으로 작동하는지 전혀 모르는 사람처럼 이렇게 외친다.

"왜 거기 서 있어?" 테드는 묻는다. 타당한 질문이다.

"아저씨 기다리느라고요!" 그녀는 대답한다. 전적으로 어처구니없는 대답이다.

테드는 화장실을 들여다봤다가 그녀를 쳐다보며 미간을 찌푸린다.

"내가 어디 갔을 거라고 생각했길래? 변기를 타고 흘러 내려가기라도 했을까 봐?"

"그게 무슨 소리예요?" 그녀가 되묻자 그제야 그는 그녀가 그에게 버림받을지 모른다는 생각조차 한 적이 없다는 사실을 알아차린다.

그런 걱정조차 하지 않았다니 테드는 어쩔 수 없이 기분이 살짝 나빠진다.

"열차가 왜 안 간다니?" 그렇기에 그는 권위를 되찾고 싶은 사람이 쓰는 말투로 묻는다.

"기술적인 문제가 있대요." 루이사는 그가 코를 푸는 동안 기관사 자격증 시험이라도 친 것처럼 자신만만하게 대답한다.

"무슨 문제?" 그는 궁금해한다.

"제가 열차 운전사예요?" 그녀는 묻는다.

테드가 못마땅해서 미간을 찌푸리자 그녀는 다시 재채기를 하려는 줄 알고 얼른 옆으로 피한다. 그는 툴툴댄다.

"기술적인 문제가 있다고 누가 그러던?"

"차장이요. 원하면 내려서 다리도 펴고 그래도 된대요. 그래서 제가 아저씨는 다리가 워낙 짧아서 앉아 있어도 거의 펴고 있는 거나 다름없다고 했어요. 그래도 바람 좀 쐴래요? 나이 든 사람들은 바람 쐬는 거 좋아하던데."

테드는 창밖을 내다본다. 어떤 남자가 까만 개를 데리고 승강장을 걷고 있다.

"나는 좀 있다 내릴게. 너 먼저 가." 그는 딱 잘라 말한다.

루이사는 개를 보았다가 테드에게로 시선을 돌리고 고개를 갸우뚱한다.

"개가 무서워서 그래요?"

"아니. 그냥 개가 없는 곳을 더 좋아할 뿐이야."

"아저씨, 무서워하는 게 도대체 몇 개예요?"

"딱 적당히 있어!" 그는 쏘아붙인다.

루이사는 씩 웃지만 그걸로 그를 평가하지는 않는다. 그를 이해하기 때문이다. 그녀의 공포증은 사람들과 연관이 있다. 테드가 누군가에게 손을 대는 것을 싫어한다면 그녀는 누군가가 그녀에게 손을 대는 것을 싫어한다. 그래서 그들은 개와 사람, 양쪽 모두가 지나갈 때까지 기다린다.

"피스켄하고 저는 예전부터 반려동물을 키우고 싶었지만 위탁 가정에서는 키울 수가 없거든요. 하지만 전에 물고기는 한번 키운 적 있어요! 우리 침대 아래에 둔 진짜 커다란 어항 안에다가요!" 루이사는 명랑하게 설명한다.

테드는 관심 없는 척하려고 하지만 실패한다.

"그러니까…… 물고기가 물고기를 키운 셈이네?"

"네."

"그 물고기는 이름이 뭐였는데?"

"버스터요."

"잘 어울리는 이름이네." 테드는 마지못해 인정한다.

"그렇죠? 제가 생각해 낸 이름이에요!" 루이사는 의기양양하게 미소를 짓는다.

개가 사라진다. 루이사는 테드가 느끼기에 필요 이상으로 호들갑스럽게 창밖을 내다보더니 그들이 무슨 비밀 요원이라도 되는 듯 그를 향해 손을 흔들고, 레이저 빔을 피하기라도 하려는 듯 살금살금 승강장으로 내려간다.

"한심한 꼬맹이 같으니라고." 테드는 툴툴댄다.

"성질 고약한 늙은이 같으니라고." 그녀는 씩 웃는다.

승강장은 정처 없이 서성이며 다리를 푸는 다른 승객들로 그득하다. 테드는 한심한 꼬맹이를 두고 도망치기로 마음먹을 경우에 대비해 계속 탈출 계획을 고민하기라도 하는 듯 좌우를 두리번거린다. 선로 저편에 도로가 있고 버스 정거장이 있지만 지붕이 없고 날은 어둡고 쌀쌀해지기 시작했다. 성질 고약한 늙은이가 저기서 얼마나 오래 버스를 기다려야 할지 어느 누가 알 수 있을까? 테드는 그가 화가에게 한 마지막 말 중에 조용히, 평화롭게 좀 있으면 좋겠다는 말이 있었다는 사실에 화가가 얼마나 배꼽을 잡고 웃었을지 상상한다.

"또 재채기할 거예요?" 루이사가 묻는다.

"아니!" 테드는 약속한다.

"표정이 진짜 이상해서요." 그녀가 알려준다.

테드는 아무 대꾸도 하지 않는다. 그는 스키 점프 선수처럼 뒷짐을 지고 열차 옆면을 따라 걷고, 루이사는 평생 목이 결려본 적 없는 사람처럼 옆에서 깡충거린다.

"아파요? 칼에 찔린 데 말이에요." 그녀는 그의 저는 쪽 다리를 쳐다보며 궁금해한다.

"아니."

"저는요, 전에 한 번 팔이 부러진 적 있거든요. 진짜 무지무지 아팠는데 깁스에 그림 그릴 수 있어서 좋았어요! 아저씨도 칼에 찔렸을 때 깁스했어요?"

"아니."

"저런."

그들은 말없이 걷는다. 결국 테드의 호기심이 언짢음을 이긴다.

"팔은 왜 부러졌는데?" 그는 묻는다.

"위탁 가정에서 어떤 남자가 저를 창밖으로 집어 던졌어요."

루이사는 누가 자기에게 연필을 던졌다는 듯한 말투로 말한다.

"뭐라고?! 그래서 어떻게 됐어?" 테드는 놀라서 큰 소리로 묻는다.

"쫓겨났어요. 저더러 유리창 값을 물어내라고 하더라고요."

"어떤 남자가 너를 집어 던지는 바람에 깨진 유리창 값을 물어내라고? 살다 살다 그렇게 황당한 얘기는……" 테드는 발끈하지만, 그녀는 희미하게 미소를 짓는다.

"아뇨. 다른 유리창이요. 그리고 제가 그 남자를 집어 던져서 또 다른 유리창이 깨졌거든요."

그녀의 소매가 올려져 있어서 얼기설기한 흉터가 보인다.

"속상하네." 그가 말한다.

"그러실 것 없어요. 심하게 다치지도 않았는걸요."

"아니, 그게 아니라 아무렇지 않게 그런 얘기를 해서 속상하다고. 그런 어린 시절을 보냈다니 속상하다. 네가 잘못한 것도 아닌데."

그녀는 뺨 안쪽 살을 씹으며 앞에 보이는 조그만 돌멩이를 발로 차는 데 집중한다.

"고향에 돌아가면 다시 선생님 할 거예요?"

그녀의 질문이 투석기에서 발사된 돌처럼 테드를 강타한다.

"안 할 것 같은데." 그의 말투가 갑자기 전보다 딱딱해진다.

"아쉽네요." 그녀는 말한다.

"왜?"

"선생님 잘했을 것 같아서요."

"무슨 근거로 그렇게 생각하니?" 그는 콧방귀를 뀌는데, 의도했던 것보다 더 불쾌하게 소리가 나버린다.

"그 학생이 아저씨를 찌르려고 했던 게 아니잖아요. 아저씨는 다른 사람을 보호하려다 다친 거죠. 제가 지금까지 만난 선생님이었다면 모두 도망쳤을 텐데."

테드는 뒷짐 진 손에 힘을 준다. 그래야 손이 떨리는 것을 그녀에게 들키지 않을 수 있다.

"학생들을 보호하는 것이 교사의 역할은 아니지." 그는 웅얼거린다. 그렇다고 생각해서가 아니라 전에 어떤 동료 교사가 이렇게 말하는 것을 들은 적이 있어서다.

"교사의 역할 맞아요." 그녀는 차분하게 대답한다.

지나가는 벤치마다 사람이 앉아 있다. 마침내 빈 벤치가 보이자 테드는 본능적으로 거기 앉는다. 물론 먼저 주머니에서 손수건을 꺼내 조심스럽게 닦은 뒤에 말이다. 루이사는 손수건 없이 그의 옆에 앉아서 불쑥 묻는다.

"그러니까, 열차에 앉아 있지 않고 여기 나왔는데 다시…… 앉겠다고요?"

"나오고 싶어 한 사람은 너였잖아!" 그는 짚고 넘어간다.

"네, 죄송해요. 아저씨가 바람을 쐬고 싶어 할지 모른다고 생각했네요! 자요, 공짜 신문이나 받으세요!" 그녀는 툴툴댄다.

테드는 놀라워하며 신문을 받는다.

"이거 어디서 났니?"

"벤치 위에 있던데요."

테드는 신문에 이빨이라도 달린 것처럼 얼른 놓는다.

"*벤치 위에 있던* 신문을 집었다고?"

"아저씨가 신문을 좋아하잖아요."

"신문이면 다 좋은 줄 알아? *벤치 위에 있던* 신문을 누가 만졌을 줄 알고!"

"남들 앞에 대고 재채기하는 늙은이가 할 말은 아니죠!"

테드는 얼굴을 붉힌다.

"의자에 대고 했다, 사람이 아니라. 나는—"

"누군가가 그 자리에 앉을 거잖아요!" 루이사는 짚고 넘어간다.

테드는 씩씩대며 기발하게 맞받아칠 방법을 고민하지만 그녀의 무릎에 놓인 스케치북을 보고 멈춘다. 그녀는 어디든 그걸 들고 다닌다. 화가도 그랬다. 그래서 테드는 기발한 말 대신 솔직한 말을 한다.

"아까…… 아까 네가 스케치북에 그린 그림 들여다봐서 미안하다. 그러면 안 되는 거였는데."

"괜찮아요." 그녀는 얼른 대답하지만 목소리는 아까보다 희미하고 스케치북을 쥔 손에는 아까보다 힘이 들어간다.

"아니야. 내가 생각이 짧았어." 테드는 말한다. 정말이지 그의 생각이 짧았다.

10대 시절에 화가는 완성되지 않은 것은 아무에게도 절대 보여주고 싶지 않아 했다. 예술은 벌거벗은 몸과 같아서 언제, 누구에게 그걸 편하게 공개할지 자유롭게 결정할 수 있어야 한다. 루이사는 평소보다 훨씬 오랫동안 혀끝으로 말을 굴리다가 이렇게 대답한다.

"그냥, 다른 사람에게 그림을 보여주기 전까지는 온전히 제 것이라 그래요. 무슨 말인지 아시죠? 아직은 고칠 기회가 있잖아요. 저는 그림을 잘 못 그리고 느리기까지 해요. 그림을 잘 그리는 사람들은 그냥…… 항상 잘 그리잖아요. 제일 못 그렸다는 그림도 훌륭하고요. 제가 제일 못 그린 그림을 보면 누구라도 와, 쟤 사기꾼이구나할 걸요. 하지만…… 완성되기 전까지는 아직 기회가 있죠. 그때까지는 제가…… 저를 좋아할 수 있어요."

테드는 하늘을 올려다본다. 그의 입가가 살짝 떨리고 양쪽 뺨의 보조개가 점점 깊어지다가 다시 메워지고 점점 깊어지다가 다시 메워진다.

"나는 예술에 대해서 아무것도 몰라." 그는 고백한다.

“저도요.” 그녀는 조그맣게 속삭인다.

“하지만 화가에게 가장 중요한 건 그림을 잘 그리는 능력이 아니라 하고 싶은 말이 있는 거라고 생각해.” 그는 그녀가 아니라 하늘을 향해 말한다.

“아까는 예술에 대해서 아무것도 모른다면서요!” 그녀는 뚱하게 짚고 넘어간다.

그러자 테드는 그녀에게 건넨 다정한 말 1위를 갈아치운다.

“내가 보기에 너는 그 그림 같아, 아직 준비가 되지 않은 거지. 하지만 내가 보기에 너는 언젠가 중요한 일을 할 거야. 언젠가는 누군가의 엽서에 실리는 그림을 그릴 거야.”

루이사는 손등으로 얼른 얼굴을 훔친다. 그런 다음 경악하는 테드 앞에서 허리를 숙여 바닥에 떨어진 신문을 집는다. 승강장에 부는 바람이 기를 쓰고 방해하지만 열심히 신문을 뒤적인다. 늙은이들이 신문을 좋아한다니 글 읽기를 싫어하는 게 분명하다고 말하려다 페이지를 넘긴 순간 화가가 보이자 숨이 턱 막혀버린다. 기사 제목에 이렇게 적혀 있다. “사망.” 그 아래에는 이렇게 적혀 있다. “유가족은 없음.” 화가의 사진 옆에 그의 집 앞을 찍은 사진이 실렸다. 대도시의 가장 비싼 동네에서도 가로수가 늘어선 아름다운 거리에 있는 집이다. 그의 작품을 사랑한 팬들이 두고 간 작은 초와 수백 송이 장미가 인도에 놓여 있다. 루이사는 자신의 어깨 너머로 테드의 시선을 느끼지만, 그들은 서로 알은체하지 않고 그저 공유하는 슬픔 속에 가만히 머문다.

"승객 여러분, 열차에 탑승해 주시기 바랍니다! 3분 뒤 출발 예정입니다! 모두 탑승해 주시기 바랍니다!" 갑자기 누군가가 외치는 소리가 들린다.

그 차장이다. 이렇게 순간의 감동이 깨어진다. 그것이 현실의 틀림없는 주특기다.

"가자." 테드는 나지막이 말하고 끙끙대며 벤치에서 일어선다.

루이사는 화가의 집 앞에 놓인 장미 사진을 쳐다보고 신문으로 조심스럽게 스케치북을 감싼다.

"아저씨가 막판에 그분이랑 살았던 집이 거기예요?" 그녀가 묻는다.

"응."

"좋아 보이네요."

"좋았지."

"거기 계속 살고 싶었어요?"

"아니."

그들은 열차를 따라 천천히 걷고 있다. 테드는 뒷짐을 졌고 루이사는 두 팔로 자기 몸을 감싸안았다. 이윽고 테드가 사별이 어떤 느낌인지 설명한다.

"그 친구 없이 나 혼자 거기서 살 방법이 없었을 거야. 밤새 뜬눈으로 그 친구가 들어오길 기다렸을 테니까. 달걀을 먹는 사람이 그 친구 혼자라 달걀을 전부 버려야 했겠지만 깜빡하고 다시 샀을 거야. 그가 세상에 없다는 걸 노상 깜빡했을 거야. 욕실 불이 꺼져 있는 걸 보고 화가 났을 거야. 왜냐하면 전에는 그 친구가 계속 켜놓아서 짜증을 내곤 했거든. 그 친구의 신발과 셔츠를 전부 보관했을 테고 봄이 찾아와서 꽃이 피면 화를 내면서 싫어했을 거야. 꽃향기에 그 친구의 마지막 체취가 묻힐 테니까. 발코니에 항상 2인분의 식사를 차렸을 거야. 팝콘을 나 혼자 먹어치워야 했을 거야. 무슨 영화를 볼지 절대 고르지 못했을 거야.”

짜증 난 승객들이 열차 입구를 꽉 채우고 한 줄로 서서 더디게 움직이고 있다. 남자와 10대는 인파 속의 모르는 사람과 신체 접촉을 할까 봐 불안하기에 승강장에 서서 줄이 끊길 때까지 기다린다.

“뭐 하나 물어봐도 돼요?” 루이사가 신문에 실린 화가의 사진을 품에 끌어안으며 묻는다.

“안 된다고 했던 사람이 있기는 하니?” 테드는 한숨과 미소를 절반씩 섞어서 묻는다.

루이사는 자기 짐작이 맞았다고, 그가 아이를 낳았다면 좋은 아버지가 됐을 거라고 생각한다.

“두 분은…… 연인이었어요?” 그녀는 조심스럽게 묻는다.

“아니.”

“그분에게 사랑하는 사람이 있었어요?”

테드는 고개를 끄덕인다. 상실의 무게로 턱이 무겁지만 씁쓸함은 없다.

“우리는 연인과 거의 다를 바 없는 사이였어, 아마도. 이해하기 어렵겠지만.”

루이사는 천천히 고개를 젓는다.

“아뇨. 전혀 어렵지 않아요. 혹시라도 상대방을 망가뜨릴까 봐 걱정할 만큼 서로 끔찍이 사랑했던 거잖아요.”

그녀는 나무에 있는 남자가 손을 흔드는 문신이 새겨진 아래팔을 문지른다. 그녀도 그런 사랑이 어떤 건지 안다. 다른 승객들이 탑승을 완료하자 루이사와 테드도 차장을 따라 객차로 들어가서 좌석에 앉는다. 열차가 선로를 따라 천천히 움직이기 시작하자 테드는 차장 쪽으로 이마를 기울이고 온 얼굴을 찡그리며 말한다.

"나 혼자 거기서 살 방법이 없었을 거야. 나를 바라보는 그 친구의 눈빛이 없으면 그 아파트에서 나는 얼어 죽었을 거야."

루이사는 입은 점퍼를 좀 더 단단히 여미며 조그맣게 속삭인다.

"어떤 느낌인지 정확히 알아요."

그러자 그는 그녀를 두고 떠나지 않길 잘했다는 생각이 든다.

23

열차가 다시 움직이자 테드는 지나가는 집 안의 모든 사람이 부러워진다. 그들은 이미 집에 있지 않은가. 그는 사람들이 차창 밖으로 세상이 빠르게 지나간다고 말하면 조금 짜증이 난다. 빠르게 지나가는 건 열차고 세상은 가만히 있기 때문이다. 테드는 수많은 일에 짜증을 냈고 화가는 그걸 보고 항상 재미있어했다. 화가는 '모험을 싫어하는' 친구라며 테드를 놀리곤 했는데, 당연히 그건 사실이 아니다. 테드도 모험을 좋아한다. 다만 절대 동참하고 싶지 않을 뿐이다. 그는 집에서 책으로 모험을 접하는 평범한 사람으로 살고 싶다. 방 저편에서 잠이 든 화가의 숨소리를 듣고 싶다. 집에 있고 싶다.

그는 깜빡 잠이 든다.

"하나 드실래요?" 그가 잠에서 깨자 루이사가 묻는다. 어쩌면 그녀의 말을 듣고 그가 잠에서 깬 것일 수도 있다. 그는 눈을 뜨고 억지로 뇌를 깨운다. 이제 창밖은 어둠으로 덮여 집들은 더 이상 보이지 않고 나무들만 보인다. 루이사가 중력의 법칙이 방금 작동하기 시작한 듯 그의 옆자리에 털썩 주저앉는데, 콜라 캔을 두 개 들고 있다. 문득 생각해 보니 테드가 잠이 든 것을 보면 루이사가 한동안 조용히 있었다는 뜻일 텐데, 이건 그에게 엄청난 칭찬이다. 그녀는 불안하면 말이 많아지는데, 이제 더는 그와 함께 있어도 불안하지 않다는 뜻이지 않은가.

"그거…… 무슨 돈으로 샀니?" 테드는 콜라를 흘끗 쳐다보며 궁금해한다. 그로서는 가장 기분 상하지 않게 물어본 셈이다.

"훔치기라도 했을까 봐요?" 루이사는 기분 나빠 한다.

"아니야." 그는 거짓말한다.

"저 도둑 아니에요!" 그녀는 나지막이 쏘아붙인다.

"알았다." 테드는 조금 멋쩍어한다.

"아까 아저씨가 화장실 갔을 때 아저씨 가방에서 꺼낸 돈으로 샀어요." 루이사는 말을 잇는데, 사과를 바라는 눈치다.

"그러니까…… 내 돈을 훔쳤다는 거네?" 테드는 묻는다.

"친구 사이에서는 훔친 게 아니죠!" 루이사는 그런 발상 자체가 충격적이라는 듯 큰 소리로 외친다.

이것 또한 칭찬이기에 테드로서는 뭐라고 대꾸하면 좋을지 알 수가 없다. 진짜 친구는 상대방의 돈으로 산 것을 반씩 나누는 법이기에 루이사가 콜라를 건네지만 테드는 사양한다. 화장실은 여태 다녀온 것으로 충분하다.

"거의 다 왔어요?" 루이사가 묻는다.

“아니. 아직 한참 남았어.” 테드는 말한다.

“그럼 얘기 좀 더 들려주세요.” 그녀는 말한다.

“무슨 얘기를?”

“수위랑 해골에 대해서요. 그 그림에 대해서요. 그리고…… 모두 다요.”

테드는 눈을 살짝 감았다가 무겁게 뜬다. 친구를 떠올리며 한숨을 쉰다.

“그 친구도 너랑 비슷했어. 그 친구도 자기는 그림을 못 그린다고 생각했어.”

그는 이윽고 수위와 해골에 대해 전부 이야기한다. 화가에게 들은 그대로 전한다. 그 이야기는 사실 간단하지 않다. 인간은 날 수 없다는 거짓말에서 출발하기 때문이다. 대부분의 사람은 그 거짓말에 속아 넘어가지만 화가는 운이 좋아서 열네 살이었던 해 봄에 수위를 만났다. 그리고 그 수위는 어렸을 때 어머니가 폭로한 덕분에 진실을 알고 있었다. “어린아이들은 모두 날개를 달고 태어난단다.” 그녀는 이렇게 속삭였더랬다. “그걸 떼어내려는 사람들로 온 세상이 득시글거릴 뿐이지. 안타깝게도 몇몇 아이들만 제외하면 대부분 결국 그들이 원하는 대로 돼. 하지만 그런 운명을 피한 아이들은 하늘로 날아오르지!”

수위는 어렸을 때부터 혼란스러웠고, 남들과 다르다고 느꼈고, 학교에서 따돌림을 당했고, 다른 아이들처럼 평범했던 적이 없었다. 하지만 그의 어머니는 계속 강조했다. “네가 남들과 다르게 느껴지는 건 몸속에서 날개가 계속 부스럭거리기 때문이야. 너는 네가 혼자인 것 같겠지만 너와 비슷한 사람들이 있어. 하얀 벽과 검은 종이 앞에 서면 신비한 것들만 보이는 사람들. 언젠가는 그들 중에서 너를 알아보고 이렇게 외치는 사람이 있을 거야. '너도 우리랑 같은 과로구나!' 그러면 너는 더 이상 혼란스럽지 않을 거야. 네가 전부터 아무도 모르는 비밀스러운 언어를 쓸 수 있었다는 걸 알게 될 거야. 너에게는 국적이 없기에 아무 한계가 없는 언어를. 예술이 너의 모국이거든."

그의 어머니는 아들이 화가가 될 거라고 생각했지만 그건 아니었다. 그는 대신에 세상을 바꾸었다. 나중에 그는 수위가 돼서 어머니에게 들은 말을 훗날 'C. 야트'로 불리게 될 열네 살짜리에게 그대로 옮길 테고, 열네 살짜리의 내면은 송두리째 달라질 것이었다.

"하지만 사실 그게 모든 일의 시작은 아니었지." 테드는 갑자기 이렇게 말하며 정정한다. "모든 일의 시작은 사실 강아지였지! 아니다, 실은 부러진 발이었다. 아니, 잠깐만, 그것도 아니다. 사실 발은 부러지지 않았어. 그러니까……."

그는 숨을 크게 들이마시며 정신을 가다듬는다. 창틀 위에 어지럽게 흩뿌려진 조각이라도 되는 듯 기억을 정리한다.

"모든 일은 우리가 열네 살이었던 해의 어느 봄날에 시작됐어." 그는 한참 만에 기억해 낸다.

알리는 아버지가 쓰는 복도 수납장에서 통에 담긴 주방 세제를 발견했다. 놀기 좋아하는 아버지는 파티도 좋아하기 마련이었고, 파티를 조금 자주 열다 보면 너무 열심히 논 사람 때문에 더러워진 바닥을 닦을 일도 생기기 마련이었다. 그래서 알리는 세제를 가방에 넣어서 학교로 들고 갔고, 요아르가 철책을 잘라 철사로 고리를 만들었고, 그와 알리와 다른 친구들은 오후에 뻥 뚫린 학교 계단통에서 비눗방울을 불며 놀았다. 미끄러운 학교 복도에서 깔깔대며 잡기 놀이도 했다. 그러다 미끄러진 알리가 모여 있던 상급반 남학생과 여학생들과 부딪치자 그들이 짜증을 내며 이렇게 쏘아붙였다. "지금 뭐 하는 거야, 이 멍청한 새끼야!"

상급반 남학생과 여학생들은 낙엽 더미라도 되는 듯 알리를 옆으로 밀쳤다. 그러고는 요아르와 테드와 화가 앞을 지나가는데, 한 여학생이 더러워진 그들의 옷을 흘끗 쳐다보며 혐오스러워하는 표정을 지었다.

"쟤네들한테서 노숙자 냄새가 나." 그녀는 모퉁이를 돌며 친구들에게 조그맣게 속삭였다.

요아르는 그 말을 듣고 분개했다. 아니, 온몸에 비누칠이 돼서 옷이 이보다 더 깨끗한 적이 없었건만! 알리는 코웃음을 쳤다.

"저 여자애 헤어스타일 봤어? 완벽하더라! 어떻게 저러지? 잠을 서서 자나? 엘프들이 아침마다 창문 너머로 날아와서 옷을 몸에 박아주나?"

"바보야, 엘프는 못 날아." 요아르가 자신만만하게 대꾸했다.

이렇게 해서 엘프에게 날개가 있는지 여부를 놓고 그와 알리 사이에 말다툼이 벌어졌다. 알리는 있다고 확신했다. 요아르는 그들이 숲속에서 살고 활과 화살을 들고 다닌다고 장담했다. 알리가 아마도 "바보 멍청이"라는 단어가 포함된 말을 그에게 중얼거렸고 둘은 싸움을 벌였다. 평소처럼. 그들의 싸움은 비명 때문에 중단됐는데, 알리나 요아르가 지른 게 아니라 계단통에서 난 소리였다. 알고 보니 어떤 바보가 온 계단을 비누 범벅으로 만들어놓은 바람에 완벽한 헤어스타일을 자랑하던 그 여자아이가 미끄러져서 넘어진 것이었다.

이렇게 해서 그 모든 일이 시작됐다. 우연의 일치로.

다음 날 완벽한 헤어스타일을 자랑하던 그 여자아이는 목발을 짚고 등교했다. "발이 부러졌어요!" 그녀는 이러면 체육 수업을 빠질 수 있다는 걸 금세 알아차렸기에 교사들에게 아주 심각한 표정으로 이렇게 말했다. 완벽한 헤어스타일을 자랑하던 그 여자아이는 체육 수업을 질색했다. 완벽하지 않은 아이들과 탈의실을 같이 쓰다가 세균에 감염될 수 있기 때문이었다. 그래서 그녀의 발은 꼬박 이틀 동안 부러져 있었는데, 귀여운 강아지가 구내식당 창문 앞을 지나가자 안타깝게도 그녀가 갑작스럽게 기억 상실을 일으켰다. 강아지를 만지고 싶어서 목발을 깜빡한 채 밖으로 뛰쳐나간 것이었다.

그녀를 위해 변명을 하자면 강아지가 어마무시하게 귀여웠다. 심지어 개를 보면 그 여학생이 체육 수업에 대해 느끼는 것과 비슷한 감정을 느끼는 테드조차 인정할 정도였다. 살아 있는 곰 인형 같았다고 하면 별로 귀엽게 느껴지지 않을지 모르지만, 실제로 그랬다. 아무튼 여기는 학교였고, 모두가 아는 한 가지 사실이 있다면 방치된 목발은 조만간 옥상으로 옮겨지게 되어 있다는 것이었다. 헤어스타일은 완벽했지만 발은 부러지지 않은 그 여학생의 같은 반 친구들이 잽싸게 임무를 완수했다.

그래서 그 학교에서 수위로 일하는 아주 나이 많은 남자가 옥상까지 올라가 목발을 들고 와야 했다. 때는 봄이었지만 아무도 겨울에게 그 사실을 알려주지 않은 터라 기온이 밤에는 여전히 영하로 떨어졌고 옥상은 여전히 빙판이었다. 그래서 나이 많은 수위는 넘어져서 진짜로 발이 부러지는 바람에 병원 신세를 지게 됐다.

이렇게 해서 세상을 바꾸게 될 젊은 남자가 임시로 수위 일을 시작하게 됐다.

24

그의 이름은 크리스티안이었다. 스물두 살이었고 다정한 마음씨와 함박웃음이 특징이었다. 그가 수위로 일하게 된 이유는 어머니와 교장이 아는 사이였기 때문인데, 교장은 그에게 긴소매 옷으로 문신을 전부 가려야 한다는 조건을 달았다. 근무 첫날, 크리스티안에게 맡겨진 일은 체육관 뒤쪽 벽을 하얗게 칠하는 것이었다. 하지만 안타깝게도 그건 안 될 일이었다. 크리스티안은 하얀 벽을 싫어했다. 그래서 그가 알록달록한 페인트를 한 아름 안고 모퉁이를 돌았을 때 반대편에서 미친 듯이 달려오던 열네 살짜리가 그의 가슴을 그대로 들이받았다. 그들은 만화의 한 장면처럼 서로 부딪쳤고 페인트 통은 영원의 절반 동안 허공에 떠 있었다. 그러고 나서 열네 살짜리가 바닥에서 일어났을 때는 얼굴이 페인트로 뒤덮여서 두 뺨 위로 흐른 눈물까지 보이지 않을 정도였다. 수위가 일어났을 때는 소매가 걷혀서 문신이 드러났다. 해골이었다.

소년은 평생 그보다 더 아름다운 건 본 적이 없었다. 그들은 둘 다 폭소를 터뜨렸고 마치 뱃머리에 서서 수평선 위로 드러난 고국의 윤곽을 보는 듯한 심정을 느꼈다.

"미안, 페인트를 뒤집어썼네!" 수위는 소년의 셔츠에 묻은 얼룩을 보고 이렇게 말했다.

"괜찮아요, 이미 더러웠어요." 소년은 수줍게 말하고 바닥에 나동그라진 가방을 줍다가 실수로 스케치북을 떨어뜨렸다.

수위는 안개 속에서 손을 흔드는 사람처럼 미소를 지었다.

"우와! 너 그림 그리니?"

소년은 엉겁결에 고개를 끄덕였다.

"나랑 같이 가자!" 수위가 말했다.

소년은 모퉁이를 지나 체육관 뒤편으로, 벽과 철책 사이에 은밀하게 숨어 있어서 담배를 피우는 아이들조차 몰랐던 공간으로 그를 따라갔다. 수위가 어찌나 빠른 속도로 말을 했던지 눈동자가 이리저리 흔들렸고, 목소리가 더빙된 것처럼 말을 마친 뒤에도 턱이 계속 움직였다.

"엄마 덕분에 여기서 일하게 됐어. 얌전히 있겠다고 약속하긴 했는데, 교장 선생님이 이 벽을 하얗게 칠하라는 거야! 무슨 그런 괴물이 다 있어? 세상에 하얀 벽보다 더 끔찍한 게 있냐고!"

"맞아요!" 소년은 당장 대답했다.

잠시 후에 그는 수줍게 미소를 지었다. 페인트 냄새와 모르는 사람의 숨결에 압도돼 벽을 뚫고 쓰러지기라도 할 듯 벽에 기댔다. 하얀색? 그건 전혀 하얗지 않았다. 수위가 천사와 새와 나비와 용을 그려놓았다. 그는 이윽고 훗날 세계적으로 유명한 화가가 될 소년에게 그

의 어머니가 날개와, 날개를 달고 태어나는 아이들에 대해 했던 말을
들려주었다.

"네가 어디에도 어울리지 못하는 이상한 사람처럼 느껴진다면 너
에게 아직 날개가 달려 있기 때문이야. 날개가 네 몸속에서 바스락거
리기 때문이지." 수위는 미소를 지었다. 벽에 그려진 용을 토닥이며
이렇게 덧붙였다. "이 위에 페인트를 칠할 거야. 안 그러면 교장 선생
님이 노발대발할 테니까……."

"안 돼요!" 소년은 외치고 나서 덧붙였다. "그러지 마세요. 이런 그
림은 처음 봐요."

"풉." 수위는 씩 웃었다. "너는 더 잘 그릴 수 있을걸?"

"저는 진짜 형편없어요." 소년은 웅얼거렸고 도망치려는 듯한 표
정을 지었다.

그래서 수위는 소년을 전혀 건드리지 않은 채 손에 붓을 쥐여주고
이렇게 말했다.

"우리 엄마가 항상 뭐랬는지 알아? 트집을 잡지 않으면 살면서 원
하는 대로 뭐든 될 수 있다! 남들 트집도 잡지 말고, 네 트집도 잡지
말고. 트집을 잡는 건 엄청 쉽잖아. 어떤 겁쟁이도 트집 정도는 다 잡
아. 하지만 예술에는 트집 잡는 사람이 필요 없어. 적이라면 이미 충
분한걸. 예술에는 친구가 필요하지."

소년은 아무 대꾸도 하지 않았지만 용을 그렸다.

"이런 그림은…… 처음 본다." 수위는 그걸 보고 탄성을 내뱉었다.

소년은 당연히 그의 말을 오해했다.

"죄송해요, 너무 유치하죠?" 그는 작게 말하며 그 위에 페인트를
칠하려고 했다.

"아니, 아니, 절대 그러지 마! 그림 끝내주는데!" 수위가 말했다.

"거짓말하실 것 없어요." 소년이 너무 심란해하는 것을 보고 수위는 웃음을 터뜨렸다.

"피카소가 그랬어. 라파엘로처럼 그리는 법을 배우는 데에는 4년이 걸렸지만 어린아이처럼 그리는 법을 배우는 데에는 평생이 걸렸다고."

"그 사람들이 누군지 모르겠는데요." 소년은 실토했다.

수위는 웃으며 몰라도 된다고 했다. 그러더니 스프레이 페인트를 몇 개 꺼내 흰색으로 남은 자리를 가리켰다. 소년은 날개 달린 알몸의 남자들로 그곳을 다정하게 채웠다. 수위는 그들을 보고 어머니를 떠올렸다. 그녀는 아름다운 그림을 보면 심장이 벌렁거려서 블라우스가 움직이는 게 보일 정도라고 했다. 아들에게 위대한 예술이란 인간적인 절망에서 벗어나 잠시 숨을 돌리는 휴식 시간이라고 설명했다. 그는 20년이 지난 다음에야 그게 무슨 말인지 이해하게 됐다.

"우리 엄마가 좋아하는 화가 중에 랑나르 산드베리라는 사람이 있거든." 그는 벽에 시선을 고정한 채 아이에게 다정하게 말했다. "산드베리가 예전에 뭐라고 했냐면 예술은 목적이 없고 불가항력적이라야 된다고 했어. 새들이 노래하는 것처럼 그림을 그려야 한다고."

그가 하려던 말은 벽이 그렇게 느껴진다는 것이었다. 소년은 그에게 해골을 다시 그려달라고 했고, 수위는 해골을 그리며 조지아 오키프가 한 말을 알려주었다. "나는 해골을 죽음과 연계해서 생각해 본 적이 없다."

그러더니 그는 폭소를 터뜨리고는 자기가 처음으로 문신을 했을 때 어머니가 얼마나 화를 냈는지 모른다고 했다. 그가 어머니도 하나

새기라고 하자 그녀는 화가 나서 콧방귀를 뀌며 마리나 아브라모비치가 한 말을 읊었다. "나는 문신은 없고 흉터는 있다."

수위는 자기 팔을 긁었다.

"우리 어머니는 터프하지만 뭘 사랑하는 법을 제대로 알아. 온몸으로 사랑하는 분이야. 어렸을 때 나를 미술관에 얼마나 끌고 다녔는지 몰라. 나는 그게 싫었어. 줄을 서는 것도 싫었고, 뛰어다니면서 놀지 못하게 하는 것도 싫었고. 하지만 이제는 미술관에 얽힌 기억들이 가장 소중한 추억으로 남아 있지."

"아저씨한테 그림을 가르쳐준 분도 어머니였어요?" 소년은 빈 벽으로 가득한 집에서 자란 아이라야 이해할 수 있는 부러움이 담긴 투로 물었다.

"아니. 그림은 누구도 가르쳐주지 않아. 규칙과 한계, 하면 안 되는 것들이라면 모를까. 나는 예술학교에 입학했지만 다행히 학교에서 뭘 가르쳐주기 전에 쫓겨났지."

"왜 쫓겨났는데요?" 소년은 물었다.

"학교에서 내가 뭘로 그림을 그리는지 보고 질색했거든."

"뭘로 그렸는데요?"

"마약."

둘 다 조금 딱딱하게 미소를 지었다. 수위는 너무 솔직하게 얘기한 것을 당장 후회해서 그랬고, 소년은 뭐라고 대꾸하면 좋을지 몰라서 그랬다. 소년은 계속 배낭을 메고 있어서 움직일 때마다 테드네 집 화장실 수납장에서 훔친 약이 덜거덕거리며 낭떠러지로 돌멩이가 굴러 내려가는 소리를 냈다. 수위는 그 소리를 들었거나, 소년의 눈빛이나 팔뚝에 남은 빨간 흔적에서 무언가를 보았는지, 갑자기 조그맣게 속삭였다.

"너무 아파하지 마."

너무 다정한 말이라 세계적으로 유명한 화가로 자랄 소년의 안에 그 모든 단어를 담을 공간이 없었기에 키를 몇 센티미터 키워야 했다. 그들은 말없이 계속 그림을 그렸고, 현실에 뚫린 구멍 속으로 빨려 들어가듯 서로의 재능에 빠져들었다. 두 사람 다 고통에 몸부림치고 있었지만 그 순간만큼은 더 이상 지상에 붙들려 있지 않았다. 수위에게 그건 축복이었고 훗날 화가가 될 소년에게는 기적이었다. 그해 봄 내내 소년은 죽고 싶었던 것이다.

25

죽고 싶어 하는 열네 살짜리가 존재하는 이유는 아무도 설명할 수 없다. 불행한 아이들로부터 얻는 자연적인 이득이 없는데도 그런 아이들이, 자신의 불안을 말로 표현할 방법조차 모른 채 여전히 세상 곳곳을 걸어 다니고 있다. 평생 행복하고 안전하게 살아온 사람에게 그런 기분을 무슨 수로 설명할 수 있을까. 잠자는 괴물이 허파를 무겁게 짓누르는 것 같아서 숨을 쉴 때마다 물에 빠져 허우적대는 기분이라고 해야 할까? 너의 모든 게 잘못됐다고 외치는 비명이 머릿속에서 들리는 것 같다고 해야 할까?

포기해! 아무도 이해하지 못할 거야! 머릿속에서 들리는 목소리가 우리에게 나지막이 쏘아붙인다. 그러고는 모든 낙담한 아이들이 들어야 하는 똑같은 거짓말을 반복한다. *너는 문제가 있어! 너처럼 느끼는 사람은 아무도 없어! 인간은 날지 못해!*

알리와 요아르와 테드도 여렸지만 화가는 폭포를 향해 떠내려가는 종이배 같았다. 요아르는 가끔 방금 크림 케이크 속에 들어간 머리카락을 발견한 사람 같은 표정밖에 지을 줄 모른다고 그를 놀리곤 했다. 그의 입장에서는 절박한 농담이었다. 사실 그가 하고 싶은 말은 이거였다. *너 때문에 산소가 부족해. 네 웃음소리가 안 들리면 우리는 숨이 막힌단 말이야.*

화가는 행복해지려고 애를 썼지만, 진심으로 애를 썼지만 어린 시절 내내 두려움에 시달렸다.

"엄마한테 물려받은 성격이야." 그의 아버지는 부두에서 같이 일하는 동료들과 부엌에서 술을 마시다가 취하면 아들이 자는 줄 알고 가끔 이렇게 얘기하곤 했다. 그들은 화가가 어렸을 때 이혼했고, 그는 어머니의 우울증이 그 전과 후 중에 언제 시작됐는지, 그것이 이혼의 원인이었는지 결과였는지 알 기회가 없었다. 그녀는 어떨 때는 다른 어머니들과 거의 비슷했지만 또 어떨 때는 존재하지도 않는 것들을 향해 조그맣게 중얼거리며 밤새 미친 듯이 청소를 했다. 아들은 어머니를 사랑했지만 그에게 그녀는 누군가의 그림자 같았다. 세상은 그런 사람들로 가득하다. 심장도 뛰고 눈도 뜨고 있지만 유리 방울 안에 갇힌 듯이 살아가는 사람들. 아들이 느끼기에 그의 어머니는 감정적으로 차가운 존재가 아니라 차단되어 닿을 수 없는 존재였다. 그가 어린 시절을 보낸 집의 식탁에는 음식이 있고 머리를 가려주는 지붕이 있었지만, 눈을 마주 보는 순간이나 오가는 대화는 거의 없었다. "잘 자, 우리 꼬맹이"도 "잘 잤니, 우리 아들?"도 "이런 똑똑이를 보았나!"도 "우리 아들 그림 진짜 잘 그린다!"도 없었다. 그가 학교에서 맞거나 괴롭힘을 당했을 때 어머니가 절망하며 쏘아붙인 말은 딱 하나였다. "다른 애들이랑 비슷해지려고 해봐! 다른 애들이 하는 대로 해보라고!" 어쩌면 그녀는 절대 눈에 띄지 않고 출근하고 퇴근하고 텔레비전을 보고 잠자리에 드는 식으로 버텼을지 몰랐다. 그녀는 가끔 깜빡깜빡하고, 가끔 장을 보고 집으로 돌아오다가 길을 잃고, 가끔 보이지 않는 사람들에게 말을 걸었다. 그녀의 머릿속에는 악마가 살고 있었다. 아이들은 어린 나이에 그런 걸 알아차리게 되어 있다. 병원에서 센 약을 처방해 주자 그녀는 술과 함께 약을 삼키고 거의 온종일 잠을 잤다. 하지만 테드네 집에서 놀던 화가가 저녁에 집으로 살금살금 들어갔을 때 그녀는 그 소리를 듣고 깨면 가끔 큰 소리로 외쳤다. "재밌게 놀다 왔니?" 다른 어머니들이 그렇게 묻는 걸 들었기 때문이었다. 그러면 화가는 항상 그렇다고, 재밌게 놀다 왔다고 대답했다. 그러면 그녀는 웅얼거렸다. "다른 애들처럼 해. 평범해지려고 해봐."

그 말을 끝으로 그녀가 다시 잠이 들면 아들은 이불을 잘 덮어주었다. 그들은 가끔 아침을 같이 먹기도 했다. 어머니는 거의 항상 속이 안 좋았기에 그냥 물과 푸석푸석한 토스트가 전부일 때가 많았다. 그녀는 아들이 그렇게 하듯 누가 말을 걸면 대답했지만, 두 사람 다 대화를 시작할 줄 몰랐기에 그들은 거의 대화를 나눈 적이 없었다. 그의 어린 시절이 이렇게 흘러갔다. 아버지의 집에 가도 주고받는 말이 별로 없었다. 하지만 아버지가 동료들과 술을 마실 때 화가는 벽을 사이에 두고 부엌 옆방에 앉아 진실을 들을 수 있었다. "저 아이는 정상이 아니야." 그의 아버지는 술을 마셔서 눈이 흐리멍덩해지면 이렇게 말했다. "재는 실수였어." 그는 말을 이었다. "그 여자는 엄마가 될 마음이 없었지." 화가가 기억하기에 그것이야말로 아버지가 그를 두고 한 말 중에 가장 다정한 말이었다. 적어도 그가 자기도 아버지가 될 마음이 없었다고 말한 적은 없었다.

다음 날 아침이 되면 화가는 부엌에 나뒹구는 술병을 전부 치웠다. 처음에는 아버지 집에서, 그다음에는 어머니 집에서. 그는 아무도 그들을 가리켜 나쁜 부모라고 말하지 못하게 했다. 그는 좋은 부모가 된다는 것이 기본적으로 불가능한 일임을 알고 있었다. 아이들은 워낙 연약하기에 조금이라도 연약한 구석이 있는 부모라면 애초부터 가망이 없다. 적어도 둘 중 한 명은 무너지게 되어 있다.

화가는 학교에서 날개 달린 나신을 그리다 다른 아이들에게 들키고 두들겨 맞았다. 화가에게는 온갖 끔찍한 별명이 붙었다. 아이들의 잔인함은 그 기발함에 한계가 없기 때문이다. 그는 부모님이 원하는 대로 다른 아이들과 다를 게 없는 평범한 아이가 되고 싶을 때가 많았지만 그건 가능하지 않은 일이었다. 그와 비슷한 아이는 없었다. 그의 어머니와 아버지는 스케치북 위에 웅크리고서 종이 위로 날렵하게 펜을 놀리는 아들의 모습을 한 번도 본 적이 없었다. 얼마나 놓치기 아까운 보물 같은 순간인가. 그들은 평범하지 않다는 게 얼마나 특별한 일인지 절대 이해하지 못했다.

나이를 먹을수록 학교는 더 심각해졌다. 화가는 불안하면 어깨가 실룩거리기 시작했기에 사이즈가 제일 큰 후드 티를 입고 다녔고 항상 모자를 뒤집어썼다. 비쩍 마르면 투명인간이 되기라도 하는 듯 음식을 거부했다.

그가 무너져 가고 있는 것이 친구들 눈에 얼마나 확연히 드러나는지, 그걸 멈출 수 없는 것이 얼마나 그들을 끊임없이 괴롭히는지 그는 알지 못했다. 밤에 셋만 남으면 알리는 절망했고 요아르는 화를 냈고 테드는 침대 옆에 무릎 꿇고 앉아 기도했다. 다른 아이들은 신에게 기도했지만 테드는 악마에게 기도했다. 누가 죽을지는 신이 결정할지 몰라도, 아이들이 보기에 누가 살아남을 만큼 강한지는 악마가 결정했다. 그래서 테드는 어둠 속에서 큰 소리로 자비를 베풀어달라고, 악마에게 친구를 놓아달라고 기도했다.

악마는 듣지 않았다. 그들은 폭소를 터뜨렸다.

선생님이 언제 강제로 말을 시킬지 알 수 없었기에, 화가는 학교에서 모든 수업 시간을 무서워했지만 미술 시간에 가장 벌벌 떨었다. 어른들은 절대 이해하지 못하겠지만 그림이 현실 도피 수단인 소년은 그림으로 현실에서 도피하라는 명령이 내려지면 견딜 수가 없게 된다. 8학년 때 학교에 새로운 미술 교사가 부임했다. "미술에서 중요한 건 그림이 아니야!"라고 날카롭게 속삭이는 가증스럽고 왜소한 남자였다. 이제는 이론이 실전만큼 중요하다며 실기 수업이 끝나면 매번 '서면 보고서'를 제출하라고 했다. 첫 수업 시간에 그는 화가의 작품을 노려보더니 "지시를 귀담아듣지 않았다"며 으르렁거렸다. 소년은 감히 대꾸하지도 선생님의 눈을 쳐다보지도 못했는데, 그걸 전쟁 선포로 받아들이는 남자들도 있다.

교사는 꽃을 그리라고 했지만, 화가는 먼저 주변을 그려야 꽃을 그릴 수 있는데 시간이 없어서 아직 꽃을 그리지 못한 거라고 설명하지 못했다. 교사는 그의 침묵을 도발로 받아들였다. 옆에 앉아 있던 요아르가 자신이 아는 유일한 방식으로 친구를 보호하러 나섰다. 자신에게 이목이 집중되게 한 것이다.

"아, 선생님은 꽃 그릴 줄이나 알아요? 올빼미처럼 생겨가지고!"

그는 교사에게 소리를 질렀다.

천재나 가능한 속도로 벌어진 일이었다. 상대방이 자신의 외모에서 가장 부끄럽게 여기는 부분을 1초 만에 파악해 정교하게 벼린 말로 찌른 걸 보면 과연 천재적이긴 했다. 그의 왕방울 같은 눈 때문이었을까. 아니면 머리 모양이나 얇은 입술, 작은 코 때문이었을까. 아무도 여태 그런 생각을 하지 못하다가 '올빼미'라는 단어를 듣는 순간 얼마나 찰떡같은 비유인지 알아차렸다.

교사는 잠시 머뭇거렸고 요아르에게는 그거면 충분했다. 그건 마치 물 위에 떨어진 핏방울과 같았다. 그는 고함을 질렀다. "얼른요, 올빼미 선생님! 꽃을 그려봐요, 누가 더 잘 그리는지 보게!"

10초가 지나자 모든 학생이 한목소리로 외쳤다. "그려라! 그려라! 그려라!" 올빼미의 안색이 처음에는 모욕감으로, 그다음에는 분노로 달라졌다.

요아르는 씩 웃었다. "아, 그러시면 안 되죠. 난쟁이 올빼미 선생님. 지금처럼 얼굴을 빨갛게 칠할 게 아니고, 어디에라도 빨간색을 칠하고 싶으면 **종**이 위에 **튤**립을 그리셔야죠!"

모든 학생이 요란하게 폭소를 터뜨렸고 주도권이 다시 올빼미에게로 넘어갈 가능성은 없었다. 요아르는 교단에 서 있는 남자가 복수할 거라는 사실을 이미 알고 있었다. 교사들은 늘 그랬다. 문제가 있다면 복수의 표적이 누가 될지 몰랐다는 것이었다.

괴롭힘은 끔찍하리만치 빠르게 이루어진다. 얼마 안 있어 온 학교가 그 교사를 '올빼미'라고 불렀고, 그가 복도를 지나갈 때마다 "후-후, 후-후!" 하는 울음소리에 이어 폭소가 터졌고, 그 별명을 맨 처음 생각해 낸 사람이 요아르라는 사실은 아무도 기억조차 하지 못했다. 하지만 그 교사는 절대 잊지 않았다. 올빼미의 책상에 죽은 쥐를 올려놓는 것이 일부 상급반 학생들 사이에서 일종의 게임이 되었다. 언뜻 듣기에는 악의 없는 장난처럼 느껴질지 몰라도 오랫동안 지속되면 당하는 인간에게 영향을 미칠 수밖에 없다. 요아르는 상처를 주기 힘들지 몰라도 화가는 쉬웠기에 그가 올빼미의 복수의 표적이 되었다.

화가에게는 그림이 자유를 의미했기에 올빼미는 그걸 감옥으로 둔갑시켰다. 그는 1000개의 규칙과 그걸 지키지 못하게 만들 10000가지 방법을 고안했다. 이런 수법을 통해 그는 금세 권위를 되찾았다. 화가는 창의력을 발휘하면 안 됐다. 지시를 따르고, 꼼꼼하게 임무를 수행하고, 정확한 결과를 도출해야 했다. 누가 봐도 그는 할 수 없는 일이었다. 그는 집을 그리라고 하면 집이 느끼는 감정을 그리는 아이였다. 올빼미는 영리했다. 꼭 영리해야 잔인해질 수 있는 건 아니지만 도움은 된다. 그래서 어느 수업 시간에 화가가 임무를 완수하지 못하자 올빼미는 그를 수업이 끝날 때까지 교실 앞에 서 있게 했다. 올빼미가 본심을 숨기고 소년이 그린 그림 위로 고개를 숙이고서 감명을 받은 척하자 다른 아이들은 궁금해졌다. 그들이 화가가 그린 그림을 보여달라며 그의 이름을 연호하자 올빼미는 사악하게 씩 웃으며 그림을 홱 집어서 감탄하는 척 위로 높이 들었다. 교실 안에 완벽한 정적이 흘렀다. 그리고 잠시 후 누군가가 키득거렸다. "꼭 세 살짜리가 그린 그림 같잖아……."

요아르를 뺀 모든 아이가 폭소를 터뜨렸다. 요아르는 제일 크게 웃은 두 남자아이와 싸움을 벌이기 시작했다. 화가의 시뻘게진 얼굴을 보고 누군가가 외쳤다. "가서 소화기 들고 와!" 그러자 다시 모든 아이가 폭소를 터뜨렸다. 올빼미는 이런 식으로 아주 쉽게 요아르가 틀렸음을 입증해 보였다. 이 소년은 기껏해야 평범한 아이였다고.

사람의 마음은 무너뜨리기가 너무 쉬워서 화가는 금세 그림자 같은 존재가 되었다. 올빼미는 그쯤에서 멈추고 승리를 거두었으니 물러날 수도 있었건만, 권력을 쥔 기분이 너무 좋았던 걸까. 수업 시간이 점점 더 끔찍해졌다. 올빼미의 평가는 고문이 되었고, 화가는 후드를 쓰는 것이 금지됐고, 자기 연필도 쓸 수 없었다. 규칙은 모든 학생에게 동일하게 적용되며 소년이 자신을 특별하게 생각하면 안 된다는 것이 올빼미의 변론이었다. 마치 소년이 그런 생각을 한 적이라도 있는 듯이 말이다.

어느 날 올빼미는 학생들에게 상자를 그리라고 했다. 어려운 과제가 아니었고 심지어 자까지 주어졌지만, 수업이 끝났을 때 화가의 종이는 계속 백지였고 그는 너무 어지러워서 구역질이 날 지경이었다. 교사는 그때 깨닫고 정신을 차렸어야 했다. 아무리 개차반이라도 평생 한 번쯤은 무언가를 사랑한 적이 있을 것 아닌가. 그는 소년의 눈빛을 보고, 소년은 상자를 그리려면 먼저 상자 안에 들어가 있는 기분을 느껴야 한다는 사실을 알아차렸어야 했다. 그에게 대신 상자 밖 세상을 그리라고 했어야 했다. 유치원에서 물품 보관함 안에 갇혔다 나왔을 때 느낀 온갖 것을, 그 햇볕과 공기를. 요아르의 웃음소리와 난생처음 단짝 친구가 생겼을 때의 느낌을 그리라고 했어야 했다.

하지만 그 대신 올빼미는 잔인한 쪽을 선택했다. 저 아이는 나를 조롱했어. 어디를 밟아야 하는지 알기만 하면 누군가의 자신감을 으스러뜨리는 데에는 아무런 힘도 들지 않는다. 화가는 늘 하던 대로 했다. 후드를 뒤집어쓰고 자리에서 일어나 문이 있는 쪽으로 도망쳤다. 하지만 올빼미가 그 앞을 가로막고 소년의 팔을 움켜쥐며 고함을 질렀다. "가긴 어딜 가!"

화가가 얼마나 힘차게 뿌리쳤던지 교사는 중심을 잃고 비틀거리다 책상에 머리를 부딪쳤다. 소년이 울고 있는 것을 아무도 보지 못했기에 그것을 공격으로 해석하기 쉬웠다. 이후에 교사는 너무 쉽게 교장을 만나 자기가 "공격"을 당했고, 화가는 "들짐승처럼 몰려다니는 깡패들" 중 한 명이라고 했다. 가뜩이나 요아르가 의자를 집어 교실 절반을 박살 낸 뒤 친구를 따라 뛰쳐나갔으니 들짐승이었다. 하지만 교사는 교장에게 요아르도 눈물이 글썽글썽했다고 말하지 않았다. 그가 한 말을 전하지도 않았다.

"씨발! 쟤한테 네 도움이 필요할 거 같아? 자기 자신을 미워하는데 네가 도와줘야겠냐고? 넌 올빼미도 아니야. 이 돼지 새끼야."

다른 교사 둘이 달려 들어오는 바람에 요아르는 몸싸움을 벌이며 헤치고 나가야 했지만, 운동장으로 나가 보니 화가는 이미 바닥 사이 틈새로 스며든 물처럼 사라지고 보이지 않았다. 그를 놓쳤다는 걸 요아르는 알 수 있었다. 배낭에는 약이 가득했고 머릿속에는 악마가 가득했으니 어떤 아이가 그걸 견딜 수 있을까. 세상에서 가장 위험한 곳이 우리 내면이다.

하지만 화가는? 나중에 그는 달렸다는 기억밖에 하지 못할 것이다. 그는 심지어 누군가와 부딪쳐 땅바닥으로 쓰러지기 전에는 어디로 달리는지조차 알아차리지 못했다. 테드가 자비를 베풀어달라고 기도했을 때 악마들은 폭소를 터뜨렸지만 하늘에서 들은 걸까. 그날부터 그의 날개가 자라기 시작했다.

요아르, 알리 그리고 테드는 그날 오후 내내 친구를 찾아다녔다. 그들이 페인트를 좀 더 가지러 창고로 가던 그와 수위를 맞닥뜨린 건 100퍼센트 우연이었다. 친구들은 하마터면 화가의 얼굴을 알아보지 못할 뻔했다. 미소 때문이었다. 그가 부끄러워하며 앞장서 체육관 모퉁이를 돌아 그쪽 벽에 그려놓은 그림을 보여주자 셋 다 감정을 주체할 수 없어서 풀밭에 털썩 주저앉는 수밖에 없었다.

"이제 너도 알겠네." 요아르가 행복해하며 말했다.

"알다니 뭘?" 화가는 궁금해했다.

요아르는 눈썹에 페인트가 묻을 정도로 벽 앞에 바짝 몸을 숙였다.

"죽고 싶지 않다는 걸 말이야."

26

재채기가 테드의 이야기를 방해한다. 이번에는 범인이 그가 아니라 갓난아이다. 열차가 조그만 역에 정차했고 젊은 엄마가 조그만 콧물 제조기를 안고 탑승했다.

"감기 조심해!" 루이사가 외친다.

"고마워요." 아이 엄마는 얼마 전에 아이를 낳은 부모나, 끔찍한 비행기 추락 사고 이후 석 달 동안 정글에서 목숨을 부지한 사람만 지을 수 있는 피곤한 미소를 짓는다.

"아기 너무 귀여워요!" 그들이 통로 저편에 착석하자 루이사는 이렇게 말하고 테드를 돌아본다. "그렇죠, 테드 아저씨?"

"정말 귀엽네." 테드는 말하지만, 상어를 보고 귀엽다고 할 때의 말투와 비슷하다.

루이사는 그를 빤히 쳐다본다.

"아기 안 좋아하세요? 에이, 왜 이러세요. 아기 안 좋아하는 사람이 어쨌다고. 그죠, 테드 아저씨!"

테드는 예전에 같은 학교에서 근무했던 교사가 헬스클럽 다니는 걸 좋아한다고 했을 때 이후로 그렇게 어이없는 말은 처음 듣는다고 대꾸하고 싶은 생각이 든다. 하지만 대신 이렇게 말한다. "나도 아기를 싫어하는 건 아니야."

아, 그는 인간을 거의 좋아하지 않는다. 그리고 두말하면 잔소리지만 아기는 가장 기능이 떨어지는 인간이다. 그녀는 도대체 그에게 뭘 원하는 걸까?

"아기 안 좋아하는 사람은 없잖아요, 테드 아저씨!" 루이사는 그러면 좀 더 맞는 말이 되기라도 하는 듯 했던 말을 반복한다.

테드는 팔짱을 낀다. 그러지 않으면 그녀가 아이를 만져보라고 할지 몰라서 불안하기 때문이다. 반면에 루이사는 통로 너머로 몸을 내밀고 이상한 표정을 지어서 아이를 웃긴다.

화가가 이 자리에 있었다면 분명 똑같이 했을 것이다. 정상이 아닌 그도 아이를 좋아했다. 한번은 그가 테드에게 심지어 들짐승도 갓 태어난 새끼는 조심스럽게 다룬다고, 그것이 생물학적인 본능이라고, 아기들은 우리에게 삶은 계속된다는 사실을 일깨워 주기 때문이라고 한 적이 있었다. "우리는 아기들을 보면서 죽음을 두려워하지 않을 수 있게 되지. 영생을 바라면 안 된다는 사실을 깨닫게 되거든. 아무도 죽지 않으면 새 생명이 태어나지 못할 테니까. 놀이터에서 인적이 사라지고, 마지막 장화가 작아져 버리고, 마지막 물웅덩이도 뛰어넘고 나면…… 그럼 우리가 뭐 하러 영생을 바라겠어, 테드?"

이제 와 생각해 보면 그가 그날 저녁에 와인을 제법 마신 뒤에 남긴 말이지만 그래도 일리가 있음을 테드도 인정하는 수밖에 없다.

"안 그래요?" 아이 엄마가 여태껏 그와 대화를 나누고 있기라도 했던 것처럼 갑자기 테드 쪽을 향해 묻는다.

그가 고개를 들어보니 경악스럽게도 모두가 그를 쳐다보고 있다. 아이 엄마, 아이, 루이사, 검표하러 온 차장까지. 누가 봐도 차장은 모든 체구의 인간을 매우 좋아한다.

"네?" 테드는 우물우물 반문한다.

아이 엄마는 다크서클이 거의 보이지 않을 만큼 눈을 반짝인다. 그녀는 차장과 테드를 차례대로 턱으로 가리키며 아까 했던 말을 다시 한다.

"차장님이 아기를 데리고 여행하려면 힘들지 않으냐고 묻길래 우리 엄마가 하신 말씀을 들려드렸거든요. 모든 부모가 같은 심정일 거라고, 하루는 더디 가는데 세월은 쏜살같다고요. 안 그래요?"

테드는 어떤 의미에서 묻는 말인지 모르는 사람처럼 그녀를 빤히 쳐다본다.

"저한테 물으신 거예요?"

아이 엄마는 놀란 표정으로 그와 루이사를 차례대로 쳐다본다.

"어머, 죄송해요. 저는…… 두 분이…… 아빠와 딸 아니었어요?"

그때 잠을 자던 승객이 있었다면 자리가 몇 칸 옆이었더라도 깔깔대는 루이사의 웃음소리를 듣고 눈을 번쩍 떴을 것이다. 하도 갑작스럽게 터진 웃음이라 아기도 그 소리를 듣고 웃음을 터뜨린다.

"아니에요, 아니에요. 우리는 그냥 친구예요!" 루이사는 말한다.

"아." 아이 엄마는 둘의 나이 차가 몇 살인지 가늠하려는 듯한 분위기를 풍기며 아까보다 어색한 표정을 짓는다.

"아니, 그런 친구 사이는 아니고요." 루이사는 당장 외친다. "그냥 평범한 친구요! 테드 아저씨는 심지어 여자를 좋아하지도 않아요, 차장을 좋아해요!"

"루이사." 테드는 그녀를 말리려고 날카롭게 속삭이지만 가망 없는 얘기다. 그녀의 입은 열차보다 제동거리가 훨씬 길다.

"그리고 수상하게 보일지 몰라도 이 아저씨가 저를 납치한 건 아니에요! 아니다, 납치당한 게 맞나?" 루이사는 차장과 아이 엄마를 향해 명랑하게 윙크하며 말을 잇는다.

"루이사!" 테드는 쏘아붙이고 절망스러워하며 얼른 덧붙인다. "농담이에요! 농담! 루이사, 농담이라고 이분들께 말씀드려!"

루이사가 짓궂은 눈빛으로 홱 돌아보자 그는 불안해진다.

"아, 그래요? 언제 갑자기 유머의 달인이 됐지? 그럼 재미있는 얘기나 하나 들려주시죠!" 그녀는 요구한다.

"아니…… 제발 그만 좀 하라고……." 테드는 우물우물 말한다.

뜻밖에도 차장이 그를 구하러 나선다.

"내가 재미있는 얘기 하나 알아요! 어제 조카한테 들었는데, 얘기해 줄까요? 좋아요. 게으른 사람들한테는 화를 내면 안 돼요. 그 사람들은 한 게 아무것도 없으니까요!"

루이사는 웃음을 터뜨리고, 아이 엄마도 웃음을 터뜨리고, 아기도 웃음을 터뜨린다. 테드는 미소를 짓는다.

"그러니까…… 게으른 사람들은 아무것도 하질 않으니까……." 루이사가 그를 배려해 곧바로 설명을 시도한다.

"나도 알아들었어." 테드가 말한다.

“알아들은 표정이 아닌데요?” 그녀는 따지고 든다.

“알아들었어!” 테드는 우긴다.

“그럼 재미있는 얘기 하나 해보세요.” 루이사는 제안한다.

테드는 모두의 시선, 그중에서도 특히 아기의 시선에 압박감을 느끼고 그녀가 시킨 대로 한다. 헛기침을 하고 생각을 정리한 뒤 이야기를 시작한다.

“알았어. 알았어. 경찰이 평소처럼 검문을 하려고 차 한 대를 세웠는데, 그 안에는 남자 한 명과 펭귄 네 마리가 타고 있던 거야. 경찰이 남자에게 물었지. ‘펭귄을 차에 싣고 다니시는 이유가 뭐죠?’ 남자가 대답했지. ‘얘네들이 저 없는 집에 있는 걸 싫어해서요.’ 경찰이 말했지. ‘하지만 펭귄을 이러면 안 됩니다, 아시겠어요? 동물원에 데려가야죠!’ 남자는 놀란 표정을 지었지만 경찰이 시킨 대로 하겠다고 약속했어. 다음날 경찰이 같은 자리에 서 있는데, 그 남자가 그 앞을 또 지나가. 경찰이 차를 세우고 보니까 펭귄들이 차에 타고 있는 거야. 다만 이번에는 선글라스를 쓰고서. 짜증이 난 경찰이 말했어. ‘이 펭귄들을 동물원에 데려가라고 말씀드린 걸로 기억하는데요?’ 남자는 환한 얼굴로 고개를 끄덕이며 대답했지. ‘갔다왔어요! 그리고 오늘은 바닷가로 데려가는 길이에요!’”

테드는 말을 멈춘다. 다시 헛기침을 한다. 루이사와 아이 엄마와 아기는 절대 웃지 않는다. 하지만 차장은 들고 다니던 조그만 검표기를 떨어뜨릴 정도로 깔깔대며 웃는다.

“진심이에요?” 루이사가 비난하는 눈빛으로 쳐다보며 묻는다.

“진짜 재미있었어!” 차장은 외친다.

루이사가 고개를 돌려보니 테드도 자기가 한 농담에 자기가 키득대고 있다.

"맙소사, 두 분 정말 잘 맞겠어요." 루이사는 이렇게 말하지만 누가 봐도 칭찬이 아니다.

테드는 얼굴을 붉히고 차장은 시선을 떨어뜨린다.

"새로 탑승하신 분?" 그는 중얼거리며 객차 저쪽 끝으로 걸음을 옮긴다.

아이 엄마는 통로 너머로 머뭇머뭇 몸을 내밀고는 루이사에게 묻는다.

"미안, 너무 뻔뻔한 거 아는데 엄청난 부탁 하나만 해도 될까? 나 화장실 다녀오는 동안 애 좀 안고 있어줄래?"

순간 루이사의 얼굴에서 핏기가 싹 가신다.

"제가요?"

"응." 아이 엄마는 아기를 내민다.

"저더러 아기를 안고 있어 달라고요?"

"너무 번거롭지만 않으면."

"전혀…… 전혀 번거롭지 않아요." 루이사는 더듬더듬 말하지만 목소리가 갈라지고 비눗방울처럼 얇다.

그러고는 아이를 안고서 가만히 앉아, 누군가에게 인간이 건넬 수 있는 가장 다정한 말을 들은 사람처럼 숨도 제대로 쉬지 못한다. 나는 너를 믿어. 너에게 삶의 시작을 맡길 수 있을 만큼 믿어. 루이사가 테드를 흘끗 쳐다보는데 어찌나 뿌듯한 표정을 짓고 있는지, 그조차 인정하는 수밖에 없다.

"귀엽다. 아기치고는."

"그 수위에 얽힌 나머지 이야기 이제 들려주실래요? 하지만 얼른

요!” 루이사는 웃고 있는 아이의 얼굴 가까이 이마를 대고서 말한다.

“왜 그렇게 재촉하는데?” 그는 묻는다.

“모든 게 행복하게 끝날 것 같지 않아서요. 아기를 안고 있으면 슬픈 결말을 견디기가 좀 더 수월하잖아요.” 루이사는 대답한다.

27

열네 살의 소년과 스무 살의 수위는 사흘 동안 체육관 뒷벽에 그림을 그렸다. 나비와 용을 그렸고, 오후 늦게 구경하러 온 요아르와 테드를 만지러 내려온 천사를 그렸고, 알리의 머리칼을 흩날리며 날아오르는 새를 그렸다. 하지만 무엇보다 해골을 그렸다. 온 사방에 살아 숨 쉬는 아름다운 해골을 그렸다.

화가는 어른이 됐을 때 그의 작가 인생을 통틀어 최고 걸작이 이거였다는 생각을 하곤 했다. 친구들이 그걸 볼 수 있어서 다행이었다. 그런 행운을 누린 사람이 거의 없었다.

"바스키아 생각난다." 사흘째 되던 날 수위가 소년의 상상으로 가득 채워진 벽을 가리키며 말했다.

그와 소년은 단둘이서 시계가 없는 세상 속 사다리 위에 서 있었다. 수위는 가끔 눈을 이리저리 돌렸고, 잊을 만하면 손을 떨었고, 두어 번 갑작스럽게 코피를 흘렸다. 그의 말에 따르면 알레르기 때문이었다.

"그게 누군지 모르는데요." 소년은 솔직히 고백했다.

"몰라도 돼." 수위는 햇빛 때문에 눈이 아픈지 실눈을 뜨며 미소를 지었다. 그런 다음 바스키아에 대해 아는 것을 모두 쏟아냈는데, 엄청 많았다.

"그게 다 어머니가 알려준 거예요?" 열네 살짜리는 궁금해했다.

"응. 엄마가 선생님이고 자면서도 입을 다물지 않는 분이거든. 입에 테이프를 붙이면 귀를 통해서라도 미술 얘기를 할 방법을 찾을걸." 수위는 이렇게 말하며 눈을 굴렸다.

"멋지다." 열네 살의 소년은 솔직한 심정을 담아 작게 속삭였다.

수위는 그 말을 듣고 민망한 표정을 지었다. 가끔 남이 부러워하는 것을 보고 나서야 자신에게 주어진 축복을 깨닫게 되는 때도 있다.

"뭐…… 훌륭한 분이지, 우리 엄마는. 내가 어렸을 때 사고뭉치였어서 그렇지. 엄마가 어떤 그림을 가리키면서 '이 작품이 너한테 뭐라고 말하는 것 같니?'라고 묻는 게 정말 싫었어. 꼭 학교에서 시험 보는 거 같잖아. 하지만 이제는 그게 인간이 인간에게 할 수 있는 가장 근사한 말이라는 걸 알 것 같아. 한번은 내가 무슨 생각을 하는지 왜 그렇게 알고 싶어 하느냐고 물었더니 엄마가 화를 내면서 소리를 지르더라. '네 안에서 무슨 일이 벌어지고 있는지 알고 싶으니까! 너는 내게 벌어진 사건이니까! 내가 살아 있는 모든 순간마다 벌어지는 사건이니까!'"

아무도 아무에게 사건으로 벌어지지 않은 집에서 자란 열네 살의 소년은 벽 한쪽 귀퉁이에 자기가 그려놓은 알몸 위로 붓을 들고 있었다. 그걸 그린 게 후회돼서 전부 하얗게 칠해버릴 작정을 하고 있는 듯이 그랬다.

"저희 부모님은 제가 그림 그리는 거 싫어해요. 부끄러워해요. 저더러 평범해지려고 노력해 보라고 해요." 그는 말했다.

"그분들 생각이 틀렸어." 수위는 세상에 그보다 더 분명한 사실은 없는 듯 딱 잘라 말했다. "너는 예술인이야."

가끔은 그걸로 충분할 때도 있다.

"저는 예술인 아니에요, 저는…….."

수위가 불쑥 그의 말허리를 자르자 딛고 서 있던 사다리가 흔들거렸다.

"뭔가를 창조하면 예술인이지! 세상을 있는 그대로 바라보지 않으면, 하얀 벽을 싫어하면 예술인이지! 예술이 뭔지 다른 어느 누구도 정할 수 없고, 아무도 네가 사랑하는 걸 막을 수 없어. 냉소주의자와 평론가들이 이 세상의 다른 모든 쓰레기는 자기들 마음대로 할 수 있을지 몰라도…… 네 심장이 뛰는 속도는 정할 수 없어! 무엇이든 네가 원하는 대로 해. 하지만 그들 같은 인간은 되지 마. 예술이라는 건 원래 아주 희미한 불꽃이야. 한숨 한 번에도 꺼질 수 있단 말이야. 예술에는 친구가 필요해. 이 불꽃이 자기 힘으로 환하게 타오를 수 있을 때까지 서로 몸을 맞대 바람을 막아주고 꺼지지 않도록 손으로 감싸줄 친구가. 아무도 막을 수 없는 화염이 될 때까지 그럴 친구가."

소년은 한참을 망설이다가 말을 꺼냈다.

"저는 미술 선생님이 시키는 대로 못 그려요. 뭘 못 그리겠어요. 머리에 문제가 있나 봐요."

"사물을 보이는 대로 그리지 않고, 느껴지는 대로 그려서 그런 거야." 수위는 대답했다.

그는 이윽고 죽지 않게 하려고 꽃을 그린다고 했던 프리다 칼로의 말을 들려주었다. 예술은 결코 완성되지 않고 버려질 뿐이라고 했던 레오나르도 다빈치의 말도 들려주었다. 소년의 머릿속에서 잠겨 있던 문이 열리는 소리가 전 세계로 울려 퍼지지 않은 것이, 지축을 흔들지 않은 것이 이상했다. 그 정도로 안의 모든 것이 많이 달라졌다. 그들은 태양에게 버림받을 때까지 벽에 계속 그림을 그렸다.

오랜 세월이 흐른 뒤 어느 날, 한 여자가 신문에 기고한 글에서 화가가 그리는 그림의 가장 큰 장점은 그것이 필연적으로 느껴진다는 사실이라고 한 적이 있다. "그의 작품을 보고 나면 그것이 없는 세상을 상상할 수 없게 된다." 하지만 화가에게는 절대 필연적인 일이 아니라 있을 수 없는 일로 느껴졌다. 그의 첫 작품은 탄생하기 전부터 친구가 있었다. 세상에 그런 행운을 누리는 사람이 어디 있을까?

"내일 또 그림 그릴 수 있어요?" 어둠이 내리자 그가 물었다.

"그럼, 매일 그릴 수 있지!" 수위는 약속했다. 우리는 다들 그런 약속을 한다. 그건 거짓말이 아니라 죽음에 대한 반항이다. 그는 자기 어머니가 좋아하는 메리 올리버의 시에서 한 구절을 들려주었다. "말해보라, 그대의 한 번뿐인 무모하고 소중한 인생을 어떻게 살 생각인가?"

소년은 대답하지 않았다. 하지만 벽에 창문을 그리고 그 안에 붓을 들고 있는 어린아이를 그렸다. 벽 저쪽에서 아이가 그림을 그리고 있는 것 같았다. 수위와 소년이 그 어린아이의 그림 속에 있는 것 같았다. 그들이 작품인 것 같았다. 잠시 후에 수위가 소년의 눈을 똑바로 쳐다보았다. 소년은 사람의 눈빛이 그런 식으로 느껴질 수 있다는 사실을 죽을 때까지 잊지 못할 것이었다.

"자." 수위는 그에게 쪽지를 한 장 건넸다. i 두 개의 머리 부분에 해골이 그려진 '크리스티안'이라는 이름과 전화번호가 차례대로 적혀 있었다.

수위는 이제 막 불이 들어온 가로등을 올려다보았다. 다시 코피가 나고 있었다.

"괜찮으세요?" 소년은 걱정하며 물었다.

"응, 응, 그냥 코피인걸. 그거 우리 엄마 연락처야. 나는 지금 전화기가 없어서. 하지만 도움이 필요하면 우리 엄마한테 연락해. 우리 엄마가 최고니까. 내가 엄마한테 네 얘기를 해놓을게!"

소년은 쪽지를 가슴에 품었다. 각자의 길로 헤어지며 그는 외쳤다.

"내일 만나요?"

"그래! 내일 만나서 그림 또 그리자!" 수위는 씩 웃었고 어둠 속으로 사라지기 직전에 그를 돌아보며 외쳤다. "너무 아파하지 마!"

소년이 수위의 어머니를 처음 만났을 때 그녀는 교회 앞에 서 있었다. 그때 소년은 세상의 모든 예술 작품이 그녀와 함께하길 바랐다. 그렇게 쓸쓸해 보이는 사람은 처음이었다.

"학교에서 잘리지 말고 잘해줘, 크리스티안. 네가 여기서 일할 수 있는 건 엄마가 교장이랑 워낙 오래된 친구라서 그런 거니까." 스무 살 된 아들이 수위로 취직했을 때 그의 어머니는 이렇게 말했다.

그러고는 혼자 한숨을 쉬며 들어먹힐 리가 있겠느냐고 중얼거렸다. 그녀의 아들은 벽도 하얗게 칠하지 못하는 아이였다.

크리스티안은 고맙다고 하지 않았고, 사랑한다고도 하지 않았다. 그 정도로 멍청하지 않았다. 대신 그는 씩 웃으며 말했다. "엄마는 내 삶에 벌어진 사건이지. 내 예술이고."

그녀가 그런 아들에게 무슨 수로 화를 낼 수 있겠는가? 그녀는 크리스티안을 임신한 몸으로 피난길에 올랐으니 그는 애초부터 이미 있을 법하지 않은 존재였다. 그는 어렸을 때 학교 친구들에게 '난민'이라고 놀림을 당했지만, 그가 소속을 찾지 못해 방황할 때면 그녀가 진실을 알려주었다. 예술이 그의 모국이라고. 그녀의 모국이기도 하다고. 그들은 그렇게 현실을 견뎠다.

서로 싸울 때마다 어머니는 "모든 어머니는 진정한 예술가가 되어야 한다"고 했던 프랜시스 하퍼의 말을 떠올렸다. 크리스티안이 어떤 그림 앞에 서 있으면 그녀는 항상 그가 무슨 생각을 하고 있는지 궁금해했고, 그가 짜증을 내면 마르셀 뒤샹이 한 말을 전했다. "예술은 보는 이에 의해 완성된다." 그가 어머니는 말이 너무 많고 너무 크게 웃어서 부끄럽다고 하면 에밀 졸라가 한 말을 투척했다. "나는 지겨움에 죽기보다 열정에 죽고 싶다."

그래서 그녀는 크리스티안이 나중에 여기저기에서 열정을 불태우게 된 것이 자기 때문일지 모른다는 생각을 종종 했다. 예술은 갑옷을 두른 사람에게는 아무 의미가 없어서 피부가 얇아야 하는데, 그런 사람은 아름다운 것뿐 아니라 모든 것에 예민하다. 황홀을 추구하는 삶은 균형을 잃은 삶이다. 그래서 그녀의 꼬맹이는 어머니의 허락 없이 어른이 됐고 그녀는 아들에 대한 통제력을 잃었다.

갓 태어난 크리스티안을 품에 안았을 때 그의 어머니가 느낀 심장 박동은 하나였다. 처음에는 아기에게서, 그다음은 그녀에게서. 두 사람의 심장이 단 하나였다. 이후로 그녀는 전보다 두 배 더 어둠을 무서워하게 됐다. 10대로 자란 아이가 밤중에 사라지면 그녀는 항상 불을 켜놓고 휴대전화를 손에 쥐고 잠을 청했다. 전화가 오면 항상 벨이 울리자마자 받았다.

그는 약을 하기 시작했다. 그의 어머니는 그가 예술학교에 입학하면 약을 끊길 바랐지만 상황은 오히려 더 나빠졌다. 자기 안경 하나 제대로 챙기지 못하는 그녀가 무슨 수로 세상에 맞서 아들을 지킬 수 있었을까? 크리스티안은 어렸을 때 그녀가 안경을 찾을 때마다 쓸 수 있게 항상 여분의 안경을 들고 다녔다. 한번은 조형물이 잔뜩 전시된 미술관에 갔다가 그녀가 의자에 안경을 두고 온 적이 있었다. 그걸 찾으러 가보니 그것도 작품인 줄 알고 관람객들이 사진을 찍고 있었다. 그날 지붕까지 쩌렁쩌렁 울렸던 아들의 웃음소리는 죽는 날까지 그녀의 꿈에 등장할 것이었다.

"인간이 날 수 없다는 건 거짓말이야, 크리스티안. 그걸 잊지 마." 그날 집으로 걸어가며 그녀가 말했을 때 그는 이렇게 대답했다. "응, 알아, 엄마." 그러고는 그녀의 손을 잡아주었는데, 그녀의 몸은 줄곧 그게 어떤 느낌이었는지 기억하려고 애를 쓰고 있다. 사랑으로 중독을 치유할 수는 없다. 그걸 시도했던 사람들의 눈물이 바다가 되어 흐른다. 우리는 아이를 위해 죽을 수 없다. 그러면 남아나는 어머니가 없을 테니 우주가 허락하지 않는다.

그녀는 아들이 재활 프로그램에 등록하도록 지원했지만, 그는 온갖 약속을 하고 번번이 어겼다. 연기가 알아서 하늘로 피어오르듯 파티를 찾아다녔고 음악을 사랑하며 춤을 위해 살았다. 집까지 자전거를 타고 올 때도 있었고 경찰차를 타고 올 때도 있었고 구급차에 실려 올 때도 있었다. 그녀는 그가 너무 빠른 속도로 살고 있다는 것과 남은 시간이 점점 바닥나고 있다는 것을 알았지만 햇빛을 막을 수 없는 거나 마찬가지였다. 새로운 센터와 새로운 약속이 모두 소용없었다.

하지만 결국에는 학교 수위로 어찌어찌 취직시킬 수 있었다. 거기에서 그는 벽을 하얗게 칠하는 데에는 실패했지만 그보다 훨씬 훌륭한 일을 해냈다. 하나의 이야기를 시작한 것이다.

어느 날 밤늦게 전화가 왔을 때 어머니는 벨이 울리자마자 받았다. 그녀는 끔찍한 소식을 전하는 경찰의 전화에 대비해 항상 마음의 준비를 하고 있었다.

"아들이니?" 그녀는 아직도 비몽사몽인 채 수화기에 대고 소리를 질렀다.

수화기 반대편에서 술에 취한 크리스티안이 한바탕 웃고는 말했다. "응? 미안…… 지금 몇 시지? 엄마 자고 있었어?"

자고 있었냐고? 그녀는 너라는 애새끼가 태어난 뒤로 잠을 제대로 자본 적이 없다고 대답하고 싶었다. 하지만 대신 이렇게 속삭였다. "아냐, 아냐. 무슨 일 있니?"

그는 그녀의 귀에 대고 편안하고 부드럽게 숨을 쉬었다. "찾았어, 엄마."

"뭐를?" 그녀는 물었다.

"우리랑 같은 과를."

크리스티안은 벽 위에서 자기는 상상조차 해본 적 없는 것들을 볼 줄 아는 소년을 만났다고 말을 이었다. 전화로 알려주고 싶어서 파티장에서 모르는 사람에게 휴대전화를 빌렸다며 조잘거렸다. 그때 그의 어머니의 심장이 어찌나 세게 뛰었던지, 잠옷 단추가 튕겨 나가지 않은 것이 기적이었다.

수화기 저편에서 크리스티안이 행복하게 외쳤다. "그렇게 그림 그리는 사람은 처음 봤다니까, 엄마. 엄마도 보면 한눈에 반할걸!"

그는 이윽고 랑나르 산드베리가 한 말을 인용했다. 어린 시절 내내 어머니에게 들은 문구였다. "그러니까, 꼭 새들이 노래하는 것처럼 그림을 그리더라."

그의 어머니는 두 뺨 위로 눈물을 흘리며 고개를 끄덕였다. 아들이 뭔가에 취했다는 것을 당연히 알 수 있었기에 그녀는 그냥 이렇게 말했다. "사랑한다."

그녀의 아들, 무모하고 소중한 그 하나뿐인 아이는 폭소를 터뜨렸다. "사랑해, 엄마. 엄마가 최고야."

다음 날 한밤중에 전화가 왔을 때 그녀의 어머니는 단잠을 자느라 두 번 벨이 울린 다음에야 전화를 받았다. 그때는 경찰이었다.

열네 살의 화가는 다음 날 체육관 벽에 기대고 앉아 하루 종일 기다렸다. 해가 지자 친구들이 데리러 왔고, 그는 테드의 지하 방 바닥에 말없이 앉아 밤새 그림을 그렸다. 친구들은 바람으로부터 불꽃을 지키듯 그의 주변을 에워싸고 앉았다. 그들은 다음 날 아침에 소식을 들었다.

"심장마비로 쓰러졌대." 요아르가 망연자실한 얼굴로 설명했다.

그들은 학교 복도에 달린 창가에 앉아 있었다. 그 옆 계단에 비누칠을 했던 것이 1000년쯤 된 일처럼 느껴졌다.

"그게 무슨 말이야?" 화가는 조그맣게 물었다.

"선생님 둘이 하는 얘기를 들었어. 두 사람 말로는 그 사람이……
약쟁이였대. 파티에서 춤추다가 심장이 그냥 멈췄다고……." 요아르
는 최대한 다정하게 말했다.

"그게 무슨 말이냐고?" 화가는 고함을 질렀다.

그는 사실 크리스티안이 어쩌다 죽었는지 설명을 듣고 싶지 않았
다. 그가 어떻게 죽을 수 있는지 설명을 듣고 싶었다. 불가능한 일이
었다. 어떻게 그렇게 생생하던 사람이 죽을 수 있나.

"잠깐……." 알리가 애원했지만 엎질러진 물이었다.

화가는 이미 계단을 달려 내려가 운동장을 가로질러 체육관 뒤편
으로 모퉁이를 돌았다. 그 모든 게 거짓말일 수 있다는 듯이, 크리스
티안은 거기 있을 수밖에 없다는 듯이. 하지만 화가는 놀라서 우뚝
달리기를 멈췄다. 작업복을 입은 노인 둘이 페인트 통과 사다리를 들
고 거기 서 있었던 것이다. 그들은 벽을 하얗게 칠하고 있었다.

화가는 절박하게 좌우를 두리번거리다 올빼미와 눈이 마주쳤다.
그 남자는 자기 교실 창문 앞에 서 있었다. 온 학교를 통틀어 그 벽이
가장 잘 보이는 곳이었다. 올빼미가 '낙서'와 '공공기물파손'을 경찰
에 신고했고, 작업복을 입은 남자 둘을 직접 불렀다. 원칙은 원칙이
고 모두에게 똑같이 적용되어야 하기 때문이었다. 그가 전에는 남다
른 인간이었을지 몰라도 이제는 한 줌 재에 불과했다.

근사했던 며칠 동안 그 벽을 뒤덮고 있었던 모든 것들, 천사와 용
과 새와 해골이 조금씩 사라져가고 있었다. 해가 지기 전에 전부 하
얀색으로 덮일 것이었다.

크리스티안의 어머니는 경찰의 전화를 받았을 때 수화기에 대고

비명을 지른 건 기억했지만 어떤 소리가 났는지는 기억하지 못했다. 이후로 소리가 잘 들리지 않았다. 장례식 중에서도 기억이 나는 건 관밖에 없었다. 왜냐하면 이 생각밖에 할 수 없었다. 어떻게 크리스티안이 저 안에 들어갈 수 있지? 그는 관에 비해 너무 컸다. 그녀의 세상 전부였다.

그녀는 교회에서 나왔을 때 그들을 보지 못했지만 열네 살짜리들이 어느 나무 뒤에 서 있었다.

어머니가 집으로 돌아가자 전화벨이 딱 한 번 울렸다. 그녀는 당장 전화를 받았지만 상대방은 흐느껴 울기만 하다가 전화를 끊었다. 다음 날 아침, 무덤 위에 그림이 놓였다. 사다리에 선 크리스티안의 그림이었는데, 어찌나 활짝 웃고 있었는지 그 미소가 종이 안에 담긴 것이 기적이었다. 그녀는 그런 그림을 본 적이 없었다. 하단에 연필로 보일락 말락 하게 이렇게 적혀 있었다. *새들이 노래하는 것처럼.* 그녀는 그 그림을 협탁 위 휴대전화 옆에 두고 잠을 청하며, 다시 한 번 벨이 울리길 온 힘을 다해 빌었다. 하지만 전화벨은 몇 달 동안 울릴 줄 몰랐다.

요아르와 알리와 테드는 날마다 화가와 함께 잔교에 갔다. 뭐라도 그려보라고 설득하려고 했지만, 그는 더 이상 아무것도 그리지 못했다. 봄학기가 끝났을 때 그는 미술 과목에서 F를 받았다. 아무도 알아차리지 못하지만 여름방학이 시작될 때쯤이면 운동장 곳곳에 뜯긴 날개가 나뒹군다. 화가는 말을 하지 않았고 거의 먹지 않았기에 친구들은 모두 같은 생각을 했다. 이번에는 버티지 못할 거야.

하지만 그들은 운이 좋았고 그들의 짐작이 틀렸다. 방학 첫날에 요아르가 그 신문에서 바로 그 미술 대회 광고를 발견해 버리고 만 것이다. 모든 것이 그렇게 다시 시작됐다.

28

아기는 루이사의 손가락을 꼭 붙잡고 있다. 피스켄이 떠난 뒤로 그녀가 누군가와 안은 것은 처음이다.

"신을 믿으세요?" 그녀가 조용히 묻는다.

"가끔." 테드는 대답한다.

"저도 가끔 믿어요." 그녀는 아기의 뒷덜미에 코를 묻고서 말한다.

자리로 돌아온 아이 엄마가 마음 편하게 화장실에 다녀올 수 있었던 부모만 가능한 수준으로 고마워한다. 루이사의 품 안에서 잠이 든 아기를 조심스럽게 건네받는다. 루이사는 다시 혼자가 되자 추워서 죽어가는 듯한 표정을 짓는다.

"무슨 대회였는데요? 요아르가 신문에서 봤다는 대회 말이에요." 그녀는 묻는다.

"젊은 화가를 찾는 대회였는데 뭐든 자유롭게 그릴 수 있고, 1등을 하면 작품을 미술관에 전시해 준다고 했어." 테드는 대답한다.

"그게 다예요?"

테드는 유골함을 내려다보며 미소를 짓는다.

"알리도 똑같이 물었지. 계속 구리다고 하면서. 텔레비전 퀴즈쇼처럼 돈이나 차나 뭐 그런 걸 줘야 하는 거 아니냐고. 하지만 그렇게 투덜댄 가장 큰 이유가 요아르를 자극하면 재밌기 때문이었어. 마음속 깊은 곳에서는 그녀도 상관없다는 걸 알았지. 우리의 목적은 1등이 아니라 그 친구가 다시 그림을 그리게 하는 거였으니까."

루이사는 미간을 찌푸린다.

"그래도 제법 쓸데없는 상이긴 하네요."

테드는 천천히 고개를 젓는다.

"아니, 엄청난 상이었어. 왜냐하면 우리 생각에는 그 친구가 자기 작품이 하얗고 넓은 벽에 다른 화가의 작품과 나란히 걸려 있는 걸 딱 한 번이라도 볼 수만 있다면…… 자기가 있을 곳은 거기라는 걸 알게 될 테니까."

루이사는 걱정이 될 만큼 한참을 아무 말도 하지 않다가 뚱하게 인정한다.

"그래요, 뭐. 완전 쓸데없지는 않았을지도요."

테드가 창밖을 내다보자 삶 전체가 눈 앞에 펼쳐진다. 기억은 참 희한하다. 우리의 감정을 편집한다.

"나는 여름 내내 그 친구를 웃기려고 했지……." 테드는 기억을 더듬는다.

"아까 그 펭귄 얘기도 했어요?" 루이사는 앓는 소리를 낸다.

"아니." 테드는 말하지만 자기도 모르게 미소를 짓는다.

생각해 보니 크리스티안의 장례식이 끝난 뒤 그들이 화가를 다시 삶 속으로 끌고 들어온 방법이 그거였다. 한 번씩 웃기기 작전. 테드는 루이사에게 여름방학 첫날에 화가가 오로지 요아르의 행복을 위해서만이라도 바다를 그려보겠다고 조그맣게 속삭였다고 알려준다. 하지만 그가 정작 그림을 그리기 시작한 건 6월 말이었다.

알리가 잔교에서 그의 옆에 누워 이렇게 말한 다음이었다. "네가 뭘 그려야 하는지 알겠어. 우리를 그려야 해!" 워낙 자기밖에 모르는 알리의 성격답게 그 말은 실은 "나를 그리라"는 뜻이라고 요아르가 당장 지적하고 나서지만, 알리는 그저 천연덕스럽게 어깨를 으쓱하고 말했다. "끼고 싶으면 끼어도 돼. 하도 쪼끄매서 어차피 제대로 보이지도 않을 테니까!" 그러자 요아르가 바다까지 그녀를 쫓아갔고, 알리는 어찌나 깔깔 웃었던지 물속에 들어간 뒤에도 웃음소리가 들릴 정도였다. 이렇게 해서 화가는 그들을 그리기로 했다. 그들의 모습이 아니라 그들이 그에게 선물하는 감정을 그리기로 말이다. 그림 제목은 「알리의 초상」이 되어야 한다고 생각한 알리를 놀리는 뜻에서 「바다의 초상」으로 정하기로 했다.

6월의 마지막 날에 화가는 크리스티안의 묘지를 찾아가 몇 시간 동안 혼자 앉아서 훗날 세계적으로 유명한 작품이 될 그림의 연필 스케치를 시작했다. 그런 다음 친구들과 함께 잔교로 가서, 테드의 집 화장실 수납장에서 훔친 약을 전부 배낭에서 꺼내 한 알씩 바다에 던졌다. 그러자 그의 친구들은 모두 일순간이나마 모든 게 잘될 수도 있겠다는 기분을 느꼈다.

"나는 그 친구가 그림 그리는 것을 보았을 때 신을 믿을 수 있었어." 테드는 열차에서 말한다.

그는 화가에 얽힌 기억이 너무나도 많다는 사실을 깨닫지만, 그의 머리가 거의 항상 선택하는 기억은 친구가 방금 동전을 주운 아이처럼 웃고 있는 모습이다. 그 넓은 아파트에서 마지막 시간을 보냈을 때 그는 소파에 앉은 테드 옆에 누워서 예술학교에 입학하고 유명해지기 전에 다닌 온갖 여행지에서 찍은 사진을 종종 보여주었다. 사진 속에서 그는 항상 옷에 물감을 묻히고 양손에 스프레이 페인트를 들고 두 눈에 영원을 담고 배와 바닷가, 상상으로 가득한 벽 옆에 서 있었다. 그는 전 세계를 돌아다니며 춤을 추고 자기만의 그림을 그렸고, 거기 그 소파에 누워 테드를 보고 미소를 지으며 자기가 죽었을 때 요절했다고 말하는 사람만 없으면 남들이 뭐라건 상관없다고 했다. 그는 1000년을 살았으니 말이다.

"저는 신에게 기도해 본 적이 없어요." 루이사는 불쑥 말한다.

"응?" 테드는 묻는다.

루이사는 다시 머리칼로 눈을 가리고 스케치북에 그림을 그리고 있다.

"저는 신에게 기도해 본 적이 없다고요. 하지만 아저씨처럼 악마에게 기도한 적은 있어요. 그래도 악마들은 피스켄을 데려갔지만."

눈물 두 방울이 종이 위에 떨어져 폭발한 자국 사이에서 그녀의 연필이 춤을 춘다.

"마음이 아프구나." 테드는 말한다.

"가끔 개가 이제는 여기 없다는 생각을 감당하려면 존나 힘들기도 해요." 그녀는 조그맣게 속삭인다.

테드는 그림이 담긴 상자를 턱으로 가리킨다.

"그 친구는 그 해골을 계속 그렸어. 그러면 자기 손끝에서 크리스

티안이 계속 살아 있는 것처럼 느껴져서. 어쩌면 너도 그럴지 모르겠
네. 예술은 다른 사람들에게 남기는 우리의 일부분이니까.”

루이사는 조그만 눈송이를 그린다.

“아저씨 고향에는 겨울에 눈이 많이 왔어요?” 그녀는 묻는다.

“응.”

“우리가 살던 데는 엄청 추웠던 적이 거의 없어요. 그런데 어느 해
겨울에 합선이라도 된 것처럼, 어느 날 밤에 미친 듯이 눈이 온 적
이 있거든요. 그날 피스켄하고 저는 몰래 집 밖으로 빠져나와서 눈
싸움을 했어요. 저는 제 몸이 너무 크니까 그렇게 싫을 수가 없단 말
이죠? 맞히기 워낙 쉬울 거 아니에요. 하지만 피스켄이 뭘 던지는 데
워낙 젬병이었기 때문에 당연히 아무런 상관이 없었어요. 정말 걔는
상자 안에서 상자를 맞히지도 못할 거예요. 차라리 뱀이 개보다 눈을
더 잘 던지겠다! 그러고 나서 걔가 눈사람을 만들었는데 진짜……
너무 못생겨서 편두통이 생길 정도였어요. 걔한테 눈사람을 실제로
본 적이 있긴 하냐고 물어봐야 했다니까요? 사람을 본 적이 있긴 한
지? 걔가 이건 현대식 눈사람이다, 네가 예술을 이해하지 못하는 거
다, 뭐 그러더라고요. 저는 하도 웃어서 목이 다 나가고. 그런 다음에
는 온 동네에 눈 천사를 만들었어요. 그날 밤만 떠올리면 겨울 내내
그런 일이 있던 것처럼 느껴져요. 마치 우리가 100일의 기억을 한꺼
번에 모은 것처럼. 그걸 다 펼치면 행복한 어린 시절을 만들고도 남
을 거예요…….”

열차가 터널 안으로 사라지자 세상이 멈춘다. 테드는 한참 동안 안
경을 닦고 테에 테이프를 새로 붙인다. 터널이 그들을 반대편으로 뱉
어내자 그가 말한다.

"그거면 충분하지 않을까? 나는 가끔 내 어린 시절이 열세 살과 열다섯 살 사이 2년이 전부라는 생각이 들 때가 있거든."

"그 2년을 다른 어린 시절과 통째로 바꾸라면 바꾸실래요? 그러니까 행복한 어린 시절인데 친구는 다른." 루이사는 궁금해한다.

"어린 시절 1000개를 준다 해도 그 바보들하고는 안 바꾸지."

루이사는 고개를 끄덕이고 눈송이를 100만 개 그린다.

"피스켄이 어느 책에서 봤다면서 천국에 가면 정말 좋았던 인생의 한순간을 선택해서 영원히 그때 느낌으로 살 수 있다고 했어요. 80살까지 살더라도 상관없다고, 10억 개의 서로 다른 지금일 뿐이고 정말 좋은 지금이 하나만 있으면 충분하다고 했어요."

"그럼 눈 오던 그날 밤이 너의 지금이니?"

루이사는 고개를 끄덕인다.

"아저씨는요?"

"잔교에서 보낸 아무 날."

"아저씨가 사랑했던 사람 중에 여러 명이 죽었어요?" 그녀가 뜬금없이 묻는다.

"응."

"저는 정말 운이 좋았네요" 그녀는 말한다.

"그게 무슨 말이니?"

"저는 사랑했던 사람이 별로 없거든요."

테드는 통로 저편의 엄마와 아기를 흘끗 쳐다본다. 하루는 더디 가는데 세월은 쏜살같다고 했던 그녀의 말에 대해 생각한다.

"제일 싫은 건 사람들이 죽는 게 아니야. 그들은 죽었고 나는 그들 없이 살아 있는 게 싫은 거지."

"그럼 담배를 피우기 시작해야 하는 거 아니에요?" 루이사가 조언한다.

"걔들이 너를 만나면 정말 좋아했겠다." 그는 폭소를 터뜨린다.

"걔들이라니요?"

"내 사람들 모두."

그들 옆자리에서 아기는 엄마의 품에 안겨 잠이 들었고 엄마는 아기의 숨결 속에서 꾸벅꾸벅 졸고 있다. 이 엄마가 옛날 옛적에는 지금과 다른 사람이었을지 몰라도 이제는 전화가 오면 항상 벨이 울리자마자 받는 사람이 되었을 것이다.

루이사도 그들을 흘끗 쳐다보다가 테드에게 묻는다.

"수위의 엄마가 선생님이었다고 했죠?"

"응. 대학에서 미술사를 가르쳤어. 하지만 내가 보기에는 솔직히 역사보다 소설을 더 좋아하셨지. 사실보다 신화 이야기를 훨씬 많이 하셨거든."

루이사는 눈썹을 치켜세운다.

"신화요? 동화 같은 거 말이에요?"

"응."

"그럼 그냥 동화라고 하지 왜 신화라고 해요?"

"그 둘이 서로 같은 건 아니니까."

루이사는 미간을 찌푸린다.

"그럼 신화 하나 들려줘요."

테드는 한숨을 쉰다.

"뭐…… 그래. 하나 들려줄게. 고대 그리스에 제욱시스와 파라시오스, 이렇게 두 화가가 살았어. 그 둘은 누가 가장 훌륭한 화가인지를 놓고 서로 시합을 벌였지. 제욱시스가 그린 포도는 어찌나 진짜 같았던지 하늘을 날던 새들이 내려와서 쪼아 먹으려고 할 정도였어. 그래서 승리를 자신한 그는 파라시오스를 돌아보며 이렇게 물었지. ‘이제 내가 가장 위대한 화가라고 인정하겠소?’ 하지만 파라시오스는 그저 미소를 지으며 이렇게 말했지. ‘이 커튼을 젖혀보시오, 그 뒤에 내 그림이 있으니!’ 그래서 제욱시스는 그 앞으로 다가가 커튼을 잡으려고 했지만 잡을 수가 없었어. 그 커튼이 그림이었거든. 그래서 제욱시스는 자기가 졌다고 인정하는 수밖에 없었어. 자기는 새를 속였지만 파라시오스는 자기를 속였으니까.”

테드는 말을 멈춘다. 루이사는 어리둥절해한다.

“그걸로 끝이에요?”

“응.”

“그러니까 그냥 좀 허접한 이야기가 바로 신화네요?”

“아니, 그게…….” 테드는 이 이야기의 교훈을 설명하려고 하지만 그럴 겨를도 없이 루이사가 끼어든다.

“요즘은 케이크로 그러잖아요. 방송 보면 신발인 줄 알았는데 알고 보니 케이크고. 자동차인 줄 알았는데 봤더니 케이크고. 또—”

“그래, 그래, 무슨 말인지 알아.” 테드는 한숨을 쉰다.

“아니, 그냥 포도일 뿐인데 아저씨가 하도 감탄하는 것 같길래요.” 그녀는 코웃음을 친다.

“너를 학생으로 만나면 아주 재미있겠다.” 그는 말한다.

“선생님으로 일하던 시절에도 학생들한테 그 신화 얘기해 줬어요? 그래서 칼에 찔렸을지 모른다는 생각은 해본 적 없어요?” 그녀가 묻지만 매정한 말투는 아니다.

"나는 칼에 찔렸을 때 율리우스 카이사르가 어쩌다 죽었는지 가르치던 중이었어." 테드는 곧바로 대답한다.

루이사가 씩 웃자 그는 그녀가 조금 기특해진다. 농담인 걸 알아차린 것이다. 잠시 후에 그녀가 묻는다.

"정말 다시 학교로 돌아가지 않을 거예요?"

그러자 테드는 학교 천장을 떠올린다. 다들 비명을 지르는 가운데 그는 교실 바닥에 쓰러져 천장을 올려다보았던 것에 대해 생각한다. 칼을 휘두른 아이는 그를 그 자리에 둔 채 도망쳤다. 멀리서 사이렌 소리가 들려왔지만 그는 그게 자신을 위해 출동한 구급차 소리인 줄은 몰랐더랬다. 구급차가 도착하자 그는 신세를 끼치고 싶지 않아 일어서 보려고 했다. 병원에 실려 간 뒤에는 의사들이 여기저기 더듬고 누를 수 있게 옆으로 돌아누웠는데, 그제야 몇 번을 찔렸는지 의사들도 알 수 없을 만큼 온몸이 피투성이라는 사실을 알아차렸다. 수술을 받고 깨어났을 때 그는 처음에는 충격으로, 그다음에는 죄책감으로 눈물을 흘렸다. 이 세상의 그 모든 훌륭한 사람들이 아무것도 아닌 이유로 노상 죽고 마는데, 그는 칼에 찔려도 죽지 않는단 말인가.

"응." 그는 조그맣게 속삭인다. "절대 돌아가지 않을 거야."

"그럼 대신 무슨 일 할 거예요? 개그맨이라도 하게요?"

"정치인이 돼서 사람 신경 건드리는 10대들은 기차를 못 타게 하는 법을 통과시킬 거야." 그는 툴툴댄다.

"뭐라고요?" 그녀는 외친다.

"봤지? 나도 재밌는 사람이라고." 그는 하품한다.

그녀는 심하게 눈을 굴리다 하마터면 바닥으로 떨어질 뻔한다. 잠시 후에 그녀가 묻는다.

"수위의 엄마에 대해서는 어떻게 그렇게 자세히 알아요? 교수님이었고 신화를 좋아했고 그런 거 말이에요."

테드는 거의 재채기만큼 요란하게 다시 하품한다.

"그해 여름이 끝나갈 무렵에 만났어, 다 같이. 사실 내가 교사가 된 것도 그분 때문이었지. 하지만 시작하자면 긴 얘기라……."

"으아, 안 돼요! 그리고 저 너무 바빠요!" 루이사는 고요한 객차 안을 손짓하며 말한다.

테드는 시계를 확인한다.

"눈 좀 붙이는 게 좋겠다. 이따 열차 갈아타야 하니까."

그는 눈을 감고 루이사는 약 10초 동안 그를 내버려둔다.

"좋아요. 하지만 거짓말하지 마세요." 그녀는 말한다.

"거짓말이라니?" 테드는 비몽사몽간에 묻는다.

"아저씨가 선생님이 된 건 수위의 어머니 때문이 아니라 올빼미 때문이에요. 아저씨는 세상을 좀 더 살기 좋은 곳으로 만들고 싶어 하는 그런 사람 중 한 명이니까요." 루이사는 정작 본인은 그걸 모른다는 데 거의 짜증을 내는 투로 말한다.

"고맙다." 그는 조용히 말한다.

"그분 만나러 가는 거예요? 크리스티안의 어머니? 우리 처음 만났을 때 아저씨가 어린 시절을 보낸 곳에 그림을 팔 수 있게 도움을 줄 만한 사람이 있다고 하셨잖아요. 그 사람이 그분이에요?"

"맞아. 그분이 집에 계시면." 테드는 시인한다.

"간다고 연락 안 드렸어요?"

"응."

그가 그녀에게 전화를 걸 일은 절대 없을 것이다. 그녀는 요즘도 전화벨이 울리면 누가 죽었나 보다고 생각한다.

"그럼 그분이 집에 안 계시면 어쩔 건데요? 그분이 그림을 못 팔아 주면 또 어쩌고요?" 루이사는 묻는다.

"글쎄다. 네가 방법을 생각해 주겠지."

"제가요?" 루이사는 경악하며 되묻는다.

"응. 나는 너를 믿거든." 그는 하품한다.

이로써 그가 그녀에게 건넨 가장 다정한 말이 바뀐다.

열차는 어둠을 가르며 덜커덩덜커덩 달리고 세상은 고요한데, 꿈나라로 떠나려던 테드가 혼잣말을 중얼거린다. "잘 자라, 귀신들아." 루이사는 그게 무슨 뜻이냐고 묻고 싶지만, 그는 피곤한 몸을 웅크리고서 벌써 곯아떨어졌다. 그래서 그녀는 한동안 그 옆에 앉아 말없이 그림만 그리며 기다리다 그의 숨소리가 느리고 차분해지자 조그맣게 속삭인다.

"죄송해요."

테드는 화가와 헤어진 이후 처음으로 단잠을 잔다. 열네 살로 돌아가 햇볕이 내리쬐는 바닷가 잔교에 누워 있는 꿈, 웃으며 손끝으로 서로를 찾는 꿈을 꾼다. 가장 행복했던 기억이다. 그는 심지어 열차가 멈추는 것도 알아차리지 못한다. 그러다 잠에서 깨어보니 옆자리에 그림만 있고 루이사는 보이지 않는다.

29

피스켄은 친절한 사람들이 최악이라고 입버릇처럼 말했다. 못된 사람들의 경우에는 적어도 어떤 부류의 인간인지 파악이 되는데, 친절해 보이는 사람은 얼마나 위험해질 수 있는지 끝을 알 수 없다고 했다.

루이사는 슬그머니 열차에서 내려 승강장으로 나선다. 자기가 얼마나 하찮은 존재인지 아는 사람은 쉽게 투명인간이 될 수 있기에 그녀의 실루엣은 따뜻한 물속의 설탕처럼 어둠 속으로 스며든다. 그녀는 손을 들어 흔든다. 우스워 보일지 몰라도 다시 또 언제 손을 흔들어줄 상대가 생길지 모르니 이번 기회를 놓치고 싶지 않다.

그림은 열차에 두고 내렸다. 그걸 가질 생각은 한 번도 한 적 없었지만 그가 순순히 받아들일 리 없다는 것을 알았다. 이제 그에게는 선택의 여지가 없을 것이다. 루이사는 완벽한 두뇌의 소유자가 아니다 보니 이것이 완벽한 계획은 아니고, 사실 그녀는 몇 정거장 전부터 그와 헤어질 생각을 하고 있었다. 그러지 않았던 이유는 오로지 그와 친구들 이야기를 끝까지 듣고 싶었기 때문이었다. 몇 정거장 더 기다릴 수도 있었지만 감히 그러지 못한 건, 지금까지는 요아르가 살아 있기 때문이다. 그리고 그녀는 그런 사람들의 이야기는 어떤 식으로 끝이 나는지 안다.

"뛰지 마. 사라지고 싶을 때는 걸어. 화장실에 가는 것처럼!" 그녀의 머릿속에서 피스켄이 속삭인다. 피스켄은 사라지는 데 도가 터서 여기저기 몰래 들어갔다가 경비와 경찰에게 수백 번 쫓겼지만 항상 잡히지 않고 잘 도망쳤다. "힘을 풀고 온몸의 근육을 말랑말랑하게, 요리조리 잘 빠져나갈 수 있게 만드는 게 핵심이야. 비누가 된 것처럼!" 이 설명을 듣고 루이사가 비누는 딱히 말랑말랑하지 않다고 짚고 넘어가자 피스켄은 이렇게 쏘아붙였다. "그럼 물비누라고 해! 내 이야기 망치지 말고!"

피스켄은 이야기를 좋아하니, 그들과의 열차 여행도 좋아했을 것이다. 그래서 루이사는 지금 도망쳐야 한다. 테드 옆에 앉아 있으니 너무 좋았다. 루이사 같은 인간에게 그렇게 좋은 일이 벌어질 리가 없다. 함정이 아닌 이상 그럴 리 없다.

그녀는 선로를 등지고 서둘러 걸음을 옮긴다. 여기가 어느 역인지도 모르겠지만 상관없다. 돌아갈 곳이 없으니 사라질 거면 여기에서 사라지는 것도 나쁘지 않다.

비누로 변신! 피스켄이 그녀의 머릿속에서 키득대자 루이사는 지금은 농담할 때가 아니라고 소리를 버럭 지르고 싶어진다. 하지만 대신 어둠을 향해 "보고 싶다, 멍청아"라고 속삭인다. 그런 다음 아무

도 없는 개찰구를 지나고 아주 천연덕스럽게 모퉁이를 돌아서 계단
을 몇 개 깡충깡충 내려간다. 이미 늦어버리기 전까지 울리는 발소리
를 듣지 못하고 두 남자도 보지 못한다.

30

"남자들 눈에 띄는 것보다 더 위험한 것도 없어." 피스켄은 이렇게 말했지만 정작 자기는 그런 방면에 취약했다. 두말하면 잔소리지만 그녀는 모두의 눈에 띄었다. 가끔 술이나 약에 취하면 그녀는 스크루드라이버를 쥐고 침대에 누워서 루이사에게 중얼거렸다. "남자는 믿으면 안 돼. 남자 화장실 바닥 본 적 있어? 그런 종족들이 정치를 좌우한다고? 차를 운전한다고? 오줌도 똑바로 못 싸는 인간들에게 세상의 모든 운전대를 맡겨도 될까? 말 한 마리도 맡기면 안 돼!" 하지만 그녀는 졸리고 슬프면 어둠 속에서 속삭이곤 했다. "남자는 믿으면 안 돼, 루이사. 그들은 사랑하기가 너무 쉬워."

피스켄은 항상 누군가에게 반했다. 그녀에게 짝사랑은 그녀가 하는 약과 같아서 당겨쓰는 행복이었다. 그녀의 심장이 이자까지 매겨서 그 대가를 치렀다. 세상은 가시투성이라 그녀는 계속 상처를 입었다. 냉소적인 척 루이사에게는 아무도 믿지 말라고 했지만, 파헤치고 보면 피스퀜의 가장 큰 문제는 해피엔드를 믿는다는 것이었다. 그래서 그렇게 쉽게 상처를 받았다. 그녀는 천재적인 남자에게 잘 반했지만 그렇지 않은 남자도 많았다. 다정한 남자가 최악이었다. 그들은 그녀를 차로 태워다 주었고 가끔 선물도 주었다. 루이사는 그들의 선물이 보석이나 시계에 그치길 바랐지만 그들은 그보다 더 잔인한 것, 약속을 줄 때가 많았다. 그들은 아내나 여자친구를 떠나 그녀와 함께 삶을 꾸리겠다고 했지만 당연히 그런 일은 없었다. 루이사는 한밤중에 옆에서 잠든 피스퀜을 보고 있노라면 모든 남자가 왜 이 친구를 위해 아내 곁을 떠나지 않는지 이해가 되지 않았다. 세상에 그녀보다 훌륭한 사람은 없었다. 아니, 거의 없었다. 뭐, 아침에는 예외일 수도 있었지만.

피스퀜의 유일한 단점이 있다면 아침을 요란하게 시작한다는 것이었다. 항상 행복한 얼굴로 눈을 뜨기 때문인데, 그건 아침이 어떤 시간인지 철저하게 착각한 데서 비롯되는 현상이었다. 평범한 인간에 속하는 루이사가 자다 일어나 보면 피스퀜은 그날이 1년을 통틀어 가장 기쁜 날이라도 되는 듯 항상 침대 위에서 깡충깡충 뛰고 있었다. 그러다 시간이 지날수록 점점 우울해했고 급기야 저녁이 되면 시든 꽃처럼 변해서 활짝 피어나게 하려면 빛을 있는 대로 비추어야 했다.

그해 초봄, 온종일 해가 쨍하던 그녀의 열여덟 번째 생일날, 루이사가 비틀거리는 고물 자전거 뒷자리에 그녀를 태우고 그늘에 이빨이라도 달린 것처럼 빛을 쫓아다니는 동안 그녀는 미친 듯이 웃었다. 해가 지기 시작하자 루이사는 친구의 표정이 어두워지는 것을 보고 그보다 더 황홀할 수 없는 짓을 저질렀다. 온갖 동화가 있는 도서관에 몰래 들어간 것이다.

물론 루이사는 어디 몰래 들어가는 것을 피스켄만큼 잘하지 못했으니 엄밀히 따지면 몰래 들어갔다기보다 나가지 않고 숨어 있었던 것에 가까웠다. 그래도 전문용어로 하자면 몰래 들어간 게 맞다고 볼 수 있다. 하지만 그녀의 선물은 몰래 들어간 게 아니라 계획 그 자체, 그러니까 루이사가 계획을 세우느라 얼마나 공을 들였는지 피스켄이 알아차린 순간이었다. "내가 네 머릿속에서 이 정도로 많은 공간을 차지하고 있을 줄은 몰랐어." 피스켄은 이렇게 말했다. "내 머릿속 여기저기에는 항상 네가 있는걸." 루이사는 대답했다. "내가 거기다 내 장갑을 빠뜨렸니? 계속 여기저기 찾아다니고 있었는데!" 피스켄은 씩 웃었다. "쉬이잇!" 방금 경비원 소리가 들렸기에 루이사는 이렇게 대답했다.

그 계획은 바보 같은 동시에 간단했다. 도서관 문을 닫을 때 화장실 맨 마지막 칸에 숨어 있자는 거였다. 하지만 당연히 경비원들이 들어왔다가 화장실 한 칸의 문이 잠겨 있는 것을 알아차렸고, 두 소녀는 서로 끌어안고서 비좁은 변기 시트 위에 앉아 숨을 참았다.

처음에 경비원이 고함을 지르며 잠긴 문을 어찌나 세게 두드리던지 루이사는 불안해서 미칠 것 같았다. 대답이 없자 그는 가서 공구를 들고 와 몇 분 동안 문 앞에 서서 나사를 풀었고, 마침내 잠금장치가 딸깍하고 열리자 루이사는 소스라치다가 하마터면 소리를 지를 뻔했다. 경비원은 주먹을 불끈 쥐고 의기양양하게 문을 열어젖혔고, 피스켄은 손으로 루이사의 입을 막았다. 둘의 심장이 어찌나 쿵쾅거렸던지 경비원들이 그 소리를 듣지 못한 게 이해가 되지 않을 정도였다.

"내가 뭐랬어! 문이 저절로 잠긴 거라니까!" 다른 경비원이 투덜 댔다.

첫 번째 경비원은 놀란 눈으로 아무도 없는 화장실 안을 빤히 들여다보았다.

"분명 무슨 소리를 들었는데……." 그는 우물거렸다.

"이제 그만 가자고. 퇴근해야지. 경기 시작할 시간 다 됐어." 두 번째 경비원이 말했다.

이렇게 그들은 떠났다. 자랑하려는 게 아니라 그 계획은 너무 바보 같아서 천재적이었다. 루이사는 모든 화장실 문이 열려 있으면 경비원들이 일일이 들여다보겠지만 딱 하나만 잠겨 있으면 다른 문을 굳이 열어보지 않을 거라고 판단했다. 어떤 바보가 열려 있는 문 뒤에 숨을 생각을 하겠는가.

"너 진짜 짱이다, 야텐! 내가 전에 이 말을 한 적이 있던가?" 피스켄은 잠시 후 화장실에서 나와 어두컴컴하고 아무도 없는 도서관으로 들어가며 씩 웃었다. 그녀는 담배에 불을 붙여서 물고 있었고, 루이사는 주인의 시리얼 그릇에 죽은 쥐를 가져다 놓은 고양이보다 더 뿌듯한 표정을 짓고 있었다.

"너한테 어떤 남자도 준 적 없는 선물을 하고 싶었어." 그녀가 미소를 짓자 피스켄이 손을 잡아주었다.

그들은 서가의 바다 속에서 책의 파도를 넘나들었고 루이사는 그렇게 조용한 공간은 처음이었다. 조용한 곳을 좋아하는 피스켄이 항상 소음이 있어야 하는 루이사와 친구라니 정말 말도 안 되는 거였다. 사실 그녀가 소음 그 자체였다. 말을 하고 있지 않으면 콧노래를 불렀다. 죽음이 두려운데 죽음은 고요하기 때문이었다. 하지만 얼마 동안은 그녀도 정적을 반겼다.

이윽고 그들은 게임을 했다. 처음에는 인류가 말살된 좀비 영화에 출연한 척했다가 숨바꼭질로 바꾸었는데, 피스켄이 워낙 잘 숨어서 루이사가 겁에 질려버렸으니 어처구니없을 만큼 바보 같은 선택이었다. "못 찾겠다, 꾀꼬리!" 그녀는 어둠 속에서 다급하게 속삭였다가 피스켄이 "뭐라고???" 하며 뛰쳐나오는 바람에 하마터면 죽을 뻔했다. 루이사가 놀라서 꺅하고 비명을 지르자 피스켄은 "쉬이이잇!" 하며 나지막이 속삭였다. 그러고 나서 둘은 바닥에 드러누웠고 피스켄은 소리 내서 책을 읽었다. 그녀가 도서관에서 가장 좋아하는 것은 동화였지만 루이사가 가장 좋아하는 것은 피스켄의 목소리이기 때문이었다.

"걱정 마, 얘는 주인공이라서 죽지 않을 거야! 동화에서는 주인공이 절대 죽지 않아!" 피스켄은 특별히 좋아했던 책을 읽어주면서 이렇게 설명했다.

그녀의 말은 틀렸다. 그들의 동화에서는 죽은 사람이 피스켄이었지 않은가.

그날 밤 도서관에서 배가 고파지자 그들은 아무도 없는 구내식당으로 가 콜라를 마시고 머핀을 먹었다. 피스켄은 엄밀히 따지면 그건 도둑질이 아니라고 했다. "여기는 도서관이잖아, 그치? 그러니까 빌린 거지." 밤새 그 안에 있을 수도 있었는데, 호기심이 발동한 피스켄이 '비상구'라고 적힌 문을 열고 말았다. 그러자 경보가 울렸다. 루이사는 화장실에 있다가 바지를 발목까지 내린 채로 뛰쳐나와 그건 별로 영리한 선택이 아니었다고 지적했다. 그러자 피스켄이 중얼거렸다. "그냥 문을 열면 어디가 나오는지 궁금해서 그랬어!" 루이사가 '비상구'라고 적힌 팻말을 요란하게 가리키자 피스켄은 말했다. "그래, 하지만 **어디로** 나가는 비상구냐고?"

그 둘은 천재적이지만 늘 그런 건 아니라는 사실을 감안했을 때 달리기라도 잘하니 그나마 다행이었다. 적어도 루이사가 바지를 올려서 입은 뒤에는 말이다.

집으로 가는 길에 그들은 손을 꼭 잡았고 피스켄은 새벽 첫 햇살을 두 눈에 담고서 말했다. "내가 여든 살까지 산다 해도 상관없어. 죽을 때까지 이 순간이 나의 지금일 테니까." 루이사가 가장 그리워하는 것이 그것이다. 날이면 날마다 가장 행복한 날일 수는 없겠지만 피스켄과 함께 있으면 적어도 그런 날일 가능성이 생겼다.

"죽음을 두려워하면 안 돼, 야텐!" 위탁 가정에 거의 다다랐을 때 피스켄은 이렇게 말하고 하늘을 가리켰다. "저 태양을 봐, 매일 아침 저렇게 솟아오르다니 정말 말도 안 되지 않아? 야텐, 안 그러냐고! 우리가 여기 있다는 것도 정말 말도 안 되지 않냐는 말이야!" 그러더니 피스켄은 으르렁대고 울부짖고 루이사를 향해 얼굴을 찡그리며 인간이 그 모든 걸 할 수 있다니 얼마나 말도 안 되는지, 인체가 얼마나 황당한지 보여주었다. "심지어 우리가 존재한다는 것부터가 진짜 믿을 수 없는 일이지 않아? 그러니까 더는 존재하지 않게 된다 해도 비극이 아니야! 우리라는 사건이 벌어졌다는 사실이 그냥 멋진 일, 정말 멋진 일일 뿐이야."

그녀가 죽은 뒤로 루이사는 거의 매일 밤 어둠 속에서 비명을 지르며 눈을 번쩍 떴다. "못 찾겠다, 꾀꼬리!"

사랑하는 사람을 약물 과다복용으로 잃어본 사람은 모두 똑같은 형벌을 겪는다. 날마다 매 순간 소중한 사람의 곁을 지켰다면 그런 일은 절대 벌어지지 않았을 거라고 생각하는 것. 그건 죽을 때까지 우리의 잘못이다.

루이사와 피스켄은 인생을 함께 보냈지만 막판에는 별개의 인생을 살기도 했다. 루이사는 학교의 다른 여학생들을 따라 하느라 그들처럼 화장하고 그들처럼 옷을 입었지만 당연히 비웃음만 샀다. 그들이 입는 브랜드 옷에는 루이사의 사이즈도 없었다. 그녀는 무엇보다 그들의 자신감이 부러웠다. 그들은 가족이 있었고 어느 공간에 들어가든 자기 자리가 있다는 믿음을 물려받았기에 자신의 정체성에 의문이 없었다. 루이사는 실험실에서 태어난 쥐로 살아가는 심정이었다. 다른 여학생들은 방학이 끝나고 개학하면 여행과 음식점과 바닷가에 다녀온 이야기를 했다. 그들은 모두 수영을 할 줄 알았고 롤러스케이트를 탈 줄 알았고 젓가락으로 음식을 먹을 줄 알았다. 그중한 명이 루이사에게 '사시미'를 좋아하느냐고 물었을 때 그녀는 새로 나온 그룹 이름인 줄 알고 "응! 걔네 노래 계속 듣고 있어!"라고 대답했다. 그들의 웃음소리는 마치 산탄총 총알 같았다.

한번은 그녀가 생일파티에 초대받은 적이 있었다. 물론 실수로 그렇게 된 거였다. 어떤 아이 어머니가 일일이 살피지 않고 같은 반 여학생을 전부 초대했던 것이다. 그래도 몇 시간 동안 재미있었다. 다같이 콜라를 마시고 영화를 보고 남자아이 이야기를 했고, 루이사는 한 마디도 하지 않았지만 거의 정상인에 가까워진 기분을 느꼈다. 그러다 한 아이의 지갑이 없어졌을 때, 다들 그녀를 쳐다봤다. 지갑은 침대 뒤에 떨어졌던 것으로 밝혀졌지만 루이사는 그들 눈에 자신이 어떻게 보였는지 이미 확인한 뒤였다. 그녀는 그들과 같은 과가 아니었다. 그 뒤로 루이사는 모든 노력을 중단했다. 실망보다는 외로움이 나았다.

피스켄은 다른 데서 소속감을 느끼려고 했다. 학교에 가는 대신 어두컴컴한 골목과 시커먼 구멍 속으로 사라졌고 술병과 약물의 안개 속에서 연상의 친구들을 찾았다. 루이사는 따라가려고 했다가 거부당하면 가끔 상처를 받았지만 피스켄은 농담처럼 말했다. "내일 아침에 우리 둘 다 숙취로 해롱대면 나를 보살펴 줄 사람이 없잖아." 그녀는 밤에 위탁 가정으로 돌아오면 방 불을 모두 끈 다음에야 옷을 갈아입었다. 긴소매 옷을 입고 잠을 청했다. 한번은 그녀가 이런 말을 한 적이 있었다. "야텐, 너한테는 내 가장 못난 모습을 보여주고 싶지 않아. 네 머릿속에는 가장 잘난 모습으로 남고 싶어."

피스켄은 현실을 감당하지 못할 만큼 싫어했기에 그녀를 구하려는 것은 그물로 연기를 잡으려 하는 것과 같았다. 두 아이는 한 침대를 썼지만 그래도 서로에게서 점점 멀어졌다. 피스켄의 열여덟 번째 생일이 지나고 며칠 됐을 때 위탁 가정의 어른들이 그녀의 배낭에서 온갖 금붙이와 시계를 발견했다. 피스켄은 당연히 어디서 난 건지 밝히기를 거부했고 그러자 어른들은 경찰에 신고했다. 목걸이 중 하나는 어느 친절한 남자가 준 거였는데, 원래는 그 남자의 아내 것이었고, 그가 피스켄에게 준 다음 보험금을 받으려고 도난 신고를 했다. 경찰 측에서 수사에 착수했다. 피스켄은 더 이상 위탁 가정에 있을 수 없었다. 그곳의 어른들이 그녀를 책임지지 않겠다고 거부했다. 그래서 그녀는 그 도시와 밤 속으로 삼켜졌다. 루이사도 함께 도망치고 싶었지만 피스켄이 안 된다고 했다. 그녀는 아직 열일곱 살이라 경찰이 찾으러 다닐 거라고 했다. 루이사는 그때 그 말을 들은 자기 자신이 얼마나 원망스러운지 모른다. 피스켄은 마지막으로 그녀의 뺨에 입을 맞추고 장담했다. "걱정 마. 다 잘될 거야. 우리의 동화는 이제 막 시작됐는걸."

며칠 밤이 지났을 때 막 해가 뜰 무렵 도서관 청소부가 출근했다. 그녀가 동화책 사이에 웅크리고 누워 있는 피스켄을 발견했다. 위탁가정에 연락한 경찰이, 사인은 약물 과다복용이지만 잠을 자다가 평화롭게 숨을 거두었다는 의사의 진단을 전했다. 그녀의 몸은 당겨 쓴 행복으로 가득했다.

31

루이사는 계단에서 문득 걸음을 멈춘다. 저 아래 도로에 정차한 자동차 옆에 서 있는 두 남자가 보이고, 그들의 담배 냄새도 풍기고, 그들이 무슨 말을 하고 있는지는 모르겠지만 귀에 거슬리는 웃음소리로 미루어 짐작하건대 좋은 내용일 리 만무했다. 형편없는 위탁 가정은 아이에게 여러 가지를 가르치지만 그중에서도 으뜸이 위험 감지 능력이다. 그녀는 입안에서 피 맛을 느끼고 그제야 자기가 얼마나 세게 입술을 깨물고 있는지 알아차린다. 계단을 흘끗 올려다보지만 되짚어 달려가 봐야 아무 의미 없을 것이다. 이제 곧 열차가 요란한 소리와 함께 승강장에서 출발할 테고 그녀는 제때 돌아갈 수 없을 것이다. 여기에서는 아무도 보이지 않고, 가장 가까운 집도 한참 멀리 있고, 세상이 계속 작아져 그녀와 두 남자만 남는다. 이보다 더 위험한 상황은 없다.

"잠깐! 잠깐! 조용히 해봐……." 도로에 서 있던 두 남자 중 한 명이 갑자기 외친다.

"왜?" 다른 남자가 툴툴대는데, 루이사가 들어보니 술에 취한 목소리다.

"무슨 소리가 들린 것 같아서. 아니다, 아무것도 아니겠지." 첫 번째 남자가 말한다.

인간의 뇌는 스트레스를 받으면 바보 같은 짓을 숱하게 저지른다. 전혀 협조하지 않는다. 그녀의 머리에서 갑자기 도서관 화장실 바닥을 뱀처럼 기어서 칸막이 아래 공간을 지나 옆 칸으로 넘어갔던 때를 생각해 보라며, 테드가 그걸 알게 되면 얼마나 혐오스러워하겠느냐고 속삭인다. 그녀는 웃음이 터지지 않도록 손으로 입을 막는다. 멍청하고 멍청한 머리 같으니라고. 계단에 드리워진 그림자가 그 긴 팔로 친절하게 그녀를 감싸 안고 있어서 천만다행이다. 그녀는 벽에 바짝 붙어서 자동차와 반대편으로, 한 번에 두 개씩 계단을 서둘러 내려간다. 남자들이 그녀를 보았는지 알 수 없지만 가로등을 지나자마자 시커먼 구멍 같은 밤이 그녀를 맞이한다.

이제 더는 등 뒤로 열차가 보이지 않고 열차가 승강장에서 출발하는 소리도 들리지 않지만, 그녀는 테드가 자기 자신과 그림을 두고 떠난 그녀를 미워하지는 않길 바란다. 테드의 가장 끔찍한 점이 뭔가 하면, 착해 보이지만 못된 사람일지 모른다는 게 아니라 정말로 착한 사람일지도 모른다는 것이다. 그가 그녀를 믿는다는 둥 하지 않았더라면 얼마나 좋았을까. 그건 너무 큰 부담이다. 그녀가 줄 수 있는 건 실망뿐이다.

해가 뜨려면 아직 몇 시간이 남았고, 기차역 불빛 너머의 도로는 칠흑 같고 완벽하게 고요하다. 그녀는 배낭끈을 꼭 쥔다. 그녀는 열여덟 살이고 혼자다. 실종된 게 아니라 그냥 떠난 거다.

　잠시 후 한 남자의 고함이 들린다. 다른 남자의 고함이 그 뒤를 잇는다. 그러자 그녀는 달린다.

32

테드는 기분 좋은 꿈을 꾸고 있다. 이름 모를 어느 날이 등장하는 꿈이다. 정말 행복했던 여름방학은 사실 첫날과 마지막 날, 이렇게 단 이틀뿐이라야 한다. 그사이의 모든 날에는 이름이 없어야 하고, 화요일이든지 일요일이든지 상관없어야 한다. 행복한 여름날은 온통 자전거와 만화책과 짠물, 얼굴 가득 햇볕을 맞으며 흘려보낸 시간으로 이루어진다. 그리고 한두 번의 조그만 방귀와 한두 번의 조그만 웃음.

"그거 색칠 안 해?" 요아르는 아침 일찍 잔교로 나선 날, 화가의 그 작품이 될 스케치를 보고 궁금해했다.

"물감이 없어." 화가는 우울해하며 실토했다.

꿈속에서 다른 친구들은 모두 열네 살이지만 테드는 어른이다. 그때 그렇게 느꼈기 때문이다. 그런 그가 물었다.

"물감이 얼만데?"

"엄청 비싸." 화가는 말했다.

"씨발, 물감이 비싸봐야 얼마나 비싸겠냐?" 요아르는 코웃음을 치고 씩씩하게 반바지 주머니를 뒤지기 시작했다. 거기보다 캥거루 주머니에 돈이 들어 있을 가능성이 더 컸으니 매우 칭찬할 만한 태도였다.

그래서 화가는 심호흡을 크게 한 번 하고 정확히 얼마인지 알려주었다. 시내에 있는 미술용품점 쇼윈도에 전시된 모든 제품의 가격을 외운 참이었다. 그러자 세 명의 친구들은 심장마비를 최소 여섯 번씩은 경험한 듯한 표정을 지었다.

"물감값이 그렇다고?" 알리는 고함을 질렀다.

"와 씨, 그림 그리는 사람들은 다 백만장자냐?" 요아르는 놀라워했다.

"신경 쓰지 마, 됐어." 화가는 우울하게 말했고, 이렇게 해서 그 작품은 하마터면 탄생하지 않을 뻔했다.

"그리고 그 천 쪼가리도 필요하지 않아? 그 위에다 물감 칠하는 거 말이야. 그건 얼마야?" 요아르가 물었다.

"캔버스 말이야?" 알리가 비웃었다.

"캐앤버어스 말이야?" 요아르는 볼멘소리로 그녀를 흉내 냈다.

"그게 얼마냐고 물어보는 이유가 뭐야? 어차피 더하기도 못하면서." 그녀는 씩 웃었다.

요아르는 가운뎃손가락을 들고 그녀에게 그게 몇 개인지 세어보라고 했다. 알리는 그 깜찍한 손가락보다 더 굵은 성냥개비를 본 적 있다고 대꾸했다. 요아르는 그 말에 자기가 왜 그렇게 발끈하게 되는지 사실 알지 못했다.

"신경 쓰지 마." 화가가 조용히 다시 말했지만, 알리가 요아르에게 돌멩이를 던지는 바람에 아무도 그 말을 듣지 못했다.

별로 세게 던진 건 아니었지만 그의 귀에 맞았고 요아르는 귀가 예민했다. 그래서 그는 물속까지 그녀를 쫓아 들어갔다. 흠뻑 젖어서 기진맥진한 몸을 이끌고 10분 뒤에 다시 잔교 위에 나란히 누웠을 때 알리가 말했다.

"우리, 일을 해볼까?"

"어떤 일? 소원 비는 우물 속 동전 털기?" 요아르가 말했다.

놀랍게도 그때 의견을 내놓은 사람이 테드였다. 그리고 놀랍게도 제법 그럴듯한 의견이었다.

꿈속에서 그들은 슈퍼마켓 앞 큼지막한 주차장으로 순간 이동한다. 하지만 실제로는 거기까지 걸어갔을 것이다. 그게 아니라 자전거를 타고 갔나? 그랬다면 요아르가 자전거를 훔쳤을까? 테드는 도무지 기억이 안 나지만 꿈에서는 상관없다. 실제로는 그들 모두 두려움과 슬픔으로 가득했고 조만간 장례식이 한 번 더 열리겠지만 여름의 그날에는 아직 행복하다.

"왔다! 가서 저 할머니에게 물어봐!" 요아르가 말하며 알리를 앞으로 떠밀었다.

"알았어, 알았다고!" 알리는 쏘아붙이고, 테드와 화가에게는 숨으라고 했지만 요아르에게는 이렇게 지시를 내렸다. "너는 지금 그 자리에 가만히 있어."

요아르는 그녀가 시킨 대로 하는데, 아무리 꿈속이라지만 살짝 기적 같은 일이었다. 슈퍼마켓 카트는 전부 쇠 지네처럼 체인으로 묶여 있어서 동전을 넣어야 꺼내 쓸 수 있었는데, 테드가 힌트를 얻은 지점이 여기였다. 알리는 아주머니에게 다가가 둘도 없이 순진한 미소를 지으며 말했다.

"죄송한데 제가 지금 지폐밖에 없어서요. 카트에 넣을 동전 하나만 빌릴 수 있을까요?"

아주머니가 미심쩍어하는 표정을 짓자 알리는 얼른 요아르 쪽을 턱으로 가리키며 말했다.

"엄마가 저랑 남동생한테 심부름을 시키면서 깜빡하고 동전을 안 주셨어요. 사고를 당하신 뒤로 자꾸 깜빡깜빡하셔서……."

인정할 건 인정하자면 알리는 꿈속에서든 현실에서든 연기의 귀재였다. 실제로 눈물까지 글썽였다. 아주머니는 동전을 주었고 알리가 돌아오자 요아르는 유니콘 똥이라도 되는 듯 동전을 빤히 쳐다보았다.

"이게 뭐야? 거저 생긴 돈이야? 이런 걸 왜 이제야 생각해 내냐는 말이야, 테드!"

그는 테드의 등을 토닥였고 테드는 칭찬과 비난 사이에서 갈피를 잡지 못했다. 잠시 후에 알리가 열띤 목소리로 외쳤다.

"왔다! 가서 물어봐!"

요아르는 다음번 여자에게 다가갔고 순조롭게 목적을 달성했다. 사실 너무 순조롭게 달성했다. 여자는 너무 귀엽게 생겼다며 요아르의 볼을 꼬집었고 같이 들어가서 대신 장을 봐주겠다고 했지만, 요아르는 분명하게 느낄 수 있었다. 여자가 진심으로 원하는 건 그를 집으로 데려가 지하실에 가두는 것이라는 것을. 그다음으로 노인이 등장하자 알리가 접근했고 지갑을 통째로 넘겨받을 수도 있었는데 그의 아내가 등장했다. 결국 노인은 된통 혼이 났다. 테드는 노인의 성별에 관계없이 대체로 실패하는 편이었다. 화가는 딱 한 번 시도했다. 상대는 혼자 차에 앉아 있던 남자였다. 그는 웃으며 글러브박스를 뒤지더니 집에 돈이 있다며 화가에게 자기랑 같이 집에 가지 않겠느냐고 했다. 그가 창밖으로 손을 내밀어 화가의 뺨을 쓰다듬자 그는 그 자리에서 얼어붙었다. 알리는 20미터 떨어진 곳에 서 있었지만 그런 남자는 2킬로미터 밖에서도 간파할 수 있기에 고함을 질렀다. "조심해!"

어느 곳에 있건 간에 이 마법의 주문을 외치면 순간 시간이 멈춘다. 주차장에 있던 모든 사람이 걸음을 멈추고 주위를 두리번거렸고, 남자는 화들짝 놀라며 화가에게서 손을 뗐고, 화가는 그 틈을 타서 도망쳤다.

아이들은 이후에 잠시 숨을 돌렸다. 경비가 의심스러워하는 표정을 지으며 주차장으로 나오길래, 그들은 슈퍼로 들어가는 것이 가장 덜 의심스러워 보이겠다는 결론을 내렸다. 슈퍼 안에 들어가면 동전을 준 할머니들을 만날 테니 카트를 끌고 가야 한다고 짚은 사람은 테드였다.

"가끔 보면 너도 존나 똑똑할 때가 있단 말이지." 알리는 미소를 지었다.

그 말을 듣고 테드의 키가 얼마나 커졌던지 들어가면서 문 꼭대기에 머리를 부딪치지 않은 것이 기적이었다.

요아르는 카트에 앉았고 화가가 카트를 밀었고 알리가 진열된 이런저런 상품을 가리키면 테드가 달려가서 집어 왔다. 경비가 의심하지 않게 동전을 써서 쿠키 작은 것 한 봉지와 탄산음료 몇 개를 카트에 넣었지만 그보다 각자의 배낭에 챙긴 것이 더 많았다. 코너를 돌았을 때 화가가 머뭇거리며 페이스트리를 사도 되느냐고 물었다. 그의 입에서 배고프다는 소리가 나온 것이 몇 달 만에 처음이었다. 테드는 남은 평생 데니시페이스트리를 사랑하게 될 것이었다.

요아르는 어느 진열대 앞에 서서 자기가 좋아하는 각종 디오더런트의 냄새를 모조리 맡다가, 전혀 다른 진열대로 자리를 옮겼을 때 갑자기 물었다.

"야, 알리, 이건 어떻게 쓰는 거야?"

알리는 그가 가리킨 탐폰을 빤히 쳐다보았다.

"진심이야? 그걸 어떻게 쓰느냐고?"

요아르는 얼굴을 붉혔지만, 호기심으로 민망함을 누르고 툴툴대며 말했다.

"그래. 그렇게까지 바보 같은 질문인가? 그러니까 내 말은…… 그냥 쑤셔 넣으면 돼? 어…… 위로 끝까지?"

순간 알리는 거의 존경스러울 지경인 그의 무지함에 연민 비슷한 것을 느꼈는지, 많이 가르치려 들지는 않는 말투로 이렇게 말했다.

"아니면 뭐겠어? 입으로 삼켜서 얘네들이 밑으로 내려갈 때까지 기다리겠어?"

요아르는 중얼거렸다.

"하지만…… 빠져나오지 않아? 이를테면 걸을 때 말이야. 조그만 고리 같은 게 달려 있나 싶었는데."

알리는 이러다 속눈썹이 양말을 스치겠다 싶을 만큼 천천히 눈을 깜빡였다.

"뭐…… 고리? 너 진짜 바보야? 그럼 그 고리를 어디에 걸려고 그러는데? 탐폰이 왜 **빠져나오겠어**?"

이즈음에 테드와 화가는 그녀를 따라잡았지만 무슨 대화가 오갔는지 전혀 듣지 못했다. 하지만 요아르는 맥락을 전혀 모르더라도 얼마든지 자기만의 확고한 의견을 가질 수 있다고 생각했기에 이렇게 물었다.

"테드! 너는 탐폰이 무슨 수로 빠져나오지 않는다고 생각해?"

테드는 그러다 몸이 녹아서 하수구로 흘러 내려갈 수도 있겠다 싶을 만큼 거북한 표정을 지었다. 잠시 후에 그가 웅얼거렸다.

"계속…… 힘을 주고 있는 거 아닐까?"

알리가 어마어마하게 실망한 표정을 짓자 테드는 본능적으로 고개를 수그렸다.

"여자들이 생리하는 **내내** 힘을 주면서 돌아다니겠다고? 야, 너 지구에 오늘 처음 왔냐? 뇌보다 불알이 더 큰 새끼 아니야!" 그녀는 쏘아붙였다.

이 말을 듣고 남자아이 셋은 모두 무시당한 건지 아닌지 잘 모르겠을 때 그러듯 어리둥절한 표정을 지었다. 그녀는 그들 모두 아이를 낳지 않으면 좋겠다고, 혹여나 그들에게서 아이가 태어난다면 인류 역사상 가장 멍청한 아이가 될 거라고 중얼거렸다. 요아르는 농담인지 뭔지 파악하려는 듯 그녀를 유심히 들여다보았다. 그러다 잠시 후 아주 너그러운 선생님 같은 말투로 이렇게 말했다.

"너 바보야? 남자는 아이 못 낳잖아."

테드도 고개를 끄덕이며 거들었다.

"여자만 아이를 낳을 수 있지. 그러니까 너희가 생리를 하는 거 아니야."

알리는 진열대가 휘청거릴 정도로 크게 한숨을 내쉬었다.

"멍-청-한 것들."

그녀가 탐폰을 집어서 요아르의 머리에 상당히 세게 던지자 화가 난 요아르는 디오더런트를 던졌다. 잠시 후에 그들 사이에서 싸움이 벌어졌다.

"저렇게 예민하게 굴다니 계집애들은 어쩔 수가 없네." 마침내 계산대 앞에 다다랐을 때 요아르가 말했다.

테드는 "그러게"라고 맞장구를 치려는 듯한 표정을 지었지만, 화가가 조심스럽게 그의 팔을 잡고 고개를 저었다. 그래서 테드는 아무 말도 하지 않았고 목숨을 부지할 수 있었다.

계산대 앞에 다다르고 보니 경비가 문 옆에 서서 의심스러워하는 눈빛으로 그들의 배낭을 쳐다보고 있었다. 반면에 점원은 그들의 카트를 보고 반색했다.

"어머, 나도 아침으로 데니시페이스트리를 먹을 수 있으면 좋겠다! 이런 걸 먹으면서 어쩌면 그렇게 말랐니?" 그녀는 이렇게 재잘거렸다.

그러는 동안 경비는 그들에게 동전을 준 여자와 대화를 나누고 있었다. 여자가 화를 내며 그들 쪽을 가리키는 것을 보고 그들은 경비가 고함을 지를 때까지 기다리지도 않았다.

"어쩌면 그렇게 말랐느냐고요? 많이 뛰거든요!" 요아르는 간단히 말했다.

그들은 카트와 모든 걸 가지고 주차장으로 달려 나갔다. 경비를 교란하려고 요아르는 이쪽, 알리는 저쪽으로 뛰었다. 경비에게 거의 따라잡히자 그녀는 "조심해!"라고 외쳐 시간을 벌고 옆으로 홱 방향을 틀었다. 경비는 그녀를 잡으려다 발을 헛디뎌서 넘어졌다. 그가 다시 일어섰을 무렵 그녀는 이미 주차장 저쪽의 다른 친구들을 따라잡았다. 화가는 카트를 밀었고 요아르는 해적 선장처럼 앞쪽에 매달려 있었다. 그가 프리스비 던지듯 경비를 향해 데니시페이스트리를 하나 던지며 외쳤다. "얼굴에 핏기가 하나도 없어요! 뭐 좀 드셔야겠네!"

그들은 번잡한 도로를 그대로 건너다 하마터면 트럭에 치일 뻔했고, 내리막길로 접어들고 난 다음에야 거기가 언덕이라는 사실을 알아차렸다. 알리와 테드는 그 위에 올라타 카트의 속도를 늦추려 했지만, 그것이 영리한 선택은 아니었다. 순식간에 카트의 속도가 너무 빨라져서 화가는 손을 놓을지, 그들과 함께 갈지 둘 중 하나로 결정을 내려야 했다. 네 명의 바보가 쇼핑카트를 타고 그 도시에서 가장 가파른 언덕길을 내달리게 된 사연이 이거였다.

테드는 꿈속에서 맹목적인 공포, 그들의 엉덩이 아래에서 쇳덩이가 덜커덩거리는 소리, 자동차의 경적, 이쪽 귀로는 포효하는 바람 소리, 저쪽 귀로는 알리가 좋아서 지르는 비명을 느낀다. 언덕 기슭에 다다르자 카트가 넘어져서 길바닥에 팔꿈치와 뺨이 쓸렸지만 상관없었다. 그들이 그냥 그 자리에 한 무더기로 누워 행복하게 키득거리고 있었을 때 요아르가 욕을 했다.

"젠장, 페이스트리에 흙 묻었어."

그해 가을이 되면 슈퍼에서는 동전이 아니라 계산대에 가서 받아 오는 토큰 같은 것을 넣으면 되는 스타일로 쇼핑카트를 교체할 것이다. 몇 년이 지나면 어른들은 현금을 거의 들고 다니지 않을 것이다.

10대에게 물어보면 그것이야말로 이 사회가 10대를 혐오한다는 또 다른 증거라고 할 것이다.

그들은 잔교까지 카트를 끌고 가서 다 같이 밀다가 카트가 잔교 가장자리를 넘어 바다로 곧장 입수하는 순간 그 안으로 올라 탔다. 어쩌면 그것이 테드의 순간, 루이사가 말한 그의 '지금'일 거라고, 그는 꿈속에서 생각한다. 그들이 공중에 떠 있었을 때. 그때만큼 기분이 짜릿했던 적은 아마 없을 것이다.

쇼핑카트는 수면을 강타하고 순식간에 가라앉았고 그들 주변의 모든 것이 시커멓게 변했다. 그 어둠 속 어느 시점에선가 공포가 발동되고 물이 더는 투명하지 않고 갑자기 그 무게가 온전히 느껴지는 때가 있다. 위로 몸을 돌리려 하지만 계속 아래로 끌려 내려가고, 심장이 귀를 때리고, 눈은 터질 듯이 아프다. 가까스로 정신을 차리고 부력을 느낄 즈음에는 빛이 보이는 곳까지 절대 올라가지 못할 것만 같다. 수면을 가르고 나와 처음으로 숨을 들이마시는 순간에는 오로지 고통뿐이다. 몇 초가 지난 다음에야 알리가 헉헉대며 외쳤다. "여기야!"

"여기야!" 테드도 숨을 헐떡였다.

"여기야!" 화가도 외쳤다.

그러고는 정적. 아무 소리도 나지 않았다.

"여기야!" 알리가 다시 외쳤다.

"여기, 여기야!" 테드와 화가가 대답했다.

정적이 흘렀다.

"여기야!"

"여기야!"

"여기야!"

"도와줘!"

나머지 셋이 잔교로 올라가기 시작했을 때 물 밖으로 고개를 내민 요아르를 보았다.

"도와줘!" 그가 다시 한번 외쳤다.

그는 코만 수면 위로 간신히 내밀고서 아래에서 뭔가가 잡아당기고 있는 듯이 앞으로 두 번, 뒤로 한 번 허우적거렸다. 그가 맨 처음 물속으로 사라졌을 때는 친구들이 장난하냐는 듯이 웃음을 터뜨렸지만, 두 번째에는 당장 그를 따라서 물속으로 뛰어들었다.

테드는 그들이 무슨 수로 요아르를 붙잡을 수 있었는지 절대 이해하지 못할 테지만, 수면을 가르며 그를 끌어당기기 시작하고서 어떻게 된 영문인지 알아차렸다. 그의 발이 동전을 넣는 부분에 걸려서 체인이 발목을 감고 있었는데, 물속에 가라앉은 카트는 코끼리처럼 무거웠다. 겁에 질린 요아르가 버둥거릴수록 체인이 점점 더 엉켰다. 그들이 요아르를 가까스로 잔교 다리 중간까지 끌어올리자 카트가 무시무시한 바다 괴물처럼 수면 아래에서 어른거렸다.

"저거 좀 풀어줘!" 요아르는 다급하게 외쳤다.

알리는 옆에서 물장구를 치며 생각에 잠긴 표정으로 체인과 요아르를 차례대로 쳐다보다가 이렇게 물었다. "애초에 발이 어쩌다 거기 낀 거야? 발이 그렇게 작아?"

테드는 요아르를 붙들고 계단에 앉아 있다가 숨을 헐떡이며 외쳤다. "발이 끼어서 안 빠진다고? 탐폰이야 뭐야!"

요아르는 그의 셔츠를 움켜쥐고 목을 조르려고 했다.

"저거 좀 풀어달라고!"

알리는 옆에서 개헤엄을 치며 갖은 연민이 담긴 눈빛으로 그를 쳐다보고는 아주, 아주 진지하게 외쳤다. "알았어. 동전 있어?"

그때 터진 폭소는? 해일이었다.

그들은 어찌어찌 친구를 탈출시킬 수 있었다. 요아르는 안도의 한숨을 쉬느라 화도 내지 않았다. 그날은? 완벽했다. 그보다 더 많은 순간은 아무에게도 필요하지 않다. 그들은 잔교에 누워 햇볕에 몸을 말렸고, 그날 저녁 입가에는 페이스트리 부스러기를 묻히고 뱃속에는 웃음을 담고 집으로 돌아갔을 때는 모든 것이 여전히 가능했고 모두가 살아 있었다.

"내일 보자!" 그들은 네거리에서 서로에게 외치고는 뿔뿔이 흩어졌다.

테드가 가장 선명하게 기억하는 것은 집에 도착해 현관문을 열었을 때 들은 소리다. 조그만 삐걱거림, 나지막한 흐느낌. 처음에 그는 그게 무슨 소리인지 몰랐지만 어둑어둑한 거실을 들여다보니 오래된 피아노 앞 의자에 앉아 있는 형의 실루엣이 보였다. 테드는 지난 몇 년 동안 어느 가족도 피아노 앞에 앉은 모습을 본 적이 없었다. 그의 형은 피아노를 치지 않고 건반을 내려다보기만 했고 피아노 꼭대기에 빈 맥주 캔이 여러 개 놓여 있었다. 그는 아무 말도 하지 않았고 아무 말도 할 필요가 없었다. 테드는 아버지가 돌아가셨다는 것을 단박에 알아차렸다.

33

"괜찮으세요?"

　테드는 잠에서 깨지만 아무것도 보지 못한다. 열차 천장에 달린 불빛 때문에 눈을 깜빡이는데, 볼이 차갑다. 아버지가 세상을 떠난 열네 살 때의 여름을 떠올릴 때 가장 오싹한 부분은 그가 느낀 것이 슬픔이 아니라 분노였다는 것이다. 그는 어른이 된 뒤 인간이 외로움을 두려워한다는 말은 거짓이라는 생각을 자주 했다. 우리가 두려워하는 건 버림당하는 것이다. 외로움은 선택할 수 있지만 남겨지는 것을 선택하는 사람은 없다. 그는 가끔 인류가 화낼 상대가 필요해서 신을 창조한 게 아닐까 하는 생각이 들 때도 있다. 돌아가신 아버지에게는 눈곱만큼이라도 화를 낼 수 없으니 말이다. 테드가 신에게 가장 화가 났던 부분은 추억이 많지 않다는 것이었다. 그에게 남은 기억은 아버지의 음성뿐이었다. "잘 자라, 귀신들아." 테드가 아주 어렸을 때 밤마다 조용히 온 집 안을 돌아다니며 불을 끄고 각 방에 소곤소곤 미소를 띠던 남자. "잘 자라, 잘 자라, 잘 자." 그 인사는 아버지가 아프기 시작하면서 멈추었다. 이후 인간으로서, 살아 있었던 남자로서 테드에게 각인된 아버지의 이미지는 없었다. 그가 기억하는 것은 오로지 침대에 누워 죽어가던 사람이다. 암은 테드의 어린 시절 내내 계속 이어졌다. 하지만 부모를 여의었을 때 가장 놀라운 점이 있다면 그들을 그리워하지 않아도 그들의 부재를 느낄 수 있다는 것이다. 부모의 기본적인 기능이란 그저 존재하는 것이다. 배에 실린 바닥짐처럼 그 자리에 있어야 한다. 그러지 않으면 아이가 뒤집힌다.

"괜찮으세요?" 누군가가 다정하게 다시 묻는다.

차장이 좌석 위로 허리를 숙이고 있다. 테드는 당황하며 손바닥으로 눈과 얼굴을 닦고 까꿍 놀이라도 하는 듯 그 뒤에 조금 오랫동안 숨어 있는다.

"네…… 네…… 죄송합니다, 죄송합니다."

차장은 어색하게 미소를 짓는다.

"사과해야 하는 쪽은 저예요. 선생님을 깨우지 않겠다고 그 아이에게 약속했는데…… 울고 계신 것 같아서요."

"알레르기가 있어서요." 테드는 손 뒤에 숨어서 거짓말을 한다.

"아." 차장은 말한다. "혹시 약을 가지고 계신 승객이 있는지 제가 알아봐 드릴까요?"

"아니, 아니에요! 제발 신경 쓰지 마세요, 정말." 테드는 애원한다.

차장은 다시 웃으며 테드의 어깨를 스치듯 건드리는데, 테드는 그래도 싫지 않다. 상당히 엄청난 사건이다.

"도움이 필요하시면 언제든 말씀하세요. 열차는 다시 기술적인 문제로 얼마 동안 여기 정차할 예정이에요."

테드는 묵묵히 고개를 끄덕이고, 차장의 손이 오래된 문신과 인생의 조그만 지도와도 같은 중년의 첫 주름살로 덮이기는 했지만 예뻐 보인다고 생각한다. 통로 저편에서 아이가 재채기를 했다가 자신의 신체적인 기능에 놀라 웃음을 터뜨린다. 차장도 돌아보며 같이 웃음을 터뜨린다. 그제야 테드는 주위를 두리번거리고 루이사의 빈자리를 알아차린다. 그녀의 좌석 위에 그림이 놓여 있다. 아프기 전 젊은 시절의 화가를 그렸다. 그의 모습을 그런 식으로 상상할 수 있다니 놀라울 따름이다. 하단 구석에 해골을 몇 개 그리고 이렇게 적어 놓았다. *테드 아저씨께. 새들이 아저씨를 위해 노래하면 좋겠어요.* 그의 손가락이 떨리기 시작하자 종이가 바스락거리고, 그는 일어서지만 빈 선반만 보일 뿐이다. 그림이 담긴 상자, 유골함 그리고 테드의 여행 가방은 바닥에 있지만 루이사의 배낭은 없다.

"어디로…… 어디로……?" 그는 아직 잠이 덜 깨서 혼란스러워하며 말문을 열었다가 차장에게 불쑥 묻는다. "잠깐! 아까 그 아이에게 *저를 깨우지 않겠다*고 약속했다는 게 무슨 말씀이에요?"

차장은 환한 얼굴로 자기 어깨 너머를 돌아본다.

"선생님 친구분이요? 이번 역에서 내렸어요. 선생님에게 작별 인사 안 할 거냐고 물었더니 좀 주무시게 두는 편이 낫다고 하더군요."

"그게 무슨 말이에요? 내리다니? 열차에서 내렸다고요? 열차에서 왜 내려요?" 테드는 덜컥 겁이 나자 피아노 위에 놓인 맥주 캔처럼 덜덜 떨면서 말한다.

차장은 테드가 중력이 어떤 식으로 작용하는지 아느냐고 물은 듯한 표정을 짓는다.

"음…… 열차에서 내리는 이유는…… 열차에서 내리기 위해서 죠. 뭐가 궁금하신지 모르겠네요."

"그 아이가 왜 여기서 내려요?"

차장은 그 질문을 이해하려고 최선을 다한다.

"글쎄요. 저도 사실 물어보았거든요, 지금 같은 밤중에는 별로 안전하지 않은 동네라서요. 그런데 그냥 내려야 한다고 하더라고요. 혹시, 무슨 문제라도 있나요?"

테드는 창밖을 흘끗 내다보지만 승강장은 모든 비밀을 속에 담은 채 잠잠하고 어두컴컴하다.

"그 아이가 내린 지 얼마나 됐나요?"

"10분쯤이요."

"10분이요?"

"네, 진작 출발했어야 하는데, 아까 말씀드린 것처럼 다시 기술적인 문제가 발생해서요." 차장은 이것이 기본적으로 열차 시간표의 문제라도 되는 듯 미안해하며 말한다. 그러다 잠시 후에 외친다. "잠깐! 어디 가세요? 저희 곧 출발하는데요!"

하지만 테드는 이미 열차에서 승강장으로, 어둠 속으로 뛰어내린 참이다. 그의 손에 들린 것이라고는 그녀의 그림이 전부다. 그는 그녀의 이름을 부른다. 첫 번째에는 명령조로, 두 번째에는 협상조로, 세 번째에는 기도하듯이. 부모가 바다에 대고 외치는 식이다.

아무 대답도 들리지 않는다. 어둠이 벽이다. 그의 머릿속에서 화가의 웃음소리만 들릴 뿐이다.

"테드, 네가 오줌 쌀 때 화장실 문을 닫는 게 기적이다. 혼자 있는 걸 그렇게 못하다니! 내성적인 사람이면서 그 성격에 절대 적응하지 못한 것만 같아."

그 넓은 아파트에서 지낸 마지막 해에 화가는 자기가 이쪽 방에 있다가 다른 방으로 건너가 잠시 후 고개를 돌려 보면 아까 그 방 한쪽 구석에서 말 한 마디 없이 책만 읽던 테드가 어느새 그곳으로 자리를 옮겨서 책을 읽고 있다며 신기해했다. 그는 자기 사람들과 꼭 함께 있어야 하는 건 아니었다. 가까이만 있으면 됐다. 그는 매일 정확히 같은 시각에 멋진 금시계를 확인하고 책을 덮으며 외쳤다. "약 먹을 시간이야!" 그러면 화가는 항상 카드로 집을 짓거나 치즈를 먹는 등 그보다 재미있는 다른 일에 정신을 팔고 있다가 앓는 소리를 냈다. "네 생일에 그 빌어먹을 시계가 아니라 다른 걸 선물했어야 하는 건데……."

그래도 그림 살 돈을 모으고 있었을 때 그가 테드에게 절대 팔지 못하게 한 것 딱 하나가 그 시계였다. 그는 시계 뒷면에 그들 모두의 이니셜을 새겼다. 요아르, 알리, 테드 그리고 그의 이니셜까지. 그래서 그들이 그와 항상 함께 있을 수 있었다.

"루이사!" 테드는 고함을 지르며 아무도 없는 승강장을 지나 개찰구를 통과한다. 아무 대답이 없다. 도로를 향해 어두컴컴한 계단을 달려 내려가다 발을 헛디뎌서 하마터면 모르는 사람을 들이받을 뻔한다.

"조심하세요, 어디 다친 건 아니죠?" 남자가 사근사근하게 묻는다.

그는 젊고 억양이 심한 사투리를 쓴다. 테드는 자신이 고향에서 얼마나 멀리 왔는지 실감한다.

"미안해요, 내가…… 내가 친구를 찾고 있어서요. 어려요. 열여덟 살이고 키가 아주 크고…… 혹시 보셨나요?" 그는 바닥에 떨어뜨린 그림을 조심스럽게 다시 집으며 설명한다.

젊은 남자는 미안해하며 고개를 젓는다.

"죄송해요."

"아니에요, 감사합니다." 테드는 얼른 고개를 끄덕이며 그녀가 얼마나 멀리 갔을지 가늠하려는 듯 시계를 쳐다본다. 남자가 그의 뒤에서 외친다.

"같이 찾아봐 드릴까요?"

"아…… 그건 너무 무리한 부탁인 것 같은데……." 테드는 문득 어디에서부터 시작해야 하는지조차 모른다는 사실을 깨닫고 우물쭈물한다.

"괜찮아요! 같이 가시죠. 제 친구 차가 저기 있어요."

그는 테드의 팔꿈치를 가볍게 잡고 차가 있는 곳으로 데려간다. 어떤 남자가 그 옆에 서서 담배를 피우고 있다. 테드는 왜 그랬는지 절대 설명하지 못하겠지만 본능적으로 루이사의 그림을 접어서 주머니에 넣는다.

"이분이 어떤 여자아이를 찾는다는데, 우리가 도울 수 있지 않을까 해서." 젊은 남자가 외친다.

"그럼, 그럼." 차 옆에 서 있던 남자는 고개를 끄덕이고 발로 담배를 비벼서 끈다.

테드는 걷는 속도를 늦추려 하지만 젊은 남자가 이제는 그의 허리에 손을 얹고 열려 있는 차 문 쪽으로 그를 데려가려고 한다.

"아니에요, 괜찮아요, 안 도와줘도 돼요! 그 아이는 다시 열차로 돌아갔을 거예요……." 테드는 탈출을 시도한다.

다른 남자가 이미 테드의 팔을 잡고 있다. 테드가 반항하자 1차로 주먹이 날아오고 그는 분노의 비명을 지른다. 2차에는 협상의 비명을 지른다. 3차에는 기도의 비명을 지른다.

그들은 그를 차에 태우지는 않지만 시계는 빼앗아 간다. 주머니도 뒤지지만 그의 지갑은 열차에 실린 여행 가방 안에 있다. 그가 다시 비명을 질렀나 보다. 그래서 화가 난 그들이 그의 머리를 발로 걷어 찼나 보다. 그 순간에도 그의 이성은 이것이 어떻게 그의 잘못이 될 수 있는지 열심히 궁리한다. 그러다 잠시 후 모든 것이 캄캄해진다. 마지막으로 들린 소리는 전화벨 소리와 비슷하게 귀가 울리는 소리고, 테드는 내일이면 그 전화벨이 그의 소식을 전하러 울리는 소리가 되겠다고 생각한다.

34

루이사가 기차에서 뭐라고 했던가. 누가 살아 있는지 알고 나면 다른 등장인물은 모두 죽었을지 모른다는 결론이 내려지기에, 이야기를 끝까지 듣고 싶지 않을 때가 있다고 하지 않았던가.

테드에게 남자는 평생 두려운 존재였다. 어렸을 때는 여섯 살 많은 형이 게임이라도 하듯 그를 패곤 했다. 테드가 반항하지 않고 몸을 웅크리기만 하는 것도 그의 부아를 돋우었다. "덤벼, 이 겁쟁아! 덤비라고!" 형은 이렇게 으르렁거렸다. 그래도 테드가 가만히 있으면 더 세게 때렸다. 한번은 그가 테드를 지하실 계단 아래로 집어 던지는 바람에 머리를 부딪쳐 정신을 잃은 적도 있었다. 병원에 가서 어머니는 아이가 미끄러졌다고 거짓말을 해야 했고 의사는 멍이 든 아이의 몸을 보고 의심스러워했지만, 테드가 어찌나 잘 둘러댔던지 심지어 자신조차 사실 그랬던 것처럼 착각할 정도였다. 이후로 그는 지하실 계단을 오르내릴 때마다 다시는 미끄러지지 않게 양말을 벗었다.

운이 좋은 아이들은 이런 질문을 한다. "세상에서 가장 무서운 동물은 뭐예요?" 하지만 테드는 이미 정답을 알고 있기에 그런 질문을 한 적이 없었다. 그가 여덟 살인가 아홉 살이었을 때 어머니가 아버지와 병원에 있는 동안 형이 아버지의 맥주를 훔쳐 학교 친구들과 부엌에서 마신 적이 있었다. 그들은 술에 취하자 테드를 부르며 부엌으로 오라고 했다. 처음에는 그의 억양을 듣고 웃으며 놀리려고 이런저런 것들을 가리키며 이름이 뭐냐고 물었다. 같은 억양을 썼던 그의 형은 그들을 부추기지는 않았지만 말리지도 않았다. 테드는 자기 방으로 도망치려 했지만, 가장 거나하게 취했고 누가 봐도 빤한 이유로 별명이 '황소'였던 형의 친구가 못 가게 막았다.

"너 여자 좋아하냐?" 황소가 씩 웃으며 묻자 테드는 눈치 빠르게 고개를 끄덕였다. "정말? 너 계집애를 좋아한다고? 게이가 아니었다고?" 황소가 이번에는 웃음기가 가신 얼굴로 으르렁거렸다.

"시끄러워! 내 동생은 게이 새끼 아니야!" 테드의 형이 식탁 저편에서 혀 꼬부라진 소리를 냈다. 누가 들으면 테드를 변호하는 줄 알았겠지만 실은 자기 자신을 위한 변호였다. 황소가 주장하는 것은 그들의 고향에서는 심각한 범죄였기에, 그것이 사실이라면 온 가족의 명예를 위협할 수 있었다.

"너도 게이 아냐? 이제 보니 게이 형제?" 황소가 씩 웃으며 일어나 두 팔을 쭉 뻗자 트럭에 치이더라도 트럭 쪽에서 더 많이 걱정해야 할 것 같은 체구가 되었다.

그래도 테드의 형은 고집스럽게 받아쳤다.

"야, 너야말로 입만 열면 게이 얘기만 존나 하는데 딸 칠 때도 게

이 생각하는 거 아니냐?"

폭탄 터지듯 아수라장이 벌어졌다. 황소가 테드 형의 얼굴을 움켜쥐려고 식탁 위로 곧장 몸을 날렸지만 이미 늦었다. 그때 머릿속에서 뭔가가 점화된 테드가 식탁에 있던 따지 않은 맥주 캔을 집어 있는 힘껏 던진 것이었다.

"우리 형 건드리지 마!"

캔은 황소의 눈썹을 가격했고, 덩치가 산만 한 열다섯 살짜리가 어찌나 큰 소리로 울부짖었던지 그 동네 끝 집에서도 들렸을 것 같았다. 테드는 얻어맞기 전부터 부들부들 떨며 울음을 삼키고 있었다. 도망칠 수도 있었겠지만 의미 없는 시도였다. 황소의 주먹이 대형 망치처럼 그의 조그만 가슴으로 날아왔다. 테드는 바닥으로 쓰러져 숨을 헐떡였고 황소는 그의 위에 서서 고깃덩어리라도 치대는 듯 그의 등 위로 주먹세례를 퍼부었다. 한 번도 맞아본 적 없는 사람은 주먹질을 하려면 얼마나 무모해야 하는지, 그런 인간에게는 뭐가 결여되어 있는지, 맞는 사람의 내면에서는 어떤 일이 벌어지는지 모른다.

운이 좋은 아이들은 세상에서 가장 무서운 동물이 뭐냐고 묻지만, 다른 아이들은 정답을 이미 알고 있다. 그건 사자도 하마도 뱀도 거미도 상어도 아니다. 지구상에서 가장 무서운 존재는 예나 지금이나 젊은 남자다. 그리고 젊은 남자의 가장 무시무시한 점은? 바로 얼마 전까지 소년이었다는 사실이다. 그리고 그중 아무도 마음의 준비를 하지 못한 상태로 소년에서 다음 단계로 넘어간다.

테드는 무슨 수로 황소의 주먹질에서 벗어나 자기 방으로 기어갔는지 기억하지 못한다. 그저 멍이 든 몸으로 침대에 누워서 열병에 걸린 환자처럼 부들부들 떨기만 했다. 저녁 늦게, 부모님이 돌아오시기 전 방문이 열렸고 형이 구운 치즈 샌드위치를 들고 들어왔다. 테드는 말없이 샌드위치를 먹었고 형은 불안한 투로 물었다. "엄마하고 아빠한테 이르지 않을 거지? 나 맥주 마신 거 말이야." 그는 다른 부분에 대해서는 테드가 이를지 모른다는 걱정을 전혀 하지 않았다.

그로부터 얼마 지나지 않았을 때 테드는 어머니가 친구와 통화하는 소리를 들었다. 큰아들 방에 노크 없이 들어갔더니 포르노를 보고 있더라고 했다. 그녀는 수화기에 대고 한숨을 쉬었다. "뭐, 자연스러운 현상이겠지? 그 또래 남자아이들은 그러는 게 **정상**이겠지? 치고받으며 싸우고 포르노 보고, 남자들이 그러는 거겠지. 안 그러면 오히려 걱정해야겠지……. 그러니까……."

테드는 평생 두려움에 떨며 지냈다.

이제 그는 기차역 아래, 자동차 옆 인도 위에서 그의 몸 위로 쏟아지는 발길질 소리를 듣지만 그걸 더 이상 느끼지는 못한다. 황소에게 부엌에서 두들겨 맞았을 때, 그로부터 여러 해 뒤에 교실에서 칼에 찔렸을 때 그랬듯이 뇌가 통증 신호를 차단하는 것으로 그를 보호하고 있는지도 모른다. 아드레날린이 충분히 분출되면 단열재가 되고, 물살에 더는 저항하지 않고 물속으로 그냥 가라앉을 때처럼 세상이 멈춘다.

하지만 그때 귀 울리는 소리 저 너머로 비명이 들린다. 처음에는 그의 비명인가 싶지만 음성이 다르다. 발길질이 멈추자 그의 몸에서 힘이 빠지고, 그는 몸을 돌려서 똑바로 누워 근처에 딱 하나뿐인 가로등을 올려다보며 눈을 깜빡인다. 잠시 후 다시 비명이 들리는데, 남자 중 한 명의 음성이고 덫에 걸린 짐승이 낼 법한 소리다. 아니다. 테드가 문득 깨닫고 보니 아파서 지르는 소리도 아니다. 자기보다 더 무서운 짐승을 만난 짐승이 놀라서 지르는 소리다.

루이사는 어둠 속에서 뛰쳐나왔을 때 혼자였을지 몰라도 요아르 비슷하게 일개 부대처럼 싸운다. 손에 쇠파이프를 들고 있는데, 순전히 본능적으로 집어 들었을 뿐 어디서 주웠는지도 나중에 기억하지 못할 것이다.

시간이 지나면 그녀는 자신이 이랬던 것을, 폭력이 이렇게나 자연스러웠던 것을 혐오하게 될 것이다. 그녀의 내면에 무엇이 결여되어 있었던가. 대부분의 사람들은 자신의 진정한 능력을 깨달을 일이 없겠지만 그녀는 절대 잊지 않을 것이다. 그녀가 쇠파이프를 휘두르자 첫 번째 남자의 팔이 부러지는 소리가 들린다. 그걸로 두 번째 남자의 종아리를 있는 힘껏 때리자 그는 비명을 지르며 바닥으로 쓰러진다. 이후에 테드가 들은 소리는 쇠파이프가 쨍그랑하고 바닥에 떨어지는 소리, 그리고 루이사의 고함뿐이다.

"도망쳐요!"

그래서 그들은 도망친다. 휘청거리는 테드를 루이사가 끌고 간다. 계단을 올라가 개찰구를 통과하고 승강장으로 나선다. 바로 그 순간 덜컹덜컹 선로를 따라 밤 속으로 사라지는 열차의 미등이 그들을 맞이한다.

35

승강장을 이 끝에서 저 끝까지 달려가 보지만 자신을 버리고 떠난 열차가 뱉어놓은 정적의 구름 속에 남겨져 본 사람이라야 심장이 얼마나 요란하게 뛸 수 있는지 알 수 있다.

"기다려!" 테드는 미등을 향해 절박하게 외쳐보지만, 고래에게 마시멜로를 던지며 방향을 바꿔주길 바라는 거나 다름없다.

탑승객은 아무도 그의 소리를 듣지 못하고, 열차는 아랑곳하지 않고, 그렇게 모든 것이 나락으로 떨어진다. 세계적으로 유명한 그림과 그걸 그린 작가의 유골함도 그렇게 사라진다.

테드는 분노의 피루엣을 춘다.

"기차에서 왜 내렸니?" 입술이 찢어진 그가 코피를 뚝뚝 흘리며 쏘아붙인다.

"아저씨는 왜 내렸는데요?" 루이사가 당장 되받아치고 배낭끈을 부여잡는데, 멍이 심하게 든 그녀의 손마디가 그의 눈에 들어온다.

"너 걱정돼서 그랬지." 그는 실토한다.

"그렇군요, 와우, 아저씨가 걱정해야 할 사람이 **저란** 말이죠." 그녀는 콧방귀를 뀌며 그의 얼굴 쪽을 이리저리 가리킨다.

숨이 차서 테드의 가슴이 쿵쾅거린다. 자기 자신에게 화가 나는데 남에게 소리를 지르려면 기운이 많이 든다.

"기차에서…… 기차에서 왜 내렸니?" 그는 했던 말을 다시 한다.

그녀는 그 말을 듣고 화가 나서 펄쩍펄쩍 뛴다.

"저는…… 저는 그렇게 비싼 그림을 책임질 수 없으니까요! 왜 그걸 이해 못해요? 왜 **아저씨가** 그냥 가지면 안 돼요?"

테드가 한숨을 쉬자 코피가 더 심하게 뿜어져 나온다. 이렇게 말을 하려니 온몸이 아프다.

"그 친구가 너한테 준 그림이니까!"

"도대체 사람이 왜 그렇게 **고집이 세요?**" 그녀는 따지고 든다.

"내가 고집이 세다고? 고집이 센 사람은…….” 테드는 고함을 지르다 일그러진 그녀의 얼굴을 보고 입을 다문다.

"이런 일은…… 저 같은 사람에게는 벌어지지 않는 일이에요. 그걸 모르겠어요?" 그녀는 씩씩대며 흐느껴 운다. "믿기지 않을 만큼 좋은 일은 항상 위험하다고요. 저는 그냥…… 저는 그냥 이 빌어먹을 세상에서 어떻게든 살아보려고 발버둥 치고 있을 뿐인데…….”

그러자 이번에는 테드가 화가 나서 펄쩍펄쩍 뛴다. 별로 높이 뛰지 않는데도 어마어마하게 아프다.

"나도 살아보려고 발버둥 치고 있어!" 그는 소리 지르고 나서 조용히 덧붙인다. "아야…….”

그녀의 뺨은 눈물범벅이다.

"아저씨는 이해 못 해요."

그의 뺨도 마찬가지다.

"내가 뭘 이해 못 하는데?"

"남자는 믿으면 안 된다는 거요!" 그녀는 고함을 지른다.

"내가 그걸 모를 것 같아?" 그도 같이 고함을 지른다.

그들은 씩씩대며 절박하게 서로를 노려본다. 잠시 후 루이사가 선로를 내려다보며 깊은 후회로 눈을 깜빡인다.

"아저씨가 그 그림을 잃어버리길 바란 건 아니었어요." 그녀는 조그맣게 속삭인다.

"알아." 그도 조그맣게 속삭인다.

그래서 그 둘은, 깨진 인형 같은 그들은 눈물범벅인 얼굴로 승장장에 서 있다. 물론 아주 천재적인 계획은 아니었을지 모른다고 루이사도 시인할 수 있다. 하지만 기차가 출발하는 소리가 안 들리기 전까지는 모든 게 아주 순조롭게 진행되고 있었다. 그녀는 기차에서 내려 개찰구를 통과하고 계단을 내려갔고, 차 옆에 서 있던 남자들 옆을 몰래 지나쳐 도로를 따라 어둠 속으로 사라졌다. 하지만 거기서 잠깐 걸음을 멈추고 기차가 출발하는 소리를 들으려고 귀를 기울였다. 바보 같은 짓이었지만 바보 같은 것이 인간의 천성이고 그녀는 오늘 유난히 인간적이었다. 그래서 그녀는 걸음을 멈추고 귀를 기울였다. 희망을 날려버려야 하기 때문이었다. 기차가 떠나는 소리를 들어야 마음을 돌이켜 돌아가기에는 늦었다는 것을 알 수 있기 때문이었다. 그녀는 누군가를 버려본 적이 없기에 자기가 그럴 수 있을지 알지 못한다. 하지만 버림당하는 거라면? 세계 챔피언급이다.

그런데 기차가 출발하는 소리가 들리지 않았다. 그 대신 테드가 그녀의 이름을 부르는 소리에 이어 도와달라고 외치는 소리가 들렸다. 이제 그들은 승강장 끝에 서 있고 그림과는 시속 160킬로미터가 넘는 속도로 점점 멀어지고 있다.

"아저씨가 5분만 혼자 있어도 죽도록 두들겨 맞는 사람인 줄 알았더라면 화장실에 가둬놓고 내리는 건데 그랬어요." 루이사는 중얼거린다.

"10분이야." 테드는 뚱한 목소리로 대답한다.

"네?"

"네가 없어진 지 10분이 지났었다고." 그는 주장한다.

그녀는 그 말에 삐걱대는 문처럼 조용히, 마지못해 웃음을 터뜨린다. 잠시 후 그녀가 그에게 뭔가를 내민다.

"여기요."

테드의 안경이다. 도로 위에서 정신없고 격한 난장판이 펼쳐지는 와중에도 땅바닥에서 반짝이는 뭔가가 보이자 그녀는 쇠파이프를 내던지고 그걸 집었다.

"고맙다." 테드는 들릴락 말락 하게 말한다.

"아, 아니에요. 아마 긁히고 부러졌을 거예요. 제가……." 그녀는 말문을 열지만 그는 고개를 젓는다.

"아니, 내 말은…… 돌아와 줘서 고맙다고. 나는…… 오늘 여기서 죽는 줄 알았거든."

그녀는 승강장을 내려다보며 평소처럼 속을 긁는 말로 감정을 숨긴다.

"아, 뭐. 그 안경 아저씨한테 잘 어울려요. 그걸 쓰면 얼굴이 덜 보이니까요.”

그는 붙여놓은 테이프를 만지며 이렇게 대답한다.

“너는 그 웃음소리가 잘 어울려. 아무도 그걸 빼앗아 가지 못해서 다행이다.”

“아무도라뇨?”

“빼앗으려고 했던 사람들 모두.”

그녀는 그의 눈을 아주 잠깐, 똑바로 쳐다본다. 기발한 발언을 할까 아니면 솔직한 발언을 할까 고민하는 듯하다. 하지만 승강장 저쪽 끝에서 사람들 말소리가 들리고 두 젊은 남자의 얼굴이 계단 위로 불쑥 등장한다. 한 남자는 한쪽 팔이 부러져서 옆에 그냥 매달려 있지만 다른 쪽 손으로 쇠파이프를 쥐고 있다. 그의 눈빛은 더 이상 인간의 것이 아니고, 그와 그의 친구는 더 이상 강도가 아니라 사냥꾼이다.

“뛰어요!” 루이사가 내뱉는다.

“어디로?” 테드는 숨을 토하듯 묻는다.

“저기로!” 그녀는 외치고 선로 위로 뛰어내린다.

테드는 생각하고 자시고 할 것도 없이 절뚝절뚝 그녀를 따라간다.

36

테드는 공포가 인체에 어떤 영향을 미치는지 설명하는 책을 숱하게 읽었지만 가장 기본적인 전제 때문에 항상 짜증이 났다. 공포를 비정상적인 것으로 간주하고 항상 두려움에 떨면 안 된다는 식이다.

쫓기는 상황이 되면 인간의 뇌는 정전 시 비상 발전기처럼 당장 가장 중요한 데 힘을 집중하므로 논리적인 사고와 전략적인 구상을 관장하는 부분이 작동을 멈춘다. 100만 개의 생각들이 필터를 거쳐 하나로 모인다. 바로 생존이다. 테드는 불안해지면 코의 모든 감각이 사라진다. 그가 툭하면 안경을 벗었다 쓰고, 툭하면 안경을 닦는 척하는 이유가 그 때문이다. 공포가 엄습하면 혈류가 달라지고 가장 큰 근육에 가장 먼저 혈액이 공급된다. 쫓기는 상황이 되면 손이 차가워지고 에너지를 아끼기 위해 소화계가 작동을 멈춘다. 인체가 도주라는 있을 법하지 않은 일에 생물학적으로 대비가 되어 있다니 놀랍게 들릴지 몰라도 사실은 그렇지가 않다. 우리 몸은 정확히 그런 용도에 걸맞게 만들어졌다. 우리는 여태껏 존재하는 동안 계속 도망치며 살아왔다. 처음에는 야생 짐승을 피해서, 그다음에는 서로를 피해서.

"뛰어요!" 루이사는 뒤뚝이며 선로를 가로지르는 테드에게 외친다.

그녀는 조그만 울타리를 아무 일도 아닌 것처럼 훌쩍 넘어간다. 반면에 테드는 낑낑대며 넘다가 철조망에 뜯겨 바지에 구멍을 내고, 그가 쿵 하는 소리와 함께 그녀 옆으로 착지한 순간 또 다른 열차가 등장한다. 몇 초라는 금쪽같은 시간 동안 그들과 승강장 위의 남자들 사이를 가로막는 방벽이 생기지만, 열차가 굉음과 함께 그들 바로 앞을 지나가며 지축이 흔들리자 테드는 다시 발길질을 당하기라도 한 듯이 몸을 웅크린다. 몸이 공포도 도주도 더는 감당할 수 없는 지경에 이르자 그는 눈을 감고 이제 그만 잠이 들면 좋겠다고 생각한다. 하지만 루이사가 허락하지 않는다.

"얼른 가요!" 그녀는 지저분한 그의 양복 재킷을 잡아당기며 다그친다. "저 인간들이 차를 타고 역을 빙 돌아서 반대편으로 우리를 쫓아올 테니 숨어야 해요!"

그들은 잔디로 덮인 둔덕을 살금살금 내려가 조그만 광장과 아무도 없는 주차장으로 향한다. 루이사는 숨을 만한 곳을 다급하게 찾다가 덤불이 수북하게 자란 곳으로 앞장서 테드를 그 안으로 밀어 넣는다. 얼마 안 있어 천천히 다가오는 자동차 불빛이 보인다. 멀리서 개 짖는 소리가 들린다.

테드는 살아오는 동안 죽음에 대해 생각하지 않은 순간이 한 번이라도 있었는지 기억하지 못한다. 인간의 뇌는 정말이지 이상하다. 흙 냄새가 콧구멍을, 개 짖는 소리가 귓구멍을 파고드는 가운데 덤불 속으로 몸을 웅크리고 들어가는데, 25년 전에 치른 아버지의 장례식이 떠오른다. 교회 목사는 식을 짧게 끝냈고 그걸 두고 '무정하다'고 할 사람도 있을지 모르지만 실은 정반대였을 것이다. 그날에는 아주 희미한 오르간의 한 음, 한 번의 흐느낌, 아주 미묘한 공기의 변화만으로도 그 자리에 앉아 있던 모든 사람이 산산이 부서지기에 충분했다. 목사가 말을 아낀 건 자비로운 행동이었고 참석한 사람들은 이미 느낀 것보다 더 많은 감정을 감당할 수 없었다. 상심은 그보다 수월하게 살아온 사람들이나 누릴 수 있는 사치다.

7월 초, 밤새 폭풍이 마을을 휩쓸고 지나가 비가 차가운 장막처럼 계속 내렸기에 장례식이 끝난 뒤에 어른들은 몸을 웅크리고 차를 세워둔 곳으로 서둘러 걸음을 옮겼다. 테드 혼자 교회에 남아 있었다. 그가 와 있는 걸 아무도 몰랐으므로 그가 없어진 것도 아무도 몰랐다. 요아르가 종종 놀려댔던 것처럼 그는 옷에 일어난 보푸라기 한 올 같았다. 온종일 의식하지 않고 지내다 갑자기 눈에 띄면 어! 저게 언제부터 저기 있었지? 하게 된다는 점에서 말이다.

어머니는 아버지가 세상을 떠난 날 밤에 병원에서 귀가한 이후부터 아무 말도 하지 않았다. 형은 매일 아침 피아노 위에 빈 맥주 캔을 놓고 앉아 있었지만 피아노는 치지 않았다. 장례식 전에 형이 테드에게 한 말은 이게 전부였다. "우리는 울면 안 돼. 엄마를 생각해서 강해져야 해." 테드는 약속했다. 그와 형은 신도석 맨 앞자리에, 그들이 생각하기에 남자다운 모습으로 강인하고 묵묵하게 앉아 있었다.

그 뒤로 테드 혼자 거기 앉아 있었는데, 높은 천장은 맥락 없는 메아리 속에 그를 방치했고 들리는 건 이어지는 정적뿐이었다. 그는 거기 계속 있으면, 비가 내리는 현실로 나서지 않으면 아버지가 죽지 않은 게 될지 모른다고 생각했던 기억이 난다. 아버지의 음성이나 웃음소리를 기억해 보려고 했지만 그런 기억이 있어야 할 자리가 빈칸이었다. 그제야 형과 어머니가 노상 화나 있었던 이유와 그들이 테드를 그토록 미워했던 이유를 이해할 수 있었다. 테드는 이제 겨우 열네 살이었다. 그가 기억하는 아버지는 환자였다. 그가 떠나보낸 사람은 그 전에 존재했던 행복한 아버지, 피아노를 쳤던 아버지가 아니었다. 테드는 그랬더라면 훨씬 힘들었겠다는 생각이 들었다.

"잘 자라, 귀신들아." 그는 허공에 대고 속삭였다.

그제야 비로소 울음이 터졌다.

그는 교회 문이 열리는 소리를 듣지 못했다. 그들이 언제 들어왔고 얼마나 오래 옆에 있었는지 전혀 알 수 없었지만 문득 정신을 차리고 보니 그들이 그를 에워싸고 있었다. 요아르, 알리 그리고 화가. 옷에 일어난 보푸라기 한 올처럼. 그들은 아무 말도 할 수 없었기에 그를 울게 내버려두었다. 다만 혼자 울지는 않게 했다.

"쉬이이잇!" 루이사가 덤불 속에서 조그맣게 속삭인다.

테드가 정신을 차리고 보니 부끄럽게도 흐느껴 울고 있었다. 그의 뇌는 너무 바보 같아서 위협과 현실을 구분하지 못한다. 그는 시도 때도 없이 모든 것을 그저 무서워한다. 젊은 남자들이 탄 차가 천천히 도로를 따라 움직인다. 그들은 테드가 넘다가 바지에 구멍을 낸 선로 옆 울타리를 쳐다보고 있다. 한 남자가 창밖으로 몸을 내밀고 그들이 숨어 있는 덤불 쪽으로 고개를 돌리지만 재수가 없으려는지 바로 그때 반대편에서 택시가 달려와 테드와 루이사 바로 앞에서 멈추어 선다. 택시 전조등 때문에 앞이 안 보이자 차에 타고 있던 남자들은 큰 소리로 욕을 한다.

택시 기사는 커다란 이불을 손바닥만 한 가방에 욱여넣은 것 같은 체형의 노인이다. 그가 배수로에서 기어 나오는 엘크처럼 택시에서 내린다. 그러더니 루이사와 테드 바로 앞에 다리를 벌리고 서서 허리띠를 풀기 시작한다.

루이사가 조그맣게 속삭인다.

"안 돼…… 안 돼, 안 돼, 안 돼. 설마 여기서 오줌을 싸려는 건 아니겠지……."

누가 봐도 그럴 태세다. 루이사는 테드를 끌고 덤불 더 깊숙이 주춤주춤 뒷걸음질 친다. 하지만 택시 기사가 바지를 내린 순간 차에 타고 있던 젊은 남자가 외친다.

"저기요, 할아버지! 어떤 아저씨랑 여자애가 같이 다니는 거 못 봤어요?"

택시 기사는 놀라서 뒤를 돌아본다.

"여기서? 여긴 아무도 없어! 내가 여기서 볼일을 보려는 이유가 뭐겠나?"

두 남자는 잠깐 곰곰이 생각하는 듯한 눈치다. 둘 다 머리가 팽팽 잘 돌아가는 듯해 보이지는 않는데, 결국 둘 중 한 명이 욕을 하는 소리가 다시 들린다. 잠시 후 요란한 엔진 소리와 함께 차가 미끄러지듯 멀어진다.

택시 기사는 한참 동안 허리띠를 만지작거리다 마침내 어깨 너머를 돌아보며 중얼거린다.

"이제 안전해. 이제 두 사람, 나와도 되겠어."

테드와 루이사가 아무 반응을 보이지 않자 택시 기사는 덤불 쪽으로 몸을 숙이고 말한다.

"여러분, 나는 손주가 많아서 숨바꼭질을 아주, 아주 잘한다오."

결국 루이사는 단념하고 조심스럽게 고개를 내밀지만 손에 나뭇가지를 잡고 있다.

"뒤로 물러나세요!" 그녀가 명령조로 말한다.

택시 기사는 두 손을 들고 순순히 뒤로 물러난다.

"물러나마, 물러나. 하지만 숨을 거면 저 친구보다 좀 더 날렵한 친구랑 숨지 그랬니? 선로 반대편으로 뒤뚝뒤뚝 걸어가는 것이 1킬로미터 밖에서도 보이더구만. 날렵하기가 냉장고 수준이야."

루이사는 나뭇가지를 잡고 덤불에서 기어 나온다. 그러고서야 택시 기사가 실은 할아버지가 아니라 할머니라는 사실을 알아차린다.

"그러니까…… 오줌 싸려던 거 아니었어요? 그냥 그런 척한 거였어요?" 루이사는 때려맞힌다.

"오줌? 덤불에? 내가 짐승이니?" 택시 기사는 코웃음을 친다.

루이사는 일어나 택시 기사를 위아래로 훑어보다가 마침내 나뭇가지를 버린다. 테드는 엎드린 채로 기어서 나온다.

"괜찮아요?" 루이사는 묻는다.

"훌륭해. 환상적이야. 이보다 더 좋을 수가 없어." 그는 끙끙대며 하이힐을 신은 망아지처럼 볼썽사납게 몸을 일으킨다.

택시 기사는 심하게 멍이 든 그의 얼굴을 보고 딱해서 인상이 찌푸려진다.

"아이고! 그만하길 다행이네. 이 동네가 밤에는 안전하지가 않아."

"감사합니다. 알고 보니 그렇더라고요." 루이사는 그냥 넘어가지 않는다.

"엉뚱한 데서 잘못 내린 모양이구만?" 택시 기사는 철길 쪽을 손짓하며 묻는다.

"그렇다고 볼 수 있어요." 루이사는 시인하고 테드 쪽을 턱으로 가리킨다. "저분이 기차에 뭘 두고 내렸어요. 아주…… 중요한 걸요. 기차를 따라잡고 싶은데 도와주실 수 있을까요?"

택시 기사는 대충 세 개 걸러 한 개씩 제자리에 있어 보이는 이빨을 드러내 보이며 미소를 짓는다.

"기차를 따라잡겠다고?"

루이사는 자기가 얼마나 바보 같은 부탁을 했는지 알아차리고는 한숨을 쉰다. 하지만 열차를 탄 적 없는 만큼 자동차도 탄 적이 없기에 잘 모를 수밖에 없다. 테드가 주머니에서 다시 테이프를 꺼내 신경질적으로 안경을 고치기 시작한다.

"아무래도……." 그는 말문을 열지만 어떤 식으로 마무리를 지으면 좋을지 도통 감을 잡을 수가 없다. 하지만 택시 기사가 그의 말허리를 잡는다.

"기차를 따라잡아야지!"

"네?"

택시 기사는 더블 에스프레소를 마신 오소리처럼 눈을 번뜩인다.

"그래! 따라잡자고! 얼른 타!"

루이사는 아이스크림과 폭죽을 건네받기라도 한 듯 얼굴을 환히 빛낸다.

"정말요? 좋아요! 기차를 따라잡아요! 가요, 테드 아저씨!"

테드는 안경을 쓴다.

"좋은 생각인지 잘 모르겠다만⋯⋯." 그는 조그맣게 속삭인다.

루이사는 당장 그의 말을 오해하고 볼 안쪽 살을 씹는다.

"죄송해요. 같이 가기 싫죠. 알겠어요. 아무래도⋯⋯."

"뭐라고? 좋지! 당연히 좋지! 지금 무슨 소리 하는 거니?" 그는 앓는 소리를 낸다.

그녀는 손이 떨린다. 버림당하는 것만큼 버리는 것도 잘하면 좋겠는데, 이제는 너무 늦어버린 것 같다.

"아저씨가 화난 건 이해해요. 하지만 아저씨가 그림과 유골을 되찾을 수 있게 도와드리고 싶을 뿐이에요. 저 때문에—" 그녀는 말문을 연다.

"알아. 아, 정말, 당연히 알지. 내 말은 그런 뜻이 아니라⋯⋯." 테드는 강조한다.

"그럼 도대체 무슨 뜻이었는데요?" 루이사는 이렇게 반문한다. 피고 측 변호사에서 검사로 눈 깜빡할 새 변신하는 능력이 가히 타의 추종을 불허한다.

"모르는 사람의 차를 얻어 타고 가는 것이 좋은 생각이 아닐 수도 있다는 거야." 테드는 택시 기사가 듣지 못하게 소곤소곤 말한다.

"그림을 되찾고 싶지 않아요? 지금 할머니한테 강도를 당할까 봐 불안하다는 거예요?" 루이사도 소곤소곤 대답하지만 하도 작게 말해서 택시 기사가 전부 듣고 만다. 그녀는 테드를 보며 웃음을 터뜨린다.

"무서워? 내가 무섭다고? 나이가 이렇게 많은걸. 위험하기가 미트볼 수준이지."

"테드 아저씨는 세상 모든 걸 무서워해요." 루이사가 알려준다.

“무슨 소리!” 테드는 발끈하지만 유감스럽게도 바로 그때 멀리서 개가 다시 한번 짖자 그는 팬티 속에 핀이라도 들어온 것처럼 펄쩍 뛴다.

“개도 무서워해?” 택시 기사는 의아해한다.

“지이이인짜 무서워해요.” 루이사는 고개를 끄덕인다.

테드는 무지무지 화가 나고 무지무지 키가 작은 슈퍼맨처럼 다리를 쩍 벌리고 허리춤에 두 손을 얹고서 그들 쪽으로 몸을 돌리며 쏘아붙인다.

“나는 개를 절대 무서워하지 않아!”

37

그는 개를 절대 무서워한다. 끔찍이도 무서워한다. 하지만 아버지의 장례식 이전에는 안 그랬다.

25년 전에 그가 친구들과 함께 교회에 앉아 있을 때 뒤에서 발소리가 들리자 요아르는 늘 그렇듯 주먹을 불끈 쥐고 싸울 준비를 하며 몸을 돌렸다. 통로를 걸어오던 목사가 놀라서 움찔했다.

"미안하다, 너 때문에 깜짝 놀라서." 그는 웃으며 말했다.

"교회에서 가만히 있는 사람한테 살금살금 다가가고 그러지 마요, 미친 아저씨!" 요아르는 그를 향해 으르렁거렸다.

"나는…… 여기가 내 직장인데." 목사는 변명조로 말했다.

"그게 나랑 무슨 상관이에요, 미친 아저씨!" 요아르는 받아쳤다.

목사는 그 말에 어떤 식으로 반응하면 좋을지 모르겠다는 표정을 짓더니 안타까워하는 표정으로 테드를 돌아보았다.

"아버지가 돌아가셔서 마음이 아프구나."

"왜요? 아저씨가 죽였어요?" 요아르가 어찌나 잽싸게 쏘아붙였던지 알리조차 헉하는 소리를 낼 정도였다. 그는 뚱한 표정으로 그녀를 돌아보았다가 놀라며 덧붙였다. *"뭐야? 진짜야?"*

그러자 테드가 깔깔대며 웃음을 터뜨렸고 이윽고 그들 모두 덩달아 웃었다. 아아, 테드에게 그 웃음이 얼마나 필요했는지 모른다.

목사는 이 모든 상황을 존경스러울 만큼 평온하게 받아들였다. 그들도 그건 인정하는 수밖에 없었다. 입가를 살짝 실룩이고 눈가를 잠깐 번뜩이고는 끝이었다. 그러고 나서 그는 테드에게 고개를 끄덕이고 통로를 따라 천천히 걸어가 찬송가집과 깜빡하고 두고 간 우산을 챙겼다. 하지만 모든 걸 통제할 수 있을 만큼 힘이 세지만 딱 하나, 자기 혀만큼은 그러지 못했던 요아르가 불쑥 외쳤다.

"그러니까 그분을 죽인 게 신인가요?"

"뭐라고?" 목사는 반문했다.

요아르는 강도를 상대하는 사람처럼 두 손을 들었다.

"화내지는 마세요. 하지만 아팠던 사람이 나으면 다들 신의 은총 덕분이라고 하잖아요. 그런데 누가 죽었을 때는 자기 책임이 아니라고 하면 너무 비겁한 거 아니에요?"

목사가 그 말을 듣고 재미있어하는 표정을 지었다고 하면 안 되겠지만, 재미없어하는 표정은 분명 아니었다.

"신의 계획에는 가끔 우리 눈에는 보이지 않는 의도가 있을 때가 있지." 그는 조심스럽게 말했다.

"그러니까 신이 일부러 그분을 죽인 거예요? 계획적으로?" 요아르는 집요하게 물고 늘어졌다.

그러자 목사는 점심을 먹으러 가지 않은 것을 조금 후회하는 듯한 눈치를 보였을지 몰라도 훈련으로 갈고 닦은 인내심을 총동원해 대답했다.

"내가 모든 해답을 아는 건 아니지 싶다. 이걸 '믿음'이라고 부르는 이유가 그 때문이겠지."

요아르는 그 학기 내내 과학 수업이라고는 한 번도 들은 적이 없는데도 불구하고 자신만만하게 콧방귀를 뀌었다. 그런 상황에서 대단히 인상적인 반응이었다. "그러게요. 해답을 알고 싶으면 과학이라는 것을 참고해야겠죠."

목사는 그 말에 기분이 상했을지언정 티를 내지는 않았다.

"꼭 이것 아니면 저것으로 결정할 필요는 없지 않을까?" 그는 의견을 내놓았다.

"신을 만난 적 있으세요?" 요아르가 물었다.

"그게…… 그게 무슨 뜻이냐?"

요아르는 뼈만 앙상한 어깨를 으쓱했다.

"그러니까, 신이 우리한테 말을 한다고 하잖아요. 그럼 텔레비전 보는 거랑 비슷해요? 아니면 전화로 통화하는 거?"

그 말에 떨떠름하기는 해도 목사의 입가가 춤을 추었다.

"솔직히 고백하자면 주로 내가 말을 하는 쪽일 거야."

요아르는 산타클로스가 알고 보니 치과의사였대도 그보다 더 실망한 표정을 지을 수 없었을 것이다.

"그러니까 순전히 개뻥이라는 말이네요?"

"응?"

요아르는 양옆으로 팔을 쑥 내미느라 하마터면 친구들을 칠 뻔했다.

"아니, 이렇게 으리으리하게 교회를 지어놓고 사람들한테 돈도 어마어마하게 내라고 하면서 심지어 신이랑 대화도 나눠본 적 없다고요? 목사님이라면 부탁도 하고 그럴 수 있는 줄 알았더니! 무슨 종교가 이렇게 개떡 같아요?"

목사는 생각에 잠긴 표정으로 숨을 한 번 마시고 잠깐 미소를 지은 뒤 대답했다.

"네가 직접 신에게 부탁하면 어떨까?"

요아르는 목사님이 실의 반대편 끝에 신이 앉아 있는 깡통 전화기를 내밀기를 기대하고 있기라도 했던 듯 진심으로 놀란 표정을 지으며 그를 빤히 쳐다보았다.

"제가 무슨 수로요?"

목사는 상냥하게 천장 쪽을 가리켰다.

"신은 나의 신인 동시에 너의 신이시거든. 뭐든 부탁드려도 돼."

요아르는 입술을 오므리고 한참 동안, 아주 한참 동안 생각에 잠긴 표정을 지었다. 그러더니 천장을 올려다보고 진지하게 목청을 가다듬고 말했다.

"아, 알겠어요. 그럼 빌어먹을 신이시여, 앞으로는 아무도 암에 좀 걸리지 않게 해주세요."

다른 날도 아닌 그날, 그 말을 듣고 터뜨린 웃음이 테드를 살렸을 것이다. 그리고 그 웃음소리를 듣고 요아르는 그보다 더 뿌듯할 수 없는 표정을 지었다. 목사는 그 소리를 들었더라도 못 들은 척했고, 천국이 존재한다면 신도 아마 눈감아 줄 용의가 있었을 것이다.

"가자. 가서 페이스트리 사 먹자." 알리가 테드에게 소곤소곤 말했고, 그들은 자리에서 일어났다. 그제야 테드는 아버지의 죽음을 실감했다. 그래서 그는 그해 여름을 떠올릴 때마다 자신을 어른으로 간주한다. 그날 이후로 다시는 어린아이로 돌아가지 못했으니 말이다.

교회에서 나오는 길에 화가가 스케치북 한 장을 떨어뜨렸다. 종이는 통로로 한들한들 내려가 목사의 발치에 떨어졌다. 목사는 허리를 숙여서 종이를 집었다. 종이를 움켜쥐고 숨 막혀 했다.

"이게……?" 그는 놀라서 웅얼거리며 교회의 높은 벽을 올려다보았다.

"죄송해요!" 화가는 무슨 범죄라도 저지른 듯 본능적으로 외쳤다.

목사는 말을 더듬었다.

"아니다…… 아니야, 아니야. 사과할 것 없어! 이런…… 이런 그림은 여태껏 본 적이 없구나. 여기 앉아 있는 동안 그린 거니? 놀랍다!"

교회 창문, 십자가에 달린 예수, 피를 흘리는 그의 벗은 몸을 그린 그림이었다. 목사는 기억 속에 담고 싶은 듯 그 그림을 마지막으로 한 번 쳐다보고는 다정하게 다시 돌려주며 미소 띤 얼굴로 말했다.

"언젠가는 네 작품이 수백만을 호가하게 될 게다."

화가는 거북해서 몸을 꼬며 바닥에 대고 말했다.

"마음에 드시면 드릴게요."

친구 말고 다른 사람이 그의 작품을 높이 평가한 건 그때가 처음이었다. 크리스티안이라는 수위 말고 다른 어른이 그의 작품을 보고 전혀 부끄럽거나 창피하지 않다고 한 건 처음이었다. 아이가 교회 밖으로 나가서 친구들과 함께 빗속으로 사라지는 동안 목사는 그림을 애지중지 들고 있었다.

"목사님이 뭐래?" 밖에서 요아르가 묻자 화가는 사실대로 알려주었다.

잠시 후 교회 문이 다시 벌컥 열렸고, 달려 들어온 요아르가 목사의 손에서 그림을 낚아챘다. 그는 미안해하는 눈빛이었지만 정작 내뱉은 말은 이거였다.

"수백만을 받을 수 있다면 못 드려요!"

그는 다시 달려 나갔고 목사는 웃고 웃고 또 웃었다. 아마 신도 웃었을 것이다.

네 명의 10대는 교회 마당을 가로질러 반대편에 있는 야트막한 담벼락을 뛰어넘었고, 행복한 가족의 파티가 이제 막 끝난 교구회관을 지났다. 목사는 그날 오전, 테드의 아버지 장례식 전에 세례식을 주관했다. 오랜 세월이 지난 뒤에 기차에서 루이사가 아이의 가장 좋은 점이 삶은 계속된다는 점을 상기해 주는 거라고 말하겠지만, 테드는 그때 별생각이 없었다. 요아르가 내는 소리에 정신이 팔려 있었다. 교구회관의 주방 앞을 지나는데 청소부가 내놓은 검은색 쓰레기 봉지가 보이자 요아르가 하나씩 발로 걷어차느라 난 소리였다. 그로 말할 것 같으면 모두의 주변에 한 명씩 있는, 발차기 대마왕이었다. 첫 번째 봉지는 종이가 가득 담긴 것 같았고, 두 번째 봉지는 플라스틱이 가득 담긴 것 같았지만, 세 번째는…… 소리가 달랐다. 요아르와 친구들은 걸음을 딱 멈추고 봉지를 빤히 쳐다보았다.

"혹시……?" 알리가 조그맣게 속삭였다.

"소리가 꼭…….” 요아르도 맞장구쳤다.

그는 세 번째 봉지를 조심스럽게 다시 한번 찼다. 길모퉁이를 돌아 나오는 아이스크림 트럭만큼이나 소리의 정체가 분명했다. 그 안에는 음료수 캔과 플라스틱병이 가득 담겨 있었다.

"보증금!" 알리가 날카롭게 속삭였다.

요아르가 곧장 그 봉지를 어깨에 둘러멨고 네 명의 친구들은 온몸으로 웃으며 전력으로 질주했다. 청소부 한 명이 그들 등 뒤에 대고 씩씩대며 소리를 질렀지만 쫓아오지는 않았다.

"이거면 물감이랑 캔버스랑 기타 등등을 얼마나 살 수 있을까?" 요아르는 화가를 보며 씩 웃었다.

즐거운 날이었다. 정말 즐거운 날이었다. 정원이 넓은 어느 집 앞을 지나다 테드가, 요아르가 짊어진 것과 똑같이 생긴 검은색 쓰레기 봉지를 발견하기 전까지만 해도 그랬다. 그 쓰레기 봉지의 의미는 하나일 수밖에 없었다. 보증금을 좀 더 챙길 수 있다는 것.

"테드! 잠깐만!" 알리가 외쳤지만 엎질러진 물이었다.

테드가 딱히 돈에 목을 맸던 것도 아니었다. 그렇다기보다는 뭐라도 성취하고 싶은 마음이 컸다. 그는 한 번만이라도 쓸모 있는 일을 하고 싶었다. 만날 요아르에게만 맡길 것이 아니라 엄청난 영웅이 돼보고 싶었다. 그래서 울타리를 넘어 쓰레기 봉지가 있는 집 쪽으로 달려갔다. 그의 변명을 하자면 너무 완벽해서 그 집 사람들은 아무도 그를 보지 못했다. 한 가지 문제가 있었다면 검은색의 그 큼지막한 봉지가 실은 검은색의 큼지막한 봉지가 아니라 검은색의 큼지막한 개였다는 거다. 네 명의 친구들이 테드에게 안경이 절실히 필요하다는 것을 알게 된 사연이 이거였다.

테드는 이전에도 이후에도 그보다 더 빨리 뛰어본 적이 없다. 그는 요란하게 짖어대는 맹수를 꽁무니에 매달고 몸에 불이 붙은 담비처럼 달렸다. 이후로 그가 무서워하게 된 건 개가 절대 아니라 죽음이었다. 뾰족한 이빨 사이로 축 늘어진 혓바닥이 옆눈으로 보였고, 그 이빨이 자신의 살에 박히고 뼈를 으스러뜨릴 때 날 소리가 상상이 됐다. 앞으로 수천 번 꿈속에서 맞닥뜨리게 될 장면이었다. 요아르가 울타리를 따라 달리며 개의 관심을 잠깐 딴 데로 돌리지 않았다면 테드는 절대 도망치지 못했을 것이다. 안타깝게도 요아르가 생각할 수 있었던 방법이 캔과 병이 가득 담긴 봉지를 잔디밭 위로 던지는 것뿐이었다. 그 소리에 시커먼 짐승은 당황했고 테드가 울타리를 뛰어넘자 알리가 벌떡 일어나 있는 힘껏 고함을 질렀다.

"아아아아아아아아아아아아아아아악!!!"

그 짐승은 잠깐 머뭇거리다 다시 미친 듯이 짖었지만 그래도 두어 발 뒷걸음질했다. 테드는 그 순간을 알리가 죽음을 겁박해 물리친 순간으로 기억할 것이었다. 죽음조차 그 아이와는 싸울 기운이 없었던 것이다.

테드가 울타리 오른편에 서서 허리를 반으로 접고 숨을 헐떡이는 동안 나머지 셋은 길길이 날뛰는 개 주변에 흩뿌려진 보물을 아쉬워하는 눈빛으로 바라보았다. 요아르가 중얼거렸다.

"저 빌어먹을 병이 대부분 그 탄산수 병이네! 어떤 멍청이가 **물을 돈 주고 사 먹냐?**"

"그런 물을 미네랄 워터라고 하지." 알리가 바로잡아주었다.

"너는 미네랄 똥이라고 하고." 요아르가 받아쳤다.

이렇게 해서 둘은 싸움을 벌였다. 잠시 후 개 짖는 소리를 들은 어른이 집 안에서 뭐라고 소리를 지르자 그들은 다시 도망쳤다.

"미안, 미안해." 테드는 계속 말했지만 친구들은 마냥 웃어넘겼다.

"다른 방법으로 물감 살 돈을 마련해 보자." 알리가 말했다.

요아르는 의기양양하게 고개를 끄덕였다.

"그 개한테 쫓긴 사람이 너라서 다행이었어, 테드. 너는 궁뎅이가 워낙 작잖아! 쫓긴 사람이 알리였다면 당장 물렸을 텐데!"

그러자 알리는 요아르를 바라보더니 남자아이들이 그때까지 경험한 중에서 가장 다정한 반응을 보였다. 조용히 입을 다물고 그에게 승리를 양보한 것이었다. 그때 딱 한 번. 열네 살에게 그보다 더 근사하게 사랑을 표현할 방법은 없었을 것이다.

25년 뒤에 테드는 기차역 근처 주차장에 서서 택시를 쳐다보고 있다. 양복 재킷은 쭈글쭈글하고, 신발은 흙투성이고, 얼굴에는 멍이 들었고, 몇 시인지 보려고 손목을 들어보니 아무것도 없다. 어둠 속 어딘가에서 개가 짖지만 테드가 무서워하는 건 개가 아니다. 그는 개를 무서워한 적이 없었다.

38

인간은 믿을 수 없을 만큼 황당한 짓을 저지를 수 있다. 우리는 아이의 탄생을 가리켜 기적이라고 하지만 실은 그 이후에 벌어지는 모든 일이 기적이다. 화가는 그 아파트의 커다란 창문 앞에 앉아 지나가는 사람들을 내려다보며 중얼거렸다. "공룡은 멸종했는데, 너랑 나랑 이 모든 바보는 살아남았다고? 우리는 우리를 살아 있게 해주는 모든 걸 파괴할 방법만 연구하는데, 그런데도 아직 이렇게 살아 있다고?"

그러면 테드는 스테레오가 있는 거실로 가서 오페라를 틀어 인간은…… 그런 걸 만들 줄도 안다는 사실을 일깨워 주었다.

"어떻게 한 사람 안에 이렇게 아름다운 걸 담을 공간이 존재할 수 있을까?" 한번은 화가가 마리아 칼라스의 노래를 듣다가 이렇게 속삭인 적이 있었다.

그 말을 듣고 테드는 제욱시스와 파라시오스, 커튼이 아닌 커튼에

얽힌 신화를 떠올렸고, 마리아 칼라스의 노래가 화가의 그림과 느낌
이 비슷하다는 생각을 했다. 현실보다 더 진짜 같아서 그랬다.

"그런 공간이 있을 리가. 예술이 어떻게 한 사람 안에 담길 수 있
겠어. 부글부글 끓어 넘칠 텐데." 테드는 말했다.

"가끔 보면 넌 참 똑똑하단 말이지." 화가는 이렇게 대꾸했다.

안타깝게도 그건 아니었다. 그 이후로 테드가 저지른 모든 짓을 보
면 그 반대라는 것을 알 수 있었다.

"테드 아저씨!" 루이사가 다시 그의 이름을 부르자 그는 움찔한다.

"왜 소리를 지르고 그래?" 그는 쏘아붙이며 허둥지둥 주차장을 두
리번거린다.

"제 말을 안 들으니까요!"

"들을게…… 이제."

루이사는 택시를 가리킨다.

"택시에서 강도를 당할까 봐 불안하면 걱정할 것 없다고 말했어
요. 뺏길 게 아무것도 없으니까요!"

"그래? 너는 그렇게 생각한단 말이지?" 테드는 기분 나빠 하며 시
계를 찼던 쪽 팔을 내민다.

루이사는 택시 기사를 보며 눈을 굴린다.

"이 아저씨 세대는 참 아이러니하지 뭐예요."

"아하." 택시 기사는 알 만하다는 듯이 대꾸한다.

테드는 짜증이 나서 코로 숨을 들이쉬지만 코피로 꽉 막혀서 아까
보다 훨씬 힘들다. 마음 같아서는 이건 아이러니한 게 아니라 냉소적
인 거라고 짚어주고 싶지만 그는 그냥 한숨을 쉰다.

“알았다.”

“알았다고요?” 루이사는 미심쩍어하며 반문한다.

“알았다고.”

“그러니까…… 알았다는 거예요? 아니면 알았으니까 알았다는 거예요? 아니면 알았으니까 알았으니까 알았다는 거예요?”

테드는 인상을 쓴다.

“그게 무슨 뜻이냐?”

“아저씨는 무슨 뜻인데요?”

그는 끙하는 소리를 낸다.

“알았다고! 택시 타자고. 택시를 타고 열차를 쫓아서 가보자고. 그러다 죽을 수도 있지만 무슨 상관이겠니. 어차피 이보다 더 운수가 사나워질 수도 없는데…….”

“제가 앞에 앉을게요!” 루이사는 냉큼 외치고 배낭을 벗어서 택시 저편으로 달려간다.

“그럼 그쪽이 알베르트랑 같이 앉아야겠구먼.” 택시 기사는 테드를 턱으로 가리킨다.

“네?” 테드는 반문하지만 이미 엎질러진 물이다.

알베르트는 뒷자리에 앉아 있다. 그는 식물이다. 아주, 아주, 아주 거대한 식물이다. 택시 기사는 1년 중 이맘때는 그녀의 집이 어두컴컴한데 알베르트는 햇볕을 많이 쪼여야 하기 때문에 뒤에 태우고 다닌다고 설명한다. 테드는 창밖을 내다본다. 칠흑같이 어둡다.

“좋은 방법이네요.” 그는 말하고, 차가 주차장에서 유턴하는 동안 알베르트의 잎에 눈이 찔리지 않게 피한다.

“저게 아이러니한 건가?” 택시 기사는 루이사에게 조그맣게 속삭이며 액셀을 밟는다. 누가 보면 액셀이 기사의 아침을 훔치려고 한 줄 알겠다.

"모르겠어요. 저 아저씨가 하도 복잡해 놔서요." 루이사는 대답하고, 택시가 철길과 나란히 달리자 좋아서 비명을 지른다.

"우리 지금 엄청 빠르게 달리고 있어요." 테드는 뒷자리에서 겁에 질린 목소리로 짚고 넘어간다.

"고맙네!" 택시 기사는 외친다.

"칭찬으로 한 말이 아닐 거예요." 루이사는 말한다.

"네 말마따나 아주 복잡한 성격이로구만. 요즘 젊은것들이란." 택시 기사는 그 말이 욕이라도 되는 듯 콧방귀를 뀐다.

"들으셨어요? 기사님이 아저씨더러 젊은것이래요!" 루이사는 뒷자리를 보며 씩 웃지만, 테드는 지금까지 살아오면서 선택한 길을 하나씩 후회하느라 정신이 하나도 없다.

루이사는 신기해하며 택시 안을 이리저리 둘러보고 모든 버튼을 눌러본다. 택시 기사는 전혀 짜증을 내지 않고 마냥 웃기만 한다.

"우리 애들이랑 똑같네. 걔들도 죄다 눌러보거든."

루이사는 민망해했다가 신나한다.

"저 지금까지 택시를 한 번도 안 타봐서요. 순찰차는 몇 번 타봤는데, 그것도 택시랑 비슷하던데요. 그죠? 문이 잠겨 있다 뿐이지!"

그녀는 계속 이 버튼, 저 버튼을 누르다 실수로 카스테레오를 켠다. 그녀는 기겁하며 끄려고 하지만, 택시 기사는 차분하게 고개를 젓고 대신 볼륨을 높인다. 나오는 노래를 흥얼흥얼 따라 부른다.

"이게 뭐예요?" 루이사는 궁금해한다.

"오페라! 이탈리아어로 부르는!" 택시 기사는 큰 소리로 외친다.

“뭐에 대해서 노래하는 거예요?”

“사랑!”

“와, 이탈리아어를 할 줄 알다니 좋으시겠다.” 루이사는 꿈꾸듯 말한다.

“이탈리아어? 한 마디도 못 해!”

“그런데 사랑 노래인 줄 어떻게 아세요?”

택시 기사는 빙그레 웃으며 스피커가 쩌렁쩌렁 울릴 때까지 볼륨을 높인다.

“아가, 오페라는 전부 사랑 노래야!”

알베르트는 뒷자리에서 테드의 어깨에 기대 잠이 든다. 테드는 눈을 질끈 감고 행복한 추억을 떠올리려 하지만 별 소득이 없다. 사람들이 말하길 불안은 이유 없는 두려움이라지만 테드의 머리는 그 가능성을 제공하는 데 탁월한 능력이 있다. 예전에 그가 읽은 어떤 책에서 신경정신병 환자는 “자기 머리와 친구가 되어야 한다”고 되어 있었지만, 테드와 테드의 머리는 친구가 아니라 ‘인생’이라는 조별 과제를 함께 수행하게 된 조원이다. 그리고 이번 과제의 진행 상황은 별로 좋지 못하다.

그의 머리가 테드에게 어째서 그가 여기 있느냐고 한다. 어째서 그 혼자 남았느냐고 한다. 세상에 어떤 이기적인 신이 세계적으로 유명한 화가의 목숨은 앗아 가고 노이로제가 있는 고등학교 선생은 남겨 둘까? 테드는 루이사를 챙기지 못하고, 잠이 들었다 하면 그녀가 사라져 버린다. 그림이 됐건 인간이 됐건 책임지지 못하고, 열차에서 내렸다 하면 두들겨 맞는다. 한 사람이 엄청나게 많은 바보짓을 저지를 수 있다지만, 하룻밤 새 절친에게 선물받은 시계와 절친의 그림과 절친의 유골을 잃어버리다니 이 정도면 일종의 기록이지 않을까?

라디오에서 마리아 칼라스의 노래가 흘러나온다. 알베르트가 비밀을 잘 지켜줘서 테드가 그의 위에 대고 눈물을 흘렸다는 사실을 아무도 모를 것이다.

"이분, 남편이세요?" 루이사가 앞자리에서 대시보드에 놓인 사진을 가리키며 묻는다.

"맞아, 맞아. 내 바깥양반이지." 택시 기사는 웃으며 쪼글쪼글한 손가락과 닳은 반지를 흔든다.

"결혼하신 지 얼마나 됐어요?"

"40년."

"우와." 루이사는 헉하고 숨을 토한다. 40년이라니 열여덟 살짜리로서는 가늠이 안 되는 기간인데, 그녀가 자기 자신과 보낸 시간의 두 배보다 더 많은 시간을 둘이서 함께 보냈다는 것 아닌가.

"비결이 뭐냐고? 다들 물어보거든. 비결이 뭐예요? 알려줄까? 손을 잡는 거야!" 택시 기사는 고개를 끄덕인다.

"손을 잡는다고요?" 루이사는 그녀가 한 말을 따라 한다.

"다들 그래. 화를 다 풀고 자라고! 하지만 그거 아니? 손을 잡으면 계속 화를 내고 있기가 진짜 힘들다는 거. 그러니까 손을 잡아. 산책하러 나갈 때도, 텔레비전을 볼 때도. 손을 잡으면 알 수 있어. 너와 나. 영원히."

"간단하네요?" 루이사는 미소를 짓는다.

"또 하나 중요한 거! 식당에 가면 그이는 항상 내가 좋아하는 음식을 주문해. 반쯤 먹고 서로 접시를 바꿔. 무슨 말인지 알겠지? 그냥 옆에 있는 게 아니라 더불어 살아야 하는 거야."

루이사는 고개를 끄덕인다. 그녀는 식당에 가본 적이 없지만 피스켄과 함께 아이스크림을 훔치면 반씩 바꿔서 먹곤 했다.

"여긴 자녀들이에요?" 루이사는 대시보드에 테이프로 붙여놓은 다른 사진을 가리키며 묻는다.

"응, 맞아, 일곱 명!"

"일곱 명이요? 그럼 남편과 밤에 영화 보러 갈 생각도 안 해봤겠네요?" 루이사가 외치자 테드가 앞좌석 사이로 몸을 내밀고 나무란다.

"루이사! 그런 말 하면 안 돼!"

"왜요? 그냥 물어본 건데. 아니, 저도 아이 좋아하고 그렇지만…… 일곱 명이라니!" 루이사는 콕 집는다.

택시 기사는 그냥 씩 웃기만 한다.

"일곱 명이야. 이제는 다들 컸지. 두 명은 죽었고. 하지만 손주가 있어! 그리고 알베르트도 있고! 인간은 뭔가를 계속 살아 있게 해야 해, 알겠지? 그러지 않으면 인간이 아니야."

루이사는 진지하게 고개를 끄덕이고 덧붙인다.

"테드 아저씨는 아이를 싫어해요. 갓난아이를 무서워해요."

"내가 무슨 갓난아이를 무서워한다고 그래!" 테드는 짜증을 내며 반발하다가 실수로 알베르트를 치고 만다.

"맞아요, 맞아. 아저씨 진짜 용감해요." 루이사는 키득거리고 택시 기사는 빙그레 웃자 테드는 그 둘을 노려본다.

"아니, 기차 차장은 내가 감옥에 다녀왔다고 믿었잖아!" 그가 쏘아붙인다.

바보가 된 기분이 들면 바보 같은 말을 많이 쏟아내게 된다.

"맞아요. 하지만 금융 범죄나 그런 것 때문이죠. 아니면 인도에서 자전거를 탔다든지." 루이사는 알려준다.

"나는 정말로 감옥에 다녀왔을 수도 있고 갓난아이를 무서워하지도 않아." 테드는 이렇게 말하지만, 어느 쪽이 더 엄청난 거짓말인지는 그도 가늠이 잘되지 않는다.

커브를 돌자 알베르트가 휘청거리다 결국 테드의 무릎 위로 쓰러진다.

"개도! 개도 무서워하지 않잖아?" 택시 기사는 용기를 북돋우려는 듯 고개를 끄덕인다.

"그냥 엄청 좋아하지는 않을 뿐이죠……." 테드는 끙끙대며 알베르트를 조심스럽게 다시 제자리에 앉히고 안전벨트를 매준다.

잠시 후 택시 기사가 액셀을 밟고 핸들을 움켜쥐자 차체 곳곳이 비명을 지른다.

"다 왔다! 저기 있어!"

멀리서 열차 소리가 들린다. 택시 기사가 기차역 계단 옆에 미끄러지듯 차를 대자 이미 안전벨트를 풀어놓은 루이사가 아직 제대로 서지도 않은 차에서 뛰어내린다. 그녀의 신발이 땅바닥에 긁혀 고무 조각이 눈가루처럼 발치에서 흩날린다.

"이건 정말이지 좋은 생각이 못 돼!" 테드는 알베르트에게 말한다. 요즘은 그의 말에 귀를 기울여주는 친구가 알베르트밖에 없다.

잠시 후 테드도 차에서 뛰어내려 있는 힘껏 달린다. 아니, 있는 힘껏 절뚝절뚝 간다. 저 앞에서 뭐에 씐 사람처럼 손을 흔들고 소리를 지르며 계단을 달려 올라 승강장으로 뛰어가는 루이사가 보인다. 우레와 같은 소리와 함께 정거장으로 들어선 열차가 우레와 같은 소리와 함께 그녀의 앞을 그대로 지나간다.

"잠깐만!" 루이사는 고함을 지르지만 열차는 아랑곳하지 않는다. 이미 어둠 속으로 몸을 던져 밤의 입속으로 삼켜진다.

그렇게 눈 깜짝할 새 모두 끝나버린다.

테드는 무릎에 손을 얹고 서 있는데, 너무 숨이 가빠서 머리를 굴리는 것조차 아플 지경이다. 루이사가 신과 우주와 기타 등등을 향해 분통을 터뜨리는 소리가 들리지만 이제 와서 그런들 무슨 소용일까.

비척비척 계단을 다시 내려가 보니 알베르트와 택시 기사가 그 자리에서 기다리고 있다. 둘 다 미안해하는 표정이다. 아니, 적어도 택시 기사는 그렇다. 알베르트는 그냥 알베르트의 표정이다.

"타! 다음 정거장으로! 가자고!" 택시 기사가 힘내라는 듯이 외친다.

"절대 따라잡지 못할 거예요." 테드는 한숨을 쉰다.

택시 기사는 웃음을 터뜨린다.

"그럼, 그럼, 당연히 못 따라잡지. 내가 무슨 달나라 로켓도 아니고."

"그런데 뭐 하러 시도하나요?"

택시 기사는 어깨를 으쓱한다.

"다음 정거장에 있는 유실물 센터. 자네가 잃어버린 걸 누가 맡길 수도 있잖아?"

“글쎄요, 워낙 값나가는 거라.” 테드는 우울한 목소리로 말한다.

택시 기사는 다시 어깨를 으쓱한다.

“놀라운 일이 벌어질지도 모르지? 희망이 없으면 어찌 살겠어? 응? 자, 내가 태워다 줄게!”

그래서 그들은 다시 택시에 오르고, 이번에는 좀 더 점잖은 속도로 철길을 따라 조그만 마을로 들어선다. 중심가가 자갈길이라 테드와 알베르트는 뒷자리에서 핀볼처럼 이리 튀고 저리 튄다. 대부분의 가게가 문을 닫은 것 같지만 조그만 미용실과 조그만 카페가 있고, 그 길의 끝에는 수영복이 진열된 조그만 스포츠용품점이 있다. 지금 이 계절에 수영복이라니 낙천적이로군. 테드는 생각한다.

“지금은 아직 부활절이라! 여름이면 여기저기서 관광객들이 많이 와!” 택시 기사가 알려준다.

루이사는 관광객들이 뭣 때문에 오는지 알 수 있을까 싶어 어둠 속을 내다보지만 보이는 거라고는 건물뿐이다. 그런 건물이야 어디든 있다.

“우와! 저거 왜 저래요?” 주차된 어느 차 앞을 지나가는데 앞유리창이 하얀 얼룩으로 덮인 것을 보고 그녀가 묻는다.

“새똥이야. 여기에 엄청 큰 새들이 살거든. 바닷가 근처 마을의 가장 골치 아픈 문제지.” 택시 기사가 대답한다.

루이사는 공기를 마시다 사레가 든 것처럼 캑캑댄다.

“우리 지금…… 바닷가 근처예요?” 그녀는 놀라워하며 간신히 묻는다.

“바닷가 근처냐고? 여기서 우회전만 하면 바다로 풍덩이야!” 택시 기사는 씩 웃는다.

하지만 그녀는 다음번 정거장을 향해 좌회전하며 덧붙인다.

"새하고 관광객은 서로 비슷해. 시끄럽게 떠들면서 난장판을 만드는데, 거기다 대고 총을 쏘면 안 된단 말이지……."

택시가 정차하자 루이사는 문을 열고 놀라워하며 바깥의 어둠을 여러 모금 깊이 들이마신다. 짠맛이 난다.

"바다라니." 그녀는 했던 말을 다시 한다.

테드는 점점 커져가는 공포를 달래며 이 주머니, 저 주머니를 뒤지느라 정신이 없어서 그녀의 말을 듣지 못한다.

"으악, 지갑이 없어! 기차에 여행 가방 다 두고 내렸어!" 그는 절망하며 울부짖는다.

"저 돈 있어요." 루이사는 차분하게 말하고 주머니에서 꼬깃꼬깃한 지폐를 꺼낸다. "열차에 있던 아저씨 가방에서 꺼낸 거예요."

택시 기사는 돈을 받고 알베르트를 앞자리로 옮기고 둘에게로 고개를 돌린다.

"이제 몸조심해, 알겠지? 잊지 마. 손잡는 거!"

테드와 루이사는 절대, 절대 그럴 생각이 없어 보이지만, 루이사는 자기 몸을 끌어안고 명랑하게 외친다.

"구해주셔서 감사했어요! 그리고 태워다 주신 것도요! 그리고 남편분과의 러브스토리도 잘 들었어요!"

테드는 조금 자제한다.

"감사했습니다…… 모두 다." 그는 말하고 개를 무서워하지 않는 사람처럼 보이려고 애쓴다.

택시 기사는 마지막으로 그를 위아래로 훑어본다.

“뭐라더라? 오늘이 남은 인생의 첫날이다. 맞지? 그러니까 잘 살아봐!”

테드는 그날 밤을 무사히 버티는 데 집중해도 모자란 느낌이지만 택시 기사가 뚫어져라 쳐다보니 고개를 끄덕이는 수밖에 없다. 잠시 후에 그녀와 알베르트는 모퉁이를 돌아 해가 뜨는 곳을 향해 먼 길을 달린다. 테드는 멀어지는 그들을 보며, 피곤한 몸을 이끌고 인생이 길건 짧건 문제는 기간이 아니라 속도라는 생각을 한다. 살아 있는 동안에는 너무나 많은 일이 벌어지고 모든 게 미친 듯이 빠른데, 어떻게 사람답게 살 시간을 확보할 수 있을까?

루이사가 뒤에서 헛기침을 두 번 한다.

“저한테는 고맙다고 안 하실 거예요? 택시비를 냈는데?” 그녀가 묻는다.

테드의 눈썹이 춤을 춘다.

“내 돈으로 냈는데?”

“그래도 고맙다고 할 수 있는 거 아니에요?” 루이사는 기분 상한 투로 지적하고 ‘유실물 센터’라고 적힌 팻말 쪽으로 걸음을 옮긴다.

테드는 나무도 쓰러뜨릴 만큼 크게 한숨을 쉬며 그녀를 따라간다. 남은 인생의 첫날 밤이 철퍼덕하는 소리로 시작된다.

“개똥 조심해요!” 루이사가 정확히 1초 늦게 외친다.

<h1 style="text-align:center">39</h1>

머리는 오래전에 잊은 것을 몸은 희한하게 기억할 때가 있다. 바다 냄새, 철퍼덕하는 소리.

"**조심해!**" 요아르가 개똥을 밟고 1초 뒤에 알리가 외쳤다.

"아아아아아아아아악." 요아르는 고함을 질렀다.

"그거 개똥이야." 알리가 유익한 정보를 건넸다.

요아르가 한쪽 다리로 껑충껑충 뛰어다니며 먼저 그녀의 몸에, 그 다음에는 테드와 화가의 몸에 대고 개똥을 닦으려 하자 그들은 경악하며 비명을 지르고 웃음을 터뜨렸다. 7월이 반쯤 지났을 무렵, 시간이 다 어디로 사라졌는지 문득 의아해지는 시기였다. 여름방학이 중간쯤 지났을 즈음에 느껴지는 특유의 슬픔이 있다.

"저게 뭐지?" 화가가 갑자기 묻자 그들은 일제히 웃음을 멈췄다.

그날은 그들이 죽은 새를 본 날이었다. 여름의 끝이 시작된 날이었다.

며칠 동안 비가 왔지만 그날은 잠깐 해가 비쳤다. 그들은 그날 아침에 잔교로 달려가며 누가 먼저 옷을 벗어서 하늘로 던지는지 시합을 벌였다. 이후 햇볕에 몸을 말리며 테드가 집에서 들고 온 쿠키를 먹고 요아르가 훔친 콜라를 마셨다.

"밤새 비가 내린 날은 항상 냄새가 참 좋아." 알리가 말했다.

"비 냄새야." 테드가 말했다.

"뭐라고?" 셋이 동시에 입을 멍하니 벌리며 반문했다.

그는 그들과 눈을 맞추지 않았다. 뭔가를 설명할 때면 부끄럽고 잘난 체하는 것처럼 보일까 봐 불안했다.

"그거 비 냄새야. 다들 흙에서 나는 냄새인 줄 알지만, 실은 포장도로와 돌 근처에서 가장 확실하게 나."

"그리고 잔교 위에서도 그렇겠지?" 알리는 살아 있는 덩치 큰 친구라도 되는 듯 잔교를 토닥이며 말했다.

"너희는 그런 걸 어떻게 아냐?" 요아르는 놀라워했다.

"만화에서 읽었어. 상어가 피 냄새를 맡는 것보다 인간이 비 냄새를 더 확실하게 맡는대." 테드가 대답했다.

"너는 선생님이 되어야겠다." 알리가 추천했다.

"맞아." 화가도 맞장구쳤다.

그의 진로를 결정하기에 그거면 충분할지 몰랐다.

"근데 상어가 비 냄새를 왜 맡아야 하지?" 요아르가 중얼거렸다.

그들은 처음에는 그의 말에, 다음에는 그와 함께 웃음을 터뜨렸다.

"어젯밤에 텔레비전 봤어? 돈을 날린 백만장자 이야기?" 알리가 물었다.

“응, 쌤통이더라.” 요아르는 콧방귀를 뀌었다.

“그러지 마, 나는 불쌍하던데.” 알리가 말했다.

“왜? 그게 뭐가 불쌍해? 거의 대부분의 사람들이 존나 가난하게 사는데!”

“그렇지, 하지만 우리는 평생 가난했잖아. 그 여자는 이제 막 시작이고.”

둘은 평소처럼 그 문제를 두고 제법 긴 시간 동안 옥신각신했다. 그걸 보면 요아르와 알리의 상상력에 한계가 없다는 걸 알 수 있었다. 그렇지 않고서야 서로를 그토록 끔찍이 사랑하는 두 사람에게 싸울 거리가 그렇게 많을 수 없었다.

“그나저나 물감이랑 붓이랑 캔버스랑 그림 그리는 데 필요한 기타 등등 살 돈을 어떻게 마련하지?” 테드가 물었다.

“고민할 필요 없어…….” 화가가 냉큼 웅얼거렸다. “대회를 그냥 포기하면 돼.”

두말하면 잔소리지만 그가 그 생각을 포기하는 쪽이 빨랐다.

“알리한테 노래 아르바이트를 시키면 어떨까? 미워하는 사람한테 보내서 노래를 부르게 하는 거지!” 요아르가 의견을 내놓았다.

“너한테 딱 두 개 있는 뇌세포 중에서 하나를 팔면 어떨까?” 알리가 되받아치고 물에 던질 돌맹이를 주우러 일어섰다. 그녀는 요아르 아니면 물에 돌을 던지며 노는 것을 좋아했다.

“궁뎅이로 분장하려는 사람한테 네 얼굴을 팔면 어떨까?” 요아르가 이렇게 대답했다.

그녀는 실망했다는 듯이 한숨을 쉬었다.

"도대체 무슨 소리야? 약 올리는 실력이 겨우 그것밖에 안 돼?"

요아르의 얼굴이 벌게졌다.

"네가 궁뎅이같이 생겨서 약 올리려는 말을 제대로 알아듣지 못하는 건 아니고?"

그들은 온종일 그런 식으로 티격태격했다. 열네 살 때는 이보다 끔찍한 날, 이보다 훨씬 끔찍한 날도 얼마든지 있을 수 있다. 화가는 똑바로 누워서 콧구멍으로는 바다 냄새를 맡고, 귓구멍으로는 친구들 목소리를 들었다. 그는 나중에 그 느낌을 살려서 하늘을 그릴 것이었다. 천국은 여름이다.

그러고 나서 집으로 가던 길에 그들은 철퍼덕하는 소리를 들었다. 요아르가 개똥을 밟은 순간이었다. 그가 테드의 옷에 대고 개똥을 닦으려 하자 알리가 놀렸다.

"테드는 그게 똥이라서 기겁하는 게 아니라 개똥이라서 기겁하는 거야!"

"아니야, 기겁하지 않았어!" 테드는 반박했다.

테드 아버지의 장례식을 치르고 쓰레기 봉지에 쫓기면서 안경을 맞춰야겠다는 사실을 인지하고 1주일이 조금 지난 때였다. 그는 매일 저녁 어두컴컴한 집으로 돌아가 소리가 울리는 이 방, 저 방을 조용히 걸어 다니며 빈 맥주 캔을 수거했다. 친구들은 그가 정적 속에서 익사하지 않게 아침마다 인정사정없이 놀렸다. 그것 말고는 아는 방법이 없었다.

알리는 자못 진지한 척했다.

"저거 혹시 사람 똥일까, 테드? 그럼 좀 더 괜찮아?"

"아니라니까!"

요아르가 소리를 질렀다.

"으웩! 사람 똥이면 어쩌라고!"

그는 신발을 벗어서 인도 가장자리에 대고 긁었다. 그러느라 손가락에 똥이 눈곱만큼 묻자 그는 손을 통째로 긁어내고 싶어 하는 듯한 표정을 지었다. 알리는 그걸 보고 웃음을 터뜨렸는데, 안타깝게도 입안 가득 쿠키를 담고 있었기에 그걸 테드의 얼굴 위로 스프링클러처럼 내뿜었다. 더러워서 어쩔 줄 몰라 하는 그를 보고 심지어 화가마저 키득거렸다.

"으악, 쿠키 부스러기를 얼굴에 뒤집어쓰다니 테드는 차라리 바지에 개똥을 묻히는 편이 낫다고 생각할 거야!"

그들은 배를 잡고 웃었고 그러느라 알리가 실수로 요아르를 커다란 덤불 속으로 넘어뜨렸다. 그는 덤불 속으로 사라졌다가 생일 케이크 안에서 갑자기 등장하는 사람처럼 벌떡 일어났다. 바로 그때 화가가 무언가를 보았다.

"저게 뭐지?" 그가 물었다.

덤불 깊숙한 곳에 그물에 엉킨 새가 누워 있었다.

"숨 쉬고 있어? 옆으로 눕혀봐! 인공호흡 해야 하나?" 알리는 여러 가지 일을 잘했지만 긴장하면 아무것도 하지 못했기에 당황해서 아무 말이나 늘어놓았다.

"그 냄새 나는 입으로 인공호흡은 하면 안 되지……." 요아르가 그녀의 반대편으로 고개를 돌리며 툴툴댔다.

"쿠키 때문에 그래……." 알리는 손으로 입을 막으며 중얼거렸다.

테드가 새를 집으려고 손을 내밀었지만 요아르가 그 손을 얼른 쳐서 옆으로 치웠다.

"새는 건드리면 안 돼! 그러면 어미가 영영 데려가지 않는다고!"

테드는 새 위로 몸을 숙이고 머뭇머뭇 말했다.

"이 새는 은퇴해도 될 나이로 보여. 어미가 없을 거야."

화가도 몸을 앞으로 숙이고 조용히 덧붙였다.

"게다가 죽었어."

요아르는 덤불 속으로 고개를 들이밀고 인정했다.

"그러게. 깃털 주변이 조금 칙칙해 보이긴 한다."

"그리고 죽었어!" 알리가 짚고 넘어갔다.

요아르가 조심스럽게 그물을 풀었다. 화가가 땅바닥에 조그만 구멍을 팠고 다 같이 새를 거기에 묻어주었다. 요아르가 뭐라도 한 마디 해야 한다고 하자 다들 테드를 쳐다보았다. 말 담당이 그였다. 그래서 테드는 아버지의 장례식 때 목사가 했던 말을 기억나는 대로 최대한 따라 했다.

"모든 것에는 때가 있습니다. 태어날 때와 죽을 때, 심을 때와 갈아엎을 때. 울 때와 웃을 때. 슬퍼할 때. 춤을 출 때."

그가 입을 다물자 요아르는 눈을 훔쳤고 알리는 서글프게 댄스 스텝을 몇 번 밟았다. 화가는 무덤을 흙으로 덮었다. 그런 다음에야 그들은 덤불 속에서 쨱쨱거리는 소리를 들었고, 그렇게 해서 아직 살아 있는 두 번째 새를 찾았다.

그물에 걸린 채 버려져서 초췌해진 새였다. 친구들은 잠시 머뭇거렸다.

"네가 해……." 알리가 화가에게 속삭였다. 새를 가만히 그물에서 꺼낼 수 있는 사람이 그밖에 없었다.

세상에는 그런 손길의 소유자가 있다. 모든 생명체에게 절대 그들을 해치지 않을 손이라는 것을 본능적으로 알게 하는 손길 말이다. 그가 새를 손에 얹고 가만히 하늘로 들었지만, 새는 자유의 몸이라는 걸 모르는지 날아오르지 않았다.

"몸속을 다쳤나?" 테드가 슬퍼하며 물었다.

"그냥 무서워서 그렇겠지!" 요아르가 말했다.

"그게 그 말이야." 테드는 조심스럽게 짚었다.

"얘를 넣을 만한 뭔가가 있을까?" 알리가 물었다.

"나한테 있어." 화가는 말하고 빈손으로 자기 배낭에서 조심스럽게 상자를 꺼냈다.

다른 셋은, 심지어 새까지 살짝 걱정하는 눈빛으로 상자를 흘끗 쳐다보았지만 용감하게 이렇게 물은 사람은 알리 혼자였다. "약을 넣고 다니는 상자야?"

"으음." 화가는 솔직히 인정했다.

"그런들 뭐가 어때서? 약이 남아 있다 해도 진통제일 거잖아! 우리가, 그래, 수의사보다 낫다고!" 요아르는 선언하고, 화가를 거들어 수의사라면 절대 권하지 않을 방식으로 새를 상자에 눕혔다.

요아르가 집까지 새를 들고 갔고, 비가 내리기 시작하자 자기 몸으로 비를 막았고, 그들의 동네가 거의 보이자 딱 잘라 말했다.

"내가 데려갈게. 어떻게 살릴 수 있을지 우리 엄마가 알 거야."

친구들은 감히 딴죽을 걸지 못했다. 하지만 잘못된 선택의 대마왕인 알리조차 그게 잘못된 선택이라는 걸 알았다.

등 뒤에서 비와 바람이 그들의 어린 시절을 통째로 품고 사라졌다.

40

테드는 바보다. 유실물 센터는 문이 닫혀 있다. 당연하다. 한밤중이니까. 그는 무슨 생각을 하고 있었던 걸까? 어두워서 좋은 이유가 딱 하나 있다면 그가 바보 같은 자신의 모습에 얼굴을 붉히는 것을 아무도 볼 수 없다는 점이다.

"문 따고 들어가면 돼요." 루이사가 열띤 목소리로 말한다.

"우리가 절대 문을 따고 들어갈 일은 없어." 테드는 쏘아붙인다.

그는 그러면 문이 생각을 바꿀지 모른다는 듯, 잠긴 문을 다시 한 번 잡고 흔들어본다. 그런 다음 속으로 아주, 아주 심한 욕을 내뱉는다. 이제는 여행도 지긋지긋하고 자기 자신도 지긋지긋하다. 그는 화가가 얼마나 희한했는지 떠올린다. 그는 20대에 여행 다닌 이야기를 할 때마다 행복해서 목소리가 탄산음료처럼 톡톡 튀었다. 미친 거지. 테드는 생각한다.

"금방 끝낼 수 있어요! 이 잠금장치, 어렵지도 않아요!" 루이사는 주장한다.

"우리가 절대 문을 따고 들어갈 일은 없다니까!"

"그럼 어쩔 건데요?"

"모르겠다. 네가 옆에서 계속 종알거리니까 도무지 아무것도 생각할 수가 없잖아!"

"알았어요. 생각 다 끝냈어요?" 그녀는 약 9초 뒤에 묻는다.

"아니."

15초가 지난다.

"지금은요?"

"아니!"

"저기요. 아저씨가 생각하는 동안 그냥 문 따면 안 되냐고요?"

그녀는 배낭에서 스크루드라이버를 꺼내 채비를 갖춘다.

"부탁인데…… 2분 동안만 네가 아닌 다른 사람이 되어주면 안 될까?" 그는 애원한다.

"아저씨가 다른 사람이 되는 편이 더 쉽지 않을까요?" 그녀는 제안하며 문 쪽으로 걸어간다.

"안 돼! 잠깐만!"

"제가 그냥―"

"하지 말라고 했다!"

"하지만 금세 끝난다니까요! 제가 그냥―" 그녀가 고집을 부리자 그가 폭발한다.

"너 도대체 왜 그러니? 문이 잠겨 있는데, 우리가 열차에서 내린 뒤에 누가 뭘 여기 맡길 수 있었겠어?" 그는 의도했던 것보다 훨씬 더 화가 난 투로 버럭 외친다.

"아." 그녀는 중얼거리며 마지못해 스크루드라이버를 내려놓는다.

"그냥…… 가만히 있어! 이게 다 애초에 너 **때문에** 생긴 일이잖아!" 그가 느닷없이 호되게 쏘아붙이자 그녀는 그가 뭘 던지기라도 한 것처럼 움찔한다.

테드는 평생 무슨 짓을 저질러놓고 그렇게 당장 후회한 적이 없었다. 루이사는 얼른 뒷걸음질을 치다 자기 발에 걸려 넘어질 뻔한다.

"제가 그걸 모를 줄 아세요?" 그녀는 아랫입술이 떨리는 것을 그에게 들키지 않으려고 입술을 깨물며 조그맣게 속삭인다.

"미안하다, 그런 뜻에서 한 말이……." 테드는 말하지만 이미 엎질러진 물이다.

그녀는 두 팔을 쳐들고 열심히 눈을 깜빡인다.

"아니에요, 아니에요, 아저씨 말이 맞아요. 제 잘못이에요! 제가 처음부터 그 망할 그림을 받고 싶지 않았던 이유가 그 때문이라고요. 아저씨가 금방 저한테 실망할 거라는 걸 알았으니까요. 그래서 차라리……."

그녀는 울음을 참으며 알맞은 단어를 찾는데, 이는 덜덜 떨리고 혀는 숨을 곳을 찾아 헤맨다. 테드는 죄책감으로 과거의 그 어떤 때보다 마음이 무거워진다. 언성을 높이는 어머니 앞에 서 있는 자기 자신을 보는 것 같기 때문이다. 어른이 어린아이에게 소리를 지르는 건 폭력이다. 자기들도 한때는 어린아이였기에 그 사실을 알지만 그럼에도 우리는 여전히 소리를 지른다. 번번이 인간 노릇에 실패한다.

그래서 루이사가 자기 심정을 설명할 단어를 찾지 못하자 테드가 자음 하나하나가 떨릴 만큼 갈라진 음성으로 대신 채워준다.

"그래서 차라리…… 나를 당장 떠나는 게 좋겠다고 생각했니? 그렇게 말하려고 했어? 누군가가 좋아해 주길 바라는 게 너무 무서워서? 차라리 포기하는 편이 더 쉬워서?"

"네." 그녀는 조그맣게 말한다.

그는 양복 재킷 아래에서 갈비뼈가 덜거덕거릴 정도로 깊게 숨을 들이마신다. 그러고는 고백한다.

"나도 네가 떠나기 한참 전에 너를 두고 떠날까 고민했어. 네가 화장실에 갔을 때 기차에서 내릴까 고민했지."

그 말에 그들 사이에서 흐른 정적의 시간이 신기록을 경신한다.

"우리는 누군가를 버리는 데 젬병이네요." 한참 만에 그녀가 중얼거린다.

"연습해야겠어." 테드는 미소를 짓는다.

그녀도 미소를 짓는다. 두 사람 다 서로에게 할 말이 더 있었을지 모르지만 그럴 시간이 없다. 뒤편 어둠 속에서 들린 음성이 그들의 대화를 방해한다.

"여기 계셨군요!"

안타깝게도 그 목소리의 주인은 그들이 어떤 밤을 보냈는지, 아무도 없는 어둠 속 열차 승강장에서 들린 음성이 지금 그들에게 어떤 영향을 미칠지 전혀 모른다. 예쁘게 울 수 없는 중년 남자 특유의 벌게진 얼굴을 하고 있던 테드가 놀라서 고개를 홱 돌린다. 루이사는 당장이라도 출정할 준비가 된 사람처럼 양손에 스크루드라이버를 하나씩 쥐고 분노로 이글거리는 두 눈을 부릅뜨며 몸을 돌린다. 그들 앞 승강장에 서 있던 여자는 하마터면 선로로 떨어질 뻔한다.

"아…… 저기……." 여자는 말을 더듬는다.

열차에서 만났던 그 아이 엄마다. 조금 멀리 떨어진 곳에 어떤 남자가 졸린 동시에 겁에 질린, 공존하기 어려운 두 감정이 한데 뒤엉킨 표정으로 유아차와 함께 서 있다. 루이사는 어떤 아이의 엄마를 스크루드라이버로 공격할 뻔한 사람답게 헛기침을 하며 얼른 드라이버를 등 뒤로 감춘다. 테드는 양복 재킷으로 얼굴을 닦는다.

"어…… 안녕하세요." 루이사는 가까스로 인사를 건넨다.

"여긴…… 어쩐 일이세요? 한밤중에?" 테드는 의아해한다.

"두 분을 기다리고 있었어요!" 여자는 중심을 되찾고 열띤 미소를 지었다가 테드의 얼굴을 보고 외친다. "어머, 이게 무슨 일이에요?"

처음에 테드는 그게 무슨 뜻인지 몰랐다가 딴 사람에게 빌린 몸이라도 되는 듯 자기 자신을 쳐다본다. 바지는 울타리를 넘다 찢어졌고 재킷은 숲속에서 주운 것처럼 보이며, 테이프로 고정한 안경은 코에 죽을 등 살 등 매달려 있고, 얼굴은 눈물범벅인 동시에 여기저기 혹이 생기고 멍이 들었다.

"말하자면 얘기가 길어요……." 그는 체념한 투로 말한다.

"괜찮으세요? 의사를 부를까요?" 아이 엄마는 아이 엄마답게 이렇게 묻는다.

"그러실 것 없어요." 테드는 말한다.

"배고프세요? 유아차에 쿠키 있는데! 뭐 좀 드셔야겠어요!" 그녀는 말하고 대답을 기다리지도 않은 채 외친다. "여보! 쿠키 좀 가져다줄 수 있어?"

유아차와 함께 서 있던 남자는 동물원에서 방금 '동물들에게 먹이를 주지 마세요'라고 적힌 팻말을 본 사람처럼 아주, 아주 조심스럽게 다가온다.

"괜찮아요, 별로 배고프지 않―" 테드는 사양하려 한다.

"드세요!" 여자의 말투는 다정하지만 단호하다.

남자는 먹는 편이 좋을 거라고 분명하고 간결하게 권하는 눈빛으로 테드를 쳐다본다. 그래서 테드는 쿠키를 먹는다. 루이사도 마찬가지다.

"좋은 엄마가 되시겠어요…….” 루이사는 말한다.

"뭐라고?” 여자는 뻣뻣하게 미소를 짓는다. 누가 봐도 뭘 먹으면서 말을 한다는 걸 못마땅하게 여기는 표정이다.

"아니에요…….” 루이사는 웅얼거리고 쿠키를 한 개 더 입 안에 쑤셔 넣는다.

남자는 아내를 보며 조심스럽게 헛기침을 한다.

"여보, 이제 그만……?”

여자는 흠칫 놀란 표정을 지었다가 명랑하게 재잘거린다.

"아! 맞다! 죄송해요! 두 분이 짐을 두고 내린 걸 차장님이 알아차렸어요! 남편이 역으로 저를 데리러 오기로 했기 때문에 제가 그걸 들고 내려서 유실물 센터에 맡기려고 했거든요. 그런데 아니나 다를까, 문이 닫혔더라고요. 제가 워낙 깜빡깜빡해서요. 아이를 낳고 이렇게 됐어요!”

그녀는 자기가 무슨 말을 하려는 건지 당연히 알겠거니 하는 표정으로 미소를 짓기에 루이사와 테드는 예의 바르게 그냥 고개를 끄덕이고 쿠키를 좀 더 먹는다. 피곤해서 머리가 잘 돌아가지 않던 그들은 몇 초가 지난 뒤에야 그녀의 말뜻을 알아듣는다. 그제야 그녀의 옆에 있는 것이 두 사람의 눈에 들어온다. 테드의 여행 가방과 그림이 담긴 상자다.

"그렇죠! 그렇죠! 그렇죠! 그렇죠!" 루이사는 유아차 위로 과자 부스러기 세례를 퍼부으며 쩌렁쩌렁 울리는 목소리로 외친다.

그녀는 속이 메슥거릴 정도로 안도하다가 히스테리 환자처럼 웃음을 터뜨린다. 신체적인 접촉을 하지 않아도 그러는 게 가능했다면 여자의 목을 끌어안았을 것이다.

"저기요." 테드는 말하지만 목소리가 작아서 아무도 듣지 못한다. 마침 이때 여자가 신난 목소리로 이렇게 외쳤기 때문이다.

"망가진 게 없으면 좋겠네요! 상자 안에 뭔지 몰라도 부서지기 쉬운 게 담겨 있는 것 같던데!"

"멀쩡해요, 모든 게 멀쩡해요!" 루이사는 상자 안을 내려다보며 그녀를 안심시킨다.

"저기……." 테드는 다시 말을 꺼내지만 이번에도 헛수고다.

"아저씨 여행 가방도 여기 있어요!" 루이사는 불쑥 외치고, 누가 그의 돈을 훔쳐갔다고 알려주려는 사람처럼 가방 주머니를 뒤지다 범인이 자기 자신이라는 사실을 깨닫는다.

"저…… 조그만 상자도 있었을 텐데요. 제 여행 가방 옆에요, 크기는 이만하고……."

여자는 무심하게 그를 돌아본다.

"맞아요. 그거 빈 상자 아니에요?"

테드는 세상이 빙글빙글 도는 것처럼 휘청한다.

"뭐라……고요?"

여자는 고개를 한쪽으로 갸우뚱한다.

"어머, 빈 상자 아니었어요? 너무 가볍길래…… 쓰레기인 줄 알았어요."

테드의 입이 떡 벌어지지만 비명은 들리지 않는다. 루이사는 테드와 여자와 그림을 차례대로 쳐다보다가 바람 빠진 풍선 인형처럼 풀썩 쓰러진다.

"그래서…… 그래서 그 상자는 어떻게 됐어요?" 그녀는 묻지만 대답을 들을 용기가 나지 않는다.

여자는 초조하게 머리를 긁적인다.

"차장님이 버린 것 같은데. 중요한 물건이었어요? 어떡해요, 내가 아무 생각 없이…… 애기 낳고 정신이 없어져 가지고……."

테드는 정신을 수습하지만 나지막이 속삭일 때 목소리가 갈라지는 건 어쩔 수 없다.

"아니에요, 아니에요, 제발. 그러지 마세요. 이렇게 도와주신 것만으로도 충분하고 남아요. 이 큰 상자가 제일 중요해요. 다른 상자는…… 뭐, 신경 쓰실 것 없어요. 정말 감사합니다. 보답을 어떻게든 하고 싶은데……."

여자는 고개를 젓는다.

"무슨 말씀이세요! 제가 도움이 됐다니 기뻐요. 아까 열차에서 마음 편히 화장실 다녀올 수 있게 도와주셨잖아요. 애 엄마들은 그런 배려를 절대 못 잊는답니다." 그녀는 루이사를 보며 미소를 짓는다.

루이사는 그림이 담긴 상자를 품에 안는데, 화가의 유골이 없어졌다는 충격으로 아무 말도 하지 못한 채 그대로 얼어붙는다. 그래서 테드가 잠긴 목소리로 같은 말을 반복한다.

"감사합니다. 정말 감사합니다."

그는 상자 위로, 루이사의 손과 거의 닿을락 말락 한 위치에 가만히 손을 얹어서 그녀를 위로한다.

여자는 생글생글 미소를 짓고는 쪽지에 집 주소와 연락처를 적어서 그에게 준다.

"다시 여길 지나실 일이 있으면 연락 주세요. 손님방이 있으니까 언제든 재워드릴 수 있어요."

테드는 뭐라고 답을 하면 좋을지 알 수 없어 쪽지에 자기 이름과 연락처를 적어서 준다. 그걸 뭐에 쓸 수 있을까 하는 생각이 들자 민망해진다.

잠시 후에 여자와 남편은 손을 흔들고는 몸을 돌려 유아차를 밀며 밤 속으로 사라진다. 테드는 쪽지와 함께 그 자리에 남겨지고, 루이사는 믿기지 않는 보물이라도 되는 듯 그 쪽지를 쳐다본다. 손님방이라니 저 사람들 대궐에 사는 거야, 뭐야?

"이제 가요!" 그녀는 중얼거리고, 그림이 담긴 상자를 좀 더 단단히 붙잡고 걸음을 옮기기 시작한다.

"어디 가려고?" 테드는 외친다.

"택시 잡아서 열차 쫓아가야죠! 유골은 찾아야 할 거 아니에요!"

하지만 테드는 그녀를 따라나서지 않는다. 그 자리에 가만히 서 있는데, 조금 멀리서 새 떼가 날개를 퍼덕이며 하늘로 날아오르는 소리가 들린다고 장담할 수 있다.

"아냐, 아냐, 잠깐만……." 그는 말한다.

그러자 루이사는 그를 돌아보고 또다시 오해한다. 거짓말이 아니라 그녀는 오해하는 실력이 나쁘지 않은 편이다.

"저랑 같이 가기 싫으세요? 전부 제 잘못인 거 알아요! 그냥 도울 수 있게만 해주세요……."

테드는 날아가던 비행기를 세우려는 듯 천천히 손을 흔든다. 어쩌면 루이사의 입을 다물게 하는 것과 난이도가 거의 비슷한 일일지 모른다. 그는 초조하게 안경을 벗었다가 쓰기를 여러 번 반복한다. 이 일이 모두 끝나면 테이프가 아주, 아주 많이 필요하게 생겼다.

"아냐, 아냐, 루이사. 네 잘못이 아니야. 내가 그런 말을 하면 안 되는 거였어. 너는 평생 그 그림과 그 그림 속의 아이들을 상상했을 텐데 그중에서 유일하게 만난 사람이…… 나였으니. 그리고 나는 처음부터 끝까지 그냥…… 이 모양, 이 꼴이었어. 네가 다른 친구들을 만났어야 해. 그러면 좋아했을 텐데."

"저는 아저씨 좋아요." 그녀는 버림받기 직전에 놓인 사람처럼 조그맣게 속삭인다.

그는 점점 벗어져 가는 이마를 긁는다.

"내 절친이 죽기 전에 마지막으로 부탁한 게 그 그림이랑 너였는데, 내가 양쪽 모두 제대로 챙기질 못했네. 이 모든 상황이 동화처럼 전개되지 않아서 미안하다. 전에 그 그림으로 만든 엽서를 봤을 때 어떤 기분을 느꼈다고 했더라? 잠이 들었다가 눈을 뜨면 그 잔교였으면 좋겠다는 생각이 들었다고 했던가? 그리고…… 수영을 배우고 싶었다고?"

루이사는 품에 안은 상자에 대고 눈물을 닦는다.

"저를 떠맡게 해서 미안해요, 테드 아저씨. 그리고 제가…… 이 모양, 이 꼴인 것도 미안하고요. 네? 전부 미안하다고요! 하지만 일단 가요! 택시 잡아서 그 열차를 쫓아가야……."

하지만 테드는 그 자리에서 꼼짝하지 않는다. 주머니에 손을 넣고 하늘을 올려다보고 심호흡을 하며 바다와 개똥 냄새를 느낄 뿐이다. 그는 죽은 모든 것, 그리고 그보다는 아직까지 살아 있는 모든 것을 떠올린다.

"너 정말 문 딸 수 있니?" 잠시 후에 그가 묻는다.

"네, 그럼요." 그녀는 누구나 할 수 있는 일이라도 되는 듯 코를 훌쩍인다.

"그럼 가자. 나한테 좀 더 좋은 생각이 있어." 그는 말하고 반대 방향으로 걸음을 옮기기 시작한다.

"안 돼요, 열차 쫓아가야 해요! 유골함 찾아야죠!" 그녀는 외친다.

테드는 탄산음료 같은 목소리로 대답한다.

"괜찮아. 그 친구는 항상 자기가 얼마나 여행을 좋아하는지 떠들어댔거든."

그래서 두 사람은 열차를 쫓아가지 않는다. 대신 조그만 상점가로 향해 스포츠용품점을 찾아간다. 루이사가 문을 따고 테드는 사과의 쪽지를 쓴다. 그들은 카운터 위에 돈을 남기고, 진열되어 있던 수영복과 수건을 챙긴다.

곧 해가 뜰 것이다. 그들은 바닷가로 걸어간다. 그가 그녀에게 수영을 가르쳐준다.

41

네 친구는 새를 발견해서 한 마리는 묻어주고 한 마리는 살린 뒤 네거리에서 뿔뿔이 흩어지며 외쳤다. "내일 만나! 내일 만나! 내일 만나! 내일 만나!" 테드는 어깨 너머를 돌아보며 요아르의 몸을 최대한 오랫동안 눈에 담았다. 그때는 아무도 몰랐지만 그들에게는 바다에서 같이 헤엄칠 수 있는 기회가 딱 한 번 더 남았다.

잠시 후 요아르는 어머니와 함께 자기 방 바닥에 앉아서 안절부절못하며 물었다.

"우리 뱃속에 든 걸 토해야 할까요?"

요아르는 다친 새를 어떻게 하면 되는지 어머니가 정확히 알 거라고 믿어 의심치 않았는데, 지금 옆에 있는 그녀는 어느 모로 보나 전혀 모르는 눈치였다.

"토한다고?" 그녀가 물었다.

"어미 새들이 그러지 않아요? 먹이를 먹고 둥지로 날아와 뱃속에 든 걸 토해서 새끼들한테 먹이지 않아요?"

"전혀 모르겠네." 그의 어머니는 기뻐하며 웃었다. 그녀는 자기가 모르는 걸 요아르가 알고 있을 때마다 그렇게 기뻐했다.

"테드 말로는 이 새가 새끼가 아닐 수도 있다지만 그걸 도대체 무슨 수로 알겠어요?" 요아르는 새가 위조 신분증을 내민 건 아닌지 살피려는 나이트클럽 문지기처럼 미심쩍어하는 눈빛으로 새를 유심히 들여다보았다.

"아우, 아들. 엄마한테 물어보면 어떡해, 엄마는 아무것도 모르는데." 어머니는 웃음을 터뜨렸다.

"엄마는 모든 걸 살리는 사람이잖아요." 요아르는 아주 진지하게 대답했다.

왜냐하면 실제로 그랬다. 모든 게 죽어 마땅한 집에서 온갖 악조건을 뚫고 식물과 그와 그녀 자신을 지켜냈다.

"나는 참 복도 많지." 그녀는 그를 꼭 끌어안고 조그맣게 속삭였다.

"엄마……." 그는 앓는 소리를 내고 눈을 굴렸다.

하지만 그녀의 말이 맞았다. 10대가 돼서도 어머니를 마주 안아주는 아들은 거의 없다. 그러니 그런 아들을 둔 그녀는 얼마나 복이 많은 걸까?

"애 배고플까? 케이크 있는데! 회사 직원 중에 한 명이 생일이라 남은 거 들고 왔거든……." 그녀는 말했다.

요아르는 웃음을 터뜨렸다. "먼저 물부터 먹여봐야 하지 않을까요, 엄마?"

그녀는 자기 자신을 향해 한숨을 쉬고 양손으로 번갈아 다른 손을 쳤다.

"그래, 그래, 그래야지. 엄마가 진짜 바보다. 긴장만 하면 한심한 소리를 하게 돼……."

그녀는 항상 긴장했고 항상 자신을 한심하게 여겼다. 그녀가 부엌에서 새한테 안 먹일 거면 네가 케이크를 먹겠느냐고 묻자 요아르는 이렇게 대답했다. "두말하면 잔소리 아니에요?"

그러자 그녀는 큰 소리로 웃음을 터뜨리고 마주 외쳤다. "세 말 하면 입 아프고 네 말 하면 멍청이지."

그들은 요아르가 어렸을 때부터 바보 같고 바보 같은 농담을 반복하고 있다. 어떻게 보면 요아르와 그의 친구들이 "내일 만나!"라고 외치는 것과 비슷하다. 그 모든 것에도 불구하고 그들에게는 아직 서로가 있다고 일깨우는 수단이다.

"엄마는 바보 아니에요. 그냥…… 판단력이 좀 부족할 뿐이지." 그녀가 케이크와 물을 들고 다시 오자 요아르는 부드럽게 말했다.

"무슨 말인지 모르겠네." 그녀는 민망함에 미소를 짓다가 자랑스러워하며 이렇게 덧붙였다. "하지만 내가 완전 바보일 리는 없지. 그럼 이렇게 똑똑한 아들을 어떻게 낳았겠어? 그리고 난 어미 새처럼 너한테 먹이겠답시고 먹은 걸 토한 적이 한 번도 없어……."

요아르도 시인했다. "저도 사실 그게 무슨 말인지 몰라요. 테드가 전에 자기 형이 그랬다고 말하는 걸 들었을 뿐이에요……."

그들은 동시에 웃음을 터뜨렸다. 그 집에서 그런 경이로운 소리가 들리다니 그럴 때마다 벽들이 깜짝 놀랐을 것이다. 어머니가 빨대의 한쪽 구멍을 손가락으로 막아서 새에게 한 방울씩 물을 먹이자 요아르는 그녀더러 바보 같다고 하는 사람들이 그 기발한 광경을 보면 좋겠다는 생각을 했다.

왜냐하면 요아르의 어머니에 대해서는 너도나도 할 말이 많았고 슬프게도 대부분의 사람이 노상 수군거렸다. 물론 대놓고 그러는 사람은 없었지만 마을 주민 절반이 그녀의 등 뒤에서 수군댔으니 그렇게 체구가 작은 여자의 등이 어쩌면 그렇게 넓을 수 있었는지 놀라울 따름이었다. 하지만 알리도 종종 짚었다시피 요아르는 "머리는 작은데 귀가 비정상적으로 컸다." 그래서 안타깝게도 어린 나이에 이미 모든 수군거림을 들었다. 동네 주민들과 축구 연습을 같이 하는 친구들의 어머니와 학교 선생님들은 하나같이 요아르의 친할머니가 죽기 전에 했던 것과 똑같은 말을 하며 키득거렸다. 요아르의 어머니는 너무 뾰족한 하이힐을 신고, 가슴이 너무 많이 파인 블라우스를 입으며, 말을 너무 많이 하고, 부끄러운 줄을 몰랐다. 나이에 비해 너무 젊게 입고 다녔고, 너무 어린애처럼 웃었고, 아이를 둔 엄마답지 않게 화장이 너무 진했다. "애가 불쌍하지 뭐야." 요아르는 할머니들이 슈퍼마켓에서 수군대는 소리를 들었는데, 걱정을 가장한 그런 식의 뒷담화가 최악이었다. 요아르의 친할머니가 그 방면에서는 능력이 출중했고 그녀의 죽음을 떠올리면 요아르는 종종 슬퍼졌다. 할머니가 아주 많은 나이에 세상을 떠났기에 아버지도 그만큼 오래 살까 봐 걱정이 됐던 것이다.

슈퍼마켓에서 수군대던 할머니들 말이 맞았다. 요아르는 불쌍한 아이였다. 하지만 어머니 때문은 아니었다. 어머니는 이 세상의 좋은 것들을 모두 모아놓은 사람이었다. 바보도 아니었다.

하지만 판단력이 부족했을까? 두말하면 잔소리였다.

요아르가 어렸을 때 그의 어머니는 자전거에 어린이용 시트가 없었기에 강아지라도 되는 듯 그를 앞 바구니에 태우고 다녔다. 그에게 들어가서 자라고 한 적이 없었고, 아침으로 아이스크림을 먹자고 하는 것이 드문 일이 아니었고, 요아르가 가끔 건강식을 먹으라고 하면 그를 가리켜 "재미없는" 아이라고 했다. 요아르는 일곱 살 때 어머니가 그의 몸에 실수로 불을 지른 사건을 두고 가끔 놀리곤 했는데, 당연히 그의 바지를 살짝 태운 걸 두고 과장한 거였다. 요리는 별로 잘하지 못했지만 바느질만큼은 최고였던 그녀가 바지에 난 구멍을 기우려던 참에, 그 주에 전기가 끊겨서 어두운 데서 바느질을 하다 실수로 촛불을 쳐서 쓰러뜨린 게 화근이었다. 물론 요아르에게 먼저 바지를 벗으라고 했더라면 좋았겠지만 사람이 매사에 철저할 수는 없는 법이지 않은가.

그녀는 아들을 어렸을 때부터 영화관에 몰래 데리고 들어가 17세 미만은 보호자 동반 시에만 관람할 수 있는 영화를 보여주곤 했다. 어쩌면 '몰래' 데리고 들어갔다기보다 매표소 직원이 그녀에게 마음이 있어서 모르는 체했을 수도 있었다. 온 사방의 남자들이 그녀를 보면 어느 정도 호감을 느꼈고 아무리 요아르라도 그건 나무랄 수 없었다. 그들은 여러 편의 영화를 연달아 본 적도 있었고, 정말 형편없는 영화를 열 번 본 적도 있었다. 팝콘 냄새로 가득하고 항상 해피엔드로 끝나는 어두컴컴한 그 세상 속에 머물 수만 있다면 좋았다. 대부분의 아이는 엄마와 절친처럼 지내는 것을 지겨워하기에 그녀는 요아르와 무엇을 하든 그때가 마지막인 것처럼 했다. 하지만 그런 일은 없었다. 그러니 얼마나 복이 많은 여자였겠는가.

겨울에 요아르의 아버지가 집을 비우면 그들은 아이스링크로 울타리를 넘어가 가로등 불빛 아래에서 스케이트를 탔다. 그의 어머니는 어렸을 때 피겨스케이트 선수였기에 그녀가 얼음을 가로지를 때마다 요아르는 숨이 턱 막혔다. 그녀가 두려워하지 않는 유일한 공간이 그곳이었다. 그도 스케이트를 잘 타게 됐다. 하지만 아홉 살 때 학교에서 아이스하키 시합이 열렸을 때는 진짜 젬병인 척해야 했다. 누구라도 그의 어머니에게 아들을 아이스하키 팀에 넣어야 한다고 말하면 안 됐다. 그들은 그럴 형편이 안 됐다. 그 마을에서 아이스하키를 하는 아이들은 전기가 끊기거나 월말이면 화장지 대신 신문지를 써야 하는 집에서 살지 않았다. 당연히 그런 건 상관없었다. 어찌 됐건 요아르는 아이스하키 팀에서 뛰고 싶지 않았다. 하키 팀은 아이들에게 고함을 지르며 화를 내는 아버지들의 손에 운영됐고, 길길이 날뛰는 머저리라면 요아르의 집에 한 명 이미 있었다.

가끔 어머니와 아들은 밤에 아이스링크에 똑바로 누웠고 그녀는 별자리를 손으로 가리키며 알려주었다. 그녀는 절대 바보가 아니었기에 모르는 별자리가 없었다. 아무 바보라도 요아르의 어머니가 될 수 있었는데 그녀가 그의 차지가 되었다. 그러니 얼마나 복이 많은 아들인가.

그는 이제 막 열두 살이 됐을 때 어머니에게 운전을 배웠다. 발이 페달에 닿을락 말락 했다는 것 말고는 적어도 처음에는 제법 잘 진행이 되었는데, 그러다 요아르가 어떤 교통 표지판의 뜻을 물었다. "나도 몰라, 아들." 요아르는 물었다. "면허 따려면 그런 거 알아야 하지 않아요?"

"아, 나는 면허가 없거든." 그녀는 아주 천하태평하게 대꾸하고는 이렇게 말했다. "여기서 좌회전."

"면허가 없다고요?" 요아르는 소리를 질렀다.

"응, 맞아. 그래도 엄마한테 면허가 있을 거라고 생각해 주다니 우리 아들 정말 다정하네." 그녀는 아들이 자기를 그렇게 대단하게 여겨주다니 누가 봐도 감동한 표정으로 이렇게 대답했다.

"하지만 도대체…… 도대체 뭐예요, 엄마? 그럼 운전을 어떻게 배웠어요?"

"엄마한테 배웠지."

요아르는 그녀를 빤히 쳐다보았고 놀랍게도 이렇게 묻는 자기 목소리가 들렸다. "경찰이 차를 세우면 어떻게 해요?"

어머니는 너무나 뿌듯해하는 눈빛으로 아들을 바라보았다. 그가 그때까지 살면서 준법정신이 드러나는 발언을 한 것이 이때가 처음이었던 것이다. 잠시 후에 그녀가 솔직하게 실토했다.

"아, 경찰이 내 차를 세운 건 딱 한 번뿐이었어. 그때 뒷자리에 앉아 있던 너를 가리키면서 맹장염 때문에 병원 가는 길이라고 했지."

"기억나요! 나는 엄마가 농담하는 줄 알았는데!" 요아르는 외쳤다.

"우리 아들, 어쩜 이렇게 다정할까." 그의 어머니는 대답했다. 그들은 그날 밤새도록 어둠 속에서 마을을 돌았고 그녀가 허락했다면 요아르는 최대한 멀리까지 계속 차를 달렸을 것이다. 하지만 그녀는 남편 곁을 떠날 엄두를 내지 못했고 요아르는 그녀의 곁을 떠날 수 없었다. 그들은 보이지 않는 감옥에 갇혀 있었다.

이제 요아르는 열다섯 살을 눈앞에 두었고 그들은 새 한 마리를 살리고 있었다. 그의 어머니는 새에게 끈기 있게 한 방울씩 물을 먹였고, 요아르는 집 밖에서 잔가지와 나뭇잎을 주워다 상자 안에 푹신한 침대를 만들어주었다. 그러니 얼마나 운이 좋은 새인가.

"새들이 둥지를 안 짓는 거 알아요? 자기 자신을 위해서는 말이에요. 새끼들을 위해서만 짓는대요." 요아르는 말했다.

"테드한테 들은 거야?" 어머니는 미소를 지었다.

"걔는 머리가 똥인가 봐요. 별게 다 들러붙어요!"

그의 어머니는 진짜 크게 웃으며 방귀를 뀌었는데, 그건 요아르 말고는 아무도 몰랐다. 요아르 말고는 아무도 그녀를 그렇게 웃길 수 없었다.

"창문 열어요! 창문 열어! 이러다 그 새 죽겠어요!" 그는 눈물을 글썽이며 기침을 했고 그녀는 웃고 웃고 또 웃었다.

그녀가 몸을 돌린 순간 웃음이 멈추었다. 그들은 현관문 열쇠 돌아가는 소리를 듣지 못했다. 요아르의 아버지가 방문 앞에 서서 그들을 쳐다보고 있었다. 그는 처음에는 어리둥절해하다가 그다음에는 증오로 눈을 번득였다. 맥주를 예닐곱 병 마셔 코로 거칠게 숨을 쉬면서 눈은 어디에도 초점을 맞추지 못했다. 하지만 그는 그 새를 보았고, 요아르의 어머니가 얼마나 즐거워하는지를 보았고, 소년은 여기에 해피엔드는 없겠다는 것을 한눈에 알아차렸다.

42

루이사와 테드는 수건으로 몸을 감싸고 벌벌 떨며 바위에 앉아 뜨는 해를 맞이하고 있다.

"바다는 늘 이렇게 추워요?" 루이사가 궁금해한다.

"아니. 훨씬 더 추울 때도 있어." 테드는 미소를 짓는다.

"이런 기분은 처음이에요, 피부가 전과 다르게 느껴져요."

"세상에 바다만큼 좋은 건 없지. 이제 네 피부가 그걸 알게 되었으니까 앞으로는 그걸 항상 그리워하게 될 거야." 그는 장담한다.

루이사는 좌우로 몸을 흔들며 희열과 우울을 오간다.

"피스켄한테 이걸 알려줄 수 있었다면 좋았을 텐데. 어떤 때는 너무…… 화가 나요. 피스켄은 바다를 본 적 없었던 게."

테드는 한참 동안 안경을 닦는다.

"그 애는 매일 밤 엽서에 그려진 바다를 너랑 같이 봤잖아. 지금도 너랑 같이 바다를 보고 있고."

"고마워요." 루이사가 중얼거린다.

"내가 너한테 고마워해야지."

"아니, 그러니까, 수영 가르쳐주서서 감사하다고요……."

"아니야. 바다에서 헤엄을 친 게 25년 만이야. 그러니까 내가 너한테 고마워해야지. 게다가 알리보다는 너를 가르치기가 훨씬 쉽기도 했고……."

그녀는 미소를 짓는다. 그도 미소를 짓는다.

"유골 잃어버려서 속상해요." 루이사가 서글프게 말한다.

"내가 잃어버린걸." 테드는 바로잡아 준다.

"알았어요. 그럼, 아저씨가 유골을 잃어버려서 속상해요." 그녀는 조용히 말한다.

"뭐, 네 잘못도 아예 없지는 않았지!" 그가 응수한다.

그녀는 적당한 시간 동안 아주 기분 나빠 하다가 농담이라는 걸 알아차린다.

"아주 재밌네요." 그녀가 중얼거린다.

"그럴 줄 알았어." 그는 씩 웃는다.

바위에 앉은 그들 사이에 그림이 담긴 상자가 놓여 있다. 루이사는 상자를 바라본다.

"그분, 화났을까요? 우리가 그분을 잃어버려서?" 그녀가 묻는다.

"아니. 웃었을 거야. 그 친구는 숨바꼭질을 좋아했거든."

그녀의 눈이 반짝거린다.

"어쩌면 유골을 열차에 뿌리는 것도 괜찮은 생각일지 몰라요. 그러면 항상 어딘가로 이동하는 게 되잖아요!"

테드는 정말이지 섬뜩해하는 표정이다.

"으윽, 그런 말은 하지도 마. 죽어서도 여행을 계속해야 한다니!"

루이사는 웃음을 터뜨린다.

"아저씨는 그럼 아저씨 유골을 어디에 뿌려주면 좋겠어요?"

테드는 잠깐 고민하다가 마음을 정한다.

"도서관. 거기서는 현실을 견뎌야 할 필요가 없잖아. 누군지 모르는 수많은 사람들이 두고 간 상상 속의 친구들이 서가에 앉아 있다가 누가 지나가면 이리 오라고 부르는 곳이라고 할까. 도나 타트라는 작가는 예술을 사랑하게 되는 이유를 이렇게 설명했지. '그건 좁은 골목길에서 들리는 은밀한 속삭임이다. 저기, 잠깐만. 안녕 꼬맹아. 그래, 너.' 도서관이 내게는 그런 느낌이야."

루이사는 그 말을 듣고 바닷물이 눈에 들어간 척해야 한다.

"아저씨는 여태 읽은 책이 얼마나 돼요?"

"아직 많이 부족하지."

루이사는 헛기침으로 흐느낌을 덮는다.

"피스켄도 도서관을 좋아했어요."

그러고는 그녀는 배낭에서 피스켄의 담배를 꺼낸다. 피스켄이 수영하고 난 다음 피우는 담배가 최고라고 들었다고 입버릇처럼 말했기 때문이다. 담배에 불을 붙이지는 않고 냄새만 맡는데, 놀랍게도 테드가 가만히 손을 내밀며 묻는다.

"나도 한 대 줄래?"

루이사는 놀라서 온 얼굴을 일그러뜨린다.

"진짜요?"

"피우지는 않고 그냥…… 냄새만 맡으려고. 우리 엄마가 전에 그 브랜드의 담배를 피웠거든."

그녀는 그에게 담배를 한 대 준다. 그들은 이렇게 각자 코 아래에 담배를 대고 산들바람에 머리칼을 날리며 그림과 함께 바닷가에 앉아 뺨으로 아침 첫 햇살을 맞는다.

"아저씨는 엄마랑 닮았어요?" 루이사가 조심스럽게 묻는다.

"응, 아마도."

"다정한 분이었어요?"

테드의 웃음소리가 바위를 맞고 메아리친다. 그는 고개를 젓는다.

"아니…… 아니…… '다정하다'는 단어는 전혀 어울리지 않는 분이야. 내가 어렸을 때는 엄청 딱딱해서 요아르 말로는 박치기로 다이아몬드를 부술 수도 있는 분이라고 했지."

"딱딱했다니 어떤 식으로요?"

테드는 슬픈 표정으로 담배를 쳐다본다.

"엄마는 아주 단호했어…… 모든 것에 대해서. 형이랑 내가 감정을 표현하거나 칭얼대거나 울지 않길 바라셨지. 엄마에게는 우리가 언제나…… 남자답게 행동하는 것이 중요했거든."

"그럼 아저씨랑 전혀 다르네요." 루이사는 화난 목소리로 외친다.

테드는 손가락 사이에 끼운 담배를 앞뒤로 굴리며 담배와 소금기와 가까워진 여름의 냄새를 깊이 들이마신다.

"엄마가 된다는 건 어마어마하게 어려운 일이야, 루이사. 인간이 된다는 것도 어려운 일이고. 우리 엄마도 처음에는 나랑 아주 비슷했을 거야. 젊었을 때 낭만적이셨거든. 하지만 세상에 마음의 상처를 입은 낭만주의자보다 더 딱딱한 사람은 없는 법이라."

"아저씨를 때리기도 했어요?"

"아니."

"근데 맞고 컸어요?"

"응, 어휴, 그렇고말고. 어렸을 때는 날마다 형에게 맞고 지냈지. 한번은 형이 나를 계단 아래로 던져서 기절한 적도 있었어. 그것도 한참 시간이 지나고서야 기억해 냈어. 그전에는 내가 발을 헛디딘 줄 알고……."

"형이 무서웠어요?"

"응. 꼬맹이의 삶은 힘들지."

"뭘로 살든 다 힘들어요."

"그래. 맞는 말이야. 뭐든 다 힘들지."

루이사는 덜덜 떨리는 몸을 수건으로 좀 더 단단히 감싸며 묻는다.

"엄마 하면 생각나는 가장 행복한 추억이 뭐예요?"

테드는 담배 냄새를 맡는다. 추억들이 워낙 미꾸라지 같아서 붙잡기가 쉽지 않다.

"엄마 하면 생각나는 거? 같이…… 카드놀이 했던 거."

"카드요?"

"응. 엄마가 낮에는 아빠를 간병하려고 야간 근무를 하셨거든. 나는 학교생활에 적응하지 못했고, 말도 잘 못하고 읽기도 쓰기도 잘 못했어. 어떤 선생님이 내가 괴롭힘을 당하고 있다고 엄마에게 알렸는데, 얼마나 원망스러웠는지 몰라. 엄마가 자책하는 거 같아서. 그날 저녁에 엄마가 친구와 통화하면서 자기 곁에는 죽음밖에 없는 집을 못 견디겠다고 하는 걸 들었어. 다음 날에 나는 엄마가 이마에 손을 얹더니 '열이 나는 것 같네'라고 조그맣게 속삭이는 소리를 듣고 깼지. 그전에는 엄마가 내 몸에 손을 댄 기억도 없는데, 그 느낌은 마치…… 햇살 같았어. 엄마는 과하게 상냥한 귀신에 씌기라도 한 것처럼 굴었고, 그날 온종일 우리는 식탁 앞에서 카드놀이를 했지. 어이없게 들릴지 모르지만 그게 가장 행복한 추억이야. 왜냐하면 그때는 엄마가 우리 엄마 같았거든. 그 첫날에는 엄마가 나를 가짜로 환자 취급했고, 그다음 날에는 나 스스로 환자 행세를 했고, 이후로 몇 달 동안 환자 행세가 계속됐지. 우리 둘 다 현실을 피해서 숨었는데, 정말이지…… 환상적이었어. 하지만 어느 정도 시간이 지나면서 아빠 병도 심각해지고 입원 기간이 늘어나니 엄마가 계속 왔다 갔다 해야 했고, 나를 집에 데리고 있기가 너무 힘들어졌지. 결국에는 학교에서 다시 등교하지 않으면 1년 유급된다는 연락이 온 거야. 어느 날 아침에 일어났더니 엄마가 가방을 싸놓으셨더라고. 다시 학교로 돌아갔을 때 나는 동물원에서 자라다 갑자기 야생으로 방사된 동물과 같았어. 전보다 더 심하게 놀림을 당했고 툭하면 얻어맞아서 멍이 든 몸으로 집으로 돌아가곤 했는데…… 그때 엄마가 얼마나 실망스러워했는지 기억이 나. 계속 문제만 일으키는 게 부끄러워서 나는 넘어졌다고만 했지. 엄마는 그게 거짓말이라는 걸 알았지만 그냥 배고프냐고 묻기만 했고. 그날 저녁에 엄마가 친구랑 통화를 하는데, 내가 이렇게 약해빠진 게 자기 때문일 거라고 조금 울먹거리면서 이야기를 하는 거야. 엄마는 내가 싸워서 자기 자신을 지킬 수 있는 형과 전혀 다른 게 자기가 버릇을 잘못 들여서, 너무 곱게 키워서 그런 것 같다고, 그러면서…… 걱정이 된다고 했어. 내가…… 진짜 남자가 되지 못할까 봐.”

테드는 말을 끊는다. 루이사는 그가 마음 편하게 눈물을 닦을 수 있게 고개를 돌린다.

“아저씨의 엄마는 언제 마음의 상처가 생겼는데요? 아저씨의 아빠가 돌아가셨을 때요?" 그녀는 묻는다.

그는 한참을 고민한다.

"응. 하지만 마음이 무너졌다기보다 너덜너덜해졌을 거야. 아빠가 병에 걸렸을 때 우리는 형편이 그리 넉넉한 편이 아니라 겨우 집을 지킬 수 있을 정도였으니까. 엄마는 아마 항상 자기가 부족한 것처럼 느껴졌을 거고. 엄마는 공장에서 일했고 항상 피곤해했지. 내가 기억하기로 어렸을 때 가장 자주 들은 말이 엄마나 아빠가, 아니면 두 분 다 주무시고 계시니까 조용히 하라는 말이었어. 내가 지하실 방을 쓰게 된 이유도 그 때문이었지, 방해하지 않으려고."

"확실해요?" 루이사는 묻는다.

테드는 놀란 표정과 기분 상한 표정을 반씩 섞어서 눈썹을 치켜올린다.

"그게 무슨 뜻이니?"

루이사는 어깨를 들썩인다.

"아니…… 아빠가 늘 얼마나 아파하는지 보고 싶지 않아서 지하실 방을 썼을 수도 있잖아요? 또 엄마가 얼마나 슬퍼하는지 보고 싶지 않아서? 그리고 엄마가 아저씨를 아저씨의 형한테서 보호하려고 그랬을 수도 있지 않을까요?"

테드는 햇빛 때문에 눈을 가늘게 뜨고 바다를 내다보는데, 부끄러움이 그를 휩쓸고 지나간다. 그 오랜 세월 동안 한 번도 해본 적 없는 생각이다. 작은 것도 힘들고 큰 것도 힘들고 그 중간도 힘들다. 그래서 그는 루이사를 돌아보며 말한다.

"나쁘기만 한 건 아니었어. 처음에는 러브스토리였어, 우리 엄마와 아빠의 결혼 말이야……"

그러자 루이사의 눈이 기대감으로 커진다. 그녀는 러브스토리를 좋아한다. 그래서 테드는 예전에 자신이 들었던 그대로 이야기를 들려준다.

43

테드는 아이들은 평생을 부모와 함께 살아도 그들에 대해 아는 게 거의 없을 수도 있다고 설명한다. 우리가 그들에 대해 아는 건 엄마와 아빠로서일 뿐, 그전의 그들에 대해서는 아무것도 모른다. 우리는 그들이 어렸을 때, 벌어지지 않은 온갖 일들을 아쉬워하기보다 앞으로 벌어질 온갖 일에 대해 계속 상상하고 있었을 시절의 그들을 본 적이 없다.

테드는 그녀에게 친구들과 새를 구조한 날, 집에 들어가 보니 불이 모두 꺼져 있었다고 말한다. 이제 막 어두워지기 시작했고 도로에 녹슨 차가 한 대 서 있었는데, 전조등에 눈이 부셔서 운전석에 누가 앉아 있는지 보이지 않았다. 그는 눈알을 좌우로 획획 굴리며 발끝으로 살금살금 그 앞을 지났다. 어찌나 온몸으로 긴장했던지 운전자가 갑자기 액셀을 밟아서 엔진이 굉음을 내자 심장이 미친 듯이 쿵쾅거렸고 놀라서 펄쩍 뛰었다.

비웃는 소리가 들렸다. 실눈을 뜨고 전조등 너머를 바라보니 주먹은 삽만 하고 어깨가 떡 벌어진 20대 남자가 운전석에 앉아 있었다. 황소였다.

"쫄았냐, 게이 새끼야?" 그가 열어놓은 차창 너머로 외쳤다. 짙은 담배 연기가 뒤따라 뿜어져 나왔다.

조수석 문이 열렸다가, 다들 20년 묵은 차를 몰고 다니는 동네에 살다 보면 수시로 들을 수밖에 없는 묵직한 쿵 소리와 함께 닫혔다. 테드의 형이 차에서 내려 전조등 불빛을 헤치며 집 쪽으로 걸어갔다. 너무 취해서 똑바로 걷지도 못할 정도였다. 테드는 허리를 숙이고 얼른 형을 뒤따라갔지만 경적이 울리자 다시 무서워서 펄쩍 뛰었다. 황소의 비웃음 소리가 엔진의 굉음과 함께 어둠 속으로 사라졌다.

"개새끼." 테드는 주먹을 불끈 쥐며 조그맣게 속삭였다. 툭하면 놀라는 자기 자신에게 화가 났다.

형은 어렵사리 현관문을 열고 비틀비틀 복도를 지나 주방으로 가는 길에 순전히 근육 기억으로 신발을 벗어 던지는 데 성공했다. 그들도 아주 어렸을 때부터 알고 있었다시피 신발을 신고 어머니의 부엌으로 들어가는 건 자살 시도나 다름없었다. 형은 냉장고 문을 열었다가 시원한 맥주가 없는 것을 보고 식료품 창고에서 미지근한 캔을 두 개 들고 왔다. 거실로 돌아가던 그가 테드와 부딪치자 테드는 그가 때리려고 손을 들기라도 한 것처럼 반사적으로 움찔했다. 그것 역시 근육 기억이었다.

그의 형은 몸이 워낙 단단했고, 벼려진 칼이 허공을 가르듯 어떤 방이든 자신만만하게 성큼성큼 들어가는 사람이었다. 반면에 테드는 항상 맞바람과 쏟아지는 비를 마주한 사람처럼 움직였다.

"가끔 보면 황소는 존나 멍청하단 말이지." 그의 형이 혀 꼬부라진 소리로 웅얼거렸는데, 워낙 불쑥 내뱉은 거라 테드는 한참이 지난 뒤에야 그가 뭐라고 했는지 알아들었다. 그의 형이 사과에 가장 가까운 말을 한 때가 이때였다.

테드는 스스로 생각하기에 놀랍게도, 형에게 이렇게 물었다.

"그런데 왜 친하게 지내?"

그는 한 대 맞을 각오를 했지만 아무 일도 벌어지지 않았다. 형은 놀라는 표정만 짓고 그만이었다.

"어렸을 때부터 알고 지낸 사이니까."

대답 같지 않은 대답에 테드는 좌절했지만 그런 마을에서는 맞는 말이긴 했다. 그의 형 같은 남자들 사이에서 친구는 어쩌다 그렇게 됐는지도 모른 채 어느 날 학교 운동장에서 그냥 생기는 것이었다. 이 마을에서 남자아이들은 소속 집단이 없으면 오래 살아남지 못했기에 친구 사이는 그대로 유지됐다. 그들이 이 나라로 건너왔을 때 그의 형 나이대 이민자 가정의 아이는 특히 그랬다. 여기서 남자아이들은 주변 환경에 의해 규정됐고, 고등학교 입학할 때의 모습이 때리는 쪽이 됐건 움츠리는 쪽이 됐건 이후까지 죽 이어졌다. 다른 곳으로 이사할 형편이 되는 사람은 거의 없었고 제정신이 박힌 사람은 제 발로 여기에 올 리 없었으니 이 동네 젊은 남자들은 인생을 스스로 선택했다기보다 배정받은 것처럼 느꼈다. 인생은 징역처럼 주어진 기간이었다. 황소는 고등학교를 졸업한 뒤 부두에 취직했고, 이후에 테드의 형도 거기서 일자리를 얻을 수 있게 힘을 써주었다. '딱 맞는 친구'라고 보증을 섰다. 그러니까 잘 버티고 물러서지 않으며 경찰이 들이닥쳐도 입을 다물 줄 안다는 뜻이었다.

이제 테드는 부엌에 서서 시뻘겋게 부풀어 오른 형의 손마디를 보며, 오늘도 그가 딱 맞는 친구로 사느라 긴 저녁을 보냈음을 알아차렸다. 테드는 원래 형이 가까이 있으면 무서워서 입도 열지 못했는데, 자기도 모르게 이런 말을 꺼냈다.

"형은 나쁜 사람 아니야."

그의 형은 의심스러워하며 눈을 가늘게 떴다.

"너 지금 뭐라고 했냐?"

테드는 몸을 웅크리고 바닥을 내려다보며 머뭇머뭇 말했다.

"형은 나쁜 사람 아니라고. 그냥 나쁜 친구를 선택할 뿐이야. 형은 형보다 못난 사람을 선택해. 형이 그 정도밖에 안 된다고 생각해서. 하지만 형보다 나은 사람을 선택해야지."

그의 형은 당황하며 좌우로 몸을 흔들었다.

"친구를 사귈 때 다들 너처럼 운이 따르는 건 아니야."

테드는 너무 놀라서 그와 눈을 마주치고 말았다. 지금까지는 그러면 항상 주먹이 날아왔는데, 이번에는 아무 일도 벌어지지 않았다.

"형이…… 내 친구들을 아는 줄 몰랐어." 그는 조용히 말했다.

그의 형은 씩 웃었다.

"너랑 그 하이에나들 셋이서 이틀에 한 번꼴로 저녁마다 살금살금 올라와서 엄마 냉장고를 터는데, 어떻게 모를 수가 있냐?"

테드는 다시 시선을 떨어뜨렸다.

"형 말이 맞아. 나는 운이 좋았어."

그러자 형은 고개를 젓고 중얼거렸다.

"아니. 운이 좋은 건 네 친구들이지."

그러고 나서 형은 몸을 돌려 거실로 나가서 피아노 앞에 앉아 맥주를 마셨다. 테드는 치밀어 오는 감정을 달래며 그 자리에 서 있었다. 그는 냉장고에 기댔다가 거기 붙어 있던 쪽지를 쳐서 떨어뜨렸다. 하마터면 못 보고 지나쳤을 그 쪽지에는 어머니의 손글씨로 짤막하게 친구 만나러 나간다고, 냉장고에 먹을 거 있다고 적혀 있었다. 언제 돌아오는지, 돌아오기는 하는지는 알 수 없었다.

어머니는 장례식 이후로 테드에게 한 마디도 하지 않았다. 집 전체가 관이나 다름없었다.

테드는 잠깐 고민하다가 냉동실을 열어 얼음을 보이는 족족 꺼냈다. 하나는 맥주, 다른 하나는 형의 손을 위해 그릇 두 개에 얼음을 가득 담아서 거실로 들고 나가 피아노 위에 올려놓았다. 형은 고개를 들었다. 처음에는 테드를 알아보지 못하는 듯한 눈빛이었다. 그들이 어른인 척하다가 갑자기 너무 진짜 어른 같아져 버린 어린아이가 된 듯한 눈빛이었다. 테드는 평소처럼 지하실로 내려가려고 몸을 돌렸기에 형의 부드러운 음성이 충격으로 다가왔다.

"맥주 한잔할래?"

테드는 사실 마시고 싶지 않았지만 그래도 고개를 끄덕였다. 그가 맥주를 건네받자 형은 필요 이상으로 조금 오래 손을 떼지 않았다. 그 맥주를 동시에 잡고 있었던 것이 아마도 그들에게는 포옹에 가장 가까운 행동이었을 것이다.

테드는 피아노를 마주하고 형 옆에 앉았다. 너무 가까이 앉지는 않았다.

"일하는 거 재밌어?" 그는 어색하게 물었다. 형에 대해 뭐라도 알고 싶은 마음이 절실한데, 어디에서부터 시작하면 좋을지 알 수가 없었다.

"부두에서 일하는 거? 젠장, 그걸 좋아하는 사람이 어딨겠냐?" 형은 씩 웃었지만 슬퍼하는 테드를 보더니 이렇게 덧붙였다. "이건 그냥 일이야, 테드. 우리 같은 사람들이 하는 일은 전부 개떡 같아. 하지만 나랑 엄마가 받는 월급을 합치면 이 집을 유지할 수 있을 거야……."

그것이 어머니만의 의무가 아니라 자신의 의무이기도 하다는 것을 형은 그 정도로 분명히 알고 있었다. 테드는 앉아서 몇 분 동안 피아노를 바라보다가 용기를 내서 물었다.

"피아노…… 쳐줄 수 있어?"

형의 손가락이 건반을 건드렸다.

"엄마 주무시잖아. 깨우면 안 되지."

"엄마 집에 없어. 냉장고에 쪽지 붙어 있었어." 테드는 말했다.

형은 애써 놀란 표정을 감추었다. 어쩌면 그녀가, 그가 아니라 테드를 그토록 쉽게 두고 나갔다는 데 심지어 실망했을 수도 있었다. 부모에게 부과되는 책임이 그토록 피도 눈물도 없이 무겁다. 어머니는 당연한 사람으로 여겨질 수 있어야 한다. 냉장고에 넣어둔 음식처럼. 배의 바닥짐처럼.

"뭐가…… 듣고 싶은데?" 형이 조용히 물었다.

"예전에 아빠가 치던 거." 테드는 말했다.

그래서 형은 피아노를 치기 시작했고 테드는 질투심을 애써 감추었다. 그도 피아노를 칠 수 있으면 좋겠지만 누구에게 배울 수 있었겠는가. 그가 피아노 앞에 앉을 수 있을 만큼 자랐을 무렵에는 그의 아버지가 이미 환자였다.

"아빠는 엄마가 화를 내면 항상 이 곡을 들려주곤 했지." 형이 혀 꼬부라진 소리로 말했다. 술기운에 혀는 꼬부라졌을지 몰라도 손가락은 놀라우리만치 자신만만했다.

슬픈 곡이었다. 형이 쉰 목소리로 노래를 불렀다. "*매일이 작은 영원. 세상의 선물이 이렇게 많은 줄 알았더라면 그렇게 많이 바라지 않았을 텐데.*"

노래가 끝나자 그는 가만히 말했다.

"아빠가 이 곡을 피아노로 치면 엄마는 항상 용서해 주셨어. 와서 아빠의 무릎에 앉곤 했어. 두 분은 서로 '사랑한다'고 말한 적이 없었어. 그냥 '하지만, 하지만, 하지만'이라고 하셨지."

"뭐라고?" 테드는 형에게 이런저런 이야기를 듣는, 이해할 수 없는 이 마법 같은 순간이 깨어지지 않도록 조심스럽게 미소를 지었다.

"너도 알아차렸는지 모르겠지만 엄마는 감정 표현을 잘 못하는 성격이잖아." 형은 미소를 지었다.

"그렇지이이." 테드는 이죽거렸다.

형은 웃음을 터뜨렸다. 소리가 아주 듣기 좋았다.

"한번은 차를 타고 가던 길에 아빠가 엄마의 운전을 두고 싫은 소리를 하니까 엄마가 화가 나서 닥치라고 한 적이 있었어. 그러면서 담배에 불을 붙이다 하마터면 도로에서 벗어날 뻔하니까 아빠가 팔을 뻗어서 운전대를 잡았는데, 그걸 보고 엄마가 더 열받은 거야. 아빠는 답답해 죽으려고 하면서 이렇게 말했지. '제발 좀! 내가 당신을 사랑하긴 하지만…….'"

그는 말을 하다 말고 멈췄다. 테드는 놀란 목소리로 조그맣게 속삭였다.

"이걸 다 형이 어떻게 알아?"

"아빠가 얘기해 주셨어. 병에 걸리기 전에. 전에는 아빠가 수다쟁이였거든. 너는 그걸 기억하지 못한다니 안타깝네. 아니, 어쩌면 그래서 좋을 수도 있겠다. 젠장, 솔직히…… 기억하지 못하는 네가 조금 부러워."

테드는 맥주를 한 모금 마시고 건반을 누르지는 않고 건드리기만 했다.

"아빠가 엄마한테 사랑한다고 한 게 그때가 처음이었어?"

형은 헛기침을 했다.

"아빠 말로는 엄마가 누구에게서라도 그 말을 들은 게 아마 그때가 처음이었을 거라고 했어. 엄마는 심지어 대꾸를 한마디도 안 했대. 너무 감당이 안 됐던 거지. 하지만 그날 밤에 자러 들어갔을 때 엄마가 속삭였대. '하지만, 하지만, 하지만.' 이후로 두 분은 절대 '사랑한다'는 말을 하지 않았대."

"하지만, 하지만, 하지만." 테드는 자기 맥주에 대고 천천히 속삭였다.

"하지만, 하지만, 하지만." 형도 자기 맥주에 대고 따라 했다.

그에게는 아직 모국어 억양이 남아 있었고 술에 취하면 조금 더 심해졌지만, 테드의 억양은 거의 사라졌다. 그들이 물려받은 유산이 서서히, 서서히 닦여 없어지고 있었다.

"손 아프지는 않아?" 테드는 얼음 그릇에 담긴 형의 이지러진 손마디를 쳐다보며 물었다.

형은 고개를 저었다.

"우리 쪽에서 먼저 싸움 건 거 아니야. 어떤 빌어먹을 바보들이 황소랑 옥신각신하고 있길래 자기방어 차원에서 맞붙은 거지. 나는 이제…… 먼저 싸움 안 걸어."

그는 동생이 알아주길 진심으로 바라는 투였다.

"아까 그 곡 다시 쳐줘." 테드는 부탁했다.

형은 다시 쳐주었고, 연주를 마치고 나서 그가 물었다.

"지하실 계단 중에 다른 데 비해 높은 칸이 하나 있는 거 알아? 아빠가 지하실을 오르내릴 때마다 번번이 거기에 발이 걸려서 넘어졌거든. 엄마는 아빠가 제대로 살피지 않고 발을 내디딘다고 미치려고 했지. 그래서 가끔 아빠가 그 위를 제대로 밟는지 보려고 바닥에 상자나 포크나 조그만 양동이 같은 걸 놓아두었는데, 번번이 그런 걸 밟고 휘청거리셨지 뭐야! 엄마는 아빠가 절대 발을 들고 걷지 않으니 지뢰밭을 지나도 멀쩡할 거라고 했어. 그래서 아빠를 '지렁이'라는 별명으로 부르곤 했지. 그래서 아빠는 퇴근하면 현관 홀의 삐걱거리는 마룻장을 일부러 일일이 밟고 들어오곤 했어. 퇴근했다는 걸 엄마한테 알리려고 말이지."

형은 문제의 그 지하실 계단으로 테드를 내던졌던 게 생각났는지 말을 하다 말고 멈췄지만, 그의 동생은 그냥 키득거리고 끝이었다.

"지렁이라니!" 테드는 외쳤다.

그러자 형은 고맙다는 듯 미소를 짓고 하던 얘기를 계속했다.

"이 집이 마을 전체에서 제일 쌌었대. 엄마, 아빠가 이 집을 샀을 때만 해도. 지금보다 더 심해서 거의 쓰러져 가던 상태였는데…… 어떤 사람이 이 집에서 귀신 나온다고, 그래서 그렇게 싸게 나온 거라고 하더래. 아빠가 뭐 그렇게 황당한 말이 있나 싶어서 이 방, 저

방 돌아다니면서 귀신을 부르니까 엄마가 그랬대. '당신이 너무 짜증 나는 인간이라 귀신들도 감당이 안 되는 거야.' 그래서 아빠는 장난을 치기 시작했지. 엄마가 방심하고 있을 때, 그러니까 이를 닦거나 요리를 하고 있을 때 엄마 옆에 서 있다가 뭔가에 놀란 것처럼 펄쩍 뛴 거야. 그럼 엄마도 당연히 덩달아서 펄쩍 뛸 수밖에 없었는데, 그럼 아빠는 이렇게 말했대. '귀신인 줄 알았네.' 엄마는 아빠의 장난을 절대 알아차리지 못했어. 그리고 아빠는 절대 그 장난에 싫증을 내지 않았고."

"아빠가 그렇게 재미있는 분인 줄 몰랐어." 테드는 당황스러워하며 조그맣게 속삭였다.

"뭐, 존나 웃긴 분이었다고 할 수 있지."

"나는 엄마 웃는 걸 본 적이 없어." 테드는 실토했다.

형은 그 말에 뭐라고 대답하면 좋을지 몰랐는지, 맥주를 마시고 이렇게 말했다.

"그냥 피곤해서 그럴 거야, 테드. 누구나 너무 피곤해서 아무 생각도 할 수 없는 그런 날이 있잖아. 엄마의 지난 10년이 날마다 그런 날이었을 테니 얼마나 힘들겠어. 그래도 최선을 다하셨지. 너랑 나를 터프하게 키우려고 하셨고. 이 마을에서는 물렁하면 살아남지 못하니까. 한번은…… 젠장…… 한번은 내가 학교에서 싸움을 벌여서 엄마가 호출된 적이 있었는데 교장이 뭐라고 했는가 하면, 나한테 '남자 롤모델이 없어서 그럴지도' 모른다고 했대. 믿어지냐! 무슨 사이코패스도 아니고. 심지어 그때는 아빠가 돌아가시지도 않았어. 그냥 편찮으셨을 뿐인데. 그래서 엄마가 뭐랬는지 알아?"

"뭐랬는데?"

"이랬어. '남자 롤모델이요? 순수하게 역사적인 관점에서 봤을 때 그게 당신네 남자들에게 얼마나 효과가 있었다고 생각하세요?'"

"그래서 교장이 뭐라고 했어?"

"너무 놀라서 그다음에 내가 싸움을 벌였을 때는 엄마한테 연락도 하지 않았어."

테드는 그러면 안 되는데도 불구하고 웃고 말았다. 그의 형은 상심을 분노가 아닌 다른 방법으로 해소하는 법을 알지 못했더랬다. 그걸 누가 가르쳤을까?

"그럼 엄마도 재미있는 분이었네?"

"마음만 먹으면 완전 재미있는 분이었지! 언제는 이웃집에서 너랑 내가 너무 시끄럽다고 계속 투덜대길래 엄마가 그 집 우편함에 썩은 생선을 넣은 적도 있었다니까? 엄마가 처음부터 이렇게…… 이렇게 딱딱한 사람이었던 건 아니야. 나는 어렸을 때 나쁜 꿈을 자주 꿔서 목이 다 쉴 정도로 비명을 지르면서 깨고 그랬거든. 그러면 엄마가 담요랑 베개를 들고 와서 내 방문 바로 앞 바닥에서 잠을 잤어. 나쁜 꿈이 들어오지 않게 막아주겠다며."

테드는 형 옆에 앉아서 소매로 눈을 훔치다가 부탁했다.

"다른 얘기 또 들려줘."

그래서 그의 형은 맥주를 크게 한 모금 마시고 말을 이었다.

"아빠는 저녁에 제일 좋아하는 시간이 온 집안을 돌아다니면서 불을 끌 때라고 했어. 아빠들이 하는 일이 그런 거라면서. 막판에는 방마다 돌아다니면서 조그맣게 속삭이셨지. '잘 자라, 귀신들아.'"

맥주를 홀짝이던 테드의 표정이 갑자기 환해졌다.

"아, 그거 나도 기억나. 침대에 누워서 기다리고 있다가 그 소리가 들리면 잠을 잤어. 내가 기억하는 아빠의 목소리는 그게 전부야. 아니면…… 가끔 내가 꿈에서 들은 거 아닌가 싶을 때도 있는데.”

그의 형은 울퉁불퉁한 손마디에 달린 빨갛게 이지러진 손가락을 움직여서 피아노 건반을 드문드문 눌렀다. 그 손으로 잔인한 행위와 아름다운 행위, 양쪽 모두를 할 수 있다니 테드로서는 놀라울 따름이었다.

“노래를 잘 부르셨지, 아빠 말이야.”

“그런데 왜 가수를 안 했대?” 테드는 이렇게 물어놓고 당장 후회했다. 얼마나 순진한 질문인지 그도 느낄 수 있었다.

“그건 직업이 아니니까.” 형은 차분하게 대답했다.

테드도 깨달았다시피 ‘우리를 위한’, 그러니까 우리 같은 사람들을 위한 직업은 아니라는 뜻이었다. 그들의 아버지는 어머니처럼 자식들에게 더 나은 삶을 물려주기 위해 공장에서 일했다. 열정을 좇아 가수가 될 방법을 찾는 건 자신의 더 나은 삶을 찾는 부모나 가능한 일이었다.

피아노 위쪽 벽을 훑던 테드의 시선이 어렸을 때 그의 사진을 지나 부모님의 결혼사진 위에 머물렀다. 근사한 드레스 없이 시청에서 간단히 식을 치렀고 그의 어머니는 임신 중이었다. 하지만 그 사진 속에서 어머니는 웃고 있었고 예뻤고 아직 엄청난 꿈을 꾸는 표정이었다.

“낭만적이었을까? 두 분이 사랑에 빠졌을 때 말이야.” 그는 부끄러워하며 물었다.

누가 들어도 바보 같은 질문이었다. 그의 형은 본능적으로 콧방귀를 뀌었다.

"뭐 그딴 걸 궁금해하고 그래?"

"미안, 미안, 미안……." 테드는 얼른 속삭였다. 분위기를 망쳐버린 자기 자신이 미웠다. 진정한 남자라면 그런 질문은 하면 안 되는 거였다.

그는 날아올 주먹에 대비해 마음의 준비를 하며 의자 끝에서 몸을 웅크리는데, 그보다 훨씬 이상한 일이 벌어졌다. 산들바람이 한 줄기 불었다. 단단한 남자가 터져 나오려는 흐느낌을 참으려고 할 때 그런 바람이 분다. 형은 눈물 한 방울 흘리지 않고 거친 숨만 길게 내뱉었다. 그런 다음 목소리는 험악하지만 부드러운 말투로 이렇게 이야기했다.

"영화하고는 달라, 테드. 실제 현실에서는 그러기가 어려워. 하지만 아빠가 존나 취했을 때 이런 말을 한 적이 있어. 아빠하고 엄마는 자석이 아니라 두 가지 색깔 같았다고. 그래서 한번 섞이면 갈라놓을 방법이 없었다고."

테드는 이전에도 이후에도 이보다 더 낭만적인 말은 들어본 적이 없었다. 그는 결혼사진을 올려다보며 열심히 초점을 맞추었다. 어머니와 형에게 정말로, 정말로 안경을 맞추어야겠다고 실토하려면 아직 몇 달이 남았다.

"다른 얘기 또 들려줘." 그는 조심스럽게 부탁했다.

형은 한숨을 쉬었다. 맥주 캔으로 피아노 뚜껑을 두드리고는 희미하게 미소를 지었다.

"아빠는 항상 같은 브랜드의 맥주만 마셨어. 엄마가 그걸 좋아한댔어. 이 맥주, 저 맥주 마시지 않는 남자는 모험심이 별로 없어서 이 여자, 저 여자 갈아타지 않는다고. 아빠가 아파서 쓰러진 뒤에도 엄마는 매주 계속 맥주를 사 왔지. 어느 날 갑자기 아빠가 벌떡 일어나서 맥주를 가지러 가기라도 할 것처럼.”

테드는 그것이 암의 또 한 가지 잔인한 측면이라고 생각했다. 모든 게 일상으로 돌아가길 기다리다가 어느 날 병이 새로운 일상이라는 사실을 깨닫게 된다는 것이 말이다.

“아빠는 엄마가 만든 음식 좋아했어?” 그는 이렇게 물었지만 이유는 알 수 없었다. 어쩌면 최근 몇 년 동안 엄마에게서 느낀 가장 따뜻한 배려가 냉동실에 쟁여져 있는 식사였기 때문일 수도 있었다.

“장난하냐? 엄청 좋아하셨지! 엄마가 요리를 배운 이유도 아빠가 드시는 걸 보면 뿌듯했기 때문일 거야.” 형은 씩 웃었다가 동생을 흘끗 쳐다보며 덧붙였다. “엄마는 냉동실에 우리 먹을 음식을 두면서 좋은 엄마가 된 기분을 느낄 거야. 우리가 뭐라도 먹을 수 있게 챙기면서. 아마 그때가 유일하게…… 이 정도면 충분하다고 생각하는 순간일 거야.”

테드는 깊은 골짜기라도 되는 듯 자기 맥주 위로 허리를 숙였다. 그가 물었다.

“아빠는 죽는 순간 무서웠을까?”

그는 거짓말을 하기보다 한참 동안 아무 말도 하지 않았다. 그 자체가 대답이었다. 그의 숨소리가 다시 거칠어졌다.

“아빠가 돌아가시던 날 밤에 간호사가 여기 이 집으로 전화했어. 너랑 나한테 소식을 곧바로 알려주려고 전화한 것 같아. 엄마가…… 아무 말도 할 수 없다는 걸 알고서 말이야.”

다시 거친 숨소리가 들렸다.

“전화로 뭐랬는데? 그 간호사가 말이야.” 테드는 궁금했다.

형은 미소를 지었다.

"마지막 순간에 엄마가 아빠 옆에 가만히 웅크리고 누웠다고 했어. 아빠가 엄마의 품 안에서 돌아가셨다고."

두 형제는 이후 서로에게 더는 아무 말도 하지 않았다. 텅 빈 집 안의 피아노 앞에 앉아서 아버지의 맥주를 마시며 어머니의 눈으로 서로를 흘끗거렸다. 맥주가 바닥을 드러내자 테드는 캔을 부엌으로 들고 가서 물로 헹궜다. 그런 다음 배가 고프지 않아도 냉동실에서 음식을 꺼내 먹고 씻지 않은 접시를 개수대에 두었다.

그날 밤에 그는 지하실 침대에 누워, 술에 취한 형이 비틀비틀 위층을 누비며 모든 방문 앞에서 걸음을 멈추고 귀신들에게 잘 자라고 속삭이는 소리를 들었다.

날이 따뜻해서 지하실 창문을 열어놓았기에 테드는 귀가한 어머니의 담배 냄새를 맡았다. 친구의 차에서 내린 어머니는 계단에 앉아 담배 연기를 깊이 들이마시며, 책임이 넘치는 삶으로 다시 돌아갈 힘을 모았다. 그녀는 어쩌면 두 아들을 사랑하는 마음을 표현할 방법을 알지 못했고, 그들도 누구에게 배운 적이 없었기에 뭐라고 하면 좋을지 몰랐다. 하지만 어머니는 집으로 들어오면서 귀가 신고 삼아 삐걱거리는 마룻장을 일부러 죄다 밟았다. 부엌으로 들어가 보니 테드가 배불리 잘 먹었고 그녀는 좋은 어머니라는 것을 알리기 위해 개수대에 씻지 않고 둔 접시가 있었다. 그녀는 설거지를 하며 잠깐 좋은 어머니가 된 기분을 만끽했다.

그날 밤 그녀가 침대에 누웠을 때 문밖에서 발을 질질 끌며 걷는 소리에 이어 조그맣게 쿵 하는 소리가 들렸다. 첫째 아들이 나쁜 꿈이 들어오지 못하게 그녀의 방문 앞에 자러 온 것이었다.

지하실 방에서 거의 잠이 들었을 때 테드는 창밖에서 다른 소리를 들었다. 노크라기보다 그냥 창문을 긁는 소리였고 그가 위를 올려다보니 유리창에 빨간 자국이 조그맣게 찍혀 있었다. 창밖에 요아르가 앉아 있었다. 두 손이 피투성이였다.

44

이야기로는 어떤 내용이든 제대로 전하기 어렵지만, 그것이 자기 자신의 이야기인 경우에는 거의 불가능하다고 보면 된다. 항상 엉뚱한 데서 시작하고, 항상 너무 많이 말하거나 너무 적게 말하며, 항상 가장 중요한 부분들을 빼먹는다.

요아르와 피 묻은 손이 등장하는 마지막 부분은 테드의 입에서 불쑥 튀어나온 것인데, 두말하면 잔소리지만 그는 그 말을 내뱉자마자 실수했음을 깨닫는다. 그와 함께 바위에 나란히 앉아 있는 루이사는 감동받았는지, 무서워졌는지 아니면 화가 났는지 마음을 정하지 못하는 표정이다. 말투로 짐작건대 화가 난 쪽에 가장 가까운 듯하다.

"러브스토리라면서요! 그런데 **그런 식으로** 끝이 난다고요? 어떻게 된 일인데요?" 그녀는 몰아붙인다.

이야기는 복잡하고 추억은 잔인해서 인간의 머리는 가장 좋았던 날의 추억은 몇 순간밖에 저장하지 않지만, 가장 끔찍한 날의 경우에는 매 순간을 기억한다.

"이건…… 25년 전의 일이야." 테드는 울 일이 아니라고 자기 자신을 설득하려는 듯이 이렇게 말한다.

루이사는 목 놓아 흐느낀다.

"저는 아니잖아요! 저는 그 자리에 없었잖아요! 저한테는 **지금** 벌어지고 있는 일이라고요!"

"미안하다." 그는 나지막이 속삭인다. 그러자 그에게도 모든 일이 재연되는 듯이 느껴진다.

해는 떴고 세상은 깨어나는 중이며 하루가 시작되려 한다. 그는 수건으로 어깨를 더욱 단단히 감싼 다음 그녀에게 모두 이야기한다. 칼에 대해 이야기한다. 그 전해 겨울에 그 칼을 요아르에게 준 사람은 알리였다. 모든 게 어떤 식으로 끝날지 맨 처음 알아차린 사람이 그녀였다. 그녀는 요아르의 아버지가 그를 죽이든지 아니면 그 반대로 끝나는 것 말고 다른 결말은 상상할 수 없었다. 여름이 다가왔을 무렵에는 다른 모두도 마찬가지였다.

테드는 요아르가 창밖 화분 상자의 흙 속에 칼을 숨겼지만 어머니가 의심하자 다른 데로 옮겨야 했다고 이야기한다. 그래서 배낭에 넣고 다녔는데, 퇴근한 그의 아버지가 새를 본 날 그의 방 바닥에 배낭이 놓여 있었다.

"폭력적인 남자는 주변 모두에게 암적인 존재지. 폭력은 거기에 엮인 모든 사람에게 번지는 전염병과 같아……." 테드는 학교 선생님처럼 딱딱하게 말하며 감정의 균형을 잡으려 하지만 소용이 없다. 다시 말을 잇는 그의 음성이 열네 살 때의 음성으로 돌아간다.

"요아르는 자기도 자기 아버지처럼 될 거라고 생각했어. 폭력성은 대물림되는 거라고. 하지만 그건 아니야. 폭력성은 유전병이 아니라 피부에서 피부로 옮는 전염병이야. 심장이 감염되는 거랑 같아. 어린 나이에 계속 화를 내느라, 한번 울음이 터지면 멈출 수 없을 테니 울지 않으려고 온몸에 계속 힘을 주느라 심장이 피곤해지거든. 결국 요아르는 더 이상 감당할 수 없게 됐지. 결국 모든 감정을 하루 종일 느끼지 않을 수만 있다면 뭐든 저지를 각오를 하게 됐고. 그리고 나는 이런 생각을 했던 기억이 나. 그런 일이 벌어지더라도 놀라는 사람은 없을 거라고. 언젠가는 그가 그를 죽일 거라는 걸 모두가 이미 알고 있었다고."

루이사가 숨을 참고 지켜보는 가운데 테드의 얼굴이 일그러지면서 머뭇머뭇 희미한 미소가 떠오른 순간 눈이 초점을 잃는다. 그 말을 들었다면 요아르가 얼마나 노발대발했을지 문득 생각났기 때문이다.

"요아르는 누가 자기 얘기 하는 걸 좋아하지 않을 거야." 테드는 조용히 말한다.

요아르가 듣고 싶어 하는 이야기가 있다면 화가와 그림, 행복한 삶과 이루어진 꿈 이야기뿐일 것이다. 요아르는 오로지 남을 위한 꿈만 꾸었다.

"하지만 그 그림을 이해하려면 요아르를 이해해야 해." 테드는 설명한다. "그리고 그를 이해하고 싶으면 그의 엄마를 이해해야 하고. 왜냐하면 그녀의 이야기가 그의 이야기거든. 하지만…… 요아르의 아버지? 그 인간에 대해서는 최대한 생략하고 넘어갈게."

그는 요아르가 핏물 통에 손을 담그기라도 했던 것처럼 양손이 얼마나 피범벅이었는지 기억한다. 친구의 눈빛도 기억한다. 절박하게 겁에 질려 있었던 것을. 그는 테드의 지하실 방 창문 앞에 웅크리고 앉아서 찌그러진 조그만 상자를 내밀고 있었다. 한쪽 팔을 거의 들지 못했고, 얼굴 반쪽은 시뻘겋고 어찌나 심하게 다쳤는지 그쪽 눈을 뜨지 못했다. 몸을 부들부들 떨었고, 테드가 창밖으로 몸을 반쯤 내밀고 요아르의 입 앞에 귀를 갖다 대고서야 무슨 말을 하는지 알아들을 수 있었다.

요아르는 아버지가 처음 그의 방에 들어왔을 때 새가 아무 힘 없이 상자에 누운 채 그의 품에 안겨 있었다고 속삭였다. 그의 어머니가 평소처럼 남편과 아들 사이를 가로막으려 했지만 너무 늦었다. 그의 아버지가 둘의 웃음소리를 이미 들어버렸다. 그는 아무 말도 하지 않고 위스키를 병째 두어 모금 벌컥벌컥 마시더니 다시 부엌으로 사라졌다. 이후로는 기다리는 것 말고는 아무것도 없었다.

"폭행을 실제로 경험한 적 없는 사람은 이해하지 못하겠지만 주먹질이 시작되기 전까지가 가장 끔찍하지." 바위 위에 앉아 있던 테드가 말한다.

"몇 대나 맞을지 알 수가 없으니까요." 루이사는 수건으로 어깨를 더욱 단단히 감싸며 결론을 내린다.

테드는 그 말을 듣고 부끄러워진다. 그녀가 그보다 폭력에 대해 아는 것이 더 많을지 모르기 때문이다. 하지만 그녀가 이야기를 계속하라고 고개를 끄덕이기에 그는 요아르의 아버지 같은 남자의 가장 끔찍한 특징은 1년 365일 끔찍하지는 않다는 점이라고 말한다. 그는 가끔 몇 주 동안 술을 입에 대지 않을 때도 있었고, 그럴 때면 그의 어머니와 함께 오랫동안 산책을 하고 개를 들일까 고민했다. 한번은 요아르와 낚시를 가겠다고 텐트를 산 적도 있었다. 가끔 요아르는 아버지가 차를 고치는 동안 공구를 들고 옆을 지켰고 그가 엔진에 대해 알게 된 것도 이런 기회를 통해서였다. 어떤 날에는 셋이서 평범한 가족처럼 저녁을 먹기도 했고, 그럴 때면 그의 아버지는 세심하고 매력적이며 심지어 재미있었다. 그것이 요아르가 알기로는 최악이었다. 아버지의 농담을 듣다가 자신이 재치를 누구한테 물려받았는지 알게 된 순간이 요아르로서는 최악의 순간이었다. 다른 것도 전부 물려받았을까 봐 겁이 났던 것이다.

좋았던 날들도 절대 좋지 않았다. 모두 거짓이었고 오래가지 않았다. 어머니가 끔찍한 날은 자기 탓으로 여길 만큼, 딱 그만큼만 존재했다. 요아르는 어렸을 때 종종 변기에 걸터앉아 화장하는 어머니를 구경하곤 했다. 어머니의 향수 냄새를 킁킁대고 맡으며, 자기한테서는 어떤 냄새가 나느냐고 몇 번이고 물었다. 아버지 같은 냄새가 날까 봐 두려웠다. 그녀와 같은 냄새를 풍기고 싶었다.

"너는 세상에서 최고로 좋은 냄새가 나지. 세상에서 최고로 좋은 냄새가 바로 너야." 그의 어머니는 이렇게 대답했지만 그에게 별 도움은 되지 않았다.

요아르의 어머니는 그냥 슈퍼에 다녀올 때도 항상 번듯하게 차려입었다.

"예쁜 옷을 입으면 사람들이 네 얼굴이 어땠는지는 잊어버리거든." 그녀는 화장실 거울 앞에서 이렇게 얘기하곤 했다.

"엄마 얼굴은 진짜 예뻐요." 그는 이렇게 대꾸하곤 했다.

"아들 얼굴도 진짜 예뻐." 그녀가 이렇게 대답하면 그는 뚱한 목소리로 이렇게 받아쳤다.

"엄마는 전에 나더러 노래 잘한다고 했잖아요. 그러니까 절대 못 믿어요!"

그 말을 듣고 그녀가 깔깔대며 웃음을 터뜨리자 그는 뛰쳐나가는 수밖에 없었다. 화장실에는 창문이 없었던 것이다.

요아르가 생일 선물로 애프터셰이브를 사달라고 했을 때 그녀는 억장이 무너졌을 것이다. 그 또래 아이라면 자전거를 사달라고 하는 것이 정상이었을 테니 말이다. 어느 날 아침에 그녀가 팔이 너무 아프면 가장 최근에 생긴 멍을 화장으로 덮을 수 있게 그가 도와주어야 했다. 워낙 조심스럽고 꼼꼼하게 도왔기에 나중에는 거의 스케이트만큼 잘할 수 있게 됐고, 어쩌면 그녀는 그 부분에 관한 한 자기 자신을 절대 용서할 수 없었을 것이다. 아들이 목격해야 했던 폭력의 양에 관한 한 말이다.

물론 요아르의 아버지는 항상 다시는 그러지 않겠다고 약속했지만, 그건 단순히 마지막 기회라도 되는 듯 그녀를 패겠다는 뜻이었다. 가끔 그가 눈물을 흘리면서 그녀가 자기를 떠나면 죽어버리겠다고 속삭일 때도 있었지만, 그녀와 아들을 먼저 죽이겠다고 소리를 지를 때가 그보다 더 많았다. 그리고 다음 날 아침이면 자기가 누구를 때렸는지조차 기억하지 못하는 경우가 대부분이었다.

덩치가 커지자 요아르는 둘 사이에 끼어들기 시작했다. 산술적인 측면에서 보았을 때 그러면 어머니가 덜 맞을 거라고 어렴풋이 생각했기 때문인데, 오히려 더 심해지기만 했다. 그들 모자에게 바람이 있었다면 서로를 보호하는 것뿐이었지만 둘 다 성공하지 못했다. 그들은 달리 갈 데가 없었고 너무 작았고, 이곳은 그 남자로부터 도망칠 수 있을 만큼 넓지 않았다. 가장 끔찍했던 시간을 보내고 다음 날 아침이 되면 요아르의 어머니는 일어나서 가장 예쁜 옷을 입었고, 요아르는 어쩌다 이렇게 다쳤느냐고 묻는 사람이 없도록 쉬는 시간마다 축구를 했다. 그래도 좋았던 날들이 가장 끔찍했다. 그런 날은 카운트다운에 불과하다는 사실을 잊을 만큼, 딱 그만큼만 존재했으니 말이다.

요아르가 새와 어머니와 방바닥에 앉아 있었을 때 아버지가 텔레비전에 나온 뭔가를 보고 술기운 섞인 웃음을 터뜨리는 소리가 들렸다. 무엇 때문에 이후에 그의 눈빛이 험상궂어지고 아들의 방으로 돌진하게 되었는지는 중요하지 않다. 이유는 뭐든 될 수 있었다. 그의 아버지에게는 망할 도화선도 없었고 이유도 없었다. 논리도 없었다. 그처럼 잔인한 인간이 원하는 건 상대방을 최대한 심하게 망가뜨리는 것뿐이다. 이유는? 아무도 모른다. 단 1초 동안 다른 누군가가 행복해 보이는 것만으로 충분할 때도 있었다.

피범벅이 된 손으로 테드의 창밖에 앉아 전말을 털어놓았을 때 요아르는 쏟아지는 눈물을 막을 수가 없었고 분노로 온몸이 떨렸다. 그의 아버지가 그날 밤에 원한 것이 정확히 그거였다. 아들을 상대로 자기 힘을 과시하는 것. 아버지는 아들의 손에서 상자를 낚아챘을 때 안에 뭐가 들었는지 보지도 않았다. 요아르의 어머니가 지른 비명이 온 동네에 들렸겠지만 그런들 무슨 소용 있었을까? 지난 세월 동안 이웃 주민들은 얼마나 많은 비명을 못 들은 척하게 됐을까?

요아르의 아버지는 상자와 나뭇가지와 나뭇잎과 그 안에 담긴 생명을 짓밟는 동안 단 1초도 아들에게서 눈을 떼지 않았다. 그런 것이 바로 잔혹이다.

테드는 이후에 그 방 안에서 무슨 일이 벌어졌는지 지금까지 제대로 알지 못했고, 그 인간에 대해서는 최대한 말을 아껴야 했기에 알고 있는 얼마 안 되는 사실도 루이사에게 들려주고 싶지 않았다. 하지만 배낭 안에 칼이 있었고, 바닥에 쓰러진 소년이 있었고, 주먹질을 멈추려 하지 않는 남자의 목을 두 팔로 감싼 어머니가 있었다.

그날 밤에 어느 정도 시간이 흐르고 요아르가 테드의 창밖에 서서 상자를 내밀었을 때 테드의 손도 피범벅이 되었다.

"이거 숨겨줘." 요아르는 조그맣게 속삭였다.

"안으로 들어가자." 테드는 애원했지만 요아르는 고개를 젓고 이게 누구 손인가 싶어서 놀란 듯한 표정으로 자기 손을 내려다보았다.

"내가 없어졌다는 걸 늙은이가 알아차리기 전에 집으로 돌아가야 해." 그는 조그맣게 속삭였다.

그러고는 얼른 몸을 돌려서 어둠 속으로 나섰다. 테드는 다짜고짜 외쳤다.

"사랑해!"

요아르는 대답 없이, 몸을 돌리지도 않은 채 잠깐 걸음을 멈추었다가 그대로 뛰어갔다.

이제는 테드의 목소리가 워낙 작아져서 루이사는 그 쪽으로 좀 더 몸을 기울여야 요아르가 자기 집으로 다시 몰래 들어간 이야기를 들을 수 있다. 그의 아버지는 아들의 피를 셔츠에 묻힌 채 술기운으로 기절해 거실 소파에서 코를 골며 자고 있었다. 요아르의 방에서는 그의 어머니가 무릎을 꿇고 바닥을 닦고 있었다. 안에서 너무 좋은 냄새가 풍겨 와 현기증이 날 정도였다. 방 책꽂이에는 알리에게 크리스마스 선물로 받은 조그만 비누 두 개가 놓여 있었다. 그녀가 특별히 그를 위해 가게에서 슬쩍한 거였다. 누가 봐도 그걸로 몸을 씻기에는 아까웠기에 그는 우울할 때 침대에 앉아서 냄새를 맡는 용도로 썼다. 가벼워서 거의 새 무게만 했다.

그날 밤 그의 아버지가 맨 처음 그의 방에 들어왔다가 나갔을 때 요아르와 어머니는 비누를 잽싸게 양말로 싸서 상자 속 나뭇가지와 나뭇잎 사이에 넣었다. 그의 아버지가 꼭지가 돌도록 술을 마시고 위스키와 적개심으로 온몸을 채우고 두 번째로 들이닥쳐 아들의 손에서 상자를 낚아챘을 때 요아르와 어머니는 비명을 질렀다. 그의 아버지는 그저 웃음만 터뜨렸다. 그의 증오는 그 정도로 예측 가능한 범주 안에 있었다. 그는 상자를 바닥으로 내동댕이쳐서 발로 자근자근 밟기 전에 그 안을 들여다보지도 않았다. 요아르를 쳐다보며 새가 죽었다는 데 얼마나 가슴 아파 하는지 확인하느라 여념이 없었다. 그가 원했던 대로 아이는 울음을 터뜨렸지만, 새 때문이 아니라 그 잔인함 때문이었다. 그의 아버지는 눈물을 구분할 줄 몰랐고, 너무 멍청해서 눈물의 성격이 다를 수 있다는 것을 알지 못했다.

남자는 상자를 실컷 밟은 뒤에 방 안을 이리저리 돌아다니며 아들과 아내를 때리기 시작했다. 그러다 지친 그가 비틀비틀 소파로 돌아가자 요아르는 바닥에서 엉금엉금 일어나 창문을 열었다. 온몸이 너무 떨려서 면도칼처럼 날카로운 양철 화분 상자에 손을 베었다. 흙 속에 숨겨놓은 새를 집다가 날개에 피를 묻혔고, 짓이겨진 상자 안에 다시 넣다가 상자에도 피를 묻혔다. 하지만 새는 숨을 쉬고 있었다. 요아르는 테드에게 새를 맡기고 얼른 돌아왔다. 이렇게 한 생명을 구했다.

그는 어머니를 도와서 바닥을 닦았다. 그들의 얼굴에는 멍이 들었고 가슴은 산산조각이 났다. 그래도 둘 다 웃고 있었다. 작은 새를 살리다니 영원한 폭군을 상대로 엄청난 승리를 거둔 셈이었다. 요아르는 비누 냄새를 깊이 들이마시고 어머니의 머리칼에 대고 조그맣게 속삭였다. "사랑해요."

"나는 어쩜 이렇게 복이 많을까?" 그녀도 조그맣게 속삭였다.

그날 밤에 그들은 요아르의 침대에서 나란히 잠을 청했다. 그녀는 아들을 품에 안았고, 아들은 배낭을 품에 안았다. 아버지는 소파에서 기절했다. 다음 날 아침에 요아르가 일어나 보니 사방에서 탄내가 진동했다.

그의 아버지는 술이 덜 깨서 새벽에 동료의 차를 얻어 타고 출근했고 남은 건 정적과 담배 냄새뿐이었다. 요아르는 이게 뭔가 싶어 눈을 열심히 비비며 비틀비틀 방을 나서 부엌으로 들어갔다. 화장을 새로 한 어머니가 멋쩍은 눈빛으로 거기 서 있었다. "머핀을 구우려다가 조금 태운 것 같아……"

조금 태웠다고요? 이 정도면 숯으로 구운 수준인데요? 요아르는 이런 생각이 들었지만 당연히 입 밖으로 말하지는 않았다.

7월 말의 어느 날 이른 새벽에 그들은 잔교에서 새를 날려 보냈다. 새가 테드의 집에서 1주일 정도 지내는 동안 요아르가 날마다 찾아와 씨앗과 벌레를 먹였다.

그들은 도합 다섯 명이었다. 그건 알리가 떠올린 생각이었다. 처음에 그들이 초인종을 눌렀을 때 요아르의 어머니는 당연히 그들이 장난치는 줄 알았다가 얼른 달려가서 화장을 하고 제일 예쁜 뾰족구두를 신었다. 요아르가 몇 번이고 설명을 하고 또 해도 소용없었다. "우리 잔교에 갈 거라고요, 엄마! **바닷가요!** **나이트클럽**에서 새를 날려 보내려는 게 아니라니까요!"

그녀는 구두를 벗고 물가까지 마지막 몇 걸음을 거의 예의를 갖추 듯 맨발로 걸으며 아들에게 의기양양하게 말했다. "너희가 여기로 초대한 어른은 내가 처음 아니니?"

요아르는 다정하게 대답했다. "엄마는 어른이 아니잖아요."

그녀는 그의 친구를 만난 적이 많지 않았지만 그래도 그들에 대해 전부 알고 있었다. 요아르가 멀찌감치 떨어져 있었을 때 그녀는 테드에게 조그맣게 속삭였다. "쟤는 노상 너희들 자랑뿐이야!"

안타깝게 알리도 그 말을 듣는 바람에 달려가 요아르의 팔을 세게 한 대 치는 수밖에 없었다. 그래야 그가 되받아 때릴 테고, 그래야 다들 그녀가 맞아서 눈물이 맺혔나 보다고 생각할 수 있었다.

"너 지금 울어? 그 정도로 세게 때리지 않았는데!" 요아르는 중얼거렸다.

"시끄러워." 알리는 흐느끼며 말했다. 그녀는 새를 사랑하는 마음과 새를 사랑하는 소년들을 사랑하는 마음이 거의 비슷했다.

"내가 뭐 하나 물어봐도 되니?" 다 같이 잔교로 올라가 섰을 때 요아르의 어머니가 물었다.

"나중에요, 엄마." 요아르가 말했지만, 그의 어머니는 무시했다.

"왜 새를 입양하는 사람은 없을까? 아니…… 새하고 개를 돈 주고 살 수 있고 개는 입양할 수 있는데 왜 새는 입양할 수 없는 걸까?"

"아니, 세상에 개를 입양하는 사람이 어디 있어요, 엄마?" 요아르는 앓는 소리를 냈다.

그러자 모든 동물의 친구인 알리가 쏘아붙였다.

"바보 말고는 다 입양해! 개는 사면 안 돼, 집 없는 개가 워낙 많으니까!"

"개네한테 집이 없다는 걸 어떻게 알아? 그냥 집에서 살고 싶지 않은 것일 수도 있잖아!" 요아르는 이렇게 되받아쳤다.

"바보 아냐? 개들은 길에서 살아야 하는 줄 아는가 봐?"

"그럴 거면 정글 가서 사자나 입양해 오지 그래? 사자는 왜 집이 없어야 하는데?"

"뭔 정글 타령이야, 사자가 정글에 사냐? 이 바보야!" 그녀는 소리를 질렀다.

"아, 왜 자꾸 바보라는 거야, 나보다 더 바보 같으면서!" 그는 마주 소리를 질렀다.

"저것 좀 봐!" 테드가 외쳤다.

바로 그때 새가 화가의 손바닥 위에서 날아올랐다. 황홀한 순간이었다. 처음에 녀석은 학교 갈 시간이라는 말을 듣기라도 한 것처럼 화가의 손가락 사이에 한참 동안 가만히 누워 있기만 했다. 그러다 예고도 없이 갑자기 고개를 들었다. 날개를 펼쳤다.

"그러더니 하늘로 날아올랐지." 테드는 바위 위에서 꿈을 꾸는 듯한 목소리로 말한다.

"우와." 루이사는 전혀 빈정거리는 기미 없이 이렇게 외친다. 그녀로서는 상당히 드문 일이다.

"녀석은 잔교 주변을 뱅글뱅글 돌며 바다 위에서 머물다 자기 날개 너머를 잠깐 돌아보았는데…… 어이없게 들리겠지만…… 꼭 요아르와 그 엄마를 보는 것 같았어.”

그 광경을 목격한 모든 이에게 이 얼마나 황홀한 순간이었던가. 얼마나 염병할 순간이었던가. 화가가 그때까지 아무도 본 적 없는 멋진 일을 저질렀다. 환호성을 질렀다. 잔교 위에서 펄쩍펄쩍 뛰고 기뻐하며 큰 소리로 그냥 비명을 질렀다. 그럴 만한 이유가 생기는 때가 사는 동안 과연 몇 번이나 찾아올까? 구름 사이로 해가 비쳤고 너무나 완벽한 순간이었으니 그 바보 같은 새가 당연히 찬물을 끼얹을 수밖에 없었다.

새가 바다 위로 60미터쯤 날아갔다가 커다랗게 반원을 그리며 돌아오더니 그들을 지나 마을과 아파트 단지 쪽으로 날아간 것이었다.

“그쪽이 아니야!” 그러면 새가 돌아와서 사과라도 할 줄 아는지, 알리가 고함을 질렀다.

“저놈에게는 저쪽이 맞는 방향일 수도 있지.” 요아르의 어머니가 조심스럽게 말했다.

“재가 수컷이라는 걸 어떻게 아세요?” 알리가 물었다.

“엉뚱한 방향으로 날아가고 있으니까.” 요아르의 어머니는 미소를 지었다.

“수컷답네.” 화가가 말했다.

아, 그 말에 그들이 얼마나 웃었는지 모른다. 두말하면 잔소리지만 방금 하늘을 올려다보며 몸을 홱 돌린 요아르만 한숨을 쉬었다.

“온 세상 어디로든 날아갈 수 있는데, 이 망할 곳으로 돌아온단 말이야?”

요아르의 어머니는 옆에 서서 한참 동안 생각하다가 중얼거렸다. “내가 보기에는 자기 친구들한테 돌아온 것 같아. 너희들도 그럴 거 아냐."

그들은 심장이 몇 번 뛰는 동안 잠자코 서서 이 말에 대해 생각했다. 잠시 후 좀이 쑤신 알리가 외쳤다.

"뭐 해! 가서 수영하자!"

25년 뒤에 바닷가 바위 위에서 테드는 어깨를 덮고 있던 수건을 스르르 떨어뜨린다. 깔끔하게 개서 그림이 담긴 상자 옆에 놓아둔 그의 여행 가방에 조심스럽게 넣는다. 그런 다음 루이사에게 말한다.

"우리는 다 같이 잔교에서 뛰어내렸지. 내가 친구들과 바다에서 수영한 건 그때가 마지막이었어."

45

테드의 머리가 천천히 좌우로 움직인다. 루이사는 그걸 보며 그가 자기가 말한 그 작가, 상심에 매몰됐다는 그 여자를 닮았다는 생각을 한다. 테드는 루이사의 시선을 알아차리자 당황해서 헛기침을 하다가 주머니에서 뭔가를 꺼내 루이사에게 내민다. 그녀가 열차에 두고 내린, 그 화가를 그린 그림이다.

"안 돼요, 저 주시면 어떡해요. 아저씨한테 드린 선물인데." 그녀는 상처받은 투로 말한다.

그는 고개를 끄덕인다.

"알아. 돌려달라고 할게. 이따가 우리 도착하고 나서."

루이사는 망설이다가 마지못한 듯 그림을 받아서 배낭에 넣는다.

"알았어요. 거기 갈 때까지 제가 보관할게요."

"진짜야! 돌려달라고 할 거야. 나중에 값이 어마어마하게 뛸 테니까!" 그가 주장한다.

"그럼요!" 그녀는 농담 대하듯 웃음을 터뜨린다.

테드는 시계가 있었던 쪽 손목을 쳐다보다가 시계 대신 해를 확인한다.

"지금 가면 다음 열차를 탈 수 있겠다."

"그걸 어떻게 알아요?" 그녀는 놀라워한다.

"해를 보면 시간을 대충 알 수 있어."

"아니, 제 말은 다음 열차가 언제 출발하는지 어떻게 아느냐고요. 시간표를 외웠어요?"

"응." 그는 그것이 일반적인 행동이라도 되는 듯이 대답한다.

"아저씨 진짜 특이해요."

"고맙다. 너도 마찬가지야."

그녀는 콧방귀를 뀌며 일어서고 그도 따라서 일어선다. 그들은 다른 방향으로 걸어가 각자 큼지막한 나무 뒤에서 옷을 갈아입는다. 첫 번째 빗방울이 테드의 머리 위에 떨어지지만 그는 몸이 이미 축축한 터라 알아차리지 못한다. 하지만 잠시 후 나무 꼭대기에서 후드득하는 소리가 들리고 루이사가 외친다.

"아저씨! 비 와요! 저 그림……."

테드는 상자 쪽으로 고개를 돌리고, 하늘에서 떨어진 빗방울이 그 위에 검은색의 조그만 자국을 남기는 것을 지켜보며 점점 커지는 공포를 달랜다. 그는 잠깐 영화에서처럼 나무 아래로 피신하지만 전혀 도움이 되지 않는다. 현실 속 나무는 훨씬 의리가 없다. 그래서 그는 여행 가방과 상자를 안고, 너무 큰 샌드위치를 입에 문 욕심꾸러기 비둘기처럼 미끄러져 가며 휘청휘청 달린다. 달리는 중간에 배낭을 짊어진 루이사가 잽싸게 옆으로 다가와 상자를 건네받는다. 몰래 들어갔던 스포츠용품점이 포진한 상점가에 도착했을 무렵에는 땅바닥에 철벙거릴 정도로 물웅덩이가 고였고, 이내 숨이 턱턱 막히고 갈비뼈에 불이 난 것 같지만 그래도 그들은 지붕이 달린 기차역에 다다를 때까지 멈추지 않는다.

"그럼…… 무사해요?" 테드가 상자 안을 들여다보는 동안 루이사가 헐떡이며 묻는다.

그는 지친 표정으로 고개를 끄덕이고 벤치에 털썩 주저앉는다.

"이제…… 진짜…… 달리기라면 신물이 난다."

"그렇게 자주 하면서…… 어쩜 그렇게 못 달려요…… 어이가 없네, 정말." 그녀도 같이 숨을 헐떡이며 말한다.

두 사람이 대화를 더 나눌 겨를도 없이 열차가 도착한다. 그들이 낑낑대며 열차에 오르자 옷에 묻었던 가장 지저분한 흙먼지는 빗물에 씻겼는데도 다른 승객들이 눈살을 찌푸린다. 테드는 좌석에 몸을 묻고 거의 눈을 감자마자 잠이 든다. 깨어보니 루이사가 그의 어깨에 기대어 자고 있다. 그는 창밖을 내다보며 외친다.

"일어나! 루이사, 일어나! 우리 여기서 내려야 해!"

그녀는 당황해서 벌떡 일어나 앉으며 크게 고함을 지른다.

"잔 거 아니라고! 가면 된다고! 뭔데? 아 씨, 뭐 어쩌라는 건데?"

그녀는 테드가 누구인지 미처 기억하지 못하고 그를 향해 주먹을 흔든다.

"아야!" 그녀가 실수로 그의 뺨을 세게 찌르자 테드는 날카롭게 내뱉는다.

"죄송해요, 제가…… 무슨 일이에요? 여기가 어디예요?" 그녀가 놀라서 묻는다.

그는 창밖의 승강장을 턱으로 가리키며 갑자기 은밀한 미소를 짓는다.

"가자. 네가 좋아할 만한 걸 보여줄게."

그들은 기차에서 내린다. 그녀가 그림과 두 사람의 가방과 함께 벤치에 앉아서 기다리는 동안 그는 가서 표를 산다. 한참 뒤에 그가 드디어 돌아왔을 때는 벌써 오후다.

"진짜 오래 가 있었던 거 알아요? 시간을 거슬러 올라가서 열차나 뭐 그런 걸 발명하고 온 거예요?" 그녀는 묻는다.

테드는 갑자기 겁에 질린 눈빛으로 언성을 낮춘다.

"경찰들이 여기서 모든 승객의 신분증을 확인하고 있어. 몇 정거장 전에 두 남자가 공격을 당했다고, 쇠파이프로 맞아서 한 남자 팔이 부러졌다고 자기들끼리 하는 얘기를 들었어⋯⋯."

"**공격을 당했다고요? 그 사람들이 우리를 공격했잖아요!**" 루이사는 외친다.

"쉬이이이잇!" 테드는 애원하듯이 말한다.

"이제 우리 어떻게 해요?" 제복을 입은 남자들이 다가오는 것이 보이자 그녀는 겁에 질려서 조그맣게 속삭인다.

그녀는 평생 그런 남자들을 피해 도망치는 교육을 받아왔는데, 지금은 너무 늦어버렸다. 정신을 차리지 못하고 그녀가 테드의 세상 속에서 살고 있는 것으로 착각하느라 긴장을 늦추고 말았다. 그녀는 그 세상 사람이 아니고 앞으로도 영영 그럴 텐데 말이다.

"그냥 평범하게 행동해! 아니, 그러니까, 네 입장에서는 평범하지 않게 행동해. 평범한 사람들 입장에서 평범하게 행동해." 테드는 나지막이 쏟아붙인다.

"알았어요! 내가 위탁 가정에서 도망쳐 나왔고, 세계적으로 유명하고 엄청 비싼 그림을 들고 있고, 성조차 모르는 처음 보는 남자와 여행하고 있지 않은 척할게요! 그냥 평범하게 행동할게요!" 루이사도 같이 쏟아붙인다.

"그냥 조용히 웃고 있기만 해." 그는 단호하게 말한다.

그래서 그녀는 그렇게 한다. 그들이 만난 이래 그녀가 지시를 따른 것이 아마도 처음 있는 일일 텐데, 두말하면 잔소리지만 그것 역시 실수였다. 열차까지 걸어가 계단을 오르는 순간, 두 사람 모두 이제 안전하다고 생각한다. 하지만 루이사까지 방심하면 안 되는 거였다.

"거기! 잠깐!" 뒤에서 누군가가 외친다.

그들이 고개를 돌리자 제복을 입은 경관의 성난 눈빛이 그들을 맞이한다.

"표하고 신분증이요." 그가 요청이라기보다 명령조로 말한다.

루이사는 무릎을 꿇고 얼른 배낭을 뒤지는데, 여권이 보이지 않자 공포가 엄습한다.

"여기 있었는데, 바로 여기 있었는데……." 그녀는 땅바닥 위에서 불안해하며 중얼거린다.

그녀의 머리 위에서 남자의 성난 음성이 들린다. 뭐라는지는 잘 모르겠지만 폭력을 예고하는 그런 음성이라면 수천 번도 넘게 들었다. 그는 분명 그녀의 이리저리 움직이는 눈동자와 떨리는 손에서 켕기는 구석을 간파할 수 있을 것이다. 빌어먹을 여권이 어디 있담? 바보 같은 머리가 여권의 행방을 파악해야 하는데, 오히려 피스켄을 떠올리기 시작한다. 그녀가 항상 여권이 네가 존재한다는 증거, 네가 의미 있는 존재라는 증거라고 했던 것에 대해 생각한다. 하지만 배낭에는 아무것도 없고, 루이사는 얼굴이 화끈거리고, 머리에서는 피스켄이 틀렸다고 비명을 지른다. 루이사는 항상 아무것도 아닌 존재였다. 그녀는 항상 모든 걸 망쳐버릴 것이다. 그래서 그녀는 본능이 시키는 대로 한다. 그녀를 구하기에는 늦었지만 경찰의 주의를 끌면 테드는 여기서 도망칠 시간을 벌 수 있지 않을까? 본능은 바보 같을 때가 많고, 이 사회는 싸우거나 달아나는 방법밖에 모르는 10대에게 알맞은 곳이 아니다. 그녀는 배낭을 덮고 주먹을 쥐고 도망칠 준비를 한다.

"북쪽으로 가세요? 거기 사십니까?" 바로 그때 경관이 이렇게 묻는 소리가 들리자 그녀는 혼란스러워진다. 그가 대화를 나누는 것처럼 들린 것이다.

"네." 놀라우리만치 침착하게 대답하는 테드의 음성이 들린다.

"두 분이 일행이고요?" 경관이 묻는다.

"네. 제 딸이에요."

테드가 지금까지 한 거짓말 중에 최고다.

"얼굴은 어쩌다 그렇게 되셨어요?" 경관은 궁금해한다.

"계단에서 넘어졌어요." 테드는 대답한다.

그렇게 겁에 질려 있지 않았다면 루이사는 폭소를 터뜨렸을 것이다. 하지만 위를 올려다본 다음에야 경관은 그녀를 쳐다보지도 않고 오로지 테드만 상대하고 있다는 것을 깨닫는다. 그녀의 숨소리가 너무 커서 질문의 나머지 부분은 듣지도 못하지만 이윽고 경관은 짧은 묵례와 함께 테드에게 여권을 돌려주고 간다. 그걸로 끝이다. 루이사는 테드가 방금 흑마술이라도 부린 것처럼 그를 빤히 쳐다본다. 그는 겁먹은 동시에 기분 나빠 하는 표정이다.

"어떻게 된 거예요? 저 사람이 뭐래요?" 루이사는 충격을 달래며 조그맣게 속삭인다.

"경찰이 여기서 몇 정거장 전 역에서 음주 운전자와 동승자가 타고 가던 차를 세웠대. 체포하려고 차에서 내리라고 했더니 음주 운전자가 자기랑 친구랑 둘이 병원에 가는 길이라고 하더래…… 깡패한테 쇠파이프로 맞아서."

"깡패요?" 루이사는 반문한다.

"응. 심지어 경찰에게조차 여자아이에게 맞았다고 실토하고 싶지는 않았나 봐." 테드는 한숨을 쉰다.

"그럼 경찰이 왜 우리를 불러 세웠던 거예요?"

"우리가 아니라 나를 불러 세운 거지. 남자들의 주장에 따르면 그 깡패가 이쪽 방향 열차를 타고 도망쳤다고 하니 경찰이 이 일대에서 검문을 하고 있다네…… 의심스러워 보이는 사람들을 전부."

의심스러워 보이지 않는다는 말이 지금까지 살면서 들은 칭찬 중에 최고라도 되는 듯 루이사의 얼굴이 환해진다.

"그러니까 경찰이 *아저씨*를 보고 그 깡패일 수도 있겠다고 생각했는데, 특유의 불쾌한 말투를 듣자마자 아니라는 걸 알아차렸군요?" 그녀는 미소를 짓는다.

"웃을 일이 아니야, 루이사. 우리가 체포될 수도 있었어." 그는 주장한다.

"아저씨가 감옥에 있는 동안 조직 생활을 했을 수도 있잖아요?" 그녀는 웃음을 터뜨린다.

"그만하라니까." 그는 중얼거린다.

"도서관 조직 아니었어요? 아저씨가 지식의 힘으로 다른 조직원을 물리친 거 아니에요?"

테드는 땅바닥으로 허리를 숙여 그녀의 여권을 줍는다. 가방에서 방금 떨어진 것이다.

"이거 잘 챙겨야지." 그는 짜증이 난 아빠 같은 말투로 화제를 바꾼다.

"알아요." 그녀는 여전히 함박웃음을 짓고 있다.

"농담 아니야! 매사 그렇게 장난치듯 하면 어떡하니!"

그녀는 민망해하며 입을 다문다.

"죄송해요. 저도 알아요. 여권 잘 챙겨야 한다는 거. 제가 존재한다는 유일한 증거니까요." 그녀는 갑자기 떨리기 시작한 목소리로 이렇게 대답한다.

그러자 그는 말을 멈추고 좀 더 부드러워진 눈빛으로 그녀를 쳐다보며 고개를 천천히 젓는다.

"너는 그렇게 생각하니?"

"피스켄이 항상 그렇게 말했어요."

그는 아까보다 더 단호하게 다시 고개를 젓는다.

"증거는 너로 충분해, 루이사. 네가 뭘 그릴 때마다 그게 너 자체로 충분하다는 증거야. 이제 가자, 보여줄 게 있어."

반대편 승강장에 다른 열차가 서 있다. 앞장선 그를 따라 열차에 오른 그녀는 난생처음 초콜릿을 맛본 사람 같은 표정이 된다.

"침대요? 기차에?" 그녀는 놀라서 속삭인다.

"침대차야." 테드는 고개를 끄덕인다.

하지만 그게 다가 아니다. 그가 그들이 쓸 객실을 보여주는데, 각자 누울 침대가 있고 사이에 칠 커튼이 있고 정말이지 환상적인 또 다른 게 있다. 그건 바로 문에 달린 잠금장치다.

루이사는 머리가 베개에 닿자마자 잠이 든다. 피스켄과 헤어진 이래 그렇게 깊은 잠은 처음이다. 루이사의 코 고는 소리에도 불구하고 테드 역시 잠이 든다. 그들이 다시 일어나 보니 어두컴컴하고 열차는 달리고 있다. 하루를 잠으로 날린 것이다.

"일어나셨어요?" 그의 숨소리가 바뀐 것을 듣고 루이사가 어둠 속에서 묻는다.

"응." 그는 대답하고 루이사는 자는지 어쩐지 절대 궁금해할 필요가 없다고 생각한다. 아무것도 묻지 않으면 자는 거다.

"뭐 하나 물어봐도 돼요?"

"거부해도 되니?"

"아저씨가 화장실 다녀온 지 진짜 오래됐거든요." 그녀는 말한다.

"그건 질문이 아닌데." 테드는 중얼거린다.

"바다에다 오줌 쌌죠, 그죠?"

"아니." 그는 거짓말한다.

그녀는 침대가 삐걱거릴 정도로 크게 웃는다.

"하나 더 물어봐도 돼요?"

"안 물어보면 좋겠는데." 그는 말하지만, 당연히 아무 의미 없다.

"요아르의 칼은 어떻게 됐어요?"

테드는 그 말을 듣고 불이 꺼져 있어서 다행이라는 생각을 한다. 창밖의 세상은 멈추어 서 있고, 열차는 모든 승객이 도주 중이기라도 한 듯 천둥소리와 함께 밤을 가르고, 그의 위아래 입술은 떨리는 것을 멈추려 서로를 끈질기게 찾는다. 잠시 후에 그가 대답한다.

"칼은 그의 배낭 안에 들어 있었어. 요아르는 생각해 놓은 계획이 있었지. 엄마가 분명 자기를 말리려고 할 테니 엄마가 집을 비울 때까지 기다렸다가……."

"잠깐만요! 잠깐만!" 루이사가 갑자기 애원하더니 생각을 바꿔서 중얼거린다. "물어보지 말았어야 해요. 잔교로 수영하러 가서 새를 날려 보낸 걸로 이야기를 끝냈어야 해요. 그게 완벽한 결말이었는데. 아저씨네들 모두 아직 행복했을 때 끝내는 것이."

"맞아." 테드의 대답이 그녀의 귀에 들린다.

그녀는 꼬박 1분 동안 고민하다가 마음을 정한다.

"좋아요…… 하지만 결말을 공개하기 전에 이것부터 알려주세요. 물감이랑 붓이랑 온갖 재료 살 돈을 어떻게 마련했는지."

열차가 불을 밝힌 승강장을 지난다. 빛의 고깔 속에서 테드가 미소를 짓자 이가 반짝인다.

"뭐, 훔친 자전거를 팔았던 건 절대 아니고."

46

당연히 그건 알리의 아이디어였다고, 테드는 침대차에서 설명한다. 자전거를 훔쳐서 팔자고 한 것 말이다. 요아르는 이미 그 방면의 전문가였다. 겨우 열한 살 때 처음으로 훔친 자전거를 학교 운동장에서 팔려고 한 적이 있었다. 하지만 안타깝게도 경찰이 등장했고 그건 건전한 사업 아이템이 아니라고 했다. 요아르의 의견을 밝히자면 경찰은 젊은 사업가의 기를 살리는 데 정말이지 소질이 없었다. 그가 그때 처벌을 면한 이유는 오로지 하도 체구가 작아서 그런 범죄를 저지를 능력이 안 된다고 여겨졌기 때문이었다. 그는 하도 어이가 없어서 하마터면 자백할 뻔했지만 당연히 화가가 말리고 나섰고, 이후에 그는 요아르가 가끔 자전거를 훔쳐도 모르는 척했지만 두 번 다시 팔지는 못하게 했다. 그건 너무 위험했다.

하지만 그들이 열다섯 살을 앞둔 그해 여름에 알리는 무조건 다시 한번 시도해 봄 직하다고 생각했다.

“경찰이 뭘 어쩌겠어? 우리를 감옥에 넣겠어? 우리 아직…… 어린애잖아!” 그녀는 앓는 소리를 냈다.

때는 새를 날려 보낸 다음 날이었다.

“청소년 감옥도 있는 걸로 아는데.” 테드가 말했다.

“하! 요아르를 무슨 수로 가두어놓겠어? 철창 사이로 빠져나올 수 있는데!” 알리는 씩 웃었다.

평소 같으면 이후에 둘이 싸움을 벌였겠지만 이미 온몸이 멍과 혹으로 뒤덮인 요아르를 더는 건드릴 수 없었다. 그래서 알리는 그냥 혀를 내밀었고 그가 가운뎃손가락을 들어 보이자 웃음을 터뜨렸다. 잠시 후에 화가가 소심하게 말했다.

“아냐, 그러지 마. 너희가 자전거를 훔쳐서 판 돈으로 물감을 사서 쓰면…… 그림에서 티가 날 거야. 나 때문에 너희가 도둑질하는 건 싫어.”

이것으로 이야기는 끝이었다. 그들은 남은 시간 동안 테드의 방에서 슈퍼히어로 영화를 보았다. 비가 와서 대안이 없었다. 테드와 화가는 알리의 배낭을 가끔 흘끗거렸지만 그녀는 입 모양으로 “기다려”라고 말했다. 몇 시간 뒤에 요아르가 화장실에 갔을 때에야 그들은 숨기고 있던 것을 꺼낼 수 있었다. 그가 다시 지하실 계단을 내려오자 알리가 고래고래 “생일 축하합니다” 하고 노래를 불렀고 요아르가 귀를 막자 그러면 다시 부르는 수가 있다고 으름장을 놓았다. 그는 짐짓 귀찮아하며 심지어 살짝 짜증이 난 듯한 표정을 지었지만 사실은 그들이 그의 생일을 기억할 줄은 꿈에도 몰랐다. 그래서 실은 내일이라고 말하지 않았다.

테드가 애프터셰이브를 내밀었다. 그의 아버지가 사서 벽장에 두고 쓰지 않은 새것이었다. 테드가 먼지를 꼼꼼히 닦아서 조그만 리본을 둘렀고 화가가 카드를 썼다.

"향이 마음에 들면 좋겠다." 테드가 말했다.

"맞아, 진심이야. 왜냐하면 너한테서는 쓰레기 냄새가 나거든." 알리는 이렇게 말했지만, 남들은 이해할 수 없는 언어로 사랑한다고 말한 것이었다고 맹세할 수 있었다.

요아르는 새라도 되는 듯이 애프터셰이브를 받아서 들었다. 화가는 자기 배낭 안에서 어느 할머니네 집 꽃밭에서 꺾은 작은 꽃다발을 꺼냈다.

"이거 훔친 거 아니야." 그는 말했다. "입양한 거지."

알리와 테드는 웃음을 터뜨렸다. 요아르는 꽃냄새를 맡으며 중얼거렸다. "너희들은 다 쓰레기야."

그는 씩씩대며 손등으로 눈을 훔쳤다. 온몸에 상처가 많아서 심하게 따끔거리기 때문에 아직은 애프터셰이브를 쓸 수 없었지만 그날 밤에 그는 애프터셰이브 병을 안고 잠자리에 들 것이었다.

눈이 부시도록 화창한 날이었다. 구름 한 점 없고 바람은 잔잔하며 하늘과 땅의 모든 색이 전날보다 더 선명하게 느껴졌다. 친구들이 그냥 그렇게 기억한 것일 수도 있었다. 우리는 때로 엄청난 재앙이 닥치기 직전의 순간을 실제보다 더 아름답게 기억한다.

알리는 걱정이 돼서 요아르의 집 쪽으로 걸어갔다. 그녀는 그의 부모님이 출근하러 나선 것을 보았다. 그의 아버지는 비틀거리며 동료의 차에 몸을 싣고 부두로 출발했고, 그의 어머니는 화장을 진하게 하고서 허둥지둥 반대편으로 떠났다. 알리는 그녀가 정말이지 행복해 보인다는 생각을 했다. 발에 스프링이라도 달린 것처럼 걸었다. 그날을 끝으로 친구들은 그런 요아르의 어머니를 볼 수 없을 것이었다. 알리가 그들이 사는 아파트의 초인종을 눌렀지만 아무도 대답하지 않았다. 요아르가 집에 없었다.

그래서 알리는 네거리로 돌아가 테드와 화가와 함께 잔디밭에 드러누워 그들이 할 수 있는 유일한 일을 했다. 기다렸다. 쿠키와 우스갯소리가 모두 동날 때까지 잔디밭에 누워서 기다렸지만 요아르는 여전히 감감무소식이었다. 오전의 절반이 지났다. 알리는 결국 시간을 때우기 위해, 완벽의 경지에 다다른 특유의 무심한 말투로 남자에게 고환이 두 개 달려 있는 이유가 뭐냐고 물었다. 누가 들어도 한참 동안 고민한 문제인 듯했는데, 화가도 테드도 그럴싸한 해답을 알지 못했다. 그래서 테드는 대신 자기는 어렸을 때 형 말에 속아서 고환이 세 개여야 되는 줄 알았다고, 진실을 알기까지 몇 달 동안 얼마나 걱정했는지 모른다고 말했다.

"하지만 *왜* 두 개가 달려 있는 거냐고?" 알리가 다시 물었다.

"자기들만의 예비 부품을 달고 태어나다니 역시 똑똑한 남자들답다고 할까." 테드는 미소를 지었다.

"예비 부품이 필요하다니 역시 남자들답다고 할까." 알리는 따지고 들었다.

"가자!" 뒤에서 누군가가 외치는 소리가 들렸다.

그들이 잔디밭에 누운 채로 고개를 돌리자 요아르가 보였다. 집이 아니라 시내 쪽에서 걸어오고 있었다. 어찌나 표정이 의기양양한지 햇빛을 받고 반짝이는 멍자국이 거의 눈에 들어오지 않을 정도였다. 어제보다 키가 한 뼘은 커진 듯했다.

"가자!" 그는 다시 외치고 앞장서서 출발했다.

"어디 가는데?" 물었지만 그가 대답하지 않자 다른 친구들은 얼른 뒤따라 나섰다.

알리는 가는 내내 나중에는 아무도 기억하지 못할 테지만 들을 때는 아주 재미있는 얘기를 종알거렸다. 테드는 모든 것에서 햇빛 냄새가 났고, 그런 냄새를 표현하는 단어가 있는지 몰랐던 것을 기억할 것이었다.

"여기…… 여기에는 왜 왔어?" 이윽고 화가가 불안한 목소리로 물었다.

그제야 테드와 알리는 요아르가 어디로 앞장섰는지 알아차렸다. 그들은 미술용품을 파는 시내의 조그만 가게 앞에 서 있었다. 요아르는 자기 계획을 아무에게도 설명하지 않았고 이로 인해 골치 아픈 문제가 벌어질 수도 있다는 생각을 전혀 하지 못했다. 그렇기에 당장 엄청 골치 아픈 문제가 발생했다. 누가 알리에게 물었다면 생각이 몇 개 없다고 해서 다들 자기가 무슨 생각을 하는지 알 거라고 넘겨짚다니 남자답다고 대답했겠지만, 요아르의 변명을 하자면 그가 사전에 어쩔 생각인지 설명했더라도 그녀는 귀담아듣지 않았을 것이다.

그는 화가를 데리고 안으로 들어갔고 그동안 테드와 알리는 밖에서 약간 엉거주춤하게 망을 보았다. 요아르가 시켜서 그런 게 아니라 망을 보아야 할지 모른다는 생각이 들었기 때문이었다. 화가는 요아르의 계획을 알아차리자마자 전전긍긍하며 그를 설득하려고 했다. 친구가 자기 때문에 도둑질을 하는 건 용납할 수 없었기 때문이었지만, 그 무렵 요아르는 의논이라면 진저리가 났다.

"아니, 뭐가 필요한지 말만 하라니까? 지금 여름도 거의 끝나가는

데 손 놓고 있을 거야? 그림 안 그리냐고!" 그는 짜증을 내며 명령조로 말했다.

그래서 화가는 가게 안을 불안하게 두리번거리며 손으로 가리켰다. 요아르가 집는 물건이 많아질수록 그의 얼굴은 점점 더 빨개졌고, 계산대 앞으로 걸어갔을 때는 그의 온몸이 어찌나 심하게 떨렸던지 우유를 들고 있었다면 버터가 됐을 수도 있었다. 보안요원이나 경찰이 언제든 들이닥칠 수 있다는 것을 경험상 잘 알기에 밖에 서 있던 알리와 테드는 점점 더 초조해졌다. 그래서 요아르와 화가가 물감, 붓, 캔버스를 한 아름 들고나오자 친구들은 얼른 전부 낚아채서 튀었다.

그들은 천재답게 당연히 각기 다른 방향으로 튀었지만 안타깝게도 선택한 방향이 서로 정반대라 정면으로 부딪치고 말았다. 알리는 벌떡 일어나 놀란 마음에 무작정 내달리다 가로등을 그대로 들이받았다. 테드는 알리와 충돌한 충격으로 눈앞에서 별이 왔다 갔다 했지만 비틀비틀 일어나 그 길 중간까지 도망친 다음에야 그를 쫓아오는 사람이 아무도 없다는 것을 깨달았다. 그가 그 자리에서 우뚝 멈추어 서자 몸이 균형을 잃고 다시 벌러덩 넘어졌다.

가게 앞에 평온하게 서 있던 요아르가 외쳤다. "이 바보들아. 지금 뭐하냐?"

행복한 날이었다. 그날 새벽에 요아르는 어머니가 깨우는 소리에 일어났다. 그녀는 한 손을 아들의 어깨에 얹고 다른 쪽 손가락은 입술에 대고 있었다.

"쉬이잇." 그녀는 속삭이고 따라오라는 뜻에서 고개를 끄덕였다.

두 사람은 술에 취해 소파에 드러누워서 코를 골고 있는 그의 아버지 몰래 집 밖으로 빠져나갔다. 얼른 지하실 계단을 내려가 조그만 창고로 갔다. 그의 아버지는 한 번도 들여다본 적 없는 거기 뒤편에 그의 어머니가 생일 선물을 숨겨놓았다. 그녀에게 값이 나가는 물건이라고는 자기 어머니에게 받은 아이스스케이트밖에 없었기에 그걸 팔아서 자전거를 샀다.

요아르의 손을 거쳐 간 자전거가 그동안 많았지만, 자기 자전거를 가지게 된 건 그날 아침이 처음이었다. 그는 새벽빛을 받으며 그 자전거를 타고 일대를 돌고 또 돌았다. 그토록 자유롭고 우쭐하고 가능성으로 충만한 기분은 처음이었다. 아침 내내 네거리로 친구들을 만나러 나오지 않은 이유가 그 때문이었다. 그는 바람에 머리칼이 채일 정도로 빠르게, 또 어떤 때는 핸들을 놓고서 두 팔을 뻗은 채로 지평선을 향해 달리다 시내가 나오자 열심히 페달을 밟다 말고 자전거를 세웠다. 벤치에 앉아서 기다리다가 스포츠용품점이 문을 열자 자전거를 어깨에 짊어지고서 안으로 들어갔다. 이 도시에서 길거리에 자전거를 두었다가는 어떤 인간에게 도둑맞을지 몰랐다. 요아르는 가게 직원과 한참 실랑이를 벌인 끝에 합의했고, 집 근처 네거리까지 달려가 숨을 헐떡이며 친구들에게 외쳤다. "가자!"

그로부터 얼마 후에 그는 미술용품점 앞에 서서 믿기지 않는다는 듯이 고개를 저었다. 그제야 테드와 알리는 넘어졌던 자리에서 일어났고, 그들을 쫓아오는 사람이 없다는 사실을 알고 나서야 요아르의 옆에 선 화가가 들고 있는 것이 눈에 들어왔다. 영수증이었다.

요아르는 씩 웃으며 외쳤다.

"나를 뭘로 보고 그래? 훔치기라도 했을까 봐?"

요아르가 팔아넘긴 자전거가 그동안 많았지만, 자기 자전거를 판 건 그날이 처음이었다. 그리고 그 돈으로 그들은 세상을 바꿀 캔버스와 물감을 샀다.

"그것도 멋진 결말이네요." 루이사가 어두컴컴한 열차 객실 안에서 속삭인다.

"그렇지." 테드는 말한다.

그녀는 좀 더 얘기해달라고 하지 않고, 그래서 그도 더는 하지 않는다. 각자의 침대에 그저 가만히 누워만 있는데, 둘 중 한 명은 집으로 돌아가는 길이고 다른 한 명은 살던 데서 점점 멀어지고 있다.

"잘 자라, 귀신들아." 루이사는 속삭인다.

"잘 자라, 잘 자." 테드는 대구한다.

47

이야기를 들려주는 건 쉬운 일이 아니다. 모두가 행복한 결말을 맞지 않을 때는 더욱 그렇다. 테드는 무언가가 어마어마한 힘으로 사람의 머리를 내리치는 소리를 꿈에서 듣는다. 벽을 뚫고 들릴 만큼 소리가 컸다. 부두에서 일하는 단단한 남자들이 모두 충격과 부끄러움이 담긴 눈빛으로 요아르의 집 앞에 말없이 서 있고 테드와 친구들이 항상 서로에게 내일 보자고 약속했던 네거리에서는 사이렌 소리가 울려 퍼진다.

그는 놀라서 살짝 움찔하며 잠에서 깨어난다. 온몸이 땀범벅이다. 불빛이 보이자 눈을 깜빡인다. 루이사는 자기 침대에 앉아 눈을 동그랗게 뜨고 행복하게 창밖을 내다보고 있다. 그도 그럴 것이 바다가 점점 가까워지고 있다. 그녀는 고개를 돌렸다가 그가 깬 것을 보자마자 득달같이 묻는다.

"아직 멀었어요?"

"조금만 더 가면 돼."

"얼마나 조금이요?"

"아주 조금."

"아저씨는 진짜 짜증 나는 아빠가 됐을 거예요." 그녀는 콧방귀를 뀐다.

"고맙다." 그는 미소를 짓는다.

그녀는 잠시 망설이다가 묻는다.

"이제 그 이야기의 나머지 부분을 들려주실 거예요?"

그는 한참을 고민하다가 고개를 젓는다.

"아니. 아직은 아니야. 하지만 차를 훔쳤을 때 이야기는 들려줄 수 있는데, 듣고 싶니?"

듣고 싶냐고?

그래서 열차가 그의 어린 시절 전부를 앗아 간 도시로 가는 동안 테드는 화가가 그림을 그리던 시기에 얽힌 이야기를 들려준다. 친구들은 물감과 테레빈유와 미네랄 스피릿, 기타 등등 온갖 병에 담긴 뭔지 모를 것들 때문에 현기증이 날 때까지 테드의 지하실 방에서 화가의 곁을 지켰다. 화가는 여러 종류의 물감과 기법을 시험했는데, 전문적으로 배운 적이 없었으니 대부분 감에 의존했을 것이다. 나중에 그는 거창한 예술학교에 입학해 자신이 거기서 가르치는 모든 걸 이미 체득했음을, 다만 방향이 거꾸로였음을 알게 될 것이었다. 그의 머리는 평범하지 않았고, 언젠가는 세상이 그걸 고맙게 여기게 될 것이었다.

테드는 그때 계단을 자주 오르내리며 부엌에서 먹을 것을 날랐는데, 어느 날 저녁에 알리가 먹을 라자냐를 데우다 형이 피아노 치는 소리를 들었다. 그래서 아버지의 맥주를 가져다주려다가, 이제 맥주가 마지막으로 한 개 남았다는 사실을 알게 됐다. 그의 형도 테드의 손에 들린 맥주를 보고는 그것이 마지막 남은 한 개라는 사실을 알아차리고 가서 잔을 두 개 들고 왔다. 그들은 피아노 앞에서 말없이 건배하고 마셨다.

"아빠가 제일 좋아했던 음식이 뭐였는지 알아?" 테드의 형은 라자냐 냄새를 맡고 이렇게 물었다.

"라자냐?" 테드는 대충 찍어본다.

"아니. 차가워진 구운 치즈 샌드위치. 그러니까, 냉장고에 하룻밤 두었다가 꺼낸 구운 치즈 샌드위치. 엄마를 처음 만났을 때 아빠가 만들 줄 아는 게 그거뿐이었대. 차가워진 구운 치즈 샌드위치 그리고 사흘 동안 봉지를 열어놔서 살짝 눅눅해진 치즈 볼 그리고 김 빠진 콜라…… 아빠는 그런 걸 좋아했어. 엄마가 그런 남자를 위해서 요리를 그렇게 열심히 했다니 너무 아깝지 않아?"

테드는 웃음을 터뜨렸다.

"또 다른 얘기 들려줘." 그는 말했다.

그의 형은 씩 웃었다. 별로 취하지 않았는데도 이야기보따리를 계속 풀었다.

"나는 어렸을 때 아빠랑 같이 여기 이 피아노 뒤에 숨어 있다가 뛰쳐나와서 엄마를 놀라게 하는 장난을 자주 쳤어."

"그러면 엄마가 화를 냈어?" 테드는 미소를 지었다.

"장난하냐? 그러면 엄마가 질색하니까 아빠는 시도 때도 없이 그런 장난을 쳤어, 멍청하게스리. 한번은 아빠가 현관 수납장에 숨어 있다가 뛰쳐나온 적도 있었는데, 엄마가 너무 놀라서 들고 있던 구둣 주걱을 휘두르는 바람에 거울이 박살 났거든. 엄마가 앞으로 7년 동안 재수 없게 생겼다고 노발대발하니까 아빠가 뭐랬는지 알아? '내가 머리를 수그렸기 망정이지, 안 그랬으면 이가 나갈 뻔했잖아!' 그 말에 엄마가 말했지. '그럼 당신만 재수 없고 끝났을 거 아냐!'"

형의 이야기가 끝나자 테드는 조심스럽게 다시 한번 들려달라고 했다. 그는 두 번째 이야기를 들었을 때도 똑같이 킬킬대며 웃었다. 아주 오랫동안 좋은 형인 적 없었던 사람이라면 그때 기분이 제법 괜찮았을 것이다.

"형은 아이를 낳고 싶어?" 테드는 뜬금없이 물었다.

"아이? 음, 글쎄. 나는 별로 좋은 아빠가 되지 못할 것 같은데." 형은 우물우물 대답했다.

"아니야, 좋은 아빠가 될 거야." 테드가 자신만만하게 선언하자 그의 형은 목이 메서 피아노로 한 곡을 완주했다.

"네가 더 좋은 아빠가 될 거야, 테드. 아빠가 늘 그랬거든, 네가 우리 집안의 똘똘이라고. 그 머리를 어디서 물려받았는지 모르겠다고." 그는 잠시 후에 말했다.

"아냐, 나는 바보야." 테드는 조그맣게 속삭였다.

"그런 소리 하지 마!" 형은 버럭 화를 냈다. 어떻게 보면 그것이야 말로 엄청난 칭찬이었다.

"미안." 테드는 뭐가 미안한지 알지도 못하면서 무작정 사과했다.

"네가 유치원에 다녔을 때 어떤 선생님이 너희 반에서 네가 제일 똑똑하다고 한 적이 있었거든. 그날 집으로 돌아오는 길에 아빠가 말했어, 네가 우리 집안 최초로 대학 문턱을 넘겠다고." 형은 질투인지

자부심인지 모를 감정을 감추지 못했다.

"나는 대학에 가려면 뭘 어떻게 준비해야 하는지도 몰라. 우리 같은 사람들과는 상관없는 얘기야. 돈이 많이 들잖아! 나는—" 테드는 반발하고 나섰지만 부엌으로 들어가는 발소리에 말허리가 끊겼다.

지하실에서 라자냐를 기다리다가 배가 고파서 참지 못하고 올라온 알리였다. 그녀는 테드의 형을 보고 화들짝 놀란 표정을 짓더니 전자레인지에서 라자냐를 낚아채듯이 꺼내 치즈를 찾은 생쥐처럼 쪼르르 지하실로 다시 내려갔다. 테드의 형은 그녀를 지켜보다가 테드를 돌아보며 말했다.

"너는 좋은 친구들을 만나서 다행이다."

"나도 그렇게 생각해." 테드는 고개를 끄덕였다.

"그중에 너랑 사귀는 애도 있어?" 형이 이렇게 묻자 테드는 하마터면 의자에서 굴러떨어질 뻔했다.

아마 아무도 이해하지 못할 테지만 형이 지금까지 테드에게 한 말 중에 이보다 더 애정과 배려가 넘치는 말은 없었다. 알리와 사귀느냐고 묻지 않고 그중에 사귀는 애가 있느냐고 묻지 않았는가 말이다.

테드는 고개를 저었다. 형은 다시 한 곡을 연주하고 나서 물었다.

"친구들은 네가 나중에 어떤 일을 해야 한다고 생각하니?"

테드는 맥주잔을 두 손으로 쥐고 조심스럽게 돌려 거품에 물결이 일게 했다.

"선생님." 그는 솔직히 말했다.

형은 고개를 끄덕이고 말했다.

"네가 대학을 졸업하고 선생님이 되면 나도 아이를 낳을 수 있겠다. 그럼 내 아이한테도 본받을 만한 사람이 생길 테니까."

테드는 맥주를 마시고 말했다.

"본받을 만한 사람이라면 형 하나로 충분해."

그 하나로 충분하다니 그의 형으로서는 생전 처음 듣는 말이었다.

인생은 길지만 빠른 속도로 움직이기에 한 발만 잘못 디디면 얼마든지 모든 게 와르르 무너질 수 있다. 그로부터 몇 달 뒤 테드의 형은 황소와 함께 어느 파티에 가려고 길을 나설 것이다. 하지만 파티장에 도착하지 못할 것이다. 운명이었는지 우연이었는지 아니면 자기보다 나은 친구를 선택하라던 동생의 말이 떠올랐는지 모를 일이었다. 어쩌면 자기 하나로 충분하다는 사람이 있음을 아는 것이 엄청난 역할을 했는지도 모른다. 아무튼 그는 느닷없이 황소에게 차를 세우라고 하고 차에서 내려서 집까지 걸어갔다. 황소는 노발대발하며 도로에 서서 고함을 지르겠지만 형은 절대 뒤돌아보지 않을 것이다. 그날 밤에 파티장에서 문제가 생기고, 황소와 다른 친구들이 어떤 남자를 죽기 직전까지 두들겨 팰 것이다. 그들은 모두 철창신세를 지게 될 것이다. 그로부터 얼마 안 있어 테드의 형은 어떤 여자를 만나 사랑에 빠지게 될 것이다. 길지만 빠른 것이 인생이라 한 발만 잘 디뎌도 충분할 수 있다.

테드는 그날 저녁에 아버지의 마지막 맥주를 같이 마신 뒤 형을 피아노 앞에 둔 채 지하실로 내려가다 다른 칸보다 조금 높은 칸에 발이 걸려 휘청거렸다. 그도 발을 질질 끌며 걷는 습관이 있었다. 아버지에게 물려받은 거라 왠지 자랑스러웠다.

들어가 보니 방 안이 고요했다. 무슨 일이, 그것도 아주 끔찍한 일이 벌어진 것이 분명하기에 심장이 저 밑바닥까지 철렁 내려앉았다. 그는 알리와 요아르를 쳐다보았지만 그 둘은 다른 것을 쳐다보고 있었다.

"무슨 일—" 테드가 불안해서 숨을 죽이고 물었지만 요아르가 말허리를 잘랐다.

"끝냈어. 그림을 완성했어."

과연 거기에 그들이 있었다. 바닷가의 잔교에 세 명의 아이가 앉아 있지만 온통 푸른빛 속에 거의 묻혀 있어서 아무나 갈 수 없는 미술 경매장의 새하얀 벽에 이 그림이 걸려 있다면 돈 많은 어른들은 바로 앞을 지나가더라도 그들을 보지 못했을 것이다. 하지만 이제 그들은 영원히 살아 숨 쉬었다. 요아르, 알리, 테드는.

"그림에 서명해야지." 알리가 조그맣게 말했다.

화가는 머뭇거리다 조그맣게 해골을 그리고 아래쪽 모서리에 다른 이름을 적었다.

"지금 뭐하는 거야? 네 이름을 적어야지!" 알리가 윽박질렀지만 그는 소심하게 고개를 저었다.

"그림을 보는 사람은 내가 누군지 모르면 좋겠어. 나는…… 너희들에게만 진짜 내 모습을 보이고 싶어."

이렇게 해서 바로 그때, 그는 열네 살의 나이로 예명을 만들었다. C. 야트Jat. 크리스티안Christian, 요아르Joar, 알리Ali, 테드Ted의 머리글자를 합친 거였다. 어쩌면 그들은 그가 유명해지기에는 너무 여린 친구라는 것을 그때 알아차렸어야 했을지 모른다. 하지만 이미 늦었다. 그 그림은 너무 아름다워서 그를 온 세상에 알릴 수밖에 없었다.

"왜 이 그림 속에 너는 안 그렸어?" 알리가 물었다.

"그렸어. 나는 말하자면 이 전부야…… 너희를 감싸고 있는 모든 것." 화가는 조그맣게 속삭였다.

"진짜 특이하다니까." 요아르는 말하고 모두의 귀를 의심하게 만드는 발언을 했다. "사랑한다."

"나도 너 사랑해. 그리고 너를 믿어." 화가는 대답했다.

"나도 너를 믿어. 그리고 또…… 또…… 기타 등등이야." 알리는 우물우물 말했다.

하지만 테드는 아무 말도 하지 않았다. 그 그림을 본 순간 숨을 쉴 수 없었기 때문인데, 25년이 지난 지금도 그건 여전하다.

"차를 훔치자고 한 사람은 요아르였지." 그는 이제 열차 안에서 루이사에게 말한다.

"뭐 하러 그러자고 했는데요?" 루이사는 기대감에 미소를 짓는다.

"여름이 끝나기 전에 우리한테 보여주고 싶은 게 있어서 마음이 급했거든." 테드는 이렇게 말하는데, 환희와 슬픔이 공존하는 목소리다. 행복과 우울이 공존하는 목소리다. 그렇게 끝이 나는 그런 이야기이기 때문이다.

그래서 그들은 차를 훔쳤다. 훌륭한 선택은 아니었다. 정말 아니었다. 사실 요아르 아버지의 차를 훔친 거였기에 엄밀히 따지면 '절도'는 아니었다. 요아르가 어머니와 함께 그 차를 타고 다닌 게 수천 번이었다. 사실 그때와 지금이 다른 게 있다면 어머니만 없을 뿐이었다. 물론 요아르는 열다섯 살이고 면허증이 없었으니 그날 운전을 하면 안 됐지만, 솔직히 따지면 그의 어머니도 면허증이 없었지만 늘 운전을 하고 다녔다.

요아르가 달려가 보니 집에 아무도 없었다. 어머니는 버스로 출근했고 아버지는 동료의 차를 얻어 타고 부두로 갔다. 이제 며칠 있으면 여름휴가라 그의 아버지는 알코올중독이라는 종목의 엄청난 시합을 앞두고 준비 운동이라도 하는 것처럼 날마다 술을 마셨다. 그랬으니 아무리 그 인간이라도 그런 상황에서는 운전대를 잡으면 안 된다는 것을 알았다. 그래도 요아르의 어머니는 사고 걱정에 차를 몰고 나가지 않았다. 사고가 나면 그녀가 아니라 차가 상할까 봐 불안했던 것이다. 남편의 여름휴가가 코앞인 지금, 단 한 번이라도 성질을 건드리면 큰일이었다. 그 인간은 실낱같은 바람에도 폭발할 수 있었다.

차 열쇠는 항상 조리대 위 병 안에 들어 있었다. 아버지가 넣는다기보다, 그가 어디에 두든 어머니가 항상 찾아서 병 안에 넣었다. 그래야 다음 날 아침에 열쇠가 없다고 그가 길길이 날뛰는 사태를 예방할 수 있었다. 가끔 그의 재킷과 바지와 침대 아래를 몇 시간 동안 찾아야 할 때도 있었고, 밤에 그녀와 요아르가 손전등을 들고 집 밖 화단을 뒤지고 다녀야 할 때도 있었다. 열쇠를 찾는 쪽은 항상 어머니였다. 어찌 된 영문인지 요아르로서는 도저히 알 길이 없었지만 어머니는 의기양양하게 웃으며 이렇게 말할 따름이었다. "엄마들은 원래 뭐든 다 찾거든."

그래서 요아르는 열쇠를 챙겨 들고 친구들을 차에 태우고 행선지는 밝히지 않은 채 출발했다.

"요아르, 내가 보기에 이건 좀 아닌 것 같아." 뒷자리에 앉아 있던 화가가 의무감에 짚고 넘어갔다.

"아주 훌륭한 계획은 절대 아니지!" 알리도 주차장에서 후진하는

데 페달에 발이 닿을까 말까 한 요아르를 불안한 눈빛으로 쳐다보며
맞장구쳤다.

"어쩔 계획인지도 모르면서 그래!" 요아르는 방어하듯 외쳤다.

"네가 이 차를 운전하는 게 그 계획에 포함되지 않아?" 알리가 물
었다.

"맞아. 하지만─" 요아르는 말했다.

"그러니까 끔찍한 계획이라는 거야."

요아르는 도와줘야 하지 않느냐는 듯 뒷자리에 앉은 테드와 화가
를 돌아보았다. 둘 다 그와 눈을 맞추지 못했지만 테드는 모든 용기
를 그러모아서 중얼거렸다.

"내가…… 생각하기에는…… 아무래도…… 이 차를…….."

"내 말이 그 말이야! 어쩌면 이게 가장 끔찍한 계획일 수도 있어!
너는 지금까지 정말 끔찍한 계획을 여러 번 세웠는데 말이지!" 알리
가 말했다.

이렇게 말하는 그녀의 말투에서 무서워하는 기미가 느껴졌다. 그
건 8월에 내리는 눈처럼 이상한 일이었다. 테드는 오랜 세월이 지난
다음에야 깨닫겠지만 알리가 불안해한 이유는 그녀 자신이나 요아
르 때문이 아니었다. 그들의 미래를 걱정한 게 아니었다. 그녀는 요
아르처럼 자신에게는 미래가 없다고 생각했다. 뒤에 화가와 테드가
타고 있기에 걱정한 거였다.

"나는 평생 끔찍한 계획이라고는 한 번도 세워본 적이 없어." 요아
르는 중얼거렸다. 그의 변호를 하자면 끔찍한 계획의 대가라고 할 수
있는 알리에게 한 말이었다.

"한 번도 없다고?" 알리는 울부짖었다.

"언제 그랬는지 대봐!"

"전에 집 안에서 고기 구워 먹으려고 했던 거." 알리는 당장 대답
했다.

"그리고 여덟 살 때 우리 옆집에서 열린 생일파티에 가서 스파게
티를 세 접시 먹고 트램펄린에서 뛴 거." 화가가 뒷자리에서 웃으며
말했다.

요아르는 짜증난 표정을 지었지만 툴툴대며 버텼다.

"그래, 그 두 개는 완벽한 계획이었다고 볼 수 없겠다."

그러자 테드가 용감하게 나서서 덧붙였다.

"그리고 내가 학교 구내식당에서 잠들었을 때 내 양쪽 운동화 끈
을 서로 묶고서 내 코를 세게 꼬집어서 깨운 다음 도망치려고 했는
데, 알고 보니 네 운동화랑 내 운동화 끈을 묶었던 거 기억 안 나?"

그러자 화가가 어찌나 깔깔대고 웃었던지 요아르가 뒤를 돌아보
며 고함을 질렀다.

"뒷자리 조용! 안 그러면 집까지 걸어가라고 할 거야!"

이 친구는 좋은 아빠가 될 거야. 테드는 그때 생각했다. 화가는 혀
를 내밀었다. 요아르는 뒤로 손을 뻗어서 그를 간지럽히려고 했다.

"조심해!" 알리가 외쳤다.

"뭘 조심하라는 거야?" 요아르도 마주 외쳤다.

"길!"

"젠장, 나 지금 길 위에 있잖아!"

"하지만 운전할 때는 길을 잘 **봐야지**!"

"어쩌라는 거야." 요아르는 툴툴댔다.

테드는 지나가는 차들을 보다가 초조하게 헛기침을 하고 물었다.

“경찰이 차를 세우면 어떻게 해?”

“도망쳐야지.” 요아르는 당연하지 않으냐는 듯이 말했다.

“경찰을 피해? 개가 있을 텐데?” 알리가 가르치듯 따지고 들었다.

그 순간 테드가 외친 소리를 지면에 옮기려면 글자 크기를 아무리 키워도 모자랄 것이다. “개가 있다고???”

요아르가 하도 요란하게 눈을 굴리는 바람에 차가 도랑에 처박히지 않게 알리가 운전대를 붙잡아야 했다.

“알았어, 알았어, 도망치지는 말자. 경찰이 보이면 테드, 네가 맹장염에 걸렸다고 하자!” 요아르는 이렇게 말하며 자기 배에서 절대 맹장이 달려 있지 않음 직한 지점을 가리켰다.

“맹장은…… 여긴데.” 테드가 자기 배를 가리키며 작게 중얼거렸지만 있지도 않은 개 때문에 흥분한 마음은 쉽게 가라앉지 않았다.

“내가 그랬지? 너는 선생님이 되어야 한다고.” 알리는 미소를 지었다.

잠시 후 차 안에서 방귀 비슷한 냄새가 풍기자 알리는 절대 자기가 뀐 게 아니라고 했다. 두말하면 잔소리지만 그건 절대 자기가 뀌었을 때 하는 말이다. 그들은 목적지에 도착할 때까지 창문을 내리고 래브라도처럼 창밖으로 고개를 내민 채 달렸다. 다만 테드는 자기가 창밖으로 고개를 내민 모습이 예를 들면 작고 전혀 사납지 않은 고양이 같을 거라고 상상했다.

“다 왔다!” 요아르가 갑자기 외치더니 차를 세웠다.

“뭐라고?” 나머지 셋은 동시에 외쳤다.

요아르는 큼지막한 흰색 건물을 가리켰다.

“다 왔다고!”

미술관이었다. 친구들은 차에서 내리지 않았지만, 화가는 테드 쪽으로 자리를 옮겨 창밖을 내다보았다. 어찌나 바짝 다가왔던지 그의 심장 소리가 테드의 귀에 들릴 정도였다. 요아르는 진지해진 말투로 건물을 가리키며 장담했다.

"대회에서 1등을 하면 저 안에 네 그림이 걸리게 될 거야. 보는 사람마다 감탄하겠지. 웨이터들이 샴페인이랑 돈 많은 사람들이 먹는 그 조그만 샌드위치를 들고 돌아다닐 테고. 그 안으로 네가 들어서면 모두 박수를 칠 거야."

화가는 조그맣게 대답했다.

"너도 그 자리에 있을 거야, 요아르."

그러자 요아르는 대답했다.

"그럼, 그럼. 나도 있을 거야."

테드는 열차 안에서 말을 멈춘다. 창밖을 내다보다가 거기가 어딘지 알아차린다. 도시와 그의 윤곽선이 점점 더 선명해지고 있다. 누구든 나고 자란 곳으로 돌아가는 길은 쉽지 않을지 모른다. 다른 사람이 되려고 아무리 열심히 노력해 왔어도 거기에 가면 자기가 어떤 사람인지 잊을 방법이 없으니 말이다. 하지만 테드는 이제 집으로 돌아갈 수 없게 되었음을 깨닫는다. 그에게 집은 사람이었다.

루이사에게 말은 하지 않지만 화가가 1등을 했을 때 자기도 미술관 안에 있을 거라는 요아르의 말이 거짓말이었음을, 그날 그 차 안에 타고 있던 친구 넷은 모두 속으로 알고 있었다. 요아르는 남은 시간이 많지 않다는 사실을 알았기에 사랑을 서둘렀다. 7월이 끝나고 다음 날인 8월이면 그의 아버지의 여름휴가가 시작됐다. 루이사에게는 말하지 않았지만 요아르가 차를 훔친 그날 친구들은 그가 가끔 배낭을 흔들어 바닥에 담긴 칼의 무게를 느끼며 잘 있는지 확인하는 것을 곁눈으로 보았다.

테드는 대신 이런 말을 한다.

"거기 앉아서 미술관을 보던 도중에 알리가 말했지. '그래. 가장 끔찍한 계획이라고 했던 거 취소.' 그러고는 요아르의 손을 잡았어. 서로의 것인 사람들이 그러듯, 손을 잡지 않는 것보다 잡는 것이 더 당연한 사람들이 그러듯. 요아르도 손을 빼지 않았고 부끄러워하지도 않았어. 나는 그때 둘이 입을 맞춘 사이라는 것을 처음 알아차렸지. 뒷자리에 앉아서 그 둘이 함께 늙어갔으면 좋겠다고 생각했던 기억이 나."

열차가 정차한다. 테드는 눈을 감고 숨을 가득 들이마시고 일어나 여행 가방과 그림이 담긴 상자를 집는다. 루이사도 그를 따라 열차에서 내린다. 목적지에 도착한 것이다.

48

기차역은 어딜 봐도 고향처럼 느껴지지 않는다. 테드가 어린 시절을 보낸 마을은 더 이상 존재하지 않는다. 심지어 그가 마지막으로 내려왔던 2년 전과도 다르게 보인다. 포클레인이 땅을 파헤치고, 모든 건물은 비계로 뒤덮였고, 지나가면 안 되는 곳에 주황색 테이프로 표시가 되어 있다. 이 마을은 끊임없이 허물을 벗으며, 테드 같은 사람들에게 그들이 있을 곳은 과거라는 사실을 일깨우는 데 탁월한 능력을 발휘한다.

한 대 맞을 각오라도 하는 것처럼 그의 몸에 힘이 들어가고 조금 쪼그라든다. 루이사는 그녀답지 않게 아무 말 없이 그를 따라간다. 승강장 끝에서 바다가 보이자 테드는 잠깐 걸음을 멈춘다. 예전에 부두가 있었던 일대에 얼마 전 으리으리한 아파트가 지어지지 않았더라면 거기서 잔교까지 보였을 것이다.

바로 옆에서 인부 둘이 땅바닥에 널빤지를 대고 망치질을 하기 시작하자 테드는 총소리라도 들은 것처럼 움찔한다.

"괜찮으신 거죠?" 루이사가 걱정스러워하며 묻는다.

그는 고개를 끄덕인다. 거짓말이다. 그는 거기 서서 요아르와 7월의 마지막 그날, 그들이 미술관에 다녀오고 몇 시간 뒤를 떠올리는데, 기억나는 것이 뭔가가 사람의 머리를 내리치는 소리뿐이다. 분명 끔찍했을 테고, 그는 실제로 들은 적이 없는데도 25년이 지난 지금까지 꿈에서 가끔 그 소리를 듣는다. 경험하지도 않은 소리를 무서워하고 있다. 모든 면에서 발휘된다는 것. 그것이 왕성한 상상력의 가장 큰 단점이다.

그는 지금까지 그날에 대해 수없이 생각했다. 머리가 통째로 떨어져 나가지 않은 게 기적이라고 했으니 내리친 힘이 얼마나 엄청났을까 하고 생각했다. 인체는 아주 단단한 동시에 아주 연약하다. 우리는 치명적인 동물이지만 보호 장치가 전혀 없다. 주먹과 팔꿈치에 갈비뼈가 부러지고 턱이 으스러질 수 있고, 관자놀이를 한 대 맞으면 골로 갈 수 있으며, 한순간만 방심해도 뇌가 끝장날 수 있다. 제대로 한 방이면 충분하다. 우리는 우리가 엄청 거대한 줄 알지만 실은 작고 연약하며 초라하다.

어린아이로 보낸 마지막 여름은 고작 몇 주에 불과했지만 테드의 내면에서는 평생 계속 이어질 것이다. 어릴 때는 시간이 더 무겁게 느껴진다. 돌이켜보면 그는 요아르가 "그 늙은이를 죽여야겠어."라고 말하는 것을 들은 기억이 없다. 그냥 그의 눈빛에서 문득 읽었을 뿐이다. 이상하게 그의 눈빛에는 분노도 맹목적인 광기도 없었다. 모든 게 이미 소진돼서 요아르의 안에 남은 것이라고는 잿더미밖에 없었다. 그리고 모든 선택지를 점검한 뒤 남은 길은 이것뿐이라는 결론을 내린 열다섯 살짜리 소년의 냉정한 계산밖에 없었다.

그는 애초에 가능성이 없었다. 요아르는 위험했지만 세상이 더 위험했다. 세상은 천하무적이다.

"가자, 이쪽이야." 테드는 조그맣게 속삭인다.

그는 여행 가방과 그림이 담긴 상자를 들고 밖으로 계단을 내려간다. 루이사는 배낭끈을 꽉 붙잡고, 그의 이야기 속에 등장하는 공간을 파악하려는 듯 눈을 이리저리 굴리며 그를 따라간다.

그들은 목적지까지 버스를 타고 가지만 친구들의 어린 시절이 담긴 네거리에서 내리지 않는다. 다른 방향, 그러니까 교회 묘지로 향한다. 루이사는 출입문 앞에서 걸음을 멈춘다. 테드가 거기서 기다리라고 해서가 아니라, 같이 들어가면 선을 넘는 것처럼 느껴졌기 때문이다. 그녀도 피스켄의 묘지를 찾아갈 때 혼자 가고 싶을 것이다.

테드는 교회 옆 화단가에서 허리를 숙이고 보는 사람이 없는지 어깨 너머로 확인한 뒤 작은 꽃을 세 송이 꺾는다. 한 무덤 앞에서 걸음을 멈추고 쭈그리고 앉아서 속삭인다.

"이거 훔친 거 아니야. 입양한 거야."

그런 다음 화가의 유골을 들고 오지 못했다고 사과한다. 마치 유골이 있어야 하는 것처럼. 25년 전 네 친구의 이야기가 실은 유골이 있건 없건 영원히 헤어질 수 없는 사람들에 얽힌 러브스토리가 아닌 것처럼.

"사랑해 그리고 믿어." 그는 웃으며 비석을 토닥인다.

그런 다음 출입문 앞으로 돌아가 여행 가방과 그림이 담긴 상자를 들고 루이사에게 고개를 끄덕인다.

"가자. 이제 거의 다 왔어."

"어디에요?"

"이야기의 끝까지."

그들은 돈 많은 사람들이 사는 거대하고 으리으리한 집을 지난다. 돈이 덜 많은 사람들이 사는 그보다 작은 집과 그보다 더 작은 집도 지난다. 뒤로 갈수록 차에는 녹이 슬고 잔디밭은 갈색인데, 그러다 결국에는 당장이라도 쓰러질 것 같은 판잣집이 즐비한 좁고 막다른 골목길을 따라 언덕을 오른다. 테드는 맨 마지막 집에서 걸음을 멈추더니 좁은 베란다 위로 올라가 문을 두드린다. 문이 열린다. 그해 여름 이후로 25년이 지났지만 그 눈은 조금도 달라지지 않았다. 루이사의 숨이 멎는다. 그녀는 그를 본 적이 없지만 문을 연 남자가 누군지 당연히 한눈에 알아차린다.

요아르다.

49

누군가를 그리워할 때는 고유의 느낌이 있다. 열네 살의 아이가 가장 소중한 사람을 그리워할 때의 느낌, 집 앞에서 헤어지는데 그들이 등을 돌리면 몸이 싸늘하게 식는 것 같을 때의 느낌이 그렇다. 테드는 미술관 앞에 차를 대고 다 같이 앉아 있었을 때 이미 그 기분을 어떤 식으로 느꼈는지 기억한다. 햇볕이 쨍쨍한데도 몸이 얼어붙는 것 같았다.

"나는 1등 못 할 거야, 너는 실망하게 될 거야……." 화가는 조그맣게 말했다.

그는 요아르가 화를 낼 줄 알았겠지만, 그의 친구는 운전대 위로 가만히 몸을 숙이고 큼지막한 흰색 건물을 가리켰다.

"젠장, 너는 1등 할 거야. 하지만 중요한 건 그게 아니야."

"그럼 뭔데?" 화가가 물었다.

"중요한 건, 바로 저기가 네가 있을 곳이라는 사실을 깨닫는 거지." 요아르가 대답했다.

세상은 기적으로 가득하지만, 한 소년을 저 멀리 날려 보낼 수 있는 어떤 이의 믿음보다 더 위대한 기적은 없다.

그들은 에어컨의 굉음 속에 눈을 감고 가슴을 들썩이며 함께 앉아 있었다. 그것이 그들의 어린 시절 전부였다. 그렇게 한참을 앉아 있었을 때 요아르가 중얼거렸다.

"정말이지, 알리……."

"나 아니라니까!" 그녀는 당장 소리를 질렀다.

그들은 문을 박차고 나와 잔디밭에 누워서 독가스라도 마친 것처럼 캑캑댔다. 폭풍이 밀려오느라 바람이 정말 심하게 불기 시작했지만 그래도 지독한 냄새가 가실 줄 몰랐다.

"너 뭐 먹었냐? 시체라도 먹은 거야?" 요아르는 끙끙대며 물었다.

"테드가 매일 들고 오는 쿠키 때문이야." 화가가 변명조로 말했다.

그들이 그렇게 땅바닥에 나란히 누워서 숨을 헐떡이고 있었을 때 고개를 돌렸다가 정말이지 멋진 물건을 발견한 사람은 알리였다. 미술관 앞 잔디밭에 스프링클러가 있었던 것이다. 10초 만에 그들은 온몸이 흠뻑 젖었다.

그것이 8월이 오기 전에 그들이 마지막으로 숨을 돌린 순간이었다. 여름은 더 이상 끝이 없을 것처럼 느껴지지 않았고 조만간 그들은 어른이 될 것이었다. 이야기를 전하는 것은 쉽지 않은 일이지만 이 네 친구의 이야기를 진심으로 전하고 싶은 사람이 있다면 그날 미술관 앞, 자동차 옆에서 끝내도 좋다. 그러면 해피엔드일 테니 말이다.

하지만 잠시 후에 요아르가 배낭을 집어서 칼의 익숙한 무게를 느껴보려고 흔들자 놀랍게도 어떤 냄새가 났다. 처음에는 무슨 냄새인지 알 수 없었지만 향긋하고 또…… 깨끗했다. 공포가 벼락같이 그를 덮쳤다. 배낭 지퍼를 와락 열고 칼이 있어야 하는 곳을 내려다보았지만 있는 것이라고는 비누뿐이었다.

50

루이사는 그저 멍하니 바라보기만 한다. 요아르는 방금 어느 집 우편함에 폭죽을 넣은 장난꾸러기 꼬맹이처럼 눈을 반짝이며 쉴 새 없이 문가를 이리저리 훑어본다. 하지만 눈 말고 다른 곳은? 얼굴은 25년의 나이를 먹었고, 몸은 몇 킬로그램 더 무거워졌고, 피부는 주름살이 훨씬 늘었다. 눈 밑에 드리워진 푸르스름한 그늘은 그 깊이로 보았을 때 며칠 밤 잠을 설치면 생기는 것이 아니라 어두컴컴한 방에서 기어코 바닥을 드러내고야 마는 술병과 더불어 몇 년을 지내야 생기는 것이다. 그 정도로 온몸을 바쳐야 생기는 것이다.

"안녕, 요아르." 테드는 어떤 상태의 친구와 맞닥뜨리게 될지 확신이 없는 사람처럼 조심스럽게 인사를 건넨다.

요아르는 미래에서 깨어난 사람처럼 다소 놀란 눈빛으로 그를 위아래로 훑어본다.

"머리가 많이 빠졌네." 그는 인사도 없이, 루이사를 흘끗 쳐다보지도 않은 채 말한다.

"너는 배가 좀 나왔네." 테드는 머뭇머뭇 미소를 짓는다.

"나는 뚱뚱하고 너는 못생겼지. 적어도 나는 다이어트라도 할 수 있는데." 요아르는 번개와 같은 속도로 되받아친다.

테드는 손을 살짝 내밀었다가 누군가와 살을 맞댈 준비가 됐는지 잘 모르겠다는 듯이 허공에서 멈춘다.

"너…… 뚱뚱하지 않아." 그는 나지막이 속삭이지만 정작 하고 싶은 말은 따로 있다. *정말 보고 싶었어.*

"이제 보니까 너도 늙었네." 요아르는 말하지만, 어쩌면 그의 심정은 이렇다. *여기서 혼자 지내느라 몸이 싸늘해진 느낌이야.*

"내가 늙었다고? 너랑 나랑 동갑이야!" 테드는 반발한다.

요아르는 콧방귀를 뀐다.

"우리 동갑 아니야. 같은 햇수를 살았을지 몰라도 동갑은 절대 아니야. 너는 우리가 열두 살이었을 때부터 여든 살이었어."

그러자 테드가 어찌나 큰 소리로 웃음을 터뜨리는지, 루이사는 놀라서 움찔하며 그가 그 엄청난 목청을 여태껏 무슨 수로 숨기고 있었을까 궁금해한다. 마치 요아르만을 위해 몇 년 동안 묵혀둔 특별한 폭소가 있는 것만 같다. 문을 열어준 남자가 이제 그녀를 돌아본다.

"네가 루이사로구나?"

그가 너무 단도직입적으로 물으며 갑자기 너무 강렬하게 눈을 맞추자 루이사는 말을 더듬는다.

"그걸…… 그걸 어떻게 아셨어요?"

요아르는 오랜 친구를 턱으로 가리킨다.

"테드가 역에서 전화했거든."

"침대차 표를 사러 갔을 때." 테드가 실토하는데, 몰래 연락했다는 데 사과라도 하고 싶은 투다.

요아르가 조금 심드렁하게 그를 변호한다.

"테드는 여기 도착하기 전에 내가 술을 마시다 죽을 수도 있기 때문에 나를 만나게 될 거라고 미리 알리지 않았을 거야. 하지만 걱정할 것 없어, 나 지금 정신 멀쩡하니까. 숙취가 남은 것처럼 보일지 몰라도 요즘 내 빌어먹을 얼굴 상태가 기본적으로 그래."

루이사는 체중을 이쪽 발에서 저쪽 발로 옮긴다. 테드는 그녀를 흘 끗 쳐다보며 덧붙인다.

"이 아이한테 네 얘기를 했어, 요아르. 우리 얘기를. 하지만 루이사 가 만나고 싶은 건…… 10대 시절의 너일지 몰라."

귀가 빨개진 루이사가 쏘아붙인다.

"그만하세요!"

"설명하려고 그러는 거잖아!" 테드도 같이 쏘아붙인다.

"아저씨 때문에 제가 민망해지고 있잖아요!" 루이사는 날카롭게 속삭인다.

요아르는 둘을 번갈아 쳐다본다. 그 둘은 만난 지 이틀밖에 안 된 사람들답지 않게 상대방의 신경을 건드리는 방법을 인상적이다 싶 을 만큼 많이 찾아냈다. 잠시 후에 그는 실눈으로 테드를 쳐다보며 묻는다.

"너 얼굴에다 도대체 무슨 짓을 저지른 거냐?"

테드는 혹과 멍을 만져보다가 안경에 붙인 테이프가 다시 헐거워 졌다는 것을 알아차린다.

"얘기하자면 길어." 그는 지친 목소리로 말한다.

루이사는 앓는 소리를 낸다.

"그 소리 좀 그만하세요! 그렇게 긴 얘기도 아니잖아요! 강도를 만나서 두들겨 맞았다! 끝! 진짜 짧거든요?" 그녀는 좁은 베란다로 이어지는 철제 구조물을 가리킨다. "뭐 하나 물어봐도 돼요? 저거 휠체어용으로 만든 경사로예요? 휠체어 타는 분이 여기 살아요?"

요아르는 희미하게 미소를 짓다가 툴툴댄다.

"저게 뭔지 알지도 못하면서. 얘기하자면 존나 길어."

"두 분은 하여간 뭐든 길군요!" 루이사는 볼멘소리를 낸다.

요아르는 머뭇거리며 테드의 옆에 놓인 상자를 쳐다본다.

"저게…… 그 그림인가?"

이 문장의 끝에서 그의 음성은 낭떠러지 아래로 떨어진다.

"응! 볼래?" 테드가 적극적으로 나서지만 요아르는 단호하게 고개를 젓는다.

요아르는 아직 마음의 준비가 되지 않았기에 먼지가 눈에 들어와서 바람을 혼내려는 사람처럼 무섭게 눈을 깜빡이며 주위를 두리번거린다.

"커피 마실래?" 그가 퉁명스럽게 묻는다.

"응, 좋지." 테드는 말한다.

"혹시 콜라도 있어요?" 루이사가 기대하는 투로 묻는다.

"여기가 무슨 미쓰리 별을 받은 식당처럼 보이니?" 요아르는 투덜댄다.

테드는 정말 좋은 친구이기에 '미슐랭'이라고 바로잡지 않는다.

"손님들한테 항상 이렇게 친절하세요?" 루이사는 눈을 굴리며 묻는다.

그 말을 들고 테드는 자기도 모르게 미소를 짓는다.

"우리가 마지막으로 만난 지 몇 년 되긴 했는데 예전에는 훨씬 심했지……."

요아르는 씩씩대며 콧방귀를 뀐다.

"바뀐 쪽은 테드야! 어렸을 때는 훨씬 조용했고 지금처럼 말끝마다 토를 달지도 않았거든!"

그가 안으로 들어가려고 몸을 돌리자 다리에 달린 무언가가 루이사의 눈에 들어온다.

"그거…… 전자발찌예요?" 그녀는 묻는다.

"그럼 뭐, 보석으로 보이냐?" 그의 대답이다.

"왜 그걸 달고 있어요?"

"이제는 감옥에 내가 있을 자리가 없으니까."

"아저씨 감옥 다녀왔어요?"

"두말하면 잔소리, 세 말 하면 입 아프지." 요아르는 대답한다.

그녀는 짜증을 내며 투덜댄다. "유머 감각이 빵점이라 감옥에 다녀온 거예요?"

"나 유머 감각 만점이거든!"

"그럼 왜 다녀왔는데요?"

"얘기하자면 길어." 요아르는 중얼거린다.

루이사는 아주, 아주 깊게 숨을 들이마시고 요아르를 노려보다가 테드를 노려보다가 다시 요아르를 노려보며 묻는다.

"집에 베개 있어요?"

"뭐라고?"

"집에 베개 있냐고요."

"그럼 집에 베개를 처갖다놓지도 않는—"

"저 좀 빌려도 돼요?"

요아르가 테드를 쳐다보지만 그는 모르겠다는 듯이 어깨를 으쓱한다. 루이사의 말투가 하도 단호해서 요아르도 끽소리 내지 못한다. 그가 안으로 들어가서 베개를 들고나오자 루이사는 한 손으로 받고 다른 손으로 30초 동안 베개에다 있는 힘껏 주먹을 날리고 또 날린다. 주먹질이 끝나자 그녀는 처음에는 테드를 향해, 그다음에는 요아르를 향해 베개를 높이 들고 고함을 지른다.

"한 번만 더 '얘기하자면 길다' 이러면 두 분을 아주 그냥—"

"알았다, 알았어, 알았다고!" 테드는 말하며 그녀의 주먹이 닿지 않을 곳으로 조심스럽게 뒷걸음질 치지만 요아르는 그저 웃음을 터뜨린다.

"킴킴이 왜 저 아이를 좋아했는지 이유를 알겠네." 그가 말한다.

"킴킴은 또 누구냐고요!" 루이사는 고함을 지른다. 아무도 빌어먹을 이야기를 처음부터 시작하지 않는 이 빌어먹을 집이 이제는 뼈에 사무치도록 지긋지긋하다.

요아르의 시선이 잠시 흔들리고 공기가 빠져나가기라도 한 듯 그의 어깨가 주저앉는다. 그는 잠든 사람의 뺨을 가만히 건드리는 사람처럼 그림이 담긴 상자에 처음으로 손을 댄다.

"이 친구 이름이 킴킴이었어. C. 야트라는 다른 이름은 그냥 그 친구가 그림에 적을 때 쓴 이름이었지. 유명해졌을 때 쓴 이름이기도 하고. 그즈음에는…… 다른 사람이 된 것처럼 느껴졌을 테지. 하지만 우리랑 같이 있었을 때는, 우리가 개 친구일 때는 그냥 킴킴이었어."

"킴킴?" 루이사는 미심쩍은 듯이 중얼거린다.

그녀는 줄곧 'C. 야트'로 알고 있었던 사람의 본명이 전혀 엉뚱했다는 데 살짝 배신감을 느낀다.

"킴킴." 요아르는 애정을 담아서 고개를 끄덕인다.

테드도 상자의 다른 쪽 끝에 손을 대고 이로써 그와 요아르는 서로에게 가장 가까워진다.

"우리가 맨 처음 만난 게, 요아르가 자전거로 나를 쳐서 물에 빠뜨려 죽일 뻔했을 때였는데―" 테드는 이야기를 시작한다.

"그러게 조심했어야지!" 요아르는 툴툴댄다.

테드가 눈을 어찌나 심하게 굴렸던지, 눈알이 제자리로 돌아오는 길에 그의 뒤통수를 긁는다.

"그래, 그래, 내가 조심하지 않았을 때였지. 그러다 물에 빠져 죽을 뻔했을 때! 내가 잔교로 올라와서 이 친구와 요아르를 처음 보았을 때 그 친구가 말했어. '이쪽은 요아르야. 그리고 내 이름은 킴이고.' 하지만 나는 귀에 물이 들어가서 '킴?'이라고 물었지. 그랬더니 그 친구가 말했어. '킴!' 내가 다시 물었지. '킴? 킴?' 요아르가 그걸 듣고 너무 재미있다며 이후로 이 친구를 계속 킴킴이라고 불렀어."

"하지만 알리는 주로 그냥 킴이라고 불렀지. 왜냐하면 걔는 항상 남들과 달라야 직성이 풀렸으니까." 요아르는 콧방귀를 뀐다.

루이사는 테드를 유심히 쳐다본다.

"아저씨는 뭐라고 불렀어요?"

"나는 그 친구 이름을 부른 적이 거의 없었어." 테드는 조용히 말한다.

신기하게도 우리는 누군가를 사랑하게 되면 그 사람의 이름을 거의 부르지 않는다. 내가 말을 거는 사람이 너고, 항상 생각하는 사람이 너라는 것이 너무나도 분명하기 때문이다. 네가 아니면 누구겠냐는 거다.

"킴킴. 그러게요, 어울리네요." 루이사는 드레스룸 거울 앞에서 그 이름을 들어보고 있기라도 한 듯 고개를 끄덕인다. "뭐 하나 물어봐도 돼요?" 그녀는 이렇게 말하고 곧바로 묻는다. "그거 불편해요?"

그녀는 전자발찌를 가리킨다.

"응." 요아르는 툴툴댄다.

"그리고 아저씨는 집 밖으로 나가면 안 되고요?"

"응."

"나가면 어떻게 되는데요?"

"내가 폭발해. 그 안에 다이너마이트가 들었거든."

루이사의 눈이 휘둥그레진다.

"진짜요?"

"아니, 이 바보야, 너 원래 그렇게 멍청하니?"

루이사는 두 팔을 높이 든다.

"아, 죄송해요, 그러니까 천재들은 죄다 전자발찌를 찬다 이거예요? 뇌세포가 도망치지 못하게 붙잡아 놓으려고?"

처음에 요아르는 곤혹스러워하다가 이내 재미있어한다. 그는 테드를 보며 씩 웃는다.

"네 평생 이렇게 긴 여행은 처음이었겠다."

테드가 고개를 끄덕이며 아주, 아주 강력하게 동의하자 루이사는 기분 나빠 한다. 잠시 후에 그들은 안으로 들어가고 루이사는 명랑해진다. 요아르가 냉장고 뒤편에서 오렌지 소다를 찾았기 때문이다. 루이사는 이 세상 마지막 오렌지 소다라도 되는 것처럼 그걸 마신다.

테드는 커피 한 잔을 마시는 동안 화장실에 두 번 다녀온다. 잠시 후에 그가 그녀에게 묻는다.

"이제 결정했니?"

"뭘요?" 그녀는 의아해한다.

"이야기의 나머지 부분을 들을 건지, 말 건지."

그녀는 조금 망설인 끝에 고개를 끄덕인다.

"무슨 이야기인데?"

"우리 이야기. 킴킴이 그 그림을 그렸던 해 여름 이야기."

요아르는 미심쩍어하며 실눈을 뜬다.

"여태 어디까지 얘기했는데?"

"네가 열다섯 살이 된 시점까지. 그리고 우리가 난생처음으로 미술관에 갔던 것. 그리고 차를 타고 그 앞에 앉아 있었던 것. 그리고 킴킴이 방귀를 뀌었던 것. 그리고 네가…… 배낭 안에 넣어둔 칼이 없어진 사실을 발견했던 것."

요아르는 커피를 마시고 일평생 위스키가 이보다 더 마시고 싶었던 적은 없는 듯한 표정을 짓는다.

"이야기를 잘하는 사람은 너잖아, 젠장."

"이 부분은 네 이야기니까." 테드는 조용히 말한다.

그래서 요아르는 그녀에게 들려준다. 테드의 이야기보다 형용사는 조금 적고 욕은 다소 많다.

51

요아르는 그 빌어먹을 미술관 앞에 서서 그 빌어먹을 배낭을 샅샅이 뒤져도 그 빌어먹을 칼을 찾을 수가 없었다. 칼과 대충 무게가 비슷하도록 테이프로 동여맨 빌어먹을 비누 두 개뿐이었다. 당연히 요아르는 그녀 모르게 뭔가를 숨길 수 있을 거라는 생각을 하지 말았어야 했다. 그녀가 이미 그러지 않았던가, 엄마들은 원래 뭐든 다 찾는다고.

"엄마가 치웠어…… 지금 당장…… 씨발, 씨발, 씨발…… 집으로 가야 해!" 요아르가 할 수 있었던 말은 이게 전부였다.

그는 떨리는 손으로 핸들을 잡고 전속력으로 차를 몰아 시내를 가로질렀다. 폭풍이 이제 그들을 덮쳐 강풍에 차창이 덜커덩거렸고 그들은 사이렌 소리를 듣기 훨씬 전에 멀리서 번쩍이는 불빛을 보았다. 부두 근처를 지나는데, 구급차가 쌩하니 그들 옆을 지나갔다. 그들이 항상 "내일 만나"라고 외치는 네거리의 집들 쪽으로 방향을 틀었을 때 요아르네 건물 앞 주차장이 그들 눈에 들어왔다. 아까 요아르 아버지의 차가 세워져 있었던 자리에 경찰차가 서 있었다. 계단 앞, 문 밖에 몸이 단단한 남자들이 고개를 숙이고 심각한 표정으로 서서 어쩌다 한 번씩 서로 흘끗거렸다. 그중에는 킴킴의 아버지도 있었다.

요아르는 차를 세우고 뛰어내렸다. 친구들이 문을 열기 전부터 달리기 시작했고, 강풍을 뚫고 발악하듯 괴성을 지르고 있었다. 부두에서 일하는 남자들이 손을 내밀어도 속도를 늦추지 않았고, 가장 덩치가 큰 남자들조차 뒤로 물러날 만큼 격하게 인파를 뚫고 지나갔다. 그중 한 명이 배낭을 잡으려 하자 그는 그냥 벗어던지고 계단을 달려 올라갔다.

요아르의 방 바닥에 사람이 누워 있었다. 창문이 열려 있어서 바람에 날린 화분 상자의 흙이 바닥에 흩뿌려졌다.

요아르는 루이사를 흘끗 쳐다본다. 애초부터 작았던 부엌이 이제는 당장이라도 불이 붙을 성냥갑처럼 느껴진다. 요아르는 조그맣게 속삭인다.

"어마어마하게 세게…… 머리를 어마어마하게 세게 맞았을 거야. 벽 너머에서도 그 소리가 개 크게 들렸을 거라고. 씨발, 다들 우리가 존나 단단하고 터프하고 위험하고 뭐 그런 줄 알지? 하지만 우리는 연약해. 무방비하고 하찮은 존재라고. 관자놀이에 한 방 맞으면 그걸로 끝, 한순간만 방심해도 뇌는 끝장나는 거야. 나한테는…… 계획이 있었는데…… 그날 밤에 엄마가 야간 근무였거든. 집을 비울 거였다고! 내가 계속 칼이 잘 있는지 확인했던 이유가 그 때문이었어.

그 늙은이가 술에 취해서 들어올 때까지 기다렸다가…… 해치울 작
정이었는데…… 그럴 기회가 없었지.”

목소리가 하도 가냘파서 루이사는 식탁 너머로 귀를 기울여야 한
다. 요아르는 작은 상자를 준비해 놓았다고 설명한다. 그는 새를 한
마리 더 찾은 척, 그 늙은이가 그를 어느 때보다 증오할 수 있게 유
난히 행복한 척할 생각이었다. 칼은 다시 창밖 화분 속에 숨겨놓고
그 늙은이가 비틀비틀 그의 방으로 들어올 때까지 기다리다가 그 개
자식이 상자를 집으면 창밖에 숨겨둔 칼을 꺼내 대응할 여지도 없이
그 늙은이를 찌를 작정이었다. 훌륭한 계획이었다. 기회만 잘 포착하
면 성공할 수 있었다.

“‘엄마’라고 외치고 또 외쳤던 기억이 나. 그리고 집 밖에서 누군
가가 내 이름을 부르는 소리가 들렸던 기억도 나고…….” 요아르는
조그맣게 속삭인다.

테드가 가만히 헛기침을 한다.

“킴킴이었어. 너 부른 사람.”

킴킴도 차에서 내려 그를 따라 달렸지만 건물 앞에 서 있던 남자
들에게 제지당했다. 그는 그들을 뚫고 나갈 만큼 힘이 세지 못했다.
나중에 그 남자들은 전 세계를 통틀어 가장 유명한 화가 중 한 명을
지척에서 본 적이 있다고 자랑했을지 모른다. 하지만 그날은 누구도
말 한마디 없이 겁쟁이처럼 조용히, 그 울뚝불뚝한 근육에도 불구하
고 힘없이 초라하게 그 자리에 서 있었다.

아파트 안에서 울부짖는 소리가 들렸다. 그 이후로 테드가 기억하
는 것은 그 어느 때보다 길고 감당하기 힘들었던 정적뿐이다.

그는 그때 건물 밖에 서 있었던 부두에서 일하는 남자들의 머릿속

에 어떤 생각들이 스치고 지나갔을지 종종 궁금해했다. 그중에서도 가장 덩치가 크고 힘이 셌던 킴킴의 아버지는 무슨 생각을 했을지 궁금해한 때가 얼마나 많았는지 모른다. 테드는 그 아버지가 아들과 눈을 맞추는 것을 보았고, 테드가 기억하기로 킴킴이 눈을 피하지 않은 것은 그때가 처음이었다. 그가 비난하는 눈빛으로 노려보자 아버지가 움츠러들었다. 부두에서 일하던 남자들은 평생 수치심을 견디며 살아야 할 것이었다. 요아르의 아버지 같은 남자들의 친구라면 누구나 그래야 했다. 왜냐하면 아파트 안에서 울부짖는 소리가 난 뒤에 흐른 정적은 그들이 날마다, 해마다 고수해 왔던 침묵에 비하면 아무것도 아니었다.

"통계적으로 봤을 때 남자들의 건강을 해치는 가장 큰 위험 요소는 심장병이야." 테드는 식탁 앞에서 생각에 잠긴 투로 말한다. "여자들의 건강을 해치는 가장 큰 위험 요소는 뭔지 아니?"

"남자요." 루이사는 대답한다. 여자라면 누구나 아는 사실이다.

요아르는 오래된 식탁 위에 자국을 남겨가며 커피잔을 빙글빙글 돌린다. 그는 루이사에게 그의 방 바닥에 쓰러져 있는 어머니를 어떤 식으로 보게 되었는지 이야기한다. 어떤 식으로 "엄마"라고 외치고 또 외쳤는지 이야기한다. 그러고는 가라앉은 목소리로 말을 잇는다.

"다들…… 알고 있었어. 그가 우리에게 무슨 짓을 저지르고 있었는지 모두 알았어. 킴킴 아버지랑 우리 집 늙은이는 오랫동안 같이 일한 사이였잖아. 부두에서 일하는 남자 중 몇 명은 그와 한동네에서 자랐고. 그게…… 그들의 어린 시절에 이 마을에서는 친구를 고를 수가 없었어. 옆집에 사는 아이들과 친하게 지내면서 옆 동네에 사는 아이들과 싸우고…… 그런 식으로 아주 끈끈해졌지. 서로 부두에 일자리를 얻어주면서 항상 '딱 맞는 친구'라고 했는데, 그 말은 곧 누군가의 입에 주먹을 날릴 수 있고 자기 입은 다물 줄 아는 사람이라는 뜻이었어. 부두에서는 서로 믿을 수 있어야 하니까, 거기는 트럭이 전속력으로 쌩쌩 달리고 크레인이 무게가 몇 톤씩 나가는 컨테이너를 신발 끈처럼 보이는 케이블에 매달아서 들고 그러는 아주 위험한 곳이라…… 서로 의지할 수 있어야 하니까. 머리에 뭔가가 떨어지게 생겼으면 뒤에 있던 남자가 '조심해!'라고 외쳐줄 거라고 믿을 수 있어야 하니까. 무슨 말인지 알겠니? 킴킴 아버지는 젊었을 때 손이 기계에 걸려서 한쪽 손가락이 세 개뿐이었어. 그가 너무 아파서 기절했을 때 그걸 보고 끄집어낸 사람이 우리 집 늙은이였지. 안 그랬으면 빌어먹을 팔 전체가 잘렸을지 몰라. 그래서…… 이후로 킴킴의 아버지는 우리 집 늙은이를 위해서라면 무슨 일이든 마다하지 않게 됐어. 무슨 일이든. 왜냐하면 그 인간들은 서로 믿을 수 있어야 하니까, 응? 내가 위험하다 싶으면 '조심해!'라고 외쳐줄 사람이 있다는 걸 알아야 하니까. 그래서 그들은 서로 믿을 수 있어야 한다고 자기들을 세뇌한 거야…… 무슨 일이든 그래야 한다고. 그래서 누가 탈의실에서 상사 욕을 하더라도 입에 자물쇠를 채우지. 누가 여자친구를 두고 바람을 피우더라도 입에 자물쇠를 채우고. 그리고 아침에 누굴 태우러 갔는데…… 술 냄새를 풍긴다? 누구 손마디에…… 부인의 화장품 같은 게 묻어 있다? 아내를 때린 뒤에 손도 씻지 않아서? 누구 셔츠에 본인 말로는 물감이라지만 핏자국과 너무 비슷해 보이는 얼룩이 묻어 있다? 그럼 입에 자물쇠를 채우는 거야. 그의 부인에게 애들이랑 전부 아무 문제 없느냐고 한 번쯤 물을 수는 있겠지만…… 부인은 당연히 웃으면서 아무 문제 없다고 하겠지. 왜냐하면, 뭐라고 하겠어? 도와주세요? 그이 손에 우린 죽을 거예요? 감히 그럴 수 없다는 게 누가 봐도 뻔하잖아. 부두에서 일하는 딱 맞는 친구들에게는, 그 덩치 큰 남자들에게는, 아, 씨발, 이보다 더 완벽한 일이 있겠어? 다시는 물어볼 필요가 없어! 그냥 내버려두면 되니까. 왜냐하면 그들은 아무것도 본 게 없고 아무것도 들은 게 없어, 그냥 느낌만 있을 뿐. 어디 뭐 가서 경찰에 신고를 하겠어? 느낌이 그렇다는데 경찰에서 뭘 어쩔 수 있어? 그래서 그날 집으로 들어가서 방바닥에 쓰러져 있는 엄마를 보고 무슨 일이 벌어졌는지 알아차렸을 때 나는…… 나는 엄마 곁에 누워서 손을 잡았던 기억밖에 나지 않아. 그리고 그런 기분은 난생처음이었지…….”

식탁 위에서 커피잔이 돌고 돌며 나무 위에 상처를 남긴다. 루이사는 요아르의 아파트 건물 앞에 서 있던 남자들에 대해서, 피스켄이 남자들은 어떤 식으로 악랄해진다고 했는지에 대해서 생각한다. 물을 조금씩 끓이는 것과 같아서 점점 지독해지지만 워낙 속도가 느리기에 거의 눈에 띄지 않는다고, 그래서 모두들 어쩌면 그게 정상일지 모른다고 자신을 세뇌하다가 다 같이 삶아지게 되는 거라고 했다.

“우리 집 늙은이는 재미있었어.” 요아르는 갑자기 서글픈 미소를 지으며 말한다. “아마 그래서 그 사달이 났을 거야. 부두에서 자기가 말한 우스갯소리에 다들 배꼽 잡고 웃으니까 의기양양해서 제대로 살피지 않았을 거야. 게다가 그날 바람이 미친 듯이 불었거든, 태풍이 불어닥쳐서. 하지만 아무도 감히 투덜대지 못했을 거야, 그런 날 빌어먹을 철제 빔을 내리는 건 너무 위험하다고 말한 사람이 아무도 없었을 거야. 왜냐하면…… 진짜 사나이들은, 딱 맞는 친구들은 투덜대지 않는 법이거든. 우리 집 늙은이가 크레인 바로 앞을 걸어가고 있었을 때 그걸 운전하던 사람이 바람을 감안하지 않고 너무 빠르게 돌려버렸지. 그게 다야. 무게를 이쪽 아니면 저쪽으로 단 몇 그램만 잘못 분산해도 빔이 흔들리기 시작하거든. 우리 집 늙은이는 그걸 볼 겨를도 없었지. 그런데 그거 아니? 나는 이후로 날마다 같이 일하던 동료 중에 몇 명이 그걸 보았고 몇 명이 '조심해!'라고 외쳤을지 궁금해했어."

테드는 커피를 저으며 거기 앉아 있는데, 요아르의 아파트 건물 앞에 서 있던 킴킴의 아버지가 어떤 표정을 짓고 있었는지, 킴킴이 노려보자 그가 어떤 식으로 무너지며 땅바닥을 내려다보았는지 아직도 생생하게 기억이 난다. 그때 그 남자의 얼굴에서 드러난 감정은 충격도 슬픔도 아닌 그저 부끄러움이었다. 요아르의 잔이 식탁 위에서 돌고 돌고 또 돈다. 한 사람을 무너뜨리는 데에는 뭐 그리 많은 것이 필요치 않다. 이쪽 아니면 저쪽으로 조그맣게 한 걸음만 옮기면 된다. 그가 말한다.

"그렇게 쓰러져 있는 엄마는 끔찍하리만치 작아 보였어. 나무에서 떨어진 어린애 같았지. 창문이 열려 있어서 꽃향기가 풍겼고, 바닥에 흙이 흩뿌려져 있었던 기억이 나. 나는 피가 나는 곳을 찾았지. 달려가서 엄마의 어깨를 건드렸지. 심장이 너무 쿵쾅거려서 엄마가 숨을 쉬는지 어쩐지 들어볼 수가 없었거든. 그런데 잠시 후에 엄마가 내 이름을 속삭이며 울음을 터뜨리는 소리가 들렸어."

테드는 식탁 맞은편에 앉아 있지만 몇 킬로미터 멀리 있는 느낌이다. 그는 정적이 흐르는 건물 앞에 서 있으면 어떤 기분이었을지 생각하는 중이다. 나중에 킴킴이 자기 아버지가 우는 걸 그때 처음 봤다고, 여덟 개의 손가락으로 얼굴을 가리고 울더라고 말했던 기억이 난다. 테드도 그 모습을 봤던 기억이 나는데, 그게 누구를 위해 흘리는 눈물인지 궁금해했던 기억도 난다. 요아르의 아버지였을까, 요아르의 어머니였을까? 아니면 자기 자신이었을까?

요아르는 헛기침을 하고 기운을 추스른 다음 말을 잇는다.

"사고 직후에 부두에서 일하던 남자들과 경찰이 와서 엄마에게 무슨 일이 벌어졌는지 알렸지. 전화로 소식을 듣게 하는 건 아니다 싶어서. 그랬더니 엄마가 어떻게 했는지 아니? 당장 내 방으로 달려갔어. 너무 무서우니까 가장 중요한 본능이 발동한 거지. 아이를 지키는 것. 하지만 당연히 나는 없었지, 미술관에 갔으니까. 그래서 엄마는 바닥에 드러누워서 내가 돌아올 때까지 계속 울었어. 그러다 문앞에서 내가 들어오는 소리를 듣고 가까스로 이렇게 속삭였지. '요아르, 요아르…… 네 아빠가 사고를 당해서 병원에 있대. 그런데…… 죽을 것 같대.' 내가 달래려고 해도 엄마는 계속 흐느껴 울었지. '네가 몰라서 그래! 내가 네 칼을 훔쳤어. 그이를…… 그이를 죽이려고. 그이가 멀쩡히 퇴근했다면 내 손에…… 죽었을 거야.' 그러고 나서 엄마는 비명을 질렀지. 오랫동안 참고 있었던 것처럼. 슬퍼서 그랬는지, 안심이 돼서 그랬는지는 모르겠어. 하지만 엄마 곁에 누워 있는데, 그런 기분은 생전 처음이었던 기억이 나. 그렇게…… 홀가분했던 적은."

테드는 아주 사소한 것으로도 삶의 방향이 달라질 수 있다는 생각을 한다. 변화는 무게가 전혀 없다. 칼처럼, 비누처럼, 아주 조그만 동물처럼 그렇다.

요아르는 루이사를 보며 희미하게 미소를 짓는다.

"엄마가 뭐라고 물어봤는지 아니? 방바닥에 같이 누워 있었을 때? 나더러 왜 온몸이 젖었느냐고 했어. 나는 친구들이랑 물싸움을 벌였다고 했지. 그랬더니 엄마는 감기 걸리는 거 아니냐고 걱정하더라. 심지어 그 순간에도 엄마는…… 그저…… 내 걱정뿐이었어."

테드는 아무 말도 하지 않지만, 알리와 킴킴 옆에 서서 요아르의 창밖 화단을 올려다보는데 바로 그 순간 새 한 마리가 창가에 내려앉았다고 장담할 수 있었던 기억을 떠올린다. 녀석은 거기 잠깐 앉아서 안을 들여다보다 작고 까만 날개를 펼치고 날아올라 눈 깜빡할 새 사라졌다. 그리고 테드는 인생이란 얼마나 쉽게 깨어지고, 우연이 얼마나 많은 것을 결정하며, 얼마나 사소한 것에 의해 모든 게 달라지는가 하는 생각을 했다.

부두에서는 바람이 부는 날 육중한 건설용 크레인이 겨우 몇십 분의 1초만큼 빠르게 돌아서 무게 중심이 겨우 몇 그램 달라졌을 텐데 철제 빔이 흔들리기 시작했다. 작은 새가 내려앉았다가 다시 날아오르는 것만으로 충분했을지 모른다.

52

요아르의 아버지는 죽지 않았다. 그해 여름에 벌어진 온갖 희한한 일 중에서도 그게 가장 희한한 일이었다고, 요아르는 루이사에게 말한다.

"시간은 아주 기똥찬 도둑놈이야. 뭘 훔쳐 가는지도 모르게 훔쳐 간다니까?" 이렇게 말하는 그의 눈 아래로 처진 살이 도드라져 보인다.

그의 아버지가 사고를 당한 뒤로 전날 아침과 다음 날 아침의 경계가 흐려지고 하루하루가 빠르게 흘러 한 주가 다음 주가 됐다. 병원에서는 요아르 모자에게 그의 아버지가 끔찍한 뇌 손상을 입었고 깨어나더라도 모든 게 전과 다를 거라고 했다. 걸을 수도 없고 말도 거의 하지 못하고 모든 일에 도움이 필요할 거라고 했다. 의사들은 "두 번 다시 예전으로 돌아갈 수 없을 거"라며 안타까워했는데, 환자의 아내와 아들의 눈에 눈물이 고인 이유를 오해했기 때문이었을 것이다.

　온갖 희한한 일 중에서 가장 희한한 일.

　요아르도 당장 알아차렸다시피 어머니는 아버지의 곁을 지킬 것이었다. 그 인간이 그런 대우를 받을 만해서라기보다 그녀가 필요하기 때문이었다. 요아르도 깨달았다시피 그걸 이해할 사람은 없을 것이었다. 어떻게 이해할 수 있겠는가. 요아르의 어머니 같은 사람은 비교 대상이 없었다. 그녀가 웃으면 사람들은 천박하다 했고, 그녀가 친절하게 대하면 사람들은 약해빠졌다고 했고, 그녀가 무얼 하든 사람들은 항상 슈퍼마켓에서 시답잖게 수군댔다. 그런 여자들은 뭐든 제대로 할 줄 모르고 남편들의 나쁜 행실은 언제나 그들의 탓이라고. 심지어 요아르도 그녀를 무시했다는 사실을 깨닫고 부끄러워졌다. 그는 항상 그녀가 착해서 가벼워 보인다고, 이 세상은 가벼운 사람들을 위한 곳이 아니라고, 뱅글뱅글 도는 지구와 함께 그들은 계속 벽과 주먹이 기다리는 곳으로 내동댕이쳐진다고 생각했다. 하지만 이제 그와 다른 모두는 진실을 알게 됐다. 잔챙이는 그의 아버지였고, 그의 어머니는 거인이었다.

　아들은 어머니가 다르게 살 수 있는 수많은 가능성을 품은 여자인 줄 알았지만 그녀가 원한 삶은 딱 이번 생애뿐이었다. 이번 생애에서만 이 아들을 만날 수 있었다. 그가 그녀를 위해 커피를 챙기러 병실을 나섰다가 돌아와 보니 그녀는 아버지의 침대 옆 의자에서 잠들어 있었다. 저 개자식은 이제 경계할 이유가 없어 보였고, 그녀에게 다시는 주먹을 들 수 없을 것이었다. 요아르는 그것만으로 충분할지 모른다고 생각해 보려고 애를 썼다.

부두에서 일하는 남자들은 대기실에 앉아 있다가 요아르가 들어서자 자리에서 일어섰다. 그는 그들 모두와 한 명씩 차례대로 악수했다. 아버지에게 가장 최근에 맞았을 때 생긴 멍 자국과 상처가 아직 그의 몸에 남아 있었고 그가 이 딱 알맞은 친구들의 눈을 똑바로 쳐다보자 대부분 눈을 돌렸다. 그들은 그의 어머니의 눈에 시커멓게 멍이 든 것도 보았으니 무슨 일이 벌어졌는지 몰랐던 척할 수가 없었을 텐데도 여전히 모르는 척하려고 했다. 남자들은 항상 핑계가 있지만 속으로는 그들도 이제는 진실을 알았다. 그들은 자기 일만 챙겼고, 답을 듣고 싶지 않은 질문은 절대 하지 않았고, 한 남자의 일면으로 만족했다. 마치 그 일면이 한 남자의 전부라도 되는 듯. 그 죄책감은 그들이 영원히 짊어져야 했다.

킴킴의 아버지가 맨 마지막이었다. 그는 눈물을 닦으려고 하지 않은 유일한 남자였고, 그걸 보고 요아르는 눈물을 꾹 참았다. 악수했을 때 그는 멍 자국에서 눈을 돌리지 않았다. 오히려 몸을 기울여 흐느끼는 음성으로 조그맣게 속삭였다.

"미안하다, 계속 침묵했던 거. 미안하다, 내가 겁쟁이였어."

요아르는 그를 쳐다보며 아침마다 요아르의 늙은이를 태우러 왔을 때 침묵했던 것을 의미하는지, 부두에서 침묵했던 것을 의미하는지 궁금해했다. 빔이 흔들렸을 때 "조심해!"라고 외친 남자가 있었는지, 아니면 다들 방관했는지 궁금해했다. 그는 물어보지 않고 그냥 이렇게 말했다.

"킴킴한테도 똑같이 사과하세요. 너무 늦기 전에. 걔는 곧 멀리 떠날 텐데, 난, 씨발, 킴킴이 절대 돌아오지 않으면 좋겠어요……"

그 말을 듣고 킴킴의 아버지는 눈썹을 잠깐 움찔했다가 얼굴을 붉혔다. 자기 아들에 대해 아는 것이 워낙 없다 보니 친구들이 그를 '킴킴'이라고 부르는 것도 몰랐던 것이다. 요아르는 허리를 꼿꼿이 펴고, 허리를 반으로 접고 서 있는 남자들을 거기 남겨둔 채 발걸음을 옮겼다.

요아르가 그 작은 집 부엌에서 커피를 좀 더 끓여 온다. 루이사가 보니 집이 깨끗하고, 오래돼서 낡긴 했지만 모든 곳에서 좋은 냄새를 풍긴다. 잔디밭은 온 동네를 통틀어 가장 예쁘다. 요아르가 다시 헛기침을 하고 말한다.

"병실로 돌아가는 길에 기도하는 방을 지났는데, 그런 방을 뭐라고 부르더라?"

"예배실." 테드가 알려준다.

"예배실!" 요아르는 고개를 끄덕이고 루이사를 보며 미소를 짓는다. "그 앞을 지나다 안을 들여다봤더니 어떤 멍청이 셋이 거기 벤치에 누워서 잠이 들었는지 아니?"

"아저씨가 익히 아는 멍청이 셋이요." 루이사는 씩 웃는다.

요아르도 씩 웃는다. 그는 그들이 언제부터 거기서 그를 기다렸는지 알 수 없었지만 자기들만 집으로 돌아갈 생각은 분명 없어 보였다고 말한다. 세상에 어느 누가 그런 친구들을 곁에 둘 수 있을까?

요아르가 살금살금 옆으로 다가가서 앉자 알리는 졸린 눈을 뜨고 그의 어깨에 머리를 기댔다. 테드는 코를 골고 있었다. 킴킴 옆에는 예배실 그림이 놓여 있었는데 현실과는 다르게 창문을 넘어 빛이 비치는 것으로 그려놓았다. 세상에 어느 누가 그럴 수 있을까? 빛을 그리다니.

"너희는 신이 존재한다고 생각해?" 알리가 친구들에게 물었다.

"응." 킴킴은 대답하고, 종이에 정말 자국이 남는지 아니면 그의 마음속에서만 자국이 남는지 알 수 없을 만큼 가만히 그림 위로 연필을 그었다.

요아르는 숨을 몰아쉬었다.

"난들 알겠냐…… 내가 보기에는 일요일마다 교회에 가는 사람들이 전부 신을 믿는 것 같지도 않아. 그냥 친구가 필요해서 가는 거야. 소속감을 느끼고 싶어서."

킴킴은 가만히 고개를 끄덕이고 대답했다.

"하지만 그렇다고 해서 신이 존재하지 않는 건 아니라고 생각해, 요아르. 어쩌면 그게 바로 신일지 몰라."

그들은 테드를 깨우고, 서로 아주 가깝게 바짝 붙어서 예배실 밖으로 나갔다. 자동판매기가 보이자 요아르가 열심히 흔들어 탄산음료를 공짜로 하나 토하게 했다. 우주를 상대로 거둔 자그마한 승리였고, 그런 건 무시하면 안 되는 법이었다. 네 명의 친구가 캔 하나를 마지막 한 방울까지 탈탈 털어서 나눠 마셨을 때 요아르가 눈을 번쩍 떴다.

"그림 어디 갔어? 예배실에 두고 왔어?"

"그런 것 같은데……." 킴킴은 말했다.

"너 미쳤어?" 요아르는 폭발했다. "그게 얼마짜린데!"

그들은 다시 달려갔지만 그림은 이미 사라지고 보이지 않았다.

"괜찮아, 다시 그릴게." 킴킴은 약속했다.

"너 그냥 돈을 그려라. 그럼 시간 절약도 되고 좋겠네!" 요아르는 말했다.

킴킴이 폭소를 터뜨렸고 그러자 요아르도 폭소를 터뜨렸고 그러자 테드와 알리도 폭소를 터뜨렸다. 어쩌면 그들이 같이 뭔가를 그렇게 요란하고 속이 후련하게 터뜨린 건 그때가 마지막이었을 것이다.

그들은 모퉁이 뒤편에 서서 여덟 개의 떨리는 손가락으로 킴킴의 그림을 쥐고 있었던 그 남자는 보지 못했다.

53

루이사는 오렌지 소다를 다 마셨다. 그녀는 부엌 의자에 등을 기대고 졸린 듯 두 팔을 위로 뻗고 기지개를 켠다.

"그래서 모두 그렇게 끝이 났고…… 킴킴이 대회에서 1등을 했어요? 아름다운 결말이네요. 이야기는 슬프지만 결말은 아름다워요."

테드와 요아르는 서로 흘끗 쳐다보며 어색하게 헛기침을 한다. 잠시 후 테드가 중얼거린다.

"맞아…… 아름다운 결말이지."

루이사는 좌절하며 앓는 소리를 낸다.

"뭐예요? 이게 다가 아니에요? 더 들을 자신이 있는지 잘 모르겠는데!" 그녀는 난리 치지만 불안이 스멀스멀 고개를 들자 이렇게 말한다. "해피엔드를 맞이하지 못한 사람도 있는지 별로 알고 싶지 않은 것 같기도 해요……."

테드는 고개를 끄덕이고 얼른 눈을 훔치고 시간을 확인하고 자리에서 일어선다.

"나는 이제 그만 가봐야겠다."

"어디 가려고요?" 루이사는 그가 그녀를 우물에 던지기라도 한 것처럼 소리를 지른다.

테드는 침착하게 그림이 담긴 상자를 턱으로 가리킨다.

"내가 약속했던 일이 있잖아. 우리가 여기에 온 목적. 저 그림을 팔도록 도와줄게."

루이사는 자리에서 일어나 반박할 준비를 하지만 그는 이미 현관을 지나 등 뒤로 문을 닫고 있다. 루이사는 입을 내밀고, 다리를 저는 사람치고 정말이지 빠르다는 생각을 하며 다시 의자에 털썩 주저앉는다.

"오렌지 소다 더 마실래?" 요아르가 묻는다.

"아뇨, 괜찮아요." 그녀는 말한다.

"다행이네. 남은 거 없는데."

그는 씩 웃지만 그녀는 희미하게라도 미소가 지어지지 않는다. 침묵 때문에 이제는 숨이 막힌다.

"그래." 요아르는 말한다.

"그래요?" 그녀도 짧게 맞장구친다.

그는 미간을 찌푸린다. 호기심을 짜증으로 덮어서 숨긴다.

"그래. 그 많은 돈이 생기면 뭐 할 거냐? 그림 판 돈 말이지."

"모르겠어요." 그녀는 우물거린다.

"모르겠다니? 너 이제 부자야! 하고 싶은 게 있으면 뭐든지 할 수 있어!"

"하고 싶은 게 뭔지 알면 완벽할 텐데." 그녀는 식탁을 내려다보며 대답한다.

"너 몇 살이니?"

"열여덟 살이요."

그는 콧방귀를 뀐다.

"근데 떼돈으로 뭘 하면 좋을지 모르겠다고? 젠장, 넌 못된 10대잖아. 스포츠카를 사! 마약도 하고! 동물원도 만들고! 나라면 원숭이를 잔뜩 사겠다. 원숭이가 잔뜩 있으면 기분이 나쁠 수가 없잖아. 특히 마약도 같이 있으면."

그는 그녀가 미소를 짓겠거니 생각하지만 그건 착각이다.

그녀는 그저 조그맣게 속삭인다.

"저는 애초에 그 그림을 가지고 싶지도 않았어요. 아저씨가 가져도 돼요, 테드 아저씨랑 둘이서요. 두 분은 절친이었잖아요. 저는 그냥…… 저는 그냥 그분이 골목길에서 만난 바보일 뿐이에요. 테드 아저씨와 그림을 두고 열차에서 내리려고 했는데 일이 계속 생기는 바람에…… 그리고 아저씨네 이야기를 끝까지 듣고 싶기도 했고요. 하지만 이제는 그러고 싶은지도 잘 모르겠어요!"

"어째서?" 요아르는 너무 잘 알 것 같지만 이렇게 묻는다.

"아무도 해피엔드가 아닐 것 같으니까요!"

요아르는 한참 커피잔을 돌리다가 대답한다.

"네가 해피엔드잖아."

"네?"

"킴킴이 너에게 그 그림을 선물한 이유는 네 그림을 봤기 때문이야. 네가 그의 이야기의 해피엔드인 셈이지. 앞으로 네가 살게 될 삶. 네가 그릴 모든 것."

"화장실 다녀와야겠어요." 루이사는 조그맣게 속삭인다.

그건 거짓말이다. 실은 조용히 무너질 공간이 필요할 따름이다. 방금 만난 사람들끼리는 아무 말이나 내뱉는 게 아니라 지켜야 하는 선이 있지 않겠는가. 한참 만에 부엌으로 다시 돌아갔을 때 그녀는 킴킴을 그린 그림을 배낭에서 꺼내 요아르에게 건넨다.

"이거 킴킴 그린 거예요. 어렸을 때 이런 모습이지 않았을까 상상해서. 테드 아저씨 드렸는데 저한테 다시 돌려줬어요. 그러니까 아저씨 가지세요."

요아르는 의자에서 굴러떨어지지 않게 식탁에 몸을 기대야 한다.

"그 친구가…… 딱 이랬어."

그는 자기도 화장실에 다녀와야겠다며 끙끙대고 일어나지만, 실은 벽 저편에 마냥 앉아서 한참 동안 심호흡을 한다. 그러고는 돌아가 루이사에게 고개를 끄덕이며 말한다.

"가자. 보여줄 게 있어."

요아르는 그림을 조심스럽게 냉장고에 붙인 다음 앞장서서 그 조그만 집을 가로지르고 계단을 올라가 창문을 열고 지붕으로 기어 나간다. 루이사는 그의 뒤에서 창밖을 내다보며 의심스러워하는 투로 묻는다.

"제가 올라가도 이 지붕, 괜찮을까요? 꼭 우유갑으로 만든 것처럼 생겼는데."

"내가 올라와도 멀쩡하잖아!" 요아르는 코웃음을 친다.

"아무렴요, 하지만 아저씨 몸무게가 몇이에요? 저는 정상적인 크기의 인간이라서요!"

"야, 씨. 너는 진짜 어느 면으로 보나 정상 아니야. 호들갑 그만 떨고 올라오기나 해!" 그가 윽박지른다.

그래서 그녀는 머뭇머뭇 그를 따라서 기어 나간다. 그가 배낭은 두고 와도 된다고 하자 그녀는 태어나서 그렇게 어처구니없는 발언은 처음 듣는다는 듯한 표정을 짓는다. 그러자 그는 빙그레 웃으며 "도둑놈들이 넘쳐나긴 하지"라고 중얼거리고 그녀는 "제 말이요!"라고 똑같이 중얼거린다. 그들은 다리를 대롱거리며 가장자리에 나란히 걸터앉는데, 그제야 루이사는 테드와 여기 오는 동안 계속 오르막길을 걸은 이유가 이 집이…… 언덕 위에 있기 때문이었음을 깨닫는다. 마을 절반이 눈앞에 아찔하게 펼쳐진다. 요아르가 몇 집을 가리키며 말한다.

"알리가 예전에 했던 게임이 있거든. 어떤 집을 가리키며 '만약 저 집에서 산다면' 하면서 거기 사는 삶을 상상하는 게임이었지. 그런데 알리가 좋아했던 집은 가장 비싼 집이 아니라 가장 평범한 집이었어. 재미없는 집. 그런 집을 가리키면서 이렇게 말하곤 했지. '저 집에서 나는 평범한 삶을 살아. 평범한 남자와 결혼했고 우리는 재미없는 일을 하고 재미없는 친구들을 만나지. 나는 테드의 엄마가 그러는 것처럼 플라스틱 통에 조그만 스티커를 붙여서 냉동실에 넣어놔. 스티커에는 이렇게 써놓는 거야. *닭고기 수프, 채소 파이, 라자냐.* 냉동실에 먹을 게 너무 많아서 그렇게 써서 붙이지 않으면 뭐가 있는지 잊어버리거든! 집에는 항상 사다 놓은 전구가 있고, 자라고 눕혀놓으면 자기 싫어서 북극곰들은 왜 펭귄을 잡아먹지 않느냐 같은 이상한 질문을 하는 재미없는 꼬맹이 둘이 있어. 하지만 걔네들이 잠이 드는 걸 *무서워하지는 않을 거야,* 요아르! 절대 무서워하지 않을 거야. 걔네들은 평범하고 재미없는 부모님과 맨날 함께 지내는 평범하고 재미없는 아이들일 거야. 나 그런 거 잘할 것 같지 않아, 요아르? 나는 재미없게 지내는 걸 완전 잘할 거야!' 이런 말을 하곤 했지. 그런 게임을 하면서."

요아르는 지붕 위에서 말을 멈춘다. 미소를 짓는다. 고개를 젓는다. 그건 당연히 거짓말이었다. 알리는 수많은 일을 잘할 테지만 재미없게 지내는 것? 그 사이코는 단 1초도 그러지 못할 것이었다.

"뭐 하나 물어봐도 돼요?" 루이사는 말한다.

"그래."

"왜…… 북극곰들은 펭귄을 잡아먹지 않아요?"

"북극곰들은 북극에서만 살고, 펭귄들은 남극에서만 사니까."

"알리에게 그걸 가르쳐준 사람이 테드였어요?"

"응."

루이사는 그 말을 듣고 미소를 짓는다. 잠시 후에 그녀는 모든 창문에 불이 환하게 들어온 어느 집을 가리키며 말한다.

"그럼 아저씨가 저기 산다면 어떻겠어요?"

요아르는 잠시 고민한다.

"저기 살면 전자발찌를 차지 않겠지. 평범하고 재미없는 일을 할 거고."

"예를 들면 고등학교 선생님이요? 테드처럼?"

"그 정도로 재미없는 일은 말고. 진정해." 그는 땍땍거린다.

그녀는 폭소를 터뜨린다.

"평범한 사람이랑 결혼할까요? 알리처럼?"

"아니."

"왜요?"

"왜냐하면 그건…… 그녀의 생각이었으니까. 알리는 자기랑 나 같은 사람은 붙여놓으면 안 된다고 했어. 양쪽 다 망가지고 맛이 가면 어떡하냐고. 둘 중 하나는 평범해야 한다고."

"하지만 아저씨는 마음에 드는 사람을 못 만났어요?"

"찾지 않았지."

"알리가 아저씨의 첫사랑이었어요?"

"마지막 사랑."

루이사는 눈을 깜빡이며 마을을 저 끝까지 둘러본다. 줄줄이 달린 창문마다 불이 환하게 켜진 커다란 집을 가리키며 조그맣게 속삭인다.

"저기. 그림을 팔아서 돈이 생기면 저 집에서 살래요. 제 친구 피스켄이랑."

"피스켄?"

루이사는 고개를 끄덕였다가 잠시 후 당황한 표정을 짓는다.

"네. 그런데 그 친구는 죽었어요. 죽은 사람이랑 살겠다고 해도 되는 거죠?"

요아르는 고개를 끄덕인다.

"이 게임에서는 아무하고나 같이 살아도 돼. 그 친구가 죽은 지 한참 됐니?"

루이사는 고개를 젓는다.

"그게…… 며칠 안 됐어요. 그 친구는 게임을 좋아했어요. 동화도 좋아했고요! 그래서 제가 아니라 걔가 죽은 게 정말 말도 안 돼요. 우리 이야기에서 영웅은 걔였거든요. 무슨 말인지 아시죠? 주인공이요! 주인공이 먼저 죽으면 어떡해요!"

“그거랑 그거는 다르지.”

“뭐가요?”

“주인공이랑 영웅. 그 둘은 다르지.”

루이사는 무슨 말도 안 되는 소리를 하느냐는 듯이 그를 노려보지만 그 순간을 절대 잊지 못할 것이다. 아주, 아주 작지만 아주 중요한 변화가 그때 그녀의 안에서 벌어졌다.

요아르는 손으로 가리킨다.

“저 분홍색 집 말이지? 마당에 큰 나무가 있는 집? 거기서 피스켄이랑 살겠다고?”

“네.”

“그래. 그럼 나는 그 옆집에서 살아야겠다.” 그는 미소를 짓는다.

그녀는 미안해하는 표정으로 그를 본다.

“꿈 깨세요. 제가 그 그림을 팔면 아저씨는 절대 제 옆집에서 살 수 없어요. 제가 진짜 어마어마한 부자거든요!” 그녀는 설명한다. “하지만 일이 필요하면 와서 우리 집 수영장 청소해도 돼요.”

그는 온 마을에 쩌렁쩌렁 울릴 정도로 크게 웃는다. 그녀도 마찬가지다. 잠시 후에 요아르는 뜬금없이 이런 말을 한다.

“테드는 너를 떠나지 않을 거야. 테드가 떠나서 네가 다시 혼자가 될까 봐 그 그림을 팔지 않으려고 하는 거라면…… 그럴 리 없어. 테드는 누굴 떠나는 걸 존나 못하거든.”

루이사는 셔츠로 온 얼굴을 닦는 걸 그에게 들키지 않으려고 반대편에 있는 어떤 집에 지대한 관심을 보이는 척한다. 잠시 후에 그녀가 말한다.

“아저씨도 그거 못하잖아요. 아까 저기서 휠체어 경사로 봤어요.

그 사고 이후에 여기서 아버지랑 같이 살았던 거죠, 그죠?”

요아르는 지붕 위에 드러눕는다.

“응.”

“아버지를 간병했어요? 아저씨한테 그런 짓을 저지른 아버지를?”

“다른 사람이 됐어. 설명하기는 어렵지만. 말도 거의 하지 못했고 먹고 씻고 화장실을 갈 때 도움이 필요했지만…… 그게 달라진 부분은 아니야. 진짜 달라진 건 눈빛이었어. 이제는 그 안에 증오가 없었어. 망할, 막판에는 밉지도 않았어. 마지막 몇 년 동안에는 밥을 떠먹이면서 ‘아빠’라고 불렀다니까? 평생 그렇게 불러본 적이 없었는데.”

루이사는 이를 악물고서 대답한다.

“저는 25년이라는 세월을 거친 게 아니라 그분이 아직 미워요. 이제 막 미워하기 시작한 거라.”

“말은 고맙다만 그럴 필요 없어.”

“아니, 왜요! 아저씨는 여기 눌러앉아서 평생 그분을 돌봤잖아요. 안 그랬더라면—”

요아르의 웃음소리가 그녀의 말을 끊는다.

“안 그랬더라면 뭐? 내가 프로 축구 선수가 됐을까? 우주비행사가 됐을까? 씨발, 내가 되긴 뭐가 됐겠어? 나는 어차피 미래가 없었어. 나를 아는 거지 같은 어른들은 전부 내가 일찌감치 죽겠거니 생각했다고. 이 모든 게 내게는 덤이야. 게다가 그 늙은이를 위해서 여기 남은 것도 아니야. 엄마를 위해서 남은 거지. 아파트에서는 휠체어 생활이 불가능하니까 두 분이 여기로 이사했고 집을 관리하려니 나도 따라서 들어오는 수밖에. 엄마는…… 젠장, 운전면허도 없으니까. 그리고 하이힐을 신고 잔디를 깎으니까.”

그 말을 듣고 루이사는 인생은 길지 몰라도 그 철제 빔이 그날 부두에서 허공을 가른 순간 요아르의 시간은 느려졌다고 생각한다. 이제는 기어가는 속도다. 철제 빔 이전의 그는 서둘러 여름을 맞이했고, 서둘러 내일을 재촉했고, 서둘러 친구들을 사랑했다. 하지만 이후로 25년 동안은 그 어떤 일에도 서두르지 않았다.

"아버지가 이제는 돌아가셨어요?"

"응, 몇 년 전에. 장례식에 참석한 사람이 나랑 엄마랑 부두에서 같이 일하던 몇 명뿐이었지. 남겨진 사람들. 이 마을 남자들은 오래 살지 못한다고들 해. 빠르게 죽거나 아니면 천천히 스스로 목숨을 끊는다고. 엽총 아니면 술병으로."

"아저씨 어머니는 어떻게 되셨어요?"

숨이 목구멍에서 자꾸 미끄러져 내려가기라도 하는 듯 요아르의 숨소리가 점점 얕아진다. 루이사는 어느 정도 시간이 지난 다음에야 절망이 아니라 정반대의 이유에서 나타난 현상이라는 것을 알아차린다.

"엄마는 남자를 만났어. 다정한 남자를. 개 같은 늙은이도 아니고 좆같은 괴물도 아니야. 그냥 착하고 재미없고 술도 안 먹는 남자야. 싸우지도 않아. 언성을 높이는 일도 없어. 텔레비전 채널 선택권도 항상 엄마 차지야. 매주 금요일마다 엄마에게 꽃을 선물하고. 두 분은 여기서 두어 시간 떨어진 거리에서 살아. 엄마가 요전 날 전화해서 테니스를 시작했다고 하더라. 아니, 도대체 어떤 사람들이 테니스를 치냐?"

그가 큰 소리로 웃음을 터뜨리자 아직 5월밖에 안 됐는데 지붕에 여름이 찾아온다.

"해피엔드네요." 루이사는 조그맣게 속삭인다.

"응. 엄마는 해피엔드를 맞이했지. 이 세상에 우리 엄마보다 더 해피엔드를 누릴 자격이 있는 여자가 있겠냐고."

"그런데 아저씨는 계속 이 집에서 사네요?"

"응, 어쩌겠어, 집을 옮길 수도 있었지만…… 뭐, 다른 일로 바빴다 보니."

그는 전자발찌가 달린 쪽 다리를 흔든다.

"어쩌다 그렇게 되신 거예요?"

"누굴 두들겨 팼어."

"누굴요?"

요아르는 한숨을 쉰다.

"아빠 장례를 치르고 집으로 돌아오는데, 어떤 남자가 차를 세워놓고 그 옆에서 여자를 때리고 있지 뭐냐. 차 안에서는 어린 여자애가 비명을 지르고 있었고."

더 이상 설명할 필요가 없다. 루이사는 상황을 파악한다. 나중에 그녀는 묵은 신문을 뒤져 그 사건을 다룬 기사를 찾아낼 것이다. 거기에는 그 남자가 하도 심하게 구타를 당해 병원에서 의식을 되찾았을 때 경찰에 자기를 공격한 사람이 최소 다섯 명은 됐다고 진술했다고 쓰여 있을 것이다. 요아르가 경찰서로 찾아가 자수하지 않았다면 다들 그렇게 믿었을 것이다.

"끔찍했어요? 교도소에서 지내기가?"

요아르는 어깨를 으쓱한다.

"괜찮았어. 테드가 책을 보내줬거든. 진짜, 진짜 *재미없는* 책을. 그래도…… 재미없어할 시간은 충분했으니까. 얼마 후에 그 여자의 아버지, 그러니까 아이 외할아버지라는 노인의 편지를 받았다. 엄마와 아이가 그 망할 인간의 곁을 떠났다고, 그게 나에게도 조금이나마 위안이 됐으면 좋겠다고 하더라. 위안이 됐지. 심지어 이후로는 테드가 보내준 책들이 별로 재미없게 느껴지지 않을 만큼. 형기가 끝날 무렵이 되니까 감방이 부족했거든. 요즘은 나 같은 남자들이 워낙 많아서 교도소도 줄 서서 들어가야 해. 그래서 이걸 채우고 내보더라고.” 그는 다시 발목을 흔든다.

“테드가 학교에서 그 아이의 칼에 찔렸을 때 아저씨는 교도소에 있었어요?” 루이사는 이렇게 묻자마자 후회한다. 요아르가 어찌나 민망해하는지 이러다 지붕에서 뛰어내리는 건 아닌가 싶다.

“응.” 그는 조그맣게 속삭인다. 그가 사랑하는 사람들은 여전히, 항상 그가 책임져야 하기에 그렇다.

“그럼…… 킴킴이 병에 걸렸을 때도 교도소에 있었어요?”

“응.”

“그 전에는 서로 자주 만났어요?”

“아니. 열다섯 살이 되던 그해 여름 이후에 딱 한 번 만났어.”

“뭐라고요? 왜요?”

그의 서글픈 미소가 이쪽 귀에서 저쪽 귀로 이어진다.

“얘기하자면 길어.”

그러자 루이사는 등을 대고 편하게 누워 마을의 공기를 깊이 들이마시고 조그맣게 말한다.

“좋아요. 이제 남은 부분 들려주셔도 돼요.”

“남은 부분이라니?”

“그 긴 이야기의 남은 부분이요! 모두 다요! 그 대회와 그 그림과

또…… 모두 다요. 하지만 불행하기만 하면 안 돼요! 조금은…… 그
러니까…… 평범하기도 해야 해요.”

그래서 요아르도 숨을 크게 마시고 그녀에게 마지막 부분을 이야
기한다.

54

아버지가 사고를 당하고 병원 예배실에서 그를 기다리는 친구들을 만난 다음 날 저녁에 요아르는 하마터면 교통사고로 죽을 뻔했다. 아니, 사실은 그 망할 사이코 알리 때문이었다. 그날 저녁에 그녀가, 아버지가 멀리 있는 다른 도시에 일자리를 얻었다고 폭탄선언을 했다. 그녀의 아버지는 늘 그러듯 이 동네에서도 사람들에게 돈을 빌렸는데, 이제 그들이 몰상식하게 돈을 갚으라고 했다는 것이다.

요아르는 지붕에서 하늘을 올려다보며 눈을 깜빡인다.

"나는 아빠가 사고를 당했을 때 울지 않았어. 그날 저녁에 알리 앞에서도 울지 않았고. 그게 그녀에게 상처가 됐을까? 뭔가 그럴듯한 말을 했어야 했는데, 나는…… 잘됐다는 말밖에 하지 못했어. 왜냐하면 알리는 이 마을에서는 온전하게 살 수 없었거든. 여기에서는…… 그녀의 능력을 100퍼센트 발휘할 수 없었어."

"그랬더니 알리가 뭐라고 했어요?"

"나더러 자기를 보고 싶어 하지 않으면 빌어먹을 지옥에 갈 줄 알라고 했어. 그래서 나는 솔직히 말했지. 앞으로 두 번 다시 누구도 사랑하지 않을 거라고. 그랬더니 그녀가 내게 입을 맞췄어. 키스는 전에 한 번 한 게 전부였는데. 물론 그런 다음에는 내가 자기에게 입을 맞췄다고 우겼지만, 걔가 정신이 빠진 상태였어서……."

루이사는 누워 있기에 귀로 흘러 들어간 눈물을 닦아야 한다.

"그러니까 아저씨랑 그분의 이야기는 러브스토리였네요."

"알리가 그 말을 들었다면 네 얼굴에 주먹을 날렸을 거다." 그는 웃음을 터뜨린다.

"왜 아저씨 곁에 남을 수가 없었을까요?"

"알리 아빠에게는 알리가 있어야 했으니까." 요아르는 당연하지 않으냐는 듯이 말한다.

"아저씨네는 다들 똑같네요. 자기를 필요로 하는 사람이 있으면 버리질 못해요." 루이사는 말한다.

"너도 우리랑 같은 과잖니." 요아르는 대답한다. 이로써 그가 그녀에게 건넨 가장 다정한 말이 바뀐다.

"미술 대회는 어떻게 됐어요?" 그녀는 묻는다.

그래서 그는 들려준다. 그와 알리가 어떤 식으로 밤새 차를 달렸는지. 요아르와 루이사가 지금 앉아 있는 이 집에서 멀지 않은 데 있는 언덕에 어떤 식으로 차를 대고 서로의 품 안에서 잠이 들었는지. 그들이 함께 보낸 시간은 꼬박 하룻밤이 전부였고 그래서 대수롭지 않게 생각하는 사람도 있을지 모르지만, 그 사랑에 그보다 더 미친 듯이 빠질 수는 없었을 것이다. 대부분의 사람들은 그 느낌을 절대 짐작조차 하지 못할 것이다.

돌아가는 길에는 알리가 운전대를 잡았다. 요아르가 운전을 가르쳐주었다. 그녀의 운전 실력은 그들이 맨 처음 만났을 때의 수영 실력과 얼추 비슷했기에 그들은 하마터면 벽돌 담벼락을 전속력으로 들이받을 뻔했다. 그녀는 막판에 갑자기 브레이크를 밟았고 요아르가 목이 터져라 비명을 지르자 그녀는 흥분한 두 눈을 동그랗게 뜨고 땀 범벅인 행복한 얼굴로 그를 노려보며 소리를 질렀다.

"이제 알겠지!"

"지금 무슨 소리 하는 거야, 이 사이코야!" 그는 똑같이 소리를 질렀다.

그러자 그녀는 그의 목에 기대 머리칼로 그를 완전히 덮으며 말했다.

"이제는 너도 죽고 싶지 않다는 걸 알겠지. 너는 죽으면 안 돼, 알아들었어? 내가 여기로 돌아오기 전에 먼저 죽으면 내가 아주 죽도록 패줄 거야!"

"여기로 돌아온다고?" 그는 놀리는 투로 물었다. "왜 여기로 돌아오려고? 넓은 집에서 평범한 사람이랑 살아야 하는 거 아니야?"

"언젠가는 우리도 충분히 평범해질 수 있어. 너랑 나도 말이야." 그녀는 조그맣게 속삭였다.

그들은 바닷가에 차를 댔다. 요아르는 떠내려온 나무를 주웠고, 그걸로 나중에 킴킴의 그림을 담을 액자를 만들었다. 그 작품은 25년 뒤에 아무나 참석할 수 없는 미술 경매장에 걸렸을 때도 여전히 바다 냄새를 살짝 풍겼다.

그들은 집으로 돌아갔고 네거리에서 테드와 킴킴을 만나서 다시 요아르네 집으로 갔다. 요아르가 병원에 다녀온 어머니를 깨끗하게 맞이하고 싶어 했기에 다 같이 집 청소를 했다. 알리는 청소를 잘하는 편이 아니라서 묵은 장난감이 담긴 상자를 정리하겠다고 해놓고 그냥 가지고 놀며 대부분의 시간을 보냈다. 그녀는 슈퍼맨 피겨를 들어 보이며 물었다. "그런데 이 사람, 망토를 두르고 다니는 이유가 뭘까? 망토에 아무 능력도 없고 망토가 없어도 날아다닐 수 있잖아?"

여기에 답을 한 사람은 킴킴이었다.

"움직임을 표현하기가 어려워서 그럴 거야. 그래서 슈퍼맨을 창조한 사람들이 만화에서 움직임을 표현해야 하는 경우가 생기면 망토로 그가…… 움직이고 있다는 사실을 알린 거지."

"아하!" 알리는 아무것도 이해하지 못한 사람의 말투로 이렇게 외쳤다.

그래서 킴킴이 무슨 말인지 보여주려고 자기 셔츠를 벗어 뒤에 매달고 방안을 뛰어다니다 앞을 주시하지 않는 바람에 벽에 부딪치고 말았다. 이건 정말이지 아주 위험한 사고였다. 알리가 웃다가 하마터면 숨이 막혀 죽을 뻔했던 것이다. 잠시 후에 테드가 슈퍼맨의 망토가 실은 담요라는 걸 책에서 읽었다고 했다. 부모가 아기인 슈퍼맨을 로켓에 태워 지구로 보냈을 때 어머니가 그걸로 그를 감쌌다는 것이다. 너무 진지한 발상이라 그들은 모두 바닥에 누워서 천장만 물끄러미 올려다보았다.

"이사 가면 너희들 나 잊어버릴 거야?" 한참 만에 알리가 물었다.

"당연하지!" 남자아이 셋은 일제히 외쳤다.

"너네 존나 못돼 처먹었다." 그녀는 깔깔대며 웃었다.

"너를 잊는다고?" 테드는 중얼거렸다. "네가 등장하기 전에 어떻게 살았는지도 기억이 나지 않는걸? 우리가 너를 어떻게 잊겠어?"

그녀는 한참 동안 가만히 누워있다가 약속했다.

"나는 너희를 믿어. 앞으로 너희 셋을 믿었던 것처럼 누군가를 다시 믿을 일은 없을 거야."

"나도." 테드는 말했다.

"나도." 킴킴은 말했다.

"멍청한 것들 같으니라고." 요아르가 말했다.

"멍청한 건 너지." 알리는 말하고 그의 손을 잡았다.

그들은 몇 시간 동안 요아르의 방 바닥에 그렇게 나란히 누워 있었다. 그런 다음 킴킴의 그림을 액자에 넣었다.

요아르는 지붕 위에서 헛기침을 한다.

"그게 아마…… 젠장…… 뭐라고 표현하면 좋을지 모르겠네. 그게 아마 가장 강렬하게 남은 기억 중에 하나일 거다. 매일 밤 감옥에서 자려고 누우면 그때를 떠올렸지."

루이사는 평소보다 적어도 두 배 이상 길게 침묵을 지키다가 이렇게 말한다.

"피스켄이 어느 책에서 읽었는데 천국에 가면 인생의 한순간을 선택하게 된대요. 가장 행복했던 순간을요. 그런 다음 그때 느낌으로 영원히 살게 된대요. 피스켄은 그럼 여든 살까지 살든 말든 중요하지 않다고, 그냥 지금이 아주, 아주, 아주 많아질 뿐이라고 했어요. 정말 행복했던 지금이 딱 하나만 있으면 충분하다고요."

"나는 지금이 많았지. 수백만 개는 됐지." 요아르는 고마워하며 말한다.

잠시 후에 그는 알리가 뭐라고 물었는지 들려준다.

"네 그림이 대회에서 1등 하면 파티장에 맛있는 음식이 나올까?"

"당연히 나오지. 돈 많은 사람들은 처먹는 거라면 다 좋아하잖아." 요아르가 말했다.

"샴페인도 있으면 좋겠다. 그럼 진탕 취할 수 있을 텐데." 알리는 키득거렸다.

"며칠이야?" 테드가 물었다.

"뭐가?" 요아르는 말했다.

"그러니까…… 대회 날짜 말이야. 그림을 언제까지 내야 하느냐고."

날짜라니 그들은 생각조차 해본 적이 없었다. 요아르는 벌떡 일어나 서랍과 책꽂이를 뒤지기 시작했다. 휴지가 떨어졌을 때 깜빡하고 그걸로 뒤를 닦지 않게 공고가 난 신문을 어디 숨겨두었는데, 너무 잘 숨긴 게 문제였다. 그는 너무 똑똑했던 자기 자신에 대해 분노하며 방 안을 돌고 또 돌았다. 제일 마지막 서랍의 제일 아래 깔려 있던 것을 들추자 거기에 있었다. 그는 신문지를 찢어가며 다급하게 넘겼다. 날짜가 보이자 거의 기절할 정도로 크게 숨을 토했다.

"앞으로 1주일 뒤." 그는 한숨을 내쉬며 말했다.

세 친구는 그의 어깨를 넘어 내려다보았다. 그 세 명이 실제로 신문 공고를 본 건 그때가 처음이었는데, 그들은 나중에 그 순간 바닥이 무너지는 줄 알았다고 기억할 것이다. 요아르는 공고를 하도 여러 번 읽어서 처음부터 끝까지 외울 정도였지만 가장 중요한 부분을 놓치고 말았다. 어느 누구도 감히 아무 말도 하지 못했기에 결국 알리가 느릿느릿 실망한 투로 말했다.

"하지만…… 여기 13세 이하라잖아, 요아르."

"그게 무슨 소리야?"

"참가하려면…… 열세 살이나 그보다 어려야 한다고." 테드가 설명했다.

"그건 또 무슨 뜻이야?" 요아르는 숫자의 의미조차 이해할 수 없다는 듯이 씩씩대며 물었다.

"어린이들을 위한 대회라고" 테드가 말했다.

"우리는 이제 어린이가 아니잖아." 알리가 말했다.

"그 말을 듣고 나는 울음을 터뜨렸지." 요아르는 지붕 위에서 조용히 말한다.

55

실망은 강력한 것이다. 제대로 활용하면 공포보다 더 강하고, 육체적인 고통보다 더 끔찍하며, 사랑하는 사람이 그런 눈빛을 하고 있을 때는 그걸 멈출 수만 있다면 거의 뭐든 할 수 있다.

"군대에서 실망을 무기로 활용할 방법을 찾으면 좋을 텐데." 요아르가 지붕 위에서 말한다.

그는 입술을 씹으며 주머니를 뒤진다.

"씨발, 담배가 없네……." 그는 중얼거린다.

"저 있어요!" 루이사는 말하고 배낭을 집으려고 손을 내민다.

"아냐, 아냐, 됐어. 나 담배 끊었는데, 그걸 가끔 잊어버려서 그래."

"아저씨 진짜 특이하네요." 루이사는 알려준다.

"그런 소리를 두어 번 듣긴 했지." 그가 대답한다.

그녀는 지붕 아래로 다리를 대롱대롱 늘어뜨리고 이제 부자가 되면 들어가서 살 수 있는 수많은 집을 바라본다. 예전부터 그녀의 꿈은 피스켄과 함께 부자가 되는 것이었으니 부자가 되면 기분이 다를 줄 알았다. 그런데 이제는 뭘 가지기가 겁난다. 그녀는 가졌던 모든 것을 잃어버렸다.

"대회가 그렇게 된 건 아저씨 잘못이 아니에요……." 그녀는 애써 위로한다.

하지만 요아르의 눈빛을 보면 당연히 모든 게 자기 잘못이라고 한다. 모두가 그의 책임이었다. 그는 한숨을 쉰다.

"제일 끔찍했던 게 뭐였냐면, 대회에 참가할 수 없다는 사실을 알았을 때 킴킴이 실망한 내색을 전혀 하지 않았다는 거야. 심지어는 슬퍼하지도 않았어! 그냥 안도하더라고. 그때 깨달은 거야. 무슨 수를 써서라도 그 녀석을 차에 태워서 이 좆같은 도시에서 떠나야겠다는 걸. 킴킴은 기회가 보이기만 하면 여기에 영원히 눌러앉을 녀석이었거든."

밤이 사방에서 살금살금 다가오고, 어스름은 그 마을을 부대 자루에 욱여넣고, 언덕 아래에 모여 있는 여러 집에서 어둠 속에 뚫린 총알구멍처럼 불이 켜진다.

"그래서 어떻게 하셨어요?" 루이사는 묻는다.

"아버지 차를 다시 훔쳤지." 요아르는 미소를 짓는다.

그는 그들의 마지막 모험담을 공개한다. 그들이 마지막으로 저지른 바보 같은 짓을 말이다. 그는 날이 어두컴컴해질 때까지 기다렸다가 모든 친구를 불러 모아서 같이 가자고 했다. 친구들을 차에 태운 다음 테드의 방에서 뭘 들고나와서는 트렁크에 넣고 출발했다. 한밤중이었기에 친구들은 어디로 가는지 파악할 방법이 없었고 다시 미술관 앞에 도착한 뒤에야 목적지가 어디였는지 알아차렸다.

요아르는 차 트렁크에서 큼지막한 꾸러미를 꺼내 자기 머리에 얹고 건물 뒤편으로 달려갔다. 친구들이 따라잡았을 무렵 그는 이미 창문을 깨서 안으로 기어 들어간 뒤였다. 친구들도 그를 따라 기어 들어갔지만 너무 서두르는 바람에 비명을 지르며 한 덩어리로 바닥에 떨어져 누구 발이 누구 머리칼을 밟고, 누구 무릎이 누구 배를 찍고, 누구 엉덩이가 누구 얼굴을 눌렀다.

"멍충이들아아아아." 요아르는 앓는 소리를 냈다. "경보 울리려고 작정이라도 한 거냐고!"

"몰래 들어온 사람은 너잖아!" 테드는 이렇게 말하고 좌우를 두리번거리다 안타깝게도 이제는 자신도 공범이 되었음을 알아차렸다.

알리가 이상한 냄새가 난다고 중얼거리자 요아르가 네 몸에서 나는 냄새일지 모른다고 중얼거렸다. 그러자 알리가 그의 팔을 쳤고 그가 꽥하고 비명을 지르자 테드가 조용히 시켰다.

킴킴 혼자 고요하게 서 있었다. 고개를 뒤로 젖히고 숨을 헐떡이며 천장까지 몇백 미터는 됨 직한 흰색 벽을 그저 바라만 보고 있었다. 이 그림에서 저 그림으로 시선을 옮기며 발가락 사이로 난생처음 모래를 느낀 사람, 아니면 처음으로 눈 천사를 만들어본 사람의 표정을 지었다.

잠시 후에 요아르가 테드의 방에서 들고 온 꾸러미를 조심스럽게 풀어 떼내려온 나무 액자에 담긴 킴킴의 그림을 꺼냈다. 그제야 알리와 테드는 요아르의 계획을 알아차리고, 벽에 걸려 있던 다른 그림을 조심스럽게 내리고 그 자리에 킴킴의 그림을 걸 수 있게 그를 거들었다. 그런 다음 네 명의 친구들 모두 널찍한 전시실 한복판에 그냥 서 있었다. 다들 행복해서 머리가 아찔했고, 어쩌면 남들은 예전부터 알던 것을 킴킴은 그때 처음 느꼈을지 몰랐다.

"대회는 집어치우라 그래. 네 그림이 있을 자리는 이런 공간이라는 걸 네 머릿속에 새기기만 하면 돼. 그리고 네 자리도…… 여기라는 걸." 요아르가 말했다.

그러자 킴킴은 눈물을 흘렸다. 요아르의 옆에 서 있던 알리가 그의 손을 잡으며 웅얼웅얼 말했다.

"정말이지 이건 네 생애 최고로 훌륭한 계획이었다. 이 바보야."

지붕 위에서 요아르는 기침을 한다. 그의 몸은 자기 주인이 흡연자라는 사실을 잊고 싶지 않은 모양이다.

"훌륭한 계획이었지. 정말로. 보안요원이 등장하면 어떻게 할지까지 생각해 놓지 않은 게 문제였을 뿐."

"그래서 어떻게 됐어요?" 루이사는 궁금해한다.

"뭐, 보안요원이 등장했지." 요아르는 알려준다.

"아, 그러니까! 그건 알겠고! 제가 바본 줄 아세요? 그다음에 어떻게 됐느냐고요!"

요아르는 한숨을 쉰다.

"뭐, 도망쳤지. 우리가 달리기를 진짜 잘했어서. 다른 거야 뭐 거의 존나 못한다고 봤어야 했지만 달리기라면 얼마든지 할 수 있었어. 그래서 미술관 경보가 울리고 보안요원이 들이닥쳤을 때 식은 죽먹기로 따돌릴 수 있었어. 그 인간이 느리고 진짜 나이가 많았거든. 음…… 뭐…… 이제 와 생각해 보니 서른일곱이나 그쯤 됐던 것 같다만. 그래도 당시 우리 눈에는 늙은이였지! 아무튼. 그는 우리를 잡지 못했을 거야. 절대로! 그런데 문제는 뭐였는가 하면 뭐, 우리를 잡을 필요 없이 그림만 잡으면 됐다는 거야. 우리가 달리기는 진짜 잘했지만 뭘 들고 달리는 건 진짜 못해서……."

그는 알리가 스위치를 찾고 있었을 때 경보가 울렸다고 말한다. 그래서 이후로 그녀는 누굴 만나든 전부 자기 잘못이라고 했다. 미술관의 다른 방에서 나지막이 삑삑대는 소리가 들렸을 뿐이고, 그들은 눈부신 불빛이 창문 너머에서 쏟아지고 그게 자동차 전조등이라는 사실을 알아차린 다음에야 경보가 작동됐음을 알았다. 어마무시하게 늙은 보안요원이 달려 들어왔지만 그건 전혀 문제가 되지 않았다.

요아르와 알리 둘이서 그림을 들고 튀려 했지만 알리가 요아르보다 키가 컸다. 그가 까치발을 해야 그녀에게 입을 맞출 수 있을 정도였다. 그러니 뭔가를 같이 들고 움직이기에 매우 부적당한 조합이었다. 그래서 그들은 비틀거리다 잡은 걸 놓쳤고 돌바닥은 얼음판 같았기에 두 아이는 이쪽으로, 그림은 저쪽으로 미끄러졌다. 테드와 킴킴은 다른 방향으로 도망치려 했지만 당연히 엉뚱한 방향을 선택하는 바람에 서로 부딪쳤다.

보안요원이 득달같이 달려왔다. '득달같았다' 표현은 살짝 과장일 수도 있지만 아무튼 제법 빠르게 등장했다. 그 나름대로 최선을 다하고 있었던 것이다. 그는 숨을 헐떡이며 그림 옆에서 달리기를 멈췄고, 유일하게 논리에 부합하는 결론을 내렸다. 이 학생들이 그 그림을 훔치러 몰래 들어왔다고 말이다.

"이후로 모든 게 심각하게 혼란스러워졌지." 요아르는 루이사에게 말한다. "보안요원이 그림을 집으니까 우리가 전부 그쪽으로 다시 달려갔거든. 그는 그게 어찌 된 영문인지 알 수가 없었겠지. 도둑들은 대개 반대 방향으로 도망을 칠 테니까. 그래서 테드가 앞으로 나섰지. '몰래 들어온 거 죄송해요! 경찰 부르실 필요 없어요! 저희 이제 나갈게요. 그것만 주시면……' 우리는 일제히 보안요원이 들고 있는 그림을 가리켰지. 당연히 보안요원은 우리를 보며 말했지. '너희들 제정신이니? 너희가 훔치려고 한 그림을 줄 리 없잖아!' 그 말을 듣고 내가 말했지. '아 씨, 우리 아무것도 안 훔쳤어요. 그 그림 우리 거라고요!' 그러자 보안요원은 눈을 굴리며 말했지. '잘 생각해 봐라, 네 말이 앞뒤가 맞는지! 미술관에 몰래 들어오면서 네 그림을 들고 온다고?' 그래서 내가 말했지. '앞뒤는 네가 맞춰봐, 이 등신아!' 이때 킴킴이 나서서……."

요아르는 잠시 말을 멈춘다. 목이 잠기는지 다시 기침을 한다.

"킴킴이 나서서 뭐요?" 루이사는 다그친다.

요아르는 마음을 가라앉힌다.

"보안요원에게 이렇게 말했어. '그 그림을 보면 이 미술관에 있을 작품이 아니라는 걸 알 수 있어요. 여기 달린 다른 작품들처럼 훌륭하지 않거든요.' 보안요원은 머뭇거리면서 말했어. '내가 보기에는…… 괜찮은데. 하지만 나야 미술에 대해서 전혀 모르니까.' 그래서 내가 말했지. '그러니까 이리 줘요! 그게 얼마나 비싼 건데!' 물론 아주 기발한 발언은 아니었지. 그 말을 듣고 보안요원이 경찰을 부르겠다고 했거든. 그래서 알리가 외쳤어. 그림 속의 주인공이 우리인 게 안 보이느냐고. 하지만 보안요원은 그림을 보더니 처음에는 아무도 보이지 않는다고 하더구나. 바다만 보인다고. 그래서 우리가 알려줬더니 그는 얼굴을 환히 빛내면서 멋지다고 했어. 눈물까지 글썽였다고 나는 하늘에 대고 맹세할 수 있다. 하지만 잠시 후에 그가 거기 그 잔교에 앉아 있는 아이들이 너희들인지 무슨 수로 알 수 있느냐고 물었지. 그래서 알리가 말했어. '우리는 이제 아이가 아니에요.' 그 말을 들었을 때 우리는…… 젠장…… 숨이 턱 막히는 것 같았어. 우리 얼굴이 너무 슬퍼 보였는지 보안요원이 이렇게 말했지. '알았다. 지금 여기서 나가면 경찰은 부르지 않으마.' 하지만 그 그림을 두고 어떻게 나갈 수가 있었겠니. 이렇게 해서 세상에서 제일 희한한 인질극이 벌어지고 만 거야. 결국 보안요원이 한숨을 쉬며 말했지. '좋아. 그럼 와서 이 그림이 너희들 것이라고 확인해줄 수 있는 어른에게 연락하면 어떨까?'"

그 자리에 서 있던 네 명의 친구들은 그런 기회를 주다니 훌륭한 보안요원이라는 생각을 했지만 아무리 머리를 굴려도 연락할 만한 어른이 없었다. 요아르의 어머니는 병원에 있었고, 테드의 어머니는 근무 중이었고, 알리의 아버지는 파티장에 있었고, 킴킴의 어머니는 집에서 수면제를 먹고 기절했고, 그의 아버지는 어두컴컴한 데 앉아서 위스키를 홀짝이고 있었다. 그때 훗날 C. 야트로 알려지게 될 화가가 고개를 번쩍 들더니 외우고 있던 번호를 줄줄이 읊었다. 다른 아이들은 어안이 벙벙했다가 그의 말을 듣고 이해했다. "한 분 있어요! 연락할 수 있는 어른이요!"

요아르는 지붕 너머를 내다본다. 차 한 대가 쓰러져 가는 집들 사이 구불구불한 길을 따라 천천히 언덕을 올라오고 있다.

“누구였는데요? 누구한테 연락했는데요?” 루이사가 다그친다.

“여기 오셨네.” 요아르는 대답한다.

56

조수석 문을 열고 내린 테드가 불안한 눈빛으로 지붕 위를 올려다본다.

"거기 앉아서 뭐하는 거야? 그러다 떨어지면 어쩌려고!" 그가 루이사에게 외친다.

"나는? 나도 떨어질 수 있는데." 요아르가 기분 나빠 하며 마주 외친다.

"너야 나이를 많이 먹어서 살날이 얼마 남지도 않았잖아." 테드는 이렇게 대꾸한다.

운전석 문이 열리고 70대 여자가 내린다. 키가 작고 인상이 근엄하다. 젊은 사람이 길을 건너려는 그녀에게 도움이 필요하냐고 물으면 한 대 때릴 것같이 생긴 여자다. 테드는 요아르에게 부엌으로 내려오라고 외치지만 요아르는 절대 안 된다고, 둘이 지붕으로 올라오라고 한다. 테드는 요아르에게 제정신이냐고 묻고 요아르는 테드에게 겁쟁이 꼬맹이 노릇은 졸업할 때도 되지 않았느냐고 한다. 그 말에 테드는 동행한 여자가 지붕 위로 올라가서 앉기에는 나이가 너무 많다고 말할까 고민하는 기색을 살짝 보인다. 그러자 여자가 알아차리고 반드시 지붕 위로 올라가서 앉기로 마음을 먹는다. 그래서 몇 분 뒤에 그녀는 지붕에 앉아 다리를 대롱대롱 늘어뜨리고, 이렇게 해서 루이사는 크리스티안의 어머니를 만난다.

"그래, 네가 세상에서 가장 아름다운 그림을 받았다는 그 아이로구나?" 그녀는 미소를 짓는다.

"네." 루이사는 죄책감 때문에 무거운 마음을 달래며 대답한다.

그러자 크리스티안의 어머니가 그녀의 무릎을 토닥이는데, 루이사는 그게 전혀 싫지가 않다.

"킴이 너를 많이, 정말 많이 좋아했나 보다. 그런 사람을 떠나보내서 속상하겠다."

"아주머니도 그분을 떠나보내서 속상하시겠어요." 루이사는 말하고 다시 덧붙인다. "그리고 크리스티안을 떠나보낸 것도요. 테드 아저씨한테 들었어요."

"고맙다, 아가. 테드 말로는 너도 사랑하던 사람을 떠나보냈다며?"

그녀는 손가락을 내밀어 루이사의 뺨을 타고 흐르던 눈물을 받는다. 지금까지 그랬던 어른이 없었기에 루이사는 자기도 모르게 불쑥 묻고 만다.

"극복하셨어요? 크리스티안이 세상에 없는 거?"

여자는 슬픈 얼굴로 고개를 젓는다.

"아니, 아니. 죽음은 절대 극복할 수 없어. 사랑하는 사람이 죽은 경우라면. 하지만 부모의 경우에는 좀 더 수월하지. 그건 선택의 여

지가 없으니까. 나는 아이가 하나 더 있어. 크리스티안의 여동생. 이
제 손주들도 있어. 사람들은 말하길 오늘이 마지막 날인 것처럼 살
라고 하지만, 아이를 낳아보면 오늘이 그 아이가 태어난 날인 것처
럼 살아야 한다는 걸 알게 돼. 너는 아직 어려서 이해하기 힘들겠지
만—"

"저 열여덟 살이에요!" 루이사는 그 여자가 감탄하길 바라기라도
하는 것처럼 외친다.

"어쩌면 좋니, 앞으로 살날이 너무 많이 남았네. 떠나보낼 일도 너
무 많이 남았고." 여자는 대답하고 이렇게 묻는다. "온 사방에서 그
아이가 보이니? 떠나보낸 그 아이가?"

"네! 곁눈으로 계속 보이는 것처럼 느껴져요, 사람들 속에서……."
루이사는 고개를 끄덕인다.

그러자 여자는 루이사의 손을 잡는다. 놀랍게도 루이사는 그 손을
빼지 않는다.

"처음에 나는 그럴 때마다 화가 났어." 여자는 말한다. "슈퍼마켓
에서 크리스티안의 목소리가 들린 것 같고, 그 아이가 좋아하던 스웨
터가 모퉁이를 지나간 것 같아서 달려가 보면 다른 사람이었지. 아,
얼마나 싫었나 몰라! 화가 나서 견딜 수가 없었어! 그러다 어느 날
그게 저주가 아니라 축복이라는 걸 깨달았단다. 천국에서 살포시 보
낸 윙크라는 걸 말이야. 크리스티안이 나랑 숨바꼭질을 하는 거였어.
그 아이가 어렸을 때 그랬던 것처럼. 그래서 지금은 그럴 때마다, 곁
눈으로 그 아이가 보일 때마다 조그맣게 속삭인단다. '찾았다.'"

어디에선가 들린 욕설이 그들의 대화를 방해한다. 테드가 발을 헛
디디지 않고 지붕으로 올라오려다 욕을 한 것이다. 당연히 그는 발을

내딛자마자 미끄러지고 하마터면 아래로 떨어질 뻔한 것을 요아르가 아슬아슬하게 붙잡는다.

"넌 도대체 어떻게 지금까지 살아 있냐? 다들 죽었는데 너 혼자 남다니……." 테드가 마침내 자리를 잡고 앉자 요아르는 중얼거린다.

"내가 보기보다 죽이기 힘든 인간인가 봐." 테드도 인정한다.

해가 져서 가로등이 켜졌고 그림자들이 그들 주변에서 춤을 춘다. 루이사는 어깨 너머를 돌아보더니 어둠에 대고 속삭인다.

"찾았다."

그들은 가만히 앉아서 아무 말도 하지 않는다. 잠시 후 크리스티안의 어머니가 권위적으로 헛기침을 하고 선언한다.

"아가, 내가 내일 몇 군데 전화를 돌려볼게. 그림을 파는 게 어렵지는 않을 거야. 네가 선호하는 방향이 있는지 그것만 결정하면 돼."

"그게 무슨 뜻이에요?" 루이사는 묻는다.

"컬렉터에게 직접 팔고 싶은지 아니면 경매로 넘기고 싶은지. 경매로 넘기면 언론에서 좀 더 관심을 보일 테고 돈도 더 많이 받을 수 있을 거야."

루이사는 고개를 젓는다.

"아뇨, 아뇨. 관심은 싫어요. 부탁드릴게요."

"그래, 알겠다." 여자는 결론이 내려진 것처럼 말한다.

"이제 부엌으로 내려가도 될까요?" 테드가 기대하는 투로 묻는다.

"안 돼! 우리가 미술관에 몰래 들어갔던 그날 밤 이야기를 아직 못 끝냈어!" 요아르는 말한다. "여기서 너 혼자만 이야기를 할 수 있는 줄 아냐?"

하지만 이 부분은 그녀의 몫이기에 그는 크리스티안의 어머니에게 이야기를 맡긴다. 한밤중에 전화벨이 울리자 그녀가 그 소리를 들으면 끔찍한 일이 벌어졌나 보다고 생각할 수밖에 없었기에 얼마나 가슴이 철렁했는지. 겁에 질린 남자아이가 크리스티안에게 번호를 받았다고 어떤 식으로 더듬더듬 말을 이었는지.

그녀는 졸린 목소리로 중얼거렸다. "그래…… 너로구나?"

킴킴은 적잖게 당황스러워하며 소곤소곤 되물었다. "네? 제가…… 누군데요?"

그러자 그녀는 숨을 몰아쉬었다. "우리 아들이 마지막으로 통화하면서 우리랑 같은 과를 한 명 찾았다고 했거든."

킴킴은 상황을 설명할 때 너무 긴장해서 말을 씹었지만 그녀는 끝까지 듣지도 않았다. 옷을 갈아입으며 그냥 주소를 부르라고 했고, 택시를 타고 미술관에 도착하자 기사에게 돈을 던지고 안으로 달려 들어갔다. 그러다 보안요원과 정면으로 충돌했다. 보안요원이 곧바로 괜찮으냐고 물었지만 안타깝게도 누가 남자 아니랄까 봐 건드리면 깨질까 걱정하는 투였다. 그래서 분위기가 처음부터 좋지 못했다.

보안요원이 그림을 보고 거기 있는 아이 중 한 명이 그린 게 맞는지 확인해 달라고 설명하자 그녀는 그림을 보았다. 오, 신이시여, 그리고 하늘의 천사들이여. 그녀는 그림을 보았고 하마터면 쓰러질 뻔했다. 심장이 터져서 블라우스 단추가 모조리 튕겨 나오지 않은 것이 불가사의한 일이었다.

"저 그림이에요." 요아르가 손으로 가리키며 말했다.

"그래, 저 그림이라는 거 나도 안다!" 그녀가 어찌나 날카롭게 쏘아붙이는지 요아르마저 말문이 막힐 정도였다.

“저는 그냥…… 도와드리려고 그런 건데.” 그가 중얼거리자 크리스티안의 어머니는 살짝 누그러졌다.

“말투가 그래서 미안하다. 하지만 내가 미술사를 가르치거든! 그러니까 이 그림이라는 걸 당연히 알 수밖에. 누가 봐도 여기 있을 그림이 아니거든!”

그 말을 듣고 킴킴이 그녀의 뒤에서 낙담한 투로 말했다.

“알아요, 알아요, 여기 있을 그림이 아닌 거. 전부 다 바보 같은 짓이었어요. 이제 저희 그만 나가면 안 될까요? 더는 말썽을 일으키지 않겠다고 약속할게요…….”

하지만 크리스티안의 어머니는 벽에 걸린 다른 모든 그림을 향해 호들갑스럽게 손짓을 하고는 그의 그림을 가리켰다.

“당연히 여기 있을 그림이 아니지! 저 작품들을 그린 어느 누구도 이렇게 못 그리거든!”

킴킴은 이제 거의 울음을 터뜨리기 직전이었다.

“맞아요…… 맞아요, 저는 진짜 화가들처럼 못 그려요. 알겠어요! 저는 예술학교나 뭐 그런 데를 다녀본 적도 없고—”

그러자 크리스티안의 어머니는 가벼운 낙담의 기도를 하려는 사람처럼 두 손을 마주치며 외쳤다.

“그래, 어머 감사해라, 정규 교육을 받은 적이 없구나! 정규 교육을 받은 사람은 저렇게 못 그리지! 아가, 꼭 교육을 받아야 예술을 할 수 있는 건 아니란다. 예술에 필요한 건 친구지.”

그녀가 그림 앞에 쭈그려 앉았다가 그의 이름 옆에 해골이 그려진 것을 보고 서럽게 울자 다들 어쩔 줄 몰라 했다. 보안요원은 헛기침을 했다.

"그러니까…… 이 그림이 이 아이들 것이 맞는다는 말씀이죠?"

"맞아요, 맞아요, 맞아요!" 그녀는 흐느꼈다.

"그리고…… 이 아이들을 집까지 태워다주실 수 있을까요? 밖에 차를 주차해 놨고, 열쇠를 들고 있는 걸 보니 제일 키가 작은 아이가 여기까지 운전한 모양인데 저 아이가 몇 살이나 될까요? 열한 살?"

"열다섯 살이에요! 그리고 내가 아저씨보다 훨씬 운전 잘해요! 아저씨 몇 살이에요? 60살?" 요아르는 퍼부었다.

"서른일곱 살이다." 보안요원은 살짝 상처받은 말투였다.

"그보다 열 살은 젊어 보여요." 알리가 얼른 말하자 보안요원의 표정이 밝아졌다.

"열 살은 무슨—" 요아르가 말문을 열지만 정강이를 정말로 세게 걷어차이자 거기에 정신이 팔렸다.

"이제 가자, 저 사람이 경찰 부르기 전에!" 알리가 나지막이 쏘아붙였고 테드와 킴킴도 열심히 고개를 끄덕였다.

그래서 요아르가 그림을 집으려고 앞으로 나섰지만 크리스티안의 어머니가 물었다.

"내가…… 들고 가도 될까?"

그들은 허락했다. 그녀는 살아 있는 생명체라도 되는 듯 그림을 안았다.

57

긴 이야기의 결말을 듣는 건 힘든 일이다. 감히 물어보지 못한 정말 중요한 질문이 있을 때는 더욱 그렇다.

아름다운 저녁이다. 공기는 가볍고 맑고 약속으로 가득하다. 이내 날이 따뜻해질 테고 이내 여름이 올 테고 이내 모든 것이 더 좋아질 것이다. 요아르와 테드와 크리스티안의 어머니는 별이 반짝이는 지붕 위에 앉아 번갈아 가며 루이사에게 모든 이야기를 들려준다.

그들은 미술관에서 차를 타고 집으로 돌아가던 길에 대해 이야기한다. 크리스티안의 어머니는 킴킴에게 다른 그림을 그린 적 있느냐고 물었고 그가 고개를 젓자 놀라워하며 조그맣게 속삭였다.

"이게 첫 작품이라고? 이 행성이 엄청난 선물을 받았네, 앞으로 네가 창조할 모든 것을 생각해 봐……."

솔직히 차를 타고 있던 아이들 중 어느 누구도 그게 도대체 무슨

말인지 이해하지 못했지만 잠시 후에 그녀가 다시 물었다. "스케치
는 한 적 있니?" 그러자 네 아이 모두 미친 사람 대하듯 그녀를 쳐다
보았다.

　스케치는 한 적 있느냐고?

　그날 밤에 테드의 어머니가 퇴근해 보니 놀랍게도 집 지하실에 못
보던 여자가 있었다. 테드의 방이 킴킴의 스케치로 가득했다. 수백
장이나 되는 작품이 한 소년의 마음을 그린 지도처럼 바닥 전면을
덮고 있었다.

　테드의 어머니가 문 앞에 서서 영문을 몰라 하자 크리스티안의 어
머니가 그녀를 돌아보며 미소를 지었다. "언젠가는 이 아이가 예전
에 이 집 지하실에서 그림을 그렸다고 이 사람 저 사람에게 자랑하
시게 될 거예요."

　그녀의 변호를 하자면 테드의 어머니는 절대 자랑하지 않았다. 킴
킴이 세계적으로 유명한 화가가 된 뒤에도 그랬다. 그냥 그 방에서
가만히 나오는 길에 방해가 되지 않게 계단에 앉아 있는 테드, 요아
르, 알리가 보이자 배고프냐고 물었다. 알리가 불쑥 물었다. "남은 라
자냐 있어요?"

　그러자 테드의 어머니는 전혀 평소답지 않은 행동을 했다. 미소를
지었다.

　"내 라자냐를 다 먹어치우는 애가 너로구나? 다 어디로 가나 했더
니. 우리 아들들은 그걸 별로 좋아해 본 적이 없거든."

　"제가 세상에서 제일 좋아하는 음식이에요." 알리는 수줍게 고백
했다.

"라자냐가?" 테드의 어머니는 놀라서 반문했다. 그렇게 말하는 10대 소녀는 한 번도 본 적이 없었던 것이다.

하지만 그 10대 소녀는 고개를 젓고 바로잡았다.

"아주머니의 라자냐요."

그러자 테드의 어머니는 손을 맞잡고 비틀었고 시선을 어디에 둘지 몰라 했다. 칭찬에 익숙하지 않은 사람에게 나타나는 현상이다.

"만드는 법을 가르쳐줄게." 그녀는 말했다.

알리는 테드의 어머니가 방금 허공에서 새끼고양이 꺼내는 마술을 가르쳐주겠다고 한 것 같은 표정으로 그녀를 빤히 쳐다보았다.

"가르쳐주신다고요? 라자냐…… 만드는 법을요?"

"어렵지 않아." 테드의 어머니는 미소를 지었다. 테드가 기억하기로 하룻밤에 어머니가 두 번이나 미소를 지은 건 몇 년 만에 처음 있는 일이었다.

그녀는 알리를 꽁무니에 달고 부엌으로 들어갔고, 그 집에서건 다른 어느 집에서건 그보다 더 맛있는 라자냐가 만들어진 적은 없었다. 계단에 앉아 있던 테드와 요아르의 귀에 그들의 웃음소리가 들렸고, 알리가 자기 어머니의 죽음에 대해 이야기하는 것과 테드의 어머니가 자기 남편의 죽음에 대해 이야기하는 것도 들렸다. 테드는 장례를 치르기 한참 전부터 어머니가 말을 그렇게 많이 하는 것을 들어본 적이 없었다.

"그분을 많이 사랑하셨어요?" 알리는 물었다.

"아직도야. 아직도 많이 사랑해." 테드의 어머니는 대답했다.

"어른으로 산다는 건 끔찍해요?" 소녀는 물었다.

"감당할 수가 없지." 어머니는 대답했다. "거의 모든 일에 노상 실패하거든."

"라자냐는 빼고요." 소녀는 짚고 넘어갔다.

"그래, 라자냐는 빼고. 내가 그래서 라자냐를 만드는지도 모르겠다. 못하지 않는 딱 한 가지라." 어머니는 실토했다.

그러자 알리가 전적으로 객관적인 의견인 것처럼 말했다.

"엄마 노릇도 못하지 않으세요. 이 집에서는 모든 게 잘 굴러가잖아요. 스위치를 켜면 불이 전부 들어오고, 변기는 깨끗하고, 냉장고에는 항상 먹을 게 있고."

계단에 앉아 있던 테드와 요아르는 테드 어머니의 대답을 들었다.

"너는 내 아들을 통해서만 나를 아니까 당연히 좋은 엄마라고 생각하겠지. 하지만 테드는 내가 어떻게 한 게 아니라 그냥…… 작은 기적이야. 사실 내가 그 아이에게 주는 사랑보다 그 아이가 나에게 주는 사랑이 훨씬 많아."

알리는 아주 한참 동안 곰곰이 생각하다가 말했다.

"테드는 모두에게 더 많은 사랑을 줘요. 하지만 아주머니랑 테드는 서로에게 같은 양의 사랑을 줬다고 생각해요. 자기가 가진 것 전부를 주었으니까요."

잠시 후에 그들은 라자냐를 먹었다.

크리스티안의 어머니는 바닥을 덮고 있던 킴킴의 스케치를 전부 수거해서 조심스럽게 들고 아침 햇살 속으로, 세상 속으로 나갔다. 이렇게 다음 모험이 시작됐다.

1주일쯤 뒤에 킴킴은 친구들과 함께 네거리에 앉아 내일 보자는 약속을 하고 있었다. 돌멩이 네 개에 각자 이름을 적어 그들이 자란 집 사이 잔디밭에 묻고 다 같이 다시 만났을 때 파서 꺼내자고 한 사람은 테드였다. 그들이 흙 묻은 손으로 나란히 앉아 있던 그때 알리가 조그맣게 속삭였다.

"나 아니야."

하지만 당연히 범인은 그녀였다. 그래서 그들은 다 같이 방귀를 뀌고 돌멩이를 땅에 묻었다. 그해에 무언가를 땅에 묻은 건 그때가 마지막이었다. 그리고 그렇게 여름이 끝났다.

테드는 지붕 위에서 루이사에게 말한다.

"슬픈 결말처럼 들릴지 모르지만 우리가 지금까지 들려준 이야기 속에서 누군가가 웃음을 터뜨린 게 몇 번이었는지를 기억하면 꼭 그렇지만도 않아. 행복한 지금이 얼마나 많았던 거니? 행복한 지금을 그보다 많이 누린 사람이 몇이나 되겠니?"

가을이 찾아왔고 올빼미가 다시 미술을 가르쳤지만 킴킴은 학교로 돌아가지 않았다. 아들의 무덤을 매일 찾아가던 크리스티안의 어머니가 어느 날 아침에 갑자기 자리를 비우고, 몇 시간 걸리는 도시의 어느 학교 마당에서 킴킴을 기다렸다. 예술학교였고 교장은 그녀에게 선심 한 번 쓴다고 했지만 그녀는 자기가 학교에 선심을 쓰는 거라고 했다. 교장은 그 말을 듣고 웃었지만 나중에는 그녀에게 고마워하게 될 것이다. 퇴직하는 순간까지 날마다 그 학생을 자랑하게 될 것이다.

킴킴은 어머니와 악수로 작별 인사를 대신하려 했지만 그녀는 놀라운 반응을 보였다. 그를 끌어안았다.

"이해해 주지 못했던 거 정말 미안해." 그녀는 아들의 귓가에 대고 속삭였다. "다른 애들처럼 되지 마. 평범해지려고 하지 마."

그러자 킴킴이 잡은 손을 놓지 않으려 해서 그녀가 억지로 떼어내야 했다. 아이들은 부모의 행복을 책임질 이유가 없지만 그래도 계속 애를 쓴다. 그녀의 아파트 안에는 킴킴의 그림이 쌓여 있었다. 그녀가 이해해 주길 바라는 마음에 크리스티안의 어머니가 들고 와서 놓고 간 것이었다. 그녀는 결국 이해했다. 그때쯤에는 그녀의 머릿속에 살던 악마들도 상황을 파악하고 이후에 그녀와 거의 화해했다.

킴킴의 아버지는 오래돼서 녹슨 차로 그를 예술학교까지 태워다 주었다. 둘이서 대화는 많이 나누지 않았지만, 학교 운동장으로 들어가는 동안 아버지가 중얼거렸다.

"나는 너를 부끄러워한 적 없다는 걸 알아주면 좋겠다. 나는 내가 부끄러울 따름이야."

킴킴은 그때 느낀 모든 감정을 설명하고 싶었지만 모든 단어를 동원해도 부족했기에 그가 아는 가장 엄청난 말을 했다.

"저는 아빠를 사랑하고 믿어요."

그의 아버지도 표현할 줄 알았더라면 분명 똑같이 말했을 것이다. 그는 버스를 타고 집으로 돌아가야 했다. 그의 아파트에는 병원 예배실에서 주운 아들의 그림이 아직도 부엌 벽에 엄청난 보물처럼 걸려 있었지만 그것 말고는 휑뎅그렁했다. 한참 뒤에야 킴킴은 부모님이 아버지의 차를 비롯해 거의 전 재산을 팔아서 예술학교 뒷바라지를 했다는 사실을 알게 됐다. 크리스티안의 어머니도 많은 도움을 주었다. 부두에서 일하던 남자들은 소식을 접하자 나름대로 모금에 나섰다. 그의 아버지는 아들 자랑을 절대 하지 않았지만 그들이 그를 대신해 자랑해 주었다. 단 한 번의 선행으로 평생 저지른 악행을 상쇄할 수는 없을 테지만 그들은 시도해 볼 마음이 있었다. 그들은 거친 인생을 살아온 거친 남자들이었지만 어느 빌어먹을 토요일에 빌어먹을 미술관을 찾아가 빌어먹을 그림을 보고, 그들의 가슴속에서 빌어먹을 태양이 떠오르는 듯한 기분을 느낄 것이었다. 그들이 아름다운 무언가에 일조했다는 기분을 느낄 것이었다.

킴킴의 어머니는 절대 온전히 정신을 차리지 못했다. 그런 사람들이 더러 있다. 그녀는 슈퍼마켓에서 집으로 돌아오는 길을 점점 더 자주 잃어버리다 마지막 1년은 요양원 신세를 졌다. 킴킴은 매주 그림을 보냈고 그녀는 그걸로 벽을 도배했다. 그녀가 세상을 떠났을 때 이제 막 예술학교를 졸업한 킴킴은 임종을 지켰고, 한참 동안 그녀의 손을 잡고 침대 옆에 앉아 있었다. 마치 악마들이 그의 무릎 위에서 잠든 것처럼.

1주일 뒤에 그는 아버지와 산책길에 나섰다. 둘이서 대화는 별로 나누지 않았지만 가벼운 미소는 간간이 오갔다. 그들은 포옹하고 헤어졌다. 그의 아버지는 그날 저녁에 집으로 돌아가 아들의 그림으로 에워싸인 부엌 의자에 앉아 가만히, 고요하게 잠이 들었다. 킴킴은 부모님을 같은 날 땅에 묻었다. 그런 다음 마을을 떠나 두 번 다시 내려오지 않았다. 세상이 그를 기다리고 있었다.

별빛 가득한 머리 위 하늘 때문에 루이사는 현기증이 난다. 어느 정도 시간이 지나자 우주를 올려다보고 있는 건지 아니면 그 안을 내려다보고 있는 건지 알 수가 없어진다. 그래서 그녀는 눈을 감고 천천히 숨을 쉰 다음 드디어 감히 물어볼 수 없었던 질문을 한다.

"알리는 어떻게 됐어요?"

요아르와 테드는 상대방에게 떠넘기려는 듯 말없이 누워 있다가 동시에 말문을 연다. 역시 바보 같다. 알리가 옆에 있었으면 좋아했을 것이다.

알리와 요아르는 그녀의 집 앞 계단에 앉아서 마지막 작별 인사를 했다. 알리는 아버지가 다른 나라에 일자리를 얻었고 거기도 바닷가지만 여기 같지는 않다고 설명했다. 그 바닷가에는 길고 새하얀 백사장이 있었다. 거기는 계속 여름이었다.

"나 서핑 배울 거야!" 알리가 말했다.

"너는 아마 최고가 될 거야." 요아르는 고개를 끄덕였다.

그녀는 흥분한 표정으로 행복해하며 씩 웃었다.

"그렇게 생각해?"

"처음 만났을 때는 물에 간신히 뜰까 말까 했는데, 지금은 우리 셋보다 수영을 더 잘하잖아. 너는 마음만 먹으면 뭐든지 배울 수 있는 애야."

그러자 그녀가 하도 세게 입을 맞추는 바람에 그는 계단에서 굴러 떨어졌다. 그는 떠나는 그녀에게 슈퍼맨이 두르고 다니는 것과 비슷한 빨간색 담요를 선물했다. 그러자 그녀는 날아갔다.

그들은 몇 년 동안 매주 편지를 주고받았다. 자랑하려는 게 아니라 요아르의 말이 맞았다. 그녀는 결국 서핑에서 최고가 되었다. 그녀는 편지에 떠오르는 태양을 향해 패들링하며 바다로 나갈 때만큼 행복한 때는 없다고 했다. 그러면 여기 이 지구에서 지금 뭘 하고 있는지 알 것 같다고 했다. 그런 기분을 느끼게 하는 일을 찾은 사람이 몇이나 될까? 그녀는 어쩌면 이렇게 복이 많을까?

열여덟 번째 생일이 지나고 며칠 뒤 어느 이른 아침에 그녀는 바다로 나섰고 다시는 돌아오지 못했다.

루이사는 그 말을 듣고 지붕이 통째로 흔들릴 만큼 대성통곡한다. 물어본 걸 뼈저리게 후회한다. 알지도 못하는 고인의 죽음을 이렇게 고통스러울 정도로 슬퍼하게 만들 수 있는 사람이 세상에 어디 있을까? 그녀는 너무 울어서 갈비뼈가 부서지는 것 같다. 그녀의 눈물에 당황한 요아르가 결국 중얼거린다.

"이거…… 20년도 더 된 일이야."

"**저한테는** 아니잖아요! 저한테는 **지금** 벌어진 일이라고요!" 루이사는 퍼붓는다.

그것이 이야기의 가장 큰 맹점이다.

"나한테도 그래." 테드가 속삭인다.

그러자 요아르도 별이 빛나는 그 하늘 아래에서 또다시 알리를 떠나보낸다. 몇 번이고 반복된다는 것이 죽음의 가장 큰 맹점이다. 인간의 몸은 평생 울 수 있게 만들어졌다는 것이.

"네가 줄곧 말하는 그거 뭐더라? 조용히 사는 사람을 두고 한 말 있잖아……." 요아르가 나직이 말한다.

"헨리 데이비드 소로가 한 말?" 테드도 어둠을 가르고 조그맣게 속삭인다. "대부분의 사람들은 조용한 절망 속에서 살아간다."

요아르는 천천히 고개를 끄덕인다.

"알리에 대해서 이러니저러니 할 수 있지만, 절대로 그렇게 살지 않았을 것만큼은 분명해. 평생 단 하루도 조용히 지낸 적이 없었을 거야.”

그들은 폭소를 터뜨린다. 20년이 지난 뒤에도 자기 사람들을 그렇게 웃길 수 있다면 아주 남다른 인생을 살았다고 할 수 있다.

“그분이랑 피스켄이 천국에서 서로 만나면 좋겠어요.” 루이사가 말한다.

“절대 안 되지! 그랬다가는 우리가 거기 갈 때까지 천국이 남아나지 않을 거야…….” 테드가 대답한다.

“뭐 하나 물어봐도 돼요?” 루이사는 이렇게 묻고 나서 곧바로 다시 묻는다. “죽음은 어떻게 견뎌요?”

크리스티안의 어머니가 대답한다.

“예술이 나를 견디게 하지. 예술도 사랑처럼 깨지기 쉬운 마법이고 죽음을 상대할 수 있는 인류의 유일한 무기거든. 뭘 만들고 그리고 춤추고 사랑에 빠지는 것이 영원을 향한 우리의 반란이야. 아름다운 모든 것이 방패야. 빈센트 반 고흐는 이렇게 말했어. ‘신을 알아가는 가장 좋은 방법은 많은 걸 사랑하는 것이라고 생각한다.’”

“우리가 존재한다는 사실 자체가 멋진 일이죠.” 루이사는 조그맣게 속삭인다.

“그런 셈이지.” 그 어머니는 미소를 짓는다.

잠시 후에 테드가 킴킴이 예술학교를 졸업하고 얼마 안 있어 부모님을 안장하기 위해 고향으로 내려왔을 때 이야기를 들려준다. 그리고 그와 요아르와 테드가 입양한 꽃을 가져다 놓을 수 있게 어떤 식으로 알리의 묘지를 만들었는지도 들려준다. 그들은 커다란 바위를 하나 골라서 밤에 몰래 묘지로 들고 가 빈자리를 찾았다. 킴킴이 바위에 그녀의 이름을 그리고 주변을 조그만 날개로 에워쌌다. 그런 다음 그들은 슈퍼마켓 앞에서 쇼핑카트를 하나 훔쳐 타고 마을에서 가장 가파른 언덕을 내려가다 하마터면 죽을 뻔했다. 그러자 알리가 그들과 함께 있었다. 그녀가 그들과 영원히 함께 있었다.

그날 밤에 어두컴컴한 잔교에 다 같이 자리를 잡고 앉았을 때 킴킴이 "나 여기 있을까 봐"라고 작게 말하자 모든 게 달라졌다.

"여기서…… 뭐하게?" 테드는 놀라서 물었다.

"글쎄. 부두에서 일할까?" 킴킴은 어깨를 으쓱했다.

그러자 요아르가 그들이 여태 본 적 없을 만큼 심하게 분노를 터뜨렸다. 그가 킴킴에게 화를 내며 어찌나 오랫동안 고함을 지르던지 테드마저 기분이 상했을 정도였다. 그들 사이에서 끔찍한 말다툼이 벌어졌고, 킴킴과 테드는 요아르 혼자 잔교에 남겨둔 채 씩씩대며 떠나버렸다.

요아르는 이제 지붕 가장자리에서 몸을 웅크린다. 이렇게 중얼거린다.

"내가 있어 달라고 했으면 그 친구는 영원히 여기 눌러앉았을 거야. 씨발, 나도 *마음속으로야* 그 친구가 여기 있어주었으면 했지. 그래서…… 험한 소리를 퍼부을 수밖에 없었어. 유치원 때부터 지금까지 네 뒤치다꺼리를 존나 해왔다, 이제 더는 못 한다, 내가 미쳤다고 그 많은 사람을 돌볼 수는 없지 않냐, 이제 너는 나가서 먹고살든지 알아서 하라고 하면서 있는 대로 모진 말을 퍼부었지……."

테드는 그를 건드리지 않는 한도 안에서 친구의 어깨에 최대한 가깝게 머리를 기대고 실토한다.

"나는 한참이 지난 뒤에야 네가 왜 그랬는지 깨달았어. 하지만 너는 킴킴이 여길 떠나지 못하는 이유가 오로지 너 때문이라는 걸 알았지. 그래서 그 친구를 밀어낸 거지. 그날 밤에 그는 울었지만 네가 더 많이 울었다는 거 알아. 내가 여행을 떠나라고, 세상을 보고 오라고 권했고 결국에는 그 친구도 동의했지. 그래서 떠났어. 나는 네가 나무 위에서 멀어져 가는 택시를 지켜보는 걸 봤어."

요아르의 음성은 두 개의 다른 나이 사이를 오간다. 열다섯 살과 지금을 오간다.

"그러고 몇 달 뒤에 그가 아시아인가 어디에서 전화를 했더라. 한밤중에! 시차도 생각 안 하고 그냥 막 전화를 한 거야, 바보처럼. 벽화인지 뭔지를 찾았대. 거의 사랑에 빠진 것 같은 목소리로 나한테 제일 먼저 알려주고 싶었다고 했어. 내가 쓰레기처럼 굴었던 걸 까맣게 잊은 눈치더라고. 계속 뭐라고 뭐라고 하는데 정말…… 행복해하는 것 같다는 생각이 들었어. 그 친구도 행복해질 수 있었어. 다만 여기서는 아니었을 뿐."

"그 뒤로 다시 만났어요?" 루이사는 묻고 요아르는 희미하게 상심한 미소를 짓는다.

"내가 몇 년 동안 말썽을 부려서. 바보처럼 술을 처마시느라. 두어 번 공항까지 갔지만 비행기 탈 엄두가 나지 않더라. 이렇게 망가진 내 모습을 보여주고 싶지 않았어. 나를 젊게 기억해 주길 바랐어. 나를…… 아름답게 기억해 주길 바랐어."

"어른으로 사는 건 힘든 일이야." 테드는 말한다.

"애로 사는 것도 힘들거든요?" 루이사는 걸고넘어진다.

"너나 그렇지, 나는 아이로 얼마나 끝내주게 잘 살았다고!" 요아르가 말한다.

"네. 네, 아무렴요." 루이사는 인정한다.

그러자 요아르는 테드를 흘끗 쳐다보고 말한다.

"테드도 쫓아낼 수 있을 줄 알았더니 계속 찾아오더라고. 내가 술에 취해서 꺼지라고 해도 자꾸, 자꾸. 테드가 그걸 못해. 꺼지는 걸 정말 못해……."

"여행을 싫어하거든요." 루이사는 말한다.

요아르가 온몸을 흔들며 껄껄대고 웃는 바람에 지붕이 일부 떨어져 나간다. 이제 비가 새게 생겼다. 그는 테드 탓이라고 할 것이다.

"킴킴은 다시는 내려오지 않았어요?" 루이사가 묻자 테드가 대답한다.

"응. 그 친구도 공항까지 여러 번 갔었지만, 상처를 너무 많이 받았고 자기가 너무 작게 느껴졌던 곳으로 돌아가려면 겁이 나지. 다시 예전으로 돌아갈 것 같아서. 너도 나이를 먹으면 알게 될 거야."

"그건 저도 이미 알아요." 루이사가 이렇게 대답하자 테드는 민망해진다.

"그래, 너는 그럴지도 모르겠다. 안타깝게 생각한다."

"그럼 막판에는요? 그분이 아팠을 때요." 그녀는 궁금해한다.

요아르는 전자발찌가 달린 쪽 다리를 흔든다.

"그때는 내가 돌아다닐 수가 없었어. 겁쟁이에게 아주 훌륭한 핑계가 생겼지."

"전화 통화는 했어요?"

"응. 마지막으로 통화한 게 그 친구가 죽기 며칠 전이었어."

"그때 무슨 얘기를 했어요?"

"알리 얘기 했어. 실없는 농담도 주고받았고. 나는 그 친구한테 사랑한다고 말했지."

"그분은 뭐라고 했어요?"

요아르는 크리스티안의 어머니를 흘끗 쳐다보고 대답한다.

"그 친구는 선생님이 늘 하셨던 말씀을 했어요. 그 화가가 했다는, 새들이 노래하듯 그림을 그려야 한다는 말을. 하지만 킴킴은 그렇게 그린 적 없대요. 우리가 웃던 것처럼 그림을 그렸대요."

몇 시간이 지나면 해가 뜰 테고, 기온이 조금 올라갈 테고, 여름이 다가올 것이다. 착각일지 몰라도 루이사는 어둠 속에서 집으로 돌아가는 고양이의 행복하고 졸린 울음소리가 들린다고 장담할 수 있다. 이것 또한 착각일지 몰라도 테드의 귀에는 고양이 소리와 새들이 날개를 가만히 퍼덕이며 날아오르는 소리가 양쪽 모두 들린다. 그러자 문득 새 한 마리가 없어졌고 그래서 고양이가 그렇게 행복해하는 건 아니면 좋겠다는 생각이 든다. 그러면 그 순간의 낭만이 깨어진다. 와장창 깨어진다.

테드는 킴킴을 그린 루이사의 그림이 요아르의 냉장고에 붙어 있는 것을 보고 살짝 충격을 받는다.

"저 그림 나한테 준 거잖아!"

"아저씨가 다시 저한테 줬잖아요, 그러게 줄 때 받을 것이지!" 루이사는 되받아친다.

"그러면 안 되지!" 테드는 변호사를 선임할 생각이라도 하는 것처럼 몰아붙인다.

"안 된다고요? 엄청 쉽던데요? 그냥 하면 되던데요?" 그녀는 게임에서 자기만의 규칙을 만드는 다섯 살짜리처럼 따지고 든다.

그들은 얼마 동안 그렇게 옥신각신한다. 앞으로 계속 그럴 것이다. 요아르의 말이 맞는다. 테드는 절대 그녀를 버리지 않을 것이다.

"한심한 꼬맹이 같으니라고." 테드는 툴툴댄다.

"성질 고약한 늙은이 같으니라고." 그녀는 씩 웃는다.

요아르가 티격태격하는 두 사람을 옆에 두고 상자에서 그림을 조심스럽게 꺼내고 있을 때 크리스티안의 어머니가 부엌으로 들어온다. 나이 많은 미술사 교수는 휘청하며 벽에 기댄다.

"맙소사…… 믿을 수가 없네…… 정말 믿을 수가 없어." 그녀는 기뻐서 외친다.

루이사는 그 그림을 생전 처음 보는 사람처럼 구는 크리스티안의 어머니를 처음에는 이해하지 못한다. 그러다 몇 초가 지나고 깨닫는다. 그녀가 보고 있는 것은 그 그림이 아니라 루이사의 스케치다.

58

루이사는 그날 밤이 막을 내리기 전에 테드의 신경을 아주 제대로 건드릴 마지막 방법을 찾는다. 그녀는 그의 짜증을 돋우는 면에 있어서 상당히 창의적이다. 그건 인정해야 한다.

"이건 정말, 정말 형편없는 생각이야." 그는 차를 타고 가는 동안 같은 말을 몇 번이고 반복한다.

크리스티안의 어머니가 운전대를 잡았고 루이사가 앞자리에 앉았고 테드는 이를 악문 채 뒷자리에 앉아서 별로 크지 않은 나뭇잎이 한들한들 도로를 가로지를 때마다 "조심하세요!"라고 날카롭게 내뱉는다.

"테드는 차를 타고 이동하는 걸 별로 좋아하지 않아." 크리스티안의 어머니가 미안해하는 투로 말한다.

"테드 아저씨는 좋아하는 게 아무것도 없죠." 루이사는 한숨을 쉰다.

"나 좋아하는 거 많거든! 움직이는 것만 안 좋아하지." 테드는 툴툴댄다.

크리스티안의 어머니는 루이사에게 미소를 짓는다.

"쟤는 책만 좋아해. 킴킴은 예술학교로, 알리는 외국으로, 요아르는 도시 반대편으로, 이렇게 다들 멀리 떠났을 때 내가 테드한테 언제든 와서 책을 읽어도 좋다고 했거든. 그랬더니 그 뒤로 쟤를 떼어낼 방법이 없더라."

"책이 좀 많았어야죠." 테드가 뒷자리에서 자기 변호를 한다.

그러자 크리스티안의 어머니는 아들이 죽은 뒤에 큰 방 하나를 도서관으로 개조했다고 설명한다. 테드가 날마다 그 방을 찾아왔다고 말이다. 그 안에는 편안한 의자와 안전한 공간과 상상의 친구들로 가득한 서가가 있었다. 그가 교사가 된 이유가 그 때문이었다. 다른 아이들에게 그 안전감을 선물하고, 어떻게 하면 움직이지 않고도 모험을 떠날 수 있는지 가르쳐주고 싶었기 때문이었다.

"그래서 아저씨가 역사 선생님이 됐군요. 세상에서 제에에엘 재미없는 과목 선생님이." 루이사가 말한다.

"재미없는 건 너지!" 테드는 이렇게 응수한다.

그러자 크리스티안의 어머니가 근엄한 표정으로 룸미러를 들여다본다.

"테드! 유치하게 왜 그러니!"

테드는 입을 내밀고 창밖을 노려본다.

"쟤가 먼저 시작했는데요."

잠시 후에 크리스티안의 어머니는 룸미러에서 뭔가를 발견하고 걱정하는 목소리로 외친다.

“윽, 경찰이네.”

루이사는 눈썹을 치켜세운다.

“설마 아주머니도 요아르 아저씨 엄마처럼 면허증이 없는 건 아니 겠죠?”

“나야 당연히 면허증이 있지!” 크리스티안의 어머니는 콧방귀를 뀌고는 이렇게 덧붙인다. “다만…… 지금은 없어. 일시적으로 정지당해서.”

그러자 이번에는 테드가 걱정하는 목소리가 된다.

“어떻게 면허가 정지될 수가 있어요?”

크리스티안의 어머니는 앓는 소리를 낸다.

“내가 과속을 좀 해서 법원에서 면허를 취소당했어. 하지만 생각해 보면 다 내가 운전을 너무 잘해서 생긴 일 아니겠니? 빨리 달릴 줄 안다 이거지.”

“그러니까 법원에서 질투가 나서 면허를 취소했다는 말씀이에요?” 테드는 묻는다.

“물론이지. 그거 좋네. 앞으로 그렇게 말하고 다녀야겠다.” 그녀는 고개를 끄덕인다.

“차에 경찰견이 타고 있으면 아주머니를 평생 용서하지 않을 거예요.” 테드는 가쁜 숨을 몰아쉬고, 루이사는 한숨을 쉰다.

“부탁인데요, 테드 아저씨. 잠깐 동안만이라도 다른 사람이 되어보려고 노력하면 안 돼요?”

그는 이런 말로 변명한다.

“이게 다 *네가* 시작한 일이잖아! 심지어 알리하고 요아르도 이렇게 한심한 얘기는 꺼낸 적이 없었어!”

루이사는 크리스티안의 어머니에게 속삭인다.

"경찰이 차를 세우면 제가 아저씨한테 납치당했다고 할게요."

"루이사! 재미없다!" 테드가 외쳤다.

하지만 크리스티안의 어머니는 너무 재미있어하며 깔깔대고 웃다가 실수로 브레이크 페달을 아주 세게 밟아버린다. 그러니까 경찰차가 하마터면 그들을 뒤에서 박을 뻔했다는 말이다. 경찰 한 명이 내려서 다가와 별일 없느냐고 묻는다.

"뭐, 내가 너무 빨리 달리든지 너무 늦게 달리든지 둘 중 하나니 당신들은 이래도 불만, 저래도 불만이겠죠……." 크리스티안의 어머니는 땍땍거린다.

경찰은 살짝 머뭇거린다.

"어디로 가십니까?"

"저 아저씨가 우리를 납치했어요." 루이사가 뒷자리를 턱으로 가리키며 냉큼 대답한다.

경찰은 테드를 쳐다본다. 양복 재킷은 지저분하고 안경은 테이프로 붙였고 얼굴은 멍으로 뒤덮인, 세상에서 가장 우울한 남자다. 경찰은 웃음을 터뜨린다.

"납치라고요. 네, 네……."

그는 즐거운 저녁 시간 보내라는 인사를 끝으로 사라진다. 테드는 그렇게 엄청난 모욕감을 느낀 적은 평생 처음이다. 두 여자는, 나이가 많건 적건 똑같이 차가 요동칠 정도로 깔깔대며 웃는다. 나쁘지 않은 저녁이다. 전혀 나쁘지 않은 저녁이다,

그들은 미술관 앞에서 차를 세운다. 루이사가 화장실 창문 하나를

따고 들어간다. 테드는 안으로 기어들어 가려다 머리를 부딪쳐서 안경을 다시 테이프로 붙여야 한다. 크리스티안의 어머니는 벽에 남는 자리를 하나 찾는다. 그들은 거기에 킴킴의 그림을 건다. 그러고는 바닥에 나란히 앉아 그림을 바라본다.

"이래도 한심한 생각이에요?" 루이사가 묻는다.

"그럼! 저걸 팔아서 그 돈으로 멋진 인생을 살아야지." 테드는 대답한다.

그녀는 서글프게 고개를 젓는다.

"그건 안 돼요. 제가 이 그림을 돈으로 보면 앞으로 모든 그림이 돈으로 보일 거예요. 그럼 아무 그림도 그리지 못할 거예요."

그녀의 옆에 앉아 있던 크리스티안의 어머니는 오랜 정적이 흐르자 자기가 무슨 말을 해주길 바라는 건가 하고, 늘 하던 대로 좋아하는 시를 읊는다. 토마스 트란스트뢰메르의 시다.

"인간이라는 사실을 부끄러워하지 말라—자랑스러워하라! 그대 안에서 문이 하나씩 끝없이 열리고 있으니. 그대는 절대 완전해지지 않을 것이고 그래야만 한다."

그러자 루이사는 자기 몸을 끌어안는다. 테드는 꼼꼼하게 안경을 닦고 말한다.

"킴킴은 툭하면 길거리가 내려다보이는 창가에 앉아서 다들 인간으로 사는 걸 어떻게 견디는지 모르겠다고 했어."

"아저씨는 뭐라고 대답했어요?" 루이사가 묻는다.

"견디는 법을 배우면 되지 않겠느냐고 했지."

"아저씨는 그걸 알아냈어요?"

"배워가는 중인 것 같다. 누구든 그게 최선이라고 봐."

그 말을 듣고 루이사의 얼굴이 환해진다.

"배워가는 중이라고요? 그럼…… 여행을 더 하는 거예요?"

"조용히 해라." 그는 미소를 짓는다.

당연히 그녀는 조용히 하지 않는다.

"저게 있을 자리는 미술관이에요." 그녀는 그림을 가리키며 말한다.

"너도 마찬가지야." 테드가 말한다.

그가 여태 다정한 말을 몇 번 했지만 이번 건 신기록 급이다.

"이제 어떻게 해요?" 그녀는 묻는다.

"지금 나한테 묻는 거니? 여기 오자고 한 사람은 너였잖아!" 그는 땍땍거린다.

"그래서요? 그럼 제가 갑자기 또 다른 계획을 생각해 내야 해요? 여기서 어른은 아저씨잖아요!"

"그럼 내가 계획을 생각해 내야 하니? 나는 너한테 버림받지 않고서는 열차에서 잠도 못 자는 사람이야!"

"딱 한 번 그랬어요. 딱 한 번! 그 얘기는 이제 그만하면 안 돼요?"

"싫어!"

루이사는 한참 동안 시선을 그 그림 속에 감추고 있다가 웅얼웅얼 말한다.

"좋아요. 다시는 안 그럴게요."

"좋아." 테드가 중얼거린다.

"좋아요!" 그녀는 했던 말을 다시 한다.

"같이 계획을 세워보자." 그는 짜증 난 투로 중얼거린다.

꼭 아빠처럼 그런다.

잠시 후에 크리스티안의 어머니가 헛기침을 하고 루이사의 어깨
에 다정하게 손을 얹으며 말한다.
"아가, 이제 뭘 하면 좋겠는지 내가 권하고 싶은 게 있는데……."
그것이 해피엔드다.

59

그들이 이제 막 창문을 넘어 미술관에서 빠져나오려는데 경보가 울린다. 주로 테드 때문이었다고 루이사는 나중에 모두에게 설명할 것이다. 그들은 잔디밭으로 기어 나와 옥신각신하며 차를 세워둔 곳으로 달려간다. 크리스티안의 어머니는 정말로, 정말로 운전면허증을 소지하면 안 되는 사람처럼 달린다. 다음 날 지역 신문에 무단 침입 기사가 실리지만, 절도범들이 뭘 훔쳐 간 게 아니라 뭘 두고 갔다는 사실은 며칠이 지나고서야 밝혀진다.

소문이 퍼지자 작가가 세상을 떠나기 직전에 익명의 구매자가 경매에서 낙찰받은 세계적인 명화가 어떤 식으로 그의 고향 마을 미술관에 갑자기 등장했는지 전 세계 뉴스 방송에서 다루어진다. 각지의 관광객들이 그 그림을 보러 온다. 기자들은 "역 절도극"이라고 지칭하며 이 미스터리의 진실을 파헤치려 하고, 그중 몇 명은 테드에게 그림을 판매한 경매회사 대표에게 전화로 묻는다.

그래서 어느 날 경매회사 대표가 테드에게 전화해 안타깝게도 그의 연락처를 잃어버렸다고 말한다. 테드가 그게 무슨 말인지 몰라 하자 남자는 친절하게 자기는 예술을 사랑한다고, 너무 사랑해서 가끔 정신을 놓을 때가 있다고 설명한다.

"수백만을 호가하는 그림을 오랫동안 판매하다 보면 모든 게 사랑에 빠지면서부터 시작됐다는 걸 잊어버리기 쉬워요. 그런데 「바다의 초상」을 다룬 기사를 읽었을 때 내가 그 작품을 얼마나 사랑했는지 떠올리게 됐어요. 그 작품을 팔기 전에 몇 시간이고 서서 바라보곤 했거든요. 완벽해서가 아니라 완벽하지 않아서요. 내가 그때까지 본 작품들 중에서 가장 인간적인 작품이었어요. 그 작품이 이제 미술관에 전시됐다는 소식을 접했을 때 얼마나 기뻤는지 몰라요. 아무도 소유하면 안 되는, 모두의 것이어야 하는 작품들이 있거든요."

"맞는 말씀입니다." 테드가 대답하자 그 남자는 했던 말을 한 번 더 한다.

"그래서 유감스럽지만 선생님 연락처를 찾을 수가 없네요. 그리고 선생님의 성함이 적힌 매매 계약서도 사라져 버렸고요. 그래서 기자들이 전화해서 물어봐도 도울 방법이 없을 것 같습니다."

그는 그 말을 끝으로 전화를 끊는다. 그 작품은 미술관에 그대로 남았고, 어쩌다 그 작품이 거기 있게 되었는지는 아무도 모른다. 그 또한 아주 근사한 이야기가 된다.

테드는 다른 전화도 받는다. 이번에는 기차 차장이다. 그는 화가의 유골이 담긴 상자를 보관 중이라고, 테드가 그날 밤에 열차에서 뛰어내린 뒤로 계속 그를 수소문했다고 말한다. 결국 그는 테드의 여행 가방과 그림을 들고 내린 아이 엄마와 연락이 닿았고, 그녀는 테드가 연락처를 적어 승강장에서 건넨 쪽지를 여태 가지고 있었다. 말하자면…… 얘기가 길다.

차장은 유골을 테드에게 보내주겠다고 약속하지만 당연히 우편으로는 아니다. 우체국은 믿을 수 없다. 그가 선택하려는 방식은 여러 차장을 통해서다. 이 열차에서 저 열차로, 그의 고향 마을까지.

"괜찮으시면 가끔 연락 주세요." 차장이 말한다.

"네, 그럼요. 받으면 연락드릴게요!" 테드는 말뜻을 잘못 알아듣고 이렇게 말한다.

차장은 웃음을 터뜨린다.

"아뇨, 그게 아니라…… 가끔 연락 주시라고요. 괜찮으시면."

그러자 테드는 얼굴을 붉힌다. 아직은 다시 사랑에 빠질 마음의 준비가 안 됐을지 모르지만 그래도 물어봐 주는 사람이 있어서 좋다.

"열차를 한 번 더 탈지 몰라요." 그는 수줍게 말한다.

"새로 탑승하는 승객들을 눈여겨볼게요." 차장은 약속한다.

킴킴은 여름의 시작처럼 느껴지는 날에 땅속에 묻힌다. 목사는 성경 구절을 낭독하고, 크리스티안의 어머니는 시를 낭송하고, 루이사는 묘비에 조그만 날개를 그린다. 목사가 자리를 뜨자 루이사와 요아르는 몰래 빠져나와 알리의 묘비를 집어 킴킴의 묘비 옆으로 옮긴다. 요아르는 전자발찌를 착용하고 있긴 하지만 장례식에 참석 허락을 받았다. 테드가 장례식은 예외가 적용된다는 사실을 알아낸 덕분이다. 다 같이 서서 입양한 꽃으로 무덤을 덮는데 요아르가 아주 진지하게, 테드가 죽어서 내일 장례를 치르는 척하면 안 되느냐고 묻는다. 영화를 보러 가고 싶어서 죽을 지경이라 그렇다.

그들은 묘지에서 집으로 돌아가는 길에 집 앞 길바닥에 분필로 그림을 그리는 아이들을 만난다. 루이사는 걸음을 멈추고 아이들에게 같이 그려도 되느냐고 묻는다. 그녀가 그린 해골과 바퀴벌레가 어찌나 진짜 같은지 아이들의 눈이 튀어나올 듯 동그래진다. 아이들의 부모가 들어와서 저녁 먹으라고 부르자 한 여자 꼬맹이가 그녀를 돌아보며 말한다. "분필은 언니 가져요! 나는 더 있어요!"

루이사는 분필을 받아서 교회와 바다 사이에 있는 모든 벽에 그림을 그린다. 드디어 그녀의 앞에 잔교가 등장한다. 부둣가는 이제 전과 다르다. 시에서 고급 아파트를 지었고, 복잡한 이름 달린 음식점과 뭘 파는지 아무도 모르는 가게가 등장했고, 온 사방이 화난 얼굴로 조그만 개를 데리고 나온 사람들 천지다. 하지만 잔교 끝까지 걸어가 다리를 대롱거리며 걸터앉자 25년 전에 네 친구가 보았을 그 광경이 루이사의 눈앞에 펼쳐진다. 끝없는 바다, 근사한 우정, 진정한 러브스토리. 그녀는 그들의 웃음소리를 듣는다. 방귀 냄새를 맡는다. 모두 다 느낀다.

"알리하고 킴킴 없이 사는 법을 배울 수 있을 것 같아요?" 그녀는 요아르의 집으로 천천히 걸어가며 묻는다.

요아르는 그저 씩 웃으며 어느 넓은 집을 가리킨다.

"그 둘이 없지 않아. 킴킴은 저기 살아. 그리고 가끔은 저기 살고. 그리고 알리는 저기 살아. 쓰레기 버리러 나올 때 매일 보여."

테드는 다른 집들을 가리키며 여러 이야기와 상상을 늘어놓는다. 그들의 사람들이 숨바꼭질을 하고 있다.

"제 생각에 피스켄이 오늘은 저기 사는 것 같아요." 루이사는 마침내 결정한다.

"그래, 저 집 좋지. 내가 제일 좋아하는 집 중에 하나야." 요아르는 행복한 표정으로 고개를 끄덕인다.

그들은 서로 바짝 붙어서 걷고 하루 종일 온 사방에서 친구들을 본다. 천국에서 보낸 윙크다.

"결정했어요?" 루이사가 테드를 보며 묻는다.

"뭘?"

"앞으로 어떻게 살지요."

그의 입가가 신경질적으로 실룩거린다. 그는 처음에는 머뭇머뭇 이야기를 꺼내지만 이내 담아두었던 말들이 쏟아져 나온다.

"나를 찌른 애가 어떻게 됐는지 알게 됐어. 교도소에 갔대. 교도소에는 학교가 있어. 그리고…… 교사도 있고. 내가 그 일을 하면 잘하지 않을까 하는 생각이 들었어. 바보 같은 생각이지만."

루이사는 고개를 젓는다.

"바보 같은 생각 아니에요."

"조금 바보 같은 생각이야." 요아르가 끼어들어서 테드의 찔린 쪽 다리를 턱으로 가리킨다.

하지만 걸어가면서 보니 테드가 점점 더 자연스럽게, 점점 덜 불편하게 움직이고 있다. 칼에 찔린 것이 온몸에 영향을 미친 트라우마라, 다리는 가장 빨리 나았고 테드의 다른 부분이 절뚝거리고 있었을지 모른다. 천천히, 천천히 그는 다시 인간으로 살 용기를 내고 있다. 지금으로부터 머지않은 어느 날에는 심지어 요아르가 그를 데리고 나가서 다시 자전거를 태울 것이다. 아아, 그들이 그때 얼마나 옥신각신할는지.

"아저씨는 교도소에서 정말 훌륭한 선생님이 될 거예요." 루이사는 용기를 북돋워 주고는 이렇게 덧붙인다. "게다가 무장한 교도관들이 보호해 줄 테니 얼마나 좋아요. 누가 봐도 아저씨한테는 그게 필요한데."

요아르가 껄껄 웃음을 터뜨리자 루이사는 그를 돌아보며 냉큼 묻는다.

"그럼 아저씨는 뭐 할 건데요?"

"그게 무슨 소리야?" 그는 땍땍거린다.

"남은 인생 동안 뭐 할 거냐고요."

"무슨 질문이 그래?"

"저기요, 아저씨 나이가 많은 건 알겠는데 그렇게까지 많지는 않거든요? 아직 뭐든지 할 수 있어요."

요아르는 한 번도 생각해 본 적 없는 눈치다. 그는 한참 뒤에 무뚝뚝하게 말한다.

"빌어먹을 자동차 엔진 수리점을 시작해 볼 수도 있겠다. 망할 내 집 뒷마당에 빌어먹을 작업장을 설치하고."

"제가 간판 그려드릴게요." 그녀는 미소를 짓는다.

요아르는 한참 동안 곰곰이 생각한다. 그러고는 툴툴대며, 그와 같은 부류의 인간이 할 수 있는 가장 짜증 나는 애정 선언을 한다.

"네가 여기 눌러앉지만 않는다면."

그녀는 약속한다.

다음 날 크리스티안의 어머니는 잘 아는 어느 학교 교장에게 전화한다. 그는 한숨을 쉬며 이번 한 번만 선심을 쓰겠다고 하지만, 그녀는 자기가 학교에 선심을 쓰는 거라고 주장한다. 나중에 그녀의 주장은 또다시 맞는 것으로 입증될 것이다. 테드와 요아르는 은행 잔고를 털어서 떠나는 루이사에게 필요한 모든 준비물을 챙겨준다. 뭐, 사실 거의 테드의 돈이다. 하지만 테드가 은행에 간 동안 요아르가 커피를 끓였으니 요아르의 의견을 묻는다면 그것도 쳐주어야 한다.

이렇게 해서 루이사는 예술학교에 진학한다. 선생님들로부터는 거의 아무것도 배우지 않고 잘 버텼다고 말할 수밖에 없겠지만 친구를 사귄다. 더러는 같은 반 친구들이지만 대개는 수백 년 전에 세상을 떠난 남자와 여자들이다. 그녀는 화랑을 찾아다니며 눈물을 흘리고 심장이 얼마나 세게 뛸 수 있는지를 느낀다. 그녀는 성장하고 매일 그림을 그리고 인간으로 사는 법을 배우려고 애쓴다. 그러다 어느 날 아침에 짐을 챙겨 들고 열차와 배와 심지어 비행기까지, 오로지 영화에서만 봤던 것들을 타고 여행길에 오른다. 그녀는 세상을 보고 세상은 그녀를 본다. 그녀의 작품은 유명해진다. 그녀는 누군가의 엽서가 된다.

어느 날 그녀는 머나먼 곳의 복잡한 도시에서 검은색의 큼지막한 차를 타고 가다가 갑자기 기사에게 차를 세우라고 소리칠 것이다. 골목길 끝에서 후드 티를 입은 10대 아이가 어느 건물 벽에 그림을 그리고 있을 것이다. 그녀는 자신의 정체를 알릴 수 있게 끝마다 물감이 묻은 손을 들고 조심스럽게 다가갈 것이다. 10대 아이는 경계하며 뒷걸음질 치지만 도망치지는 않을 것이다. 그녀는 폭풍과 그리움이 폭발하는 한복판에서 그림을 들이마시며 벽 앞에 서 있다가 알게 될 것이다.

테드는 바닷가 마을에 남는다. 다시 교사가 된다. 그는 평범한 삶을 살고 그 삶은 속도가 더디지만 어쩌면 다시 사랑에 빠질 마음의 준비를 하고 있는지 모른다. 그는 어렸을 때 살았던 그 길가에 조그만 집을 얻는다. 방 창문 앞에 서면 가장 소중한 사람들에게 항상 "내일 만나"를 외쳤던 네거리가 보인다. 그들의 이름을 적은 네 개의 돌멩이가 아직도 거기 잔디밭에 묻혀 있다. 주말이면 그는 기차를 타고 한 시간 거리의 도시에 다녀온다. 형이 거기에서 일자리를 얻었고 어머니가 형의 집 지하실 방으로 이사했다. 그는 부엌에서 그녀와 카드 게임을 한다. 그 집을 나서기 전에 먼저 그녀에게, 그다음에는 모든 귀신들에게 잘 자라고 인사한다.

형과 좋은 관계를 유지하고 있지만 다만 형이 개를 키운다. 녀석들은 테드를 좋아하지 않고 그건 테드도 마찬가지다. 하지만 형수는 차가운 구운 치즈 샌드위치와 김 빠진 콜라와 눅눅해진 치즈 볼을 좋아하는 시끄럽고 재미있는 여자다. 아이는 낳지 않지만 옆집에 아이들이 살고, 그중 하나가 어느 날 오후에 찾아오더니 테드의 형에게 피아노를 배우고 싶다고 말한다. 그가 피아노 치는 소리가 벽을 넘어서 그들 모두에게 들린 것이다. 그날은 정말 좋은 날이다.

테드는 가끔 크리스티안의 어머니를 찾아가 시를 주제로 대화도 나누고 가끔 같이 동화도 읽지만 대개는 한방에 아무 말 없이 앉아 있기만 한다.

교회 목사는 묘지에 묘비가 하나 많아졌다는 걸 나중에 알아차리지만 절대 아무 말도 하지 않는다. 그렇다 한들 누가 불편하게 여길까? 죽은 사람들? 그들은 모두 숨바꼭질하느라 정신이 없다. 킴킴이 어디에 묻혔는지 알려지자 마을 주민들이 출입문 너머까지 줄을 서서 그 앞에 꽃을 놓는다. 저녁이 되면 크리스티안의 어머니가 찾아가 목사와 함께 꽃을 수거해 아무도 찾지 않는 무덤 앞에 놓는다.

어느 빌어먹을 토요일에 테드는 요아르의 빌어먹을 현관문을 두드린다. 요아르는 꼭두새벽이라고 따지고 들지만 테드는 얼른 준비하라고 다그칠 뿐이다. 사람들이 많아지기 전에, 문을 여는 시각에 맞춰서 가야 하기 때문인데, 요아르는 나오는 길에 하품하며 감옥에 있거나 전자발찌를 찼던 것이 그리 나쁜 일은 아니었을지 모르겠다고 한다. 그들은 요아르 아버지의 오래된 차에 올라탄다. 다들 그 고물차가 무슨 수로 굴러가는지 모르겠다고 하지만, 그는 뭐든 살리는 것을 잘한다. 어머니에게 물려받았다.

그와 테드는 빌어먹을 커피를 마시고 빌어먹을 미술관으로 차를 몰아 사람들이 많아지기 전에 도착한다. 두 사람은 빌어먹을 표를 사고 빌어먹을 그림이 걸려 있는 맨 끝까지 걸어간다. 그 앞에 서서 한 시간 동안 바라보지만 사실은 온 여름 내내다. 잠시 후에 테드는 뭔가가 그의 손끝을 건드리는 것을 느끼고 몇 초 지난 다음에야 그게 그의 손을 잡은 요아르의 손이라는 사실을 깨닫는다.

어느 날 테드는 전화벨 소리를 듣고 한밤중에 잠에서 깬다. 그가 비몽사몽간에 전화를 받자 전화를 건 사람이 당장 조잘대기 시작한다.
“루이사니?” 그는 어리둥절해하며 웅얼웅얼 묻는다.
“네! 제가 아니면 누구겠어요!” 그녀는 소리를 지른다.

그녀는 전화하면 절대 "여보세요"라고 말하지 않고 항상 본론으로 직행한다. 그러지 않으면 끔찍한 일이 벌어졌을까 봐 테드의 심장이 2초 동안 자유 낙하를 하기 때문이다. 테드처럼 걱정이 많은 사람이 심장마비를 일으킨 적이 없다니 솔직히 이해할 수 없는 일이다. 그가 아주, 아주, 아주 나이가 많다는 사실을 감안하면 더욱 그렇다.

"별일 없는 거지?" 그는 투덜대며 묻는다.

"아저씨 목소리가 왜 그래요?" 그녀는 묻는다.

"한밤중이라서." 그는 알려준다.

"아! 맞다, 시차가 있지. 여긴 저녁이에요!" 그녀는 대답한다.

"좋겠네."

"자고 있었어요?"

"한밤중인데? 응, 평범한 사람들은 대부분 그 시각에 자고 있어."

"아저씨는 절대 평범하지 않잖아요." 그녀가 폭소를 터뜨리자 수화기가 덜거덕거린다.

"우리 내일 통화해도 될까?" 그는 물으며 눈을 감는다.

"아니, 안 돼요. 잠깐! 아저씨한테 할 얘기가 있어요!"

"뭔데?"

"찾았어요."

"뭘?" 그는 우물우물 묻는다.

"우리랑 같은 과요!" 그녀는 자신만만하게 대답한다.

먼저 그녀의 귀에 쿵 하는 소리가 들린다. 테드가 전화기를 떨어뜨린 소리다. 그러고 나서 잠시 후에 완전히 깬 그의 목소리가 다시 들린다.

"들어보자." 그는 조그맣게 속삭인다.

그래서 루이사는 모든 것을 이야기한다. 골목길에서 건물 벽에 그림을 그리고 있던 10대 아이에 대해. 심장이 얼마나 빠르게 뛸 수 있는지, 더 이상 젊지 않은 사람은 기억하지 못하는 그 속도에 대해. 그녀의 이야기는 끝없이 이어지고 테드는 듣고 있고 천국도 귀를 기울이느라 그 집 지붕으로 몸을 숙인다. 루이사는 그냥 보는 것만으로도 자기 몸이 너무 작게 느껴지고, 거의 감당할 수 없을 만큼 압도적인 행복을 경험하게 하는 아름다운 예술에 대해서도 이야기한다.

"그 그림 앞에 서 있는데 제가 혼자라는 것도 잊었고, 두려움도 잊어버렸어요. 무슨 말인지 아시겠어요?" 그녀는 말한다.

당연히 테드는 안다. 그건 한 번 경험하면 절대 잊지 못한다. 경험하지 못한 사람에게는 아마도 설명할 방법이 없을 것이다.

"그 화가가 우리랑 같은 과라면, 정말로 우리랑 같은 과라면 네가 무슨 수를 써서라도 도와줘야지." 그는 말한다.

"알아요." 그녀는 자랑스럽게 말한다.

이렇게 다음 모험이 시작된다.

"목소리 들어보니 행복한 것 같네." 그는 미소를 짓는다.

"맞아요. 아저씨도 목소리를 들어보니 행복한 것 같아요."

"배워가는 중이라서 그런가 봐."

"누구든 그게 최선이에요, 아저씨. 배워가는 것이!"

"어째 다 큰 것 같네."

"아저씨는 어째 늙은 것 같아요."

"나는 원래 늙었는걸?"

수화기가 다시 덜거덕거린다. 잠시 후에 그녀가 묻는다.

"뭐 하나 물어봐도 돼요?"

“안 물어보면 좋겠는데.” 그는 하품한다.

“뭐, 질문이라기보다 제안에 가깝긴 해요.”

그는 대답 대신 한숨을 쉬고, 당연히 그걸 열의로 해석한 그녀는 말을 잇는다.

“아저씨가 남은 인생 동안 뭘 해야 하는지 알겠어요! 아저씨는 책을 써야 해요!”

테드는 침대 가에 앉아 있다. 창밖에서는 태양이 떠오르고 있다. 그는 발로 가볍게 바닥을 눌러 마룻장 하나가 삐걱대게 한다. 그런 다음 조용히 웃음을 터뜨린다.

“나 같은 사람은 어떤 이야기를 책으로 쓸까?”

감사의 말

네다, 18년을 함께 보냈지만 아직도 사람들이 많은 데서 당신이 한 번 눈길을 주기만 해도 나는 그대로 무너져. 내가 짜증 나는 바보인 거 알지만, 어떤 남자든 될 수 있다면 당신의 남자가 되고 싶어. 영원히 감자튀김 절반을 양보하겠다고 약속할게.

우리 아이들, 아빠가 이렇게 괴팍해서, 차를 어디에 주차했는지 자주 깜빡해서, 어젯밤에 너희들 과자 다 먹어버려서 미안해. 그래도 너희 아빠로서 최선을 다하고 있다는 걸 알아주면 좋겠다. 그게 내 인생 최고의 모험이야. 너희들이 정말 자랑스럽다.

동키, 나를 미치게 만듦으로써 정말 미치지는 않게 막아주는 우리 집 독일 셰퍼드.

페테르 보를란드, 이번 작업 내내 내 곁을 떠나지 않은 편집자. 나를 포기하지 않아줘서 고마웠어요. 리비 맥과이어, 끊임없이 응원해줘서 고마웠어요. 니클라스 나트 옥 다그, 나와 16년 동안 한 작업실을 쓰면서 한 번도 잠금장치를 교체하지 않은 친구. 나는 너를 믿어.

반야 빈테르와 크리스틴 에드헬, 내가 끙끙대고 있었을 때 이 책을 읽고 읽고 또 읽으며 길을 찾을 수 있게 도와줘서 고마웠어요. 이 은혜 절대 잊지 않을게요.

어머니와 아버지, 내 손에는 책을, 식탁에는 먹을거리를 항상 챙겨주셨던 분들.

내 여동생과 파울과 E와 J, 레고 다 만들어. 모두 다.

리아드 하두쉬, 유네스 야디드, 에릭 에들룬드, 그리고 바닷가 마을의 다른 모든 친구들. 다비드 마게, 이메일에 감사를. 리타 윌슨, 모든 문자, 모든 의견, 모든 응원에 감사를. 칼 스탠리, 오랜 산책과 대화에 감사를. 유한 유레스크구와 폴리 유레스크구, 정말, 정말 필요했을 때 여러 번 차려준 근사한 저녁에 감사를. 필립 데 조르조, 내가 얼마나 우라지게 나이가 많은지 끊임없이 일깨워준 데 감사를. 알렉스 슐만, 초고를 읽고 값진 조언을 아끼지 않은 데 감사를.

킴 셰플러와 미셸 엘스네르, 변호사 그 이상이었던 데 감사를. 두 분의 도움이 없었다면 나는 은퇴했을 거예요. 보니에르의 호칸 뤼델스, 묘한 시기에도 공정하고 솔직했던 데 감사를. 토르 유나손, 그가 없었으면 내가 지금처럼 작가로 활동할 수 없었을 거라는 데 감사를. 에리얼 프레드먼 스튜어트, 내 작가 인생에서 미국이 차지하는 부분을 여러 방면으로 구축해준 데 감사를.

애트리아와 사이먼 & 슈스터의 모든 분들, 고향 밖의 고향이 되어주었던 데 감사를. 누르스테츠의 아담 다린과 호칸 브라빙에르, 여기에서 새로운 고향이 되어주었던 데 감사를. 버드 리벌, 소피 베이커 그리고 유나이티드 탤런트 에이전시의 모든 분들, 모든 것을 정리해

주셨던 데 감사를.

산드라 페테르손, 크리스토퍼 칼손, 아마드 오스만, 미겔 게레로, 마르쿠스 레이프뷔, 야콥 카켐보 안데르손, 페테르 에네만.

하지만 누구보다 이 작품 또는 지난 10년 정도 동안 내 머릿속에서 들린 목소리에 이끌려 다닌 한심한 곁길에 동참해 주신 모든 분들. 나는 이야기를 할 때만 내 본연의 모습으로 돌아간 것처럼 느껴진다. 따라와 주셔서 감사하다.

옮긴이의 말

누가 나더러 프레드릭 배크만이 어떤 작가인지 한마디로 요약해 달라고 하면 나는 '그럼에도'의 작가라고 할 것이다. 이보다 끔찍할 수 없는 가정 폭력에 시달렸지만 그럼에도 누구보다 큰 사랑을 베풀 줄 알았던 요아르. 이보다 더 불안할 수 없는 환경에서 성장했지만 그럼에도 누구보다 삶을 즐길 줄 알았던 알리. 생의 거의 모든 날 동안 어둠 속에서 처절하게 몸부림쳤지만 그럼에도 자신의 빛으로 주변을 찬란하게 비추었던 화가. 세상 모든 것을 무서워하지만 그럼에도 자기 학생을 겨눈 칼날 앞에 몸을 던졌던 테드. 그리고 사는 동안 숱하게 버림받았지만 그럼에도 사람을 품을 줄 알았던 루이사. 엉망진창인 모두의 삶이지만 그럼에도 피어나는 사랑과 희망.

사실 배크만의 인생 자체가 '그럼에도'의 인생이다. 그는 『나보다 소중한 사람이 생겨버렸다』에서 공개했다시피 은행 강도에게 총을 맞는 불운한 사건을 겪은 적이 있다. 불안이나 우울증과 같은 정신적인 어려움과 더불어 살고 있다고 SNS에 여러 번 고백하기도 했다. 그럼에도 이렇게 열두 번째 작품으로 어김없이 우리 곁을 찾아왔지 않은가. 있는 줄도 몰랐던 우리 마음속의 깊은 곳을 그가 건드릴 수 있는 이유도, 그의 작품은 자신이 직접 경험하고 투쟁했던 기록이기 때문일지도 모른다.

『나의 친구들』의 화가에게는 그림이 현실을 견디는 수단이었듯이, 부디 배크만에게는 글쓰기가 현실을 견디는 수단이 되면 좋겠다. 전 세계 모든 여성 독자들의 질투를 유발하는 그의 아내 네다가 화가에게 있었던 세 명의 친구 역할을 대신해 주면 좋겠다. 그래서 배크만의 작품을 앞으로도 오래도록 꾸준히 읽을 수 있으면 좋겠다. 작품 속에서 테드는 자신에게 도서관이 어떤 느낌인지 설명하며, 좁은 골목길에서 들리는 은밀한 속삭임이라고 한 도나 타트의 말을 인용한다. "저기, 잠깐만. 안녕 꼬맹아. 그래, 너." 나에게는 배크만의 작품이 이런 은밀한 속삭임이다. "저기, 잠깐만요. 안녕하세요, 독자님. 그래요, 당신." 그의 은밀한 속삭임이 이번에도 많은 독자의 귀에 가서 닿을 수 있으면 좋겠다.

2026년 3월
이은선

진심으로 궁금해서 뜬금없이 덧붙이는 말: 그런데 배크만은 왜 감사의 말에서 아내에게 영원히 감자튀김 절반을 양보하겠다고 했을까? 아무리 사랑하는 아내라도 절반이 한계일까?

옮긴이 이은선

연세대학교에서 중어중문학을, 국제학대학원에서 동아시아학을 전공했다. 편집자, 저작권 담당자를 거쳐 전문 번역가로 활동 중이다. 옮긴 책으로는 『카디프, 바이 더 시』, 『피에타』, 『블루 아워』, 『키르케』, 『아킬레우스의 노래』, 『그레이스』, 『도둑 신부』, 『베어타운』, 『홀리』, 『미스터 메르세데스』 등이 있다.

나의 친구들

초판 1쇄 발행 2026년 3월 25일
초판 2쇄 발행 2026년 4월 10일

지은이 프레드릭 배크만
옮긴이 이은선
펴낸이 김선식

부사장 김은영
콘텐츠사업본부장 임보윤
책임편집 채윤지 **디자인** 박영롱 **책임마케터** 최민경
콘텐츠사업2팀장 김보람 **콘텐츠사업2팀** 박하빈, 채윤지, 김영훈, 박영롱
마케팅사업1팀 이고은, 지석배, 최민경, 김은지 **홍보1팀** 홍수경, 변승주
브랜드사업본부장 정명찬
브랜드홍보팀 오수미, 서가을, 박장미, 박주현 **영상홍보팀** 이수인, 염아라, 이지연, 노경은
저작권팀 성민경 **편집관리팀** 조세현, 김호주, 백설희
재무관리팀 하미선, 임혜정, 이슬기, 김주영, 오지수
인사관리팀 강미숙, 김재경, 김혜진, 김주림, 황종원
제작관리팀 이소현, 김소영, 유미애, 이지우, 이승협
물류관리팀 김형기, 김선진, 주정훈, 양문현, 채원석, 박재연, 이준희, 최대식

펴낸곳 다산북스 **출판등록** 2005년 12월 23일 제313-2005-00277호
주소 경기도 파주시 회동길 490
대표전화 02-704-1724 **팩스** 02-703-2219 **이메일** dasanbooks@dasanbooks.com
홈페이지 www.dasanbooks.com **블로그** blog.naver.com/dasan_books
종이 한솔피엔에스 **인쇄** 민언프린텍 **코팅 및 후가공** 제이오엘앤피 **제본** 국일문화사

ISBN 979-11-306-7563-3 (03850)

프레드릭 배크만의 책

"인생 최악의 순간, 최고의 이웃을 만나다!"

죽는 것도 가만히 안 놔두는
'성가신 이웃'의 '따뜻한 오지랖'

* 2015 교보문고·Yes24 올해의 책
* 2015 아마존 소설 분야 1위
* 2017 미국에서 가장 많이 팔린 책

오베라는 남자 | 장편소설

"사랑한다, 우라지게 사랑한다!"

세상의 모든 엄마와 딸을 위한
기적과 감동의 이야기

* 전 세계 42개국 출간
* 뉴욕타임스 32주간 베스트셀러
* 2017 더블린 문학상 후보작

할머니가 미안하다고 전해달랬어요 | 장편소설

"나라는 존재를, 아무나 알아주면 좋겠어!"

드디어 자신을 찾아 나선
63세 할머니의 가슴 뭉클한 여정

* 전 세계 40개국 출간
* 2020년 영화 개봉

브릿마리 여기 있다 | 장편소설

"꼭 읽어야 할, 이 시대의 모던 클래식!"

가슴에 곰을 품은 사람들의 좌절과 용기,
눈물과 감동으로 얼룩진 희망에 관한 이야기

✳ 2017 아마존 올해의 책, 굿리즈 올해의 소설
✳ 아마존, 뉴욕타임스 베스트셀러
✳ HBO 드라마화

베어타운 ǀ 장편소설

"다시는 나를 위해서 싸우지 마!
그냥 나를 믿어주기만 하면 돼."

사랑하는 이들을 위해
기꺼이 일어선 사람들의 러브스토리

✳ 2018 아마존 올해의 책, 굿리즈 올해의 소설
✳ 아마존, 뉴욕타임스 베스트셀러

우리와 당신들 ǀ 장편소설

"역사는 승자의 손으로 쓰인다고 하지만
우리는 희망으로 미래를 써냈다!"

외로움과 불안의 시대에 전하는
희망과 믿음의 찬가

✳ 2022 굿리즈 올해의 소설 최종 후보작
✳ 아마존 소설 부문 에디터스 픽
✳ 애플북스 베스트셀러

위너 1, 2 ǀ 장편소설

"어른으로 사느라 힘들었죠?
당신이 바보라는 거 알고 있으니 안심해요."

마음 약한 강도 꿈나무와
말 안 듣는 인질들의 대환장 소동극

* 뉴욕타임스 베스트셀러 1위
* 2020 굿리즈, 아마존 올해의 책
* 2021 CWA 대거상 후보작

불안한 사람들 | 장편소설

"모든 게 사라져도
끝까지 붙잡고 싶은 것은 뭘까?"

기억을 잃는 할아버지와 헤어짐을 배우는 손자의
세상에서 가장 느린 작별 인사

하루하루가 이별의 날 | 중편소설

"사랑하는 사람의 기억 속에서
당신이 영원히 지워진다면…"

가족과 못 다한 삶을 후회하는 남자의
마지막 선택

일생일대의 거래 | 중편소설

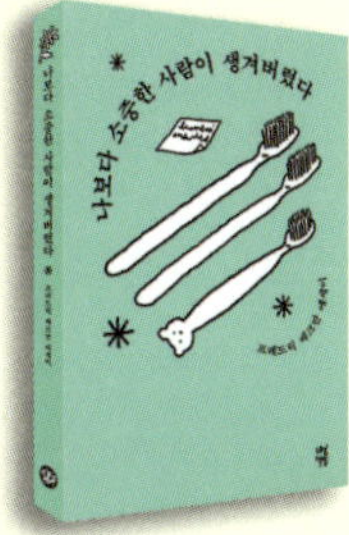

"아들아, 알잖니.
아빠는 엄마를 위해 살고 죽는 거"

가족에 대한 사랑을 절절히 전하는
프레드릭 배크만의 첫 번째 에세이

나보다 소중한 사람이 생겨버렸다 | 에세이